Die Suche

Charlotte Link

수사

Die Suche

샤를로테 링크 장편소설 / 강명순 옮김

Charlotte Link

밝은세상

수사

초판 1쇄 인쇄일 2020년 5월 18일 | **초판 1쇄 발행일** 2020년 5월 25일

지은이 샤를로테 링크 | **옮긴이** 강명순 | **펴낸이** 김석원

펴낸곳 도서출판 밝은세상 | **출판등록** 1990. 10. 5 (제 10 – 427호)

주 소 (10881) 경기도 파주시 문발로 119, 202호

전 화 031-955-8101 | **팩 스** 031-955-8110 | **메일** wsesang@hanmail.net

블로그 blog.naver.com/balgunsesang8101 | **인스타그램** www.instagram.com/wsesang

ISBN 978-89-8437-401-0 03850 | **값** 17,800원 | 잘못된 책은 구입한 곳에서 교환해드립니다.

차례

2013년 11월

1

어느새 사위가 어둑어둑해졌고, 찬바람이 불었다. 한나는 바로 눈앞에서 스카보로 행 기차를 놓쳐버렸다. 라이언에게 그 기차를 타고 갈 거라고 했는데 약속을 지킬 수 없게 되었다.

"약속시간을 제대로 지키지도 않으면서 어딜 가겠다는 거야?"

한나가 할머니 집에 다녀오겠다고 하자 라이언이 역정을 내며 말했다.

"할머니 생신이잖아요."

"난 할머니와 널 이해할 수 없어. 네가 반드시 헐에……."

라이언은 뒷말을 삼켰다. 그는 어머니와 사이가 좋지 않고, 동네사람들과도 관계가 원만하지 않았다. 라이언은 표정이 어둡고 말수가 적은 사람이었다. 한나가 네 살 때 집을 나간 린다는 그 후 단 한 번도 얼굴을 내비친 적이 없었다.

"넌 항상 엉뚱한 생각을 하니까 약속시간을 제대로 지키지 못하는 거야."

라이언을 끈질기게 조른 끝에 한나는 결국 할머니 집에 가도 좋다는 허락을 받아냈다. 비가 추적추적 내리는 11월의 어느 토요일에 한나는 헐에 사는 할머니를 보러 가기 위해 스카보로 역에서 기차를 탔다. 돌아올 때는 라이언이 스카보로 역에서 대기하다가 픽업해주기로 했다. 한나가 사는 스테인턴데일은 작은 마을이라 버스가 일찍 끊겼다.

기차는 이미 떠났다. 돌이킬 수 없는 상황이었다. 한나는 플랫폼에 남아 눈물을 애써 억눌러 참았다.

아빠가 가만있지 않을 거야. 나는 왜 늘 이런 실수를 하지?

라이언에게 이제 뭐든 혼자 할 수 있으니 앞으로는 제발 일일이 통제하거나 간섭하는 대신 믿고 맡겨달라고 할 생각이었다. 결국 약속을 지키지 못해 불신감만 더 키우게 된 셈이었다.

"스카보로 행 다음 기차가 몇 시에 출발하죠?"

한나는 눈물을 훔치고 나서 역무원에게 물었다.

"두 시간 후에요."

한나는 주머니에서 휴대폰을 꺼내 라이언에게 전화했다. 라이언은 건물관리회사 직원이었는데 이번 주 토요일은 일하는 날이었다.

라이언은 예상대로 화를 벌컥 냈다.

"아빠는 7시에 퇴근인데 다음 기차가 올 때까지 기다리려면 두 시간이 붕 떠버리게 생겼어. 넌 왜 항상 그러니? 약속을 지키기가 그렇게 힘들어?"

한나는 터져 나오려는 울음을 겨우 눌러 삼켰다. 열차를 타러 나오기 직전 할머니가 세탁기에 들어있는 빨래를 바구니에 담아달라고 하는 바람에 2분쯤 늦게 출발했다. 기차를 놓쳐버린 결정적인 이유였다. 애초에 시간을 너무 촉박하게 계산해둔 잘못이 컸다.

"넌 매번 약속을 지키지 않잖아. 그럴 때마다 내가 나서서 뒷수습을 해줘야 하니? 이제 뒷수습을 하는 것도 지긋지긋하니까 집에는 너 스스로 알아서 오도록 해."

라이언은 그 말을 끝으로 전화를 끊었다.

한나는 느린 걸음으로 플랫폼을 나와 역사를 가로질러 걸었다. 펌프킨 카페 앞을 지날 때 안으로 들어가 콜라와 머핀을 시키고, 다음 열차가 도착할 때까지 기다릴까 생각해보았다.

차라리 할머니 집으로 돌아갈까?

한나는 할머니의 따스한 품에 안겨 위로받고 싶다는 생각을 하며 역 광장으로 걸어 나갔다. 역 앞 4차선 도로에는 차량이 빽빽이 들어차 있었다. 거리에 어둠이 깔리기 시작했고, 안개비가 부슬부슬 내리고 있었다.

한나는 몸을 부르르 떨며 어깨를 움츠렸다.

라이언에게 야단을 맞을 때마다 엄마를 그리워했지만 정작 남아 있는 기억이 별로 없었다. 사진으로 본 엄마는 젊고 아름다웠다. 아버지와 살다보니 엄마가 왜 집을 떠나야만 했는지 어렴풋이 이해가 되기도 했다.

"호주에 갔을 거야. 거기 친척들이 살거든."

몇 년 전, 엄마에 대해 묻자 라이언은 그렇게 말했다.

한나는 이어폰을 귀에 꽂았다. 음악소리가 소음을 차단해주었다. 차량들의 경적소리, 행인들의 목소리, 귓전에서 맴도는 라이언의 목소리까지도. 평소 라이언의 잔소리를 들을 때마다 귀에 이어폰을 꽂고 음악을 들었다. 음악을 듣는 동안에는 그나마 모든 근심이 사라졌다. 음악이 끝나면 다시 제자리로 돌아오는 게 문제였다.

한나는 누군가 어깨를 툭툭 치는 바람에 화들짝 놀라며 귀에서 이어폰을 뺐다.

검은 눈의 남자였다.

"한나 캐스웰?"

"네?"

한나는 남자를 즉각 알아보지 못했다. 비에 젖은 머리카락이 눈썹까지 흘러 내린데다 머리에 후드를 뒤집어쓰고 있어 얼굴을 제대로 볼 수 없었기 때문이다.

"미안해. 놀라게 할 생각은 없었어. 이름을 두세 번 불렀는데 알아듣지 못하기에."

한나는 비로소 그가 누군지 알아보았다. 스테인턴데일의 외진 농장에 사는 케빈 벤트였다. 그는 한나의 집에서 몇 마일 떨어진 농장에 사는 남자였다. 어머니와 형이 있었고, 아버지는 없었다. 왜 아버지가 없는지는 알지 못했다. 라이언은 평소 한나에게 벤트 가의 두 형제와 어울려서는 안 된다고 강조했다. 한나는 라이언의 태도를 이해할 수 없었다. 벤트 부인은 매우 상냥한 사람이었는데 다발성경화증을 앓고 있어 휠체어 신세를 지고 있었다. 벤트 부인이 농장을 운영할 수 없게 되면서 생계가 막막해졌고, 생계보조금을 받아 겨우 살아간다는 소문을 들었다.

"안녕, 케빈."

"헐에는 혼자 온 거야?"

한나는 고개를 끄덕였다.

"방금 전에 기차를 놓쳤어."

케빈이 손에 들고 있는 자동차 열쇠를 흔들어보였다.

"내가 스카보로까지 태워줄게. 사실은 친구들과 약속이 있어서 크로프톤에 가는 길이었어. 스카보로까지 태워주면 네 아빠에게 연락해 와달라고 하면 되잖아."

케빈의 차를 탈 경우 처음 라이언과 약속했던 시간에 맞게 도착할 수 있을 듯했다. 그대신 적당한 핑곗거리를 찾아내야 했다. 케빈의 차를 얻어타고 왔다는 말을 할 수는 없으니까.

"나 때문에 길을 돌아가게 되는 거잖아. 크로프톤으로 곧장 가면 훨씬 시간을 절약할 수 있을 텐데."

케빈이 어깨를 으쓱했다.

"그래봐야 겨우 15분쯤 늦어지니까 상관없어."

한나가 알기로는 15분이 아니라 30분쯤 늦어질 수도 있는 거리였다. 케빈처럼 잘생긴 남자가 아까운 시간을 써가며 차를 태워주겠다고 하니 기분이 우쭐해지기도 했다.

나에게 관심 있나?

지금껏 그녀에게 관심을 표한 남자는 없었다.

"도와줘서 고마워."

그들은 도로를 건너 주차장에 도착했다. 케빈이 무인주차 요금계산기에서 요금을 정산하고 나서 주차장을 가로질러 걸어가더니 소형 피아트 앞에 멈춰 섰다. 그가 차 문을 열었고, 한나는 조수석에 올랐다.

라이언에게는 케빈의 차를 얻어 탄 사실을 끝까지 숨길 생각이었다. 라이언은 벤트 가 형제들을 위험한 범죄자로 분류하는 한편 일을 하기 싫어 정부보조금을 받아 살아가는 게으름뱅이들이라며 경멸했다.

8년 전, 케빈의 형 마빈은 집단성폭행 사건 용의자로 경찰에 체포되었다. 피해자인 여학생은 등굣길에 남학생들의 꼬임에 넘어가 학교에 가지 않고 그들을 따라갔다가 폐쇄공장 건물에서 집단성폭행을 당했다. 그 당시 열여섯 살이었던 마빈은 용의자로 지목되자 범행에 가담하지 않았다고 부인했다. 실제로 경찰은 마빈이 범행에 가담했다는 증거를 찾아내지 못했고, 결국 무죄로 풀려났다.

마빈이 무죄로 풀려난 사실을 알고 있었지만 라이언은 증거가 없었기 때문이지 실제로는 유죄였다는 주장을 굽히지 않았다.

"경찰이 아무런 근거도 없이 녀석을 용의자로 단정하고 체포했을 리 없잖아. 녀석도 범죄에 가담했을 가능성이 크지만 물증을 찾아내지 못한 거야. 법정에서 무죄를 받았다고 해서 죄가 저절로 사라지는 건 아니야."

케빈의 차가 주차장을 빠져나와 차량 정체 현상을 빚고 있는 퍼렌스웨이에 합류했다.

"하마터면 네 얼굴을 못 알아볼 뻔했어."

케빈이 말했다.

한나는 자기도 모르게 얼굴을 붉혔다.

"내년 4월이면 나도 열다섯 살이야."

"너도 이제 어른이 다 됐네."

케빈이 입을 비죽이며 미소를 흘렸다.

차가 시내를 벗어나 헐에서 스카보로로 이어지는 A165 도로로 접어들 때까지 두 사람은 잠시 침묵을 지켰다. 바다 옆으로 길게 이어지는 해변도로로 접어들었지만 어둠이 짙어 아무것도 보이지 않았다. 차량들이 꼬리를 물고 이어졌다. 스카보로에 도착하려면 한 시간 반을 더 달려야 했다.

케빈은 스카보로에서 가장 멋있는 남자아이로 통했다. 그러다보니 학교에서는 물론이고, SNS에서도 자주 화제에 올랐다. 수많은 여학생들이 케빈과 데이트하길 원했다. 한때 여자 친구가 자주 바뀐다는 소문이 나돌았는데 요즘은 솔로로 지낸다는 말을 들은 적이 있었다. 그렇다고 아예 여자들을 만나지 않는다는 뜻은 아니었다.

케빈의 차를 얻어 탔다는 소문이 퍼져나갈 경우 많은 여학생들이 부러워 할 게 뻔했다. 한나는 자신이 그다지 매력적이지 않다는 걸 알고 있었다. 허리는 굵고, 얼굴은 아직 젖살이 빠지지 않아 포동포동했다. 옷차림은 언제나 라이언이 결정하다시피 했다. 늘 돈이 부족해 주로 최저가 상품을 구매했다. 현재 입고 있는 옷도 몇 번 세탁하고 나면 변색되거나 탈색되는 싸구려 제품이었다.

한나의 입에서 자기도 모르게 한숨이 새어나왔다.

"헐에는 무슨 일로 갔어?"

"헐에 사는 할머니 집에 다녀오는 길이야."

"네 아빠가 혼자 헐에 다녀오도록 허락해주었어?"

라이언은 스테인턴데일에서 딸을 매우 엄격하게 키우는 아버지로 유명했다. 10년 전, 그의 부인 린다는 말도 없이 집을 나갔다. 라이언은 외동딸인 한나도 린다처럼 어느 날 갑자기 사라져버릴까 봐 걱정되는지 늘 엄격한 통제를 했다.

"사실은 내가 할머니 집에 다녀오게 해달라고 고집을 부렸어. 아빠가 약속을 지키지 않은 것에 대해 몹시 화를 낼 거야."

"열차를 놓쳤다고 화낼 필요는 없잖아."

한나가 천천히 고개를 저었다.

"아빠는 무엇보다 약속을 중시해. 약속을 지키지 않는 건 아직 어른이 되지 않았다는 증거니까 사사건건 통제를 받아야 한다고 주장하지."

"네가 자꾸 실수하는 건 네 아빠 때문이야. 계속 핀잔을 듣다보니 너 자신에 대한 믿음을 잃게 된 거야. 앞으로는 너 자신을 믿어. 그럼 모든 일이 잘 풀리게 될 거야."

한나는 잠시 생각에 잠겼다가 입을 열었다.

"내 자신을 믿기 어려워."

"그동안 네 아빠로부터 지나치게 엄격한 통제를 받았기 때문이야."

"아빠 때문만은 아니야. 그러니까 나는……."

한나는 더 이상 말을 잇지 못했다. 케빈의 눈길이 얼굴에 닿았다.

"네가 어때서?"

"난 다른 아이들과 달라. 매력이 없어, 전혀."

"왜 그렇게 생각해? 넌 매력 있어."

한나는 침을 꿀꺽 삼켰다.

솔직한 말일까?

침묵이 이어지는 사이 여러 마을을 지나쳤다. 중간에 램프로 빠져나간 차량이 많아지면서 도로는 점차 한산해졌다. 창밖에 초원이 펼쳐져 있고, 끝 지점에 바다가 있어야 하는데 너무 어두워 잘 보이지 않았다.

"넌 헐에 무슨 일로 왔어?"

"친구가 헐에서 술집을 개업하게 되었어. 오늘 가구와 집기를 들여놓았는데 도와줄 사람이 필요하다고 해서 왔어. 내일도 도와주기로 했어."

"넌 정말 좋은 친구네."

"어릴 때부터 알고 지낸 친구야. 12월 초에 펍을 오픈하기로 했는데 괜찮다면 너도 개업식 파티에 와."

"난 아직 술을 못 마셔."

"콜라를 마시면 되지."

"가고 싶어."

라이언이 허락해줄 리 없었다. 더구나 술집 개업 파티라면 말을 꺼낼 필요조차 없었다. 혹시 다른 핑계를 대면 어떨까 하는 생각이 들었다. 문득 쉴라가 떠올랐다. 쉴라의 집에서 자고 오겠다고 하면 허락해줄 수도 있었다.

"개업 파티 때 나를 데려가줄 수 있어?"

"우선 네 아빠 허락부터 받아내야겠지."

"아빠한테는 다른 핑계를 대야지."

"그렇다면 얼마든지 가능해."

이제 도로에는 차량이 몇 대밖에 남아 있지 않았다. 케빈이 라디오를 켰다. 아리아나 그란데의 노래가 흘러나왔다.

"이 노래 좋아해?"

"응, 좋아해."

한나는 그 말을 끝으로 다시 입을 다물었다. 창밖에는 어둠이 짙게 깔려 있었고, 음악소리가 차 안을 가득 채웠다.

이제 새로운 인생을 시작하는 거야. 어떤 식으로든.

2

그들은 7시가 조금 지나 스카보로에 도착했다.

"네 아빠에게 스카보로에 도착했다고 전화해."

케빈의 차 안에서 라이언에게 전화하는 건 상상할 수 없는 일이었다. 누가 데려다주었는지 물어볼 경우 둘러댈 말이 생각나지 않았다. 라이언은 케빈이 아니라 다른 사람의 차를 얻어 타고 왔다고 해도 불같이 화를 낼 게 뻔했다. 다른 사람 차를 타서는 안 된다고 귀에 못이 박히도록 들어왔다. 차를 태워주었다고 둘러댈 만한 사람이 없었다. 라이언이 당장 전화해 사실여부를 확인할 테니까.

라이언 캐스웰은 온통 세상과 사람에 대한 불신에 사로잡혀 있었다. 한나는 좋은 생각이 떠오르지 않아 머리가 지끈거렸다. 기차를 놓쳤다고 생각했는데 출발 직전에 겨우 올라타게 되었다고 둘러댈 수밖에 없었다. 왜 진작 전화해서 알려주지 않았냐고 질책하겠지만 그 정도는 감수할 만했다.

"네 아빠 회사까지 데려다줄까?"

"아니, 그냥 여기서 내려주면 돼."

아마도 라이언은 이미 집에 돌아가 있을 가능성이 컸다. 픽업해 달라고 전화하면 버럭 화를 내겠지만 어쩔 수 없었다.

차문을 열고 내리는 순간 갑자기 차고 눅눅한 공기가 온몸으로 밀려들었다.

"개업 파티에 대해서는 나중에 다시 얘기하자."

"그래, 알았어."

"스테인턴데일까지 다른 차를 얻어 타고 갈 생각은 하지 마. 위험하니까."

"절대로 그런 일은 없을 거야."

"그럼 나중에 보자. 잘 들어가."

한나는 사라져가는 차의 뒷모습을 물끄러미 쳐다보았다.

케빈과 파티에 갈 약속을 잡다니? 단지 파티일 뿐 데이트 약속은 아니었지만 벌써부터 마음이 설레었다. 한나는 청바지 주머니에 들어 있는 휴대폰을 꺼냈다. 당장 쉴라에게 이 놀라운 소식을 전하지 않으면 심장이 터져버릴 것 같았다.

쉴라가 즉시 전화를 받았다.

"무슨 일이야?"

"스카보로 역 앞인데 헐에 다녀오는 길이야."

"방금 전에 기차에서 내렸어?"

"사실은 헐에서 누군가를 만났는데 그가 차를 태워줬어."

"누구?"

쉴라의 목소리에 호기심이 어렸다.

한나는 잠시 이 순간을 즐기고 싶었다.

"케빈 벤트."

쉴라는 잠시 말을 잇지 못하다가 깜짝 놀란 목소리로 되물었다.

"케빈 벤트?"

"그래, 케빈."

"말도 안 돼. 케빈이 너를 태워주었다는 거야?"

"헐에서 우연히 마주쳤는데 케빈이 먼저 차를 태워주겠다고 제안했어."

"케빈 옆에 앉아본 기분이 어때? 너무 부끄러워 입도 뻥긋하지 못하고 앉아있었던 건 아니지?"

"부끄럽긴 했지만 그 정도는 아니었어."

"케빈이 지루했겠네. 넌 입이 너무 무거워 재미없잖아."

쉴라가 약점을 정확하게 노리고 화살을 날렸다.

한나는 드디어 회심의 카드를 꺼내들었다.

"케빈은 그다지 지루해하지 않았어. 12월 초에 그를 다시 만나기로 약속했어."

"정말이야?"

"케빈이 파티에 가자고 제안했거든."

"그럴 리가? 거짓말이지?"

쉴라가 도저히 믿을 수 없다는 듯 의심하는 바람에 한나는 마음의 상처를 받았다.

"정말 파티에 가기로 했다니까."

"말도 안 돼."

"문제는 아빠야. 절대로 허락해주지 않을 테니까."

"네 아빠가 허락해줄 리 없지."

쉴라가 그 말에 얼른 동의했다.

"너희 집에서 하룻밤 자고 오겠다고 하면 안 될까?"

"흠."

쉴라는 그제야 매우 못마땅한 역할을 맡게 되었다는 걸 깨달았다. 케빈은 동네에서 최고의 매력남으로 통했다. 그날 케빈과 함께 파티에 가는 한나의 알리바이를 만들어주기 위해 주말 내내 집에 처박혀 있어야 한다는 뜻이었다.

내가 한나보다 못한 게 뭐람? 얼굴도 예쁘고, 옷차림도 세련되고, 재치도 있잖아. 케빈의 눈이 어떻게 된 거 아냐?

"혹시 옷을 빌려줄 수 있어? 너도 알다시피 내 옷은 하나같이 우중충해서 말이야."

"하긴 파티에 그런 옷을 입고 갈 수야 없겠지. 케빈이 얼마 전까지 만나던 여자 친구가 있는데 옷차림이 정말 근사했거든."

따귀를 맞은 기분이었지만 한나는 내색하지 않았다.

"날 도와줄 거야?"

쉴라에게는 선택의 여지가 없었다. 대놓고 나쁜 친구가 될 수는 없으니까.

"그래, 좋아."

쉴라가 짧게 대답했다.

"넌 정말 좋은 친구야."

"케빈이 왜 스테인턴데일까지 태워주지 않고, 스카보로

역에 내려 준 거야? 벤트 가의 농장도 스테인턴데일 외곽에 있잖아."

"케빈은 크로프톤에서 친구들과 약속이 있나 봐. 게다가 케빈의 차를 타고 스테인턴테일까지 갔다가 아빠 눈에 띄면 좋을 게 없잖아. 아빠한테는 기차를 타고 왔다고 둘러댈 거야."

한나는 쉴라와 통화를 마치고 나서 라이언에게 전화했다. 휴대폰을 받지 않아 집으로 해봤지만 역시 받지 않았다. 네 번이나 통화를 시도했지만 번번이 연결되지 않았다.

이제 어쩐담?

아빠가 화가 많이 나서 일부러 전화를 안 받는 건가? 아니면 집을 나와 전파사각지대에 있을까?

한나는 엉거주춤한 자세로 스카보로 역 앞에 서 있었다. 대형 시계와 반구형 지붕으로 장식한 탑이 시야에 들어왔다. 가느다란 보슬비가 내리고 있는 가운데 안개까지 자욱하게 끼어 음산한 느낌이 들었다. 늦은 저녁 시간이라 역사 안에는 사람들이 별로 없었다. 역 앞 광장에도 행인들이 뜸했다. 음산한 날씨라 외출보다는 따스한 벽난로 앞에 앉아 맛있는 음식을 만들어먹으며 시간을 보내는 게 더 나을 듯했다.

지난 두 시간 동안의 설렘과 흥분이 가시면서 피로와 불안감이 엄습해왔다.

아빠와 계속 연락이 되지 않으면 어쩌지?

우선 역사 안으로 들어가 추위를 피하는 방법이 있었다. 역사 근처에 카페가 있긴 했지만 거기서 혼자 우두커니 앉아 있긴 싫었다.

한나는 다시 라이언에게 전화했지만 받지 않았다. 어떻게 해야 할지 미처 결정하지 못하고 막연히 길을 걸었다. 그때 자동차 한 대가 옆으로 다가와 멈춰 섰다. 차창이 아래로 미끄러져 내려갔다.

"한나!"

3

열차승무원인 더스틴 워커는 킹스크로스 역에서 스카보로 행 열차를 탔다. 9시 반에 스카보로 역에서 내린 그는 빠른 걸음으로 플랫폼을 따라 걸었다. 한시바삐 집으로 돌아가고 싶은 마음뿐이었다. 승객들 절반 이상이 감기에 걸린 듯 기침소리와 콧물을 훌쩍이는 소리가 끊이지 않았다. 감기가 옮으면 곤란하니까 집에 가자마자 비타민을 몇 알 챙겨먹을 작정이었다. 그는 맞은편에서 남자 하나가 곧장 앞에서 다가오는 바람에 옆으로 비켜서려 했다. 남자가 다시 앞을 가로막았다.

"무슨 일이죠?"

남자의 얼굴은 몹시 창백했고, 눈에 당혹감이 어려 있었다.

"45분 전에 헐을 출발한 열차가 스카보로 역에 도착했어요."

"저는 헐이 아니라 런던에서 오는 길인데요?"

"내 딸이 그 열차를 타기로 되어 있었는데 오지 않았어요."

"이미 말씀드렸다시피 저는 런던에서 오는 길이고, 그 일은 제 소관업무가 아닙니다."

남자는 패닉에 빠져들기 일보 직전이었다.

"안내센터에도 가봤고, 긴급신고센터에도 연락해봤지만 이 일을 담당하는 직원이 없었어요."

더스틴은 남자가 너무 안쓰러워 보였다.

"당신 딸이 헐에서 기차를 타기로 되어있었다고 했죠?"

"원래는 그 앞차를 타기로 했었는데 놓쳐버렸죠. 딸이 분명 다음 기차를 타겠다고 했는데 오지 않았어요."

"제시간에 마중을 나왔습니까?"

"열차가 도착하기 10분 전부터 스카보로 역에 나와 있었어요. 열차는 분명 제시간에 도착했는데 제딸은 아무리 기다려도 내리지 않더군요."

"승객들이 한꺼번에 밀려나올 경우 시야에서 놓칠 수도 있어. 종종 발생하는 일이죠."

"그렇더라도 역사 어딘가에 있어야 하잖아요. 역사를 구석구석 둘러보고 심지어 여자화장실까지 들어가 봤는데 그 어디에도 없더군요. 역사 밖으로 나와서도 여기저기 둘러봤지만 결국 찾지 못했어요."

"딸이 휴대폰을 갖고 있지 않나요?"

"휴대폰으로 계속 전화해봤는데 안 받아요."

더스틴은 한숨을 푹 내쉬었다.

"헐에는 무슨 일로 갔었는데요?"

"헐에 사는 할머니 집에 갔어요. 어머니에게 전화해봤는데 한나가 집에 가겠다며 열차를 타러 나간 이후로는 소식을 듣지 못했다고 하더군요. 그러니까 한나가 열차를 놓친 직후 저와 통화한 게 마지막이었어요."

"그 후로는 전혀 연락이 없었단 말이죠?"

"7시 10분에서 20분 사이에 저에게 여러 번 전화했더군요. 그때 저는 성 아래쪽 바닷가 근처에 차를 세워두고 있었는데 전파사각지대라 전화가 연결되지 않았어요."

더스틴은 한숨을 푹 내쉬었다. 처음부터 상대해주지 말았어야 한다는 생각이 들었다. 한시바삐 이 자리를 벗어나고 싶었다.

"당신 성함을 알려주세요."

"라이언 캐스웰. 딸 이름은 한나 캐스웰입니다. 집은 스테인턴데일 외곽에 있고, 지금껏 혼자서 딸아이를 키워왔어요. 건물관리회사에서 일하는데 오늘은 7시에 일을 마치고, 역에서 한나를 픽업하기로 되어 있었죠. 한나가 열차를 놓치는 바람에 갑자기 시간이 붕 떠버려 바닷가에서 시간을 보내고 있었어요."

우중충한 날씨에 무려 두 시간 동안이나 바닷가에 차를 세워두고 있었다니 정말 고지식한 사람이네. 카페에 들어가 차라도 한 잔 마시면서 기다릴 것이지.

"한나가 타기로 했던 열차를 놓친 직후 전화했기에 몹시 화가 나서 큰소리로 꾸짖었죠. 가뜩이나 정신이 흐리멍덩해 자주 일을 그르치는데 또 실수를 저질렀으니 화가 날 수밖에요. 한나는 가끔 엉뚱한 공상에 빠져 약속을 잊어버리는 경우가 많아요."

"불쌍해라."

더스틴이 작은 소리로 중얼거렸다.

"내가 화를 냈다고 달아날 아이는 아닙니다. 여태껏 단 한 번도 가출한 적이 없는 아이니까."

부모들은 가끔 제 자식에 대해 잘못 알고 있는 경우가 많죠. 더스틴은 마음속으로 그렇게 생각하며 물었다.

"한나와 가장 친하게 지내는 친구가 누구죠? 한나가 집을 나갔을 경우 가장 먼저 찾아갈 만한 친구 말입니다."

라이언의 눈에 일말의 희망이 피어올랐다

"쉴라 루이스라는 아이죠."

라이언은 말을 마치기 무섭게 휴대폰에서 쉴라의 전화번호를 찾아냈다.

라이언이 쉴라와 통화하면서 거의 비명을 지르다시피 했다.

"쉴라, 너 혹시 한나가 어디에 있는지 알고 있니? 한나를 픽업하러 스카보로 역에 왔는데 여기에 없어. 한나가 타고 오기로 한 열차가 45분 전에 도착했는데 무슨 일인지 모르겠어. 혹시 넌 알고 있니?"

더스틴은 통화내용을 잘 듣기 위해 귀를 기울였다.

"쉴라, 제발 한나가 지금 어디에 있는지 알고 있으면 숨기지 말고 털어놔야 해. 만약 다 알고 있으면서 숨겼다가 한나에게 불상사가 생길 경우 너에게도 책임을 물을 테니까."

더스틴이 듣기에 라이언의 말은 협박에 가까웠다. 솔직한 말을 듣고 싶다면 압박보다는 회유가 더 적절할 거라는 생각이 들었다.

라이언이 다급히 물었다.

"쉴라, 대체 무슨 말이야?"

드디어 뭔가 알아낸 건가?

"한나가 누구 차를 탔다고?"

라이언이 비명을 지르다시피 소리를 지르자 지나가던 사람들이 발길을 멈추고 힐끔 쳐다보았다.

"그럴 리 없어. 지금 한나는 어디론가 사라지고 없다니까."

라이언이 갑자기 말을 중단하고 더스틴을 향해 돌아섰다.

"한나는 열차가 아니라 케빈 벤트의 차를 얻어 타고 왔답니다."

케빈 벤트? 더스틴은 그가 누군지 몰랐지만 어떤 상황인지 짐작할 수 있었다.

"케빈은 위험한 녀석이죠. 그 녀석 형이 집단성폭행 사건에 연루된 적이 있어요."

라이언이 휴대폰으로 어디론가 전화를 걸며 말했다.

"당장 경찰에 신고해야겠어요."

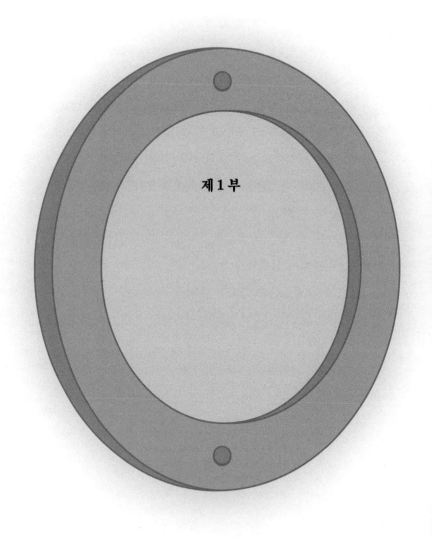

제 1 부

2017년 10월 13일, 금요일

1

"어쩐지 사이코패스처럼 보이더라니? 왠지 그 세입자가 처음부터 눈에 거슬렸어요. 인상이 썩 좋지 않았거든요."

이웃집여자가 미간을 찌푸리며 말했다.

케이트 린빌은 스카보로 외곽 스캘비에 있는 아버지 집 거실에서 당혹스런 표정을 지으며 주변을 둘러보았다. 경찰이 된 이후 지금껏 이상한 광경을 수없이 목격했지만 이런 경우는 처음이었다. 집이 온통 쓰레기하치장처럼 되어있었다. 여기저기 나뒹구는 통조림 깡통들, 먹다가 치우지도 않고 그대로 방치해둔 피자조각들, 술이 조금씩 남아 있는 빈병들, 곳곳에 오물이 묻어 얼룩덜룩해진 양탄자, 몇 달 동안 한 번도 치우지 않은 듯 배설물이 쌓여있는 고양이 변기통, 구석구석 산더미처럼 내던져둔 잡동사니들, 창문턱에 널린 속옷들, 안락의자 위의 토사물 흔적을 보노라니 도저히 사람이 살던 집 같지 않았다.

삐뚤빼뚤한 글씨체로 벽에 붙여놓은 외설적인 문구들이 흡사 말라붙은 핏자국처럼 보였다. 적어도 다섯 번은 'Fuck'이라는 단어가 들어간 문구들이었다.

만약 이웃집여자가 옆에 없었더라면 비명을 지를 뻔했다.

케이트는 자꾸만 격앙돼가는 마음을 다독거렸다.

"주방은 상황이 더욱 심각해요. 폐허가 따로 없더군요."

이웃집여자는 케이트의 아버지가 살아 있을 때부터 이 집의 비상키를 가지고 있었다. 그녀가 런던에 있는 케이트에게 이 끔찍한 상황을 귀띔해주었다.

"세입자가 2주 전부터 보이지 않더군요. 현관문 앞에 우유병도 그대로 놓여 있고, 우편물을 수거하지 않아 우편함이 가득 찰 지경이었죠. 게다가 밤만 되면 고양이 울음소리가 들려왔어요. 문득 이상한 생각이 들어 집을 들여다봐야겠다고 생각했죠."

비상키로 문을 열고 집안을 둘러본 이웃집여자로부터 즉시 전화가 왔다.

"당장 와봐야겠어요."

케이트는 어쩔 수 없이 며칠간 휴가를 냈다. 가뜩이나 일이 많아 과부하가 걸린 상황인데 휴가를 내자 국장이 눈살을 찌푸렸다.

"아버지가 살던 집을 임대해주고 있는데 세입자가 무단으로 도주했어요. 집이 온통 난장판이 되었다고 하네요."

국장은 끝내 찌푸린 인상을 풀지 않았다.

"그 집을 처분한 줄 알았는데, 아니었어?"

"처분하려다가 임대를 주었죠."

케이트는 결국 휴가를 받아냈다.

내 우유부단한 성격을 질책하려고 하늘이 골탕을 먹이려는 건가?

케이트는 집을 팔지 말지 고민하다 결국 임대를 주었다. 집이 오래 되면 끊임없이 수리비용이 들어가게 마련이었다. 그럼에도 팔지 못한 이유는 부모님이 살던 집이었기 때문이다. 어머니는 이 집에서 오랫동안 투병하다 숨을 거두었고, 아버지는 잔혹하게 살해되었다.

3년 전, 케이트는 직접 수사에 뛰어들어 아버지를 살해한 범인을 검거했다. 그 과정에서 미처 몰랐던 아버지의 불미스러운 과거 행적에 대해 알게 되었다. 아버지를 우상처럼 숭배하며 따랐기에 불미스런 과거의 행적을 받아들이기 힘들었다.

이웃집여자가 악취를 참지 못해 손수건으로 코를 틀어막으며 말했다.

"이 집에서 문제가 생길 때마다 항상 내가 가장 먼저 알게 되네요. 리처드 린빌 반장님이 살해됐을 때도 내가 처음 발견했잖아요."

이웃집여자의 말이 비난처럼 들렸다.

이 동네에서 일어나는 일이라면 하나부터 열까지 다 꿰고 있으니 그럴 수밖에요.

아무리 그렇더라도 이웃집여자는 고마운 존재였다.

케이트는 몸을 잔뜩 움츠리고 집을 둘러보았다. 2층 침실도 엉망진창이었다. 더러운 옷가지들과 상한 음식물들이 여기저기 널려 있는데다 전기케이블은 죄다 뜯겨나갔고, 창문 손잡이의 나사못들은 하나같이 풀려 있었다. 욕실문은 겨우 하나만이 온전한 경첩에 의지해 대롱대롱 매달려 있었다. 변기는 얼마나 오랫동안 닦지 않았는지 악취가 진동해 숨이 막힐 지경이었다.

케이트는 욕실 거울을 힐끔 쳐다보았다. 더할 수 없이 창백한데다 땀에 젖어든 머리카락이 이마에 달라붙은 얼굴이 보였다.

"어쩌다 집을 이 지경으로 만들어놓았을까요?"

이웃집여자는 코를 틀어막은 손수건을 떼지도 않고 말했다.

"욕조에도 온갖 오물이 그득해요." 더러운 물이 발목까지 차 있는 욕조에 토사물로 보이는 음식찌꺼기가 둥둥 떠다니고 있었다. "집에서 무슨 짓을 했기에 이 꼴이 됐을까요?"

케이트가 당혹감을 숨기지 못하며 말했다.

처음 세를 놓을 당시 세입자들을 본 적이 있었다. 삼십대 초반으로 보이는 남녀 커플이었다. 호감 가는 인상은 아니었지만 크게 신경이 거슬리는 타입은 아니었다. 속내를 알 수 없는 사람들이란 느낌이 들긴 했다. 남자는 실직자였고, 여자가 어느 건축회사 근로계약서를 제시해 수입이 있다는 걸 확인시켜주었다. 세입자들은 단 한 번도 제날짜에 월세를 입금한 적이 없었고, 최근에는 더욱 늦어졌다.

케이트는 그러든 말든 신경 쓰지 않았다. 세입자들은 집에 있는 가구를 그대로 사용하기로 했고, 한 번도 집에 대한 불만을 토로하거나 뭔가 수리해달라고 요구하지도 않았다. 돌이켜 생각해 보니 그들의 가구가 전혀 없었다는 것과 오래된 집이라 수리가 필요했음에도 아무것도 요구하지 않은 게 이상해보였다.

케이트는 부모님이 쓰던 침실에서 고양이를 발견했다. 세입자들이 먹을거리를 챙겨주지도 않고 고양이를 방치하고 떠난 게 분명했다. 그나마 고양이가 죽지 않고 버틸 수 있었던 건 사방에 널려 있는 음식찌꺼기 덕분인 듯했다. 오물로 뒤덮인 침대시트에 있던 고양이가 작은 소리로 울었다.

"고양이를 버려두고 떠났나 봐요."

"고양이 알레르기가 있어 집에 데려갈 수는 없었지만 내가 어제 우유를 가져와 먹였어요."

케이트는 그 자리에 주저앉아 펑펑 울고 싶은 심정이었다. 제발 누군가 나타나 집 문제를 해결해줄 테니 걱정 말고 런던으로 돌아가라고 말해주었으면 좋겠다는 생각이 들었다. 누군가 마법의 지팡이로 더럽고 악취를 풍기는 집을 예전처럼 청결하고 따스한 보금자리로 되돌려놓으면 좋을 듯했다. 이 집에 올 때면 언제나 안전하게 보호받고 있다는 느낌을 받았다. 런던의 추운 집, 고독한 생활, 경찰서 동료들과의 원만하지 않은 관계로부터 도주하고 싶을 때면 언제나 이 집을 찾았고, 바라던 위안을 얻었다. 앞으로는 전혀 기대할 수 없게 되었다. 집 안 가득 쌓여 있는 오물과 쓰레기들을 치우고, 황폐화된 방들을 수리하고, 망가진 가재도구들을 완벽하게 고쳐놓는다고 해도 원래의 모습으로 돌아갈 것 같지 않았다. 아버지가 이 집에서 끔찍하게 살해된 이후 안전하게 보호받는다는 느낌은 이미 사라진 지 오래였다.

도와줄 사람도 없으니 자구책을 마련할 수밖에 없었다. 구석에서 넋을 놓고 앉아 있지만 말고, 어서 자리를 털고 일어나 산적한 문제들을 해결해야 한다는 생각이 들었다. 거실

탁자 위에 임대차계약 해지통지서가 들어 있는 우편물이 있어 다행이었다. 일단 변호사를 만나봐야겠지만 임대차계약이 해지되었다면 당장 집을 처분해도 된다는 뜻이었다. 어디로 떠났는지 알 수 없는 세입자들을 찾아내 임대차계약을 해지하려면 복잡하고 골치 아팠을 텐데 그나마 다행이었다.

"어디에 머물 거예요? 이 집에서 지낼 수는 없잖아요."

"숙소를 찾아봐야지요. 휴가철이 아니니까 빈 방이 많을 거예요. 우선 청소용역업체 사람들을 불러 쓰레기부터 치워야겠어요."

"비용이 많이 들 텐데요."

"다른 방법이 없잖아요."

"세입자들을 신고할 거예요?"

"신고는 해야겠지만 그들을 찾아낼 수 있을 것 같지 않아요. 아마 모르긴 해도 영국을 떠났을 테니까."

"제정신이 아닌 사람들이 분명해요."

케이트는 거실로 내려가 소파 가장자리에 걸터앉아 노트북을 열고 당분간 지낼 숙소를 검색했다. 스카보로 노스클리프 골프클럽 인근에 있는 펜션이 눈에 들어왔다. 바닷가 근처였고, 차를 이용하면 금세 갈 수 있는 거리였다. 게다가 애완동물도 데려갈 수 있었다. 그녀는 한 번도 애완동물을 키워본 적이 없었지만 고양이를 내버려두고 갈 수는 없었다. 일단 고양이를 데려갔다가 키워줄 사람을 찾아볼 생각이었다.

펜션에 전화해보니 즉시 방을 사용할 수 있고, 원하는 만큼 머물 수 있다고 했다.

"요즘은 비수기라 손님이 없어요."

펜션 여자가 전화선 너머에서 친절하게 말해주었다.

케이트는 조심스럽게 현관문을 잠갔다. 온화한 날씨였고, 10월의 파란 하늘에서는 찬란한 태양이 눈부시게 빛나고 있었다. 도로를 따라 주택들이 줄지어 늘어서 있었고, 정원의 수목들에는 단풍이 곱게 물들어 있었다.

케이트는 이웃집여자에게 인사하고 나서 아버지가 물려준 차에 올랐다. 집과 차에서는 여전히 아버지의 흔적이 묻어났다. 엉망이 된 집을 보자니 온몸을 난도질당한 듯 마음이 쓰라렸다.

"그럼 또 연락해요."

이웃집여자가 말했다.

케이트는 고양이바구니를 차 뒷좌석에 내려놓고 운전석에 앉았다. 최대한 빨리 집을 청소하고 나서 리모델링 작업을 맡기고 일이 끝나고 나면 미련 없이 처분할 생각이었다.

2

캐롤 존스는 하루 종일 마음이 심란했다. 알라드 가족이 계속 머릿속에서 어른거렸다.

알라드 가족을 만나봐야 해!

네 시 반쯤 되었을 때 청소년복지센터 동료들 대부분이 주말을 즐기기 위해 퇴근했다. 아직 사무실에 남아 있는 사람들도 퇴근 준비를 서두르고 있었다.

캐롤은 심란한 마음으로 노트북을 가방에 챙겨 넣었다.

상사인 아이린 카리미안이 코트를 걸치고 나서 가방을 어깨에 둘러멨다.

"캐롤, 아직도 알라드 가족을 생각하는 거야?"

"퇴근길에 들렀다 가아겠어요."

캐롤은 상사가 심란한 기분을 눈치 채지 못하도록 최대한 사무적으로 말했다. 그들은 주차장까지 함께 걸어갔다. 아이린의 차는 고급 벤츠, 캐롤의 차는 작고 오래된 르노였다.

캐롤은 차에 올라 시동을 걸었다.

알라드 가족은 청소년복지센터에서 그리 멀지 않은 로스코 거리에 살았다. 연립주택들이 다닥다닥 붙어있는 동네였다. 건물들이 낡아 보수가 시급했지만 집주인들 대부분이 가난해 수리비용을 댈 수 없었다. 그런 탓에 겨울이면 바다에서 불어온 차고 눅눅한 바람이 집 안으로 사정없이 밀려들었다. 페인트가 여기저기 벗겨져나간 현관문과 지저분한 커튼에 가려진 창이 보였다. 만약 커튼이 없었다면 지나가는 행인들의 눈에 집안을 오가는 사람들의 모습이 고스란히 보일 듯했다. 2층에도 창문이 있었다. 지붕이 살짝 경사를 이루고 있어 집을 더 증축할 여지는 없었다. 캐롤이 알기로 집 안쪽에 있는 주방 출입문을 통해 뒷마당으로 나갈 수 있었다. 뒷마당 담장은 뒤쪽 연립주택과 맞닿아 있었다. 뒷마당에 잔디를 심거나 꽃과 채소를 가꾸는 집들이 많았지만 알라드 가족은 그냥 콘크리트로 포장해 잡동사니 물건들을 쌓아두는 공터로 이용했다. 비가 오는 날에도 뒷마당에 빨래가 그대로 널려 있기 일쑤였다. 2층에는 부부 침실과 욕실, 두 딸인 맨디와 린이 함께 쓰는 작은방이 있었다.

열네 살인 맨디가 월요일부터 아무런 연락도 없이 학교에 나오지 않았다. 학교에서는 아이 부모에게 두 번이나 결석한 사유를 밝혀달라고 연락했지만 아무런 답변이 없자 청소년 복지센터에 통보해주었다. 알라드 가족은 종종 문제를 일으켰다. 아이들이 제대로 씻지도 않고 등교하기 일쑤였고, 특별한 사유를 밝히지 않고 자주 결석을 했다. 2년 전, 맨디는 엄마와 다투다 팔이 부러진 적이 있었다. 가정폭력이 일상화된 결과인지, 아니면 실수로 다친 건지 알 수 없었다. 청소년 복지센터에서는 맨디를 가족과 격리시켜야 한다는 논의가 있었지만 일단은 유보하기로 결정했다. 현재는 맨디를 맡아 키우기에 적당한 위탁가정이 없는 상태였고, 고아원은 최종 단계에나 고려해볼 수 있기 때문이었다.

알라드 가족은 캐롤 담당이었다. 캐롤은 알라드의 집에서 약간 떨어진 곳에 차를 세웠다. 허름한 건물에 입주한 피트니스센터 바로 앞이었다. 창문에 홍보 플래카드들이 걸려 있었다. 반투명유리창에 적힌 '개인 PT'라는 빨간색 글자가 유난히 도드라져 보였다. 캐롤의 입에서 저절로 한숨이 새어나왔다. 요즘은 일과를 모두 마치고 난 저녁시간에 아이들의 집을 방문해야 하는 일이 잦았다. 체력이 고갈되다시피 한 형편이라 이럴 때는 피트니스센터에서 개인 PT라도 받아야 한다는 생각이 들었지만 좀처럼 시간을 내기 힘들었다.

캐롤은 길을 따라 조금 올라가다가 도로를 건너 알라드 가족의 집 앞에 멈춰 섰다. 유리창에 반쯤 커튼이 드리워져 있었다. 푸른빛이 새어나오는 걸 보니 텔레비전을 보고 있는 듯했다. 누군가 집에 있다는 뜻이었고, 맨디의 아버지인 말론 알라드일 공산이 컸다. 말론은 건설현장 노동자인데 정규직이 아니어서 추가인력이 필요한 경우에만 출근했다. 팻시 알라드는 잡화점 점원으로 일하고 있었는데 물건을 훔치다가 발각돼 해고되었다. 그 이후 몇 달 동안 실직상태가 이어지자 가족들에게 자주 화풀이를 했다. 말론은 온순하지만 무기력했고, 팻시는 충동적이고 난폭했다. 팻시는 점점 피폐해지는 생활을 말론 탓으로 여겼고, 그를 증오했다. 아이들을 사랑했지만 좌절감을 극복하지 못하고 자주 폭력을 행사했다.

캐롤은 초인종을 누른 다음 어깨를 펴고 마음의 준비를 단단히 했다. 이미 팻시에게 몇 차례 험한 욕설을 들은 적이 있어 긴장의 끈을 늦출 수 없었다. 문이 열렸고, 키가 작고 비쩍 마른 팻시가 눈앞에 서 있었다. 엄연히 금발처럼 보이는데 뿌리부분이 잿빛인 걸 보면 염색한 게 분명했다. 젊었을 때는 제법 매력적인 얼굴이었을 텐데 생의 좌절감이 얼굴에 그대로 영향을 미쳐 이제 겨우 서른아홉인데 오십대라고 해도 이상하지 않을 만큼 늙어보였다. 청바지에 파란색 풀오버 차림이었고, 사이즈가 너무 커 몸이 더욱 말라 보였다.

"무슨 일이죠?"

"어떻게 지내세요?"

"좋을 리 없잖아요."

"말론은 요즘 일을 나가요?"

"일거리가 없어 빈둥거리고 있어요. 그 대신 린이 일을 나가죠."

청소년복지센터에서 린에게 목공소 실습생 자리를 주선해 주었다.

"잠시 안으로 들어가도 될까요?"

"말론이 거실에서 축구중계를 보고 있어요."

"주방도 괜찮아요."

팻시는 가느다란 한숨을 내쉬고 나서 한 걸음 뒤로 물러섰다.

캐롤은 그녀를 따라 비좁고 어두컴컴한 복도를 지나갔다. 협소한 주방 한쪽 구석에 의자 네 개와 자그마한 식탁이 놓여 있었다. 팻시는 의자에 앉자마자 다시 한숨을 쉬더니 가스레인지에 몸을 기댔다.

"바쁘니까 용건이 뭔지 어서 말해 봐요."

"학교에서 연락을 받았어요. 맨디가 월요일부터 아무런 사유도 밝히지 않고 학교에 나오지 않는다고요."

"반드시 사유를 밝혀야 하나요?"

"부득이 결석할 경우 학교에 사유서를 제출해야 하죠."

"사유서를 보낼게요. 이제 됐어요?"

"맨디가 많이 아파요?"

"독감인데 열이 많아요. 안 그래도 독감이 유행하는 철이잖아요."

10월이었지만 올해는 날씨가 포근해 독감이 유행한다는 말은 들어보지 못했다.

"잠깐 맨디를 만나볼 수 있을까요?"

팻시가 눈살을 찌푸렸다.

"방금 전 잠들었어요."

"그럼 그냥 살짝 들여다보고 돌아갈게요."

"맨디는 계단을 올라오는 발자국소리만 들어도 잠을 깨요."

캐롤이 자리에서 일어섰다.

"도저히 안 되겠어요?"

"그냥 돌아가세요."

집주인 허락 없이는 2층으로 올라갈 수 없었다. 사전에 판사의 허가를 받아내고, 경찰과 동행할 때만 가능했다.

"혹시 지난번처럼 안 좋은 일이 있었던 건 아니죠? 맨디의 팔이 부러진 적이 있잖아요."

"2년 전이에요."

"그때는 당신이 팔을 부러뜨렸죠."

"그냥 재수가 없었어요. 넘어진다고 다 팔이 부러지진 않아요."

"당신이 맨디를 밀치는 바람에 넘어졌어요."

"사소한 다툼을 벌이다 빚어진 실수였죠."

"아무리 엄마와 딸 사이라도 팔을 부러뜨리면 안 되죠."

"사고였다니까요."

"맨디가 걱정돼요."

"독감은 누구나 걸려요."

"병원에는 다녀왔어요?"

"병원에 갈 정도로 심하지 않아요. 며칠 쉬고 나면 괜찮을 거예요."

캐롤은 그녀가 뭔가 숨기고 있다는 느낌을 받았지만 경찰이 아닌 이상 계속 캐물을 수는 없었다.

"학교에 반드시 결석사유서를 제출하세요."

"그럴게요."

현관문을 향해 걸어가고 있을 때 거실에서 스포츠중계를 하는 캐스터의 열띤 목소리가 들려왔다.

캐롤은 기분이 찜찜했다. 팻시는 딸이 잠에서 깰까봐 걱정해줄 만큼 모성애가 강한 엄마는 아니었다. 캐롤은 월요일에 린이 일하는 목공소로 찾아가보기로 마음먹었다. 린은 학교를 중퇴한 이후 가족들과 줄곧 거리를 두려하고 있었지만 동생 맨디에 대한 일이라면 무심할 수 없을 것이다.

어느새 어둠이 내려 있었고, 얼굴을 스치고 지나간 바람에 바다 냄새가 섞여있었다.

"어려운 일이 있으면 언제든지 연락해요. 방치해두었다가는 더욱 심각한 문제가 발생할 수도 있으니까요."

"네, 그래야죠."

팻시는 입으로는 그렇게 말했지만 눈빛은 전혀 다른 말을 하고 있었다.

잔말 말고 꺼지시지. 연락할 일은 없을 거야.

캐롤은 차에 올랐다. 여전히 맨디가 걱정되었다.

*

사람들이 언제쯤 아이를 발견할지 궁금하다. 여전히 눈앞에 그 아이의 얼굴이 어른거린다. 살아 있는 모습이다. 얼굴이 아주

예쁘지는 않지만 천진난만하고 사랑스러운 아이.

일 년 전, 어느 날 저녁에 자동차를 타고 어두운 거리를 달리다가 우연히 그 아이를 발견했다. 공사 때문에 주도로가 꽉 막히는 바람에 그 조용한 주택가를 지나게 되었다. 나는 이 세상에 우연은 없다고 생각하고, 인생사는 이미 결정되어 있다고 믿는다. 그날 저녁에 나는 그 아이를 만날 운명이었다. 그 아이 역시 그랬다.

날이 어둡고 비가 내리고 있었지만 그 아이는 집까지 태워주겠다고 하자 거절했다.

"이름이 뭐니?"

"사스키아."

아이가 의심스런 눈초리로 빤히 쳐다보는 가운데 차에서 내린 나는 길거리와 주변의 집들 그리고 어두운 정원들을 주시하며 달아나려는 아이를 붙잡는다. 궂은 날씨 탓인지 집밖에 나와 있는 사람이 없다.

"집에 가야 해요."

사스키아는 겁에 질려 벌벌 떨면서도 비명을 지르거나 내 정강이를 걷어차지는 않는다. 예의범절이 몸에 배어 있다. 평소 사람들을 대할 때는 예의바른 태도를 취하는 게 바람직하겠지만 위기에 처했을 때는 오히려 독이 된다.

아마도 사스키아는 부모로부터 결코 낯선 사람의 차에 타서는 안 된다는 말을 수없이 들으며 자랐을 것이다. 낯선 사람이 눈앞에 있고, 상대와의 거리가 불과 30센티미터밖에 떨어져 있지 않고, 어느 모로 보나 매우 위험한 상황이었음에도 아이는 어떻게 대처해야 할지 알지 못한다. 아마도 그런 상황에서는 무조건 달아나야 한다고 배웠을 텐데 그냥 체념한 얼굴이다.

"제발······."

사스키아가 나지막한 목소리로 애원한다.

"차에 타."

나는 위압적인 목소리로 명령한다.

급기야 아이는 울음을 터뜨린다. 내가 팔을 붙잡았지만 아이는 아무런 저항도 하지 않는다. 어른에 대한 예의가 몸에 배어있는 아이다. 아마도 집에서는 다들 예의바른 아이라고 자랑스러워하겠지만 위기가 찾아왔을 때 어떻게 대처해야 하는지 제대로 알려주지 않은 건 불찰이다.

내 손은 아이가 쉽사리 뿌리칠 수 없을 만큼 악력이 세다. 이제는 아이가 비명을 지르더라도 차에 태우고 떠날 수밖에 없다. 텔레비전을 보던 동네사람들이 아이의 비명소리를 듣고 창문 쪽으로 다가서기 전에. 다행히 비명을 지르지는 않는다. 나는 아이를 보조석으로 밀어 넣고 안전띠를 채운다. 그제야 아이가 입고 있는 옷이 눈에 들어온다. 베이지색 스타킹에 갈색 부츠를 신고 있고, 꽃무늬 코르덴원피스를 입고 있다. 아직은 구멍이 숭숭 뚫린 청바지에 탱크톱을 입고 얼굴에 짙은 화장을 하고 다닐 나이는 아니다. 아직 어려서인지 아이는 순종적이다.

자동차 문에 어린이 보호 장치가 되어 있어 신호에 걸린 사이 뛰어내릴 수는 없다. 사스키아는 소리 없이 흐느끼고 있다. 차에 올라 시동을 걸고 나서 윈도브러시를 작동시킨다. 차가 시내를 통과하는 동안 사스키아는 바짝 긴장한 얼굴로 창밖을 응시하고 있다. 신호등 앞에서 내 차와 다른 차가 나란히 횡단보도 앞에 멈춰 선다. 사스키아가 그 차 운전자와 눈을 마주치기 위해 애쓴다. 그 운전자가 사스키아의 얼굴을 보도록 내버려둘 수는 없다. 그가 혹시 나중에 신문을 보다가 눈물이 그렁그렁한 가운데 절망적인 눈빛으로 쳐다보던 아이의 얼굴을 떠올리면 곤란하니까.

"얼굴을 돌리고 나를 봐!"

공포에 사로잡힌 아이는 즉시 내게로 고개를 돌린다. 사스키아는 차가 점점 자기 집으로부터 멀어지고 있다는 걸 안다.

"어디로 가는 거예요?"

나는 사스키아를 향해 미소 짓는다. 어쨌든 나는 아이의 신뢰를 얻고 싶다.

"넌 새 집으로 갈 거야."

사스키아는 고개를 숙이고 격렬하게 흐느껴 운다. 나는 팔을 뻗어 아이의 허벅지에 손을 올려놓는다. 떨림이 멈추고 몸이 굳어지는 게 느껴진다.

"겁먹을 필요 없어. 넌 새 집이 마음에 들 거야."

사스키아는 울음을 멈추지 않는다.

그 아이가 내리 몇 달 동안 울음을 멈추지 않으리라는 걸 알았더라면 아마 나는 그토록 많은 노력을 쏟아 붓지 않았을 것이다.

나는 지하실로 내려가지 않는다. 마음이 편하지 않다. 그런데도 나는 지하실로 내려가지 않는 게 더 낫다.

10월 14일, 토요일

1

아멜리가 언제부터 꽃을 꺾고 그림을 그렸더라?

데보라 골즈비는 조수석에 앉아 있는 아멜리를 힐끔 쳐다 보았다. 아이의 귀에 이어폰이 꽂혀 있고, 청바지 주머니에 스마트폰이 들어 있었다. 아멜리가 팔짱을 끼고 고개를 앞으 로 숙이자 긴 금발머리가 앞으로 쏟아져 내리며 얼굴을 전부 가려버렸다. 아멜리는 온몸으로 말하고 있었다.

엄마, 제발 날 가만히 내버려두라니까.

데보라는 딸이 침대에서 맘껏 뒹굴도록 내버려두고 혼자 마트에 다녀올 생각이었다. 아멜리는 월요일에 수학여행을 떠나기로 되어 있었고, 아직 구입해야 할 준비물이 많았다.

"테스코마트에 다녀올게."

데보라가 아침식사 자리에서 그렇게 말하자 제이슨이 즉시 반대했다.

"아멜리가 직접 물건들을 고르라고 해."

"아멜리 혼자 마트에 보낼 수는 없잖아."

"당신이 따라가서 결제만 해주면 되잖아. 당신 혼자 마트 에 가면 아멜리는 아마 오후 늦게까지 침대에 누워 빈둥거릴 거야. 난 그런 꼴은 못 봐. 이제는 아멜리가 뭐든 스스로 알아서 할 수 있도록 유도해줄 필요가 있어. 세상 일은 직접 해보지 않으면 배울 수 없으니까."

제이슨의 말이 옳았다.

"알았으니까 당장 가서 아멜리를 깨워."

데보라는 아침상을 차렸다. 주방의 벽면 전체가 통유리로 되어 있어 멀리 바다가 내다보였다. 바로 앞에는 나무와 온갖 덤불들로 이루어진 숲이 펼쳐져 있었다. 15년 전, 데보라는 주변 경치에 매료돼 이 집을 구입했다. 제이슨은 집이 턱없이 비싸다며 반대했지만 데보라는 뜻을 굽히지 않았다. 집을 사느라 빌린 대출금은 분할 상환하기로 했다. 그들 부부가 은퇴할 때까지 매달 꼬박꼬박 갚아야 할 만큼 큰 액수였다.

데보라, 당신은 늘 이런 식으로 무리수를 둔다니까.

데보라는 그때만 해도 제이슨의 볼멘소리를 그냥 해보는 푸념으로 받아들였다. 그 후 아멜리가 태어났고, 꼬박 일 년 동안 병치레를 했다. 데보라는 몸이 약한 아멜리를 보살피기 위해 어쩔 수 없이 교사로 일하던 학교에 사직서를 냈다. 병원에서 의사로 일하는 제이슨이 혼자 벌어들이는 수입만으로는 대출금을 갚기 힘들었다. 제이슨은 틈만 나면 분수에 맞지 않게 큰집을 사자고 고집을 부린 데보라를 원망했다.

데보라는 나날이 어려워지는 경제사정을 타개하기 위한 방안을 모색한 끝에 집을 펜션으로 개조하기로 결정했다. 집을 리모델링해 손님방을 3개 만들고, 2층 창고를 공동욕실로 개조했다. 데보라는 공사를 하느라 은행에서 추가 대출을 받았지만 펜션이 잘 되면 금세 돈을 회수하게 되리라 믿어 의심치 않았다.

제이슨이 우려를 표했다.

"손님들을 상대한다는 건 쉬운 일이 아니야."

골즈비펜션은 5월 초부터 9월 말까지 성수기에는 공실이 전혀 없을 만큼 활발하게 운영되었다. 여직원도 채용했는데 청소와 장보기, 아침 뷔페와 저녁식사 준비까지 열심히 해냈다.

데보라는 사실 그동안 아멜리를 돌보느라 집안에만 갇혀 지내다 보니 사회적으로 점점 고립되어가는 느낌을 받아왔다. 이제 펜션 손님들을 상대하면서 다시 사회생활에 대한 자신감을 찾게 되었다. 제이슨은 여전히 펜션 손님들과 집을 공유해야 한다는 걸 싫어했다. 비수기인 가을과 겨울에는 손님이 끊겨 가족끼리 지낼 수 있었지만 경제적인 타격이 컸다. 가을이나 겨울에 눅눅하고 추운 영국 북동부해안을 여행하려는 사람은 없었다. 결국 두 계절을 공치다보니 재정문제 해결에 큰 도움이 되지 않았다. 제이슨은 하루 종일 밖에 나가 있었고, 아멜리 역시 하루의 절반 이상을 밖으로 나돌았다.

데보라는 휑뎅그렁한 집에 혼자 남아 창밖에 펼쳐진 숲과 바다를 바라보고 있었다. 초원 위로 폭풍우가 휘몰아치자 덧문들이 흔들렸다.

봄이 되면 다시 손님들로 북적거리게 될 거야.

데보라는 애써 그렇게 생각하며 마음을 다독였지만 자꾸만 우울해지는 기분을 어쩔 수 없었다. 그때 마침 여자 손님이 찾아왔다. 고양이를 데리고 온 여자의 얼굴에는 근심이 가득했다. 세입자가 집을 폐허로 만들어버리고 도주하는 바람에 집을 수리하기로 했고, 그 기간 동안 펜션에 머물 예정이라고 했다. 아버지로부터 물려받은 집이라고 했다.

데보라는 수학여행에 필요한 물품목록을 꼼꼼하게 체크했다. 얇은 매트리스, 트레킹화, 손전등, 비옷, 풀오버 두 개, 새 침낭이 필요했다. 아멜리가 어린 시절에 쓰던 침낭이 있었지만 노루와 꿀벌이 그려져 있어 친구들에게 놀림을 받을 게 뻔했다. 아멜리는 일주일동안 스코틀랜드의 고원지대로 수학여행을 떠나기로 되었다. 아멜리는 평소 탱크톱이나 미니스커트를 즐겨 입었지만 스코틀랜드 고원지대에서는 어울리지 않는 옷이었다.

아멜리는 단두대로 끌려가는 사형수 같은 표정을 지으며 엄마를 뒤따랐다. 이어폰을 끼고 음악을 듣고 있어 말을 붙이기도 힘들었다.

"난 가기 싫다니까." 아멜리는 몇 번이나 투덜거렸다. "수학여행을 왜 가야 하는데?"

데보라는 한숨을 푹 내쉬었다. 벌써 몇 주째 이런 대화가 오가는 중이었다.

"수학여행도 수업의 일종이야."

"수돗물도 안 나오고, 전기도 안 들어오는 오두막에서 생활해야 한다잖아. 고대기를 사용할 수 없으니 머리를 펼 수도 없을 거야."

데보라는 피식 웃었다.

"곱슬머리가 어때서 그래. 자연스럽게 내버려두면 돼."

"말도 안 돼. 젠장! 정말 끔찍해 보일 거야."

"제발 그런 말은 쓰지 마."

"어떤 말?"

"방금 전에 '젠장'이라고 했잖아."

"젠장, 젠장, 젠장."

아멜리는 머리카락을 다시 앞으로 늘어뜨리고 음악에 빠져들었다.

"당신은 그냥 계속 교사로 일했어야 해." 제이슨은 자주 그렇게 말했다. "오히려 집에 있는 시간이 얼마 없었다면 지금처럼 아멜리와 자주 충돌하지 않았을 거야."

어쩌면 제이슨의 말이 옳을 수도 있었다. 데보라 역시 가사 일에 찌들어 사는 게 지긋지긋했다.

"테스코마트에 들러야 해."

아멜리가 크게 한숨을 내쉬었다.

"난 수학여행을 가고 싶지 않다니까."

"이미 지겹게 들었으니까 그만해. 달리 방법이 없잖아."

"내가 아프다는 사유서를 써서 학교에 제출하면 돼."

"의사의 진단서를 첨부해야하는데 넌 아픈 데가 없잖아."

아멜리는 잔뜩 화가 나서 씩씩거렸다.

데보라는 라디오를 켰다. 뉴스 앵커의 목소리가 흘러나왔다.

"……고원지대에서 약 일 년 전 실종됐던 스카보로 출신의 사스키아 모리스 양의 시신이 발견됐습니다."

"맙소사!"

데보라는 깜짝 놀랐다.

"2016년 12월 8일 밤, 당시 열네 살이던 사스키아는 친구를 만나고 나서 집으로 돌아오던 길에 실종됐습니다. 그날 밤 사스키아의 부모가 실종신고를 한 이후 경찰이 대대적인 수색작업을 펼치고, 주민들의 제보가 이어졌지만 최근까지 행방을 알아내지 못했습니다. 방금 전 고원지대에서 트래킹을 하던 사람들이 사스키아의 시신을 발견해 경찰에 신고했고, 스카보로경찰서 강력반의 케일럽 헤일 반장이……."

데보라는 뉴스를 듣는 게 끔찍해 라디오를 껐다.

그 아이 부모가 얼마나 고통스러울까?

심연처럼 깊은 절망과 어딘가에 무사히 살아있으리라는 희망 사이를 오가며 힘겨운 나날을 보내다가 급기야 딸의 시신을 거두게 된 그 아이 부모의 참담한 모습이 눈에 선했다.

"엄마도 들었지?" 끔찍한 뉴스를 듣고 혼자만의 생각에서 벗어난 아멜리가 말했다. "트래킹을 하던 사람들이 시신을 발견했대."

"극히 드문 일이니까 넌 걱정하지 않아도 돼. 스코틀랜드 고원지대에서는 절대로 그런 일이 일어나지 않을 거야."

"사스키아는 좋겠네. 수학여행을 가지 않아도 되니까."

"아멜리!"

아멜리는 입을 비죽거리며 다시 이어폰을 귀에 꽂았다.

어쩜 저렇게 심한 말을 할 수 있지?

아멜리는 친숙한 환경에서 벗어나길 좋아하지 않았고, 무려 일주일 동안 스코틀랜드 고원지대의 오두막에서 아이들과 부대껴야 한다는 생각만으로도 짜증이 나는 듯했다. 아멜리가 아무리 싫다고 해도 병원에서 가짜 진단서를 받아 제출할 수는 없는 일이었다.

데보라는 차가 빼곡하게 들어찬 주차장에서 겨우 빈자리 하나를 발견했다. 토요일 오전에 테스코마트는 항상 붐볐다. 가뜩이나 심통이 나있는 아멜리를 데리고 사람들이 득시글거리는 매장으로 들어갈 생각을 하니 벌써부터 기운이 빠졌다.

"아멜리, 사람들이 너무 많으니까 넌 엄마가 볼일을 보고 나올 때까지 차에서 기다려."

아멜리는 듣던 중 반가운 소리라는 듯 얼른 고개를 끄덕였다.

"수학여행을 떠날 때 싸갈 간식거리는 뭘 준비할까?"

"다 필요 없어." 아멜리는 그렇게 말하고 나서 한 마디 덧붙였다. "엄마 마음대로 해."

햇살이 화창한 10월의 어느 토요일 오전에 데보라가 아멜리에게서 전해들은 마지막 말이었다. 데보라는 약 30분 후 짐을 가득 실은 카트를 밀고 차로 돌아왔고, 아멜리가 종적도 없이 사라지고 없었다.

2

제이슨에게 몇 번이나 전화했지만 받지 않았다. 데보라는 집을 향해 미친 듯이 차를 몰았다. 집 앞에 도착해보니 바닷가로 산책을 나갔던 제이슨이 집으로 돌아오는 모습이 보였다.

"빌어먹을! 당신은 왜 휴대폰을 놓아두고 다니는 거야?"

데보라가 다짜고짜 소리를 지르자 제이슨이 움찔했다.

데보라는 제정신이 아니었다. 제이슨이 그녀의 팔을 잡고 집 안으로 데리고 들어갔다. 동네사람들이 악을 써대는 소리를 다 들었을까봐 걱정이었다.

데보라는 백짓장처럼 창백한 얼굴에 눈이 완전히 뒤집어져 있었다.

"아멜리가 사라졌어."

제이슨은 주위를 둘러보았다. 그제야 아멜리가 함께 돌아오지 않았다는 걸 깨달았다.

"아멜리가 사라지다니, 그게 무슨 소리야?"

"테스코마트에 갔었는데 내가 쇼핑하는 동안 아멜리는 차에 남아 있었어. 쇼핑을 마치고 돌아와 보니 사라지고 없는 거야."

"아무 생각 없이 친구를 만나러 갔을지도 모르잖아. 제발 흥분하지 말고 내 말을 잘 들어봐. 백주대낮에 사람들이 빈번하게 오가는 테스코마트 주차장에서 대체 무슨 일이 일어난다고 그래?"

데보라는 끝내 울음을 터뜨렸다.

"마트 주변과 인근 거리를 샅샅이 찾아보고, 오가는 행인들을 붙잡고 물어봤지만 아무도 아멜리를 본 사람이 없었어."

"이제 그만 진정해." 제이슨이 애원하듯 말했다. "아무 일 없을 테니까 제발 흥분하지 마."

"무슨 일이에요?"

위쪽에서 여자 목소리가 들려왔다. 어제 들어온 여자 손님이 계단 위에 서 있었다.

"아멜리가 사라졌어요."

데보라가 마트에서 볼일을 마치고 나오기까지 30분이 걸렸다. 사람이 어찌나 많은지 이동하기가 쉽지 않았고, 물건이 선반 높은 곳에 쌓여있어 내리기 쉽지 않았다. 게다가 계산대 앞에 줄이 길게 늘어서 있었다. 결국 최대한 서둘렀지만 25분이 지나서야 겨우 볼일을 모두 마칠 수 있었다.

"쇼핑을 마치고 차에 돌아와 보니 아멜리가 사라지고 없었어요. 주변을 샅샅이 둘러봤지만 아이를 보았다는 사람도 없어요."

"아멜리가 어디에 있었는데요?"

"차 조수석에 앉아 음악을 듣고 있었어요. 아이가 마트에 들어가기 싫어해 차에 남겨두었는데 이런 일이 생길 줄 누가 알았겠어요."

데보라도 처음에는 아멜리가 오래도록 차 안에 앉아 있는 게 지겨워 잠시 바람을 쐬러 갔으려니 생각했다. 그러다가 아멜리가 기분이 별로일 때면 오히려 꼼짝하지 않고 한 자리에 앉아 있는 아이라는 생각이 났다. 혼자 있을 때면 누가 가까이 다가와도 알아차리지 못할 만큼 음악에 빠지는 아이였다.

데보라는 일단 쇼핑한 물건들을 트렁크에 실었다. 아멜리는 그때까지도 나타나지 않았다. 문득 수학여행에 가져갈 물건이 생각나 마트 안으로 들어갔을지도 모른다는 생각이 들었다.

"다시 마트 안으로 들어가 구석구석 돌아봤어요. 급기야 아멜리의 이름을 소리쳐 부르며 찾아다니기 시작했죠. 마트

직원이 무슨 일이냐고 묻기에 딸아이가 사라졌다고 했더니 그다지 심각하게 받아들이지 않았어요. 흔하게 벌어지는 일이니 걱정하지 말라는 듯 피식 웃기까지 하더군요. 난 다시 밖으로 뛰어 나갔죠."

"열네 살짜리 아이가 사라질 경우 곧바로 경보가 발령되지는 않아요." 케이트가 말을 이었다. "아주 어린 아동의 경우와는 다르죠."

케이트가 계단을 내려와 데보라의 팔을 쓰다듬어주며 위로했다.

"열네 살짜리 아이가 사람이 북적거리는 마트 주차장에서 납치를 당하는 경우는 드무니까요."

데보라는 케이트를 똑바로 쳐다보았다.

"얼마 전 이 지역에서 납치된 사스키아 모리스의 시신이 발견되었어요."

케이트와 제이슨이 동시에 이해가 안 된다는 표정으로 데보라를 쳐다보았다.

"사스키아 모리스 사건은 저도 뉴스를 들어서 알아요. 아멜리와는 분명 다른 경우라고 할 수 있죠."

"어떻게 그리 확신하죠? 실종사건에 대해 잘 아시나 봐요?"

데보라의 목소리가 대단히 공격적이었다. 데보라는 사람들이 다들 말을 대수롭지 않게 받아들이는 바람에 속이 새까맣게 타들어갈 지경이었다.

"저는 런던경찰국 형사입니다. 실종사건도 많이 수사해봤죠."

"아, 그래요?"

데보라가 놀란 목소리로 되물었다.

"런던경찰국 소속 형사는 스카보로에서 아무것도 할 수 없어요. 관할이 아니거든요. 원하신다면 함께 경찰서에 가줄 수는 있어요. 일단 실종신고를 해도 경찰이 당장 수색에 나서지는 않을 거예요. 아멜리가 주차장을 떠날 만한 이유는 무수히 많으니까요."

"가령 어떤 이유가 있죠?"

데보라가 물었다.

"혹시 아멜리에게 남자친구가 있나요?"

"제가 알기로는 없어요."

"아무리 부모라도 아이에 대해 다 알기는 힘들죠."

"아멜리에게 남자친구가 있었다면 당연히 알았을 거예요."

"당신이 몰랐을 수도 있어. 그 나이 때는 남자친구가 있는 게 정상이야."

제이슨이 끼어들었다.

"오늘 아침 아멜리는 기분이 좋아 보이던가요?"

케이트가 물었다.

"아뇨."

데보라와 제이슨이 거의 동시에 대답했다.

제이슨이 말을 덧붙였다.

"사실 아멜리는 주말이면 오후까지 늘어지게 잠을 자길 원하죠. 오늘 아침에는 엄마가 쇼핑을 가자고 하니 기분 좋게 받아들였을 리 없죠."

"당신이 아멜리를 꼭 데려가라고 했잖아." 데보라가 날 카롭게 쏘아붙이고 나서 말을 이었다. "이럴 줄 알았으면 나 혼자 다녀왔을 거야."

"아멜리가 수학여행 준비물 정도는 스스로 챙길 수 있어야 해." 제이슨이 케이트를 보며 설명을 덧붙였다. "아멜리는 월요일에 스코틀랜드 고원지대로 수학여행을 떠나기로 돼 있었어요. 수학여행 준비물까지 부모가 일일이 다 챙겨주는 건 바람직하지 않다고 봐요."

"아멜리가 늦잠을 자도록 내버려두었어야 해."

데보라는 그 말을 하고 나서 다시 눈물을 터뜨렸다. 제이슨은 책임과 의무, 자립심을 중시해 아이에게 잔소리를 많이 하는 편이었다. 결과적으로 제이슨의 잔소리가 아멜리의 기분을 상하게 만들었고, 끝내 어디론가 사라지는 일이 발생했다.

"아멜리는 수학여행을 가기 싫어했어요." 데보라는 눈물을 훔치며 말을 이었다. "심지어 마트에 가던 길에 라디오에서 사스키아 모리스의 시신이 발견됐다는 뉴스를 들었을 때……."

"아멜리가 뭐라고 하던가요?"

케이트가 물었다.

"사스키아는 수학여행을 안 가도 되니 좋겠다고 하더군요."

"무슨 말 같지도 않은 소리야."

제이슨이 화가 나서 소리쳤다.

"아멜리가 수학여행을 얼마나 가기 싫어했는지 알겠네요." 케이트가 말을 이었다. "어쩌면 수학여행을 가기 싫어 잠시 몸을 숨겼을 수도 있겠네요. 아멜리의 친구들 전화번호를 알고 있나요? 우선 친구들에게 전화해 알아보는 게 좋겠어요. 잠시 몸을 숨기고 친구 집에 가있을지도 모르니까요. 우연히 테스코마트에 왔던 친구를 만나 함께 잠적했을 수도 있어요."

"이런 식으로 부모를 골탕 먹이다니, 말도 안 돼!"

제이슨이 소리쳤다.

"부모를 골탕 먹일 의도보다는 수학여행에 대한 불만이 더 컸겠죠. 그 나이 때는 부모를 힘들게 하는 게 얼마나 나쁜 일인지 잘 몰라요."

데보라는 크게 심호흡을 했다. 케이트의 말을 듣고 나니 그나마 마음이 진정되었다. 아멜리가 사라진 장소는 사람들이 빈번하게 오가는 테스코마트 주차장이었다. 어느 모로 보나 납치 장소로는 적합하지 않았다. 아멜리가 수학여행을 가기 싫어 항변 차원에서 스스로 몸을 숨겼을 수도 있었다.

"아멜리 친구들과는 이미 통화해봤어요."

데보라가 힘없이 말했다.

"휴대폰으로 통화했나요?"

데보라는 고개를 끄덕였다.

"아마 백 번도 넘게 했을 거예요. 메시지도 남겨 두었죠."

3

저녁 무렵 데보라의 마음은 다시 절망적이 되었다. 아멜리의 친구들은 물론 부모들과도 이야기를 나누어봤는데 소식을 아는 사람이 없었다. 그들이 전화를 받는 목소리에 긴장과 우려가 배어 있었다. 속인다는 느낌은 들지 않았다. 아멜리와 가장 친하게 지내는 레오니와 통화하고 나서 가장 큰 절망감을 느꼈다.

"저도 이상하다는 생각이 들어요." 레오니가 조심스럽게 말을 덧붙였다. "오늘 오전 11시쯤 아멜리가 마지막으로 메시지를 보냈어요. 주차장에서 엄마를 기다리고 있는데 지루해 죽겠다면서요. 수학여행을 가기 싫다고 하기에 제가 답변을 보냈는데 아무런 대답이 없었어요. 평소 아멜리는 실시간으로 채팅 앱에 접속했었는데 그 이후로는 아예 들어오지 않았죠."

케이트는 오후에 실종신고를 접수하기 위해 데보라와 제이슨을 데리고 스카보로경찰서를 방문했다. 신고를 접수한 경찰은 나름 깊은 관심을 보이면서도 아멜리가 스스로 잠적했을 가능성에 대해 언급했다. 그 역시 아멜리가 수학여행을 가기 싫어했다는 점을 주목했다.

오전 11시 이후 아멜리의 연락을 받은 친구나 지인이 전혀 없었다. 평소 아멜리는 하루 종일 채팅 앱에 소식을 남기는 아이였다. 셀카도 올리고, 웹에서 재미있는 사진도 찾아내 올리고, 식당에서 사먹은 음식사진을 올리고 맛과 분위기를 평하기도 했다. 심지어 화장실에서 사진을 올린 적도 있었다.

케이트는 요즘 10대들이 사생활을 지나치게 노출한다는 생각이 들었다.

낮에는 날씨가 포근했는데 날이 어둑어둑해진 지금은 제법 추웠다. 아멜리가 스스로 사라졌다면 집으로 돌아가고 싶다는 생각이 절로 들 것 같았다.

"아멜리는 옷을 얇게 입었어요." 데보라가 울먹이며 말을 이었다. "얇은 옷차림으로 버티기에는 몹시 추울 텐데 어디서 무얼 하고 있을까요?"

경찰은 마침내 수색을 시작했다. 테스코마트 주차장과 도로, 그 일대를 샅샅이 훑는 한편 오가는 행인들에게 아멜리의 인상착의를 설명하고 행방을 탐문했다. 아멜리의 친구들도 일일이 찾아가 만났다. 제이슨과 데보라도 아멜리가 즐겨 다니던 장소들을 돌며 딸의 행방을 찾아 나섰다.

"집에 계시다가 아멜리가 돌아오면 즉시 연락주세요. 아, 그리고 죄송하지만 집에 전화가 오면 받아주세요."

데보라가 집을 나서면서 케이트에게 부탁했다.

"네, 알았으니까 걱정 말고 다녀오세요."

오후 내내 평정심을 유지하던 제이슨도 이제는 불안감에 휩싸였다. 이웃사람 서너 명도 자발적으로 수색에 합류했다.

케이트는 거실에 앉아 정원에서 현관으로 이어지는 오솔길에 시선을 던지고 있었다. 집 전화가 손이 닿는 곳에 있었고, 늘 졸졸 따라다니는 고양이는 소파에서 몸을 웅크리고 있었다. 오늘은 청소용역회사를 방문해 집수리 목록을 전달하고, 경찰에 고소장을 제출할 예정이었는데 갑작스런 사건에 휘말려 아무것도 처리하지 못했다.

케이트는 노트북을 열고 데보라가 언급했던 여자아이 이름을 검색해보았다.

사스키아 모리스.

온라인 판 신문에 사스키아 모리스에 대한 기사가 다수 올라와 있었다. 《데일리메일》과 《옵저버》에도 단신기사가 있었다.

사스키아 모리스는 2016년 12월 8일 저녁 6시 경 집을 나섰다. 몇 블록 떨어진 동네에 사는 친구 멜라니의 집에 가기 위해서였다. 다음날 학교에서 프랑스어 시험이 있는데 멜라니와 함께 공부하기로 약속했다.

사스키아 모리스는 저녁 9시까지 멜라니의 집에서 프랑스어 시험공부를 했다. 물론 간간이 멜라니와 이야기를 나누며 쉬기도 했다. 멜라니의 진술에 따르면 사스키아는 공부를 마치고 즐거운 기분으로 집으로 돌아갔다고 했다.

저녁 9시에 멜라니의 집을 나선 사스키아는 밤 11시가 넘도록 돌아오지 않았다. 사스키아의 부모는 멜라니의 집에 전화했다. 멜라니는 저녁 9시 경 사스키아가 공부를 마치고 집으로 돌아갔다고 말해주었다. 사스키아의 부모는 문득 이상한 생각이 들어 경찰에 신고했다. 짙은 어둠이 내린 거리에는 인적이 끊겨 있었고, 사스키아는 어디로 갔는지 종적이 묘연했다. 멜라니의 집에서 공부를 마치고 집으로 돌아오던 중 불미스러운 일이 벌어졌을 가능성이 커보였다.

이틀 뒤, 스카보로 외곽 국도변에서 트래킹을 하던 사람들이 사스키아의 휴대폰을 발견했다. 경찰은 즉시 대규모 인력을 동원해 그 지역 일대를 샅샅이 수색했지만 주목할 만한 단서를 찾아내지 못했고, 그 후 일 년 동안 수사에 매진하고

도 아무런 성과를 거두지 못했다. 그러다가 일 년 만에 고원 지대 산책로에서 사스키아의 시신이 발견되었다. 신원확인이 어려울 만큼 시신이 부패되어 있었다. 이미 오래 전 살해돼 어딘가에 방치되어 있다가 산책로에 버려진 것으로 보였다.

신문에 시신이 발견된 장소의 사진이 실려 있었다. 사스키아의 시신은 산책로에서 가까운 관목 숲에서 발견되었다. 개를 데리고 산책 나온 사람들이 수없이 지나다닌 길이었다.

"사스키아는 2,3주 전에 살해된 이후 옮겨졌을 거야."

케이트는 혼잣말을 중얼거렸다. 날씨가 비교적 온화해 상대적으로 부패가 빠르게 진행되었을 수도 있었다.

사스키아는 죽기 전까지 어디에 있었을까?

케이트는 검색을 계속했다.

'사스키아 모리스 실종사건은 2013년 11월에 스테인턴데 일에서 실종된 한나 캐스웰 사건과의 연관성을 배제할 수 없습니다. 현재 두 사건이 서로 연관되어 있다는 단서를 확보하지는 못했지만 개연성이 충분히 엿보입니다.'

스카보로경찰서 강력반 케일럽 헤일 반장의 인터뷰 발언이었다.

케일럽이 여전히 스카보로경찰서에 남아있어 의외였다. 지금은 알코올중독 문제를 극복했는지 궁금했다. 케이트는 아버지가 피살됐을 당시 케일럽과 공조해 사건을 해결했다. 그당시 수사책임자였던 케일럽이 수사 방향을 잘못 잡는 바람에 많은 시간을 허비했다. 그의 알코올중독도 수사를 어렵게 만드는 데 한몫했다. 간혹 엉뚱한 방향으로 수사를 이끄는 실수를 저지르긴 했어도 케일럽이 뛰어난 형사라는 사실을 모르지는 않았다. 그 후 3년이 흘렀음에도 케일럽 헤일이라는 이름을 발견한 순간 마음이 아팠다. 그 당시 그녀는 케일럽을 좋아했고, 몇 번 호감을 표한 적도 있었다. 그는 그녀의 호감을 진지하게 받아들이지 않았다.

케이트는 씁쓸한 생각을 떨쳐버리고 몇 년 전 이 지역에서 발생한 한나 캐스웰 사건에 대해 알아보기로 했다. 한나 캐스웰에 대한 자료를 검색하는 동안 케이트는 가슴이 답답해졌다. 아멜리가 부모에 대한 반항심 때문에 스스로 사라졌을 수도 있다고 생각했는데 이전에도 유사한 사건이 두 번이나 발생했던 적이 있다는 걸 알게 되었기 때문이다.

한나 캐스웰 사건은 이 지역 사람들을 크게 술렁거리게 했다. 사스키아와 달리 한나는 여전히 종적이 묘연했다. 그 당시 한나 캐스웰 사건의 유력한 용의자는 두 남자로 압축되었다. 첫 번째 용의자는 케빈 벤트였고, 한나를 헐에서 스카보로까지 차로 태워준 인물이었다. 경찰조사를 받을 때 케빈은 그날 밤 스카보로 역에서 한나를 내려주었다고 진술했다.

두 번째 용의자는 한나의 아버지 라이언 캐스웰이었다. 라이언은 한나의 엄마가 호주로 떠난 이후 줄곧 혼자서 딸을 키워왔다. 실종사건의 경우 부모가 범인인 경우가 많았다. 한나가 실종된 시간에 라이언은 바닷가 근처에 차를 세워두고 있었다고 진술했지만 목격자가 없었다. 그날 밤 라이언은 잔뜩 화가 나 있었다. 한나가 타고 오기로 했던 기차를 놓치는 바람에 두 시간 동안 무료하게 차에서 기다려야 했기 때문이다. 한나는 기차 대신 케빈의 차를 얻어타고 스카보로에 왔다.

케빈 벤트는 즉시 체포돼 수사를 받았지만 경찰은 그가 범인이라는 증거를 찾아내지 못했다. 한나의 친구 쉴라는 케빈의 진술이 거짓이 아니라고 증언했다. 한나와 통화할 때 케빈이 스카보로 역까지 태워주었고, 그가 파티에도 초대했다는 이야기를 들었기 때문이다. 한나는 아버지와 여러 차례 통화를 시도했지만 불발되었다. 경찰이 확인해본 결과 라이언의 휴대폰과 집 전화에 관련 기록이 남아 있었다. 그 기록들은 한나가 마지막으로 남긴 생존신호였다.

케빈 벤트는 거짓 진술을 했다가 곧 들통 났다. 그는 스카보로 역에 한나를 내려주고 곧장 크로프톤에 가서 친구들을 만나 시간을 보냈다고 주장했지만 거짓으로 드러났다. 경찰에 불려온 그의 친구들은 그날 밤 케빈이 전화해 크로프톤에 오지 않고 곧장 집으로 돌아가겠다는 말을 했다고 진술했다. 케빈도 크로프톤에 가지 않고 스카보로 역으로 다시 돌아갔었다는 사실을 인정했다. 한나를 다시 차에 태우고 함께 스테인턴데일로 돌아가기 위해서였다.

"낙심한 얼굴로 스카보로 역 앞에서 내린 한나가 걱정됐어요. 스카보로 역으로 다시 돌아가 한나를 픽업해 스테인턴데일까지 태워줄 생각이었죠. 크로프톤에서 기다리던 친구들에게 전화해 피곤해서 곧장 집으로 돌아가겠다고 말해두었어요."

케빈이 스카보로 역으로 되돌아갔을 때 한나는 이미 사라지고 없었다.

"스카보로 역 앞에 차를 세우고 주위를 둘러봤지만 한나는 어디로 사라졌는지 보이지 않았어요. 잠시 더 주변을 살피다가 포기하고 집으로 돌아갔죠."

경찰이 왜 처음에는 거짓 진술을 했는지 추궁하자 케빈은 순간적으로 겁이 나서였다고 했다.

"그날 제가 헐에서 스카보로 역까지 한나를 태워주었잖아요. 결과적으로 한나를 마지막으로 본 사람이 저였으니까 당연히 용의자로 의심받을 수밖에 없다는 생각이 들어 겁이 났어요. 한나를 내려주고 떠났다가 다시 스카보로 역으로 돌아갔다고 하면 더욱 크게 의심받을 것 같아 순간적으로 거짓말을 했어요."

케이트는 창가로 다가가 골즈비펜션의 정원을 내다보았다. 나뭇잎이 바람에 흔들리고 있었다. 아직 나무에는 제법 많은 단풍잎이 매달려 있었다. 실제로는 울긋불긋한 색일 텐데 건물에서 희미하게 새나오는 조명을 받아 회색으로 보였다. 골즈비펜션은 고원지대 끄트머리에 위치해 있었다. 데보라는 주변경치에 매료돼 집을 구입했다고 말했다.

"이 집을 처음 보았을 때 주변경치가 너무 마음에 들었어요. 당장 이 집을 구입해 펜션으로 꾸미면 좋을 것 같다는 생각이 들었죠."

데보라가 그 말을 할 때의 표정이 왠지 어색해보였다. 이유를 알 수 없었지만 데보라는 그다지 행복해보이지 않았다. 왠지 데보라가 처음부터 펜션 운영을 구상하고 집을 구입했을 것 같지는 않았다. 이 지역의 경치는 아름답지만 가을이 지나면 날씨가 차고 눅눅해져 펜션을 운영하기에 적합한 환경이 아니었다.

병원에서 의사로 일하는 제이슨의 수입만으로는 집을 구입할 때 빌린 대출금과 생활비를 감당하기 빠듯할 것이다. 제이슨이 펜션 운영에 대해 못마땅해 한다는 느낌을 받았다. 성수기인 5월부터 9월까지는 손님들이 많아 집에 돌아와 편안한 휴식을 취하기 힘들 것이다. 손님들이 북적거리는 집에서 혼자만의 휴식시간을 갖는다는 건 불가능하니까. 주방이나 거실, 계단에서 원하지 않아도 손님들과 수시로 얼굴을 맞닥뜨릴 수밖에 없었다. 데보라에게는 비수기에 찾아온 손님이 한 줄기 빛처럼 반가웠겠지만 제이슨에게는 성가신 불청객이었을 수도 있었다.

케이트는 다시 한 번 아멜리가 사라진 순간을 머릿속으로 그려보았다. 데보라는 수학여행에 필요한 준비물을 사기 위해 아멜리와 함께 테스코마트에 갔다. 볼일을 마치고 주차장으로 돌아오는 동안에는 사람들과 별로 마주치지 않았을 것이다. 테스코마트에 가면 데보라가 딸을 애타게 찾아다니는 모습을 본 목격자들을 만날 수 있을 것이다.

제이슨은 그 시각에 해변을 산책하다가 데보라와 거의 동시에 집으로 돌아왔다. 그가 해변을 거니는 모습을 본 목격자는 없었다.

제이슨이 딸을 납치할 이유가 있을까?

그가 아멜리를 납치해 어딘가에 감금하고 나서 태연자약한 얼굴로 다시 집으로 돌아오기에는 시간이 너무 짧았다. 살인사건을 자주 접해본 형사 입장에서 보자면 이 세상에서 결코 일어날 수 없는 일은 없었다. 강력사건의 경우 말도 안 되는 동기들, 상식에 위배되는 상황들, 믿기 힘든 우연들이 개입돼 있었다. 법 없이도 살 수 있을 거라 생각했던 인물이 알고 보니 잔인한 살인마인 경우도 허다했다. 서로 끔찍하게 사랑하는 사이로 보였던 연인들이 실제로는 몹시 증오하고 있는 경우도 흔했다. 완벽한 알리바이를 제시해 용의선상에서 제외되었다가 작은 실마리 하나가 발견되면서 뒤집어진 경우도 있었다.

세상은 가장 평범한 사건과 특수한 사건이 공존하는 곳이었다. 상식과 비상식이 동시에 존재하는 공간이었다. 케이트는 형사로 일하는 동안 여러 경험을 통해 그런 사실을 깨달았다. 전혀 말도 안 되는 가설이라고 하더라도 가능성을 완전히 닫아버려서는 안 되는 이유였다.

케이트는 이 모든 가설들이 하나의 해프닝으로 마무리되길 바랐다. 아멜리가 아무 일도 없었다는 듯 활짝 웃으며 골즈비 부부 앞에 나타나주길 원했다.

아멜리는 어디로 사라졌을까?

케이트는 열네 살 때 혼자 캄캄한 어둠 속에 있거나 집에서 멀리 떨어진 곳에 있을 때 두려움을 느꼈다. 친구들은 다들 아멜리가 어디에 있는지 알지 못했다. 그들이 진실을 숨겼을 수는 있지만 다들 부모와 함께 살고 있다는 점을 주목할 필요가 있었다. 부모 허락을 받지 않고 친구를 집에 머무르게 하는 건 불가능했다.

케이트는 자꾸 불길한 생각이 들어 거실을 서성거렸다. 시간이 흐를수록 상황은 점점 더 안 좋은 쪽으로 전개되고 있었다.

10월 15일, 일요일

1

아침에만 해도 공기가 몹시 차가웠는데 오후로 접어들면서 빠른 속도로 따스해졌다. 기상청에서는 다음 주에 비가 내리고 안개가 자욱하게 끼는 한편 기온이 급격히 떨어질 거라고 예보했다.

메건은 이미 어제 저녁부터 일요일에 무얼 하며 지낼지 물으며 에드워드를 닦달했다.

"이번 주말에는 날씨가 화창할 거래. 집에서 마냥 빈둥거리지 말고 어딘가로 드라이브라도 다녀오는 게 어때?"

에드워드는 주말에 밖으로 나도는 걸 좋아하지 않았다.

"느긋하게 늦잠도 자고, 텔레비전도 보고, 맛있는 음식도 만들어 먹으면서 빈둥거리는 게 가장 좋지 않을까?"

"다음 주부터 날씨가 몹시 추워진다니까 그때 빈둥거려도 늦지 않아. 습하고 추운 날씨에는 집밖으로 나가봐야 고생이니까."

결국 그들은 고원지대로 드라이브를 떠나기로 했다. 고원지대에는 작은 계곡들과 햇볕이 내리쬐는 분지들, 아직 단풍이 지지 않은 숲이 있어 트래킹을 하거나 피크닉을 즐기기에 제격이었다.

메건은 이른 새벽부터 일어나 아이스박스에 먹을거리를 채워 넣었다. 어젯밤 잠들기 전에 미리 삶아놓은 계란, 샌드위치, 퍼프 페이스트 파스타, 초콜릿 쿠키, 생수, 맥주 따위.

에드워드는 맥주를 마셔야 할 테니까 돌아오는 길에는 내가 운전해야겠네.

그들은 약 45분쯤 달린 끝에 호흐무어국립공원의 외진 주차장에 도착했다. 차를 세워두고 트래킹을 다녀오기에 적당한 곳이었다. 무려 45분 동안 달렸지만 다른 차는 한 대도 보지 못했다. 국도를 벗어나 고원지대로 깊숙이 들어온 곳이었다. 호흐무어국립공원은 경치가 아름다운 곳이었지만 무성하게 자란 풀과 울창한 나무들이 빼곡한 숲에서 자칫 길을 잃을 위험이 있었다. 몇 시간을 걸어도 사람을 보기 힘들었다. 휴일이면 집에서 뒹굴길 좋아하는 에드워드의 눈앞에 햇살 가득한 숲이 펼쳐져 있었지만 그저 지루하기 그지없는 풍경에 지나지 않았다.

주차장은 차를 세 대만 세우면 빈자리가 없을 만큼 좁았다. 주차장 가장자리에 아름드리나무를 베어난 그루터기가 있어 앉아서 쉬기에 적당했다. 주차장 입구에 이 지역에 서식하는 동식물들에 대한 설명이 첨부된 안내 표지판이 있을 뿐 숲은 고요 속에 잠겨 있었다.

"트래킹을 하고 돌아와서 점심을 먹을까?"

에드워드는 트래킹보다는 음식을 먹으며 쉬고 싶었지만 갈수록 불룩해지는 배를 방치할 수도 없어 메건의 말을 따르기로 했다.

메건이 발걸음도 가볍게 앞장서서 걸었고, 에드워드는 숨을 헐떡이며 뒤따랐다. 햇살이 맑은 날이라 숲이 습하지 않아서 좋았다. 울긋불긋 물든 단풍잎들이 아직 곳곳에 남아있었고, 가끔 탐스럽게 익은 산딸기도 눈에 들어왔다. 메건을 뒤따르다 지친 에드워드는 걸음을 멈추고 이마에서 흘러내리는 땀을 닦았다.

"이제 그만 돌아갈까? 배도 고프고, 더는 지쳐서 못 걷겠어."

메건은 아직 좀 더 걷고 싶었지만 에드워드의 체력이 바닥나 보여 더 걷자고 할 수 없었다. 주차장으로 다시 돌아온 그들은 차 트렁크에 들어있는 음식을 꺼내 그루터기에 올려놓았다.

에드워드는 소변을 보기에 적당한 장소를 물색하다가 웃자란 풀숲을 발견하고 그쪽으로 걸어갔다. 소변을 보기 위해 바지춤을 내리던 그는 반짝거리는 뭔가를 발견하고 가까이 다가갔다. 허리를 숙이고 가까이에서 보니 화장품을 담는 파우치였다.

"누가 이 한적한 숲 속에 파우치를 떨어뜨렸을까?"

파우치를 열어 안을 들여다보았다. 립스틱과 마스카라가 들어있었다.

에드워드는 파우치를 들고 가 메건에게 보여주었다.

메건이 놀란 눈으로 반짝거리는 핑크색 파우치를 살폈다.

"요즘 여자아이들이 즐겨 사용하는 파우치야."

"어떤 여자아이가 이 깊은 숲에 파우치를 떨어뜨렸을까?"

메건이 어깨를 으쓱했다.

"부모와 함께 피크닉을 왔다가 떨어뜨렸을 거야."

"하필이면 왜 풀숲에 떨어뜨렸지?"

"당신처럼 소변을 보러 갔다가 실수로 떨어뜨렸겠지. 내려갈 때 분실물보관센터에 맡겨야겠어."

"혹시 주변에 뭔가 더 떨어져 있는지 살펴봐야겠어."

풀숲에서 조금 떨어진 지점에 다른 물건이 또 있었다. 가까이 다가가보니 여학생용 가방이었다. 열어보니 1파운드짜리 지폐 서너 장을 넣어둔 돈지갑, 여행용휴지, 버스카드, 학생증 따위가 들어 있었다.

학생증에 나와 있는 여학생의 이름은 아멜리 골즈비였다. 2003년 7월 2일 생으로 크고 파란 눈, 옅은 금발머리가 매력적인 아이였다. 새침한 표정을 짓고 있긴 해도 예쁜 얼굴이었다.

"메건, 이리 와봐!"

"뭔가 또 찾아냈어?"

"가방을 하나 발견했는데 아멜리 골즈비라는 여학생의 학생증과 소지품이 들어 있어. 약간의 돈이 든 지갑도 있어. 뭔가 이상하지 않아?"

"정말 이상한 일이네."

"내가 생각하기에는 여학생이 다급한 상황에 직면해 이 물건들을 풀숲으로 던진 것 같아."

"왠지 기분이 으스스해." 메건의 팔에 소름이 돋았다. "여학생 이름이 뭐라고 했지?"

"아멜리 골즈비."

"처음 듣는 이름이야."

"가방과 파우치가 변색되지 않고 깨끗한 걸 보면 버려진
지 얼마 안 된 것 같아. 만약 아멜리에게 불미스러운 일이 생
겼더라도 아직 언론에 보도되지 않았을 거야."

"불미스러운 일이라니?"

"나도 몰라. 그냥 불길한 생각이 들어."

"이 물건들을 경찰서에 가져가는 게 좋겠어."

"내 생각도 그래."

2

케일럽은 오후에 골즈비펜션을 방문했다. 호흐무어국립공
원으로 나들이를 갔던 젊은 부부가 아멜리의 가방과 파우치
를 발견했다. 아멜리 혼자 인적이 드문 고원지대에 갔을 리
없었다. 누군가 아멜리를 차에 태워 데려간 게 분명했다. 사
스키아의 실종 직후에는 국도변에서 휴대폰이 발견되었다.
아멜리의 소지품과 사스키아의 시신이 발견된 장소는 약 15
마일쯤 떨어져 있었다. 드넓은 고원지대에서 그 정도는 그리
먼 거리가 아니었다. 현재 호흐무어국립공원에 경찰병력을
대거 투입해 수색을 펼치고 있었다.

골즈비펜션에서 내다보이는 주변풍경은 놀랍도록 아름다
웠지만 집안 분위기는 침울하게 가라앉아 있었다. 제이슨은
노트북으로 인터넷을 검색하고 있었고, 데보라는 창백한 얼

굴에 머리카락이 엉클어진 모습으로 소파에 우두커니 앉아 있었다. 그녀는 가끔 수전증 환자처럼 손을 부들부들 떨며 큰 한숨을 쉬었고, 이마에는 땀이 흥건했다. 피해자 가족의 심리적 안정을 고려해 파견된 심리상담 전문 형사 헬렌이 그녀의 손을 토닥거려주었다. 데보라를 위로하러온 두 명의 이웃집 여자들도 침통한 표정을 감추지 못했다.

"피해자 가족과 잠시 이야기를 나누어야 하니까 자리를 비켜주시겠습니까?"

케일럽의 말을 들은 헬렌과 이웃집여자들이 자리에서 조용히 일어나 거실을 나갔다. 제이슨이 노트북을 내려놓고 케일럽과 대화를 나누기 위해 다가왔다.

"혹시 반장님도 저와 같은 생각을 하고 있는지 궁금하군요."

"어떤 생각인데요?"

데보라도 자리에서 일어나 가까이 다가왔다. 골즈비 부부가 동시에 소파에 앉았다.

"저는 사스키아를 살해한 범인이 아멜리를 납치했을 가능성이 크다고 생각합니다. 사스키아의 시신이 발견된 장소와 아멜리의 소지품이 발견된 장소가 그리 멀지 않더군요."

"아직은 단정할 수 없습니다. 수사가 좀 더 진척되어야 알 수 있겠죠."

케일럽은 어제 아멜리가 실종되기 직전 데보라와 어떤 대화를 나누었는지 보고받았다. 아멜리는 테스코마트에 가던 차 안에서 사스키아 모리스의 시신이 발견되었다는 뉴스를 들었다. 아멜리가 바로 그때 했다는 말이 떠올랐다. '사스키아는 수학여행을 가지 않아도 되니까 정말 좋겠어.' 라고 했다는 말. 아멜리가 사스키아처럼 실종된 게 아니라 혹시 가출했을지도 모른다는 생각을 갖게 해주는 말이었다. 물론 가능성이 극히 미미한 추론이었다.

"아멜리의 가방이 고원지대에 떨어져 있을 이유가 없잖아요."

제이슨이 말했다.

"네, 물론 가방을 탈취한 범인이 버렸을 가능성이 큽니다."

"반장님은 왜 그럴 가능성이 크다고 생각하죠?"

데보라가 물었다.

실종사건의 경우 피해자 가족들의 반응은 다양했다. 어떤 가족들은 실종자를 찾아내기 위해 모든 수단과 방법을 동원하겠다는 말을 듣고 싶어 하면서도 주어진 진실을 외면하려 들었다. 설령 진실을 아는 게 고통스럽더라도 알고자 하는 가족들도 있었다. 골즈비 부부는 진실을 알고 싶어 하는 부류에 속했다. 데보라는 창백한 얼굴로 손을 부들부들 떨면서도 케일럽의 진심을 알고 싶어 했다.

케일럽은 실종된 아이의 부모와 대화를 나눌 때가 가장 곤혹스러웠다.

"유감스럽지만 현재 상황은 그리 낙관적이지 않습니다. 처음에는 단순 가출이 유력하다고 생각했는데 숲에서 소지품이 발견되었으니까요."

"누군가 아멜리를 차에 태워 그곳으로 데려갔을까요?"

데보라가 걱정스런 눈빛으로 물었다.

"일단은 납치 가능성을 염두에 두고 수사를 진행할 겁니다. 아멜리가 주차장에 있을 때는 환한 대낮이었고, 마트 주변과 도로에는 오가는 사람들이 많았죠. 여러 정황을 고려해볼 때 누군가에게 강제로 납치되었다기보다는 자발적으로 차에 올랐을 가능성도 있습니다. 운전자가 평소 잘 알고 지낸 사람이었을 경우 충분히 가능한 추론이죠."

"모르는 사람 차에 올랐을 가능성은 전혀 없나요?"

"아멜리가 혹시 이전에도 가출한 적이 있나요?"

제이슨과 데보라가 동시에 고개를 저었다.

"아멜리는 보기보다 겁이 많아요. 우리 부부도 납치사건에 대비해 자주 교육을 시켰습니다."

제이슨이 말했다.

"혹시 아멜리 친구들 가운데 누가 운전면허증을 소지하고 있는지 알고 있나요?"

"아멜리와 친한 아이들은 대개 열네 살입니다. 기껏해야 한 살 더 많은 열다섯 살이죠. 직접 차를 운전하고 다니는 아이는 보지 못했습니다."

데보라가 말했다.

"혹시 학교에서 친하게 지낸 선배들은 없었나요? 연극반이나 즐겨하는 운동이 있었다면 선배들과 어울리기도 하니까요."

"일주일에 두 번 수영을 하는데 함께 했던 아이들 전부가 동갑내기들이었습니다. 수영강사를 맡았던 사람도 열여섯 살에 불과해요."

"일단 수영강사를 만나보겠습니다. 그밖에 더 생각나는 사람은 없나요?"

"축제나 학교 행사 때 선배들과 함께 어울리긴 했어요. 그럴 때 알게 된 선배들이 간혹 있겠네요."

제이슨이 말했다.

"혹시 친구들 가운데 아멜리가 특별히 자주 언급한 이름이 있나요?"

"아멜리는 우리 부부와 친구 문제를 터놓고 이야기한 적이 없어요."

"추후에 아멜리의 친구들을 모두 만나볼 겁니다. 친구들이 부모보다 오히려 유용한 정보를 알고 있는 경우도 있으니까요. 수사상 필요해서 그러는데 아멜리가 사용하던 컴퓨터를 가져가도 되겠습니까?"

"당연히 그러셔야죠."

"컴퓨터는 아멜리의 방에 있겠군요. 제가 방을 둘러봐도 될까요?"

"물론입니다. 그렇잖아도 케이트가 오늘 아침에 아멜리의 컴퓨터를 확인해보자고 했는데 암호가 걸려 있어 열지 못했어요."

데보라가 자리에서 일어서며 말했다.

"케이트라면 혹시 아멜리 친구인가요?"

"우리 집에 투숙하는 고객입니다. 케이트 린빌이라고 금요일에 왔는데 런던경찰국에서 일하는 형사라고 하던데요."

"케이트 린빌이라고요?"

케일럽이 당황해하며 되물었다.

"케이트를 아세요?"

제이슨이 물었다.

"알다마다요."

케일럽이 말했다.

3

아멜리의 방으로 들어선 케이트는 3년 전 마지막으로 보았을 때와 전혀 달라진 게 없었다. 여전히 나이를 가늠할 수 없는 얼굴에 수수한 차림새였다. 케이트는 성격이 너무 폐쇄적이라 외모를 전혀 가꾸지 않았고, 내면에서 감정변화가 일어나더라도 밖으로 드러내지 않았다. 케일럽은 그렇다고 그녀가 공감능력이 부족하거나 차가운 사람이 아니라는 걸 알고 있었다. 그저 감정을 숨기는 방법을 잘 알고 있을 뿐이었다. 그녀는 자신을 마음 깊이 가두고 어느 누구에게도 상처를 가할 기회를 제공하지 않았다. 그녀를 사랑할 수 있는 기회조차 주지 않았다.

케이트 린빌은 자기 자신에게 사로잡혀 있는 인물이었다.

"여기서 자네를 만나게 될 줄이야."

케이트가 별일 아니라는 듯 어깨를 으쓱했다.

"아버지가 살던 집에 골치 아픈 문제가 생겨 당분간 여기에 머물기로 했어요."

"세입자가 월세를 안 냈어?"

"집안에 있는 가구들이며 집기들을 죄다 망가뜨리고, 집을 온통 쓰레기장으로 만들어놓고 도주했어요. 며칠 동안 머물며 집을 손봐야 해요."

케일럽은 그 집이 케이트에게 어떤 의미가 있는지 잘 알고 있었다. 그녀의 아버지 리처드 린빌이 살해되기 직전까지 줄곧 살아온 집이었다.

"집수리를 하고 나면 다른 세입자를 받을 건가?"

"집을 팔아버리려고요."

케이트는 이미 3년 전에도 집을 팔려다가 그만두었다.

"어쩌다가 이 집에 머물게 된 거야?"

"집에서 가까운 펜션을 알아보다가 오게 되었어요. 처치 클로즈까지 가고 싶지는 않았죠. 처음 이 집에 온 금요일 날은 아멜리가 실종되기 전이었어요."

"물론 그랬겠지."

케일럽이 한숨을 푹 내쉬었다.

"지난번에는 아버지를 살해한 범인을 반드시 내 손으로 잡아야겠다는 각오로 수사에 뛰어들었지만 이 사건은 달라요. 이번에는 수사에 개입하지 않을 테니까 너무 걱정하지 말아요."

케이트는 아버지가 살해됐을 때 독자적으로 수사를 진행했고, 공식적인 수사담당자였던 케일럽과 사사건건 대립했다. 수사에 개입할 권한이 없었기에 담당 형사와 마찰을 빚을 수밖에 없었다. 결국 케이트의 활약으로 사건이 마무리되었고, 두 사람은 웃는 얼굴로 헤어졌다.

케일럽이 지금은 알코올중독 문제를 극복했는지 궁금했다.

"자네는 아멜리의 실종을 어떻게 보고 있나?"

케이트는 금요일에 골즈비 가족을 만났고, 사흘째 펜션에 머무는 중이었다.

"처음에는 단순가출인 줄 알았는데 지금은 생각이 바뀌었어요. 아멜리가 스스로 가출했다면 고원지대에 소지품을 버릴 이유가 없잖아요."

"마트 주차장에 나타나 아멜리를 데려간 사람이 누구일까?"

"누군가 함께 도망치자며 아멜리를 꼬드겼을 수도 있겠죠."

"처음부터 납치가 목적이었을까?"

"의도적으로 접근했을 가능성이 커요. 아니면 아멜리와 납치범이 서로 알고 지낸 사이였을 수도 있어요."

"마트 주차장이 아니라 다른 장소에서 납치되었을 가능성도 있을까?"

"아멜리는 수학여행을 가기 싫어했어요. 오죽 가기 싫었으면 병원에서 거짓진단서를 떼어달라고 했겠어요. 물론 데보라는 요청을 거부했고, 그 바람에 아멜리는 잔뜩 심통이 나있었죠. 엄마를 놀라게 하려고 차에서 내려 집으로 걸어가던 중 납치되었을 수도 있어요. 집으로 돌아오는 방법은 두 가지가 있더군요."

"우선 버니스톤 로드를 이용해 걸어오는 방법이 있지."

"그 길은 동네 초입에 접어들 때까지 목초지와 경작지가 길게 이어져요. 그 구간에서 누군가 아멜리를 강제로 차에 태워 납치했을 가능성이 있어요."

"버니스톤 로드는 차량 통행이 많은 편이라 결코 쉽지 않았을 텐데?"

"그 시간에는 차량 통행이 많지 않아요. 범인은 아무런 계획 없이 차를 몰고 그 길을 지나다가 한적한 길에서 혼자 걷고 있는 아멜리를 발견했을 수도 있어요. 마침 도로를 오가는 차량도 없어 순간적으로 납치를 시도했겠죠. 시간은 약 30초 정도 소요되었을 거예요. 그 정도면 충분할 테니까요."

"아멜리가 격렬하게 저항하지 않았을까?"

"범인이 건장한 남자였다면 키가 자그마하고 몸이 마른 아멜리를 제압하는 건 그리 어려운 일이 아니었겠죠. 게다가 한적한 길에서 갑자기 수상한 남자가 나타나면 어린 여자아이가 아니더라도 누구나 공포감을 느낄 수밖에 없어요. 만약 아멜리가 귀에 이어폰을 꽂고 음악을 듣고 있었다면 범인의 차가 가까이 다가올 때까지 눈치 채지 못했을 공산이 커요. 범인이 눈앞에 나타났을 때 비로소 상황이 위급하다는 걸 깨달았겠지만 그때는 이미 늦어요."

"또 다른 길은 어딜 말하는 거지?"

"해변을 따라 노스클리프 애비뉴로 오는 길이 있어요."

"그 길은 반대편에 큰 건물들이 있어서 범인 입장에서 보자면 납치하기 용이한 장소가 아니야."

"그 길 끝자락에 대형 주차장이 하나 있어요. 범인은 그 주차장에서 아멜리와 마주쳤을 수도 있죠. 그게 아니라면 아멜리가 언덕 위로 이어지는 오솔길을 따라 걷든지 해변을 따라 이어지는 클리블랜드 웨이를 따라 걷든지 했을 거예요."

"차량 운행을 할 수 없는 길이잖아?"

"그게 아니라면 범인이 씨 라이프 주차장에 차를 세워두고 해변 길을 산책하다가 아멜리를 발견하고 납치했을 수도 있어요."

씨 라이프는 만의 북쪽 끝에 위치한 쇼핑몰이었다. 다양한 해양 동물들을 볼 수 있는 대형 아쿠아리움이 있어 인기가 많은 곳이었다.

"씨 라이프 주차장은 사람들이 북적거리는 곳이야."

"토요일 오전에는 한산해요. 사람들이 주로 쇼핑을 하는 시간이니까요. 범인들에게는 간혹 예기치 않은 기회가 주어질 때가 있어요. 대개 범행은 짧은 순간에 모두 끝나버리죠."

"제이슨 골즈비가 그 시각에 클리블랜드 웨이에 있었다고 진술했어. 그가 거기서 아멜리를 만났을 수도 있지 않을까?"

"그가 딸을 납치했을 가능성이 있다고 보세요?"

"자네는 골즈비 가족을 만나보고 어떤 인상을 받았나?"

"그냥 평범한 가족으로 보였어요. 아멜리가 반항적이라 엄마와 자주 충돌했지만 그런 딸들은 흔하잖아요. 아빠와 소원하게 지내는 딸들도 많아요. 제이슨 골즈비는 종합병원에서 일하는 의사인데 스트레스가 많아 보였어요. 데보라도 펜션 문제로 마음이 심란해 보이더군요. 지금은 비수기라 손님이 없잖아요. 제가 당분간 이 집에서 지내겠다고 하자 데보라가 얼마나 기뻐했는지 몰라요."

"골즈비 가족에게서 전혀 이상한 점을 발견하지 못했단 말이지?"

케이트는 잠시 대답을 망설였다.

"골즈비 가족을 자세히 알아보기에는 시간이 부족했다는 점을 전제하고 말할게요. 그들 부부는 그리 행복해보이지 않아요. 제이슨은 대출금을 갚느라 쉬지도 못하고 일에 매달려 있고, 데보라 역시 빚에 짓눌려 걱정이 많아 보였어요. 이 집을 구입할 때 큰돈을 대출받았겠죠. 제이슨은 펜션 운영을 못마땅해 하고 있어요. 큰돈을 벌지도 못하는데 여름만 되면 손님들이 밀어닥쳐 휴식처와 자유 시간을 빼앗기니까요. 그렇다고 당장 폭발할 만큼 큰 갈등이 있어보이지는 않아요."

"빚을 감당하기 힘들어 끔찍한 범죄를 저지르는 사람들이 의외로 많아."

"골즈비 부부는 적어도 그런 사람들로 보이지는 않아요."

"범행이 일어난 시각에 제이슨의 알리바이가 확실하지 않아. 그 점이 의심스럽긴 해도 나 역시 그를 용의자로 보지는 않아."

"이 사건을 사스키아 모리스 사건이나 한나 캐스웰 사건과 연관시킬 수 있다고 보세요?"

케일럽이 어리둥절한 표정으로 케이트를 쳐다보았다.

"한나 캐스웰 사건은 이미 4년 전에 벌어졌어. 사스키아 모리스가 실종되기 3년 전이야."

"한나 캐스웰, 사스키아 모리스, 아멜리 골즈비는 비슷한 나이에 납치됐다는 공통점이 있어요."

"그 사건들에 대해 알아봤어?"

"인터넷으로 당시 사건 관련 기사들을 찾아봤어요."

"한나 캐스웰 사건은 단서를 전혀 찾아내지 못했어. 휴대폰이나 소지품은 물론이고 시신조차도 찾아내지 못했지."

"사스키아와 아멜리의 소지품이 발견된 건 우연이었어요."

"여름철에는 호흐무어국립공원의 고원지대로 트래킹을 즐기러오는 사람들이 제법 많아. 개를 데리고 다니는 사람들도 더러 있어. 시신을 눈에 띄지 않게 유기하기 쉽지 않다는 뜻이야. 한나 캐스웰을 납치한 범인은 매우 치밀한 인물이라고 봐야지. 단서를 전혀 노출하지 않았으니까. 그 반면 사스키아의 시신은 매우 허술하게 처리되었어. 트래킹을 하는 사람들이 자주 오가는 길 바로 옆에 시신을 버리고 나뭇가지로 살짝 덮어놓았으니까. 두 사건을 동일범의 소행으로 보기 어렵다는 뜻이야."

"범행을 반복해서 저지르는 연쇄범의 경우 처음에는 발각되지 않기 위해 치밀하게 고려하고 계산하지만 범죄이력이 쌓일수록 대담해져 쉽게 단서를 노출시키는 경우도 있어요. 매번 발각되지 않고 넘어가다보니 자기도 모르게 긴장이 풀려버린 거예요. 그동안 황당한 실수를 저지르고 붙잡혀온 범죄자들을 많이 봤어요."

케일럽이 고개를 저었다.

"한나 캐스웰 사건은 사년 전에 벌어졌어. 사스키아 모리스 사건은 일년 전이야. 두 사건 사이에는 무려 삼년이라는 공백이 있어. 동일범의 소행이라면 공백이 너무 길다고 생각하지 않아?"

"두 사건만 놓고 보자면 그렇지만 피해자가 더 있을 가능성을 배제할 수 없다고 봐요. 가령 결손가정 아이들은 실종되더라도 신고할 사람이 없으니까요. 스스로 집을 나와 약물에 중독돼 거리를 떠도는 아이들도 있어요."

"연쇄살인범들은 범행 대상을 선택할 때 나름 독특한 취향을 반영하지. 실종된 세 아이들의 공통점은 나이가 어리고, 평범한 가정에서 부모의 보살핌을 받으며 곱게 자랐다는 거야. 부모 없는 아이들이나 마약중독자는 범인의 관심 대상이 아닐 수도 있어."

"한나의 경우 전혀 단서를 찾아내지 못했고, 수사는 지지부진한 상태를 벗어나지 못하고 있어요. 범인은 사스키아 모리스를 납치 살해하는 범행을 저질렀지만 또다시 발각되지 않았죠. 이런 상황이라면 범인이 세 번째 범행을 노리는 건 어쩌면 당연해요."

케일럽의 입에서 한숨이 새어나왔다. 만약 연쇄살인범이라면 이제부터 범죄를 저지르는 빈도가 잦아질 수도 있었다. 그는 아멜리의 방을 둘러보았다. 매우 아기자기하게 꾸며놓은 방이었다. 지붕 바로 아래 방이라 바닥에서 위로 올라갈수록 폭이 비스듬하게 좁아지는 구조였고, 창문을 통해 밖을 내다보니 바다가 한눈에 들어왔다. 어린 소녀에서 이제 막 숙녀가 되어가는 여자아이 방이라는 걸 쉽게 알 수 있었다. 벽면은 핑크색 꽃무늬로 치장했고, 바닥에는 핑크색 양털 카펫이 깔려 있었다. 옷장 역시 핑크색이었다. 벽면에는 요즘

TV에서 흔히 볼 수 있는 팝그룹의 브로마이드가 붙어 있었다. 멤버 전원이 새하얗게 화장한 얼굴에 검정색 옷을 입고 있었고, 눈가에 시커먼 테두리를 그린 모습이었다. 화장대에는 화장을 할 때 필요한 다양한 도구들과 매니큐어들, 여러 색상의 립스틱과 스프레이들이 놓여 있었다. 침대 위에 대충 벗어둔 청바지와 그물모양 검정색 풀오버가 있었다.

골즈비 부부는 딸이 만나는 남자친구가 없다고 했지만 케일럽은 그들이 과연 제대로 알고 있는지 의문이 들었다. 남자친구가 있는지 여부는 컴퓨터를 분석해보면 알 수 있을 것이다. 옷장과 서랍 몇 개를 열어보았지만 딱히 시선을 끄는 물건은 없었다. 그저 10대 여자아이의 전형적인 방이었다.

"집수리는 잘 되어 가고 있어?"

"아직 시작도 안했어요. 청소용역회사에 집수리와 청소를 맡기려고요. 가급적 빨리 집을 정리하고 런던으로 돌아가야 해요." 케이트가 미소를 지으며 덧붙였다. "반장님을 돕고 싶지만 여건이 되지 않아요."

"스카보로경찰서로 옮기는 건 어때?"

케이트는 런던경찰국에서 그다지 행복하지 않은 시간을 보내왔다. 케일럽도 어렴풋이 그 사실을 알고 있었다. 그녀는 언제나 자신의 능력을 지나치게 과소평가해 스스로 움츠러드는 게 문제였다. 그러다보니 동료들과 어울리지 못하고, 혼자 겉돌았다.

"그냥 런던에 남아있으려고요."

케이트는 왜 그래야 하는지 이유를 말하지 않았다. 케일럽도 더는 묻지 않았다. 그들은 거취 문제로 깊은 대화를 나눌 만큼 가까운 사이는 아니었다.

"이제 가볼게요. 제 방에 있을 테니까 혹시 물어볼 게 있으면 언제든 불러주세요."

"그래, 고마워."

케일럽은 방을 나서는 케이트의 뒷모습을 지켜보다가 핑크색 꽃무늬로 장식된 방을 둘러보았다. 뭔가 단서가 될 만한 암시를 받을 수 있기를 바랐다. 그는 이 방의 주인인 아멜리를 돌아오게 만들 수 있는 단서를 원했다. 아멜리가 무사히 돌아와 골즈비 가족의 품에 안기기를 바라며 구석구석 둘러보았지만 방은 묵묵부답으로 일관했다.

10월 16일, 월요일

1

린 알라드가 일하는 목공소는 테스코마트 근처 웨스트우드 로드에 있었다. 린은 집에서 목공소까지 걸어서 출퇴근했다. 두 건물 사이에 있는 문을 열고 들어가자 나무와 도료, 접착제 냄새가 진동했고, 전기톱 돌아가는 소리가 요란하게 들려왔다.

오늘 아침에는 온도가 갑자기 내려갔고, 안개가 자욱하게 끼었다. 캐롤은 몸을 부르르 떨며 코트 깃을 여몄다. 마침 창고 벽에 기대서서 담배를 피우고 있는 린이 시야에 들어왔다. 청바지에 검정색 풀오버와 가죽 재킷 차림이었다. 담배를 쥔 오른손 손가락마다 은반지가 끼어 있었다. 간밤에 제대로 잠을 못 잤는지 눈 아래에 다크 서클이 선연했다.

"안녕, 린."

"여긴 어쩐 일이세요?"

"뭘 좀 물어볼 게 있어서 찾아왔어."

"뭔데요?"

캐롤은 안개가 끼어 있는 마당 한구석으로 린을 데려갔다.

"맨디가 일주일 전부터 학교에 나오지 않고 있어. 무슨 일인지 말해줄 수 있니?"

린의 눈꺼풀이 미세하게 떨렸다.

"집에 찾아가봤어요?"

"금요일에 팻시를 만났는데 맨디가 독감에 걸렸다며 만나지 못하게 했어."

린은 초조한 듯 담배를 길게 빨았다.

"정말 독감에 걸렸니?"

린이 피우던 담배를 바닥에 던지고 발로 비벼 껐다.

"엄마를 만나봤다면서요?"

"팻시의 말을 곧이곧대로 믿을 수는 없어."

린이 어깨를 으쓱했다.

"저는 잘 몰라요. 이제 일하러 가봐야 해요."

팻시도 그랬지만 린 역시 표정이 석연치 않았다.

"맨디에게 무슨 일이 있었지?"

갑자기 린의 눈에 눈물이 차올랐다.

"제발 저를 그냥 내버려두세요. 난생처음 제대로 된 일자리를 찾았어요. 이 기회를 놓치고 싶지 않아요."

"아무도 너에게 주어진 기회를 빼앗지 않아. 너도 알다시피 내가 알아봐준 일이잖아. 네가 잘 되길 바라니까 걱정하지 마."

린의 눈썹에서 마스카라가 흘러내렸다.

"맨디는 늘 일을 망쳐요. 엄마에게 사사건건 대들지 말고 입을 꾹 다물고 있으면 되는데 늘 가만있지 못하죠. 물론 엄마 잘못이 크지만 맨디가 자초한 부분도 있어요."

"도대체 무슨 일이 있었는데 그래?"

린은 손을 내저으며 눈물을 훔쳤다.

"엄마와 맨디는 단 하루도 조용한 날이 없어요. 틈만 나면 날을 세우고 충돌하죠."

맨디는 도발적이고 공격적인 아이였다. 그런 점은 팻시를 쏙 빼닮았다.

"맨디가 학교에 나오지 않는 이유가 뭐니?"

린은 시선을 옆으로 돌렸다.

"엄마랑 한바탕 싸우고 나서 집을 나갔어요."

"언제?"

"지난주 일요일에요."

"맨디는 지금 어디에 있는데?"

"모르긴 해도 친구 집에 가있을 거예요."

"맨디가 집을 나갔는데 다들 찾아볼 생각도 하지 않았니?"

"아마도요."

"너라도 찾아봤어야지."

"시간이 없었어요."

"동생이 집을 나간 지 일주일이 지났는데 어떻게 지내는 지 궁금하지도 않아?"

"그냥 친구 집에 갔으려니 생각했어요."

"맨디는 학교에 가야 해."

"그건 내 책임이 아니잖아요."

"전에도 팻시랑 다툰 적이 있었지만 가출한 적은 없잖아?"

작업반장이 문을 열고 고개를 내밀었다.

"린, 일을 시작할 시간이야."

그가 캐롤을 발견하고 고개 숙여 인사했다.

"아, 안녕하세요?"

캐롤은 작업반장과 알고 지내는 사이였다. 그에게 린이 일할 자리를 부탁했고, 흔쾌히 들어주었다.

"이제 일하러 가봐야 해요."

"몇 분만 더 있다가 가."

작업반장이 그렇게 해도 된다는 뜻으로 고개를 끄덕이고 나서 먼저 작업실로 돌아갔다.

"넌 언니잖아. 맨디를 보살펴줄 책임이 있어. 자, 이제 무슨 일이 있었는지 털어놔봐. 자세히 말해주지 않으면 난 계속 여기에 남아 있을 거야."

캐롤의 눈빛이 단호했다.

"그날 가족들이 식탁에 둘러앉아 저녁식사를 하고 있었는데 맨디가 음식 투정을 부리며 엄마를 자극했어요. 인스턴트 햄버거랑 레인지에 데운 감자수프가 그날 메뉴였죠. 그다지 맛있는 음식은 아니지만 그냥 먹어두면 그만일 텐데 맨디는 냉동음식을 계속 먹으면 조만간 뚱보가 될 거라며 구시렁거렸죠. 그런 음식을 먹는다고 다 살이 찌는 건 아니잖아요. 더구나 우리 가족은 하나같이 비쩍 말라서 문제거든요."

"팻시가 단단히 화났겠구나?"

"분노를 주체하지 못할 만큼 화가 났죠. 맨디와 엄마는 서로 악다구니를 써대며 다투었어요. 아빠는 늘 그렇듯 말리지도 못하고 접시를 내려다보며 어쩔 줄 몰라 했죠."

린은 다시 눈물을 흘리기 시작했다.

"그때 마음속으로 이런 생각이 들었어요. '엄마와 맨디는 왜 늘 다툴까? 제발 싸우지 말았으면 좋겠어. 서로 불만이 있더라도 참아 넘기면 안 될까?' 라고요."

캐롤은 가벼운 한숨을 내쉬었다. 그녀가 생각하기에도 팻시와 맨디는 상대하기 힘든 사람들이었다.

"그래서 어떻게 되었니?"

"가까스로 화를 다독인 엄마는 차를 끓여야겠다며 주전자에 물을 담아 가스레인지에 올려놓았어요. 아빠는 슬그머니 주방을 나갔고요. 맨디에게 귓속말로 그만 나가자고 했더니 고개를 저으며 남아 있겠다고 하더군요. 엄마랑 본격적으로 한판 붙을 작정이었던 거예요. 가끔 그런 일이 있었으니까."

"맨디에게 전투적인 면이 있다는 건 나도 알아."

"2층 방에 올라와 쉬고 있는데 주방에서 비명소리가 들려왔어요. 부리나케 계단을 뛰어 내려가 주방으로 갔더니 엄마가 눈을 부릅뜨고 맨디를 노려보고 있더군요. 바닥에는 물이 흥건했고, 맨디는 왼팔을 잡고 비명을 질러대고 있었어요."

"무슨 일이 있었는데?"

"엄마가 펄펄 끓는 물이 들어 있는 주전자를 맨디에게 던진 거예요. 맨디의 팔에 끓는 물이 쏟아졌고요. 맨디는 화상을 입어 왼팔이 벌겋게 물들어 있었어요."

"맙소사."

린은 어깨를 들썩이며 울기 시작했다.

"제발 맨디에게 아무 일도 없길 바라요. 만약 이 일로 엄마가 감방에 들어가면 우리 가족은 헤어날 길이 없을 거예요."

캐롤은 린의 팔에 손을 얹었다.

"팻시는 분명 나쁜 짓을 했지만 감방에 들어가지는 않을 거야."

확신할 수 없는 일이었지만 지금은 린을 진정시키는 게 중요했다. 끓는 물이 든 주전자를 던진 건 명백한 범죄행위였다. 만약 맨디의 얼굴에 끓는 물이 쏟아졌다면 심각한 화상을 입었을 수도 있었다.

"맨디는 그 일이 있고 나서 곧장 집을 나갔니?"

"손수건에 찬물을 적셔 팔을 감싸고 배낭에 소지품을 챙겨 넣었어요. 맨디는 짐을 챙기는 동안에도 분노를 삭이지 못하고 식식거렸죠."

"혹시 맨디가 어디에 가있겠다고 말하지는 않았어?"

"아뇨."

"무엇보다 화상이 걱정스러워. 그대로 방치할 경우 덧날 수도 있으니까."

"내가 고자질한 걸 알면 엄마가 가만있지 않을 거예요."

"고자질한 게 아니라 내가 묻는 말에 솔직하게 대답해준 거야. 넌 선택의 여지가 없었어. 팻시도 이해할 거야."

캐롤은 그렇게 말했지만 자신할 수 없었다. 팻시는 마음이 너그러운 사람이 아니었으니까.

"이제 그만 가볼게요."

린은 대답을 기다리지도 않고 작업장 안으로 사라졌다.

캐롤은 그 자리에 서서 잠시 생각에 잠겼다. 맨디가 가출한

지 일주일이 지났다. 게다가 팔에 화상을 입었다. 맨디가 친구 집에 가있으면 다행이겠지만 추운 거리에서 노숙을 하며 지내고 있을까 봐 걱정스러웠다.

2

청소용역회사에서 온 남자는 구역질이 나는 듯 계속 인상을 찌푸렸다.

"도대체 무슨 짓을 저질렀기에 집이 이 지경이 되었죠?"

"저도 몹시 궁금하지만 세입자들이 사라진 탓에 알 길이 없어요."

"이처럼 엉망으로 만들어놓은 집은 처음 봐요."

케이트는 청소용역회사 직원과 함께 집을 구석구석 둘러보며 꼼꼼하게 살폈다. 부모님 방 옷장은 모서리가 부서졌고, 서랍들은 죄다 망가져 아래로 내려앉았다. 엄마로부터 물려받아 애지중지 다루었던 싱크대는 유리가 박살나 있었고, 목재선반들은 죄다 사라지고 없었다.

목재선반으로 뭘 했을까?

이 집 벽난로는 전기로 가동하기 때문에 장작이 필요 없었다. 수십 년 동안 조심스럽게 다루었던 가재도구들이 그야말로 철저하게 파손되었다. 도무지 이해할 수 없는 일이었다.

"망가진 가재도구들은 전부 다 내버릴 겁니까? 일부는 완벽하게 고칠 수 있는데요."

청소용역회사 직원이 말했다.

"그냥 다 버려주세요."

가재도구들을 고친다고 해도 가져다놓을 곳이 없었다.

이제는 미련 없이 과거와 결별할 때야.

심리학자들은 단호한 결단이 삶을 바꾸는 결정적인 계기가 될 수도 있다고 주장하지만 과연 그럴지는 자신할 수 없었다. 자욱하게 낀 안개가 가슴을 더욱 답답하게 했다. 안개가 황금빛 햇살을 뿌리던 10월의 따스한 날씨를 갑자기 춥게 만들었다.

"그럼 집 안에 있는 가재도구들을 모두 치워드리죠."

"네, 그렇게 해주세요."

"다음 세입자는 어떤 사람인지 꼼꼼하게 살피고 들이셔야겠어요."

"집을 팔 거예요."

청소용역회사 직원이 고개를 끄덕였다.

"세입자 때문에 골치를 썩이느니 그게 나을 수도 있겠네요."

청소용역업체에서 청소를 깨끗이 마무리하고 나면 리모델링 업체에 집수리를 맡길 예정이었다. 케이트는 집을 고치는 동안 이웃집여자에게 열쇠를 맡겨두고 런던으로 돌아갈 생각이었다. 국장은 그녀에게 한시바삐 업무에 복귀하라는 압력을 가하고 있었다. 그녀도 최대한 빨리 돌아갈 생각이었다. 골즈비 가족을 생각하면 마음이 무거웠지만 수사를 도울 형편이 못 됐다. 데보라는 런던경찰국에서 일하는 형사라면 뭐든 다 해결할 거라 믿는 눈치였다. 그녀가 나서면 아멜리가 금세 집으로 돌아올 수 있을 거라고.

데보라는 스카보로경찰서의 케일럽 헤일 반장이 이끄는 수사팀보다 그녀에게 더 많은 기대를 했다. 그녀가 관할 문제 때문에 수사에 직접적으로 관여할 수 없는 형편이라는 걸 전혀 알지 못했다.

"비용이 제법 많이 들겠어요."

"감수해야죠."

은행에서 융자를 받아야 할 수도 있었다. 집을 팔기로 한 이상 융자금 상환은 전혀 문제될 게 없었다. 난생처음 목돈을 손에 쥐게 되는 셈이었고, 마음먹기에 따라 크루즈여행을 떠날 수도 있었다.

케이트는 가벼운 한숨을 내쉬었다.

정신 차려, 케이트.

이 세상에는 고통 받는 사람들이 정말 많았다.

사스키아 모리스의 부모는 얼마나 큰 고통을 겪고 있을까?

그들은 지난 열 달 동안 딸이 무사히 돌아오리라는 희망의 끈을 놓지 않았을 텐데 얼마 전 충격적인 소식을 듣게 되었다. 오늘 아침, 지역 언론들은 일제히 아멜리 골즈비 실종사건을 주요기사로 다루었다. 언론들은 마치 약속이라도 한 듯 사스키아 모리스 사건과의 연관성을 언급했다. 이미 언론들은 범인에게 '고원지대 살인마'라는 별명을 붙여주었다. 아직 명확하게 입증된 건 아무것도 없었고, 그저 추정일 따름이었다.

케이트는 신문기사를 읽다가 욕지기가 치밀어 다 읽기도 전에 쓰레기통에 던져버렸다. 언론사들의 추측기사는 수사나 피해자 가족에게 심각한 악영향을 미치는 내용들 일색이었다.

청소용역회사 직원은 주말까지 집을 깨끗이 치워주기로 약속했다. 케이트는 그가 차를 타고 떠나는 모습을 지켜보았다. 이제는 집을 리모델링할 업체를 찾아봐야 할 차례였다.

*

케이트는 다시 골즈비펜션으로 돌아왔다. 집 앞에 기자들이 몰려와 있었고, 심지어 텔레비전방송국 중계차까지 보였다. 10대 아이 실종사건이 이처럼 과도한 관심을 끈 적은 별로 없었다. 이 지역 신문들이 범인에게 '고원지대 살인마'라는 별명을 붙인 게 주효한 셈이었다. 연쇄살인범은 사람들의 비상한 관심을 끌게 마련이었다.

현관문을 열고 안으로 들어간 케이트는 벽에 몸을 기대고 호흡을 가다듬었다. 골즈비펜션은 온통 언론사 기자들과 방송국 카메라에 포위된 상태였다. 한시바삐 런던으로 돌아가야 할 이유가 한 가지 더 늘어난 셈이었다. 골즈비 부부를 돕고 싶었지만 수사의 전면에 나설 수는 없는 형편이었다.

케일럽이 거실에서 통화하다가 그녀가 다가가자 서둘러 마쳤다. 스트레스와 피로감 때문인 듯 그의 얼굴이 초췌해보였다.

"자네도 집 앞에 몰려와 있는 기자들을 봤지?"

"당연하죠. 제이슨과 데보라는 어디 갔어요?"

"2층에 있는데 데보라의 상태가 많이 안 좋아."

"오늘 자 신문기사를 봤다면 크게 스트레스를 받을 만하죠."

"데보라가 직접 보지는 않았는데 친구가 전화해 기사를 읽어주었나 봐."

"새로운 소식은 없어요?"

"사스키아 모리스의 부검결과가 나왔어. 그 아이는 약 6주 전에 살해되었고, 고원지대 산책로에 버려진 건 최근이야. 실종 이후 9개월 동안 생존해있었던 셈이지."

"사인은 밝혀졌어요?"

"영양실조, 그러니까 굶어죽은 거야."

케이트는 흠칫 놀랐다.

"범인은 그동안에는 살려두었다가 왜 갑자기 음식물을 제공하지 않았을까요?"

"나도 그 이유를 모르겠어."

"혹시 범인이 사스키아를 가두어놓은 은신처까지 갈 수 없었던 사정이 있었던 건 아닐까요?"

"범인이 사스키아의 시신을 산책로로 옮겼으니 그럴 리 없잖아."

잠시 침묵이 이어졌다.

"만약 동일범의 소행이라면 아멜리가 아직 살아있을 가능성이 크네요."

"일리 있는 추론이지만 아직 동일범의 소행인지 불분명해. 부검 결과 사스키아는 성폭행을 당하지 않았어. 아마도 사진이나 비디오촬영에 이용당했을 수도 있겠지. 아멜리의 경우 휴대폰 위치추적이 안 되고 있어. 범인이 추적을 피하기 위해 휴대폰을 망가뜨렸다고 봐야겠지. 동일범의 소행이라면 아멜리는 살아 있을 가능성이 커. 납치사건 피해자들 중 90퍼센트 이상이 24시간 이내에 목숨을 잃는다는 점을 감안하면 매우 특이한 경우라고 할 수 있지."

"더 늦기 전에 아멜리를 찾아야 해요."

케일럽이 한숨을 푹 내쉬었다. 제법 많은 시간이 흘렀는데 아직 변변한 단서 하나 찾아내지 못했다. 아멜리가 어딘가에 살아 있을 가능성이 큰 만큼 목숨을 살리려면 최대한 빨리 찾아내야만 했다. 범인이 수개월 동안 사스키아를 감금해두었음에도 찾아내지 못했다. 사람들의 발길이 닿지 않는 곳에 범인의 은신처가 있다는 뜻이었다. 만일 수사가 늦어져 아멜리가 시체로 발견될 경우 언론의 집중포화를 맞게 될 테고, 수사책임자인 케일럽은 모든 책임을 뒤집어쓸 수밖에 없었다. 얼마나 큰 중압감이 그의 어깨를 짓누르고 있을지 짐작되었다.

"언론이 눈에 불을 켜고 주시하며 매일 관련기사를 쏟아내고 있는 만큼 조만간 제보자가 나타나리라고 봐요. 사스키아는 저녁 무렵에 어두운 주택가에서 납치되었지만 아멜리는 환한 대낮에 사람들이 많이 오가는 마트 주차장에서 사라졌어요. 주말이라 쇼핑하는 사람들이 많은 시간이었으니 분명 어딘가에 목격자가 있을 거예요."

"그렇잖아도 아침부터 아멜리를 보았다는 목격자들의 전

화가 쇄도하고 있어. 개중에는 오히려 수사방향에 혼선을 주는 장난전화도 있더군. 수사에 진척이 없을 경우 눈에 불을 켜고 주시하고 있는 기자들이 득달같이 달려들어 경찰의 무능을 질타하는 기사를 써댈 거야."

케일럽이 우울한 목소리로 중얼거렸다.

수사가 지지부진할 경우 악의적이고 선동적인 기사와 비난 여론이 쏟아질 게 뻔했다.

'경찰은 대체 뭘 하고 있는가?'

'고원지대 살인마가 언제까지 우리의 선량한 아이들을 납치해 죽음으로 몰아넣도록 방치할 것인가?'

골즈비 부부를 생각하자 마음이 아팠다. 그럼에도 그들을 도울 수 없는 형편이었다.

"도주한 세입자들은 어떻게 되었어? 행방을 알아냈어?"

"아직 감감무소식이에요. 집수리를 하는데 생각보다 돈이 많이 들어갈 것 같아요. 그들이 무책임하게 도주할 경우 응분의 책임을 져야 한다는 걸 깨우쳐주기 위해서라도 꼭 찾아내고 싶어요."

"그 집이 자네에게 어떤 의미가 있는지 잘 알아."

"그나마 집은 수리하면 되지만 골즈비 부부에게 아멜리는 이 세상에 하나밖에 없는 딸이잖아요. 반드시 살아서 돌아왔으면 좋겠어요."

"집수리를 하려면 시간이 제법 많이 걸릴 텐데 그때까지 줄곧 스카보로에 머물 거야?"

"내일 런던으로 돌아가려고요. 우선 청소용역회사에 일을 맡겼고, 리모델링할 업체도 알아두었어요. 집 열쇠는 이웃집 여자에게 맡겨두고 떠나려고요."

"런던경찰국에서 지내긴 어때?"

"그냥 그래요."

케이트는 사실 여전히 겉돌고 있었고, 동료들과의 관계도 그다지 원만하지 않았다. 그렇다고 대놓고 멸시하거나 뒤에서 비난하는 동료는 없었다. 다만 아무도 그녀와 친하게 지내려하지 않았다. 손발을 맞춰 함께 일하고자 하는 사람도 없었다. 일과가 끝나고 한잔 하자거나 주말에 함께 어울리자는 사람도 없었다. 그녀는 사람들과 섞이지 못하고 따로 노는 게 동료들 탓인지 아니면 자기 탓인지 알 수 없었다.

"언제 다시 올 거야?"

"11월에 정식으로 휴가를 내고 와서 집을 매각하려고요."

"난 자네가 스카보로경찰서로 자리를 옮겼으면 해. 무리한 부탁이겠지?"

케이트가 마음속으로 뭔가 고민할 때마다 케일럽은 쉽게 알아차렸다. 그녀가 내심 거취를 옮기는 건 어떨지 생각하고 있을 때 그가 그런 제안을 해왔다는 사실이 놀라울 따름이었다. 3년 전, 케이트는 그에게 반한 적이 있었다. 외모도 매력적이지만 어느 누구보다 그녀의 마음을 잘 헤아려주는 사람이라 친밀감을 갖게 되었다. 두 사람이 서로에게 호의적인 건 공통적으로 인생에서 겪은 실패와 연관이 있었다. 케이트는 아버지가 원하는 대로 경찰이 된 이후 늘 유능한 수사관이 되어야 한다는 기대에 부응하기 위해 애썼다. 그녀는 자신의 능력이 아버지의 기대를 충족시켜줄 만큼 출중하지 않다는 생각이 들 때마다 좌절감을 느꼈다. 지나친 자기 불신에 시달리게 된 이유였고, 동료들과 툭 터놓고 어울리지 못하는 원인이기도 했다.

케일럽 역시 오랜 좌절감으로부터 벗어나지 못하고 있었다. 케일럽과 평소에 가까이 지내는 사람들은 그가 깊은 좌절감을 겪고 있다는 걸 알지 못했지만 케이트에게는 남다른 눈이 있었다. 그녀에게 좌절감은 너무나 익숙한 감정이라 금세 알아볼 수 있는 센서가 있었다.

3년 전, 케일럽은 일에 대한 압박감이 심해 무너지기 일보 직전이었다. 그는 사람의 목숨이 걸린 사건들을 맡고 있었고, 사소한 실수 하나가 자칫 회복하기 힘든 재앙으로 이어질 수도 있다는 압박감을 받고 있었다. 그럴 때마다 술이 위안을 가져다주었다. 그런 일이 반복되다 보니 술을 마시지 않으면 아예 일을 할 수 없게 되었고, 결국 알코올중독자가 되었다.

케일럽은 그녀가 탁월한 능력을 갖춘 형사라는 사실을 처음으로 인정해준 사람이었다. 그 역시 그녀의 내면을 어느 누구보다 잘 이해한다는 의미였다.

케이트는 능력을 인정받은 것에 만족해야 한다는 걸 잘 알고 있었지만 그가 여자로 보아주지 않아 야속했다. 결코 이루어질 수 없는 바람이라는 걸 잘 알고 있었다. 케일럽은 그녀와는 완전히 다른 스타일의 여자를 선호하는 게 분명했다. 어쩌면 이미 여자가 있을 수도 있었다. 몇 년 전 이혼한 후 줄곧 혼자 지내왔지만 수도사처럼 욕망을 거세하고 살아갈 리는 없었다.

"런던에서 지내는 게 좋아요."

물론 진심이 아니었다.

케일럽과 함께 일한다고? 그를 대할 때마다 동료 이상의 관계로 발전하길 꿈꾸면서? 상상만으로도 고통스러웠다.

마조히스트는 되기 싫어.

그들은 작별인사를 나누었다. 케일럽은 이제 밖으로 나가 집 앞에서 장사진을 치고 있는 기자들을 따돌려야 할 것이다.

케이트는 방으로 올라가다가 골즈비 부부의 침실 앞에서 잠시 걸음을 멈췄다.

지금 그들에게 무슨 말을 해줄 수 있겠는가?

그들을 도울 방법이 전혀 없었다.

3

그날 오후에 캐롤은 직장 상사 아이린과 함께 알라드의 집을 방문했다. 일단 알라드 부부와 이야기를 나누어보고 나서 경찰에 신고할 작정이었다. 맨디는 일주일이 넘도록 실종상태였다. 팻시가 딸의 행방을 전혀 알지 못한다면 당연히 경찰에 신고해야 마땅한 상황이었다.

그들은 주방에서 알라드 부부와 마주앉았다. 팻시는 두 팔을 휘저으며 장황하게 입장을 늘어놓았다. 그녀의 발언 요지는 결국 자기에게는 아무런 책임이 없다는 것이었다. 말론은 어깨를 축 늘어뜨리고 앉아 벌겋게 충혈 된 눈을 문지르거나 이마에 맺힌 땀을 닦아낼 뿐 아무 말도 하지 않았다. 주방은 보일러 온도를 최고치로 올려놓았는지 땀이 날 정도로 더웠다. 팻시는 몸이 비쩍 말라 더위를 잘 견디는 듯했다.

"내가 끓는 물을 아이에게 던지는 몰상식한 사람으로 보여요? 맨디를 겨냥하고 던진 건 아닌데 실수로 물이 튀었을 뿐이에요. 당신들이야 물론 나에게 모든 책임을 떠넘기고 싶겠죠."

"맨디가 팔에 심각한 화상을 입었다고 들었어요."

캐롤은 목덜미부터 견갑골 사이를 지나 등줄기를 타고 흘러내리는 땀이 계속 신경 쓰였다.

"린이 그러던가요?"

"내가 린을 찾아가 맨디가 어떻게 됐는지 말해주기 전에는 돌아가지 않겠다고 버텼어요. 맨디는 일주일 전에 집을 나갔고, 어디에서 어떻게 지내는지 아는 사람이 없어요. 절대로 묵과할 수 없는 일이죠."

"맨디는 친구들이 많아요. 친구 집에 가있을 거예요."

"맨디와 가깝게 지내는 친구가 누군지 이름을 알려줘요."

아이린이 끼어들었다. 그녀는 언제나 냉정하고 차분했다.

"맨디의 친구들을 전부 알지는 못해요."

"두세 명이라도 괜찮으니까 알려줘요."

"차라리 린에게 물어보세요. 린이 나보다는 더 잘 알고 있을 테니까."

캐롤은 몇 년 전부터 알라드 가족을 담당해왔다. 그녀가 알기로 맨디는 친구가 거의 없었다. 가깝게 지내는 반 아이들이 두세 명 있긴 했다. 좋아서라기보다는 맨디의 거친 성격과 공격적인 면이 두려워 마지못해 친하게 지내는 아이들이었다. 아이들 대다수는 맨디를 좋아하지 않았다.

캐롤은 기회가 있을 때마다 맨디와 아이들에 대한 이야기를 나누었다.

"먼저 친절하게 다가가면 다들 널 좋아하게 될 거야."

그 말을 들은 맨디는 어이없다는 듯 대꾸했다.

"젠장! 친하게 지내고 싶지 않아요."

맨디는 늘 그런 식이었다.

"맨디가 어느 친구 집에 가있을지 생각해봤을 텐데요?"

아이린이 물었다.

팻시는 어깨를 으쓱했다.

"어딘가에 있겠죠." 아이린은 황당하다는 듯 팻시를 쳐다보다가 말론에게로 눈길을 돌렸다. "말론 알라드 씨는 맨디가 어느 친구 집에 가있을 거라고 생각하세요?"

말론이 난처한 표정으로 팻시를 쳐다보았다. 그녀는 슬쩍 남편의 눈길을 피했다.

"저는 잘 모르겠어요."

말론이 혼잣말을 하듯 중얼거렸다.

"딸이 집을 나갔는데 다들 아무런 관심도 없어요?"

아이린의 목소리에 점점 날이 서가고 있었다. 그녀는 도무지 이해할 수 없다는 표정을 지었다. 알라드 부부가 그 어떤 질문을 해도 앵무새처럼 '난 몰라요.' 라고 대답하자 더는 친절하게 대해서는 안 되겠다고 여긴 듯했다.

"분명히 말해두지만 우린 이 상황을 그냥 넘길 수 없어요. 맨디가 실종되었으니 당장 경찰에 신고해 수색작업이 이루어지도록 조치할 거예요. 기온이 많이 떨어져 밖에서 지내는 건 위험해요. 가뜩이나 맨디는 화상이 심한 환자인데다 수중에 돈 한 푼 없잖아요."

아이린이 단호하게 말했다.

"맨디는 아무리 힘들어도 강단이 있어 잘 헤쳐 나갈 수 있을 거예요."

팻시가 말했다.

아이린이 자리에서 벌떡 일어섰다.

"당신들은 맨디가 어디에 있는지 모르죠?"

팻시가 얼음처럼 차가운 아이린의 눈길을 아무렇지도 않게 받아냈다. 전혀 주눅 든 기색이 아니었다.

"별일 없을 거예요. 맨디는 그런 아이니까."

팻시가 말했다.

"스카보로에서 납치사건들이 연이어 벌어지고 있어요. 나라면 당신처럼 속편하게 말하지 않을 거예요."

캐롤이 자리에서 일어서며 말했다.

팻시는 조롱기를 담은 눈빛으로 캐롤을 쳐다보았다.

"고원지대 살인마를 말하는 건가요?"

"얼마 전 사스키아 모리스의 시신이 발견되었고, 최근에는 아멜리 골즈비라는 아이도 실종됐어요."

"그 아이들은 납치되었지만 맨디는 제 발로 걸어 나갔어요. 일주일 동안 연락 한 번 없었죠. 내가 보기 싫어 다시는 집에 들어오지 않겠다는 심산인 거예요. 맨디가 그런 마음을 품고 있는데 뭘 어쩌라고요?"

"맨디가 아무런 보호도 받지 못하고 거리를 떠돌다가 성도착증 남자의 표적이 될 수도 있어요. 당장 맨디를 찾아내 집으로 데려와야 해요."

말론이 줄곧 앞만 쳐다보고 있다가 아이린을 돌아보았다.

"제발 맨디를 찾아주세요. 화상이 심해 보이던데 이 추운 날씨에 밖에서 지내다가는 상처가 크게 덧날 수도 있어요."

말론이 부인의 눈치를 살피며 말했다. 팻시가 증오와 멸시가 가득 담긴 눈길로 남편을 노려보았다.

"당신들의 주치의가 누구죠? 어쩌면 맨디가 주치의를 찾아갔을 수도 있잖아요."

아이린이 생각다 못해 그렇게 말했지만 가능성이 희박했다. 만약 주치의가 맨디를 만나보았다면 이미 청소년복지센터에 알렸을 테니까.

"이제 우린 경찰서로 갈 거예요."

캐롤이 말했다.

*

사스키아는 죽음을 맞았다. 결코 내 책임이 아니다. 나는 기회를 충분히 제공했지만 번번이 거부당했다. 몇 달의 시간이 흐르는 동안 상황은 갈수록 악화되었다. 한동안 사스키아가 집과 부모를 그리워하며 우는 건 당연하다고 생각했다. 다만 내가 친절을 베풀면 차츰 나아질 거라고 믿었다.

사스키아는 집으로 돌아가지 못하리란 걸 알았다. 처음부터 그 점만큼은 분명하게 못박아두었으니까. 그럼에도 사스키아는 나를 만날 때마다 똑같은 질문을 반복한다.

"언제 집에 갈 수 있어요?"

갈수록 감정을 제어하기 힘들다. 도무지 감사할 줄 모르는 아이다. 못된 년이라는 말이 목구멍까지 차오르는 걸 가까스로 억제했다. 나는 그 아이가 내 사랑을 받아주길 원했기에 화가 치밀어도 끝까지 참아가며 다정하고 부드럽게 대했다.

10주가 지나도록 사스키아는 나만 보면 언제 집에 갈 수 있는지 묻는다. 더는 참기 힘들다.

"여기가 바로 너의 집이야. 넌 내 곁에 있어야 해. 예전 너의 가족을 다시는 만나지 못할 거야. 그러니까 여기서 사는 데 익숙해져야 해."

사스키아는 좀처럼 태도를 바꾸지 않는다. 잠시도 울음을 그치지 않고, 내가 가까이 다가가면 서럽게 흐느끼며 제발 집으로 보내달라고 애원한다.

제발! 제발! 제발!

수많은 날들이 지났지만 사스키아는 똑같은 말을 되풀이한다. 내가 문을 쾅 소리가 나도록 닫고 떠날 때까지 그 말을 멈추지 않는다. 나는 그제야 내 노력이 수포로 돌아가리라는 걸 예감한다. 사스키아는 끝내 나를 받아들이지 않는다. 그 아이는 내 사랑을 원하지 않는다.

그 아이를 방문하는 날이 갈수록 뜸해진다.

나를 끝없이 거부하는 상대를 한없이 참고 지켜볼 수는 없다. 우린 함께 있었지만 전혀 기쁘지 않다. 처음에는 앞으로 잘될 거라는 희망이 있었지만 시간이 지날수록 회의감이 든다. 그 아이를 찾아가는 날도 현저히 줄어든다.

가끔 사스키아를 방문할 때마다 변화를 알아차린다. 결코 좋은 방향으로의 변화가 아니다. 사스키아는 더 이상 울거나 애원하지 않는다. 눈은 텅 비어갔고, 몸도 눈에 띄게 수척해진다. 내가 음식을 제공하지 않아 아이는 며칠 동안 아무것도 먹지 못하고 굶는다. 내 마음 깊은 곳에서 수치심이 차오른다. 아이를 감금해두고 굶기는 게 창피하다. 내면의 목소리가 그래서는 안 된다고 따지고 든다.

젠장맞을! 아이를 굶긴 건 내 탓이 아니다. 사스키아가 협조하지 않았기 때문이다. 사스키아는 나를 거부했고, 절망에 빠뜨렸다. 사스키아의 공허한 눈빛을 들여다볼 생각만으로도 견디기 힘들다. 갈수록 아이를 방문하는 일이 뜸해진다.

내일 가면 돼.

사스키아가 생각날 때마다 내일 가면 된다고 내 자신을 다독거렸지만 다음 날이 되면 또 마음이 바뀐다.

내일 가도 괜찮을 거야.

모레가 되면 또 바뀐다.

내일 가면 돼.

날이 갈수록 나는 사스키아가 더 마르고, 조용해지고, 망가져가는 모습을 보고 싶지 않다. 언제부턴가 아예 아이를 보러 가지 않게 된다.

오늘 난 사스키아가 세면대의 물뿐만 아니라 변기통 물까지 마셨다는 걸 안다. 손톱으로 벽에 붙은 벽지도 박박 긁어 뜯어먹는다. 현관문을 어찌나 긁어댔는지 여기저기에 홈집이 생기고, 문틀에 핏자국이 말라붙어 있다.

나는 결코 이런 식의 결말을 원하지 않는다. 내 인생의 희망이 걸린 일이다. 내 영혼의 평화가 걸린 일이다. 모든 걸 걸었음에도 번번이 실패로 돌아간다. 그럼에도 희망을 버릴 수는 없다. 아이는 내 생의 전부니까.

이젠 지하실에 내려가지 않는다. 가끔 지하실로 내려가 확인하고 싶은 마음이 들었지만 억제했다.

어쩌면 이미 모두 끝났을 수도 있었다.

10월 21일, 토요일

　그들은 캠든의 어느 지하 술집에 앉아 있었다. 케이트는 이 상황이 몹시 피곤하고 성가시게 느껴졌다. 캠든은 혼잡한 지역이라 더욱 마음에 들지 않았다. 시장 주변은 복잡할뿐더러 언제나 인파로 북적거렸다. 시끌벅적한 주변의 소음이 계속 마음을 불편하게 했다.

　콜린 블레어는 캠든에 있는 술집을 약속장소로 정했다. 케이트는 마음에 들지 않았지만 다른 제안을 하기에 마땅한 장소를 알지 못했다.

　'캠든이라고요? 거긴 너무 시끄러워 마치 회색 쥐가 된 느낌이 들어서 싫어요. 어디 조용한 곳 없을까요?'

　만약 그렇게 제안했더라면 콜린은 만남 자체를 취소했을 수도 있었다.

　케이트는 어쩔 수 없이 캠든에 왔다. 비가 오는 저녁이라서 그런지 평소처럼 번잡스럽고 시끄럽지는 않았다. 술집에 손님들이 꽉 들어차 있었다. 사람들의 이야기소리와 웃음소리, 술잔 부딪치는 소리가 울려 퍼졌다.

　케이트는 어찌나 시끄러운지 맞은편 의자에 앉아있는 콜린 블레어의 말을 알아듣기 쉽지 않았다. 바텐더가 연신 칵테일

잔에 얼음조각을 떨어뜨렸다. 바텐더의 머리 위에 달려있는 텔레비전에서 음악 방송이 흘러나오고 있었다.

왜 하필 유난히 시끄러운 자리에 앉았을까?

케이트는 문득 그런 생각이 뇌리를 스쳤다.

콜린은 주변이 온통 시끄럽거나 말거나 자기 얘기에 열중했다. 그는 자기 자신을 멋진 남자라고 믿었다. 외모는 물론 자기가 살아온 인생에 대해서도 자부심이 강했다.

'내 인생에서 딱 한 가지 결여된 게 있다면 바로 애인입니다.'

데이트사이트를 통해 콜린을 알게 되었다. 6개월 전 케이트는 처음 사이트에 가입했고, 운영진은 성격분석을 위해 필요하다며 여러 질문을 했다. 결과를 받아본 결과 인간관계에 대한 두려움, 내향적인 성격, 낮은 자존감이 데이트를 힘들게 하는 문제로 분석되어 있었다.

프로필 사진도 한 장 보냈다. 얼굴을 알아보기 힘들 만큼 그림자가 심할뿐더러 윤곽이 희미한 사진이었다. 그런 사진을 보낸다는 것 자체가 자신의 얼굴에 대해 자신 없어한다는 뜻이었다.

수천 명이 넘는 남녀 회원들을 성격에 맞게 자동으로 연결시켜주는 사이트였다. 케이트는 남자를 몇 번 만날 기회를 얻게 되었다. 그때마다 어찌나 긴장했던지 몸이 아플 정도였다. 생판 모르는 남자를 만나 이야기를 나눈다는 건 계면쩍고 성가신 일이었지만 달리 방법이 없었다.

케이트는 프로필에 직업을 기재하지 않았다. 형사라고 하면 상대가 놀랄 게 뻔했기에 그냥 '회사원'이라고 적어두었다. 프로필 사진만큼이나 모호한 정보였다. 사이트에서 주선한 남자를 몇 번 만나봤지만 매번 마음에 들지 않았다. 상대 남자들 역시 실망감을 감추지 못했다. 그러다보니 죄다 한 번의 만남으로 끝나버렸다. 식사도 하지 않고 바쁘다며 자리에서 일어서는 남자도 있었다.

"중요한 프레젠테이션이 있는데 깜박했습니다. 먼저 일어날게요. 만나서 반가웠습니다."

화장실에 다녀오겠다는 핑계를 대고 후문으로 달아난 남자도 있었다.

데이트사이트에 가입한 후 케이트는 남자들이 자신을 어떻게 생각하는지 알게 되었다. 다시는 허망한 짓을 하지 않겠다고 다짐했지만 사이트에서 만남을 주선하면 혹시나 하는 마음에 또 받아들였다.

아버지는 생전에 이렇게 말했다.

"언젠가는 운명의 상대를 만나게 될 거야. 처음 보는 순간 운명의 상대라는 걸 알 수 있지."

케이트는 오랫동안 아버지의 말에 사로잡혀 있었지만 지금은 믿지 않았다. 세상 어딘가에 운명의 상대가 있다고 믿는 건 희망적이고 미래지향적인 생각일 수는 있겠지만 살아오면서 겪어보니 전혀 개연성이 없었다. 상대를 운명의 짝이라고 생각하는지 여부는 서로 다르기 마련이었고, 그 생각이 줄곧 지속되지도 않았다.

케이트는 운명보다는 오히려 우연을 믿었기에 데이트사이

트에 가입했는데 이내 어리석은 선택을 했다는 생각이 들었
다.

"무슨 일을 하시죠?"

콜린이 처음으로 직업을 물었다. 그는 방금 전까지 마침표
나 쉼표도 없이 줄곧 자기 자랑만 해댔다. 그는 소프트웨어
개발회사에서 일한다고 했다. 그녀는 생전 들어본 적도 없는
용어들을 주워섬겼고, 마치 그가 없으면 회사가 당장이라도
망할 것처럼 허풍을 떨어댔다.

케이트는 질문에 답하기 전에 일단 호흡을 가다듬었다. 이
번에는 형사가 직업이라는 걸 솔직하게 털어놓을 작정이었
다. 콜린이 손짓으로 종업원을 불렀다.

"맥주 한 잔 더요."

그가 케이트의 잔이 빈 걸 발견하고 물었다.

"한 잔 더 할래요?"

"네, 한 잔 더요."

"계산은 정확하게 반반씩 나누기로 해요."

콜린은 먼저 그 점을 명확히 했다.

"이 집은 맥주가 정말 맛있어요. 누군가를 만날 때마다 가
급적 이 집에서 약속을 잡는 이유 가운데 하나죠."

콜린은 직업이 뭔지 물었다는 사실을 벌써 까맣게 잊은 듯
했다.

그래, 차라리 다행인지도 몰라.

케이트는 웬만하면 직업을 숨겼다. 형사라고 하면 상대가
경계하거나 두려워할 거라고 여긴 탓이었다. 그녀가 형사라

고 하면 사람들은 대부분 이렇게 말했다.

"형사 맞아요? 내가 생각해온 여형사와는 분위기가 많이 달라요."

케이트는 그런 말을 들을 때마다 기분이 씁쓸했다.

"사이트에서 몇 번이나 만남을 주선했죠?"

"셀 수도 없을 만큼 많아요. 메일을 주고받는 건 시간낭비라고 생각하거든요. 상대가 어떤 사람인지 알려면 직접 만나보는 게 빠르죠."

콜린의 말은 옳았지만 케이트는 차라리 메일을 주고받을 때가 더 좋았다. 만나고 나면 그날로 인연 끝이었다.

"내가 여자들에게 제법 인기가 있는 편이죠."

콜린이 또 거만한 표정으로 덧붙였다.

콜린의 얼굴은 프로필에서 본 사진과 일치했다. 몸무게 82킬로그램, 나이 45세. 포토숍으로 사진을 손보는 속임수를 쓰기에는 지나치게 자신감이 넘쳤다.

"프로필 사진이 희미해서 얼굴을 알아볼 수가 없었어요. 왜 하필 그런 사진을 올렸죠?"

"얼굴을 드러내는 걸 좋아하지 않아요."

"당신은 몸매가 좋아요. 개인적으로 날씬한 몸매를 좋아하는데 당신은 정말 말랐잖아요. 몸매를 강조하는 옷을 입으면 훨씬 잘 어울릴 거예요."

케이트는 갑자기 뺨이 후끈 달아오르는 느낌이 들었다. 지금껏 몸매를 칭찬하는 말을 들어본 기억이 없었다. 아버지는 언제나 애정이 듬뿍 담긴 눈길로 바라보며 사랑스럽고 예쁘다는 말을 해주었지만 몸매에 대해 언급한 적은 없었다.

조금 전까지만 해도 그가 자랑을 입에 달고 있어 미웠는데 금세 생각이 달라졌다. 지나치게 수다스럽긴 해도 좋은 점이 있는 사람이었다.

"정말 그렇게 생각해요?"

"거짓말할 필요는 없잖아요. 실례지만 나이가 어떻게 되시죠?"

"마흔두 살."

프로필에도 그렇게 썼다.

"아, 프로필에서 나이를 본 기억이 나요. 여자들은 대부분 그 나이쯤 되면 몸이 펑퍼짐해지는데 당신은 정말 날씬하네요."

"남자들도 그 나이쯤 되면 배불뚝이가 되기 쉽죠."

"몸 관리를 위해 일주일에 네 번씩 헬스장에 가요. 당신은 평소 어떤 운동을 하세요?"

"달리기를 해요."

"멋지네요."

콜린은 신이 나서 평소 어떤 운동을 하는지 주저리주저리 늘어놓았다. 그는 근력이 뛰어나 헬스장에서도 주목받는 존재라며 어김없이 자랑을 늘어놓았다.

잠시나마 느꼈던 호감이 사라졌다. 그를 다시 만나고 싶다는 생각이 들지 않았다.

이제 싱글라이프를 진지하게 고민해봐야겠어.

콜린을 만나 한 가지 건진 건 있었다. 자화자찬이 입에 밴 사람과 지내느니 평생 혼자 아침식사를 하는 편이 낫겠다는 생각이었다.

"말을 많이 해서 그런지 배가 고파요. 음식을 시켜먹어야겠어요. 이 집은 스테이크 맛이 좋아요."

콜린이 종업원을 손짓해 불렀다.

"저는 그냥 샐러드만 먹을게요."

"항상 몸매관리에 신경 쓰는군요."

콜린이 메뉴판을 힐끗 보고 나서 스테이크와 샐러드를 주문했다.

"이미 말했다시피 비용은 정확하게 절반씩 나눠서 내기로 해요."

콜린이 재차 확인했다.

케이트는 갑자기 역정이 났다.

"내가 다 계산할까요?"

콜린은 눈 하나 깜박하지 않았다.

"기꺼이 환영합니다. 남녀평등시대인데 여자라고 늘 얻어먹기만 해서는 안 되겠죠."

"그러니까 내가 돈을 내겠다고요."

"역시 우리는 대화가 잘 통하네요."

착각도 유분수지? 일방적으로 혼자 떠들어놓고 대화가 잘 통한다니?

종업원이 음식을 가져왔다. 케이트는 샐러드조각을 포크로 찍으려다가 실패했다. 텔레비전에서 갑자기 익숙한 이름이 흘러나왔기 때문이다.

케일럽 헤일 반장.

케이트는 고개를 들고 텔레비전 화면을 쳐다보았다. 뉴스가 나오고 있었고, 화면에 등장한 장소가 스카보로라는 사실을 한눈에 알 수 있었다.

콜린이 막 말을 꺼내려는 순간 케이트가 제지했다.

"잠깐만 조용히 해봐요."

콜린은 당황한 표정을 지으며 입을 다물었다.

케이트는 자리에서 일어나 텔레비전 쪽으로 다가갔다. 목청을 높여 이야기를 나누는 손님들 때문에 사방이 시끄러웠지만 텔레비전에서 흘러나오는 소리를 겨우 알아들을 수 있었다.

"사실 이렇게 빨리 반가운 소식을 전하게 될 줄은 미처 몰랐습니다. 스카보로경찰서 수사 책임자인 케일럽 헤일 반장은 아멜리 골즈비가 어떤 경로를 통해 구조되었는지 아직 확인하지 못했다고 합니다. 아멜리 골즈비가 어젯밤에 구조되자마자 응급차로 병원에 실려 가는 바람에 아직 경찰조사가 이루어지지 않았기 때문입니다."

화면에 아멜리의 사진이 등장했다.

"아멜리가 무사히 돌아왔어!"

옆에서 그 말을 들은 바텐더도 고개를 끄덕였다.

"두 남자가 힘을 합쳐 아멜리를 바다에서 끌어올려주었다는군요."

케이트는 미처 듣지 못한 내용이었다.

"아멜리 골즈비는 구조되었지만 일주일 전 시신으로 발견된 사스키아 모리스 사건과의 연관성을 배제할 수는 없습니다."

뉴스 앵커가 그렇게 말했다. 스카보로를 상징하는 두 개의 만을 공중에서 촬영한 화면이 나왔다.

"경찰은 '고원지대 살인마'라는 별명이 붙은 연쇄살인범이 실제로 존재하는지, 또 그가 아멜리 골즈비의 실종과 어떤 연관이 있는지 밝혀내는데 수사력을 집중하고 있습니다."

"아멜리는 밀물 때 방파제를 넘어 바다로 뛰어들었다가 가까스로 구조됐어요."

바텐더가 말했다.

케이트는 고개를 끄덕였다. 밀물 때라면 백사장이 바다로 변하고, 해변까지 높은 파도가 밀려오는 시간이었다. 바로 그 위치에 방파제를 쌓아둔 이유는 해변 일대로 밀어닥치는 바닷물을 막기 위해서였다.

"폭풍우가 몰아친 날이라 파도가 거센 편이었어요. 아멜리가 익사하기 직전에 두 남자가 나타나 바다에서 끌어올렸다고 하더군요."

비가 내리는 날에는 방파제 가까이 다가가는 것 자체가 위험했다. 아멜리가 어떤 상황에서 바다로 뛰어들었는지 아직 밝혀지지 않았다.

텔레비전 화면에 케일럽 헤일 반장이 등장했다. 스카보로 경찰서 건물 앞에 선 그가 기자들의 질문에 답하고 있었다.

"아멜리를 만나봐야 정확한 사실을 알 수 있습니다. 현재로서는 해줄 말이 없군요."

케일럽의 얼굴을 보는 순간 케이트는 왠지 마음이 아팠다. 콜린 블레어처럼 한심한 남자와 함께 있어서인지 더욱 그런 생각이 들었다.

"거기서 뭐해요? 어서 자리로 돌아오세요." 콜린이 찌푸린 얼굴로 한 마디 덧붙였다. "왜 그 사건에 그리 관심이 많아요?"

내 직업이 뭔지 말할 기회를 주었다면 굳이 그런 질문을 할 필요가 없었잖아. 난 직업이 형사이고, 스카보로 출신이야. 아멜리도 누군지 잘 알아.

케이트는 그 순간 두 가지 사실을 분명하게 깨달았다. 한 가지는 끊임없이 자화자찬을 늘어놓는 콜린에게 지쳤고, 다른 한 가지는 아멜리가 실종된 지 일주일 만에 집으로 돌아왔다는 사실이었다.

"천만다행이에요."

케이트가 안도한 목소리로 말했다.

"뭐가요?"

콜린이 뭔 말인지 모르겠다는 듯 눈을 동그랗게 뜨고 물었다.

케이트는 대답 대신 종업원을 손짓해 불렀다.

"계산서를 가져다주세요."

"아직 식사를 안 했잖아요."

콜린이 이상하다는 듯 쳐다보며 말했다.

"갑자기 밥맛이 사라졌어요. 약속대로 밥값은 내가 낼게요."

케이트는 지갑에서 지폐 몇 장을 꺼내 테이블에 올려놓았다.

콜린은 화가 나서 식식거렸다.

"난 아직 식사 중인데 왜 그리 서두르죠?"

"당신은 공짜로 식사도 하고 맥주도 마셨으니 좋겠네요."

케이트는 코트를 걸치고 나서 가방을 집어 들었다. 당장 집으로 돌아가 케일럽과 데보라에게 전화해볼 생각이었다. 뉴스도 챙겨 보고, 인터넷검색을 통해 더 많은 소식을 듣고 싶었다. 그나마 얼마 남지 않은 저녁시간을 콜린처럼 말 많은 남자와 보내고 싶지 않았다. 어찌나 흥분했는지 몸에 땀이 날 지경이었다. 그녀는 빽빽한 테이블들을 지나 밖으로 나온 즉시 크게 심호흡을 했다.

아멜리는 어디에 있었을까?

그 아이가 무사히 집으로 돌아온 건 기적에 가까웠다.

10월 22일, 일요일

1

아멜리의 목숨을 구해준 알렉스 반즈는 언론에서 시민영웅으로 한껏 치켜세우는 바람에 화제의 인물이 되었다. 그는 클리블랜드 웨이 근처 바닷가에서 거센 파도가 밀어닥치는 가운데 바다에 빠진 아멜리를 구조했다.

아멜리는 어떤 상황에서 방파제 너머 바다로 떨어졌을까? 누군가 뒤에서 밀쳤을까? 아니면 스스로 뛰어들었을까?

폭우까지 쏟아지는 날 저녁 시간에 클리블랜드 웨이를 오갈 사람은 많지 않았다. 물론 그 일대에 가로등이 있어 칠흑처럼 어둡지는 않았다고 하더라도 격랑이 이는 바닷가에서 산책하는 건 위험했다. 그 시간에 클리블랜드 웨이에 있었다면 폭우와 바닷물에 흠씬 젖어 생쥐 꼴이 될 테니까. 방파제 너머에는 위협적인 바다가 있었고, 반대쪽에는 도심으로 이어지는 언덕이 있었다. 시내로 곧장 이어지는 케이블카가 있었지만 그 시간에는 운행되지 않았다. 알렉스 반즈가 그 시간에 바닷가 길을 걷다가 구조요청 소리를 들은 건 그야말로 기적에 가까웠다. 알렉스 반즈 말고도 다른 사람이 하나 더 있었다.

"방파제 너머에서 살려달라는 비명소리가 들려왔어요. 처음에는 파도소리에 뒤섞여 무슨 말인지 알아들을 수 없었죠. 귀를 기울여 들어보니 누군가 살려달라고 외치는 소리였어요. 소리는 들려오는데 사람은 어디에 있는지 전혀 보이지 않았죠. 방파제 가까이 다가갔더니 손이 보였어요. 방파제를 꽉 붙잡고 있는 손. 그때 아멜리는 이미 힘이 빠져 바다로 떨어지기 직전이었죠."

알렉스 반즈는 방파제를 잡고 있는 여자아이가 아멜리인 줄은 미처 몰랐다. 그는 바닥에 배를 깔고 엎드려 아이의 손을 잡았다. 철제울타리 때문에 아이를 방파제 위로 끌어올릴 수가 없었다. 아이의 옷이 물에 젖은 탓인지 생각보다 무거웠고, 점점 힘이 빠지고 있었다. 자유로운 손으로 주머니에서 휴대폰을 꺼내들었다. 구조를 요청할 생각이었는데 추위 탓에 손가락이 곱아들어 휴대폰을 놓쳐버렸다. 휴대폰이 바다로 떨어졌다.

"조금만 더 버텨! 분명 누군가 지나갈 거야."

알렉스는 파도소리를 뚫고 아이에게 소리쳤다.

사실 말은 그렇게 했지만 지나가는 사람이 있을 것 같지 않았다. 어쨌든 아이를 진정시키는 게 무엇보다 중요했다.

폭풍우가 몰아치는 날에 누가 이 길을 지나갈까?

비와 파도에 젖은 몸이 점점 얼어붙기 시작했다. 손가락이 뻣뻣해졌고, 팔이 떨어져 나갈 듯이 아팠다.

밤새 이대로 버티는 건 불가능해.

자꾸만 머릿속에서 불길한 상상이 일었지만 포기하는 순

간 아이는 바닷물 속으로 가라앉을 수밖에 없는 상황이었다.

약 30분이 지났을 때 기적이 일어났다. 마침 길을 지나는 사람이 있었다. 파도가 높게 일자 배들이 계류장에 잘 묶여 있는지 점검하러 항구에 나갔다가 집으로 돌아가던 남자였다. 술을 마신 바람에 운전을 할 수 없게 된 그는 걸어서 집으로 돌아가다가 기적처럼 그 장면을 목격했다. 남자는 휴대폰을 꺼내 급히 구조연락을 취했다. 구조대가 도착하기 전 두 남자는 힘을 합해 아이를 방파제 위로 끌어올렸다.

알렉스는 지금 골즈비펜션에 와있었다. 데보라는 그의 발에 키스라도 퍼부어주고 싶은 심정이었다. 제이슨 역시 딸의 목숨을 구해준 그의 노고에 대해 몇 번이나 감사를 표했다.

"아닙니다. 저보다는 길을 가다가 우연히 우리를 발견하고 구조대를 불러준 그분에게 감사해야죠."

알렉스가 말했다.

"당신이 아멜리의 손을 잡고 긴 시간을 버텨준 덕분이에요. 초인적인 노력이 필요한 일이었죠."

데보라가 눈물을 글썽이며 말했다.

"평생 은혜를 잊지 않겠습니다."

제이슨이 덧붙였다.

알렉스는 나이가 서른한 살인 실직자였다. 데보라가 보기에 머리는 좋은 사람인데 일이 잘 풀리지 않은 케이스 같았다. 대학을 졸업하지 않은데다 직업교육을 제대로 받지 않아 취업이 어렵다고 했다. 입고 있는 옷이나 신발, 오랫동안 손질하지 않은 헤어스타일로 보아 생활고가 심해 보였다.

케일럽은 폭우가 쏟아지던 날 늦은 시간에 알렉스가 그 장소에 가게 된 이유에 대해 여전히 의구심을 갖고 있는 듯했다. 알렉스의 진술이 모두 틀림없는 사실일 수도 있지만 다른 가능성을 완전히 배제할 수는 없다는 게 그의 생각이었다.

　"경찰은 왜 알렉스를 의심할까?"

　데보라가 남편 제이슨과 단둘이 있을 때 물었다.

　"현재 우리가 알고 있는 진실은 전적으로 알렉스의 진술에 의존하고 있어. 아멜리가 입을 열지 않는 한 그의 증언이 유일한 근거가 되겠지. 경찰은 그의 진술이 틀림없는 사실인지 검증할 필요가 있을 거야. 사실 그 장소는 바다로 떨어지기 쉽지 않은 곳이야. 바다로 떨어지려면 방파제에 설치해둔 철조망을 넘어가야 하니까."

　아멜리는 현재 병원에 입원해 있었고, 큰 충격을 받아서인지 뭘 물어도 대답을 하지 않았다. 방파제 끝에 매달려 있는 동안에는 그토록 힘껏 도움을 요청했던 아이가 지금은 완강하게 침묵을 지키고 있었다. 데보라가 침상 옆에 붙어 앉아 가끔 말을 붙여도 묵묵부답으로 일관했다.

　데보라는 계속 병상을 지키고 있다가 샤워도 하고 옷도 갈아입을 겸 집으로 돌아왔다. 담당 의사는 아멜리의 건강상태가 대체로 좋은 편이라고 했다. 적어도 실종되어 있는 동안 노숙을 하거나 식사를 건너뛰지는 않은 듯했다. 담당의사로부터 한 가지 꺼림칙한 말을 전해 들었다. 아멜리에게 성경험이 있다는 말이었다.

　"남자친구도 없는데 성경험이 있을 리 없잖아요?"

"아무리 부모 자식 간이라고 해도 모든 걸 다 알 수는 없습니다."

의사가 말했다.

데보라는 의사에게 들은 이야기를 제이슨에게 들려주었다.

"아멜리가 고원지대 살인마에게 납치된 게 아니었다면 그동안 남자친구와 함께 지냈을 수도 있어. 지금 생각해보면 아멜리가 왜 그리 수학여행을 가기 싫어했는지 이유가 석연치 않아. 혹시 남자친구와 떨어져 지내기 싫어서는 아니었을까?"

제이슨이 말했다.

"그럼 왜 바다에 뛰어들었지?"

"갑자기 남자친구와 사이가 나빠졌을 수도 있잖아. 그 나이 때는 실연을 당하면 세상이 온통 무너진 느낌이 들기도 하니까."

데보라는 그 말에 동의할 수 없었다. 게다가 아멜리의 목숨을 구해준 알렉스를 의심하는 건 지나친 처사라고 생각했다. 알렉스는 속내를 알기 힘든 사람으로 보이긴 했지만 범죄를 저지를 유형 같지는 않았다.

알렉스는 피자 레스토랑에서 일을 마치고 집으로 돌아가던 길에 방파제를 잡고 있는 아멜리를 발견했다고 진술했다. 그는 피자 레스토랑 정직원이 아니라 실업급여를 받아 챙기면서 몰래 일하는 불법취업자였다. 피자 레스토랑 주인도 불법적으로 그를 고용한 사실을 인정했다.

경찰은 폭우가 쏟아지던 날에 왜 위험한 클리블랜드 웨이를 통해 귀가하려고 했는지 물었다. 알렉스는 바닷가 길을 좋아하기 때문에 퇴근할 때마다 이용한다고 했다. 사실 클리블랜드 웨이는 그의 집에 가고자 할 때 제법 많이 돌아가는 길이었다. 날씨가 화창한 날이면 그럴 수도 있다지만 폭우가 쏟아지는 한밤중에 그 길을 이용한다는 건 납득하기 어려웠다.

마침 그 길을 지나다가 구조를 도운 두 번째 남자도 알렉스의 진술을 확인해 주었다. 그는 경찰서에서 알렉스가 방파제 가장자리에 엎드려 아멜리의 손을 잡고 있었고, 기력이 다 떨어져가던 상태였다고 진술했다. 현장에 처음 도착한 구급대원도 그의 증언이 사실이라고 확인해주었다.

"당신은 우리를 악몽에서 구해줬어요."

데보라가 눈물을 글썽이며 말했다.

"제가 아니더라도 누구나 그 상황을 목격했다면 그렇게 했을 겁니다."

알렉스가 손사래를 치며 말했다.

데보라는 끔찍한 악몽으로부터 벗어나게 되었다. 그녀는 지금껏 자신이 매우 안전하게 살아가고 있다고 믿어왔다. 이번 일을 겪으면서 그녀는 자신과 가족들의 삶이 과연 안전한지 회의감이 들었다.

"필요하면 언제든지 방문해도 괜찮아요. 도움이 필요하면 뭐든 말씀하세요."

알렉스는 당혹스러운 표정을 지었다.

"당연히 해야 할 일이었어요. 다만 내가 바라는 건……."

"뭔데요?"

데보라가 물었다.

"아멜리에게 무슨 일이 있었는지 정확하게 들을 수 있길 바랍니다. 뭐든 일을 매듭지으려면 정리가 필요하니까요."

2

"자넨 알렉스에 대해 어떻게 생각하나?"

케일럽이 방금 사무실로 들어선 로버트에게 물었다. 아멜리가 무사히 부모 품으로 돌아와 다행이었지만 경찰의 공적은 아니었다. 아멜리는 납치됐다가 도망친 것일 수도 있었고, 아예 별개의 사건이 벌어졌을 수도 있었다. 아멜리가 입을 열어야 정확한 진상이 드러날 텐데 아직은 묵묵부답으로 일관하고 있었다. 어쨌든 시간이 지나면 다 밝혀질 일들이었다.

케일럽은 주말에 아멜리를 구조해준 두 남자를 심문했다. 지역 언론들은 알렉스 반즈를 시민영웅으로 떠받들고 있었다. 그의 진술은 대부분 사실 여부가 확인되었다. 다만 그가 장대비가 쏟아지고, 파도가 높이 치는 날에 하필 클리블랜드 웨이를 통해 집으로 돌아가려고 했는지 그 이유를 납득하기 어려웠다.

"알렉스의 진술이 대부분 사실로 확인되었잖아요."

"만약 자네라면 그런 날 바닷가 길을 이용할 수 있겠나? 게다가 다른 길을 이용할 경우 거리가 더 가깝거든."

로버트가 잠시 생각에 잠겼다가 말했다.

"그는 평소 클리블랜드 웨이를 즐겨 이용한다고 했어요. 귀가 길에 달리기를 하거나 운동 삼아 걷는다고요. 충분히 상상할 수 있는 일 아닌가요?"

"그날 밤은 날씨가 고약했어. 우리는 그 점을 염두에 두어야 할 필요가 있어."

"사실은 저도 달리기를 좋아하는데 날씨에 구애받지 않아요."

"현장에 나타난 두 번째 남자 데이비드 채플랜드는 배를 깔고 엎드려있는 알렉스를 발견했다고 진술했어. 그때 알렉스는 아멜리의 손을 꼭 붙잡고 있었을까? 혹시 다른 사람이 그 장소에 나타나지 않았다면 아이의 손을 놓아버리려던 건 아니었을까?"

"데이비드 채플랜드는 왜 그 늦은 시간에 클리블랜드 웨이를 지나게 되었다고 하던가요?"

"그는 유럽 요트투어 여행 사업을 하고 있어. 파도가 높이 치는 날이라 계류장에 정박해둔 요트들이 무사한지 확인하러 갔다가 돌아오는 길이었다고 하더군. 문제는 그날 그를 본 사람이 없다는 거야. 날씨가 어찌나 고약한지 항구에 사람들이 별로 없긴 했어. 그의 집은 씨 클리프 로드에 있어. 그의 집에서 계류장까지 걸어가자면 제법 거리가 멀어. 폭우가 퍼붓는 날이었는데 그는 왜 차를 이용하지 않고 굳이 걸어가려고 했을까?"

"집에서 술을 마신 바람에 차를 집에 놓아두고 갔다고 했잖아요."

"그의 말을 믿을 수 있을까? 지나치게 모범적인 것 같지 않아?"

"무슨 뜻이죠?"

"술을 마시긴 했지만 취한 상태는 아니었어. 맥주를 두 병쯤 마셨다니까. 나라면 비를 피하기 위해서라도 차를 가져갔을 거야."

"단속이 두려워 차를 두고 나갔을 수도 있겠죠."

"그럼 왜 공원을 통과하는 길이 아니라 바닷가 옆 클리블랜드 웨이를 택했을까?"

"파도치는 바다를 좋아하는 사람들이 제법 많아요. 게다가 그는 요트투어 사업을 하는 사람이니까 파도를 두려워하지는 않겠죠."

로버트의 말에도 일리가 있었다.

"누군가 아멜리를 바다로 밀쳤을 가능성이 커요. 사실 그 장소에서 바다로 추락하는 건 불가능해요. 철조망을 넘어 가지 않는 한 저절로 바다로 떨어질 리 없으니까요. 아멜리는 일주일 동안 노숙을 하거나 거리를 헤매지는 않았어요. 누군가의 집에 머물렀다는 뜻이죠. 남자친구 집이었을 공산이 커요. 남자친구의 부모는 아멜리가 함께 집에 있었다는 사실을 몰랐을 수도 있어요. 아무튼 몰래 함께 지내다가 둘 사이에 다툼이 벌어지게 되었을 수도 있죠. 아멜리가 목숨을 끊기로 작정하고 남자친구의 집을 나와 바다로 뛰어들었을 가능성을 배제할 수 없어요."

"그토록 죽고자 했는데 왜 방파제를 잡고 구조요청을 했을까?"

"자살을 시도했다가 금세 후회하는 경우는 많아요. 결심만으로는 생존본능을 이겨내기 쉽지 않으니까요. 얼음처럼 차가운 바닷물이 몸에 닿는 순간 아멜리는 문득 살고 싶다는 생각이 들었을 거예요.”

“그럴 수도 있겠지.”

로버트의 말에도 일리가 있었다. 그렇다면 아멜리 사건과 일주일 전 시체로 발견된 사스키아 모리스 사건은 아무런 연결고리가 없는 셈이었다.

그럼에도 케일럽은 왠지 알렉스를 신뢰할 수 없었다. 분명 뭔가 꿍꿍이속이 있어 보이는 인물이었다.

아멜리가 입을 여는 순간 진실이 판가름 나게 되어 있었다.

10월 23일, 월요일

1

월요일부터 날씨가 춥고 흐렸다. 날씨가 갑자기 추워지면서 10월을 훌쩍 건너뛰어 11월에 접어든 느낌이었다. 처음 집을 나왔을 때만 해도 따뜻했는데 며칠 사이에 완전히 바뀌어버렸다.

맨디는 한동안 캣의 집에 머물렀다. 집에서 고양이를 여러 마리 키우고 있어 다들 그를 이름 대신 캣이라고 불렀다. 그는 무너져가는 건물의 지하실에서 살았다. 생계를 어떻게 해결하는지 모르지만 일은 하지 않았다. 잘 모르긴 해도 간간이 도둑질을 해서 먹고 살아가는 듯했다. 캣은 가끔 대마초도 피우고, 마약도 했다. 거리 축제 때 처음 만났고, 그동안 메신저로 연락을 주고받았다. 이따금 함께 어울려 시간을 보내긴 했지만 믿을 만한 사람은 아니었다. 그를 만날 때마다 가족들에 대한 불만을 털어놓았다. 엄마는 지나치게 공격적인 성격에 언제 터질지 모르는 시한폭탄이었다. 맨디는 엄마에게 부당한 대접을 받고도 변변히 항변조차 하지 못하는 아버지와 언니가 한심했다.

아버지는 여성적이고 나약해 엄마와 살아오는 동안 단 한 번도 자기주장을 관철시킨 적이 없었다. 언제나 죄지은 사람처럼 고개를 푹 숙이고 지냈다. 엄마가 툭하면 실패자로 몰아붙이며 고래고래 소리를 질러도 침묵으로 일관했다.

엄마는 끓는 물이 들어있는 주전자를 맨디에게 던졌다. 엄마는 흥분하면 분노를 제어하지 못했다. 그러다보니 맨디의 몸 여기저기에 상처와 멍 자국이 사라질 날이 없었다. 심지어 머리카락이 뽑힐 정도로 잡아당기거나 팔을 부러뜨린 적도 있었다.

어떻게 딸에게 끓는 물이 들어 있는 주전자를 던질 수 있지?

그나마 팔이라서 다행이었다. 만약 얼굴에 쏟아졌다면 평생 흉터가 남게 되었을 수도 있으니까. 벌겋게 부어오른 팔에서 계속 진물이 흘러나오고 있었다.

맨디는 경악과 분노에 사로잡힌 가운데 가출했다. 엄마가 조금이라도 잘못을 깨닫고 뉘우치길 바랐다. 며칠째 무단결석을 했으니 지금쯤 학교에서 청소년복지센터에 그 사실을 알렸을 것이다. 알라드 가족은 이미 문제가정으로 지목돼 특별 관리를 받아오고 있었다. 청소년복지센터에서 일하는 캐롤 존스는 성실하고 착한 사람이었다. 맨디는 가끔 그런 그녀를 도발했다. 엄마였다면 당장 손부터 날아왔겠지만 캐롤은 애써 참아주었다. 맨디는 늘 당하면서도 너그럽게 웃어주는 사람의 심리를 이해할 수 없었다. 캐롤의 인내심은 철저한 직업정신에서 비롯된 듯했다. 사회복지사가 되는 교육과정을 이수할 때 아무리 화가 나더라도 흥분하거나 이성을 잃어서는 안 된다는 교육을 받았을 테니까.

손수건으로 대충 감아놓은 팔의 화상이 몹시 아렸다. 게다가 이제 어디로 가야 할지 알 수 없었다. 머릿속으로 아무리 떠올려 봐도 받아줄 친구가 없었다.

"네가 먼저 마음을 열고 친절하게 대하면 아이들도 스스럼없이 다가와 친구가 되어줄 거야."

캐롤이 해준 말인데 제법 그럴싸해 보이지만 현실은 그렇지 않았다. 아이들은 친절한 태도를 보이면 오히려 얕잡아보고 괴롭히려 들었다.

오늘 아침에 캣과 메신저로 연락을 주고받았다. 그와 알고 지냈을뿐 특별한 사이는 아니었다. 그는 매트리스에 앉아 조인트(하시시나 마리화나를 섞은 담배 : 옮긴이)를 피우며 그녀를 쳐다보았다. 고양이 스무 마리가 그의 주위에 있었다. 잠자리와 먹을거리를 구하러 찾아온 길고양이들이었다. 캣은 어깨까지 치렁치렁 내려온 검은머리에 초록색 눈의 소유자였다. 마치 그도 고양이처럼 보였다.

맨디는 캣의 집에 머물며 고양이들 틈에서 잠을 잤다.

"화상에 염증이 생기지 않도록 조심해."

캣이 어디선가 화농에 바르는 연고를 구해왔다. 연고를 바르자 그나마 기포도 많이 가라앉고 통증도 완화되었다. 상처에서 고름 냄새가 나 붕대도 매일 갈아주었다.

"당장 의사를 찾아가 치료를 받지 않으면 상처가 덧날 거야."

캣이 말했다.

"난 아직 미성년자잖아요. 의사가 내가 집을 나온 사실을 알아채고 청소년복지센터에 알리면 꼼짝없이 잡혀갈 수밖에 없어요."

"그들도 사정을 알고 나면 이해할 거야. 오히려 끓는 물이 들어있는 주전자를 딸에게 던진 네 엄마를 비난하겠지."

"청소년복지센터에서 나를 고아원이나 위탁가정에 보내려고 할 거예요."

맨디는 캣의 집에서 지내는 게 그리 나쁘지 않았다. 이따금 캣과 함께 바닷가로 산책을 나갔다. 맨디는 외출했다가 혹시라도 가족들을 만나게 될까봐 마음이 내키지 않았지만 캣이 한사코 가자고 하는 바람에 어쩔 수 없이 따라나섰다. 하긴 우연히 가족들과 마주칠 가능성은 거의 없었다. 엄마는 딸이 집을 나갔다고 찾아다닐 사람이 아니었다. 아버지와 언니는 엄마의 눈치를 살피느라 여념이 없을 것이다.

청소년복지센터의 캐롤이나 학교 선생님 혹은 반 아이들과 우연히 마주칠 수도 있었다. 하루 종일 캣의 집에 들어앉아 있으면 최소한 발각될 염려는 없었지만 너무 지루하긴 했다.

일주일이 되던 날 캣은 여자 친구가 집에 오기로 했다는 소식을 알려주었다. 여자 친구가 이주일 정도 집에 머물 예정인데 당분간이라도 어디 가있을 만한 곳을 찾아보라고 했다.

"질투가 심한 여자라서 함께 지내는 건 곤란해."

캣이 미안해하며 입술을 비죽거렸다.

여행을 좋아해 여기저기 돌아다니느라 스카보로에는 아주 가끔 오는데 하필이면 지금 오겠다는 연락을 받았다고 했다.

"적어도 이주일이고, 길면 한 달 이상 머물 수도 있어."

캣은 거듭 미안해하며 백 파운드를 건넸다. 맨디는 다시 추운 거리로 나섰다. 비명이라도 지르고 싶은 심정이었다.

집으로 돌아가 엄마에게 항복 선언을 해야 할까?

무엇보다 팔의 화상을 치료하는 게 시급했다. 아무리 생각해봐도 집으로 돌아가는 건 패배가 분명했다. 결국 집에 돌아가지 않기로 했다. 그 대신 시 외곽에 있는 어느 커다란 저택에 딸린 오두막에서 지냈다. 그 집 사람들은 어딘가로 여행을 떠난 듯했다. 창문이 굳게 닫혀 있는데다 인기척이 없었다. 정원에 있는 오두막 문은 다행히 잠겨 있지 않았다. 알고 보니 정원을 관리하는 데 필요한 기계와 장비들을 보관하는 곳이었다. 마침 선 베드도 있어 그 위에서 잠을 잤다. 모직담요와 알코올버너도 있었다. 맨디는 인근 상점에서 라비올리 통조림을 몇 개 구입해 알코올버너로 데워 먹었다.

바로 어제 집주인 가족이 돌아왔다. 맨디는 다른 날처럼 선 베드에서 잠이 들었다가 자동차 소리를 들었다. 왁자지껄 떠들어대는 소리와 차 문이 쾅 소리와 함께 닫히는 소리가 들려왔다. 맨디는 화들짝 놀라 바깥 동정을 살폈다. 저택에서 불빛이 새어나오고 있었다.

한밤중이라 오두막을 둘러보러 오지는 않을 듯했다. 맨디는 버너를 켜면 들킬 염려가 있어 라비올리 통조림을 데우지도 않고 그냥 먹었다.

갑자기 기온이 급히 내려가고, 바다에서 피어오른 안개가 집과 거리를 뒤덮었다. 하필이면 날씨가 유난히 추운 날에 오두막을 떠날 수밖에 없었다.

맨디는 알코올버너와 모직담요를 챙겨들고 길을 나섰다. 팔이 따끔거렸지만 아직 라비올리 통조림 두 개와 60파운드가 남아 있었다. 도로 가장자리를 따라 걸었다. 어디로 가야 할지 알 수 없었다. 마냥 걷다가 혹시라도 순찰을 도는 경찰차를 만나게 되면 꼼짝없이 붙잡혀갈 게 뻔했다.

맨디는 등에 배낭을 메고, 어깨에 담요를 두르고 있었다. 어느 모로 보나 노숙자 행색이었고, 사람들의 눈길을 끌 수밖에 없었다.

계속 이런 식으로 버틸 수는 없어.

맨디의 사전에 포기는 없었다. 언젠가 운동회 때 달리기를 하다가 급격히 기력이 소진되어 탈진상태가 되었다. 계속 달리다가는 쓰러질 수밖에 없는 상태였다. 맨디는 그 상황에서도 포기하지 않고 달리다가 어느 순간 눈앞이 캄캄해지며 정신을 잃고 쓰러졌다. 가까스로 정신을 차렸을 때 체육선생님의 걱정스런 얼굴이 눈에 들어왔다.

"힘들면 포기했어야지."

"멈추기 싫었어요."

지금도 그때나 다름없었다. 지난 2주 동안 힘들게 버텼는데 아무런 소득도 없이 집으로 돌아갈 수는 없었다. 만약 지금 집으로 돌아가면 엄마는 승리감에 도취해 절대로 잘못을 인정하지 않을 테니까. 캐롤은 위탁가정에 들어가야 한다고 설득하겠지만 엄마가 아무리 끔찍해도 그러긴 싫었다. 가족들이 다들 바빠 서로에게 관심을 가질 틈이 없기 때문에 오히려 자유롭게 지낼 수 있었다. 만약 위탁가정에 들어가게 될 경우 양부모 눈치를 살필 수밖에 없었다. 예의나 에티켓을 지켜야 한다며 사사건건 간섭할 게 뻔했다. 청소년보호센터에서는 가출 기간이 길어질 경우 실종신고를 접수할 가능성이 컸다.

맨디는 생각에 골몰해 있는 바람에 수상한 자동차가 가까이 다가오는 소리를 듣지 못했다. 짙은 안개가 엔진소리를 삼켜버려서일 수도 있었다. 암청색 자동차가 옆에 멈춰 섰을 때 맨디는 소스라치게 놀랐다. 창문이 내려가더니 낯선 남자의 얼굴이 보였다. 짙은 금발머리에 인상이 좋아 보이는 30대 초반 남자였다.

"무슨 문제라도 있니?"

"아니요, 문제없어요."

맨디가 퉁명스레 대답했다.

"월요일 오전이면 학교에 있어야 할 시간이잖아. 넌 왜 지금 이 시간에 혼자 외곽도로를 걷고 있지?"

"무슨 상관이죠?"

남자가 피식 웃었다.

"널 곤란하게 만들 생각은 없어. 혹시 도움이 필요하면 얘기해."

맨디는 도움 따위는 필요 없다고 말하려다가 멈칫했다. 지금은 누군가의 도움이 절실히 필요한 때였다. 먹을거리도 사야하고, 상처에 감을 붕대도 필요한데 돈이 거의 바닥나 있었다. 게다가 잠을 잘 집도 없었고, 앞으로 어떻게 해야 할지 뚜렷한 계획도 없었다.

"저를 도와줄 수 있어요?"

맨디는 결국 그렇게 물었다.

남자가 희미하게 웃었다.

"일단 내 차를 타고 카페에 가서 커피를 마시면서 무슨 일이 있었는지 말해줄래?"

커피라는 단어가 맨디를 유혹했지만 왠지 기분이 꺼림칙했다. 낯선 남자의 차에 타면 안 된다는 말을 수없이 들어왔다. 언뜻 보기에는 친절하고 선량해 보였지만 사람은 겉모습만 보고 판단해서는 안 된다고 들었다.

"어느 카페에 가게요?"

남자가 어깨를 으쓱했다.

"혹시 자주 가는 카페가 있어?"

카페에 갔다가 아는 사람에게 발각돼 집으로 잡혀갈 수도 있었다.

"너, 가출했지? 이 시간에 학교에 가지 않고 외곽에서 돌아다니는 걸 보면 다 알아. 그럼 카페는 그다지 좋은 장소가 아니겠네."

맨디는 침묵했다.

"내가 한 가지 제안할 테니까 받아들일지 말지는 네가 선택해. 내가 사는 집에 가는 건 어때? 너에게 줄 음식도 있고, 원한다면 따뜻한 물로 샤워도 할 수 있어. 내 집에 가서 무슨 일이 있었는지 얘기해줄래?"

"우린 방금 전에 처음 봤어요. 친절을 베푸는 이유가 뭐죠? 아저씨는 청소년복지센터에서 일하는 사회복지사도 아니잖아요?"

"그냥 네 행색을 보니 딱해서 그래. 내 이름은 브랜든이야. 넌 이름이 뭐니?"

"맨디."

"맨디, 이제 어떻게 할지 결정해."

맨디는 딱히 좋은 방법이 생각나지 않아 브랜든의 제안을 받아들이기로 했다. 그가 차 뒷문을 열고 맨디의 배낭과 짐을 받아 넣었다. 맨디는 조수석에 앉았다. 따뜻한 온기가 몸을 감쌌고, 커피를 마실 생각에 벌써부터 마음이 설레었다.

마침내 차가 출발했다.

2

케이트는 월요일 저녁에 일을 마치고 집으로 돌아왔다. 자동응답기에 메시지 세 개가 들어와 있었다. 개인적인 전화가 오는 경우는 극히 드문 일이어서 깜짝 놀랐다.

무슨 일이지?

첫 번째 메시지는 이웃집여자가 보낸 메시지였다. 청소는 별 문제없이 잘 진행되고 있고, 인테리어회사가 리모델링 작업 준비를 하고 있다는 소식이었다.

"내가 알아서 잘 처리할 테니까 너무 걱정하지 말아요."

이웃집여자는 그렇게 말하고 전화를 끊었다.

부모님이 쓰다가 물려준 가구들을 다시는 볼 수 없게 되었다. 마음 깊은 곳에서 슬픔이 북받쳐 올랐지만 재빨리 마음을 추스르고 다음 메시지 버튼을 눌렀다.

지금은 감상에 빠져있을 때가 아니야.

콜린에게서 온 메시지였다. 데이트사이트를 통해 만났던 남자로부터 다시 연락을 받은 건 처음이었다.

"그제 당신이 술집에서 휑하니 나가버려 몹시 당황했어요. 그날 무엇 때문에 마음이 상했죠? 내가 뭘 잘못했나요? 그날 당신은 분명 TV 뉴스를 보고 갑자기 긴장했어요. 실종됐다가 구조된 여자아이가 혹시 당신과 연관 있나요? 휴대폰번호를 알지 못해 유감이군요. 한시바삐 당신을 다시 만나고 싶어요."

케이트는 가급적 사람들에게 휴대폰번호를 알려주지 않았다. 업무시간에 사적인 통화를 하는 일이 발생하기 때문이었다.

"전화 기다릴게요. 당신을 다시 만나고 싶어요."

정말이지 놀라운 일이 아닐 수 없었다.

세 번째는 데보라가 보낸 메시지였다. 그녀는 절박한 목소리로 연락해달라는 말을 남겼다. 케이트는 급히 데보라에게 전화했고, 약 30분쯤 통화했다. 그녀는 와인을 한 잔 따라 들고 소파에 앉았다. 세입자가 버리고 간 고양이가 옆에 누워 몸을 비비적거렸다. 집에 다른 생명체가 있다는 건 큰 위안이었다.

데보라와 통화하면서 들은 말을 차분하게 되뇌어보았다.

아멜리가 심리상담 전문 형사 헬렌에게 단편적인 이야기를 털어놓았다고 했다. 헬렌은 월요일 아침에 병원에서 퇴원해 집으로 돌아온 아멜리를 만나 조심스레 대화를 나누었다. 한참 동안 침묵을 지키던 아멜리는 갑자기 눈물을 펑펑 쏟으며 그 남자에 대한 이야기를 털어놓았다.

어떤 남자가 버니스톤 로드에 나타났다. 그는 아멜리를 강제로 끌고 가 어딘가에 가두었다. 어느 날 아멜리는 가까스로 달아날 기회를 잡게 되었다. 마지막 기회라는 생각이 들어 필사적으로 도망치다가 남자에게 잡힐지도 모른다는 불안감을 떨쳐버리지 못하고 바다로 뛰어들었다. 아멜리는 익사 직전 기적적으로 구출되었다.

"정말이지 이젠 죽었구나 생각했어요. 파도가 산더미처럼 높게 일고, 바닷물이 얼음장처럼 차가웠죠. 죽을힘을 다해 방파제 끝에 매달려 있었어요. 두 손이 얼어 떨어져나갈 것 같았죠. 이제 정말 끝이라는 생각이 드는 순간 어떤 남자가 나타나 손을 잡아주었어요."

남자 혼자서는 아멜리를 방파제 위로 끌어올리지 못했다. 폭우가 쏟아지고 높은 파도가 이는 상황이 지속되는 가운데 아멜리와 남자는 서로의 손을 꼭 잡고 있었다. 더는 버티기 힘든 상황이었는데 한 남자가 나타났고, 마침내 구조되었다. 모든 희망이 사라지기 직전 기적이 일어난 셈이었다.

"이미 죽은 목숨이나 다름없었죠."

아멜리는 그렇게 말했다.

헬렌은 더욱 자세한 진술을 이끌어내려고 애썼지만 실패했다. 아멜리는 바다에서 구조되었던 당시 상황만 반복해서 말했다. 방파제 위로 파도가 넘실거리고, 입과 코로 바닷물이 스며드는 상황 속에서 익사에 대한 공포감이 얼마나 컸는지 거듭 말했다.

"정말이지 살 수 없을 거라고 생각했어요."

아멜리는 그날 벌어진 탈출 과정에 대한 전반적인 이야기보다는 기적적으로 구출된 이야기에 집착했다. 헬렌은 그 이유가 뭔지 나름 분석해보았다.

"아멜리는 바다로 뛰어들기 이전에 훨씬 더 충격적인 경험을 한 게 분명해요. 그 일에 대한 이야기를 꺼내는 게 두려워 다람쥐 쳇바퀴 돌 듯 반복적으로 구조 당시 이야기만 하는 거예요."

헬렌이 알렉스의 사진을 아멜리에게 보여주고 나서 아는 사람인지 물었다.

"한 번도 본 적 없는 사람이에요."

"혹시 납치범은 아니지?"

"네, 아니에요."

데이비드 채플랜드 사진도 보여주었다.

"아는 사람이니?"

"역시 한 번도 본 적 없는 사람이에요."

케이트는 그 이야기를 들었을 때 그다지 놀라지 않았다. 처음부터 그리 간단하게 끝날 사건은 아니라고 보았기 때문이다.

아멜리는 납치범의 인상착의에 대해 묻자 한동안 대답을 회피하며 화제를 돌리다가 결국 털어놓았다. 경찰은 아멜리의 진술을 토대로 몽타주를 만들었다.

아멜리의 진술을 믿을 수 있을까? 큰 충격을 받은 아이가 어디까지 진실을 말할 수 있을까? 아이는 이 모든 상황으로부터 당장 벗어나고 싶어 하지 않을까?

현재 상황에서 아멜리의 진술이 사실에 부합하는지 여부를 따지는 건 무의미했다. 경찰이 손에 쥔 단서는 아멜리의 진술밖에 없었으니까. 납치범은 쉰 살쯤 된 남자로 키가 크고 마른 체형에 얼굴 윤곽선이 부드러운 남자였다.

경찰은 범인의 몽타주를 골즈비 부부에게도 보여주었다.

"아이 같은 얼굴이네요."

데보라가 말했다. 골즈비 부부의 지인 중에 몽타주와 비슷하게 생긴 사람은 없었다.

"범인이 이웃사람들 가운데 있을지도 모릅니다. 닥터 골즈비의 주변인물일 수도 있고요. 혹시 예전 환자들 가운데 닮은 사람이 없습니까? 펜션 손님들 중에 혹시 비슷한 사람이 없었나요? 어떤 식으로든 당신들과 안면이 있는 사람들 가운데 하나일 가능성이 커요. 테스코마트에서 마주친 사람일 수도 있겠네요."

케일럽이 말했다.

"아뇨, 분명 처음 보는 사람입니다."

데보라는 머리를 쥐어짜봤지만 몽타주와 비슷하게 생긴 인물은 떠오르지 않았다.

"아멜리, 그 남자와 마주칠 경우 얼굴을 알아볼 수 있겠니?"

아멜리는 한동안 대답을 회피하며 머뭇거리다가 고개를 끄덕였다. 아멜리가 인상착의를 기억하고 있는 만큼 범인이 압박감을 느낄 수 있는 상황이었다. 길거리, 슈퍼마켓, 버스, 해변 등지에서 아멜리와 우연히 맞닥뜨릴 수도 있으니까. 경찰은 위기감을 느낀 범인이 아멜리를 다시 납치할 가능성을 염두에 두고 경관 두 명을 집 앞에 배치했다.

케이트는 경험상 범죄자들 대다수가 겉모습만 봐서는 보통사람들과 구별되지 않는다는 걸 잘 알고 있었다. 흉악범도 이웃사람들과 원만하게 잘 지내고, 주택융자금도 착실히 갚아나가며 평범한 생활을 영위하고 있는 경우가 많았다. 범인이 스카보로에 사는 사람일 경우 아멜리는 큰 위험에 노출되어 있는 셈이었다. 우연히 아멜리와 마주칠 수도 있으니까. 범인이 언제 체포될지 모른다는 불안감에 떨며 전전긍긍할 수밖에 없는 상황이었다.

"아멜리는 도주할 수 있는 기회를 잡게 된 경위나 감금돼 있던 장소에 대해 아직 구체적인 진술을 하지 않고 있어요. 범인의 성격이나 습관에 대해서도 전혀 언급하지 않았죠. 바다에 빠졌을 당시 이야기만 거듭하고 있어요."

데보라가 답답하다는 듯 한숨을 쉬며 털어놓았다.

케이트가 생각하기에 아멜리는 아직 납치되었을 때 겪었던 죽음의 공포로부터 자유롭지 못한 듯했다. 공포를 벗어던지기 위한 방편으로 납치당했을 당시의 모든 일들을 애써 회피하는 것일 수도 있었다.

데보라는 결국 참지 못하고 울음을 터뜨렸다.

"처음에는 아멜리가 죽었다가 다시 살아 돌아온 느낌이 들었어요. 외관상 상처 하나 없이 무사히 돌아왔으니까요. 사실 난 아멜리의 실종이 남자아이와 관련 있길 바랐어요. 그 나이 때 사랑에 빠져 가출하는 아이들이 종종 있잖아요. 아멜리가 수학여행을 가기 싫어한 이유가 혹시 남자친구 때문은 아니었는지 생각했죠. 그 나이 때는 대개 터무니없는 사고를 치기도 하잖아요. 이성보다는 호르몬의 영향을 강하게 받을 때라 감정을 추스르기 힘드니까요. 아멜리가 납치되었을 거라고는 미처 상상하지 못했어요."

케이트는 차분하게 데보라의 말을 들어주었다. 피해자 가족을 상대할 때의 철칙이었다.

"스카보로경찰서 수사팀은 지금 뭘 하고 있죠?"

"아멜리가 구조되었던 장소 일대를 수색하고 있어요. 아멜리가 어느 길을 통해 그 장소까지 오게 되었는지, 얼마나 오랫동안 도주하다가 그 지점에 다다르게 되었는지 알아내야 범인의 은신처가 어디에 있는지 추측해볼 수 있을 테니까요. 아직은 이렇다 할 단서를 찾아내지 못하고 있어요. 게다가 아멜리의 가방이 그 지점에서 한참이나 멀리 떨어진 고원 지대에서 발견되었다는 게 미스터리죠. 아멜리가 만약 걸어서 클리블랜드 웨이까지 왔다면 스카보로 시내에서 가까운 곳에 갇혀 있었던 게 분명해요. 케일럽 헤일 반장이 오늘 오후에 집에 들렀다가 갔어요. 아멜리와 대화를 시도했지만 실패했죠. 내일 아침에는 헬렌 형사가 다시 들르기로 했어요. 케일럽 헤일 반장은 아멜리의 입에서 나온 진술들은 뭐든 중요한 가치가 있다고 하더군요."

케이트도 피해자의 입에서 나온 진술이라면 뭐든 중요하다고 생각했다. 시간이 조금만 더 지체되었더라면 범인은 아멜리를 살해했을 가능성이 컸다. 얼굴이 노출되었으니 결코 그냥 돌려보낼 리 없었다. 어쩌면 사스키아 모리스와 한나 캐스웰을 납치한 범인일 수도 있었고, 드러나지 않은 여죄가 더 있을 가능성도 있었다.

그나마 범인의 몽타주가 있다는 건 다행이었다. 아멜리가 도주한 이후 범인은 은신처를 옮겼을 가능성이 컸다. 바꿔 말하면 아멜리에게는 범인이 매우 위험한 존재였다. 케일럽이 경관 두 명을 배치해 24시간 동안 골즈비펜션을 지키게 한 건 아멜리의 신변이 위험하다고 판단하고 있다는 뜻이었다.

"당신이 와주면 좋겠어요. 당신이라면 케일럽 헤일 반장과는 다른 방향에서 수사할 수 있잖아요."

데보라가 간청하듯 말했다.

"유감이지만 그 사건에 관여할 수 없어요. 내 관할구역은 런던이니까요. 케일럽 헤일 반장은 어느 누구보다 수사 경험이 풍부할뿐더러 매우 유능한 형사죠. 내가 그보다 수사를 잘할 수 있을 거라고 생각하지 않아요."

케이트는 다시 연락하겠다고 약속하고 전화를 끊었다. 지금 그녀가 할 수 있는 일은 없었다. 만약 수사에 관여할 경우 케일럽이 월권으로 받아들일 게 뻔했다. 아버지가 피살됐을 때 케이트가 직접 수사에 나서자 케일럽은 노골적으로 불만을 표했다. 그나마 피해자가 아버지니까 심정적으로는 그녀를 이해하려고 애썼다. 아버지가 피살됐는데 가만있을 딸은 없으니까. 이번 사건은 그런 구실조차 없었다. 골즈비펜션에 며칠 머문 게 인연의 전부이니까. 그럼에도 케이트는 왠지 이 사건을 무심하게 바라볼 수 없었다.

케이트는 노트북을 열고 한나 캐스웰 사건을 다시 한 번 검색해 그 당시 보도되었던 신문기사들을 꼼꼼하게 읽어보았다. 신문기사에 케빈 벤트라는 이름이 자주 언급돼 있었다.

케빈 벤트가 여전히 스테인턴데일에 살고 있을까? 아니면 스카보로 어딘가로 이사했을까?

그에 대한 개인정보를 더는 찾아내지 못했다. 경찰이 그를 용의선상에서 제외한 이후로는 언론의 관심도 시들해졌다. 케빈 벤트에게는 다섯 살 위인 형이 있었다. 그의 형 마빈 벤트는 청소년시절에 성폭행에 연루된 적이 있는 사람이었다. 용의자의 혐의를 뒷받침하기 위해 가족의 범죄 이력을 끌어들이는 건 언론의 공정성에 위배되었다. 그럼에도 마빈 벤트에 대해 언급한 기사들이 더러 있었다. 마빈 벤트는 외진 곳에 위치한 공장부지로 여자아이를 유인해 몇 시간 동안 성폭행한 패거리들 중 하나로 지목되었다. 그는 그날 현장에 있지 않았고, 친구들과 다른 곳에 있었다는 알리바이를 댔다. 친구들을 조사해본 결과 그의 진술은 사실로 확인되었다.

그 당시 마빈 벤트는 학교를 중퇴하고 항구에 있는 카페에서 아르바이트를 하고 있었다. 사건이 벌어진 날 오전에는 카페에 나와 일했지만 범행이 발생한 오후에는 나오지 않았다. 경찰은 피해자에게 마빈의 사진을 보여주며 범죄 가담 여부를 물었지만 알아보지 못했다. 피해자는 그날 범행에 가담했다고 시인한 다른 아이들의 얼굴도 모른다고 했었기에 마빈에게 혐의가 없다고 단정하기에는 미흡한 점이 있었다. 법정에서 심리적으로 잔뜩 위축되어 있는 피해자의 진술은 제한적으로 인정하는 게 상례였다.

결국 마빈 벤트의 혐의는 입증되지 않았고, 무죄로 종결되었다. 그럼에도 여전히 가시지 않은 의혹이 남아 있었다. 마빈 벤트는 범죄를 저지른 아이들과 늘 함께 어울려 다녔던 친구 사이였다. 다른 장소에 있었던 친구 두 명의 진술이 마빈의 알리바이를 입증하면서 무죄가 성립되었다. 그의 친구들이 과연 정직한 진술을 했는지 알 수 없었고, 무죄를 받긴 했지만 범죄혐의가 완벽하게 소명되었다고 단정할 수는 없었다.

경찰은 증거부족으로 케빈 벤트를 풀어줄 수밖에 없었다. 아멜리 골즈비 사건의 범인은 오십대로 추정되는 만큼 벤트 형제와 나이대가 맞지 않았다. 그럼에도 케이트는 아멜리 골즈비 사건을 한나 캐스웰 사건의 연장선상에서 접근해야 한다고 생각했다. 왜 그런 생각이 드는지 합리적인 근거를 제시할 수는 없었다. 두 사건이 시간차가 많이 나긴 했지만 관련성을 배제해서는 안 된다고 생각했다. 현장 경험이 많은 형사로서의 직감이었다. 케일럽에게 당장 전화하려다가 그만두었다. 그녀가 수사에 개입하려는 낌새가 보이면 케일럽은 여지없이 화를 낼 테니까.

케이트는 한숨을 쉬며 노트북을 덮었다. 데보라를 도울 수 없어 유감이었다.

케이트는 콜린 블레어에게 전화해야 할지 곰곰이 생각했

다. 그는 지나치게 수다스러운데다 쉬지 않고 자화자찬을 늘어놓는 사람이었다.

내가 지금 찬밥 더운밥 따져도 되는 형편인가?

결국 콜린 블레어에게 한 번 더 기회를 주기로 했다. 첫 만남에 불꽃이 이는 경우는 드무니까.

다른 여자들은 무슨 재주로 오랫동안 남자들과 좋은 관계를 유지해가는 걸까?

케이트는 애프터 신청을 받아본 적이 없었고, 결코 자신을 매력적이라고 생각해본 적이 없었다. 간혹 평범한 외모에 그다지 사교적이지도 않은 여자들이 매력적인 상대를 만나 행복하게 살아가는 모습을 볼 때마다 의아한 생각이 들었다.

남자가 다가오길 기다릴 게 아니라 먼저 적극적으로 다가가야 하는 건가?

콜린 블레어는 마치 나르시시즘에 빠진 사람처럼 줄곧 자기 얘기만 해댔다. 게다가 허풍이 심해 더욱 들어주기 힘들었다.

고민할 필요 없이 한 번 더 만나보는 거야.

케이트는 콜린 블레어의 전화번호를 눌렀다. 벨이 세 번 울리고 나서 그가 전화를 받았다.

"케이트 린빌인데 메시지를 듣고 전화했어요."

10월 30일, 월요일

1

브랜든의 집에 머문 지 일주일째였다. 그는 먹을거리와 잠자리를 제공해주었을 뿐만 아니라 대화상대가 되어주었다. 그는 글을 쓰는 작가라서 늘 집에서 지낸다고 했다.

"작가라면서 왜 지금은 글을 쓰지 않아요?"

브랜든이 미소를 지으며 손을 내저었다.

"잠시 쉬고 있는 중이야. 창의적인 글을 쓰려면 가끔 휴식이 필요하니까."

브랜든은 스카보로의 오래된 건물 꼭대기 층에 살았다. 낡고 허름한 데다 주방과 욕실, 방 두 개가 전부인 집이었다. 창이 있었지만 대체로 집안이 어두워 날씨가 우중충한 날에는 하루 종일 전등을 켜두어야 했다. 그는 집안 곳곳에 꽃 화분을 놓아두고 정성스레 보살피고 있었다. 그나마 그의 집에서 꽃들이 유일하게 기분을 밝게 해주었다.

작가는 돈을 많이 벌지 못하는 직업인가?

처음 만났을 때 브랜든이 타고 있던 차는 그의 소유가 아니었다. 자동차정비소에 맡겨둔 지인의 차를 찾아다주는 길이었다. 그는 2년 전에 다니던 신문사에서 해고되었고, 그 후로는 조모가 남긴 유산으로 겨우 살아가고 있다고 했다.

맨디가 보기에도 브랜든은 외롭고 힘들어보였다. 그는 대화를 나눌 사람이 필요해 맨디를 집으로 데려왔다고 했다.

맨디는 며칠 동안 제법 만족스러운 날들을 보냈다. 따뜻한 물로 샤워도 했고, 한 번도 식사를 거르지 않았다. 브랜든은 화상에 바를 연고도 사다주었고, 하루에 두 번씩 붕대를 갈아주었다. 상처가 패혈증으로 악화되지 않아 천만다행이었다.

맨디는 차츰 체력이 회복되면서 이 집에서의 생활이 슬슬 지루해지기 시작했다. 브랜든이 하는 짓이 갈수록 신경에 거슬리기도 했다. 그는 차를 끓이거나 식사를 준비할 때를 제외하고는 아침부터 저녁까지 쉬지 않고 말했다. 그가 장을 보기 위해 두어 번 집을 비웠을 때 맨디는 집안을 구석구석 둘러보았다. 특별히 관심을 끄는 물건은 없었고, 책상서랍에서 10파운드짜리 지폐를 하나 발견해 챙겨두었다. 언제 돈이 필요할지 알 수 없었기 때문이다.

브랜든의 집에는 책이 산더미처럼 쌓여 있었다. 대부분 심리학 관련 서적들이었다. 맨디는 한 번도 독서에 흥미를 느껴본 적이 없었다. 브랜든은 심리학을 깊이 있게 공부하고 싶었는데 뜻을 이루지 못했다고 했다. 그의 머릿속에는 해답을 얻지 못한 심리학 과제들이 잔뜩 들어 있었고, 맨디를 상대로 풀어보려고 했다.

브랜든은 몇 시간씩 맞은편에 앉아 온갖 질문을 했다. 어떻게 살고 있는지, 가족들과의 관계는 어떤지, 선생님이나 학교 친구들과는 어떻게 지내는지, 왜 친구가 없는지, 엄마와 지속적으로 갈등을 빚고 있는 이유가 뭔지, 아버지를 경멸하는 이유가 뭔지에 대해 끊임없이 질문이 이어졌다. 그는 결코 어바리가 아니었다. 맨디가 대충 단편적인 대답을 하거나 단순한 암시만 해도 그는 핵심을 정확히 꿰뚫고 다음 질문으로 넘어갔다. 그는 날카로운 질문으로 맨디의 아픈 부위를 정확하게 찌르기도 했다.

"아빠는 단 한 번도 엄마와 맞서본 적이 없어요."

"그래서 넌 네 아빠를 경멸하지?"

맨디는 경멸이라는 단어를 듣고 나서야 현재 자신이 아버지에 대해 느끼는 감정이 뭔지 알게 되었다. 아버지를 경멸해서인지 같은 반 남자아이들이 하나같이 하찮아 보였다. 그동안 몇 번 남자아이들과 어울려봤지만 다들 하나같이 멍청했다. 같은 반 남자 아이들 대부분이 여자 친구를 만나고 있었지만 맨디에게 접근하는 아이는 없었다. 다들 맨디의 공격적인 태도와 날카로운 말투를 두려워했다. 이제껏 브랜든만큼 맨디의 내면세계에 대해 관심을 보인 사람은 없었다. 처음에는 즐겁게 받아들였지만 이내 지겨워졌다.

"넌 성격이 지나치게 공격적이고, 쉽게 우울해하는 게 문제야."

"아저씨가 정신과전문의라도 돼요?

맨디가 퉁명스럽게 되물었다.

브랜든은 걱정스런 표정으로 고개를 끄덕였다.

"내가 정신과전문의는 아니지만 넌 그 성격을……."

"이제 그만해요. 앞으로 어떻게 살아가야 할지 생각하는 것만으로도 머리가 빠개질 것 같아요. 이 짜증나는 집에서 계속 멍청한 질문이나 들어가면서 살 수는 없잖아요."

브랜든이 움찔했다.

"그런 식으로 공격적으로 말하면 마음이 편안해지니?"

"매일 아저씨의 지겨운 질문이나 들으며 살 수는 없잖아요. 아저씨도 다시 일을 시작해야 할 테고요."

"너와 대화를 나누는 것도 내겐 일이야."

"월세도 내야하고, 식재료도 구입해야할 텐데 돈은 어디서 구하려고요?"

"아직 남은 돈이 조금 있어."

"조만간 떨어질 거예요."

"네가 걱정할 문제가 아니야."

"아무튼 난 이제 떠나야 해요."

맨디의 눈에 갑자기 눈물이 그렁그렁하게 고였다.

"어디로 갈 건데?"

집을 나온 지 벌써 3주째였고, 겨울이 코앞으로 닥쳐오고 있었다. 더는 버티기 힘들었다.

이제 정말 집으로 돌아가야 하나?

"집으로 돌아가면 엄마가 승리감에 도취해 회심의 미소를 지을 거예요. 내가 아빠를 닮은 겁쟁이처럼 보이겠죠."

"네 엄마가 그럴 때면 어떤 생각이 드니?"

브랜든은 여전히 심리학 과제에 매몰된 질문을 했다.

"견디기 힘들 만큼 고통스러워요."

맨디가 버럭 소리를 지르고 나서 자리에서 벌떡 일어서다가 탁자를 치는 바람에 찻주전자가 아래로 떨어지며 박살났다. 바닥에 깔린 양탄자에 찻물이 스며들었다.

브랜든이 자리에서 벌떡 일어섰다.

"맨디, 흥분하지 마."

"아저씨는 이제 제발 그 빌어먹을 입 좀 닥쳐요. 그때 내가 왜 멍청하게 차에 올랐는지 몹시 후회하고 있으니까."

브랜든의 표정이 싸늘해졌다.

"넌 오갈 데 없는 처지였어. 선택의 여지가 없었지."

"아저씨도 나보다 나을 게 없잖아요. 잘 모르긴 해도 아저씨를 거들떠보는 여자도 없을걸요. 작가라고요? 말 같지도 않은 소리!"

맨디는 잔뜩 독이 오른 표정으로 브랜든을 노려보며 말을 이었다.

"누가 아저씨가 쓴 글을 읽겠어요. 나를 이 집에 데려와 친절을 베푼 이유를 알아요. 아저씨보다 더 불쌍한 나를 도우며 조금이나마 자존감을 찾기 위해서겠죠. 내가 지금은 곤란한 상황에 처해 있지만 착각하지 말아요. 내 앞에는 희망적인 미래가 있어요. 적어도 난 아저씨보다는 잘 살아갈 자신이 있어요. 이 보잘것없는 집 한 채 가지고 있다고 너무 으스대지 말아요."

"미래 일은 장담할 수 없어. 무작정 집을 나온 게 과연 바람직한 선택이었을까? 그런 식으로 살면 미래는 뻔해. 넌 지금 돈 한 푼 없는 빈털터리야. 일주일간 신세를 졌던 마약중독자 집 말고는 갈 곳이 없어. 그도 애인이 온다니까 당장 널 내쫓았지. 유감스럽게도 이 세상에서 너를 반겨줄 사람은 아무도 없어."

"날마다 수음이나 하는 주제에 잘난 척하지 말아요."

"상스러운 말을 함부로 지껄이지 마."

"더는 이 집에 있고 싶지 않아요. 당장 떠날 거예요"

"마음대로 해. 말리지 않을 테니까."

맨디는 욕실로 달려가 문을 쾅 소리가 나게 닫아버렸다. 잠깐만이라도 혼자 있고 싶었다. 거울 속에 빨간 눈과 창백한 얼굴의 여자아이가 있었다.

이제 어디로 가지?

브랜든과는 잠시도 함께 있고 싶지 않았다. 그는 도움을 주고 싶다는 핑계를 대고 온갖 예민한 질문을 던지기 일쑤였다. 교묘하게 오갈 데 없는 신세라는 점을 일깨워 기를 죽이는 질문들이었다. 그의 질문이 계속 될수록 앞날에 대한 불안감이 증폭되었다. 민감하고 공격적인 성격의 사춘기 소녀가 세상과 가족들로부터 버림받아 오갈 데 없이 가련한 처지가 되었다는 게 그가 내린 병리학적 진단이었다.

물론 그의 생각은 결코 틀리지 않았다.

"이제 떠나는 거야."

맨디가 거울에 비친 자신을 향해 말했다. 미소를 지어보려고 했지만 잘 되지 않았다. 조심스레 욕실 문을 열었다. 이 집에서 나가면 안 된다는 생각이 고개를 들었다.

최소한의 대비책을 마련할 때까지 이 집에서 버텨야 해. 자존심 상하고, 창피스러워도 참고 견뎌야 해.

브랜든은 혼자 있는 걸 무엇보다 싫어하는 사람이었다. 더 머물겠다고 하면 쫓아낼 것 같지는 않았다.

브랜든은 아직 거실에 있었다. 그가 마치 속삭이듯 누군가와 통화를 하는 중이었다.

"그 아이는 지금 여기 있어. 맞아. 금방? 알았어, 기다릴게."

그 순간 맨디는 몸이 움츠러들었다.

누구랑 통화했을까?

벨 소리가 나지 않았으니 브랜든이 먼저 전화를 걸었다는 뜻이었다.

경찰일까?

맨디는 몇 초 동안 그 자리에 우뚝 서 있었다.

이제 어떡해야 하지? 최대한 빨리 달아나야 해.

경찰에 이끌려 집으로 돌아가느니 차라리 제 발로 걸어 들어가는 편이 나았다. 집으로 들어가면 그동안 두려워했던 모든 일들이 벌어진다는 뜻이었다. 캐롤, 청소년복지센터, 위탁가정…….

배낭이 브랜든의 침실에 있었다. 그는 맨디가 이 집에 머무는 동안 침대를 내주었다. 이 집에서 당장 나가겠다고 하면 그는 폭력을 사용해서라도 제지할 게 뻔했다.

배낭에 알코올버너와 통조림, 가출할 때 가지고 나온 속옷들, 스웨터, 양말, 약간의 돈과 신분증이 들어있었다. 그나마 이 집에서 훔친 10파운드 지폐는 지금 입고 있는 청바지주머니에 들어 있었다. 재킷은 거실 문 바로 옆 옷장에 걸려 있었고, 휴대폰은 침실 충전기에 꽂아두었다. 지금은 그 모든 걸 포기하고 나가는 수밖에 없었다.

맨디는 뒤꿈치를 들고 살금살금 걸어 복도를 통과했다. 브랜든은 아직 아무런 눈치를 못 챘는지 잠잠했다. 경찰차가 도착하는 걸 보려고 창문을 통해 밖을 내다보고 있을 공산이 컸다.

내가 밖으로 나가면 곧장 발각될 텐데 어쩌지? 브랜든이 계단을 내려오는 동안 멀리 달아날 수 있을 테니까 괜찮아. 달리기라면 자신 있으니까.

맨디는 옷걸이에서 재킷을 벗겨내 몸에 걸친 다음 재빨리 문 앞에 놓여 있는 운동화를 신었다. 숨을 멈추고 현관문을 열었다가 닫았다. 등 뒤에서 현관문이 잠기는 소리가 들려왔다.

맨디는 계단을 두 칸씩 뛰어 내려갔다. 아랫집 문이 살짝 열렸지만 신경 쓰지 않았다. 마침내 건물 밖 도로로 뛰어나왔다. 순간적으로 불어온 찬바람에 온몸이 떨려왔다.

맨디는 재빨리 모퉁이를 돌아 복잡하고 비좁은 골목으로 사라졌다.

최대한 빨리 은신처를 찾아야 해.

2

제이슨은 '유괴' 나 '납치' 라는 표현을 썼지만 데보라는 도저히 그 말을 입에 담을 수 없었다. 그녀는 하루에도 몇 번씩이나 울어 눈이 퉁퉁 부어 오른 데다 피부가 푸석푸석하고 벌겋게 변색되어 있었다.

아멜리는 학교에 가지 않고 제 방에 틀어박혀 지냈다. 심리상담사자격증이 있는 여형사 헬렌이 매일이다시피 집을 방문했지만 아멜리는 묻는 말에 제대로 답해주지 않았다. 그나마 납치와 관련해 몇 가지 추가 진술을 했다.

버니스톤 로드에서 자동차가 한 대 다가와 멈춰섰다. 운전자가 지리를 물었지만 모르는 곳이라 도와줄 수 없었다. 남자는 초행길이라 지리가 익숙하지 않다며 잠깐 차에 올라 내비게이션을 봐줄 수 있는지 물었다. 아멜리는 수상쩍은 느낌이 들었지만 대놓고 거절할 수도 없어 조수석에 올랐다. 다음 순간 이상한 냄새를 맡았고, 곧장 정신을 잃었다.

케일럽 헤일 반장이 골즈비 부부에게 설명했다.

"범인이 클로로포름을 적신 수건을 코에 가져다 댔을 겁니다. 차를 타고 그 일대를 돌며 기회를 엿보던 범인은 아멜리가 도로를 따라 걷는 걸 보았겠죠. 하필이면 그때 근처를 오가는 차량이 전혀 없었고요. 범인에게는 절호의 기회였겠죠."

남자가 물어본 지리는 실제로는 존재하지 않는 곳이었다. 스카보로 외곽지역 어디에도 그런 지명은 없었다. 아멜리는 단지 차의 색깔만 어렴풋이 기억했다. 검정색 아니면 진청색일 거라고 했다.

"마취에서 깨어났을 때 어디에 있었니?"

아멜리는 그 질문을 듣는 순간 고개를 돌리고 입을 꾹 다물어버렸다.

제이슨은 병원으로 출근했고, 집에는 두 모녀만 남게 되었다. 데보라는 가끔 2층에 올라갔지만 아멜리는 번번이 상대해주지 않았다.

엄마랑 산책하지 않을래?

차라도 한잔 할래?

혹시 먹고 싶은 음식이 있어?

우리 함께 영화나 보러갈까?

아멜리는 그 어떤 질문을 해도 대답이 늘 한결같았다.

"엄마, 제발 나를 좀 가만 내버려둬."

아멜리가 쌀쌀맞게 대할 때마다 데보라는 눈물이 나왔다. 아멜리와의 관계는 이미 오래 전부터 나빠졌다. 데보라는 끊임없이 대화를 시도했지만 번번이 거절당했다.

"엄마가 무슨 잘못을 했기에 그래?"

"몰라."

데보라는 거실 창문을 통해 밖을 내다보았다. 대문 앞에 주차되어 있는 차에 경관 두 명이 타고 있었다.

경관들 중 한 사람은 여경이었다. 두꺼운 재킷을 입고 있었지만 추위를 막아내기에는 역부족일 것이다. 데보라는 그들을 찾아가 몇 번이나 집안으로 들어오라고 말했지만 받아들이지 않았다. 집에 들어가는 건 규정에 위배된다고 했다.

데보라는 스웨터 소매로 눈물이 그렁그렁한 눈가를 훔쳐냈다.

아멜리는 언제나 '몰라.'로 일관하더니 오늘은 평소와 다른 대답을 했다.

"내가 왜 엄마를 거부하는지 알아? 내 인생이 엄마처럼 될까봐 두려워서 그래."

"엄마처럼 되는 게 뭐 어때서?"

데보라는 온몸이 마비되는 느낌이 들었다.

"그러면 안 되잖아."

"뭐가?"

아멜리는 다시 등을 보이고 돌아누웠다.

"엄마와는 말이 통하지 않아. 제발 나를 가만 내버려둬."

데보라는 딸의 방을 나오는 순간 참았던 울음을 터뜨렸다. 어느 심리학책에서 범죄 피해자의 입에서 흘러나온 비난이 상대에게 큰 상처를 줄 수도 있다는 글을 읽은 기억이 났다. 피해자가 아무리 터무니없는 비난을 퍼부어도 반박하거나 설전을 벌일 수 없기 때문이었다.

데보라가 그 이야기를 하자 제이슨의 반응은 단호했다.

"정당하지 못한 비난이야. 아무런 근거나 성찰 없이 상대를 비난하는 건 옳지 않아. 아마 나라면 가만있지 않았을 거야. 물론 정당한 근거가 있는 비난이라면 수용할 수 있겠지."

데보라는 요즘 자신의 인생에 대해 끊임없이 회의감이 들었다.

내 인생은 끝났어. 잘못된 길로 접어든 거야. 바보 같은 결정이었어. 어쩌면 반드시 했어야 할 일을 하지 않아 이렇게 되었는지도 몰라. 두렵고 겁이 나 늘 안전한 길을 택하려고 했는데 오히려 더욱 위험해졌어. 기회가 있었는데 제대로 잡지 못한 거야.

데보라는 아치형 문 옆에 걸어둔 거울 앞으로 다가갔다. 울어서 퉁퉁 부은 얼굴과 엉켜 있는 머리카락이 눈에 들어왔다. 미용실에 언제 다녀왔는지 기억나지 않았다.

그때 현관에서 초인종이 울렸다. 여경이 화장실을 사용하려고 잠깐 들른 듯했다. 남자 경관은 집 뒤쪽 초원에서 용변을 해결하고 있었다.

현관문을 열었더니 손에 여행용 트렁크를 든 알렉스가 서 있었다.

"안녕하세요?"

차에 타고 있던 경관이 다가왔다.

"골즈비 부인을 방문한 용건이 뭐죠?"

알렉스는 제대로 답변하지 못했다.

"그러니까 그게……."

"제가 전에 알렉스 반즈 씨는 아멜리를 구해준 은인이니까 언제든지 우리 집을 방문해도 된다고 했어요."

데보라가 다급히 말하고 나서 알렉스의 손을 잡고 집 안으로 이끌었다.

"우리는 어느 누구도 집 안으로 들여서는 안 된다는 지시를 받았는데요."

데보라는 제발 양해해주길 바란다는 뜻으로 경관을 향해 미소를 지어보이고 나서 현관문을 닫았다.

"알렉스 반즈 씨가 우리 집에 머물게 되었다니?"

제이슨이 목소리를 낮추며 물었다.

"살던 집에서 쫓겨났대. 잠시 머물 수 있게 해달라고 부탁하기에 그러라고 했어."

"살던 집에서 그냥 쫓겨났을 리 없잖아. 아무리 집주인이라도 임대 계약을 한 세입자를 마음대로 쫓아낼 수는 없어."

"몇 달 동안 월세를 내지 못해 얼마 전 계약해지 통보를 받았나 봐. 그냥 돌려보낼 수는 없었어. 아멜리의 목숨을 구해준 사람이잖아."

제이슨이 한숨을 푹 내쉬었다. 그는 지금 몹시 지쳐 있었다. 하루 종일 힘들게 일한데다 근무처를 옮기게 된 동료의 환송파티에 참석했다가 돌아오는 길이었다. 아멜리는 납치 사건 이후 여전히 트라우마에 시달리고 있었고, 데보라는 눈물이 마를 날이 없었다. 눈앞에 산적해 있는 문제만으로도 머리가 깨질 듯 아픈데 알렉스 반즈와 함께 지내야 한다니 한숨이 절로 나올 수밖에 없었다.

여자경관이 아멜리의 방 앞에서 보초를 서기로 했다. 알렉스가 집에 머물게 된 탓이었다.

"케일럽 헤일 반장도 동의했어?"

"처음에는 반대했지만 내가 설득했어. 아멜리의 목숨을 구해준 사람이 곤경에 처했는데 모른 척 외면할 수는 없잖아."

"경찰의 용의자리스트에 올라 있는 사람이야."

"범인의 몽타주와 닮은 구석이 전혀 없잖아. 케일럽 헤일 반장도 만약 그가 유력한 용의자라면 이 집에 머물게 하지 않았을 거야."

"여자경관에게 보초를 서게 한 걸 보면 아직 의심을 거두지 않고 있다는 뜻이야."

"어쨌든 여자경관이 보초를 서주겠다니 우린 더욱 안심할 수 있게 되었잖아. 골즈비펜션은 누구나 숙박비만 내면 머물 수 있는 곳이야. 그에게 그냥 돌아가라고 할 수는 없었어."

"그렇긴 하지만 그가 숙박비를 낼 것도 아니잖아."

펜션 얘기가 나오자 그들은 당혹스런 눈길로 상대의 얼굴을 바라보았다. 그들은 펜션 문제로 더 이상 말다툼을 하기 싫었지만 여전히 그 이야기만 나오면 스트레스를 받았다.

"알렉스 반즈가 그렇게 싫어?"

"아니, 그가 이 집에 머무는 게 신경 쓰일 뿐이야."

"아멜리가 구조된 날 당신도 그에게 집에 찾아오면 언제든지 환영하겠다고 했어. 벌써 잊었어?"

"아니, 나도 기억해. 식사나 바비큐 파티에 그를 초대하는 건 얼마든지 좋아. 크리스마스 때 함께 와인을 마시자고 초대해도 전혀 개의치 않아. 다만 잠시 방문했다가 돌아가는 것과 집에서 함께 지내는 건 전혀 다른 문제잖아."

"우린 한시바삐 해결책을 찾아봐야 해. 케일럽 헤일 반장역시 그가 이 집에 오래 머무는 걸 탐탁지 않게 생각하니까."

"어떤 해결책이 있을까?"

"알렉스가 살 집을 구해줘야겠어."

그 말을 들은 제이슨이 자리에서 벌떡 일어나더니 선반에서 위스키 병을 꺼냈다.

"우리도 가뜩이나 어려운 상황인데 돈을 빌려주겠단 말이야?"

"적어도 우린 그 정도로 힘든 상황은 아니잖아."

"융자금 때문에 숨이 막힐 지경이야. 내 수입만으로 융자금을 갚아나가기에는 역부족이야."

"비록 액수는 적지만 나도 돈을 벌고 있어."

제이슨이 단숨에 위스키를 한 잔 들이켰다.

"당신 수입이 고작 얼마나 된다고 그래?"

"많지는 않지만 엄연한 수입이야."

"취미생활 수준이야. 우린 아직 집을 리모델링하느라 빌린 돈도 다 갚지 못했어."

제이슨은 잔인한 말이라는 걸 알고 있었지만 억제할 수 없었다.

데보라의 입술이 파르르 떨렸다.

"취미생활?"

"기껏 여름 한 시즌에 반짝 벌어들이는 게 수입의 전부잖아."

"결코 취미생활 수준의 액수는 아니야."

"어쨌든 당신이 번 돈은 리모델링 비용을 갚는데 쓰고 있잖아. 그러니까 수입이라고 할 수도 없어."

"난 펜션 일이 즐거운 것만으로도 만족해."

"내가 보기에 당신은 전혀 행복해 보이지 않아."

"내가 어때 보이는데?"

"우울증 약을 먹고 있다는 걸 알아. 우연히 욕실 약장에서 봤어. 인생에 대해 환멸을 느끼는 거야. 당신이 활짝 웃는 얼굴을 본 게 언제였는지 기억나지 않을 정도야. 예전에는 웃음이 정말 많았는데 요즘은 계속 울기만 하잖아."

"아멜리가 실종되었는데 웃음이 나오겠어?"

"그 일 때문에 더 우울해지긴 했지만 그 이전에도 시름이 가득했어."

데보라는 갑자기 두통이 밀려왔다.

"알렉스를 집에 들였다고 이러는 거야?"

"그와는 상관없어."

"아니, 그가 말다툼의 시발점이 되었어."

생각해보니 그 때문에 신경이 예민해진 건 자명했다.

알렉스는 식당에서 일했지만 고용복지센터를 속이고 실업급여를 타냈다. 실업자들 가운데 그런 편법을 쓰는 사람이 많다는 걸 알고 있었다.

"그가 앞으로 우리에게 더 많은 경제적 부담을 줄 수도 있어."

"설마 계속 도움을 바라지는 않겠지."

"얼마나 돈이 없으면 집세를 내지 못해 쫓겨났겠어. 더구나 이제는 식당에도 나갈 수 없게 되었고, 다른 일자리를 구할 전망은 요원해. 한 마디로 골치 아픈 인물이야."

"그는 아멜리를 구해준 상황을 설명하다가 부득이 피자 레스토랑에서 일한다는 사실을 털어놓게 되었어. 따지고 보면 그가 일자리를 잃게 된 건 그 일 때문이야."

"서른이 넘도록 자격증 하나 없고, 변변한 기술도 없는 사람이야. 일자리를 구하지 못해 눈앞이 캄캄했을 텐데 뜻밖의 호재를 만난 거야. 칠흑 같은 어둠 속에서 한줄기 빛을 발견하게 된 셈이지."

"한줄기 빛이라니?"

"우린 부자가 아니지만 외관상 오해의 소지가 많아. 누구나 이 집을 보면 우리를 대단한 부자로 생각할 테니까. 알렉스는 우리가 딸을 구해준 것에 대해 영원히 고마워할 사람들인지 아니면 금세 잊고 돌아설 사람들인지 면밀히 따져봤을 거야. 우릴 찾아온 걸 보면 긍정적인 결론을 내렸다는 뜻이야. 적어도 당분간 우리에게 기대려하겠지."

"오늘 하루만 머물고 돌아가겠다고 했어."

"정말 그 사람이 집을 구할 돈을 마련해줄 생각이야?"

"딱한 처지라는 걸 뻔히 알면서도 모른 체할 수는 없잖아."

"언제까지 도우려고? 몇 달? 몇 년? 아니면 영원히?"

"앞으로 계속 기대려고 하지는 않을 거야."

"당신이 그 사람에 대해 얼마나 안다고 그래?"

"아멜리의 목숨을 구해준 사람이야. 평생 갚아도 모자랄 만큼 큰 도움을 받은 거야."

"물론 고맙게 생각하지만 만약 내가 그런 상황을 목도했더라면 어떻게 했을까? 나 역시 그냥 지나치지는 않았을 거야."

"누구나 그렇게 했을 거라는 뜻이야?"

"그가 용기를 내 도운 건 인정하지만 대단한 영웅 대접을 할 필요는 없다는 뜻이야."

"어쨌든 이번만큼은 그를 돕고 싶어. 내 돈으로."

"리모델링을 하느라 융자한 돈은 내가 상환해야 한다는 뜻이야?"

데보라가 어깨를 으쓱했다.

"어렵겠지만 당분간 그렇게 해줘."

잔뜩 화가 난 제이슨은 술잔을 탁자 위에 내려놓고 거실을 나갔다.

11월 1일, 수요일

1

헬렌 베네트는 심리상담 전문 형사로 매일이다시피 골즈비 펜션을 방문해 데보라가 내온 차를 마시며 아멜리와 대화를 나누었다. 아멜리는 납치사건과 관련된 이야기만 나오면 대화를 회피했다.

데보라는 딸이 돌아온 이후 오늘 처음으로 외출했다. 그녀는 틈날 때마다 아멜리의 방을 들락거리며 세심하게 신경을 썼지만 딸의 반응은 언제나 냉랭했다.

차 마실래? 코코아 타줄까? 케이크 먹을래? 산책 나갈까? 카드놀이 할래?

데보라가 그런 제안을 할 때마다 아멜리는 단 한 번도 응해주지 않았고, 아예 대화 자체를 거부했다.

"엄마는 어디에 갔니?"

아멜리는 어깨를 으쓱했다.

"저도 몰라요. 아마 장보러 갔겠죠."

아멜리는 박공 창문 아래쪽에 놓인 기다란 의자에서 팔로 다리를 감싸고 앉아 있었다. 고개를 내밀면 바다가 내다보이는 자리였다. 바다는 먹구름에 덮여 있었다. 며칠 전부터 해를 보지 못했다.

"오늘처럼 흐린 날에는 아침에 일어나기가 정말 힘들어."

헬렌이 손가락에 낀 반지를 빙빙 돌리며 말했다. 그녀는 늘 차분한 태도를 유지했는데 오늘은 평소와 달리 신경이 예민해보였다.

"사소한 기억이라도 괜찮으니까 뭐든 이야기해 봐."

아멜리는 여전히 입을 열지 않았다. 이제는 침묵이 습관처럼 되어 몇 시간 동안 말 한 마디 하지 않고 버티기 일쑤였다.

"알렉스가 아직 우리 집에 있어요."

"알렉스?"

"알렉스 반즈, 저를 구해준 사람. 그가 월요일에 우리 집에 왔거든요."

헬렌은 내심 깜짝 놀랐다.

"케일럽 헤일 반장님도 그 사실을 알고 있어?"

"처음에는 반대하다가 엄마가 거듭 부탁하자 어쩔 수 없이 받아들였어요. 원래는 하룻밤만 묵기로 했는데 벌써 이틀이나 지났죠."

"알렉스 반즈와 이야기를 나누어봤니?"

"아뇨."

"그 사람을 생각하면 어떤 느낌이 들어?"

"글쎄요, 누군가를 볼 때 반드시 뭔가를 느껴야 해요?"

"그가 네 목숨을 구해준 사람이라서 해본 말이야."

"그때 기억은 너무 무서워 다시는 떠올리고 싶지 않아요."

머리 위로 솟구치던 파도, 저리고 아프던 손, 목전에 임박해왔던 죽음의 공포······.

아멜리의 입에서 가느다란 신음이 새어나왔다.

"그런 일을 겪으면 누구나 다 고통스럽기 마련이야."

"끔찍한 밤이었죠. 죽을 거라는 생각이 들었어요."

"그 심정 이해해."

"아래에 바다가 있는 줄도 모르고 뛰어내렸어요. 그가 바짝 뒤쫓아 오고 있었고, 다리 힘이 모두 풀려버린 상태였죠. 따라잡히기 일보직전이었어요."

"널 쫓아온 사람이 누군지 기억나?"

"자동차에서 내린 남자였어요."

"자동차로 너를 유인한 남자?"

아멜리는 고개를 저었다.

"아뇨, 다른 남자."

헬렌이 몸을 앞으로 숙이고 바짝 다가앉았다.

"또 다른 남자가 있었단 말이지?"

아멜리가 참지 못하고 울음을 터뜨렸다.

"차 뒷좌석에 몰래 숨어들어가 출발하길 기다렸어요. 그 남자가 차에 오르더니 시동을 걸었고, 곧 출발했죠. 차가 어디에선가 멈춰 섰을 때 차문을 열고 밖으로 뛰어나와 무작정 달렸어요."

2

집주인은 알렉스의 행색이 마음에 안 드는 듯했다. 알렉스는 찢어진 청바지에 낡은 스웨터를 입고 있었고, 밑창이 다

닳은 운동화를 신고 있었죠. 길게 자란 머리카락을 제대로 다듬지 않아 불결하기 그지없었다. 게다가 고정수입이 없는 실직자였다. 아무리 햇볕이 잘 들지 않는 어둡고 허름한 집이라고 해도 집주인 입장이라면 세를 주고 싶을 까닭이 없었다.

"월세를 낼 고정수입이 없는 분과 계약할 수는 없어요."

그들은 다시 거리로 나왔다.

데보라는 근처에 카페가 있는지 둘러보았다.

"일단 카페에 가서 커피를 한잔 마셔야겠어요."

"내가 한 일 때문이라면 더 이상 친절을 베풀지 않아도 괜찮아요. 누구나 그 장소에 있었다면 다 그렇게 했을 테니까요."

제이슨도 비슷한 말을 한 적이 있지만 데보라는 그의 도움을 그런 식으로 폄하해서는 안 된다고 생각했다.

"당신이 아멜리의 목숨을 구한 거예요. 당신의 도움이 없었다면 우린 지금 헤어나기 힘든 고통과 슬픔을 겪고 있겠죠."

"경찰은 아직 나를 용의자로 보고 있어요."

"경찰은 피해자와 조금이라도 관련 있는 사람은 누구나 용의자로 보잖아요."

케이트가 귀띔해준 말이었다.

"경찰은 우리 부부도 의심했어요. 제이슨은 알리바이가 없어 더욱 큰 의심을 받았죠. 딸이 실종된 경우 경찰은 아버지의 알리바이부터 확인해본다고 하더군요."

"종종 몹쓸 짓을 한 부모들이 있었으니까요. 이제 모든 혐의를 벗을 수 있게 되어서 다행이네요."

알렉스가 커피 잔을 만지작거리며 말했다.

"수사책임자인 케일럽 헤일 반장의 입장을 이해하지만 당신을 의심하는 건 부당하다고 생각해요."

알렉스가 어깨를 으쓱했다.

"경찰이 나를 용의자로 보든 말든 신경 쓰지 않아요."

"앞으로 살아갈 집을 구하는 게 무엇보다 시급해요."

알렉스가 우울한 표정으로 고개를 끄덕였다.

"내가 도울 테니까 너무 걱정하지 말아요."

"경찰이 더는 골즈비펜션에서 머물지 못하게 할 거예요."

"집을 구할 동안 숙박비를 내줄 테니까 일단 호텔에서 지내요."

"그런 부담을 줄 수는 없어요."

"당신이 베푼 도움이 더 커요."

"마치 기생충이 된 기분이 들어요."

"앞으로 그런 말은 절대로 하지 말아요."

호텔 숙박비를 대신 내주겠다고 하면 제이슨이 어떤 반응을 보일지 감이 왔지만 어쩔 수 없는 일이라는 생각이 들었다.

"일단 내 이름으로 집을 빌리는 게 좋겠어요. 고정수입이 없으면 집을 얻기 힘드니까. 임대차 계약서에 내 이름으로 서명할게요."

"당신은 정말 친절하군요."

"꼭 그렇지는 않아요."

알렉스가 팔을 뻗어 데보라의 손을 살며시 잡았다.

"사람들은 흔히 겉모습만 보고 타인을 평가하죠. 아마도 사람들은 당신을 의사 남편, 예쁜 딸, 근사한 저택, 넉넉한 경제력을 가진 여자로 볼 뿐 내면을 보려하지 않을 거예요."

"당신은 다르다는 뜻인가요?"

"나는 겉모습보다는 이면에 관심이 많아요. 물론 이면을 보기란 쉽지 않죠."

"당신은 내게서 어떤 이면을 보았는데요?"

알렉스가 날카로운 눈빛으로 데보라를 쳐다보았다. 마치 그녀의 내면 깊숙한 곳을 들여다보고 있는 듯했다.

"당신은 요즘 그리 행복하지 않을 거예요. 많이 힘들어 보여요."

데보라는 그 말을 듣는 순간 자기도 모르게 눈물이 차올랐다. 눈물을 보이기에 적절하지 않은 장소였지만 참기 힘들었다. 행복하지 않을 거라는 말을 들은 것만으로도 눈물이 났다. 정말이지 행복하지 않았으니까.

"당신뿐만 아니라 대부분의 사람들이 행복하지 않은 삶을 살고 있다고 생각해요. 만족한 삶을 영위하는 사람은 그리 많지 않다고 봐요."

알렉스의 말이 옳았지만 그녀의 눈물을 멈추게 하지는 못했다.

"내가 다른 사람들보다 특별히 더 불행하다고 생각지는 않아요. 다만……."

"다만 뭐죠?"

"내가 요즘 힘들어하는 이유가 몇 가지 있어요. 아멜리가 나를 미치도록 증오하는데 도무지 이유를 모르겠어요. 제이슨은 툭하면 짜증을 내요. 펜션을 열기로 한 건 내가 생각하기에도 정말이지 멍청한 짓이었어요."

"아무리 딸과 남편이라도 당신을 변화시킬 수는 없어요. 다만 직업은 바꿀 수 있지 않나요?"

데보라는 펜션을 생각하자 두통이 밀려왔다.

'당신은 잘못된 선택을 한 사실을 알면서도 내 충고를 받아들이려고 하지 않아.'

제이슨은 종종 그렇게 말했다. 그의 충고는 언제나 불쾌할 정도로 옳다는 게 문제였다.

'내가 그렇게 충고했는데 왜 아직 포기하지 않지? 어떻게 해야 하는지 방향을 짚어주었잖아. 내가 시키는 대로 하면 문제없어!'

"솔직히 말하자면 난 펜션을 포기하고 싶지 않아요. 내 자신이 너무 초라해질까봐 두려워요."

"패배자가 된 느낌이 들 수도 있을 테니까."

데보라는 더욱 머리가 지끈거렸다.

"내 말이 더 큰 스트레스가 되었겠어요. 당신 마음을 이해해요."

"뭘 이해한다는 거죠?"

"충고하길 좋아하는 사람들이 있어요. 겉모습만 보고 다 안다고 믿는 사람들이죠."

알렉스는 분명 공감능력이 뛰어난 사람인데 왠지 마음을 불편하게 만드는 구석이 있었다. 어느 누가 보더라도 그는 도움이 절실히 필요한데 번번이 마다하는 태도를 취했다. 그가 아무리 거부해도 결국 그녀가 도우리란 걸 알고 그러는 듯했다. 게다가 뭔가 계속 감추고 있다는 인상을 지울 수 없었다.

"일단 호텔을 잡아야겠어요. 집은 내일 다시 찾아보도록 해요."

"제이슨 골즈비 씨는 당신이 직접 나서서 집을 구해주는 걸 바라지 않을 텐데요."

"제이슨도 당신이 베푼 은혜에 각별히 고마워하고 있어요."

알렉스는 고개를 저었다.

"내가 그 집에서 머무는 게 못마땅한 눈치였어요. 내가 당신들의 영역을 침범했다는 생각이 들었겠죠."

데보라는 테이블에 지폐를 몇 장 내려놓고 코트를 집어 들었다.

"제이슨의 반응에 대해 일일이 신경 쓸 필요 없어요. 적어도 내가 당신을 다리 밑에서 자게 하지는 않을 테니까."

알렉스의 얼굴에 미소가 번졌다.

3

아멜리가 말한 운전자가 새로운 용의자로 부상했다. 케일럽 헤일 반장의 사무실에 로버트 스튜어트 경사와 헬렌 베네트 경사가 와있었다. 헬렌의 끈기와 집념이 마침내 굳게 닫혀 있던 아멜리의 입을 열게 했다. 어쩌면 앞으로 더욱 많은 정보를 얻을 수도 있게 되었다. 답보상태에 머물러있던 수사가 비로소 한 걸음 앞으로 나아가게 된 셈이었다.

"이제 아멜리가 구조된 장소에 대한 수색은 중단해야 합니다. 범인의 은신처는 스카보로에서 멀리 떨어진 곳에 있다고 봐야 하니까."

로버트가 말했다.

"이제야 아멜리의 소지품이 고원지대에서 발견된 이유를 알게 되었어요."

헬렌이 말했다.

"나는 사실 범인의 은신처가 고원지대에 있다고 생각하지 않았어. 범인이 피해자의 소지품을 은신처 근처에 버릴 까닭이 없을 거라고 생각했거든."

케일럽이 말했다.

"범인은 지나는 길에 아멜리의 소지품을 버렸을 겁니다. 대략 은신처가 어느 방향인지 암시해주는 단서이긴 하죠."

로버트가 말했다.

"수사에 혼선을 주기 위해 아멜리의 소지품을 버린 다음 전혀 다른 방향으로 사라졌을 수도 있잖아. 일단은 모든 가능성을 열어두어야 한다는 뜻이야."

케일럽이 말했다.

"아멜리에게 차 안에 숨어 있었던 시간이 대략 얼마나 되는지 물어봤더니 45분쯤이라고 하더군요. 정확하지는 않다고 봐야겠죠."

헬렌이 말했다.

"아무튼 지금은 아멜리의 진술을 바탕으로 수사를 진행할 수밖에 없어. 아멜리의 기억이 틀리지 않길 바라야지. 헬렌, 자네는 우선 아멜리에게 들은 정보를 빠짐없이 이야기해봐."

케일럽이 볼펜을 빙글빙글 돌리며 말했다.

헬렌이 고개를 끄덕이고 나서 수첩을 들여다보았다.

"아멜리는 몰래 몸을 숨기고 있었던 차종이 뭔지 기억나지 않는다고 했어요. 앞좌석과 뒷좌석 틈새에서 몸을 웅크리고 있었다니까 소형차는 아니었겠죠. 운전자의 신상에 대해서는 전혀 알고 있지 않았어요. 범인의 은신처를 방문한 남자로 추정할 뿐 얼굴을 제대로 보지 못했다고 하더군요. 다만 목소리를 들으면 알 수 있을 거라고 했어요. 아멜리는 열흘 전 금요일에 범인과 은신처를 방문한 남자가 대화를 나누고 있을 때 몰래 집을 빠져나와 차에 올랐답니다."

"운전자는 아멜리가 은신처에 납치되어 있다는 사실을 알고 있었을까요? 그 운전자를 공범으로 단정할 근거는 없지만 범인과 친분이 있는 사람이라면 아멜리 납치사건과 관련이 있다고 봐야할 거예요. 범인이 아멜리를 감금하거나 묶어두지 않은 게 이상해요. 아무튼 아멜리는 그 덕분에 몰래 은신처를 빠져나와 차에 오를 수 있었겠죠."

로버트가 말했다.

"아멜리가 몰래 차에 숨어있었던 이유는 은신처가 걸어서 도망치기에는 용이하지 않은 장소였기 때문일 거야. 고원지대에는 그런 곳이 많아. 만약 걸어서 도망쳤다면 며칠 동안 길을 잃고 헤맸을 거야."

케일럽이 말했다.

"범인은 왜 아멜리가 사라진 사실을 알아차리지 못했을까요?"

로버트가 말했다.

헬렌이 유감이라는 듯 고개를 저었다.

"아멜리는 그 부분에 대해 여전히 침묵하고 있어요. 범인과 은신처에 대해 물으면 입을 꾹 다물어버리더군요. 운전자에 대해서도 마찬가지고요."

"조만간 생각이 달라질 수도 있겠지. 헬렌, 자네는 앞으로도 아멜리와 계속 대화를 시도하면서 가능한 한 많은 정보를 얻어내야 해."

케일럽이 말했다.

"아멜리는 차에 숨어서 이동한 시간이 45분쯤 된다고 했어요. 제법 긴 시간인데 범인은 왜 아무런 조치를 취하지 않았을까요? 아멜리가 사라진 사실을 알았다면 즉시 운전자에게 연락해 차를 되돌리라고 했어야 마땅하잖아요. 물론 아멜리가 달아난 사실을 몰랐을 수도 있겠죠. 은신처의 구조를 알아야 정확한 판단이 가능하겠네요. 운전자는 45분가량 달리다가 어딘가에 차를 멈춰 세웠고, 아멜리는 그 틈을 타 문을 열고 밖으로 도망쳤어요. 가로등 불빛이 주변을 어슴푸레하게 비추고 있었고, 경사진 초원과 가파른 내리막길이 시야에 들어왔어요. 비포장 자갈길이었고, 어디선가 바닷물 소리도 들려왔죠. 아멜리는 무작정 그 길을 따라 달렸어요. 사실은 잘 알고 있던 길이었는데 그 당시에는 공포에 사로잡혀 있었기 때문에 어디인지 전혀 몰랐다고 하더군요. 그저 본능적으로 달렸답니다."

헬렌이 말했다.

"자, 그럼 다시 한 번 더 생각해보죠. 알렉스가 아멜리를 구조한 장소와 내리막 자갈길을 연관시켜보면 차가 멈춰 섰던 지점은 씨 클리프 로드와 휘트크로프트 애비뉴 사이에 있는 주차장이었던 것으로 추정돼요. 아멜리가 진술한 초원, 가파른 내리막길, 주변의 바다를 고려할 때 그 주차장과 일치하니까."

로버트가 말했다.

케일럽은 휘트크로프트 애비뉴에 살고 있었고, 로버트의 추론에 동의한다는 뜻으로 고개를 끄덕였다.

"감식 팀을 보냈으니까 그 일대를 샅샅이 수색할 거야. 시간이 제법 많이 지났지만 뭔가 발견할 수도 있겠지."

"아멜리는 정신없이 달려 아래쪽 바닷가에 있는 클리블랜드 웨이에 도달했고, 스파 콤플렉스 바로 앞에서 운전자가 추격해오는 소리를 들었다고 했어요. 아멜리의 진술이 정확한지는 확신할 수 없겠죠. 폭풍우가 치고, 파도소리가 요란했는데 추격자가 가까이 다가오는 소리를 어떻게 들을 수 있었는지 의문이니까요. 어쨌거나 아멜리는 추격자가 가까이 뒤따라온다고 판단했고, 길 오른쪽에 있는 방파제를 향해 달려갔어요."

케일럽과 로버트가 동시에 고개를 끄덕였다. 그들은 수십 년 동안 스카보로에 살았기 때문에 헬렌이 말하는 지점이 어딘지 정확하게 알 수 있었다.

"아멜리는 방파제 아래쪽에 몸을 숨기고 있었어요. 그때 방파제를 지나쳤던 추격자가 되돌아오는 소리가 들려왔죠. 그 순간 아멜리는 방파제를 넘어 바닷물 속으로 뛰어들었어요. 이미 말했다시피 운전자가 가까이 다가왔는지 여부는 정확하게 알 수 없어요. 아멜리가 극심한 공포에 빠져 착각했을 수도 있으니까요."

케일럽도 그 일대의 파도소리가 얼마나 큰지 잘 알고 있었다. 더구나 폭풍우가 몰아치는 밤이었으니 주변의 모든 소음을 압도해버려 아주 가까이에서 무슨 소리가 났다고 해도 알아듣기 힘들었을 것이다. 그럼에도 추격자가 가까이 접근했다는 사실을 인지했을 가능성이 전혀 없지는 않았다. 미처 소리를 듣지 못했더라도 위험에 처하게 되면 본능적으로 눈치 채게 될 수도 있으니까.

케일럽은 생각을 정리하기 위해 자세를 바로잡았다.

"운전자는 왜 한적한 주차장에 차를 세웠을까? 만약 그 동네 주민이었다면 그 주차장에 차를 세울 리 없어. 그 동네는 집집마다 주차장이 있을 뿐만 아니라 주변에 빈 공간이 많아서 아무도 거기에 차를 세우지 않으니까. 그 주차장은 행락객들을 위해 만들어놓았거든."

케일럽이 말했다.

"그렇긴 하지만 백퍼센트는 아니죠."

로버트가 말했다.

"개연성을 고려하자면 그 주차장에 차를 세워둘 리 없다는 거야."

케일럽이 반박했다.

"운전자가 차를 주차장에 세웠다고 단정할 수도 없어요. 그냥 도로변에 세웠을 수도 있으니까요."

로버트가 말했다.

"아멜리는 차에서 내리자마자 초원이 나타났고, 이내 자갈길이 이어졌다고 했어요. 멀리 떨어진 곳에 가로등 서너 개가 켜져 있었지만 사방이 어두컴컴했겠죠. 그 진술은 매우 구체적이었어요."

헬렌이 말했다.

"운전자가 주민이 아니라면 그 동네에 사는 지인을 방문했을 수도 있겠네요."

로버트가 말했다.

"동네 주민들을 만나보고, 차량들도 확인해봐. 공교롭게도 아멜리를 구조하는데 도움을 준 데이비드 채플랜드가 씨 클리프 로드에 살고 있어. 그를 다시 한 번 만나볼 필요가 있어."

케일럽이 말했다.

"운전자는 그냥 우연히 차에서 내렸을 수도 있어요. 용변이 급했을 수도 있으니까."

로버트가 말했다.

"그 주차장은 주택가의 도로가 끝나는 막다른 지점에 있어. 그냥 지나다가 우연히 들르는 곳이 아니야. 애초부터 목적지로 정하고 찾아갔다는 뜻이야."

케일럽이 이맛살을 찌푸리며 말했다.

"길을 잘못 들어 헤매다가 용변이 급해 차를 세웠을 수도 있잖아요."

로버트가 말했다.

케일럽은 그 주장은 전혀 개연성이 없다고 느꼈지만 반박하지 않았다.

"아무튼 운전자는 금세 차로 되돌아왔고, 뒷문이 열려 있는 걸 봤어요. 어쩌면 근처에 있다가 아멜리가 달아나는 걸 보았을 수도 있겠죠. 추격자가 뒤따라오는 소리를 들었다고 한 아멜리의 진술과도 일치하는 추론이죠."

헬렌이 말했다.

"아멜리가 운전자를 따돌리고 도주에 성공했다는 게 놀라워."

케일럽이 말했다.

"아멜리에게는 무조건 달아나야 한다는 동기가 있었으니까 훨씬 더 과감하고 민첩했겠죠. 아멜리는 아무리 폭풍우가 몰아치는 악천후였다고 하더라도 달아나야 한다는 목표의식이 분명히 있었지만 운전자의 경우 길이 어두워 멈칫거렸을 수도 있어요. 어두운 내리막길을 달리는 건 위험하니까요. 운전자가 지인이 아멜리를 납치한 사실을 알고 있었다고 하더라도 방금 전 차에서 도망친 아이와 동일인물이라는 걸 즉각 알아챘을지는 의문이에요. 아멜리의 존재에 대해 전혀 몰랐는데 누군가 느닷없이 차에서 튀어나와 도망치자 엉겁결에 추격했을 수도 있지 않을까요."

헬렌이 말했다.

"나는 아직도 아멜리를 구해준 알렉스를 어떻게 이해해야 할지 모르겠어. 그는 왜 폭풍우가 심하게 몰아치는 밤에 클리블랜드 웨이를 이용했을까? 게다가 그 길은 멀리 돌아가는 코스였어. 제정신을 가진 사람이라면 과연 그런 선택을 할 수 있을까?"

케일럽이 말했다.

"그 부분에 대해서는 이미 의혹이 해소됐다고 보는데요."

로버트가 지친 목소리로 말했다. 그는 케일럽이 지치지도 않고 똑같은 질문을 반복하는 것에 대해 스트레스를 받고 있었다.

아무리 그렇더라도 이상한 일이었다. 알렉스의 선택은 여전히 의문의 여지가 많았다. 물론 세상에는 더러 이상한 선택을 하는 사람들이 있긴 했다.

"알렉스가 그 길에 있었다면 아멜리를 추격해온 남자를 봤어야 해. 그 남자가 아멜리를 추격하고 있다는 사실을 몰랐더라도 어떤 식으로든 눈에 띄지 않았을까?"

케일럽이 말했다.

"운전자가 중도에 추격을 포기하고 차를 세워둔 곳으로 돌아갔다면 알렉스와 맞닥뜨리지 않았을 거예요."

헬렌이 이의를 제기했다.

"알렉스가 뒤늦게 나타났을 수도 있겠죠. 운전자가 이미 그곳을 떠난 뒤에요."

로버트가 말했다.

"아멜리가 방파제에 매달려 있던 시간은 그리 길지 않았어. 아멜리는 긴 시간으로 느껴졌겠지만 누구나 그런 상황에 처하면 5분도 영원처럼 길게 느껴지는 법이야. 실제로 그 상황은 그리 길지 않은 시간에 연속적으로 진행되었을 가능성이 커. 아멜리는 어둡고 경사진 언덕길을 달려 내려왔어. 누군가 뒤에서 바짝 추격해온다는 생각에 아멜리는 방파제 아래쪽에서 몸을 잔뜩 움츠리고 숨어 있었겠지. 이내 추격자가 방파제를 지나쳐가는 소리를 들었고, 몇 초 뒤에 되돌아오는 발자국 소리가 났어. 극도로 위험을 느낀 아멜리는 급히 철조망을 넘어 바다로 뛰어들었지. 바닷물에 뛰어든 순간 휩쓸려가지 않기 위해 방파제의 돌을 붙잡았겠지. 거센 파도가 머리를 타고 넘어 방파제에 부딪치고 있는 상황이었어. 바로 그때 알렉스가 나타나 아멜리를 구조한 거야."

케일럽이 말했다.

"저는 아멜리가 제법 오랫동안 방파제의 돌을 잡고 있었다고 보는데요."

로버트가 말했다.

"비슷한 상황을 연출해 얼마나 오래 버틸 수 있는지 실험해보는 게 어떨까?"

케일럽의 말에 부하들이 떨떠름한 표정을 지었다. 다들 위험한 실험에 응할 생각이 없어 보였다.

"아무튼 알렉스에 대해 좀 더 철저히 규명해볼 필요가 있어. 나는 아직도 그가 왜 늦은 시각에 그 장소에 있게 되었는지 납득이 안 돼."

"알렉스를 특별히 의심하는 이유가 있나요?"

헬렌이 물었다.

"아멜리는 운전자의 얼굴을 본 적 없고, 단지 목소리만 들었다고 진술했어. 운전자는 아멜리가 방파제에 숨어 있을 때 길을 지나쳐갔다가 발길을 되돌렸다고 했지. 바로 그때 아멜리는 극도로 위험을 느끼고 바닷물로 뛰어들었다고 했어. 만약 알렉스가 운전자였다고 가정해도 전혀 이상할 게 없는 상황이야."

"바다로 뛰어내린 아멜리는 즉시 도와달라고 소리를 질렀어요."

로버트가 기억을 더듬으며 말했다.

"알렉스가 운전자일 가능성을 배제할 수 없겠네요. 아멜리는 바다에 빠진 순간 죽음의 공포를 느끼게 되었고, 본능적으로 살려달라고 비명을 질렀을 테니까요. 추격자가 있다는 사실을 감안할 계제가 아니었어요. 목숨이 경각에 달려 있는 상황에 처하면 합리적인 선택을 하기 어렵죠."

헬렌이 말했다.

"운전자는 구조요청을 하는 아멜리를 발견하고 손을 뻗었어."

"그럼 아멜리가 방금 전까지 극도로 위협을 느꼈던 운전자의 손을 잡았다는 건가요?"

로버트가 말도 안 된다는 표정으로 반문했다.

"운전자는 방파제를 잡고 있던 아멜리의 손을 떼어낼 의도로 다가갔을지도 몰라. 아멜리가 구조신호로 해석하고 그가 내민 손을 악착같이 잡고 늘어졌을 수도 있겠지."

케일럽이 말했다.

"납득하기 힘들어요."

로버트가 말했다.

"방파제를 잡고 있는 아멜리의 손을 떼어내 바닷물 속으로 밀어 넣는 게 오히려 더 위험할 수도 있어요. 아멜리가 바닷물에 빠져 익사한다는 보장은 없으니까요. 아멜리가 만약 헤엄쳐 구조될 경우 알렉스는 범인의 은신처를 방문했던 사실을 들키게 될 테니까요. 우리는 아직 범인과 운전자가 공범인지 여부를 몰라요. 다만 운전자가 아멜리를 추격했다면 한 가지 추론이 가능해요. 아멜리가 도망쳐 신상이 발각되는 걸 두려워한 자라는 거예요. 운전자가 아멜리를 구조해 범인이 있는 은신처로 데려가려고 했을 수도 있어요. 아멜리를 놓치면 위험해지니까요. 운전자는 후환을 없애기 위해 아멜리를 구하려고 했는데 뜻밖의 상황이 전개된 거죠. 예기치 않게 데이비드 채플랜드가 그 장소에 나타난 거예요. 그는 곧바로 경찰과 구급대원을 불렀어요. 아멜리는 행운을 잡은 반면 알렉스의 계획은 차질을 빚게 되었죠. 경찰이 출동하자 알렉스는 우연히 그곳을 지나다가 아멜리를 구조한 영웅 행세를 하게 된 거예요."

"그 가설은 두 가지 문제가 있어요."

로버트가 말했다.

"무슨 문제?"

케일럽이 의아한 표정으로 물었다.

"첫째, 아멜리가 탈출을 시도했던 시간에 알렉스는 피자

레스토랑에서 일을 하고 있었어요. 둘째, 그는 차를 소유하고 있지 않아요. 식당주인의 증언이 사실이라면 그렇다는 거예요."

"일리 있는 지적이지만 식당주인의 증언을 곧이곧대로 받아들일 수는 없어요."

헬렌이 말했다.

"알렉스는 최근 살던 집에서 쫓겨나 골즈비펜션을 찾아갔어요. 그가 의심스럽다면 우선 살던 집을 수색해볼 필요가 있지 않을까요?"

케일럽이 그 말을 듣고 자리에서 벌떡 일어났다.

"빌어먹을! 바로 그거야. 만약 집주인이 다시 세를 놓으려고 집수리를 하게 되면 모든 단서들이 사라지게 돼. 시급히 집이 어딘지 알아보고 집수리를 막아야겠어. 알렉스가 스카보로에서 발생한 다른 실종사건과도 연관돼 있다면 그가 살던 집에서 중요한 단서를 찾아낼 수 있을 거야."

"아멜리 골즈비 사건과 사스키아 모리스 사건이 서로 연관돼 있다고 보세요?"

헬렌이 물었다.

"모든 가능성을 열어두어야지."

로버트가 나직이 한숨을 내쉬었다. 케일럽은 분명 뛰어난 수사관이었지만 수사 초기 단계에 수많은 용의자 가운데 오직 한 사람에게만 초점을 맞추는 습관이 있었다. 물론 그 덕분에 골든타임을 놓치지 않고 신속하게 사건을 해결하는 경우가 많았다. 그 반면 로버트는 여러 가지 가설들을 머릿속에 그려두고 고민을 거듭하다가 타이밍을 놓치기 일쑤였다. 다만 여러 가지 변수들을 무시하고 하나만 물고 늘어지다가 자칫 수사 방향이 엇나갈 경우 큰 낭패를 보게 된다는 게 문제였다.

케일럽은 분명 알렉스에게 꽂혀 있었다. 로버트는 방금 전 케일럽이 말한 가설과 상충되는 여러 가지 정황과 증언이 있다는 걸 알고 있었다. 그날 저녁 알렉스가 피자 레스토랑에서 일한 사실을 식당주인뿐만 아니라 몇몇 손님들까지 증언했다. 헬렌의 말대로 참고인들의 증언을 믿을 수 있는지 검증해볼 필요는 있었다. 케일럽의 문제는 오류가 분명한데도 애초에 자신이 그린 그림에 따라 수사를 진행한다는 것이었다. 그 결과는 언제나 실패로 귀결되었다.

"로버트는 일단 집주인을 만나보고 당분간 그 집에 있던 물건들을 그대로 놓아두어야 한다고 전해. 혹시 알렉스가 자동차를 타고 있는 걸 본 사람이 있는지도 알아봐. 그날 저녁에 지인에게서 차를 빌렸을 수도 있으니까. 알렉스가 그 시간에 피자 레스토랑에서 일했다고 증언한 사람들이 있지만 그 말은 일단 무시하고 조사해. 나는 알렉스를 다시 한 번 만나봐야겠어. 그는 지금 어디에 머물고 있지?"

로버트와 헬렌이 동시에 고개를 가로저었다.

"알렉스가 어디에 있는지 알아봐. 일단 골즈비펜션에 연락해봐야겠지."

케일럽이 지시했다.

"알겠습니다."

로버트가 대답했다.

11월 3일, 금요일

1

캐롤은 이미 오래 전에 맨디가 실종되었다고 신고했지만 경찰은 여전히 아무것도 하지 않고 있었다. 맨디가 가출하게 된 배경을 자세히 설명했음에도 경찰은 수사를 시작할 기미가 없었다.

약 3주 전에 엄청난 파문을 불러일으켰던 아멜리 골즈비 실종사건 때와는 상황이 많이 달랐다. 그 당시 언론은 앞 다투어 관련 기사를 썼고, 경찰은 즉시 수색작업을 펼쳤다. 맨디의 실종에 대해서는 다들 약속이라도 한 듯 무관심으로 일관했다. 맨디가 자발적으로 가출한 탓이었다. 아멜리의 경우 처음부터 범죄가 의심되는 상황이었다. 그 반면 경찰은 맨디를 가출로 분류했다. 영국 전역에서 해마다 집을 떠나 종적을 감추는 아이들이 늘어나고 있었다. 집으로 돌아오는 아이들도 있었지만 아예 소식이 끊기는 경우도 허다했다. 아이의 가족들에게는 더없이 끔찍한 일이었지만 경찰이 일일이 가출 청소년들을 찾아줄 수는 없었다. 경찰이 나서게 하려면 확실한 근거가 필요했다.

캐롤은 앞서 아멜리 골즈비 납치사건이 있었기에 경찰의

상황인식이 크게 달라졌을 거라 생각했는데 여전히 그대로였다. 맨디 또래 아이를 납치하고 살해한 범인이 스카보로에서 맘껏 활개치고 있었다. 아멜리는 탈출에 성공해 집으로 돌아왔지만 사스키아 모리스는 시신으로 발견되었다. 범인은 새로운 표적을 찾아 헤매고 있을 게 뻔했고, 맨디는 무방비 상태로 거리를 떠돌고 있었다. 맨디 같은 아이는 납치범 입장에서 보자면 더없이 손쉬운 표적이었다.

캐롤은 금요일 오후에 알라드 가족을 다시 방문했다. 내심 좋은 소식을 듣게 될지도 모른다는 기대감을 품었지만 곧 실망으로 돌아왔다.

팻시 알라드는 설령 맨디가 있는 곳을 알게 되었거나 생존해 있다는 사실을 알게 되었다고 하더라도 결코 제 발로 경찰을 찾아갈 인물이 아니었다. 맨디의 팔에 화상을 입힌 사실을 추궁 당하게 될 수도 있으니까.

린은 맨디가 매우 심각한 화상을 입었다고 증언했다. 그 반면 팻시는 뜨거운 물이 팔에 조금 튀었을 뿐이라고 주장했다. 누구 말이 맞는지는 맨디를 찾아내야 알 수 있었다. 팻시는 곤경에 처할 수도 있는 처지였기에 적극적으로 맨디를 찾아 나서기보다는 잔뜩 몸을 사리고 있었다.

바다로부터 얼음처럼 차가운 바람이 불어왔다. 알라드의 집은 창문틀이 낡고 오래 되어 외풍이 심했다. 캐롤은 주방으로 들어서는 순간 어찌나 공기가 차가운지 화들짝 놀랐다. 팻시는 짜증난다는 듯 눈살을 찌푸리고 있었고, 말론은 식탁 의자에 앉아 멍하니 앞만 바라보고 있었다.

"우린 아무것도 몰라요."

팻시가 가스레인지에 기댄 자세로 말했다. 그녀는 절대로 의자에 앉지 않았다. 제발 오래 머물지 말고 돌아가 달라는 나름의 압박이었다.

"저도 상담하면서 알게 된 맨디의 몇몇 지인들을 찾아가 봤는데 다들 행방을 모르더군요. 맨디는 분명 누군가의 집에 있을 거예요. 날씨도 몹시 추운데 몇 주 동안이나 길거리에서 노숙할 수는 없으니까요. 게다가 수중에 남아 있는 돈도 없을 테고, 팔에 화상까지 입었어요."

"뜨거운 물이 좀 튀었을 뿐인데 화상이라니요?"

팻시가 즉각 반박했다.

캐롤은 한숨을 푹 내쉬었다.

"당신은 딸이 걱정도 안 되나 봐요?"

"대체 뭘 어쩌라고요? 맨디는 제 발로 걸어 나갔어요. 우리 집 현관문은 항상 열려있으니까 원한다면 언제든지 돌아올 수 있어요."

캐롤이 생각하기에 맨디는 집으로 돌아오느니 차라리 죽음을 택할 것 같았다.

"사스키아 모리스라는 아이가 납치됐다가 피살됐어요. 아멜리 골즈비는 납치됐다가 겨우 도망쳤고요. 납치범이 어딘가에서 계속 활보하고 있는데 어쩜 이리 무심하죠?"

"맨디는 영악한 아이라서 절대로 납치범을 따라가지 않아요."

"죽도록 배가 고프거나 몸이 저절로 덜덜 떨릴 만큼 추운 날에는 누구나 유혹에 넘어갈 수 있죠. 맨디가 순진하거나 멍청하지 않다는 건 알지만 이 추운 날씨에 거리에서 노숙하다가는 저체온증으로 죽을 수도 있어요."

"난 맨디가 어딘가에서 잘 지내고 있을 거라고 확신해요. 견딜 수 없을 만큼 힘들었다면 이미 오래 전에 집으로 돌아왔겠죠."

"맨디에게 나쁜 일이 생겼거나 위험에 처해 있다면요?"

"안 좋은 일이 있었다면 진작 느낌이 왔겠죠. 엄마에게는 본능적인 감이 있어요."

"정말 확신할 수 있어요? 엄마의 본능을……."

캐롤이 미처 말을 마치기도 전에 팻시가 가로챘다.

"당신은 절대로 알 수 없어요. 아이를 낳아본 적이 없는데 어떻게 알겠어요. 당신도 엄마가 되어보면 내 말이 이해가 될 거예요."

캐롤은 화제가 엉뚱한 방향으로 흐르는 걸 원치 않았다.

"우린 지금 맨디에 대해 이야기하고 있어요. 앞으로 딸에 대해 좀 더 깊은 관심을 갖게 되길 바라요. 맨디가 집에 돌아오면 청소년복지센터에 왜 가출했는지 사유서를 제출해야 할 거예요. 그럼 자연히 당신과 다툰 이야기가 나올 수밖에 없겠죠. 당신은 미성년자 딸이 집을 나간 지 몇 주나 지났는데 계속 무심하게 지내고 있어요. 나중에 왜 그랬는지 이유를 해명해야 하는 일이 발생하지 않길 바랄게요."

팻시가 눈을 부라리며 노려보았다.

"협박하는 거예요?"

"천만에요. 단지 진실을 알려주는 것뿐이에요."

"이제 당신과는 말하기 싫으니까 이만 돌아가세요."

캐롤이 자리에서 일어섰다.

"맨디 소식을 알게 되면 연락주세요."

팻시는 아무런 대꾸도 하지 않고 그대로 앉아 꼼짝도 하지 않았다.

캐롤은 현관문을 향해 걸어갔다. 팻시의 무심한 태도에 어찌나 화가 나는지 얼굴이 화끈거렸다. 오늘은 마치 자신이 세상으로부터 버림받은 날 같았다. 경찰과 직장상사 아이린, 팻시에게 차례로 거부당한 날이었다.

"당장 우리가 할 수 있는 일은 없어. 현재 상황이 그래. 괜한 일에 신경 쓰느라 에너지를 낭비할 필요 없어."

직장상사 아이린은 그렇게 말했다.

캐롤은 길 양쪽으로 허름한 집들이 다닥다닥 붙어 있는 거리로 나섰다. 허탈한 기분에 저절로 눈물이 글썽거렸다. 주어진 일만 하면 되는데 언제나 너무 깊이 관여하는 게 문제였다. 그녀는 일과 사람을 대할 때 적당한 거리를 유지하면서 대충 해내는 방법을 알지 못했다.

오늘은 제법 먼 곳에 차를 세워두었다. 차를 세워둔 근처까지 걸어왔을 때 갑자기 뒤에서 다급한 발자국소리가 들려왔다. 뒤를 돌아보니 놀랍게도 말론 알라드였다. 그의 얼굴이 몹시 불안해보였다. 그는 몸 상태가 좋지 않은 듯 마른기침을 했다. 혹시 팻시가 따라올까 봐 걱정되는지 그가 조심스레 주변을 살폈다. 캐롤은 상황에 맞지 않게 웃음이 터져

나오려는 걸 겨우 참았다. 팻시 앞에서 언제나 겁에 질려 안절부절못하는 그의 모습을 보면 안쓰러운 느낌이 드는 한편 왠지 우스꽝스러워 보였다.

"팻시는 내가 방에서 누워있는 줄 알 거예요. 당신을 만나러 왔다는 걸 알게 되면 큰일 나요."

말론이 속삭이듯 작게 말했다.

"맨디 소식을 알고 있어요?"

캐롤이 다급하게 물었다.

말론은 고개를 저었다.

"언젠가 맨디가 말했던 사람이 떠올랐어요. 그가 맨디와 가장 친하게 지내는 사람일지도 모르겠어요."

"누군데요?"

"진짜 이름은 모르겠고, 맨디는 그 사람을 그냥 '캣'이라고 불렀어요. 고양이를 여러 마리 키우고 있어 그렇게 부른다더군요. 캣이 엘름 로드에 있는 어느 허름한 집에 산다고 들었어요. 맨디와 연인관계는 아니었지만 자주 메시지를 주고받는 사이였죠."

"고마워요. 당장 캣을 찾아가 만나봐야겠어요."

"맨디가 영악하다지만 어린아이에 불과해요. 아직은 위험한 상황을 제대로 감지하는 안목이 없죠. 시간이 지날수록 맨디는 깊이 절망할 거예요."

말론이 어둡고 슬픈 눈으로 캐롤을 바라보며 웅얼거렸다. 그의 눈에 불행한 삶의 무게가 오롯이 담겨 있었다.

"나도 그렇게 생각해요. 좋은 정보 전해줘서 고마워요."

캐롤은 무겁게 한숨을 내쉬고 나서 고개를 푹 숙이고 차를 향해 걸어갔다.

*

캐롤은 무너질 듯 허름한 그 집을 금세 찾아냈다. 엘름 로드에는 사람이 살지 않는 집이 몇 채 있었다. 빈 집들 가운데 한 건물에서 고양이 한 마리가 나오더니 담장을 돌아 어둠 속으로 사라졌다. 캣이라는 인물이 살고 있는 집이 분명했다. 캐롤은 순간적으로 몸이 오싹했다. 오래 전부터 출입이 차단된 집으로 위험경고 표지판이 붙어 있었다. 당장이라도 무너져 내릴 듯 낡은 집이었다.

경첩에 비스듬히 매달린 대문은 다행히 잠겨 있지 않았고, 문을 밀치자 금세 열렸다. 순간적으로 고양이 오줌냄새가 훅 끼쳐왔다. 바닥에 고양이 오줌이 흥건하게 배어 있었다. 어느새 어둠이 내려 실내 모습을 제대로 알아보기 힘들었다. 2층으로 올라가는 계단이 있었지만 거의 부서져 이용할 수 없었다. 지하실로 내려가는 돌계단이 눈에 들어왔고, 바로 그곳에서 빛이 새어나오고 있었다.

캐롤은 언제 무너질지 모르는 건물 안에 있다는 게 몹시 두려웠지만 용기를 내 지하실로 내려갔다. 지하실은 돌벽에 둘러싸여 있었고, 창문이 하나도 없었다. 공기가 차고 눅눅했지만 그나마 환하게 밝혀놓은 여러 개의 촛불들이 지하실의 음울한 분위기를 상쇄시켜주고 있었다. 바닥과 선반 곳곳에 촛불이 놓여 있었고, 은은한 불빛이 지하실을 밝혀주고 있었다. 듣던 대로 고양이가 여기저기에 득시글거렸다. 적어도 스무 마리쯤 될 듯했다.

한 남자가 더럽기 그지없는 매트리스 위에 누워 있었다. 머리카락이 어깨에 닿을 만큼 길었고, 옷차림은 더없이 지저분했다. 남자는 눈을 감고 누워 대마초를 피우고 있었다. 고양이 오줌냄새와 대마초 냄새가 뒤섞인 악취가 풍겨왔다. 남자와 한 여자가 앉아 있었다. 스무 살 정도 되어 보였고, 맨디보다 얼굴이 더 작았다. 몸이 어찌나 말랐는지 살짝 스치기만 해도 으스러질 듯했다. 긴 머리카락은 언제 감았는지 기름기가 좔좔 흘렀고, 옷은 언제 빨아 입었는지 알 수 없을 만큼 더러웠다. 여자는 캐롤이 지켜보고 있는데도 아랑곳하지 않고 남자가 피우던 대마초를 빼앗아 자기 입에 물고 한 모금 길게 빨아들였다. 두 사람 다 몰아의 경지에 빠져 있는 듯했다.

"안녕하세요?"

캐롤이 인사를 건네자 여자가 고개를 들어 올리고 쳐다보았다. 여자의 눈동자가 몽롱하게 풀려 있었다.

"맨디 알라드를 찾으러 왔어요. 혹시 여기 있나요?"

여자가 맨디라는 이름을 듣자마자 전기에 감전된 듯 자리에서 벌떡 일어났다.

"맨디는 떠났어요. 다시는 돌아오지 않을 거예요. 그 망할 년이랑 무슨 관계인지 모르지만 당장 꺼져요."

그제야 남자도 자리에서 일어서더니 눈을 껌뻑거렸다.

"무슨 일이죠?"

"맨디 알라드가 이 집에 있다는 말을 듣고 왔어요."

"지금은 여기 없어요."

캣이 웅얼거리듯 말했다. 대마초에 취해 제대로 정신을 집중하지 못했다.

"맨디가 고마운 줄도 모르고 캣을 증오하기에 내쫓아버렸어요."

여자가 말했다.

"맨디가 언제까지 여기 있었죠?"

"조금 전까지. 이 집에 눌러앉고 싶었겠지만 어림없는 수작이죠."

캣은 다시 매트리스에 털썩 주저앉더니 만사가 귀찮다는 듯 눈을 감아버렸다.

"맨디는 앞으로 내 눈에 띄지 않는 게 좋을 거예요. 다시 나타나면 얼굴을 짓이겨놓을 테니까."

여자가 말했다.

"언제 떠났죠?"

"약 10분 전에."

캣이 중얼거렸다.

"확실하죠?"

"캣의 말 대로예요. 약 10분 전까지 여기에 있었어요."

여자가 다시 확인해주었다.

캐롤은 즉시 몸을 돌려 계단을 뛰어올라갔다.

"맨디를 만나면 앞으로 다시는 내 눈에 띄지 않는 게 좋을 거라고 전해줘요."

여자가 캐롤의 등 뒤에 대고 소리쳤다.

맨디는 불과 10분 전까지 이 집에 있었다. 조금만 서둘렀어도 맨디를 만날 수 있었는데 기회를 놓쳐 안타까웠다.

캐롤은 어둠이 깔린 거리로 나섰다. 주위를 둘러보았지만 맨디는 눈에 띄지 않았다. 거리를 오가는 사람들이 아예 없었다. 칼바람이 부는 날이어서 다들 집 밖으로 나올 엄두를 내지 못하는 듯했다.

캐롤은 주변을 샅샅이 훑으며 맨디를 찾아다녔지만 사람 그림자하나 보이지 않았다. 찬바람에 뺨이 시렸고, 눈에는 눈물이 고였다.

맨디는 어디로 갔을까?

노숙하기에는 너무 추운 날이었다. 캐롤은 사람이 살지 않는 집들의 현관문을 흔들어 보았지만 죄다 잠겨 있어 안으로 들어갈 수조차 없었다.

캐롤은 어쩔 수 없이 차를 세워둔 곳으로 갔다. 맨디가 근처 어딘가에서 헤매고 있을지도 모른다는 생각에 마음이 급했다. 캣은 분명 10분 전에 집을 나갔다고 했고, 아직 그리 멀리 가지는 못했을 것이다.

캐롤은 차를 타고 45분 정도 주변을 돌았다. 가끔 사람이 눈에 띄면 차를 세우고 맨디를 보았는지 물었지만 번번이 허탕을 쳤다.

2

맨디는 발을 끌며 힘겹게 걸었다. 바람이 어찌나 차고 매서운지 저절로 눈물이 고였다. 이제 포기하고 집으로 돌아가는 수밖에 없었다. 엄마가 신랄하게 조롱하며 비웃겠지만 더는 버틸 수 없었다. 이제 집으로 돌아가 날마다 아버지의 나약한 모습을 지켜볼 수밖에 없었다. 그나마 언니 린은 제 길을 걸어가고 있었다. 청소년복지센터에서는 가출에 대해 책임추궁을 할 테고, 결코 바라지 않는 일들이 벌어지게 될 것이다. 어른들이 정해놓은 궤도를 이탈할 경우 상응하는 대가를 치러야만 하니까.

캐롤은 결과라는 단어를 즐겨 사용했다.

'네가 저지른 행동에 대한 결과를 받아들여야 해. 인생은 그런 거야.'

빌어먹을 인생!

브랜든의 집에서 도망치자마자 다시 캣에게로 갔다. 캣의 애인이 와있다는 걸 알고 있었지만 갈 곳이 없었다. 엘라는 말라비틀어진 마녀였다. 맨디가 그 집에 나타나자 엘라는 노골적으로 싫어하는 티를 냈다.

"갈 데가 없어요. 제발 하룻밤만 재워줘요."

맨디는 자존심을 굽히고 애원했다.

"집으로 돌아가. 여긴 안 돼."

엘라가 단호하게 말했다.

그나마 캣이 편을 들어주었다.

"맨디는 집에 갈 수 없어. 엄마가 펄펄 끓는 물을 팔에 끼얹어 심각한 화상을 입었어. 나라도 그런 집에는 안가."

엘라가 팔의 화상을 살피더니 안쓰러운 표정을 지었다.

"정말 네 엄마가 그랬니?"

"엄마가 끓는 물이 들어 있는 주전자를 던졌어요."

"그럼 경찰을 찾아갔어야지."

"경찰이 고아원으로 보낼 거예요."

"차라리 고아원에 가는 편이 낫지 않아? 거기 가면 널 잘 보살펴 줄 거야."

"고아원에는 죽어도 가기 싫어요."

맨디는 그녀의 눈을 똑바로 쳐다보며 말했다.

"다른 거처를 알아볼 때까지 여기서 지내. 그 대신 이 집에서 계속 머무를 수는 없어."

캣이 말했다.

"난 절대로 허용할 수 없어."

엘라가 끼어들었다.

"이런 날씨에 밖으로 나갔다가는 얼어 죽을 수도 있어. 이 집은 셋이 살기에는 너무 좁으니까 조만간 다른 거처를 구해야겠지. 맨디, 네 인생이 앞으로도 계속된다는 걸 명심해."

캣의 입에서 그런 말이 나올 줄은 미처 몰랐다. 몇 년 전부터 그는 마치 외줄타기를 하듯 하루하루를 아슬아슬하게 버티고 있었다. 맨디는 그가 어떻게 생계비를 마련하는지 궁금했지만 묻지 않았다. 지금은 그의 도움이 절실히 필요했다. 괜히 자극할 때가 아니었다.

맨디는 결국 캣의 집에서 나흘 동안 머물기로 했다. 엘라는 다음 날부터 노골적으로 거부감을 드러냈다. 캣은 애인을 말리느라 갈수록 말이 많아졌다.

엘라가 금요일 오후에 장을 보러 나갔다가 식료품이 든 커다란 봉투를 들고 돌아왔다. 엘라는 장을 보느라 돈을 많이 썼다며 투덜거렸다. 캣은 아무런 반응이 없었고, 맨디 역시 할 말이 없어 입을 꾹 다물었다.

"내가 계속 널 공짜로 먹여주고 재워주길 바라니? 너도 양심이 있으면 밥값을 보태야 하지 않을까?"

맨디는 마지막 비상금으로 남겨두었던 10파운드를 주머니에서 꺼냈다.

"내가 가진 전부예요."

"며칠 동안 들어간 비용이 얼만데 고작 10파운드야? 게다가 넌 신경을 박박 긁는 재주도 있지. 설마 10파운드를 내고 계속 버티려는 건 아니지?"

맨디는 결국 울음을 터뜨렸다.

"더 내고 싶지만 수중에 10파운드밖에 없어요."

"집을 나오면 장밋빛 인생이 펼쳐질 줄 알았니? 남에게 빌붙어 살 생각이었으면 아예 나오지 말았어야지."

그때 캣이 끼어드는 바람에 상황은 더욱 악화됐다.

"말이 심하잖아. 맨디가 언제 빌붙어 살았다고 그래."

"지금 이 아이 편을 드는 거야? 대체 이 년이랑 무슨 관계야?"

엘라가 소름끼치는 비명을 질러대기 시작했다.

"맨디, 미안하지만 네가 나가야겠어."

캣이 낮게 속삭였다.

맨디는 재킷을 걸치고 계단을 올라갔다. 눈물이 쉴 새 없이 흘러내렸다. 이제 더는 버틸 방법이 없었다.

맨디는 도심을 피해 걸었다. 옷이 너덜너덜해진데다 며칠째 씻지도 못해 몸에서 악취가 났다. 순찰을 도는 경찰의 눈에 띄게 되면 당장 붙잡혀갈 게 뻔했다.

이제 포기하고 집으로 돌아갈 수밖에 없는 상황이었지만 아직 마음 한구석에 한 조각 반항심이 남아 있었다.

혹시 방법이 있을지도 몰라.

그때 어디선가 차의 엔진소리가 들려왔다. 엔진소리가 점점 더 가까워지더니 마침내 차가 다가와 멈춰 섰다. 브랜든이 타고 있던 차와 대체로 비슷해보였지만 똑같은지는 알 수 없었다. 조수석 창문이 내려갔다.

어서 도망쳐.

위기를 느낀 내면의 목소리가 속삭였다.

당장 도망치라니까.

브랜든의 차에 올랐을 때만 해도 경고의 목소리를 따르지 않았는데 이번에는 왠지 기분이 찜찜했다. 직감적으로 위험을 느꼈고, 신경이 곤두섰다.

도망쳐!

맨디는 도망쳐야 한다고 생각했지만 너무나 절망적인 처지라 자포자기의 심정이 되어 자동차를 향해 다가갔다.

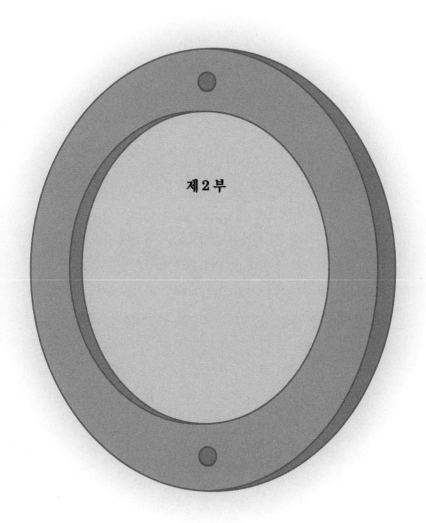

제 2 부

11월 6일, 월요일

1

케이트는 텅 비어 있는 집으로 들어갈 생각을 하자 기분이 야릇했다. 막상 집으로 들어가 보니 상상했던 것보다 나쁘지는 않았다. 집기들을 전부 들어내고 새롭게 단장한 탓에 전혀 다른 분위기를 풍겼다. 벽면은 페인트칠을 다시 했고, 2층 마룻바닥에는 밝은 색 카펫이 깔려있었다. 거실에 깔린 널마루가 빛을 발했고, 주방과 복도의 회색 타일은 광택제로 깨끗이 닦아 반질반질 윤이 났다. 그나마 주방에는 이전에 쓰던 집기들이 몇 개 남아 있었다. 개수대, 전자레인지, 냉장고, 싱크대.

케이트는 런던에서 가져온 에어매트와 침낭을 2층 침실에 가져다놓았다. 욕실에는 샤워용 타월 하나가 덩그러니 걸려 있었다. 캠핑용 접이식 의자 두 개를 거실 벽에 설치된 전기 벽난로 앞에 놓아두었다. 간이 취사도구와 컵, 접시, 플라스틱 수저를 주방 서랍장에 넣고, 짚을 깔아둔 고양이 변기는 현관에 놓아두었다. 고양이가 코를 킁킁거리며 구석구석 냄새를 맡았다. 고양이에게 '메씨'라는 이름을 지어주었다. 런던 집에 익숙해있던 메씨는 새로운 집이 마음에 안 드는 눈치였다.

"이 집을 팔게 되면 곧장 런던으로 돌아갈 테니까 그때까지만 참아."

메씨가 그 말을 알아들었는지 '야옹' 소리를 냈다.

케이트는 자기도 모르게 가느다란 한숨을 토했다. 아직 그녀 자신도 이 집에 다시 온 이유를 알지 못했다.

"집을 사겠다는 사람이 나타나면 계약서를 작성하러 와요. 리모델링 작업은 내가 꼼꼼하게 살펴보고 있으니까 걱정하지 말아요."

이웃집여자는 전화로 그렇게 말했다. 전적으로 타당한 말이었지만 케이트는 다시 2주간의 휴가를 내고 이 집에 왔다. 런던에 있을 때 중개업자에게 집을 팔겠다는 의사를 전달했다. 중개업자는 집에 들러 사진을 찍어간 뒤 매매제안서를 보내왔다.

케이트는 앞으로 2주 동안 고양이와 함께 이 집에 머물 예정이었다. 11월의 날씨는 끔찍할 만큼 을씨년스러웠다. 중개업자는 구매를 원하는 고객이 나타날 때마다 집을 보여주기로 했다.

케이트는 추억이 깃든 이 집과 영원한 작별을 앞두고 있었다. 막상 집을 팔아야 한다고 생각하니 마음 한 구석이 씁쓸해 마지막으로 한 번 더 와보지 않고는 견딜 수 없었다.

케이트는 기나긴 겨울이면 늘 그랬던 것처럼 거실의 전기벽난로 앞에 앉았다. 런던으로 떠난 이후에도 크리스마스휴가 때마다 이 집에 와 벽난로 앞에 앉아 온기를 쬐곤 했다. 이 세상 어디에도 벽난로의 온기로 가득 채워진 이 집의 거실만큼 마음을 따스하게 채워주는 곳이 없었다. 이 집에 있으면 항상 부모님이 애정 어린 손길로 보살펴주는 느낌을 받았다. 추위와 어둠이 기다리는 바깥세상으로 나가기 전 반드시 이 집의 온기가 필요했고, 그래야만 온갖 어려움을 견딜 수 있었다.

이 집을 팔고 나면 따스한 온기를 제공해줄 새로운 원천이 필요했다. 사람이면 누구나 사랑, 온기, 안전한 보호가 필요한 법이었다.

케이트는 이 집에서 2주가량 머무는 동안 온기를 최대한 많이 받아갈 생각이었다. 적당한 구매자가 나타나면 집을 팔고, 앞으로 어떻게 살아갈지는 그때 가서 생각해보기로 했다. 그녀는 밖으로 나가 차 트렁크를 열고 테스코마트에서 구입해온 식료품을 꺼내왔다. 마트에 들렀을 때 문득 골즈비 가족이 떠올랐다.

골즈비 부부는 잘 지내고 있을까? 아멜리는 트라우마에서 벗어났을까?

케이트는 식료품들을 냉장고에 집어넣고, 고양이 먹이를 주발에 쏟아놓은 다음 레인지에 물을 담은 주전자를 올려놓았다. 벽난로 앞에 앉아 차를 마실 생각이었다. 밖에는 비가 내리고 있었고, 제법 추운 날씨였다. 어느새 창밖으로 어둠이 내려앉고 있었다. 새로 칠한 페인트 냄새가 후각을 자극했다.

케이트가 찻잔에 끓는 물을 붓고 티백을 집어넣었을 때 현관문에서 초인종이 울렸다.

내가 이 집에 온 걸 아는 사람이 있었나?

현관문을 열었더니 눈앞에 제이슨 골즈비가 서 있었다. 그동안 심한 압박감에 시달리느라 잠을 제대로 못 잤는지 얼굴이 푸석푸석해보였다.

"잠시 안으로 들어가도 될까요?"

그들은 각자 손에 찻잔을 들고 전기벽난로 앞에 놓인 캠핑용 의자에 앉았다. 제이슨의 표정이 몹시 심란해 보였다. 그는 가구가 전혀 없는 집에 와있다는 사실조차 인지하지 못했다.

"집안의 가구를 전부 들어내고 집을 리모델링했어요. 이집을 팔려고 중개업자에게 내놓았으니까. 내가 이 집에 와있다는 건 어떻게 알았죠?"

제이슨이 조심스럽게 뜨거운 차를 한 모금 마셨다.

"일찍 퇴근해 테스코마트에 장보러 갔다가 우연히 당신을 봤어요. 마침 계산을 끝내고 밖으로 나가기에 소리쳐 부르려다가 그만두었죠. 일단 집에 돌아가 장본 물건들을 정리해놓은 다음 숙박명부에서 당신이 적어놓은 주소를 확인하고 찾아왔어요."

제이슨이 잠시 입을 다물고 케이트를 쳐다봤다.

"미리 연락도 하지 않고 찾아와 죄송합니다."

"아니, 괜찮아요."

제이슨은 긴히 할 말이 있는 듯 보였지만 어떻게 운을 떼야 좋을지 몰라 망설였다.

"단 일주일 만에 평화롭던 가정이 쑥대밭이 될 수 있다는 걸 알게 되었어요."

"아멜리 납치사건 때문인가요?"

"내 인생에서 가장 끔찍한 시간이었죠. 이제 악몽은 사라지고, 사건은 긍정적으로 종결되었지만 우리 가족은 여전히 어둠 속을 헤매고 있어요."

"누구나 충격적인 일을 겪으면 극복하기 쉽지 않아요."

"이전과는 모든 게 달라졌어요."

"아멜리는 어때요?"

제이슨이 어깨를 으쓱했다.

"여전히 학교에 가지 않아요. 납치돼 있는 동안 무슨 일이 있었는지에 대해서는 아직 입을 열지 않고 있어요. 아멜리는 도대체 어디에 있었던 걸까요? 납치범이 아멜리에게 무슨 짓을 했을까요?"

제이슨의 얼굴이 고통스럽게 일그러졌다. 아멜리가 겪은 일을 상상하는 것만으로도 얼마나 괴로울지 짐작되었다. 범인은 공개된 장소에서 아멜리를 납치했을 만큼 대담한 자였다.

"아멜리는 고통스러운 기억으로부터 벗어나기 위해 망각이라는 방편을 택한 거예요. 아멜리의 진술을 토대로 작성한 몽타주가 현재 경찰이 확보한 유일한 단서인가요? 쉰 살 정도 되어 보이는 남자의 몽타주."

"아멜리가 탈출하던 날 벌어진 상황에 대해 추가로 이야기하긴 했어요."

"그나마 다행이네요."

제이슨이 아멜리의 탈출 과정을 짧게 요약해 들려주었다.

케이트가 몸을 앞으로 숙이며 물었다.

"알렉스는 어떤 사람이던가요?"

"기생충 같은 작자라고 할 수 있어요. 덩치가 크고 피둥피둥 살찐 기생충. 그가 우리 가족에게 거머리처럼 찰싹 달라붙어 피를 빨아먹고 있어요."

"무슨 뜻이죠?"

"알렉스가 어느 날 갑자기 커다란 여행용트렁크를 들고 골즈비펜션에 나타났어요. 전에 살던 집이 있는데 몇 달 동안 월세를 내지 못해 쫓겨났다고 하더군요. 데보라는 그가 딸을 구해준 은인이라 기꺼이 받아주었죠."

"그가 아멜리를 구한 건 사실이잖아요?"

"물론 그 점에 대해서는 감사하고 있어요. 알렉스가 우리 집에서 머무는 동안 케일럽 헤일 반장은 여자경찰관에게 보초를 서게 했어요. 알렉스는 이틀 동안 머물다가 떠났죠. 케일럽 헤일 반장이 그를 계속 집에 머물게 하는 건 위험할 수도 있다며 내보내야 한다고 했거든요."

"그가 아멜리를 구해준 인물이긴 하지만 납치 가담 여부를 조사해야 할 거예요."

알렉스는 사건 현장에 있던 인물이었고, 검증받아 마땅했다.

"알렉스는 호텔로 숙소를 옮겼어요. 숙박비가 비싼 크라운 스파 호텔로요. 물론 숙박비는 우리가 대신 지불했죠."

케이트가 미간을 찌푸렸다.

"호텔에서 닷새를 머물렀고, 데보라가 오늘 집을 구해줘 그리로 옮겼죠. 니콜라스 클리프라는 사람 집인데 서류상으로는 우리가 세입자로 되어 있어요. 아무도 알렉스에게는 집을 빌려주려고 하지 않더군요. 월세도 우리가 부담하기로 했어요. 게다가 데보라는 그가 일자리 면접을 보러 갈 때 차를 빌려줬어요. 두 번 면접을 보았는데 전부 퇴짜 맞았죠. 알렉스는 일자리를 구할 생각이 없어 보여요."

"아멜리를 구해준 감사의 표시로 그 모든 걸 해준 건가요?

"그런 셈이죠. 데보라가 올여름에 펜션을 운영해 번 돈이 있어요. 원래는 집을 펜션으로 리모델링하느라 빌린 융자금을 갚기 위해 모아두었는데 알렉스를 지원하는데 다 들어가고 있어요. 어쩔 수 없이 내가 융자금 상환을 떠맡게 되었죠. 집을 구입할 때 빌린 융자금도 아직 다 갚지 못했는데 앞으로 어떻게 감당해야 할지 생각하면 눈앞이 캄캄해요."

케이트는 펜션에 머물 때 골즈비 부부가 무리해서 집을 구입했을 거라 짐작했다. 예상외 지출이 없어야 한다는 전제 아래 빠듯하게 살림을 꾸려온 그들 부부 입장에서 보자면 감당하기 쉽지 않은 일이 분명했다.

"우리 가족은 지난 몇 년 동안 호텔비를 낼 돈이 없어 휴가 한 번 가보지 못했어요. 그런 우리가 알렉스를 위해 고급 호텔비를 내주고, 살 집도 구해주었죠."

"힘든 상황이 분명하네요. 아멜리를 구해준 건 고마운 일이지만 그를 경제적으로 지원할 의무는 없다고 봐요. 이제부터라도 명확한 선을 그을 필요가 있어요."

"솔직히 데보라와 매일이다시피 그 문제로 언쟁을 벌이고 있어요. 데보라는 큰 도움을 받았으니 무조건 지원해야 한다는 입장이지만 나는 무리라고 생각해요. 만약 나 혼자였다면 알렉스를 더는 지원하지 않을 거예요."

제이슨의 얼마나 힘들어하는지 피부로 느낄 수 있었다. 지난 일주일이 골즈비 가족의 삶을 어떻게 변모시켰을지 짐작되었다.

"케일럽 헤일 반장에게도 알렉스 이야기를 했나요?"

"안 그래도 몇 번 전화했는데 받지 않더군요."

수사를 책임지고 있는 케일럽의 입장에서 보자면 그런 문제까지 감당하기란 쉽지 않을 듯했다.

"케일럽 헤일 반장은 알렉스를 의심하고 있는 게 분명해요. 알렉스가 우리 집에 묵는 걸 반대한 것만 봐도 알 수 있잖아요. 수사 상황에 대해 궁금한 점이 많은데 케일럽 헤일 반장은 아무런 정보도 제공해주지 않고 있어요."

"아무리 피해자 가족이라고 해도 수사기밀을 이야기해줄 수는 없어요."

"당신도 아멜리가 구조된 날의 전반적인 상황에 대해 알고 있죠?"

"자세히는 모르지만 대략 상황이 어떻게 전개되었는지 알고 있어요."

"폭풍우가 몰아치던 날 밤에 알렉스가 바닷가 길을 지나다가 아멜리를 구조한 것에 대해 어떻게 생각해요?"

"만약 나라면 알렉스가 납치사건에 연루된 인물은 아닌지 면밀히 조사해볼 거예요. 케일럽 헤일 반장도 나와 비슷한 생각을 갖고 있을 거라고 봐요. 그럼에도 알렉스를 체포하지 않은 걸 보면 의심을 뒷받침할 증거를 찾아내지 못했기 때문일 거예요."

"아직 증거를 찾아내지 못했을 뿐 없다는 뜻은 아니잖아요?"

"알렉스를 조사했지만 아직 증거를 찾아내지 못했다고 봐야죠."

제이슨이 찻잔을 바닥에 내려놓고 케이트를 쳐다보았다.

"당신은 런던경찰국 형사잖아요. 혹시 당신이 알렉스의 뒤를 캐보면 안될까요?"

런던경찰국에서 근무하는 형사는 뭐든 해결해줄 거라 믿는 사람이 많았지만 터무니없는 생각이었다.

"특별지시가 떨어지지 않는 한 나는 타 지역 사건에 개입할 권한이 없어요."

"당신은 지금 휴가 중이고, 개인적으로 조사해볼 수는 있잖아요."

"케일럽 헤일 반장이 최선을 다해 수사하고 있으니까 일단 믿고 지켜봐야 해요."

제이슨이 크게 낙심한 표정을 지었다. 아멜리는 납치사건과 관련해 여전히 침묵을 지키고 있었고, 데보라는 은인을 지원하는 일에 몰두해 있었다. 가정경제에 빨간불이 들어왔는데 아무도 관심을 기울이지 않는 상황이었다. 누구나 제이슨의 입장이 되면 암담할 거라는 생각이 들었다.

제이슨은 속수무책인 상황 속에서 절망의 나락으로 떨어지기 일보직전이었다.

"알렉스가 납치사건과는 아무런 관련이 없다고 가정하더라도 지금 그가 보이는 행태는 정상이 아닌 게 분명해요. 그는 우리 가족을 파탄의 수렁에 빠뜨리고 있어요. 정상적인 사고를 가진 사람이라면 절대로 해서는 안 되는 짓이죠."

"내가 보기에도 정상이 아닌 건 분명해요. 마음의 빚을 이용해 당신들에게 기대어 살아가려는 속셈이니까. 분명 정상이 아닌 행태지만 범죄행위로 처벌할 수 없다는 게 문제죠. 차라리 데보라를 설득해 경제적인 지원을 끊으라고 하세요. 지금으로서는 가장 합리적인 해결책이니까요."

"알렉스의 뒤를 캐보면 데보라의 마음을 바꿀 수 있는 단서를 찾아낼 수 있지 않을까요? 데보라가 과도한 부채감을 벗어던질 수 있게 하려면 알렉스가 탐욕적이고 무절제한 인간이라는 걸 입증하는 수밖에 없어요."

케이트는 연민을 느끼며 제이슨을 바라보았다.

"설령 그런 단서가 있더라도 찾아내기 쉽지 않아요."

"당신처럼 런던경찰국에서 일하는 유능한 수사관이라면 찾아낼 수 있지 않을까요?"

"내가 알렉스에 대해 뭘 알아내주길 바라죠?"

"당신이 알렉스를 직접 조사해보면 뭔가 나오겠죠."

"내가 수사에 개입하면 케일럽 헤일 반장이 가만있지 않을 거예요."

"형사 신분을 밝히지 않으면 되잖아요."

제이슨은 단념하지 않았다.

"아무것도 약속할 수는 없지만 당신 가족을 도울 방법이 뭔지 생각해볼게요. 너무 큰 기대는 하지 말아요."

제이슨이 고개를 끄덕이고 나서 자리에서 일어섰다.

"귀찮게 해서 죄송합니다."

제이슨이 현관문 앞에서 걸음을 멈추고 케이트를 향해 돌아섰다.

"나도 나름 조사할 겁니다. 이런 상황이 지속되면 곤란하니까. 알렉스 때문에 데보라가 고통 받는 걸 더는 두고 볼 수 없어요."

제이슨이 그 말을 남기고 어둠 속으로 사라졌다. 그의 뒷모습이 불안하고 쓸쓸해보였다.

케이트는 골즈비 가족이 겪는 고통을 생각하자 마음이 아팠다. 그렇다고 수사에 개입할 수는 없었다, 케일럽이 알게 될 경우 크게 화낼 테니까.

2

케일럽은 평소보다 일찍 퇴근했다. 혼자 차분히 분석해볼 일이 있었다. 강력반 사무실은 늘 벌집을 쑤셔놓은 듯 소란스러워 차분하게 생각을 정리할 수 없었다.

케일럽은 일찍 퇴근할 때마다 다음 날 획기적인 아이디어를 들고 출근했지만 이번에는 자신이 없었다. 내일 아침 눈을 떴을 때 여전히 두터운 장벽들을 마주하게 될까봐 두려웠다. 이번 사건은 빽빽한 덤불숲 같아서 단서가 될 만한 증거물들을 전혀 찾아내지 못했다.

케일럽은 퇴근하면서 펍으로 갈 생각이었다. 그는 사실 조용한 장소를 원하는 건 아니었다. 오히려 주변에서 사람들 목소리가 두런두런 들려오는 자리를 선호했다. 개방된 장소 이면서 아무도 말을 걸지 않고 혼자 생각에 잠길 수 있는 곳. 그래야 잡념에 빠지지 않고 생각의 실마리를 풀어갈 수 있었 다. 텅 빈 집에 혼자 있으면 마음이 답답해 벗어나고 싶다는 생각에 사로잡히기 일쑤였다. 아내와 이혼하고 나서 몇 년째 혼자 살아오고 있었다. 집이 지나치게 넓어 휑뎅그렁한 분위 기를 풍겼다. 그나마 2층 침실에서 바다를 내려다볼 수 있다 는 게 위안이었다.

케일럽은 이내 펍으로 가려던 생각을 접었다. 펍은 다 좋은 데 술이라는 결정적인 위험요소가 있었다. 알코올중독자가 된 이후 그는 놀라울 만큼 술 냄새를 잘 맡았다. 멀리서 지나 가는 사람의 숨결만으로도, 브랜디가 새 모이만큼 들어 있는 초콜릿에서도 술 냄새를 맡을 수 있었다. 술 냄새를 맡을 때 마다 이마에 땀이 송골송골 맺히고 손이 살짝 떨렸다. 몸 안 에 있는 모든 신경과 힘줄, 감각이 온통 술 냄새에 반응했다. 그럴 때마다 자신을 통제할 수 없다는 자괴감에 사로잡혔다. 알코올중독자가 되기 전에도 가끔 꼭지가 돌 만큼 취하면 통 제력을 상실한 적이 있긴 했다. 가끔 주말 아침이면 극심한 숙취와 함께 잠을 깨곤 했는데, 그럴 때면 전날 술자리에서 했던 말이나 행동이 전혀 기억나지 않았다. 그때만 해도 손 이 떨리거나 이마에 땀이 맺히지는 않았다. 마음만 먹으면 술을 제어할 자신이 있었다. 지금은 통제가 불가했다. 펍에 가면 어느 순간 술을 한 병 주문할 게 뻔했다. 결코 한 병으로 끝나지 않는다는 게 더욱 골치 아픈 문제였다.

물론 집에서도 술을 마시는 경우가 종종 있었죠. 의사와의 약속을 어기는 행위였다. 의사는 알코올중독에서 벗어나려면 아예 술을 접촉할 수 있는 기회를 차단해야 한다고 충고했고, 반드시 지켜야 할 철칙이라고 했다. 그는 이미 오래 전에 그 철칙을 깨고 술을 입에 대기 시작했다. 집에서 마실 경우 적어도 보는 사람이 없다는 게 작은 위안이었다.

케일럽은 식탁 의자에 앉아 있었다. 그의 앞에 물이 한 잔 놓여 있었고, 머릿속에서 자꾸 수납장 안에 들어 있는 위스키 병이 어른거렸다. 수납장에는 프랑스산 적포도주도 몇 병도 들어 있었고, 냉장고에는 맥주가 들어있었다.

케일럽은 마음을 다잡으며 술 생각을 떨쳐버렸다.

알렉스가 살던 집에 대한 수색이 늦어지는 바람에 단서가 될 만한 증거물들을 전혀 건지지 못했다. 월세가 계속 밀리자 호시탐탐 내쫓을 기회를 노리던 집주인이 그가 떠나자마자 즉시 집수리를 한 탓이었다. 바닥을 모두 뜯어내고, 벽에는 페인트칠을 다시 했다.

"이 집에서 쓰던 집기들은 다 어디에 있죠?"

케일럽이 집주인에게 물었다.

"주방에는 가스레인지, 고장 난 냉장고, 다리가 부러진 식탁이 있었어요. 다른 방에도 가구는 별로 없었죠. 알렉스는 침대가 없어 바닥에 침낭을 깔고 잤다고 하더군요. 옷은 방 여기저기에 벗어두거나 트렁크에 넣어두고 지냈죠. 안락의자가 하나 있었는데 그대로 두고 갔어요. 청소용역업체 사람을 불러 다 치워버렸죠."

케일럽의 입에서 한숨이 절로 나왔다. 집수리를 한 탓에 단서가 될 만한 물건이 전혀 남아 있지 않았다.

"이 집에서 찾아내고자 했던 게 뭔데요? 아멜리와의 연관성을 암시하는 단서요? 알렉스는 이 집에 온 적이 거의 없었다던데요."

로버트가 볼멘소리를 했다.

도심 한가운데에 위치한 집으로 이웃집 뒷마당들 사이에 끼어 있었다. 이런 집에 여자아이를 납치해 숨겨둔다는 건 비현실적으로 보였다.

"아멜리가 탈출할 때 탔던 차를 찾아내야 해."

케일럽이 말했다.

알렉스는 차가 없었다. 케일럽과 로버트는 일대의 모든 렌터카 업체를 방문해 알렉스에 대해 탐문했다. 이웃사람들을 만나 알렉스가 어떤 사람인지 물어보았다. 알렉스는 차를 렌트한 기록이 전혀 없었다. 이웃사람들 역시 그가 차를 운전하는 걸 본 기억이 없다고 했다.

"그 사람은 차를 굴릴 형편이 못되었어요."

이웃집여자가 말했다.

씨 클리프 로드의 공원 근처에 사는 주민들도 탐문했지만 건진 게 전혀 없었다. 그날 저녁 수상한 광경을 목격한 사람은 없었고, 알렉스의 사진을 보여주었더니 알아보는 사람이 없었다.

오후 다섯 시인데 벌써 어둠이 내리고 있었다. 빗물에 젖은 창문에 주방의 모습이 비쳤다. 한 남자가 커다란 식탁 앞에 앉아 있었다. 아내가 손님들이 많이 방문할 거라면서 고른 식탁이었다. 그의 아내는 주변사람들을 집으로 초대해 한밤 중까지 웃고 떠들며 시간을 보내는 걸 좋아했다. 그녀와 함께 한 생은 아름다웠지만 이제는 다 지난 일이었다. 그녀는 술 때문에 자꾸 문제를 일으키는 남편을 더 이상 견디지 못하고 떠나버렸다. 그녀의 마음을 충분히 헤아릴 수 있었다. 그 이후 줄곧 혼자 지내왔다. 늘 손님들이 많아 활기가 넘쳤던 집은 이제 무덤처럼 고요해졌다.

케일럽은 다시 정신을 가다듬었다. 앞에 백지 한 장을 내려놓은 그는 손에 연필을 쥐고 '알렉스 반즈'라고 적고 나서 그 뒤에 커다란 물음표를 그렸다. 그는 알렉스의 행태가 마음에 들지 않았다. 데보라의 선의를 그런 식으로 이용하는 건 옳지 않았다. 제이슨은 거의 매일이다시피 경찰서로 전화해 알렉스 때문에 힘들다고 하소연했지만 그의 행위가 범죄는 아니어서 규제할 수 없었다.

알렉스는 정말 우연히 그 길을 지나가던 길이었을까? 피자 레스토랑에서 일을 마친 그는 왜 악천후에 클리블랜드 웨이를 선택했을까? 평소 조깅할 때 자주 이용해 친근한 길이었다는 진술을 믿을 수 있을까? 알렉스의 진술이 사실일 수도 있는데 왜 자꾸 찜찜한 기분이 드는 걸까? 혹시 알렉스 말고는 현재 쥐고 있는 패가 없기 때문일까?

케일럽은 마치 귀신에 홀린 느낌이있다. 그는 다시 종이에 세 사람의 이름을 썼다. 한나 캐스웰, 사스키아 모리스, 아멜리 골즈비.

케이트는 그 사건들이 서로 연관되어 있을 가능성을 언급했다. 실종 당시 세 아이의 나이가 비슷하고, 아멜리와 한나는 도로에서 실종되었다. 한나 캐스웰 사건은 그가 수사팀을 이끌었다. 암초에 부딪친 수사는 아무런 성과도 없이 공전하다가 좌초했다. 사스키아와 아멜리의 경우 휴대폰과 지갑이 발견되었지만 한나는 단서를 전혀 찾지 못했고, 아직 시신조차 발견되지 않았다. 게다가 한나 캐스웰 사건과 근래에 벌어진 사건을 동일범의 소행으로 보기에는 시간차가 너무 컸다.

사스키아는 시체로 발견되었고, 아멜리는 그 직후에 실종됐다.

범인은 왜 사스키아를 굶겨죽였을까? 신체에 직접적인 폭력을 가하지 않고 희생자를 죽음에 이르게 하는 건 매우 수동적인 살해방식이었다. 범인은 사스키아의 시신을 고원지대에 유기했다. 사스키아는 사망 직전까지 몇 달 동안 범인에게 잡혀 있었다는 뜻이었다.

납치한 여자아이를 아무도 눈치 채지 못하게 오랫동안 숨겨놓을 수 있는 장소는 어디인가?

지하에 감금시설을 만들어 납치행각을 벌인 사이코패스들은 많았다. 볼프강 프리클로필(오스트리아에서 발생한 나타샤 캄푸쉬 납치감금사건의 범인), 요제프 프리츨(오스트리아에서 발생한 근친 납치 강간 사건의 범인), 다수의 성범죄를 저지른 필립 가리도(미국 캘리포니아에서 11살 소녀 제이시 두가드를 납치해 18년 동안 감금하고 성노예로 삼은 납치범)가 바로 그런 사이코패스들이었다.

혹시 두 아이 사건도 성도착자가 저지른 범행일까? 범인은 왜 사스키아를 굶겨죽였을까? 욕망이 식었기 때문일까? 범인이 성숙해지기 직전의 여자아이만을 노린 이유는 무엇일까? 그 나이 또래 여자아이어야만 성적 욕망을 충족시킬 수 있기 때문일까?

케일럽은 소아성애자 사건을 많이 다루어보았기 때문에 그들이 얼마나 신중하게 납치대상을 선택하는지 잘 알고 있었다. 소아성애자들은 빈번하게 폭력을 사용했으면서도 폭력을 저지른 사실을 인지하지 못하는 경우가 많았다. 납치한 여자아이를 굶겨죽이는 행위는 그런 소아성애자들의 성향과 일치했다.

납치범은 사스키아에게 싫증이 났지만 차마 제 손으로 살해할 수는 없었던 거야. 그냥 아이를 더는 찾아가지 않은 것이지. 머릿속에서 그 아이의 존재 자체를 부정하고, 아예 망각해버린 거야.

사스키아는 죽기 직전까지 비명을 지르거나 문을 두드리며 자신의 존재를 외부에 알리려고 갖은 노력을 다했을 텐데 끝내 발견되지 않았다. 인적이 드물거나 아예 사람들의 발길이 닿지 않는 곳에 갇혀 있었다는 뜻이다. 아마 범인 역시 그 소리를 듣지 못했을 공산이 컸다. 그 소리를 들었다면 견디기 힘들었을 테니까.

사스키아의 시신은 고원지대에서 발견되었다. 아멜리의 소지품도 고원지대에 버려져 있었다. 고원지대는 언덕과 계곡, 외따로 떨어져 있는 농가들이 있는 곳이었다. 그 지역에서 범인의 은신처를 찾아낸다는 건 건초더미에서 바늘을 찾는 격이었다.

아멜리는 48분 동안 차를 타고 이동했다고 진술했다. 범인이 아멜리를 납치한 도로는 인적이 뜸한 국도변이긴 해도 도심에서 가까운 곳이었다. 여자아이 혼자 도심에서 멀리 벗어난 도로를 걷는 경우는 거의 없다고 봐야 했다. 범인은 혼자만 손금 들여다보듯이 속속들이 알고 있는 장소로 여자아이를 데려갔을 것이다.

케일럽은 문득 아멜리가 얼마나 위험한 처지에 놓여있었는지 깨달았고, 온몸에 소름이 돋았다. 아멜리는 범인의 얼굴을 봤을 뿐만 아니라 자신이 갇혀 있던 은신처의 내부구조를 기억하고 있을 가능성이 컸다. 아멜리가 탈출에 성공한 덕분에 공범이 존재할 수도 있다는 걸 알게 되었다. 아멜리가 핵심적인 질문을 할 때마다 방어막을 치며 입을 굳게 다물어버리는 게 문제였다. 헬렌은 여전히 아멜리의 집을 방문하고 있었다.

"아멜리는 그날 죽음의 공포를 느꼈던 이야기만 계속해요."

사스키아 모리스의 부모를 찾아간 케일럽은 범인의 인상착의를 설명하고 나서 몽타주를 보여주었다. 그들은 한 번도 본 적 없는 얼굴이라고 했다. 알렉스의 사진도 보여주었는데 똑같은 반응을 보였다.

"유감이지만 내가 알고 있는 지인들 가운데 이렇게 생긴 사람은 없습니다."

범인은 모든 정황상 차를 타고 다니면서 납치대상을 물색한 게 분명했다. 도로를 달리다가 납치대상을 발견한 범인은 주어진 기회를 놓치지 않았다.

지금은 아멜리가 탈출에 성공하자 큰 충격을 받아 두문불출하고 있겠지만 앞으로 상황이 달라지면 얼마든지 다시 범행에 나설 가능성이 컸다. 아마도 범인은 아멜리가 진술을 꺼리고 있다는 사실을 모르고 있을 것이다. 아멜리가 은신처나 그 자신에 대해 어디까지 알고 있는지에 대해서도 모르고 있을 공산이 컸다. 그렇다면 범인은 한동안 은인자중하며 지낼 수밖에 없을 것이다.

범인의 몽타주가 대부분의 지역 신문에 실렸고, 인터넷으로도 검색할 수 있었다. 주민들로부터 몇 건의 신고가 들어왔지만 아직 결정적인 제보는 없었다.

빌어먹을! 아직 정보가 너무 부족해.

수사가 지지부진할 경우 언론은 경찰을 질타하며 압박 강도를 높일 것이다. 또 다른 행운이 찾아올 리 없었다. 아멜리가 탈출에 성공할 수 있었던 이유는 범인이 상황을 지나치게 안이하게 바라보고 방심한 탓이었다. 범인은 앞으로 다시는 그런 실수를 저지르지 않을 것이다.

눈앞에 큰 털실 뭉치가 하나 있는데 도무지 실마리를 찾을 수 없었다. 분명 어딘가에는 있기 마련인데 찾아내려 할수록 점점 더 미궁 속으로 빠져드는 느낌이었다.

수납장에 들어있는 위스키의 유혹이 점점 더 강렬해졌다. 술을 마시면 오히려 의식이 명료하고 뚜렷해져 기발한 아이디어가 떠오르는 경우가 많았다. 미궁에 빠진 수사의 활로를 터주는 아이디어들이었다. 보통 사람들이라면 의식을 잃고 쓰러질 정도로 술을 마셔야만 문제의 핵심이 보이기 시작했다. 알코올중독 치료를 받고 난 이후 몇 주 동안 금주를 실천했다. 그 이후 더 이상 약물처방을 받지 않았다. 요즘은 술을 조금만 마셔도 다음 날 출근하지 못할 만큼 취했다. 술에 대한 내성을 회복하지 못한 탓이었다.

케일럽은 자리에서 일어나 술잔을 가져왔다.

딱 한 잔만 마시는 거야.

수납장을 열고 호박색 위스키 병을 집어 들었다. 벌써부터 향긋한 술 냄새가 코를 찔렀다. 다음 순간 식탁 위에 놓아둔 휴대폰에서 벨소리가 시끄럽게 울렸다.

케일럽은 손이 부들부들 떨리는 바람에 겨우 휴대폰을 집어 들고 전화를 받았다.

"새로운 소식이 있습니다."

로버트였다.

"좋은 소식인가?"

"제가 스카보로에 있는 렌터카 업체를 전부 확인했을 때만 해도 알렉스가 차를 빌려간 기록이 전혀 없었는데 10분 전에 ISY라는 렌터카 업체에서 연락이 왔어요. 알렉스에게 차를 빌려준 기록이 있답니다. 기록상 차를 빌린 사람은 윌리엄 브라운이라는 남자인데 알렉스의 운전면허증도 함께 등록이 되어 있다는군요. 윌리엄 브라운은 알렉스의 친구로 추정됩니다. 그러니까 윌리엄 브라운이 빌린 차량을 알렉스가 운전하고 다녔을 수도 있다는 뜻이죠. 렌터카 업체에서 확인해준 바에 따르면 10월 14일에 차를 빌려갔다고 하네요."

케일럽은 날짜의 의미를 즉시 알아차렸다.

"10월 14일이면 아멜리 골즈비가 납치된 날이잖아?"

"윌리엄 브라운이 차량을 인수해간 시간을 보니 아멜리 골즈비 납치사건이 벌어진 시간과 일치하지는 않습니다. 윌리엄 브라운은 그날 오후에 온라인으로 렌터카 예약을 접수하고, 저녁에 차량을 인수해 갔더군요. 납치사건은 그보다 몇 시간 앞서 벌어졌죠."

"윌리엄 브라운이 범인이고, 알렉스가 조력자일 수도 있어."

"그런 추론이 가능해지려면 시간이 일치해야 하잖아요."

케일럽은 관자놀이에서 피가 뛰는 걸 느꼈다.

"시간에 얽매일 필요는 없어. 그들은 차량을 언제 반납했나?"

"다음 날 저녁에 반납했어요. 10월 15일 일요일."

"차종은?"

"탑차였어요."

"탑차?"

"흰색 탑차요. 아멜리는 짙은 색상의 큰 차에 숨어 있었다고 했어요. 아무리 공포에 질려있었다고 해도 그 정도 구분은 가능하겠죠."

"그들이 아멜리가 도망친 10월 20일 금요일에는 혹시 차량을 빌리지 않았던가?"

"기록이 없어요."

"적어도 동일한 업체에서 빌리지는 않았다는 뜻이군."

"제가 다른 렌터카 업체에도 확인해봤는데 그날 이후 알렉스가 차를 빌린 기록이 전혀 없어요."

"가까이 지내는 지인의 차를 빌렸을 수도 있어. 자네는 당장 윌리엄 브라운이라는 남자를 찾아보고, 다른 렌터카 업체에도 차를 빌린 기록이 있는지 확인해봐."

"안 그래도 방금 전까지 렌터카 업체의 기록을 확인하고 있었어요."

"우연이 자주 겹치면 필연이 되는 거야. 알렉스는 그날 저녁에 우연히 방파제 옆을 지나게 되었다고 했어. 아멜리가 납치되던 날에는 우연히 차를 렌트했어. 난 연속적으로 일어나는 우연을 믿지 않아."

로버트의 생각은 달랐다.

"수많은 우연이 동시에 일어나기도 하죠."

그 역시 아멜리 납치사건이 벌어진 그날 알렉스가 차를 빌린 사실이 석연치 않긴 했다.

"감식팀이 렌트한 차를 조사하기로 했습니다. 이미 반납한 차량은 관례에 따라 깨끗이 세차한 상태라고 하더군요. 그사이 다른 사람들이 몇 번 더 그 차를 빌렸는데 그때마다 깨끗이 세차해 반납했다더군요. 여러 번 세차했으니 우리가 기대하는 단서가 나올 가능성은 희박하죠. 일단 감식을 해봐야지요."

케일럽이 한숨을 푹 내쉬었다. 집수리에 들어간 집, 깨끗이 세차한 차. 만약 알렉스가 범인이라면 운이 대단히 좋은 편이었다.

"알렉스에게 연락해 내일 아침에 경찰서로 출두하라고 했습니다. 순순히 그러겠다고 하더군요."

"윌리엄 브라운은 어떻게 됐나?"

"그 자의 주소를 확보해 형사 두 명을 보냈습니다."

"그래, 잘했어."

"보고사항이 한 가지 더 있습니다. 맨디 알라드라는 여자아이가 실종됐어요. 사실은 제 발로 걸어서 집을 나갔는데 행방이 묘연합니다."

케일럽은 기억을 더듬어보았다.

"맨디 알라드라면 이름이 생각나. 가정폭력 사건 이후 가출한 아이야. 그 아이 엄마가 끓는 물이 든 주전자를 던지는 바람에 화상을 입었다고 했던 기억이 나. 그 사건은 굳이 강력반에서 맡지 않아도 돼."

"사실은 청소년복지센터 사회복지사가 토요일 아침에 경찰서에 들러 맨디가 마지막으로 머물렀던 집을 알아냈다고 했어요. 거의 무너져가는 노숙자의 집입니다. 신고를 받고 순찰을 나가봤는데 맨디의 흔적을 전혀 발견하지 못했습니다."

"가출사건은 굳이 강력반에서 맡지 않아도 된다니까."

"오늘 낮에 중년부인 하나가 경찰서에 들러 신고를 접수했어요. 10월 30일 오전에 그녀가 살고 있는 건물에서 맨디 알라드로 추정되는 여자아이를 목격했다고요. 그 아이는 건물 맨 꼭대기 층에서 내려왔다고 하더군요. 브랜든 손더스라는 사람 집인데, 눈여겨 볼 구석이 있는 인물이더군요."

"10월 30일이면 벌써 일주일이 지났는데 그 중년부인은 왜 이제야 신고했지?"

"반드시 경찰에 신고해야 하는지 확신할 수 없어 망설였답니다. 성가신 일에 연루되고 싶지 않았다고요. 브랜든 손더스라는 인물과 같은 건물에 사는 입장이니까요. 그런데 계속 그 아이가 마음에 걸리더랍니다. 브랜든 손더스를 조사해볼 필요가 있어 보이더군요. 과거 강력사건에 연루된 적이 있는 인물이기도 하고요."

"어떤 사건인데?"

"2005년에 발생한 사건인데 젊은 패거리들이 외진 공장 부지에서 여자아이 하나를 강간했습니다. 브랜든 손더스 역시 그 패거리의 일원이었고, 평소 자주 어울려 다녔어요. 그날은 사건현장에 없어 기소를 면했다더군요. 뭔가 이상해 보이지 않습니까?"

11월 7일, 화요일

"차가 있었다면 계속 빌려달라고 부탁할 필요가 없었을 텐데 정말이지 유감입니다."

알렉스가 말했다.

데보라는 무려 한 시간 동안 상가를 돌며 알렉스가 입을 새 옷을 구입했다. 지금은 헐에 있는 카페에서 뜨거운 홍차로 몸을 녹이는 중이었다. 물론 옷값은 그녀가 냈다. 옷값을 지불할 때 제이슨의 얼굴이 떠올라 마음이 무거웠다. 제이슨이 이 사실을 알게 되면 버럭 화를 낼 게 뻔했다.

알렉스가 어서 일자리를 구해야 한다는 게 데보라의 생각이었다. 행색이 단정해야 일자리를 구하는데 도움이 될 듯해 옷을 사주었다. 무슨 수를 쓰든 그를 취직시켜야 했다. 그가 일자리를 구하지 못하면 계속 기대려고 할 테니까.

알렉스는 오후 늦게 헐에서 면접이 예정돼 있었다.

"건축회사 사무직 일자리인데 그런 분야에는 전혀 관심도 없고 문외한이긴 하지만 그냥 면접을 보기로 했어요. 마음에 드는 일자리가 나오길 기다릴 수는 없잖아요. 게다가 헐은 스카보로에서 너무 멀리 떨어져 있어 조금 망설여지긴 하네요."

데보라는 그 말을 듣는 순간 정신이 번쩍 들었다. 알렉스가 그 일자리를 얻게 되면 헐로 떠날 수밖에 없었다. 차를 구입하더라도 날마다 헐까지 출퇴근하는 건 불가능했다. 알렉스가 이번에는 제발 취직해 멀리 사라져주길 간절히 바랐다.

"내가 헐까지 데려다줄게요."

그런 다음 알렉스를 미용실에 데려가 머리를 손질하게 하고, 상가를 몇 바퀴나 돌며 비싼 옷을 사주었다. 알렉스는 번번이 분에 넘치는 호의를 받아들이기 곤란하다며 거부의사를 표했지만 결과적으로 아무것도 거절하지 않은 셈이었다. 데보라는 왠지 그가 입 꼬리를 올리고 비웃는 것 같은 느낌을 받았다. 실제로는 잔뜩 얼굴을 찡그리고 있었지만 내심이 상황을 즐기는 눈치였다.

돈 한 푼 들이지 않고 새 옷을 구입하게 되어 기분이 좋은 건가?

제이슨의 예상대로 상대의 부담감을 이용해 얹혀살기로 작정한 게 분명했다. 알렉스의 요구는 앞으로도 끝이 없을 것이다.

데보라는 따스한 찻잔을 손에 쥐고 알렉스를 관찰했다. 머리를 단정하게 손질하고 새 옷을 입으니 어느 모로 보나 건실한 사람으로 보였다. 그를 처음 보았을 때에도 사기꾼으로 보이지는 않았다.

"오늘 아침에 경찰서에 다녀왔어요. 케일럽 헤일 반장이 아직도 나를 용의자로 보고 있더군요."

알렉스가 나지막하게 한숨을 쉬며 말했다.

데보라는 분명 알렉스의 행태에 대해 거부감을 갖고 있었지만 범인으로 의심하지는 않았다. 그녀가 보기에 그는 제 앞가림을 못하는 부랑자일 뿐 범죄자로 보이지는 않았다.

"경찰이 무슨 일로 불렀는데요?"

"내 친구가 10월 14일에 탑차를 렌트했어요. 렌터카회사인 ISY라는 업체에서요. 그때 운전자로 내 이름을 같이 등록한 거예요."

"10월 14일이라면 바로 아멜리가 납치된 날이잖아요."

"케일럽 헤일 반장도 바로 그 점을 이상하게 여긴 거예요. 그동안 수사가 지지부진한 상태를 벗어나지 못해 지푸라기라도 잡고 싶은 심정이었는데 덜컥 건수 하나를 잡았다고 생각했겠죠." 알렉스가 잠시 말을 중단했다가 이었다. "케일럽 헤일 반장이 전날 술을 많이 마셨더군요. 그는 알코올중독자가 분명해요."

"설마 그럴 리가요?"

데보라는 전혀 모르는 사실이었고, 중상모략일 수도 있다는 생각이 들었다.

"케일럽 헤일 반장을 처음 봤을 때부터 알코올중독자라는 걸 알았어요. 동공이나 피부색, 행동거취를 보면 금세 알 수 있죠. 케일럽 헤일 반장은 적어도 이틀에 한 번씩은 위스키를 병째 들이켜고 있을 거예요."

데보라는 케일럽 헤일 반장을 좋아했다.

"아무런 근거도 없이 타인을 비방해서는 안돼요. 터무니없는 모략이 한 사람의 생을 망치게 할 수도 있다는 걸 명심해요."

데보라가 화를 벌컥 내며 반박했다.

"언젠가는 내 말이 옳다는 걸 알게 될 거예요."

"그나저나 차를 빌린 이유가 뭐죠?"

"윌리엄이 이삿짐을 나르려고 차를 빌렸죠. 일요일에 나도 윌리엄의 이사를 도와주었어요. 윌리엄도 몇 시간 동안 경찰조사를 받았죠. 이웃집 사람들이 우리가 함께 이삿짐을 나르는 걸 봤다고 증언해준 덕분에 즉시 혐의를 벗었어요."

"탑차를 빌렸다고 했죠?"

"네, 흰색 탑차였어요. 아멜리가 숨어 있었던 차는 짙은 색깔에 큰 차였다더군요. 범인의 인상착의도 나와는 전혀 일치하지 않았고요. 만약 내가 그 차의 운전자였다면 아멜리가 아무리 다급한 상황이었다고 하더라도 내 도움을 받아들였을 리 없겠죠."

"아멜리는 운전자의 얼굴을 보지 못했다고 했어요. 물론 나는 당신이 운전자였을 거라 믿지 않지만요."

"적어도 나는 확실한 알리바이가 있어요. 그 시각에 피자 레스토랑에서 일하고 있었으니까."

알렉스가 차를 다 마시고 나서 종업원을 찾아 주위를 두리번거렸다.

"술을 한 잔 해야겠어요."

"면접을 앞두고 있으니 술을 삼가는 게 좋아요."

"한 잔 정도로 취하지는 않아요. 오히려 마음을 차분하게 해줄 거예요."

알렉스가 그라파를 한 잔 주문했다. 술이 나오자 그가 한 모금 마시고 나서 말을 이었다.

"당신 남편은 내가 범인이길 바랄 거예요."

"우린 당신에게 감사하고 있어요. 제이슨도 다르지 않아요."

알렉스가 피식 웃었다.

"당신은 의무감에서 벗어날 수 있는 명분을 찾고 있을 거예요. 계속 나를 도울 수는 없을 테니까요. 케일럽 헤일 반장이 아무리 나를 엮으려고 해도 결국 털끝 하나 건드리지 못해요. 아멜리가 납치되었던 시각에 나는 분명 피자 레스토랑에서 일하고 있었고, 그날 어디에서도 차를 빌린 적이 없으니까요."

"경찰이 수사하고 있으니 곧 범인이 누군지 밝혀내겠죠."

"아멜리는 요즘 어떻게 지내요?"

"하루 종일 방에 틀어박혀 창밖만 내다보고 있어요."

사실 납치사건 전에도 크게 다르지 않았다. 아멜리는 약 9개월 전부터 부모와 함께 하길 거부했다. 엄마에게도 노골적인 거부감을 드러냈다. 제이슨은 저녁식사만큼은 온 가족이 함께 해야 한다는 고집을 꺾지 않았다. 아멜리는 식사하는 동안 내내 입을 꾹 다물고 있기 일쑤였다.

"내면세계로 깊이 침잠해버렸죠."

"차라리 학교에 보내는 게 낫지 않을까요? 혼자 너무 많은 생각에 사로잡혀있어 봐야 좋을 게 없잖아요."

"아멜리가 원하지 않아요. 심리상담 전문 형사에게 학교에 나가기 싫다고 했다더군요. 아직 정상적인 삶을 받아들일 마음의 준비가 되지 않았나 봐요.”

“어떤 상황인지 알 것 같아요.”

알렉스가 신중하게 말했다.

“아멜리는 납치사건과 관련해서는 계속 입을 열지 않고 있어요. 경찰은 진술을 이끌어 내기 위해 애쓰고 있지만 아직은 전혀 성과를 거두지 못하고 있죠.”

“언젠가는 다 이야기하게 될 거예요.”

“과연 그럴까요?”

“아멜리는 가까이 지내는 친구가 없어요?”

“친구들은 많아요. 친구들과 메신저를 하느라 휴대폰을 손에서 내려놓을 틈이 없었죠.”

“휴대폰을 분실하지 않았나요?”

“새 휴대폰을 사줬는데 아예 거들떠보지도 않고 있어요. 요즘은 제발 왓츠앱에 접속하라고 애원하고 있죠. 아멜리가 정상생활로 돌아가는 첫걸음이 친구들과 메신저를 하는 거라 생각하는데 전혀 그럴 기미가 안 보여요.”

“조만간 그렇게 되겠죠.”

왠지 그의 목소리가 무심하게 들렸다.

하긴 그에게 아멜리 일이 뭐 그리 중요하겠는가?

“이제 면접시간이 거의 다 됐어요. 여기서 기다리고 있을 테니까 다녀와요.”

“자, 그럼 이제 나의 성공을 빌어주세요.”

알렉스가 그 말과 함께 자리에서 일어섰다.

데보라는 그가 어서 취직해 정상적인 생활을 찾게 되기를 간절히 바랐지만 과연 그렇게 될지 자신할 수 없었다.

*

나는 아이 이름이 맨디라는 걸 이미 알고 있다. 지난 금요일에 아이를 처음 봤을 때 맨디일 거라고 짐작했다. 나는 어둠속에서 맨디가 길을 따라 걸어가는 모습을 지켜보았다. 그 아이는 비쩍 마른 몸을 두 팔로 감싼 채 어깨를 잔뜩 움츠리고 걸었다. 바람이 몹시 차가운 날이고, 맨디는 마치 뼛속까지 시린 듯 심하게 몸을 떨었다. 절망에 휩싸여 혼자 쓸쓸하게 길을 걸어가고 있는 아이. 맨디 또래 여자아이들은 대부분 자부심을 뽐내며 당당하고 활기차게 걷는다. 날씨가 나빠도 다르지 않다. 그 나이 때면 누구나 자신이 얼마나 풋풋하고 아름다운 존재인지 안다. 그 나이 때면 누구나 자신의 몸에 머무는 남자들의 시선에 어떤 욕망이 담겨있는지 안다. 그 나이 때면 누구나 당당하고 자신감이 넘친다. 그 아이들은 종종 무방비상태로 거리를 배회한다. 젊음이 영원하리라 믿지만 항상 젊을 거라는 그 믿음이 그 아이들의 매력을 앗아간다.

맨디는 자의식이 빛이 되어 밖으로 뿜어져 나오지 않는다. 사스키아도 그랬지만 맨디처럼 비참하거나 절망적인 상황에 빠져있지 않았다. 사스키아는 소심할 뿐만 아니라 감히 비명을 지를 만큼 용감하지도 않았다. 사스키아와 대화를 이어가기 힘들었다. 처음이니까 그렇지 익숙해지면 달라질 거라고 생각했는데 시간이 지날수록 상황이 더 좋아지기는커녕 점점 더 악화됐다.

맨디가 조수석에 올라탔을 때 천성적으로 어느 누구 앞에서든 전혀 기죽지 않는 아이라는 걸 알아차렸다. 상황이 너무 안 좋아 의기소침해져있을 따름이다. 며칠째 음식을 제대로 먹지 못한 아이치고는 목소리도 크고 활기차다. 맨디가 여건이 좋지 않은 가정에서 자랐다는 걸 아이의 말투를 통해 금세 알 수 있다.

차를 타고 가는 동안 맨디가 나에게 적합한 아이인지 생각해 보았다. 맨디가 한동안 노숙자처럼 길거리를 떠돌며 지낸 걸 알고 있다. 땟국이 질질 흐르는 옷과 악취, 땀 냄새와 떡진 머리만 봐도 짐작이 가능하다. 물을 데워 맨디를 깨끗이 씻기는 게 급선무고, 갈아입힐 옷이 필요하다. 맨디는 키는 크지만 너무 말라서 다른 아이들이 입던 옷은 맞지 않을 듯하다. 어찌나 말랐는지 병자처럼 보인다. 요즘 아이들은 식사를 거르며 다이어트를 하고, 음식을 먹을 때 일일이 칼로리를 계산한다는 걸 알고 있다.

맨디는 차에서 과자봉지를 발견하고 정신없이 먹어치웠다. 10월 초에 집을 나왔고, 그 후 친구 집에서 더부살이를 하거나 거리를 떠돌며 지냈다고 한다. 최근에 머물던 집에서는 친구 애인과 대판 싸움이 벌어지는 바람에 어쩔 수 없이 나왔다고 털어놓았다.

맨디는 나에게 화상을 입은 왼팔을 보여준다. 상태가 몹시 안 좋다. 엄마가 딸에게 펄펄 끓는 물주전자를 던졌다니 도저히 이해하기 힘들다. 벌겋게 익은 피부에서 허물이 벗겨지고, 밑에서 생살이 돋고 있다. 상처가 크게 덧나지 않은 게 그나마 다행이다.

"우리 집에 화상에 좋은 연고가 있어."

내가 말한다.

"나는 다시는 집으로 돌아가고 싶지 않아요. 엄마와 사이가 안 좋고, 아빠는 전혀 도움이 되지 않아요. 언니는 일이 바빠 나에게 신경 쓸 겨를이 없죠. 청소년복지센터에서 나를 고아원에 보낼까 봐 두려워요."

"너만 괜찮다면 우리 집에 머물러도 상관없어."

어찌나 기쁜지 심장이 팔딱팔딱 뛴다. 맨디는 자진해서 집으로 돌아갈 위험이 없어보인다. 계속 울고 불며 집으로 돌려보내 달라고 매달리지도 않을 듯하다. 맨디는 나를 필요로 하고, 따뜻한 숙소를 원한다. 나는 끓는 물이 든 주전자를 던지거나 고아원에 가야 한다고 강요하지 않을 것이다.

맨디가 힘겹게 살아온 건 나를 만나기 위한 운명이 아니었을까?

"어디 살아요?"

차가 스카보로를 벗어나 북쪽으로 향할 때 맨디가 묻는다.

다른 아이들의 경우 멀리 가야 한다는 걸 알아차린 순간부터 풀이 죽었다. 어디에 살든 전혀 상관없는데 아이들은 '집'이나 '친숙한 환경'으로부터 멀리 떨어져 살아야 한다는 걸 알게 되자 돌연 공황상태에 빠져들었다. 그 후 다시는 원래의 모습으로 돌아오지 않았다.

"시 외곽에 살아."

나는 대충 애매모호하게 말을 얼버무린다.

맨디의 얼굴에 언뜻 불안감이 스쳤지만 다른 아이들처럼 패닉에 빠지지는 않는다. 맨디에게는 노숙자 생활이 더 공포일 수도 있다. 위험이 따르더라도 추운 날씨에 배를 곯아가며 거리를 헤매는 것보다는 나을 테니까. 잃어버릴 게 전혀 없는 아이다.

맨디는 지쳐 잠이 들었는지 고른 숨소리가 들려온다. 우리는 계속 차를 타고 달린다. 갈수록 주변 풍경이 황량해진다. 맞은편에서 달려오는 차가 한 대도 없다. 나는 맨디와 세상 끝까지라도 갈 수 있다.

나는 더 이상 지하실에 내려가지 않았다. 그 사이 일이 전부 끝났을 것이다.

11월 8일, 수요일

1

케이트는 휴가를 내고 처음 집에 왔을 때만 해도 기분이 좋았는데 며칠이 지나면서 자신의 선택을 후회했다. 고독한 적막이 그녀를 완전히 집어삼켰고, 여전히 생생하게 남아 있는 온갖 기억들이 마음을 심란하게 했다. 그나마 고양이가 있어 위안이 되었다. 메씨는 밤새 케이트의 몸에 찰싹 들러붙어서 잠을 자고, 낮에도 뒤를 졸졸 따라다녔다.

중개업자는 곧 집을 살 사람이 있을 거라고 낙관했다.

"이 집은 구조가 좋아요. 일층에는 주방과 거실, 식당이 있고, 이층에는 침실이 세 개나 있고 욕실도 있으니까요. 게다가 아름다운 정원까지 있으니 그야말로 완벽한 셈이죠."

중개업자는 수요일 오전에 집을 구하려는 부부를 대동하고 찾아왔다. 임신 중인 부인은 계속 떨떠름한 표정을 지었고, 남편은 당장 철거해야 할 집이라도 되는 듯 갖은 트집을 잡았다. 집이 마음에 들어 하면 주인이 가격을 비싸게 부를까 봐 의도적으로 마음에 안 드는 척하는 경우가 많다는 걸 알고 있었지만 선을 넘어서는 태도였다.

"아직 돈과 시간을 들여 손봐야 할 데가 많은 집이네요."

여자가 말했다.

"그럼 다른 집을 찾아보세요."

케이트가 퉁명스럽게 대꾸했다.

그 순간 부부는 당혹스런 표정으로 케이트를 쳐다보았다.

중개업자가 재빨리 중재에 나섰다.

"성급하게 결정을 내리기보다는 서로가 원하는 걸 차분하게 조율해 나가면 됩니다."

"집이 마음에 안 들면 굳이 사지 않아도 되니까 이만 돌아가세요."

"웃기는 노처녀야."

남편이 부인에게 그렇게 말하더니 인사도 없이 떠났다. 중개업자다 대신 머리를 조아리며 사과했다.

케이트는 우울한 기분을 달래기 위해 바닷가로 산책을 나갔다. 해변은 사람 그림자를 찾아보기 힘들 만큼 한적했다. 여름이면 발 디딜 틈 없이 북적거리는데 겨울만 되면 텅 빈 백사장만 남는다.

혼자 쓸쓸히 해변을 거닐다가 집으로 돌아왔을 때 왓츠앱 메시지가 들어왔다. 콜린이 보낸 메시지였다. 대책 없이 끈질긴 사람이었다. 그들은 첫 만남 이후 두 번을 더 만났다. 케이트가 휴대폰 번호를 알려주며 런던경찰국에서 일하는 형사라고 하자 그의 입이 하마처럼 크게 벌어졌다. 콜린은 깊은 인상을 받은 눈치였고, 갑자기 태도가 확 달라졌다. 런던경찰국 여형사를 만나 데이트를 했으니 그가 지인들에게 얼마나 허풍을 떨어댈지 뻔했다. 아무튼 콜린 덕분에 고독한 마음을 조금이나마 달랠 수 있었지만 그게 전부였다. 둘 사이에서 좀처럼 불꽃이 일지 않았다. 콜린은 호감 가는 스타일이 아니었다.

'어떻게 지내요? 스카보로는 어때요? 런던이 그립지 않아요? 집을 구매하려는 사람이 있어요? 혹시 집값을 내려달라고 하면 절대로 양보해서는 안돼요. 도움이 필요하면 언제든지 얘기해요. 내가 당장 달려갈 테니까. 연락 기다릴게요. 콜린.'

콜린은 셀카도 첨부했다. 그는 자주 사진을 찍어 페이스북이나 인스타에 올렸다. 차와 행인들이 무수히 오가는 런던의 번화가에서 찍은 사진이었다. 그의 손에 세인스베리마트의 쇼핑백이 들려 있었다. 목에 두꺼운 머플러를 둘렀는데 추운 날씨 탓인지 뺨과 코가 빨갰다.

케이트는 자기도 모르게 쓴웃음이 흘러나왔다. 이 키 큰 남자는 참아내기 힘든 성격인 건 분명했지만 결코 악의가 있는 사람은 아닌 듯했다. 그저 어디쯤에서 돌연 성장이 멈춘 사람 같았다. 앞으로도 더 이상 성장할 가망이 없어보였다.

'방금 해변을 산책하고 돌아왔어요. 솔직히 런던이 별로 그립지는 않아요. 오늘 집을 구입하려는 사람이 다녀갔는데 말도 안 되는 트집을 잡기에 그냥 내쫓아 버렸어요. 중개인이 크게 실망하지 않았기를 바랄 뿐이죠. 그럼 잘 지내요. 케이트.'

몇 초도 지나지 않아 콜린이 답신을 보냈다.

'런던은 아니더라도 혹시 나는 그립지 않나요?'

눈물을 흘리는 이모티콘이 첨부되어 있었다.

'당신이 그리워요. 조금.'

이번에는 메시지를 읽지도 않았고, 금세 답신이 오지도 않았다.

오후가 되면서 날이 어두워지고 있었다. 전기벽난로의 스위치를 올리고, 촛불을 켜 창문턱에 올려놓았다. 주방으로 걸어가 미트볼 스파게티 통조림을 코펠에 담아 레인지에 올렸다. 조리도구가 없어 며칠째 통조림만 먹고 있었다. 가장 기본적인 도구만 챙겨왔기에 통조림 말고는 먹을 게 없었다.

"다들 빨리 결정을 내리라고 압박하네."

케이트가 혼잣말로 중얼거렸다.

케이트는 고양이 대접에 사료를 쏟아준 다음 음식을 들고 벽난로 앞에 놓인 캠핑용 의자로 갔다. 창문턱에 올려놓은 촛불이 계속 타고 있었다. 아직도 긴 오후 시간이 남아 있었고, 콜린으로부터 더는 연락이 없었다.

문득 제이슨이 떠올랐다. 그의 부탁을 들어주고 싶었지만 마땅한 방법이 떠오르지 않았다. 일단 수사를 시작하면 케일럽의 영역을 침범할 수밖에 없었다. 빈집에 계속 혼자 있자니 숨이 막힐 것 같았다. 창문턱에서 타고 있는 촛불들이 마치 유령처럼 보였다. 건강에 안 좋은 인스턴트식품만 꾸역꾸역 먹고 있었고, 주위에 고양이 말고는 그 어떤 생명체도 없었다. 케일럽은 그녀가 수사를 위해 여기저기 들쑤시고 다니는 걸 결코 용납하지 않을 것이다.

수사권한이 없긴 했지만 따지고 보면 완벽한 제삼자는 아니었다. 골즈비펜션에 머물고 있을 때 아멜리 납치사건이 벌어졌으니까. 케일럽은 미처 인지하지도 못했을 때 그녀는 이미 사건에 대해 알고 있었다.

케일럽이 찾아내지 못한 단서를 내가 나선다고 찾아낼 수 있을까?

케이트는 나름 케일럽에 대해 잘 안다고 자부했다. 그는 알렉스를 다수의 용의자들 가운데 하나가 아니라 끝까지 파헤치고 싶은 유력 용의자로 보고 있는 게 분명했다. 지금쯤 케일럽은 알렉스의 생을 탈탈 털어보았을 것이다. 만약 알렉스가 선량한 시민영웅이 아니라 어떤 식으로든 사건에 개입했다면 케일럽이 충분히 알아낼 수 있을 것이다. 이런 상황에서 끼어들었다가는 괜히 혼선을 빚을 가능성이 농후했다.

케이트는 노트북을 켜고 이름을 적었다.

라이언 캐스웰과 데이비드 채플랜드.

이 사건의 실체에 대해 거의 아무것도 몰랐지만 만약 수사 담당자라면 그 두 사람에게 승부를 걸고 싶었다. 왠지 그 두 사람을 면밀히 수사해볼 필요가 있다는 느낌이 들었다. 케이트는 아멜리가 납치된 직후 케일럽과 대화할 때 한나 캐스웰 사건과 사스키아 모리스 사건, 아멜리 골즈비 사건은 서로 연관되어있을 가능성을 언급했다. 동일범이 저지른 납치사건일 수도 있다는 게 그녀의 생각이었다. 케일럽은 시간적으로 너무 차이가 크다며 그녀의 말에 큰 의미를 부여하지 않았다. 케일럽의 판단이 옳을 수도 있겠지만 그녀는 동일범이 저지른 범죄 가능성을 배제해서는 안 된다고 생각했다. 일련의 사건이 동일범의 소행이라면 한나 캐스웰 사건이 시작이었을 수도 있었다.

케이트는 수사할 때 최초의 발단 지점으로 돌아가는 걸 선호했다. 그래야만 수사에 일종의 구조가 형성되었다. 최초의 범행은 범인의 범행동기를 알아내는 데 용이했다.

케이트는 추가로 두 사람의 이름을 더 적어 넣었다.

케빈 벤트와 마빈 벤트.

케빈은 마지막으로 한나 캐스웰을 목격한 인물로 케일럽은 그를 철저하게 조사했다. 한나는 그의 차를 얻어 탔지만 스카보로 역 앞에서 내려주었다. 한나가 역에서 통화했던 친구 쉴라가 그 사실을 확인해주었다. 케빈은 차를 몰고 떠났다가 중도에 다시 돌아와 한나를 찾아다녔다. 그는 처음 조사를 받을 당시에는 스카보로 역으로 되돌아왔던 사실을 숨기고, 한나를 내려주고 곧장 집으로 돌아갔다고 진술했다. 케일럽은 결국 케빈의 혐의를 찾아내지 못했다.

성범죄 혐의로 수사 받은 전력이 있는 케빈의 형 마빈도 스키아 모리스와 아멜리 골즈비 사건과 관련해 다시 조사를 받았을까?

케이트는 그들의 이름 뒤에 물음표를 그렸다. 그들이 어떤 식으로든 경찰의 조사를 받았을 가능성이 높았지만 과연 철저하게 이루어졌을지 의문이었다.

데이비드 채플랜드.

폭우가 쏟아지던 날 클리블랜드 웨이를 지나다가 알렉스를 도와 아멜리를 구한 인물이었다. 그는 휴대폰으로 경찰과 구조대를 불렀다. 케이트는 그가 아멜리가 타고 있던 차의 운전자일 가능성이 있다고 생각했다. 처음에는 아멜리에게 해코지를 하려고 다가갔으나 마침 그 자리에 알렉스가 있어 뜻을 이루지 못했을 수도 있으니까. 일단 그는 알렉스를 도와줄 수밖에 없었을 것이다. 만약 거부했다가는 추후 경찰의 의심을 살 게 뻔했으니까.

케일럽이 이미 데이비드 채플랜드를 조사했겠지만 과연 철저하고 치밀한 조사가 이루어졌을지는 미지수였다.

케이트는 자리에서 일어나 창문턱에 놓아둔 촛불들을 모두 껐다. 시계를 보니 4시였다. 라이언 캐스웰을 방문하기에 그리 늦은 시간은 아니었다. 케이트는 코트를 입고 부츠를 신었다. 한나 캐스웰 사건이 나머지 두 사건과 상관이 없다면 결과적으로 수사에 개입하지 않은 셈이 되니까. 데이비드 채플랜드의 경우에는 사정이 달랐지만 그 문제는 나중에 생각해보기로 했다.

2

라이언 캐스웰이 스테인턴데일에 산다는 걸 알고 있었지만 정확한 주소를 알지는 못했다. 다만 스테인턴데일이 어떤 곳인지는 잘 알았다. 거기 가면 분명 그의 집이 어딘지 알고 있는 사람을 만나게 될 거라는 확신이 있었다.

스테인턴데일은 작은 동네로, 국도변에 있는 잡화점과 버스정류장, 몇 채의 건물 그리고 초원과 들판 사이에 흩어져 있는 농장들이 전부였다. 고지대로 올라가보면 사방이 바위로 이루어진 작은 만들이 내려다보였다. 바위산을 타고 아래로 내려가면 수영을 즐길 수 있는 해변이 나왔다. 어렸을 때 가끔 바위산을 넘어 해변으로 수영을 즐기러 갔던 기억이 났다. 뾰족하고 날카로운 바위들이 많은 길이라 조심해서 걸어야 했다.

바깥은 어느새 어둑어둑했고, 바다는 윤곽만 어렴풋이 보였다. 헤드라이트 불빛이 국도 양쪽에 있는 울타리와 담장들을 비추었다. 버스정류장에 다다랐을 때 버스를 기다리는 여자가 보였다.

케이트는 재빨리 차를 세우고 창문을 내렸다.

"라이언 캐스웰 씨 집을 찾아가려고 하는데 혹시 어딘지 아세요?"

여자가 가까이 다가왔다. 추위에 몸이 얼어붙은 것처럼 보였다.

"라이언은 3년 전에 스카보로로 이사 갔어요."

"혹시 어디로 이사 갔는지 아세요?"

"네, 알아요."

"혹시 괜찮다면 길을 알려줄 겸 같이 가실래요? 여기보다는 스카보로에서 버스를 기다리는 편이 훨씬 나을 테니까요."

여자는 즉시 케이트의 제안을 받아들였다. 어둑어둑한 가을날 오후에 버스정류장에서 버스를 기다리다 지친 사람은 좀 더 빨리 갈 수 있는 방법이 생겼을 때 쉽게 경계심을 늦추는 법이었다.

10대들은 더욱 그랬다. 그들은 어딘가에 반드시 가야하고,

꼭 해야 할 일이 있을 경우 마음이 급해지기 마련이었다. 비가 내리는 11월의 어느 저녁에 한나는 아버지와 연락이 닿지 않자 집으로 어떻게 가야 할지 막막했다. 한나는 낯선 사람의 차에 타면 안 된다는 말을 귀에 못이 박히도록 들었지만 위험을 감수하기로 했다. 그 이후 한나는 종적이 묘연해졌다.

"한나가 실종된 이후 라이언은 그 집에서 더는 살기 싫었나 봐요. 한나 캐스웰 사건에 대해서는 알고 있죠?"

"저는 기자인데 그 사건에 대해 잘 알아요."

"아, 그 사건에 대해 새로운 기사를 쓰게요?"

"아시다시피 이 지역에서 최근 몇 년 사이에 두 번이나 여자아이가 실종되는 사건이 벌어졌어요. 이상하기 그지없는 일이라서 사건 관련 기사를 써보려고요."

"사스키아 모리스 사건은 정말 끔찍해요. 이 동네 사람들 모두 한나가 무사하길 바라지만 과연 살아있을지 의문이 들어요."

"라이언 캐스웰은 그 사건을 어떻게 생각하던가요?"

"라이언은 나름 가설을 세웠는데 케빈이 역으로 돌아와 한나를 납치했을 거라 확신하고 있어요. 케빈 벤트가 누군지 아시죠?"

"헐에서 스카보로까지 한나를 차에 태워준 남자 말이죠?"

여자가 갑자기 한숨을 푹 쉬었다.

"나는 케빈이 그런 짓을 했을 거라고 생각지 않아요. 오히려 스카보로 역으로 되돌아갔지만 한나를 만나지 못했다는 그의 진술을 믿어요. 라이언은 줄곧 케빈이 범인이라고 주장하고 있죠. 라이언은 누군가에게 책임을 대신 떠넘기지 않으면 죄책감과 자괴감이 들어 견딜 수 없을 거예요. 케빈이 책임을 떠넘길 대상으로 지목된 거예요. 그 당시 케빈의 형 마빈은 다른 구설수에 올라 있었고, 그 사건과는 전혀 관련이 없었죠."

"마빈은 어떤 사람이죠?"

"마빈이 잠시 나쁜 친구들과 어울려 다니긴 했어도 대체로 순진한 편이었어요. 마빈은 성폭행 혐의를 받았지만 결국 무혐의로 풀려났죠. 그 집 형제가 어려운 가정형편 속에서 힘겹게 살긴 했어도 범죄를 저지를 사람들은 아니라고 봐요."

"두 형제는 요즘 무슨 일을 하며 지내죠?"

"아직 스테인턴데일에 살고 있어요. 두 형제의 엄마가 2년 전에 죽었죠. 그 이후로는 둘 다 방황을 끝내고 착실한 청년이 되었어요. 지금은 스카보로 항구에서 펍을 인수해 운영하고 있는데 브렉시트 이후 관광객들이 줄어들까 봐 걱정하고 있죠. 그들 형제들뿐만 아니라 다들 앞으로 경제가 힘들어질까 봐 걱정이 태산이더군요. 그때가 되면 라이언은 더 이상 케빈을……."

"그게 무슨 말이죠?"

"라이언은 사방팔방으로 케빈에 대해 악의적인 소문을 퍼뜨리고 있어요. 그는 케빈이 딸을 납치해 죽였다고 떠들고 다니지만 이 지역 사람들 대부분이 그 말을 믿지 않아요. 라이언이 험담을 그쳐야 더 많은 손님들이 케빈이 운영하는 펍을 찾게 될 거예요."

"한나 캐스웰 사건에 대해 어떻게 생각해요?"

"한나는 그날 저녁 아버지와 연락이 닿지 않자 몹시 당황했을 거예요. 집으로 돌아갈 방법이 없었으니 역 앞에서 헤맬 수밖에요. 그때 연쇄살인마가 나타나 한나를 납치했겠죠. 사스키아 모리스와 아멜리 골즈비도 비슷할 거예요. 정말이지 세상이 흉악해졌어요, 안 그래요?"

"부인은 세 사건이 동일범의 소행이라고 생각하세요?"

"기자님은 그렇게 생각하지 않나요?"

케이트는 여자의 질문에 대답하지 않았다.

"한나는 어떤 아이였죠? 순진한 어린아이였나요, 아니면 조숙한 편이었나요?"

"한나는 순진했어요. 그 아이와 친하게 지낸 쉴라와는 전혀 딴판이었죠. 쉴라는 그 당시 이미 화장도 하고, 옷도 야하게 입고 돌아다니면서 남자아이들을 후끈 달아오르게 했지만 한나는 그런 적이 없어요. 라이언이 딸의 행동을 엄격하게 통제했죠."

"라이언은 어떤 사람이죠?"

여자가 가느다란 한숨을 쉬었다.

"나쁜 사람은 아니지만 가깝게 지내긴 힘들어요. 부인이 집에서 나간 이후로는 늘 오만상을 찌푸리고 살았죠. 어느 날 아침 눈을 떠보니 부인이 당시 네 살이던 딸아이와 남편을 버리고 집을 나간 거예요."

"집을 나간 이유가 뭐죠?"

"둘 사이에 나이 차가 너무 많이 났어요. 그들이 결혼할 때 라이언은 마흔 살 가까이 되었는데 린다는 겨우 열여덟 살이었으니까요. 처음 라이언을 보았을 당시가 기억나는데 세상에 불만이 가득한 사람처럼 보이더군요. 말수가 적고 전혀 웃지를 않았거든요. 라이언은 뉴캐슬 출신인데, 여기로 이사와 빚을 내 농가를 사고, 청소용역회사에서 일자리를 얻었죠. 나름 선량한 사람이라고 생각해요. 다만 그와 함께 한 집에서 살라고 한다면 생각만으로도 숨이 콱 막힐 거예요."

여자가 손을 가슴에 가져다대고 한숨을 푹 쉬었다.

라이언과 마주앉았을 때 케이트는 여자가 했던 말이 무슨 뜻인지 이해했다. 여자와 퀸즈 퍼레이드까지 차를 함께 타고 왔다. 스카보로 북항 바로 앞 도로 양편에 쇠락해가는 다가구주택들이 늘어서 있었고, 대부분 빈집들이었다.

케이트가 실종된 여자아이들에 대한 기사를 쓰기 위해 취재를 나왔다고 하자 라이언은 기꺼이 안으로 맞아들였다.

"당신은 반드시 케빈 벤트에 대한 기사를 써야 해요."

라이언이 단도직입적으로 말했다.

그들은 작은 거실에 마주 앉아 있었다. 좁은 실내에 소파와 탁자, 텔레비전 그리고 붙박이장이 있었다. 벽에 그림도 걸려 있지 않았고, 창가에 화분도 놓여 있지 않았다. 리놀륨 바닥에 카펫도 깔려 있지 않았다. 케이트는 그의 집이 전기 벽난로 앞에 캠핑용 의자 하나만 덩그마니 놓여 있는 자신의 집보다 더 을씨년스러운 느낌이 들었다. 그 어디에도 한나의 사진은 걸려있지 않았다. 그는 과거와 완전히 단절하고 살아가는 사람 같았다.

"케빈 벤트가 범인인데 경찰은 왜 엉뚱한 사람만 조사하고 다니는지 답답해 미칠 지경입니다. 한 아이는 시체로 발견되었고, 다른 아이는 납치되었다가 겨우 탈출했죠. 아멜리가 탈출할 수 있었던 건 단지 운이 좋았기 때문입니다. 그놈은 계속 그런 짓을 저지르고 다니겠죠. 절대 만족할 줄 모르는 놈이니까."

"아멜리가 납치범의 인상착의를 묘사한 몽타주가 있는데 케빈 벤트와는 생김새가 전혀 달라요. 아멜리에게 케빈의 사진을 보여줬지만 범인이 아니라고 단정했죠. 범인이 케빈보다는 훨씬 나이가 많은 사람이라고 했어요."

"아멜리는 이제 겨우 열네 살입니다. 극심한 충격을 받은 아이의 진술을 곧이곧대로 받아들여서는 안 되죠."

"아무리 그렇더라도 피해자의 진술을 무시할 수는 없어요."

라이언이 케이트를 응시했다.

"당신은 내가 이유 없이 케빈 벤트를 모함한다고 생각하죠?"

"이 동네사람들도 대부분 케빈이 범인이 아니라고 생각하더군요."

라이언의 호흡이 거칠어졌다.

"케빈 벤트는 외모가 반반해 이 동네여자들 대다수가 녀석을 열렬히 찬양하죠. 젊은 여자나 늙은 여자나 하나같이 녀석을 좋아해요. 매력적인 얼굴에 겉으로는 예의바르고 공손하니까요. 오죽하면 남자들도 녀석에게 호감을 갖겠어요. 녀석은 여자를 자주 갈아치웠고, 가끔 유부녀도 농락했죠.

부인을 빼앗긴 남자들은 당연히 녀석을 싫어하지만 여자들은 대부분 홀딱 넘어가 유리한 증언을 해주었어요."

"당신은 그 사건이 일어나기 전부터 케빈을 좋아하지 않았겠네요?"

"솔직히 녀석이 마음에 들지 않았어요. 번지르르한 얼굴을 앞세워 사람들을 자기편으로 끌어들이는 재주가 있었으니까. 녀석이 여자들의 마음을 홀리는 건 일도 아니었어요."

케이트는 내심 케빈이 라이언과는 정반대의 성향을 가진 인물일 거라 짐작되었다. 문득 라이언이 과거에는 어떤 인물이었을지 궁금했다.

라이언은 단 한번이라도 누군가에게 먼저 다가가 미소를 지어본 적이 있을까? 먼저 마음을 열고 타인의 일에 관심을 보인 적이 있을까?

스테인턴데일에서 함께 차를 타고 온 여자는 라이언을 선량한 사람이라고 했다. 다만 그에게서 따스한 마음을 기대하는 건 무리일 듯했다.

"당신은 한나가 사라진 지난 11월 저녁에 무슨 일이 있었다고 생각하죠?"

"나는 이미 경찰에 출두해 수백 번도 넘게 설명했어요. 경찰이 내 이야기에 귀를 기울이거나 말거나 항상 내가 알고 있는 사실을 있는 그대로 털어놓았죠."

케이트는 작은 마을에서 펍을 운영하는 케빈이 라이언 때문에 얼마나 마음고생이 심했을지 짐작되었다.

"케빈 벤트는 헐에서 기차를 놓친 한나를 우연히 발견했어요. 한나가 다음 기차를 타고 오면 내가 역으로 나가 픽업해주기로 약속이 되어 있었죠. 나는 사실 많이 화가 났어요. 그 당시에는 스테인턴데일에 살고 있었는데 일하는 곳이 스카보로라 집에 들어갔다가 다시 나오기 애매했거든요. 어쩔 수 없이 다음 기차가 도착할 때까지 스카보로에서 시간을 때우기로 했어요. 바닷가 근처에 차를 세우고, 마냥 시간을 흘려보냈죠. 날씨가 추운 날이라 펍에 들어가 기다리면 좋았겠지만 주머니 사정이 여의치 않았어요."

"한나는 당신이 화난 걸 알고 있었나요?"

"한나와 통화할 때 크게 화를 냈으니 당연히 알았겠죠."

"한나는 헐에서 케빈을 만나 스카보로 역까지 차를 얻어 타고 왔다고 했죠?"

"네, 맞아요."

"왜 그 사실을 당신에게 미리 알리지 않았을까요?"

"녀석의 차를 얻어 타고 오겠다고 하면 내가 허락하지 않을 게 뻔했으니까."

"케빈을 그토록 싫어하는 이유가 뭐죠?"

라이언이 허탈하게 웃었다.

"케빈과 마빈은 양아치들입니다. 아버지는 두 형제가 어렸을 때 집을 나갔고, 엄마는 다발성경화증을 앓고 있어 농장을 운영할 수 없었죠. 생계보조금을 받아 겨우 살아가는 형편이었어요."

가난은 미워할 이유가 아니잖아요?

케이트는 내심 반박했다.

"마빈 벤트가 형인데 10대 때부터 못된 패거리들과 어울려 다녔고, 열다섯 살짜리 여자아이를 집단 성폭행한 범죄에 가담했죠."

"제가 입수한 정보에 따르면 마빈은 그 사건에 가담하지 않았고, 친구들의 증언으로 알리바이가 입증되었다고 하던데요?"

"마빈의 알리바이는 전혀 신빙성이 없어요."

"성폭행을 당한 여자아이도 마빈을 가해자로 지목하지 않았다면서요?"

"그 아이는 혐의가 있는 다른 두 녀석도 가해자로 지목하지 않았어요. 두 녀석은 경찰이 추궁하자 뒤늦게 범행에 가담했다고 자백했죠."

라이언이 조급하게 팔을 휘저으며 말을 이었다.

"아멜리라는 아이도 일주일 동안 납치되었다가 탈출했어요. 당신은 그 아이가 범인의 인상착의를 정확하게 기억할 수 있다고 생각해요? 엄청난 공포에 짓눌려 있는 아이가 범인에 대해 모든 사실을 정확하게 진술할 수 있다고 믿어요? 납치범이 그 아이에게 비밀을 발설하면 지구 끝까지라도 쫓아가 죽이겠다고 위협했을 텐데요? 그 아이의 진술이 틀림없는 사실이라고 믿을 수 있는 근거는 전혀 없어요."

아멜리는 납치사건과 관련된 중요한 부분에 대해 전혀 진술하지 않았다. 케일럽이 이끄는 수사팀도 아멜리의 입장을 이해했다. 다들 아멜리가 다시는 떠올리고 싶지 않은 기억이 되살아날까봐 두려워 마음의 문을 단단히 잠가버렸다고 믿었다.

라이언의 말처럼 아멜리가 납치범의 후환이 두려워 침묵하고 있다면? 심지어 거짓 진술을 했다면? 납치범이 체포되어 교도소에 들어가면 아멜리는 비로소 안심할 수 있을까? 언젠가 출소한 납치범이 기어이 보복할 거라는 생각이 들지 않을까?

경찰은 종종 범인을 체포하는데 신경 쓰느라 피해자를 소홀히 취급하는 경우가 있었다. 어쩌면 납치범은 아멜리에게 비밀을 발설할 경우 대신 손을 봐줄 공범이 있다며 협박을 가했을 수도 있었다. 케일럽이 이끄는 수사팀이 관심을 가질 만한 주제였다. 다만 가뜩이나 수사가 지지부진한 상황에서 그런 문제까지 신경 쓸 여력이 있을지 의문이었다.

"마빈은 그렇다 치고, 케빈은 왜 그토록 싫어하죠?"

"마음에 안 드는 녀석이니까."

"그냥 마음에 안 드는 건가요? 아니면 케빈이 납치범이라는 의심이 들기 때문인가요? 둘 사이에는 큰 차이가 있는데요."

라이언의 눈초리가 매서워졌다.

"당신은 어느 신문사 기자인가요?"

"저는 특정신문사에 소속되어 있는 기자가 아니라 프리랜서 기자로 일하고 있어요. 기사를 어느 신문사에 제공할지는 두고 봐야 해요. 충격적인 납치사건 이후 관련된 사람들과 주민들이 어떻게 살아가고 있는지 다룰 거예요."

차를 타고 오던 중 문득 기자 신분을 사칭하기로 했다. 런던경찰국 형사라고 말할 수는 없으니까. 사람들의 말문을 열게 하려면 경찰신분증을 들이미는 게 가장 효과적이겠지만 케일럽이 나중에 그녀가 만나본 사람들을 찾아올 가능성을 배제할 수 없었다. 런던경찰국 소속 여형사가 이것저것 묻고 갔다는 말이 케일럽의 귀에 들어가게 되면 낭패가 아닐 수 없었다.

케이트는 기자들이 어떤 방식으로 일하는지 전혀 몰랐다. 그나마 라이언은 그녀가 어떤 입장으로 기사를 쓸지 관심을 보였을 뿐 신분 자체를 의심하지는 않았다.

"당신은 케빈을 납치범으로 의심하는 근거가 뭐죠?"

"녀석이 납치범일 가능성이 높으니까. 그 녀석은 헐에서 한나를 만났고, 차로 데려다주겠다고 제안했어요. 크로프톤에서 선약이 있어 한나를 스카보로에 내려주고 혼자 차를 운전해 가는 동안 자꾸만 한나의 예쁜 얼굴이 눈앞에서 아른거렸겠죠. 녀석은 다시는 찾아오지 않을 절호의 기회일 수도 있다고 생각하며 스카보로 역으로 되돌아왔어요. 한나를 다시 만난 녀석은 스테인턴데일까지 데려다주겠다고 제안했겠죠. 녀석은 그 말을 철석같이 믿고 차에 오른 한나를 으슥한 곳으로 데려가 몸을 더듬었을 거예요. 한나가 저항하자 강제로 성폭행한 다음 후환이 두려워 살해했을 테고요. 그런 다음 한나의 시신을 고원지대의 늪에 빠뜨렸겠죠. 단지 추론일 뿐이지만 나는 분명 그런 식으로 사건이 진행되었을 거라 믿어요."

라이언이 자리에서 일어섰다.

"더 이상 해줄 말이 없어요. 단지 내 입장을 이야기했을 뿐이니 믿을지 말지는 당신이 알아서 판단하세요."

라이언의 얼굴이 고통스럽게 일그러졌다.

"내 인생에서 가장 소중했던 딸을 빼앗겼어요. 한나와 함께 살았던 그 집에 더는 머물 수 없어 여기로 옮겼죠. 이 동굴 같은 집에서 죽을 날만 기다리고 있어요. 어서 모든 게 끝나버리길 바라요. 내 인생은 이미 망가졌으니까. 제발 내 이야기를 기사로 꼭 써주세요."

라이언이 이제 가보라는 뜻으로 손을 들어 현관문을 가리켰다.

3

키티 웬트워스가 꿈꾸었던 경찰의 모습과 지금의 처지는 사뭇 달랐다. 그녀는 경찰서장이 되지는 못하더라도 최소한 형사반장이 되길 원했다. 반장이 되려면 어떻게 해야 하는지 구체적으로 따져보지는 않았다. 요즘 그녀는 인생에서 거저 얻어지는 건 아무것도 없다는 사실을 뼈저리게 깨달았다. 경찰이 되면 여러 가지 어려움이 따를 거라 예상했지만 이 정도일 줄은 미처 몰랐다. 추위와 피로를 수반하는 경계근무야말로 정말이지 최악이었다. 경찰이 되면서 각오했던 일들 중에 경계근무는 포함돼 있지 않았다.

키티는 약 17일 전부터 잭 오도넬 순경과 함께 골즈비펜션 앞에 순찰차를 세워두고 경계근무를 수행하고 있었다. 다른 팀과 교대로 근무를 서고 있었지만 샤워를 하고 잠을 푹 잘 수 있을 만큼 넉넉한 시간이 주어지지는 않았다. 잭이 늘 옆에서 함께 했지만 키티는 그를 그다지 좋아하지 않았다. 잭 또한 그녀를 그리 좋아하지 않았다. 서로 상대에 대해 매력을 느끼지 않을 뿐 거부감을 갖고 있지는 않았다.

설령 조지 클루니가 옆에 있다고 해도 견디기 어려울 듯했다. 서로 지극히 사랑하는 사람이라도 이처럼 지겨운 임무를 지속적으로 수행하다보면 결국 헤어질 수밖에 없을 듯했다.

여기서 처음 경계근무를 시작한 10월만 해도 아름답게 물든 단풍잎들이 정원을 수놓았던 시기였다. 시간이 지나면서 단풍잎들이 바람에 춤추듯 흔들리더니 하나둘씩 바닥에 떨어져 낙엽으로 쌓이기 시작했다. 바람이 심하게 불어 나뭇가지들이 부러질 때도 있었다. 동네 사람들이 수시로 낙엽을 쓸어 모아야 했다.

11월에 접어들면서 나무에는 앙상한 가지들만 남았다. 창문 너머로 촛불들이 켜졌고, 유리창에는 벌써 반짝이는 별 장식이 붙어 있었다. 골즈비펜션 바로 옆집 정원에는 어느새 순록이 이끄는 썰매를 탄 산타클로스 형상이 서있었다. 그 사이사이에 성 니콜라우스와 천사들이 매달려 있었고, 정원의 나무들과 덤불에서는 크리스마스를 축하하기 위한 전구들이 반짝였다. 매일 저녁 7시만 되면 정원의 나무에 설치한 임시 조명과 전구들이 동시에 불을 밝혔다. 갑자기 눈이 부실 만큼 주위가 환해질 때마다 키티와 잭은 항상 어깨를 으쓱했다.

"빌어먹을!"

잭은 그때마다 욕설을 내뱉었다.

"언젠가 저 집 정원에 몰래 들어가 저 빌어먹을 전구들을 걸어둔 나뭇가지들을 죄다 잘라버리고 말겠어."

"경찰이 할 소리는 아니네. 옷을 벗을 각오라면 그렇게 해."

"나무들과 담장에 전구를 매다는 건 매우 위험한 짓이야. 이웃사람들이 저걸 보고도 아무 말도 하지 않는 게 놀라워. 불이라도 나면 어쩌려고 그러지?"

"일찍부터 크리스마스 기분도 내고, 일단 보기에도 아름다우니까 내버려두는 거겠지."

"아무튼 짜증나는 동네야. 혹시 보온병에 커피 있어?"

키티가 안 됐다는 듯 어깨를 으쓱했다.

"다 마셨어."

그들은 수많은 인파가 오가는 거리에서도 경계근무를 서 본 적이 있었다. 그때는 주변에 상점들과 간이식당이 즐비해 커피나 간식을 손쉽게 조달할 수 있었다. 이 주택가에는 상점이라고는 없었다. 뭔가를 먹거나 마시려면 버니스톤 로드에 있는 테스코마트까지 가야 했다. 아무런 방해도 받지 않고 다녀온다고 해도 최소한 10분은 자리를 비워야 했고, 결과적으로 근무수칙 위반이었다.

"커피를 마시지 않아 졸려 미치겠는데, 교대 팀은 언제 오는 거야?"

"정각 10시에 교대잖아."

키티 역시 피곤했지만 지루한 게 더욱 싫었다. 매일이다시피 똑같은 임무를 수행하는 건 정말이지 끔찍했다. 지난 17일 동안 이 동네에서는 아무 일도 벌어지지 않았다. 아침에 서너 명이 출근했다가 저녁이면 다시 돌아왔고, 아이들 몇 명이 학교에 등교했다가 돌아왔다. 여름이었으면 밖에 나와 축구를 하거나 뛰노는 아이들 모습을 볼 수 있었겠지만 11월은 야외에서 놀기에는 해가 너무 짧고 날씨도 추웠다. 차 안에 앉아 앞만 뚫어져라 응시하고 있자니 몸이 꽁꽁 얼어붙었다. 두꺼운 재킷을 껴입고, 머플러를 두르고, 털 부츠를 신었지만 소용없었다. 따뜻한 욕조에 들어가 몸을 녹이고 싶은 마음이 간절했다.

데보라와 아멜리는 하루 종일 집에만 머물렀다. 제이슨은 아침 일찍 출근했고, 낮에 심리상담 전문인 헬렌 베네트 형사가 다녀갔다. 그녀는 잠시 순찰차에 들러 두 사람과 잠시 이야기를 나누고 집안으로 들어갔다. 아멜리 사건 수사는 여전히 지지부진한 상태였다. 다시 경찰서에 출두한 알렉스 반즈는 오랜 심문을 마치고 집으로 돌아갔다고 했다.

"케일럽 헤일 반장님의 기분이 완전 바닥이야. 렌터카 건으로 알렉스를 엮을 수 있을 거라 확신했는데 끝내 아무런 단서도 찾아내지 못했어. 알렉스가 대단히 영악하거나 아무런 죄를 저지르지 않았거나 둘 중 하나겠지."

헬렌은 늘 하던 대로 아멜리와 대화를 나누기 위해 집 안으로 사라졌다.

"심리상담이 무슨 소용이지? 헬렌이 벌써 몇 주째 아멜리와 이야기를 나누고 있지만 아무런 성과가 없잖아."

"심리상담보다 더 좋은 방법을 알고 있어?"

"아멜리가 입을 꾹 다물고 있는 한 범인을 체포하긴 어려울 거야. 우리는 그 아이가 입을 열 때까지 계속 이 자리를 지키고 앉아 있어야 하겠지. 내가 무슨 생각으로 경찰이 되었는지 모르겠어."

"왜 경찰이 되려고 했는데?"

잭이 입술을 비죽이며 피식 웃었다.

"범죄수사드라마를 너무 많이 보았나 봐. 위험을 무릅쓰고 범죄조직에 뛰어들어 마피아들을 때려잡는 형사들의 멋진 모습에 반했어. 위기일발의 상황 속에서 기어코 탈출구를 찾아내고, 덤으로 멋진 여자 친구도 얻잖아. 난 그처럼 멋진 형사를 꿈꾸었는데 고작 경계근무나 서고 있으니 한심할 따름이지."

"영웅이 되어야 할 사람이 이런 한가한 동네에서 보초나 서고 있으니 정말 안 됐네!"

키티가 장난스럽게 웃으며 말했다.

잭이 다정다감한 성격이었다면 키티의 유머에 센스 있게 응수했을 텐데 그는 결코 부드러운 남자가 아니었다.

"하루 종일 우두커니 앉아있자니 머리까지 꽁꽁 얼어붙는 느낌이야."

잭이 그 말과 함께 자동차 문을 활짝 열어젖혔다. 그 순간 차 안으로 찬바람이 밀려들었다.

"커피를 사러 테스코마트에 다녀올 테니까 먹고 싶은 거 있으면 얘기해."

지금 자리를 비우는 건 명백한 근무수칙 위반이었다. 게다가 도보로 다녀오려면 제법 많은 시간이 걸릴 수밖에 없었지만 키티 역시 커피에 대한 유혹을 떨쳐버릴 수 없었다.

"화이트 아메리카노랑 계란샌드위치로 부탁해."

잭이 고개를 끄덕이고 나서 밖으로 나갔다. 키티는 떨떠름한 기분으로 잭의 뒷모습을 지켜보았다. 그녀는 지금껏 단한 번도 근무수칙을 위반하지 않았다.

30분 전에 제이슨 골즈비가 퇴근해 집으로 들어갔다. 그는 차에서 내려 현관문까지 걸어가는 동안 그들을 향해 친절하게 고개를 끄덕여주었다. 그는 경찰이 집 앞에서 보초를 서주는 것에 대해 늘 고마워했다. 그는 10월 이후 살이 부쩍 빠졌고, 얼굴이 표 나게 핼쑥해졌다.

키티는 의자등받이에 몸을 기대고 잠시 눈을 감았다. 커피와 샌드위치가 눈앞에서 아른거리면서 입에서 군침이 돌았다. 밤 10시에 근무가 끝나면 곧장 집으로 달려가 따스한 물로 샤워를 하고 나서 촛불을 켜놓고 와인을 한 잔 마실 생각이었다. 눈을 뜨는 순간 골즈비펜션을 향해 걸어가고 있는 알렉스 반즈의 모습이 시야에 들어왔다. 키티는 즉시 자세를 바로잡았다.

알렉스는 도로가 아니라 정원들 사이에서 불쑥 나타났다. 주택들과 바다 사이, 그러니까 낭떠러지와 언덕 위로 난 길을 이용해 여기까지 왔다는 뜻이었다. 금지된 길은 아니었지만 왠지 이상했다. 그는 골즈비펜션 현관문 앞에 서서 초인종을 눌렀다.

케일럽 헤일 반장은 알렉스의 행위에 대해 제동을 걸기 위해 골즈비 가족에 대한 접근금지명령을 받아내려고 했지만 판사의 재가를 얻는데 필요한 증거를 확보하지 못했다. 현재 알렉스가 골즈비펜션을 방문하는 걸 법적으로 제재할 근거는 없었다. 그 대신 알렉스가 나타날 경우 경계를 늦추지 말아야 한다는 지시를 내리는 한편 골즈비 부부에게도 가능한 그를 집 안으로 들이지 말아달라고 요청했다. 다행히 그는 지난 몇 주 동안 골즈비펜션에 오지 않았는데 하필이면 잭이 없는 이 시간에 다시 나타났다.

현관문이 열리더니 알렉스가 곧 안으로 들어갔다.

키티는 도로 쪽을 바라보았다. 잭이 돌아오려면 아직 한참 멀었다. 휴대폰을 꺼내 잭의 번호를 눌렀지만 받지 않았다. 테스코마트는 시끄러운 곳이라 벨소리를 듣지 못한 듯했다.

알렉스가 아무 일도 없다는 듯 다시 집에서 나오거나 직접 안으로 들어가 골즈비 가족이 무사한지 확인하는 것 말고는 방법이 없었다.

잭은 왜 하필 이 시간에 커피를 사러 갔을까?

케일럽 헤일 반장이 알게 될 경우 징계를 받을 수밖에 없었다. 키티는 계속 골즈비펜션을 응시했지만 이상할 만큼 조용했다.

나 혼자서라도 안으로 들어가 볼까?

*

"뭐 좀 마실래요?"

제이슨이 점잖게 물었다.

제이슨과 데보라는 마침 저녁식사를 하기 위해 식탁에 음식을 차리려던 중이었다. 그들 부부는 알렉스에게 함께 식사를 하자고 권해서는 안 된다는 뜻으로 재빨리 눈빛을 교환했다. 데보라는 오븐에 넣은 라자냐에서 치즈가 모두 녹아내리기 전에 알렉스가 돌아가주길 바랐다.

알렉스는 소파에 느긋하게 걸터앉아 제이슨이 가져다준 셰리주를 마셨다. 그는 여전히 얼룩이 묻은 청바지에 팔꿈치 부분이 해진 풀오버를 입고 있었지만 머리를 깔끔하게 다듬어서인지 제법 매력적으로 보였다.

"여기까지 걸어오는 동안 어찌나 추운지 코가 떨어져 나가는 줄 알았어요. 벽난로를 켜놓으니 집안이 정말 따뜻하네요. 성능이 아주 좋은 벽난로인가 봐요. 이런 집에 살면 정말 좋겠어요."

데보라가 듣기에 알렉스의 말투에는 이 집이 자신의 소유였으면 좋겠다는 바람이 묻어 있는 듯했다.

너무 예민하게 반응할 필요 없어. 그가 거머리처럼 찰싹 달라붙어 피를 빨아댈까 봐 겁먹은 거야? 아멜리의 목숨을 구해준 남자야. 너그럽게 대해주어야 해.

데보라는 자꾸만 불안해지는 마음을 다독거렸다.

"면접 결과가 나왔어요?"

알렉스가 면접을 보던 날 새옷을 사주고, 미용실에 가서 머리를 다듬게 해주고, 오후 시간을 통째로 날리며 운전해준 기억이 떠올랐다.

알렉스는 정말이지 유감이라는 듯 고개를 절레절레 저으면서도 그다지 우울해하지는 않았다.

"오늘 오전에 다른 사람을 채용했다는 연락이 왔어요. 요즘 구직시장 사정이 별로 좋지 않으니까 감수할 수밖에요."

취직을 해야 한다는 절실함도 없었고, 가진 기술도 없는데 누가 뽑아주겠어?

데보라의 마음속에서 불쑥 반감이 솟구쳤다.

"흠."

제이슨이 헛기침을 했다. 그들 부부는 자리에 앉지 않았고, 셰리주를 입에 대지도 않았다.

"아멜리는 요즘 어때요?"

"그리 좋지 않아요. 방에 틀어박혀 창밖만 내다보고 있어요. 계속 마음을 닫고 있어 걱정이에요. 정상으로 돌아올 기미가 전혀 보이지 않아요. 심리상담사가 매일이다시피 다녀가는데 아무런 진척이 없어요. 마음속을 들여다볼 수 없어 알 수는 없지만 아직은 변화의 조짐이 보이지 않아요."

데보라가 말했다.

"학교에 다시 보내야겠어요. 아무것도 하지 않고 집안에 틀어박혀 있으면 건강하던 사람도 병이 나게 마련이니까."

제이슨이 말했다.

"아멜리가 학교에 가는 걸 원하지 않으니까 문제죠. 그렇다고 억지로 강요할 수는 없잖아요."

데보라는 그 말을 하던 도중 감정이 격해졌다. 요즘 학교 문제를 두고 제이슨과 자주 갈등을 빚은 탓이었다.

제이슨은 어렵더라도 아멜리가 이전 생활로 돌아가길 바랐다. 정상적인 생활리듬을 되찾아야 트라우마를 극복하는데 도움이 될 거라 믿기 때문이었다.

데보라는 생각이 달랐다. 아멜리는 10월 14일에 생각의 시계가 멎어있었다. 이미 사건이 벌어지기 이전으로 돌아가기에는 너무 멀리 벗어나있었다.

제이슨은 왜 사실을 있는 그대로 인정하고 받아들이려고 하지 않을까?

트라우마를 극복하려면 시간과 인내심이 필요한 법이었다. 제이슨은 당장 아멜리가 아무 일도 없었던 것처럼 훌훌 털고 일어나길 바랐지만 억지로 될 일이 아니었다.

"아멜리가 혹시 납치사건이 벌어질 당시 겪은 일이나 범인의 신상에 대해 추가로 떠올린 기억이 있나요?"

"전혀 없어요."

제이슨은 아무런 연락도 하지 않고 불쑥 찾아온 알렉스의 말을 일일이 듣고 있으려니 짜증이 일었다. 그렇다고 딸의 목숨을 구해준 사람인데 면전에서 대놓고 거부감을 표출할 수는 없었다. 알렉스가 마음에 안 드는 건 분명했지만 그가 도움을 베풀지 않았더라면 아멜리는 집으로 돌아오지 못했을 것이다. 제이슨은 그런 생각이 들자 갑자기 온몸에 소름이 돋았다. 경찰이 사우스베이 아래쪽 벼랑 근처에서 익사로 추정되는 아멜리의 시신이 발견되었다고 전해주는 장면이 떠오르면서 온몸에 전율이 흘렀다.

"기억이 완벽하게 블랙아웃 되는 게 가능한가요?"

"심리상담 전문 형사 말로는 충격적인 일을 겪은 피해자의 경우 끔찍한 기억을 단자에서 모두 지워버리고자 하는 충동을 느낀다고 하더군요."

데보라가 말했다.

그녀도 납치사건에 대한 이야기를 꺼낼 때마다 온몸이 떨렸다.

나도 이 지경인데 직접 겪은 아멜리야 오죽할까?

제이슨은 그가 무슨 의도로 그런 질문을 했는지 의아했다.

수사가 어떻게 진행되고 있는지 궁금한 건가? 아니면 그도 연루된 사건이라 호기심 차원에서 물어본 걸까? 알렉스가 혹시 납치범의 지인이나 친구는 아니었을까?

만약 그도 공범이라면 온갖 방법을 다 동원해 수사에 대한 정보를 알아내고자 할 것이다. 납치범 입장에서 보자면 아멜리는 시한폭탄이나 다름없었다. 만약 아멜리가 기억을 되살려 입을 열게 될 경우 범인에게는 큰 재앙이 될 테니까.

알렉스가 셰리주를 다 마신 다음 자리에서 벌떡 일어섰다.

"오늘 내가 이렇게 찾아온 이유는……."

알렉스는 마치 적절한 표현을 찾기 위해 애쓰는 듯 보였지만 진정성 있는 태도와는 거리가 멀어보였다. 그는 내심 무슨 말을 해야 할지 정확하게 꿰고 있으면서도 일부러 말하기 곤란하다는 듯 머뭇거리는 제스처를 취하는 듯했다.

"이제부터 우리 서로에게 솔직해지는 게 어떨까요? 당신들이 나 때문에 몹시 힘들어한다는 걸 알고 있습니다."

제이슨이 반박하려 하자 알렉스가 손짓으로 말을 막았다.

"내가 아멜리의 목숨을 구했고, 당신들은 나에게 부채감을 갖고 있죠. 당신들은 내 문제로 심한 스트레스를 받고 있을 거예요. 내가 일자리를 구해 자립하지 못하는 한……."

"당신은 틀림없이 자립할……."

알렉스가 손을 들어 데보라의 말을 중단시켰다.

"내가 면접에서 떨어졌다고 말했을 때 당신의 표정이 어떻게 변하는지 지켜봤어요. '빌어먹을, 당분간 계속 뒷바라지를 해야 하잖아!' 라고 말하는 것 같더군요. 면접 보러 갈 때 당신이 새옷도 사주고, 헐까지 직접 차를 운전해 데려다주기도 했죠. 당신이 사준 옷은 지금껏 한 번도 입어본 적 없는 고급 브랜드 제품이더군요."

제이슨이 날카로운 눈빛으로 데보라를 쏘아보았다. 데보라는 남편에게 옷을 사주었다는 이야기를 하지 않았다.

"그뿐만 아니라 미용실에 데려가 머리를 손질할 수 있도록 배려해주었죠."

알렉스가 숱이 풍성한 머리카락을 손가락으로 훑어 내렸다. 그는 자신의 외모와 인생에 만족한다는 듯 느긋하고 여유로운 표정을 지었다.

"솔직히 말해 요즘 자주 거울에 비친 내 모습을 보곤 하죠. 내 모습이 전에 없이 근사해보이더군요."

"아주 바람직한 변화네요."

제이슨이 말했다.

그 순간 알렉스의 표정이 싸늘해지며 입가의 주름살이 더욱 깊어졌다.

"당신들이 나를 좋아하지 않는다는 걸 알고 있으니까 연극은 그만하시죠. 이제부터 단도직입적으로 내 요구사항을 말할게요. 나는 3만 파운드가 절실히 필요해요. 아멜리의 목숨을 구해준 대가로 그 정도 액수는 받을 자격이 충분하다고 보는데 당신들은 어떻게 생각하는지 알고 싶군요. 옷을 사주고, 미용실에 데려가주고, 면접 장소까지 차를 태워준 건 정말 고맙지만 대충 그 정도로 나를 떼어낼 작정이라면 매우 실망스러울 수밖에요."

제이슨이 갑자기 분위기가 바뀌자 몹시 당황한 표정을 지었다.

"우린 당신이 살고 있는 집을 구해주었고, 매달 월세를 내주고 있어요."

"막장 인생들이나 사는 집에서 언제 월세 지원이 끊기게 될지 알 수 없는 가운데 가슴 졸이며 살고 싶지는 않네요. 당신들이 내 문제로 자주 언쟁을 벌인다는 걸 알고 있어요. '언제까지 그 작자의 뒤치다꺼리를 해줘야 하지? 그 작자가 아멜리의 목숨을 구해준 건 분명한 사실이지만 성가시고 불쾌해. 왜 우리가 인생낙오자를 계속 거두어주어야 하지?' 라고 하면서 매일이다시피 다투지 않나요? 설마 내가 전혀 모르고 있다고 생각하지는 않았죠?"

데보라는 얼굴이 벌겋게 달아올랐다. 알렉스의 말이 틀림없는 사실이었기 때문이다.

"3만 파운드를 주면 당신들 눈앞에서 사라져줄게요."

"3만 파운드는 지나치게 액수가 커요."

제이슨이 말했다.

바로 그 순간 전기가 나갔다. 집안이 소름이 끼칠 만큼 어두웠다. 거실뿐만 아니라 복도와 주방에 있는 전등도 일제히 나갔다. 도로의 가로등도 전부 꺼졌고, 다른 집들도 마찬가지였다.

"대체 무슨 일이지?"

제이슨이 몹시 당황해하며 말했다.

그때 2층에서 아멜리가 외치는 소리가 들려왔다.

"아빠! 아빠!"

누군가 현관문을 요란하게 두드리는 소리가 뒤를 이었다.

"경찰입니다. 어서 문 열어요!"

제이슨은 그제야 경찰이 초인종을 안 누르고 문을 두드리는 이유를 깨달았다. 전기가 나가면 전자식 초인종은 무용지물이 되니까.

제이슨은 계단을 더듬어가며 2층으로 올라갔다. 데보라는 현관문을 향해 달려가 문을 활짝 열었다. 집 앞 도로에서 계속 보초를 서는 키티 웬트워스 순경이 서있었다. 그녀가 곧바로 집 안으로 들어왔다.

"아무 일 없어요?"

"네, 괜찮아요."

데보라는 그녀의 뒤쪽 어둠 속을 살펴보았다.

"당신 파트너는 어디에 있죠?"

"잠시 자리를 비웠는데 금방 올 거예요."

키티가 손전등으로 복도 쪽을 비추었다.

"알렉스 반즈 씨는 어디 있죠?"

알렉스가 거실에서 손전등 불빛 속으로 걸어오더니 장난치듯 두 손을 번쩍 들어올렸다.

"저, 여기 있어요. 무기는 소지하지 않았고요."

"아멜리는 어디 있죠?"

키티가 그의 말을 무시하고 데보라에게 물었다.

"여긴 2층인데 아멜리는 잘 있어요."

2층에서 제이슨이 큰소리로 외쳤다.

"무슨 일이죠? 갑자기 전기가 나갔어요."

데보라가 당황한 기색으로 물었다.

"나는 정전과는 상관없어요. 이 집 거실에 줄곧 있었으니까. 우린 사업상 나눌 얘기가 있었거든요."

알렉스가 말했다.

"사업상 나눌 이야기라니요?"

키티가 의아해하며 물었다.

데보라는 그의 제안을 듣는 순간 내심 너무나 기가 막혔다. 그의 말은 사실상 협박이나 다름없었다.

키티는 손전등을 알렉스 쪽으로 비추었다.

"이 마을 전체가 정전이 되었나 봐요. 아마도 이웃집 정원의 10만 볼트짜리 조명이 정전의 원인이 된 듯해요. 아까 보니 순록 모양 전구를 더 매달던데 그것 때문에 과부하가 걸렸나 봐요."

알렉스가 계속 눈을 깜빡거렸다.

"손전등을 약간만 아래로 내려주시면 안될까요? 불빛 때문에 도무지 앞을 볼 수 없잖아요."

"이제 밤이 늦었으니 당신은 집으로 돌아가세요."

키티가 단호하게 말했다.

"너무 어두워 길이 보일지 모르겠네요. 그나저나 당신 동료는 어디에 있죠?"

"당신은 몰라도 되니까 이만 돌아가세요."

키티가 싸늘하게 말했다.

알렉스가 입 꼬리를 올리며 비죽이 웃었다.

"네, 그러죠. 어쨌든 파트너 분에게도 안부 전해주세요."

알렉스가 고개를 들어 어두운 계단을 올려다보았다.

"제이슨 골즈비 씨, 내 제안에 대해 차분하게 생각해 보세요."

"이제 그만 돌아가 봐요."

제이슨의 무뚝뚝한 답변이 돌아왔다.

알렉스는 현관문을 향해 걸어갔다.

"조만간 또 봅시다."

그는 그 말을 남기고, 어둠 속으로 사라졌다.

키티가 현관문을 힘껏 닫았다.

"알렉스 반즈 씨가 무슨 제안을 하던가요?"

"지금은 말하기가 좀 그래요. 나중에 기회가 되면 말씀드릴게요."

데보라가 대답을 회피했다. 알렉스의 제안에 대해 아직은 누군가에게 털어놓아도 될지 확신이 서지 않았다. 그 내용을 아는 사람이 많아지면 오히려 운신의 폭이 줄어들 수도 있을 거라는 생각이 들었다. 은혜를 돈으로 갚아야 한다는 건 고통스러운 일이었다. 그 사실이 사람들에게 알려지면 곤혹스러운 상황에 처하게 될 수도 있었다. 무슨 생각으로 그런 결정을 내렸는지 사람들에게 일일이 납득시키는 건 무척이나 성가신 일일 테니까.

키티의 도움을 받아가며 집 곳곳에 촛불을 켜두었다. 벽난로에 불을 지피자 그나마 거실이 조금 환해졌다. 2층에서 아멜리가 흐느껴 우는 소리가 들려왔다. 정전으로 주변이 깊은 어둠에 잠기자 납치 당시의 끔찍한 기억과 무시무시한 공포가 떠오른 게 분명했다.

언제쯤 평화로운 일상을 찾을 수 있을까?

데보라는 문득 그런 생각을 하자 가슴이 답답해졌다.

키티는 다시 순찰차로 돌아가기 위해 몸을 돌렸다.

"차에 돌아가 있을게요. 알렉스 반즈 씨는 가급적 집안으로 들이지 마세요. 그 사람은 뭔가 꿍꿍이속이 있어 보여요."

"당신 말이 옳아요."

데보라가 말했다.

키티가 현관문을 열자 눈앞에 잭이 서 있었다. 그가 어리둥절한 표정으로 두 여자를 번갈아 쳐다보았다.

"키티, 도대체 무슨 일이야?"

"그나저나 휴대폰은 왜 안 받은 거야?"

키티가 대답 대신 물었다.

"벨소리를 못 들었어."

키티가 단단히 화가 난 표정으로 그를 노려보았다.

정원 담장 위에 테이크아웃 커피 두 잔과 샌드위치가 놓여 있는 게 보였다.

데보라는 그제야 무슨 사정인지 눈치 챘다. 키티 혼자 집안으로 들이닥친 이유는 잭이 자리를 이탈한 탓이었다. 커피와 샌드위치를 사려면 버니스톤 로드에 있는 테스코마트까지 가야 한다. 잭이 제법 긴 시간 자리를 비웠다는 뜻이었다. 그사이 알렉스가 나타났고, 동네 전체가 정전이 되었다. 알렉스가 만약 무기를 들고 협박했다면 자칫 위험한 상황으로 이어질 수도 있었다.

두 순경 역시 데보라와 같은 생각을 하고 있었다. 상사들이 알게 되면 문책 받을 게 뻔했다. 데보라가 설령 아무에게도 발설하지 않는다고 하더라도 오늘 벌어진 일에 대해 직접 보고할 수밖에 없었다. 정직이 늘 최선의 방책이니까.

데보라는 매우 위험한 상황이었다는 생각이 들었다. 경찰이 가까이 있다고 해도 순식간에 위험한 일이 벌어질 수도 있었다. 그런 생각이 들자 갑자기 피로감이 몰려왔다.

만약 알렉스에게 돈을 주면 다시는 손을 내밀지 않을까?

최근 경제사정이 좋지 않아 제이슨이 그의 제안을 받아들일지 의문이었다. 알렉스와 인연을 끊으려면 돈을 주는 수밖에 없었다. 제이슨도 딱히 좋은 방법이 없을 것이다. 알렉스가 돈이 떨어지면 다시 나타나 손을 내밀 수도 있지만 그때는 지금과 달리 거절해도 무방한 명분을 갖게 된다. 그의 제안을 받아들여 3만 파운드를 주면 더 이상 부채감을 갖지 않아도 되니까. 그도 더는 돈을 뜯어낼 수 없다는 생각이 들면 포기할 것이다. 그럼에도 데보라는 그가 스스로 포기할 날이 영영 올 것 같지 않았다.

11월 9일, 목요일

1

브랜든은 경찰서 조사실로 들어서는 순간부터 잔뜩 주눅이 들어 있었다. 조사실로 들어선 케일럽과 로버트가 미처 심문을 시작하기도 전에 브랜든의 눈에 눈물이 그렁그렁했다. 그는 스카보로경찰서까지 임의 동행을 요청하자 저항하지 않고 순순히 따랐다. 변호사를 불러달라거나 다른 권리를 주장하지도 않았다. 그저 당혹스럽고 불안한 표정으로 임의 동행 요구를 받아들였다.

브랜든이 그동안 집을 비우는 바람에 오늘 아침에야 겨우 임의 동행을 할 수 있게 되었다. 그가 어디에 갔는지 아는 사람이 없었다. 그는 오늘 아침에 기차를 타고 돌아왔다. 에든버러에서 며칠 휴가를 보냈다고 했다.

"11월에 휴가를 갔었다고요?" 케일럽이 눈썹을 치켜 올리며 물었다. "게다가 에든버러는 날씨가 무척이나 안 좋을 텐데요?"

"그냥 일상의 분위기를 좀 바꾸고 싶었어요. 어머니가 에든버러 출신이라 거기에 갔을 뿐 다른 의미는 없습니다. 작가로서 영감이 필요했죠."

"당신이 작가라고요?"

"네."

"어떤 책을 출간했는데요?"

브랜든은 아직 책을 낸 적이 없지만 브렉시트를 선언하고 EU를 탈퇴한 영국의 불안한 사회상을 그린 소설을 쓰고 있다고 했다.

"브렉시트 때문에 부도위기에 처한 가족기업 이야기죠."

"책이 출간되기 전까지 수입이 전혀 없을 텐데 생계는 어떻게 꾸려가고 있나요?"

케일럽이 물었다.

"3년 전 돌아가신 외할머니로부터 에든버러에 있는 집을 한 채 상속받았어요. 집을 처분한 돈으로 그럭저럭 생활해오고 있죠. 머리를 식히기 위해 에든버러에 다녀왔어요. 에든버러에서는 주로 숙박업소에 머물렀죠."

"혹시 숙박비 영수증을 소지하고 있나요?"

브랜든이 잠시 당황한 기색을 보였다.

"어디에 두었는지 생각나지 않아요."

"당신이 묵었던 숙박업소 이름과 주소를 말해 봐요. 우리가 직접 확인해볼 테니까. 미리 숙박업소를 예약하고 여행을 떠나지 않았나요?"

브랜든이 고개를 저었다.

"11월은 비수기라 빈방이 많이 남아돌아요. 에든버러에 도착해 길을 걷다가 눈에 띄는 숙박업소에 들어갔죠. 지금은 갑자기 묻는 바람에 이름이 떠오르지 않지만 곧 기억날 거예요."

"자, 그럼 마음을 차분하게 가라앉히고 기억을 떠올려 봐요. 영수증도 어디에 있는지 생각해보고요."

케일럽이 그렇게 말한 다음 맨디 알라드의 사진을 그의 눈 앞으로 들이밀었다. 실종신고를 접수한 경관으로부터 건네받은 사진이었다.

"이 여자아이가 누군지 알죠?"

브랜든의 얼굴이 다시 백짓장처럼 창백해지면서 눈이 앞으로 툭 튀어나왔다. 몹시 당황한 눈치였다.

"네, 알아요."

"맨디 알라드라는 아이인데 지난 10월 30일에 당신 집에서 도망치듯 뛰쳐나오는 걸 본 목격자가 있어요."

"바인 부인이겠군요."

브랜든이 증오에 찬 목소리로 말했다.

"아래층에 사는 중년부인이죠. 그 여자는 늘 내 일거수일투족을 관찰해요. 도대체 왜 남의 사생활에 대해 그리 관심이 많은지 모르겠어요."

"그 이후 맨디를 목격한 사람이 없어요. 맨디는 10월 초에 집을 나왔고, 청소년복지센터 직원이 경찰서를 찾아와 실종신고를 접수했죠."

"맨디는 엄마가 싫어 집을 나왔다고 했어요. 그 아이 엄마가 물이 펄펄 끓는 주전자를 던져 팔에 심한 화상을 입었더군요. 화상이 덧날까 봐 연고를 사서 발라주고, 붕대도 감아주었죠."

"당신은 왜 맨디를 집으로 데려가 며칠 동안 머물게 했죠? 그런 행위가 법에 위배된다는 생각을 하지 않았나요?"

케일럽은 사실 브랜든이 맨디를 어떻게 만나게 되었는지 알지 못했다. 두 사람이 예전부터 잘 알고 지낸 사이였는지, 아니면 초면이었는지에 대해서도 파악하지 못하고 있었다. 맨디를 봤다고 경찰에 신고한 이웃집여자는 브랜든의 짐작 대로 바인 부인이었다. 그녀도 두 사람이 어떤 인연으로 만나게 된 사이인지 알지 못했다.

"제가 먼저 맨디에게 접근해 말을 걸었어요. 그 당시 맨디는 어깨가 축 처진 상태로 길을 걷고 있었죠."

"어느 길이었죠?"

"크로스 레인이었어요."

케일럽은 즉시 도로명을 메모했다.

"계속해 봐요."

"맨디는 척 보기에도 행색이 초라하기 그지없었어요. 몹시 지쳐 보였고, 심리적으로 큰 상처를 받은 듯 어깨가 축 처져 있기도 했죠."

"당신은 차를 운전하고 있었나요?"

"저는 사실 차가 없는데 그날은 마침 지인이 정비소에 맡겨 둔 차를 찾아다달라고 부탁하는 바람에 운전을 하고 있었죠."

"차 정비소와 지인의 이름을 말해 봐요."

"조셉 메이도우라는 사람인데 그다지 친하지는 않아요. 그가 독감에 걸렸다며 정비소에 들러 차를 찾아다달라고 부탁하더군요. 차를 맡겨둔 정비소는 버니스톤 로드에 있는 스캘리 밀즈 정비센터였어요."

케일럽은 그의 말을 빼놓지 않고 메모한 다음 상체를 앞으로 기울였다.

"맨디가 곧바로 차에 올라타던가요? 자발적으로?"

브랜든이 갑자기 애매한 표정을 지었다.

"네, 자발적으로요. 저는 결코 맨디를 납치하지 않았어요. 잠시 쉴 수 있는 장소와 음식을 줄 수 있다고 했더니 제 발로 차에 올랐죠."

케일럽은 천천히 고개를 저었다.

아무리 문제가 있는 가정이었다고 해도 맨디의 부모는 딸에게 낯선 사람의 차에 타서는 안 된다는 교육을 시키지 않았을까?

어쩌면 길거리를 전전하며 노숙자로 지내다보니 너무 지치고 힘들어 귀에 못이 박히도록 들었던 경고의 말을 흘려보냈을 수도 있었다.

"맨디가 당신 집에서 열흘 동안 지냈나요?"

"열흘이 아니라 일주일이었어요. 맨디는 심한 화상을 입은 상태였고, 한사코 집에는 가기 싫다고 하더군요."

브랜든은 겁에 질려 있었고, 모든 걸 순순히 털어놓았다. 그가 맨디를 집에 머무르게 했다는 것만으로는 아무것도 입증할 수 없었다.

"당신은 맨디를 애타게 찾고 있는 사람들이 있다는 걸 알고 있었을 거예요. 그 아이가 미성년자라는 사실도 알고 있었겠죠. 그런 경우라면 당연히 경찰이나 청소년복지센터에 신고해야 마땅하죠."

"맨디는 저를 믿었고, 우린 긴 대화를 나누었어요. 유달리 피해의식이 큰 맨디의 마음속에서 긍정적인 생각을 끌어내 주고 싶었죠."

"혼자 사는 성인남자가 겨우 열네 살짜리 여학생을 일주일 동안 집에 머무르게 했어요. 과연 자연스러운 일일까요?" 케일럽이 옆에 놓인 서류를 힐끔 쳐다보고 나서 말을 이었다. "당신은 2005년에도 범죄에 연루되었다는 혐의를 받은 적이 있더군요. 내 말이 무슨 뜻인지 알죠?"

브랜든의 얼굴이 더욱 창백해졌다.

"그 당시 당신은 열일곱 살이었고, 학교를 중퇴하고 나서 《요크셔 포스트》 신문사에서 자원봉사자로 일하고 있었죠?"

브랜든이 몇 번 헛기침을 하고 나서 고개를 끄덕였다.

"네, 맞습니다."

"스카보로에서 어머니와 함께 살고 있었고요?"

"네, 그렇습니다."

"그 당시 당신은 간혹 사람들의 눈살을 찌푸리게 하는 불량배들과 어울려 다녔어요. 차량절도죄로 수시로 감방을 들락거리거나 거리에서 폭력 행위를 일삼던 패거리들이었죠. 그들은 종종 상점에 들어가 물건을 훔치기도 했어요."

"가끔 그들과 어울려 다닌 건 사실이지만 단 한 번도 범죄 행위에 가담한 적은 없어요."

브랜든이 말했다.

케일럽도 그가 거짓말을 하는 것 같지는 않았다. 그는 무척이나 소심해보였다. 어느 모로 보나 그가 불량배들과 어울려 다니며 범죄행위에 가담했을 것 같지는 않았다. 어쩌면 소심한 성격인 그는 불량배들이 잔인한 행동을 저지르고 다니는 모습을 보며 대리만족을 느꼈을 수도 있었다.

"2005년 9월 22일, 패거리들은 당시 열다섯 살이었던 사라 피셔에게 접근해 수작을 걸었어요. 좋은 곳에 가서 마리화나도 피우고, 술도 마시자고요. 유난히 호기심과 모험심이 많았던 사라 피셔는 순순히 패거리들을 따라갔어요. 스카보로 외곽의 공장부지로요."

"저는 그 사건에 가담하지 않았습니다."

"약 한 시간 반쯤 함께 어울려 술과 마약을 하고 나자 분위기가 절정에 달하게 되었죠. 그때부터 패거리 아이들은 사라 피셔를 희롱하기 시작했어요. 사라 피셔가 울면서 돌아가겠다고 하자 패거리들이 강제로 성폭행했죠. 당신도 알다시피 그 자리에 있던 패거리들 모두가 유죄를 선고받았어요."

"저는 맹세코 그 자리에 없었습니다."

케일럽은 사전에 그 당시 사건 관련 서류를 꼼꼼히 읽어보았다.

"당신은 그날 장염에 걸려 신문사에서 일찍 퇴근했다고 진술했더군요. 신문사 사장이 그 사실을 확인해 주었더군요. 그날 낮에 일찍 집으로 돌아가 침대에 누워 있었다고요."

"어머니도 그 사실을 확인해주었죠."

"어머니들이야 무조건 자식에게 유리한 진술을 할 수 있지요."

"피해자도 제가 현장에 없었다고 증언했어요."

"사라 피셔가 현장에 없었다고 증언한 몇몇 불량배들이 추후 증거가 드러나면서 성폭행에 가담한 사실을 인정했죠. 큰 충격을 받았던 사라 피셔의 진술은 혼란스럽고 모순적인 데다 사실과 다른 부분이 많았어요. 피해자 진술의 신빙성이 부족해 경찰은 보완수사를 실시했고, 결국 추가 증거들을 확보하게 되었죠."

"저는 정말로……."

케일럽이 그의 말을 끊었다.

"당신은 사라 피셔의 증언을 뒤집을 근거가 없어 무사히 풀려나게 되었지요. 당신은 불량배들과 어울려 다녔다는 이유만으로 범죄에 연루되었다는 의심을 받았죠. 아마도 내가 수사를 맡았더라도 일단 당신을 의심할 수밖에 없었을 거예요."

"그 사건 이후 저는 패거리 아이들과 더는 교류하지 않았어요. 다시는 그들과 엮이기 싫었죠. 지금도 그때 일을 생각하면 끔찍하기 그지없어요."

"불량배들과 어울려 다녔다는 이유 하나만으로 범죄혐의를 뒤집어쓸 뻔했던 당신이 왜 맨디를 집으로 데려갔을까요? 오해를 받지 않으려면 그 아이를 경찰서나 청소년복지센터로 데려갔어야 마땅할 텐데요. 아무리 선의가 바탕이 되었다고 하더라도 충분히 오해를 사게 될 거라는 생각이 들지 않던가요?"

브랜든이 고개를 푹 숙였다.

"너무 외로웠어요. 2년 전, 《요크셔 포스트》지에서 쫓겨난 이후 줄곧 힘들게 살아왔죠. 소설을 쓰고 있지만 성공할 자신이 없었고, 허구한 날 집에 틀어박혀 답답한 생활을 해오다보니 외롭기 그지없었어요."

브랜든의 눈에 눈물이 고였다.

"한 마디로 끔찍했어요. 누군가 초인종을 눌러주길 고대하며 매일이다시피 집에 처박혀 지낸다고 상상해보세요. 찾아올 사람이 아무도 없다는 걸 뻔히 알면서요. 아마 겪어보지 않은 사람은 모를 거예요. 그날 아침 집을 나섰다가 우연히 그 아이를 봤어요. 저처럼 불쌍하고 외로워 보이더군요. 그때 문득 아이를 집에 데려가면 어떨까 생각했어요. 함께 이야기를 나눌 상대가 필요했으니까요. 식사도 같이 하고 텔레비전도 함께 보면서요. 맹세코 그 아이를 강제로 데려갈 생각은 없었어요. 집에 데려간 이후에도 원한다면 언제든지 보내줄 생각이었죠. 결코 강제로 붙잡아 두지는 않았어요. 맨디는 자발적으로 따라왔고, 떠날 때도 제 발로 걸어 나갔죠."

"이웃집 부인의 증언에 따르면 맨디가 도망치듯 당신 집에서 뛰어나왔다고 하던데요."

브랜든이 어깨를 으쓱했다.

"그 이유를 설명할게요. 그건……."

브랜든이 말을 더듬었다.

"계속해 봐요."

"그날 아침 어머니와 전화통화를 했어요. 어머니 말고는 통화할 상대가 아무도……."

브랜든의 목소리가 다시 떨리기 시작했다.

케일럽이 한숨을 폭 쉬었다. 브랜든은 지독한 자기연민에 빠져 있는 사람인 듯했다.

"당신 어머니와 무슨 이야기를 나누었는데요?"

"맨디에 대한 이야기를 나누었어요. 물론 그 아이가 미성 년자라는 말은 하지 않았죠. 그냥 저에게……."

"여자 친구가 생긴 것처럼 말했다는 건가요?"

"어머니는 저에게 여자 친구가 없어 늘 걱정이 많았어요. 솔직히 지금껏 한 번도 여자 친구가 없었기 때문에 문득 어 머니에게 자랑이 하고 싶었죠. 맨디는 그때 욕실에 있었어 요. 짐작컨대 제가 어머니와 통화하는 소리를 들었던 것 같 아요. 맨디는 제가 경찰이나 청소년복지센터 사람들과 통화 한다고 생각한 것 같아요. 그 아이는 경찰과 청소년복지센터 사람들을 제일 두려워했죠. 고아원에 가게 될까 봐요."

"맨디가 당신이 통화할 때 엿들은 몇 가지 단편적인 말 때 문에 겁을 집어먹고 도망치듯 떠났다고요?"

"제가 통화하고 있는 사이에 달아났으니까요. 뭐가 그리 급했는지 심지어 소지품을 전부 남겨두고 떠났더군요. 제 돈 을 조금 훔쳐가긴 했지만요."

브랜든의 말대로일 수도 있었지만 그가 이전에 뭔가 꺼림 칙한 행동을 저지른 적이 있어 기회를 엿보다가 달아났을 수 도 있었다. 케일럽이 보기에 브랜든은 납치범 같지는 않았 고, 연쇄살인을 저지를 인물은 더더욱 아닌 듯했다. 그렇지 만 경험상 선입견은 금물이라는 걸 잘 알고 있었다. 브랜든 은 분명 여자관계에 문제가 있어 보이는 남자였다.

케일럽이 서류를 한 장 꺼내 흔들었다.

"판사로부터 당신 집에 대한 수색영장을 받아냈어요. 지금쯤 형사들이 당신 집을 향해 가고 있을 거예요."

브랜든의 눈빛이 불안하게 흔들렸다.

"저는 구속되는 건가요?"

브랜든은 원래부터 겁이 많은 남자인지 아니면 그럴 만한 이유가 있는 건지 알 수 없었다.

"당신을 구속하겠다는 게 아니라 집을 수색한다니까요. 언제든지 변호사에게 도움을 청할 수 있으니 원하는 대로 해요."

브랜든의 어깨가 축 처졌다.

"어머니에게 전화하고 싶어요."

브랜든은 시종 소심한 태도를 취했지만 케일럽은 그를 용의선상에서 제외시킬 생각이 없었다. 일단 그의 집을 수색해 맨디의 흔적을 찾아내는 게 중요했다. 만약 그의 집에서 사스키아 모리스나 아멜리 골즈비의 DNA가 검출된다면 수사가 극적으로 마무리될 수도 있겠지만 그런 기적이 벌어질 같지는 않았다.

2

케이트는 아침 일찍 스테인턴데일을 향해 차를 몰았다. 케빈 벤트와 마빈 벤트를 만나보기 위해서였다. 초원에서는 간밤에 내린 서리가 반짝거렸고, 하늘은 구름 한 점 없이 푸르렀다.

농장은 운영하지 않은 지 오래된 듯 그 어디에도 농기구들이 보이지 않았다. 벤트 형제가 오래 된 농장주택을 보수해 놓은 탓에 마치 새 집처럼 보였다. 울타리와 담장에도 정성 어린 손길의 흔적이 느껴졌다. 집 외벽에 회반죽을 바르고, 창문틀에 파란색 페인트를 칠해 산뜻한 느낌이 들었고, 암청색 현관문은 윤이 나도록 반짝거렸다. 벤트 형제를 게으른 불량배라고 했던 라이언의 말이 믿어지지 않았다.

현관문을 두드려봤지만 인기척이 없어 농장을 한 바퀴 둘러보았다. 작은 베란다에 비닐로 덮어놓은 원예용품들이 있었다. 농가 앞쪽으로 넓은 초원과 들판이 펼쳐져 있었다. 그 앞의 바다도 짙은 코발트색이었다.

아멜리는 이 농장에 갇혀 기회를 엿보다가 영리하게 방문객이 타고 온 차량에 몸을 숨겼을까?

케이트는 다시 앞쪽으로 돌아가 창고와 두 개의 축사를 들여다보려고 했지만 출입문이 굳게 닫혀 있었다. 그나마 창문을 통해 안을 들여다볼 수 있었다. 그다지 시선을 끄는 물건은 없었다. 바닥에 짚이 깔려 있었고, 구석에 빈 상자들이 쌓여 있을 뿐이었다. 사람을 가두었던 흔적은 전혀 없었다.

케이트는 차를 타고 벤트 형제가 운영한다는 펍을 찾아갔다. 상호가 〈세일러스 인〉이었고, 하얗게 회칠한 작은 건물에 입주해 있었다. 일층은 낚시도구를 파는 가게였고, 건물 외부의 나무계단을 통해 이층으로 올라가면 펍이 나왔다. 스무 개의 테이블과 긴 스탠드가 있는 술집으로 안쪽에 주방으로 통하는 문이 있었다. 바닥을 청소하고 있던 여자에게 물으니 벤트 형제는 장을 보러 갔다고 했다.

"저녁에 나올 거예요."

케이트는 나무계단을 내려가 이제부터 뭘 해야 할지 잠시 생각했다. 아무런 성과도 없이 돌아가고 싶지 않았고, 바닷가를 산책하자니 날씨가 너무 추웠다.

두툼한 옷을 입고 왔어야 해.

핸드백에서 휴대폰을 꺼내 데이비드 채플랜드의 주소를 검색했다. 그는 씨 클리프 로드에 살고 있었다. 걸어서 가기에는 제법 먼 거리였지만 가만히 있는 것보다는 나을 듯했다.

케이트는 그랜드호텔 아래쪽에 있는 해변을 따라 달렸다. 그런 다음 계단을 통해 에스플래나드 가든 옆길로 올라갔다. 계단을 오르는 동안 문득 이상한 생각이 머리를 스쳤다. 데이비드 채플랜드는 그날 저녁 요트가 항구에 안전하게 묶여 있는지 확인하고 돌아가는 길에 아멜리와 알렉스를 발견하게 되었다고 했다.

데이비드 채플랜드가 집으로 돌아가려면 분명 이 계단을 이용했어야 하는데 왜 폭우가 쏟아지는 악천후에 바닷가로 이어지는 클리블랜드 웨이를 택했을까?

케이트는 숨을 헉헉거리며 씨 클리프 로드에 도착했다. 잠시 숨을 고르기 위해 걸음을 멈췄다. 조용한 도로를 따라 아름다운 주택들이 늘어서 있었다. 다양한 색깔로 칠한 현관문, 커다란 돌출창과 지붕 아래의 수직 지붕창이 보였다. 여러 주택들 가운데 데이비드 채플랜드의 집이 있었고, 도로 끝에 주차장이 있었다. 그날 밤 아멜리가 도망친 장소였다.

데이비드 채플랜드의 집은 두 가구가 살 수 있도록 개조되어 있었다. 초인종이 두 개였고, 각기 다른 문패가 붙어 있었다. 머리 위에서 갈매기들이 끼룩끼룩 울며 허공을 선회했다. 11월의 창백한 태양이 바다 위에 낮게 떠 있었다. 전망이 근사한 동네였다.

초인종을 누르자 맨발에 정강이까지 청바지를 걷어 올리고 있는 남자가 문을 열었다. 남자의 손에 시커먼 때가 묻어 있었다.

"누구시죠?"

"케이트 린빌이라고 해요. 연락도 없이 불쑥 찾아와 미안합니다."

"보일러가 고장 나 기술자를 불러 고쳤는데 집안이 온통 엉망이 되어서 치우는 중이었어요. 원래는 사무실에 가있을 시간이죠."

"런던에서 온 기자인데 최근 이 지역에서 연이어 발생한 납치사건에 대해 취재하고 있어요."

"내가 바로 아멜리를 구조할 때 옆에서 도운 사람이라는 걸 알고 찾아오셨군요?"

"몇 가지 물어보고 싶은 게 있어서요."

"날씨가 추우니까 안으로 들어오세요. 보일러를 방금 전에 가동해 방이 그다지 따스하지는 않아요."

그들은 주방에 마주앉았다. 뒷마당으로 나가는 쪽문이 있었다. 데이비드 채플랜드는 자리를 권한 다음 손을 씻고 나서 뜨거운 차와 우유를 식탁에 올려놓았다.

케이트는 뜨거운 찻잔을 손으로 감싸 쥐었다. 그의 말대로 집안이 몹시 추웠다.

"내가 그날 겪은 일들은 이미 신문에 다 실렸는데요. 클리블랜드 웨이를 따라 걷다가 알렉스 반즈 씨가 방파제 바닥에 엎드려 있는 걸 봤어요. 가까이 다가갔더니 여자아이 손을 꽉 붙잡고 있더군요. 이미 기력이 다한 아이는 거의 무의식적으로 알렉스 반즈 씨의 손을 잡고 있었죠. 혼자서는 도저히 여자아이를 방파제 위로 끌어올릴 수 없어 보이더군요. 내가 여자아이의 팔을 붙잡고, 그에게 얼른 구조요청을 하라고 소리쳤죠. 알렉스 반즈 씨는 경찰에 신고하기 위해 주머니에서 휴대폰을 꺼내다가 손가락이 뻣뻣하게 얼어버린 탓에 그만 바다에 떨어뜨리고 말았어요. 나는 조금 더 아멜리의 손을 잡고 있다가 다시 그와 교대하고 나서 휴대폰을 꺼내 경찰과 구조대에 신고했죠."

"혹시 당신이 처음 나타났을 때 알렉스 반즈 씨가 당황해하거나 불안해하는 기색을 보이지는 않던가요?"

그가 고개를 저었다.

"경찰도 똑같은 질문을 하던데 결론적으로 말하자면 전혀 그런 기색을 발견하지 못했습니다. 오히려 나 때문에 크게 안도한 눈치던데요."

"당신은 항구 쪽에서 걸어왔다고 했어요. 클리블랜드 웨이는 항구에서 이 집까지 오고자 할 때 최단코스는 아니잖아요?"

데이비드 채플랜드가 웃음을 터뜨렸다.

"역시 경찰과 똑같은 질문을 하는군요."

"왜 그런 선택을 했는지 의문이 들어서요."

"대개 요트를 정박해둔 항구의 계류장에 갈 때면 차를 운전해가죠. 그날은 맥주를 두어 병 마시는 바람에 차를 가져갈 수 없었어요."

"음주운전은 금물이죠."

"음주 단속에 걸려 운전면허 없이 살아보고 나면 더는 음주운전을 할 수 없게 되죠. 솔직히 음주운전을 했다가 체포된 전력이 있어요."

"언제요?"

"어느 해 송년파티에 참석했다가 집에 돌아오는 길에 음주단속에 걸렸어요. 그때부터 다시는 음주운전을 하지 않기로 결심했죠."

"그날은 폭우가 심하게 쏟아지는 악천후였는데 왜 클리블랜드 웨이를 이용했죠? 파도가 미친 듯이 치고, 장대 같은 폭우가 쏟아지고 있는 날이었잖아요. 게다가 매우 늦은 시각이었고요."

데이비드 채플랜드가 희미한 미소를 지었다.

"폭풍우 치는 바다를 좋아합니다. 파도가 일렁이는 바다를 좀 더 가까이에서 보려고 클리블랜드 웨이를 택했죠."

"독특한 취향이군요."

"당신은 어느 신문사 기자죠?"

그의 목소리에서 약간의 의구심이 느껴졌다.

"어느 신문에도 소속되어 있지 않은 프리랜서 기자인데 아직 기사를 어디에 제공할지는 결정하지 못했어요. 연쇄납치사건 때문에 한 도시가 어떻게 변모하게 되었고, 지역 주민들의 생활상이 어떻게 달라졌는지 다루어보려고요."

데이비드 채플랜드가 잠시 생각에 잠겼다가 그녀를 쳐다보았다.

"나는 사실 이 지역 사람들이 더 이상 납치사건에 관심을 두지 않게 되길 바랍니다. 한동안 납치사건 관련기사가 이 지역 신문을 도배하다시피 했죠. 사람들은 모이기만 하면 온통 그 이야기를 했어요. 부모는 자식들에게 절대로 낯선 남자의 차를 타서는 안 된다고 신신당부했죠. 요즘은 서서히 예전 모습을 찾아가고 있어 다행입니다. 맨체스터 테러를 생각해 보세요. 런던 테러나 그렌펠타워 화재도요. 그 사건들이 벌어졌을 때 사람들이 얼마나 큰 분노와 충격에 휩싸였는지 기억할 겁니다. 이제 그 당시의 분노와 흥분은 눈처럼 녹아버렸죠. 사람들은 요즘 그 사건에 대해 이야기하지 않아요. 저마다 자기 위치에서 살아가기에도 바쁘니까."

"우리들 각자가 스스로 극복해야 할 문제죠. 다른 사람들이 해결해줄 수는 없으니까."

데이비드 채플랜드가 몹시 흥미롭다는 듯 강렬한 눈빛으로 케이트를 바라보았다.

"그래요, 다른 사람들이 해결해줄 수 없는 문제죠."

그가 머릿속을 어지럽히는 생각들을 떨쳐버리려는 듯 화제를 바꾸었다.

"차를 한 잔 더 드릴까요?"

"고맙기는 한데 이제 사무실에 나가봐야 하지 않아요?"

"방금 한 가지 좋은 아이디어가 떠올랐어요. 오늘 저녁식사 어때요? 당신과 함께 저녁식사를 하면서 좀 더 많은 이야기를 나누고 싶군요."

케이트는 순간적으로 너무 당황해 하마터면 입에 머금었던 홍차를 뿜어버릴 뻔했다.

이 남자가 나랑 저녁식사를 하고 싶어 하는 이유가 뭐지?

문득 그의 제안을 잘못 해석했을 수도 있다는 의구심이 들었다. 함께 저녁식사를 하자는 건 말 그대로 '함께 식사하자' 라는 뜻으로 받아들이면 그만이었다. 굳이 다른 의미를 부여할 필요는 없을 듯했다.

"장소는 어디가 좋을까요?"

"펍 같은 데가 좋을 것 같군요. 물론 당신이 괜찮다면요."

케이트는 정신을 바짝 차렸다. 남자와 관련해서는 일을 망치는 재주가 탁월했기 때문이다.

"오늘 저녁에 벤트 형제를 만나러 〈세일러스 인〉에 갈 생각이에요. 물론 기사 때문이죠. 혹시 거긴 어때요?"

"벤트 형제와 만날 때 곁다리로 끼워주겠다는 뜻이군요. 음식 맛이 괜찮은 집이죠. 7시 반쯤 어때요? 내가 픽업하러 갈까요?"

남자에게 픽업 제안을 받아본 건 난생 처음이었다. 콜린을 몇 번 만났지만 집으로 픽업하러 온 적은 없었다. 항상 혼자 북적이는 지하철을 타고가거나 차를 끌고 런던의 교통지옥을 뚫고 가야 했다.

"내가 직접 펍으로 갈게요."

벤트 형제는 좀 더 일찍 만나볼 생각이었다. 게다가 데이비드 채플랜드에게 집을 보여줄 경우 부가적인 설명이 필요할 듯했다. 세입자 때문에 집을 리모델링한 건 누구나 이해하겠지만 그 빈집에서 캠핑하듯 생활하는 건 받아들이기 쉽지 않을 것이다. 그럴 경우 대개는 호텔이나 펜션을 이용하거나 부동산중개업자에게 일을 맡기고 런던으로 돌아갈 테니까.

케이트는 아직 자신이 부모의 영향에서 벗어나지 못하고 있다는 생각이 들었다. 여전히 고인이 된 아버지에게 의지하고 있는 모습을 낯선 남자에게 들키고 싶지 않았다.

"그럼 7시 반에 만나요."

그는 현관문까지 배웅하면서 손을 내밀었다. 악수할 때 느껴지는 손바닥의 느낌이 좋았고, 그의 미소는 사람을 기분 좋게 만드는 매력이 있었다. 밖으로 나오자 뺨을 스치는 찬바람에 기분이 상쾌해졌다.

괜히 들뜨지 마. 그가 호감이 있어 저녁식사에 초대한 게 아니잖아. 런던에서 온 기자라고 하니까 호기심을 느끼고 대화를 나누고 싶어 하는 것뿐이야.

케이트는 설레는 마음을 차분히 가라앉히려 애쓰면서도 오늘 저녁에 어떤 옷을 입을지 벌써부터 고민이었다.

3

"단서가 될 만한 게 전혀 없어."

케일럽이 사무실 책상 앞에 앉아 있는 로버트에게 다가서며 말했다. 그는 로버트가 컴퓨터 화면에 열어놓았던 데이트 프로그램을 재빨리 닫아버린 걸 전혀 눈치 채지 못했다. 로버트는 몇 년 전부터 데이트사이트를 통해 결혼상대를 물색하고 있었지만 그의 데이트는 언제나 2주 이상 이어지지 못했다. 그럼에도 끈질기게 데이트사이트에 매달렸다.

케일럽은 지친 얼굴로 의자에 털썩 주저앉아 두 다리를 앞으로 쭉 뻗었다.

"감식반이 브랜든의 집을 이 잡듯이 뒤졌어. 아직 분석이 다 끝난 건 아니지만 지금까지 확인된 바로는 그가 아멜리 골즈비나 사스키아 모리스와 연관된 단서는 전혀 없어."

"맨디 알라드의 흔적은요?"

"맨디의 휴대폰과 배낭에 들어 있는 소지품이 있었어. 어차피 맨디가 그 집에 있었다는 사실은 확인됐잖아."

"브랜든의 어머니는 어때요?"

"10월 30일 아침에 브랜든과 통화한 사실이 있다고 했어. 브랜든이 여자 친구 이야기를 했다는 말도 일치했어. 어머니들은 자식을 보호할 수만 있다면 없는 기억도 만들어내지. 브랜든이 길에서 맨디를 태울 때 운전했던 차량의 소유자인 조셉 메이도우는 여행을 떠났는지 집에 없었어. 자동차 정비센터에서도 브레이크 문제로 입고되었던 조셉 메이도우의 차를 브랜든이 찾아갔다고 확인해주었어. 브랜든이 여행을 떠나 묵었다는 에든버러의 펜션에서도 그가 숙박했다는 사실을 확인해주지. 브랜든이 방에서 늦잠을 자다가 오후에 가끔 산책을 나갔다고 하더군."

"바인 부인은 맨디 알라드가 달아나듯 집을 떠나는 장면을 목격했다고 증언했어요. 브랜든이 다른 곳에 맨디를 데려다놓았을 가능성은 희박해보이는군요."

로버트가 허탈한 표정으로 말했다.

"브랜든이 나중에 다시 맨디를 찾아내 납치했을 가능성을 배제할 수는 없어."

월요일에 형사들이 캣의 집을 방문했다. 캣은 대마초에 취해 몽롱한 상태로 매트리스 위에 널브러져 있었다. 그는 형사들을 보자 희미하게 미소를 지었다. 주위에 고양이들이 우글거렸다. 형사 하나가 맨디 알라드에 대해 묻자 그 집에 있다가 떠났다고 했다. 그는 맨디가 그 집에 머물기 시작한 날이 언제이고, 떠난 날이 언제인지 기억하지 못했다.

"캣은 열 시간 가운데 아홉 시간은 약에 취해 있습니다. 언뜻 보기에도 여자아이들을 연쇄적으로 납치하고 살해했을 것 같지는 않더군요."

캣을 찾아갔던 형사가 케일럽에게 보고했다.

맨디의 행방은 여전히 안개 속이었다. 캣의 집에 찾아갔던 청소년복지센터 담당자의 증언에 따라 그의 거처에 대한 압수수색영장이 발부되었다. 브랜든의 거처에 대한 수색은 아무런 성과 없이 끝났지만 캣의 지하방에서는 제법 새로운 정보를 입수했다. 캣의 집을 압수수색하고 있을 때 그의 여자친구 엘라가 나타났다. 엘라는 형사가 맨디 알라드라는 이름을 언급하며 아는 사람인지 묻자 발악하다시피 소리를 질렀다. 그녀는 맨디를 내쫓았다는 사실을 인정하면서 앞으로도 절대 발을 들여놓지 못하게 하겠다고 말했다. 그녀의 말에 따르면 캣은 왓츠앱을 통해 우연히 맨디를 알게 되어 가끔 메시지를 주고받았을 뿐 절대로 각별한 사이가 아니라고 했다. 맨디는 가출하자마자 겨우 안면이 몇 번 있는 캣을 찾아와 며칠이나 머물렀다고 했다. 캣이 너무 물러 터져 잠자리와 먹을거리를 제공했지만 그녀는 결코 그런 꼴을 볼 수 없었다고 했다.

형사가 건물 붕괴위험이 있어 지하실을 폐쇄할 거라고 통보하자 엘라는 또다시 미친 듯이 폭발했다. 이제 어쩔 수 없이 길에 나앉게 되었다는 사실을 깨닫자 눈에 뵈는 게 없는 듯했다.

"그 자그마한 년이 경찰을 끌어들인 거야. 빌어먹을 년! 나는 결코 받아들일 수 없어. 죽어도 이 집에서 못 나가!"

결국 형사와 동행했던 경관이 엘라를 집 밖으로 끌어냈다. 엘라는 경관을 깨물고 침을 뱉으며 발버둥 쳤다. 그 반면 캣은 자기 발로 순순히 걸어 나왔다. 캣은 추운 날씨에 맨발이었지만 두 눈이 모처럼 밝게 빛났다. 경관은 사회복지센터에 연락해 두 사람을 인계했고, 고양이들은 동물보호협회에 넘기고 건물을 폐쇄했다. 그렇다고 앞으로 지하실에 아무도 들어가 살지 않을 거라는 뜻은 아니었다. 캣의 생각은 다를 수도 있으니까.

"캣은 용의선상에서 제외시킬 겁니까?"

케일럽이 고개를 끄덕였다.

"캣은 아무리 봐도 위험인물이 아니야. 캣의 집을 찾아간 형사가 잠깐 대화를 시도해봤지만 거의 불가능했다고 하더군. 아예 시간이나 사람 이름을 기억해내지 못하더래. 사스키아 모리스와 아멜리 골즈비라는 이름을 말하고, 아는지 물었더니 아무런 반응이 없었다는 거야. 연기를 하는 것 같진 않더래. 아마도 약물 중독 때문에 뇌기능을 상실한 것 같아. 그런 사람이 여자아이들을 납치살해하고 치밀하게 은폐할 수 있는 사고가 가능할까? 상상도 못할 일이야."

"이 지역에서 발생한 납치사건들 모두가 동일범이 저지른 소행이라는 증거는 전혀 없습니다. 물론 그럴 가능성을 염두에 둘 수는 있지만 단정할 수 있는 근거가 없어요."

"자네는 이 모든 사건들이 우연히 반복되고 있다고 보나?"

"실종됐다가 몇 달 뒤 시신으로 발견된 여자아이, 납치됐다가 구사일생으로 탈출한 여자아이, 자발적으로 가출해 몇 주 동안 길거리를 배회한 여자아이를 동일선상에 놓고 볼 수 있을까요? 맨디 알라드의 경우에는 납치사건으로 보이지 않아요. 그 아이는 고원지대 살인마의 피해자 명단에서 빼야 마땅해요. 앞으로 날씨가 더 추워지면 집으로 돌아올 테니까요. 매년 가정폭력에 시달리거나 학교에서 따돌림을 당하거나 치기어린 모험심에 사로잡혀 스스로 집을 나가는 청소년들이 증가하고 있죠. 물론 경찰은 가출 청소년들의 생명과 안전을 보호해야할 의무와 책임이 있지만 아시다시피 모든 가출사건에 일일이 관여할 수 있을 만큼 인력이 충분하지 않잖아요. 일반적인 가출사건과 납치살해사건을 아무런 기준이나 원칙도 없이 뒤섞어서는 안 된다고 봐요."

"으흠."

케일럽이 신음소리를 발했다.

"우리가 맨디 알라드 사건 수사에 착수한 이유는 그 아이가 지난날 성범죄에 연루된 적이 있는 남자 집에서 도망치는 장면을 보았다는 목격자의 신고가 접수되었기 때문이죠. 막상 그 남자를 조사해본 결과 강력범죄와는 거리가 먼 인물로 판명되었고요."

"자네 말대로야."

케일럽도 그 부분은 순순히 인정했다.

"저는 브랜든이 범죄자라기보다는 피해자라는 인상을 받았어요. 그가 청소년 시절 한때 불량한 패거리들과 어울려 다닌 건 맞지만 이후로는 줄곧 인연을 끊고 지내왔어요. 그는 제 발로 가출한 맨디를 집에 데려가 숙식을 제공했고요. 맨디가 누군가에게 납치되어 감금돼 있을 거라고 추정할 근거는 전혀 없죠."

케일럽이 두 손으로 턱을 괴었다.

"자네 말대로 지금 우리 수사는 장벽에 부딪쳤어. 뭔가 새로운 전환점이 될 거라 기대한 인물들을 조사해봤지만 결국 쭉정이인 경우가 대부분이었어. 자욱한 안개 속에 갇혀 있는 느낌이야. 당장은 수사를 어떻게 진척시킬지 뚜렷한 계획도 없고, 그럴싸한 아이디어도 없어. 정말이지 지금 우리에게는 아무것도 없어."

로버트는 아무런 대꾸도 하지 않았다. 현실을 대변하는 말이었으니까.

"이제 남은 희망은 하나뿐이야. 아멜리가 입을 열어 결정적인 진술을 해주길 기대하는 수밖에 없어. 정말 부끄럽지만 트라우마에 시달리는 그 아이의 입에 수사의 성패가 달려있다고 봐야지. 과연 그 아이가 트라우마를 극복하고 결정적인 증언을 해줄 수 있을지 모르겠어."

"헬렌이 요즘도 아멜리를 정기적으로 만나고 있나요?"

로버트가 물었다.

"거의 매일이다시피 만나고 있어. 헬렌은 아직 희망을 버리지 않고 있지. 아멜리가 도피경로를 상세하게 진술해 수사의 돌파구를 마련해준 적이 있잖아. 우린 지금 아멜리의 입 말고는 기대할 게 없는 실정이야."

"아멜리의 진술은 아쉽게도 수사에는 전혀 도움이 되지 못했어요."

로버트가 우울한 어조로 말했다.

절벽 위쪽 마을에 거주하는 주민들을 탐문 조사해 봤지만 전혀 성과를 거두지 못했다. 수상한 차를 목격하거나 이상한 장면을 보았다거나 구조요청을 하는 소리를 들었다는 사람도 없었다. 아멜리가 몰래 타고 있던 차의 운전자가 누군지도 밝혀지지 않았다.

"사스키아 모리스 사건과 아멜리 골즈비 사건을 동일범의 소행이라고 추정하세요?"

로버트가 다시 그 문제를 걸고 넘어졌다.

케일럽이 고개를 끄덕였다.

"두 아이 모두 휴대폰과 지갑 같은 개인 소지품이 고원지대의 외진 곳에서 발견됐어. 사스키아 모리스는 굶어죽기 전까지 몇 달 동안 어딘가에 감금돼 있었어. 아멜리는 일주일 동안 갇혀 있다가 탈출에 성공했지. 여자아이들을 납치하는 경우 대부분 성적욕구와 관련되어 있고, 한두 시간 이내에 피해자들을 성폭행한다는 통계가 있지만 두 사건은 달라. 납치범은 피해자들을 성폭행하지 않았어. 그 대신 어딘가에 가두어두고 오랫동안 뭔가를 집요하게 요구한 듯해. 사스키아 모리스는 성폭행을 당한 흔적이 없고, 아멜리의 경우 검진을 담당한 의사가 성경험이 있다고 밝혔지만 납치범에게 당한 것인지는 아직 밝혀지지 않았어. 아멜리가 납치되기 이전에 남자친구와 성관계를 했을 수도 있겠지. 골즈비 부부는 딸에게 남자 친구가 있었는지 여부를 몰라. 아무튼 범인이 여자아이들을 납치한 목적이 성폭행은 아닌 것으로 보여. 뭔지는 몰라도 다른 목적이 있었다는 느낌이 들어. 범인은 주어진 기회와 상황을 순간적으로 잘 포착해 아이들을 납치했어. 피해자들을 가두어두는 장소를 미리 마련해둔 걸 보면 매우 치밀하고 용의주도한 놈이라고 봐야겠지. 사스키아 모리스는 몇 달 동안 갇혀 있었고, 아멜리는 일주일이었어. 피해자들을 가두어두는 집이 따로 있다는 건 범인이 우연히 범행을 저지른 게 아니라는 뜻이지. 범인은 성적 욕망을 충족시키는 게 목적이 아니라 다른 뭔가를 원하고 있어.”

“저도 그렇게 생각해요.”

로버트가 고개를 끄덕이며 동의했다.

케일럽은 이야기를 하는 동안 조금이나마 기분이 낙관적으로 바뀌었다. 아직 수사의 진척은 없었지만 이제 어느 정도 사건의 실체가 보이는 듯했다.

"맨디 사건은 일단 수사선상에서 제외하고, 이제부터는 사스키아 모리스와 아멜리 사건에 수사력을 집중해야겠어."

"한나 캐스웰 사건 수사는요?"

"그 사건은 시간적인 차이가 너무 많이 나."

"사스키아 모리스가 죽고 나서 범인은 다음 피해자인 아멜리를 상대적으로 빨리 납치했어요. 아멜리가 탈출한 지 벌써 3주가 지났죠. 범인이 다음 납치대상을 노리고 있을 가능성이 커요."

"우린 언제라도 다음 피해자가 나타날 수 있다는 사실을 염두에 두어야 해."

4

〈세일러스 인〉은 손님이 어찌나 많은지 빈 테이블이 전혀 없었다. 그나마 데이비드가 자리를 미리 예약해두어 다행이었다.

케이트는 스탠드에 앉아 맥주를 마셨다. 케빈에게 최근 벌어진 납치사건을 취재하고 있는 기자라고 말하고 협조를 구했다. 케빈은 종업원에게 일을 맡기고 대화에 응해주었다.

"당신 형 마빈이 열여섯 살 때 성폭행사건에 연루된 적이 있다던데요?"

케빈의 눈이 휘둥그레졌다.

"형은 결코 성폭행사건에 가담하지 않았어요. 결국 무죄를 인정받았고요."

실제로 무죄인지 아니면 범죄를 입증할 증거를 찾지 못한 것인지는 엄청난 차이가 있었지만 논쟁을 벌이고 싶지는 않았다. 가급적 케빈이 말을 많이 하게 내버려두는 게 중요하니까. 케빈은 자신이 범인이라는 주장을 굽히지 않고 있는 라이언의 행태를 터무니없는 모함이라며 일축했다.

"그날 저녁 당신은 헐에서 스카보로까지 한나를 태워주었어요. 그건 틀림없는 사실이죠?"

"비가 추적추적 내리는 날이었는데 한나가 헐 기차역 앞에 혼자 서있더군요. 기차를 놓친 거예요. 나는 한나가 누군지 잘 알고 있었어요. 당신이라면 어떻게 했을까요? 그냥 모른 체하고 지나쳤을까요?"

"한나가 그 이후 실종되었으니까 문제죠."

"나는 친구들과 사전약속이 있어 한나를 스카보로에서 내려줬어요."

"한나의 친구가 그 사실을 확인해주었어요. 신문에 실린 이름이 쉴라라고 되어있더군요. 쉴라가 누군지 알죠?"

"몰라요."

케빈이 퉁명스레 대답했다. 한나와 관련해 끝없는 의혹에 시달리고 있으니 기분이 좋을 리 없었다. 한나 캐스웰 사건이 해결되지 않는 한 사람들은 그에게서 의혹의 시선을 거두지 않을 것이다. 한나 캐스웰 사건은 시간이 갈수록 점점 더 해결 가능성이 희박해지고 있었다.

대화를 나누는 동안 케빈의 얼굴에 땀방울이 맺혔다. 그는 컵에 생수를 따라 벌컥벌컥 들이켰다. 언뜻 보기에도 잘 생긴 얼굴이었다. 검은머리에 그윽하고 짙은 눈동자, 살짝 그

을린 피부가 매력적이었다.

여학생들에게 인기가 많던 케빈이 굳이 평범한 외모의 소유자인 한나를 납치하고 싶었을까?

경찰은 케빈을 샅샅이 조사했지만 수상한 단서를 전혀 찾아내지 못했다.

"기사를 객관적으로 쓰려면 당신에 대한 세간의 의혹을 명확하게 해둘 필요가 있어요."

케빈의 표정이 약간 부드러워졌다.

"그 당시 난 한심할 정도로 멍청했죠. 두 가지 정도 큰 실수를 저질렀어요."

"무슨 실수였는데요?"

케빈이 한숨을 푹 내쉬었다.

"친구가 펍을 열기로 했는데 한나에게 개업 축하 파티 때함께 가자고 제안했어요. 라이언은 지금도 그 사실을 걸고넘어지고 있죠. 내가 한나를 파티에 데려가 농락하려고 했다는거예요. 단지 한나가 매사에 자신이 없어 보여 용기를 주려고 그랬는데 결과적으로 실수였죠."

"두 번째 실수는요?"

"경찰조사를 받을 때 거짓말을 했어요. 실제로는 스카보로 역으로 되돌아갔으면서 친구들을 만나러 크로프톤에 갔다고 했죠."

"왜 그랬는데요?"

케이트가 미소를 지으며 물었다.

"나도 모르게 튀어나온 말이었어요. 형이 겪은 일 때문에 의심을 받으며 산다는 게 얼마나 힘든지 알고 있었어요. 형은 물론이고 우리 가족 모두에게 범죄자의 굴레를 씌우더군요. 법적으로 무죄를 선고받았음에도 아무도 믿지 않았어요. 동네사람들은 모이기만 하면 우리 가족에 대해 쑥덕거렸죠. 집 밖으로 나가기가 무서울 정도였어요. 다시는 그런 일을 겪고 싶지 않았죠. 한나가 실종됐다는 말을 들었을 때 어쩌면 내가 그 아이를 마지막으로 본 사람일지도 모른다는 생각이 들었죠. 만약 일이 잘못되었다가는 혼자 덤터기를 쓰게 될지도 모른다는 생각이 밀려들면서 머리가 아득해지더군요. 그날 저녁에 스카보로 역으로 되돌아온 사실을 숨기기로 마음먹었죠."

케빈이 어깨를 으쓱하고 나서 말을 이었다.

"결국 거짓말을 했다가 들통 나는 바람에 몇 배는 더 큰 곤욕을 치르게 되었지만요. 끔찍한 시간이었어요."

"스카보로 역으로 되돌아온 이유가 뭔데요?"

"거듭 이유를 말해주었지만 아무도 믿으려 하지 않았어요."

케빈이 읊조리듯 말했다.

"혹시 나는 믿어줄 수 있잖아요."

케빈이 한숨을 푹 내쉬었다.

"스카보로 역을 떠나면서 백미러에 비친 한나를 봤어요. 억수처럼 쏟아지는 비를 맞으며 우두커니 서있는 모습이 어찌나 처량해 보이던지 눈을 돌릴 수가 없었어요. 한나가……."

케빈이 말을 더듬었다.

"한나가?"

"문득 한나가 아버지에게 연락하지 않을지도 모른다는 생각이 들었어요. 차를 타고 오는 동안 줄곧 아버지에게 된통 야단을 맞을까봐 몹시 불안해했거든요."

"라이언이 그냥 넘어가지는 않았겠죠."

"라이언을 알아요?"

"그의 집에 찾아가 대화를 나눈 적이 있어요."

"인상이 어때 보이던가요?"

"원한과 분노가 많아 보였어요. 몹시 쓸쓸해 보이기도 했죠. 한나를 잃은 뒤로 삶에 대한 의욕을 모두 잃었나 봐요."

"부인의 가출도 큰 충격이었을 거예요. 하긴 그 이전에도 그다지 행복하게 사는 것 같진 않았어요. 라이언은 부인이 집을 나간 후 부쩍 한나에게 집착했죠. 그의 곁에 한나밖에 없었으니까요. 그와 단둘이 살아야했던 한나도 불쌍한 아이였죠."

"한나에 대한 이야기를 더 듣고 싶어요."

"한나가 겨우 네 살 때 엄마가 집을 나갔어요. 그 당시만 해도 동네 아이들이 자주 한 자리에 모여 함께 어울려 놀았어요. 아이들은 바닷가에서 모래성도 쌓고, 숲속에서 나무집도 짓고, 수영도 함께 했죠. 여름에는 주로 바닷가에서 놀았는데, 나뭇가지를 엮어 뗏목을 만들기도 했어요. 스테인턴데일은 가난한 사람들이 모여 사는 동네였지만 아이들에게는 천국이나 다름없었죠. 오로지 한 아이만 예외였어요. 한나는 단 한 번도 아이들과 어울려 놀지 못했죠. 라이언이 집밖으로 나가지 못하게 했으니까요."

"네 살이면 함께 어울려 놀기에는 너무 어리지 않았나요?"

"한나가 좀 더 자란 이후에도 라이언의 통제는 계속됐어요. 아이들이 한나와 함께 놀려고 몇 번 집에 찾아간 적이 있는데 그때마다 라이언이 허락해주지 않았죠. 언젠가 한나를 만나 잠시 이야기를 나눈 적이 있어요. 아버지가 밖에 나가지 못하게 한다는 거예요. 한나는 성격이 소심해 아버지의 말을 거역하지 못했죠. 아이들이 함께 놀자며 집에 찾아갔을 때 먼발치에서 우리를 부러운 듯 바라보던 한나의 슬픈 눈이 아직도 선연하게 기억나요."

케이트가 천천히 고개를 끄덕였다. 라이언은 충분히 그럴 수 있는 사람이었다.

"당신은 한나가 걱정돼 스카보로 역으로 되돌아갔다고 했죠? 한나가 왜 라이언에게 픽업해 달라는 연락을 하지 않을 거라고 생각했죠? 아버지가 무서워서요?"

"이미 말했다시피 한나는 내 차에 타고 있을 때부터 라이언에게 야단맞을까 봐 걱정이 많았어요. 소심한 성격을 고려해볼 때 라이언에게 픽업해달라는 연락하지 않고 스테인턴 데일까지 걸어갈 수도 있다는 생각이 들더군요. 한나가 먼 길을 걸어 집에 가거나 낯선 사람 차를 얻어 타게 해서는 안 된다고 생각해 차를 돌렸죠."

"한나는 왜 그 정도로 라이언을 무서워했을까요? 혹시 그가 폭력을 휘둘렀나요?"

케빈이 대답을 망설였다.

"라이언이 아침부터 잠들기 전까지 사사건건 한나를 구속한 건 맞지만 폭력을 사용하지는 않았어요. 한나에게 혼자서는 아무것도 할 수 없을 거라고 세뇌시키긴 했죠. 이미 아시겠지만 한나는 헐에 사는 할머니 집을 방문했다가 돌아오는 길에 기차를 놓쳤어요. 한나는 아버지가 약속을 지키지 않은 걸 꼬투리 잡아 할머니 집에 다시는 보내주지 않을까 봐 걱정이 많았죠. 집에 돌아가 아버지의 지루한 설교를 들을 생각을 하니 암담했을 거예요. 라이언은 딸을 꾸짖을 때마다 아직 세상물정을 전혀 모른다고 세뇌시키기 일쑤였죠. 한나는 아버지가 약속을 어긴 벌칙으로 모든 걸 금지시킬까 봐 잔뜩 주눅 들어 있더군요. 라이언이 할머니 집을 방문해서도 안 되고, 친구들을 만나러 외출해서도 안 된다고 할지도 모르니까."

"당신이 한나에게 펍 개업 축하파티에 함께 가자고 했다면서요?"

"한나에게 뭘 바라거나 기대해서는 아니었어요. 단지 한나가 너무 상심해있는 듯해 해본 말이었죠. 한나가 응할 거라고 기대하진 않았어요. 물론 한나가 아버지 몰래 나올 수 있다면 대환영이었겠죠."

웨이터가 케빈에게 도와달라는 손짓을 보냈다.

"일손이 모자라 이만 가봐야 할 것 같아요."

시간이 갈수록 손님들이 많이 밀려들었다. 회사에서 퇴근해 집으로 돌아가기 전 동료들과 맥주를 마시러온 사람들이 대부분이었다.

"장사가 잘되어서 다행이네요."

"한동안 장사가 안 돼 힘들었는데 최근에 괜찮아졌어요. 한나가 실종된 해에 펍을 인수했는데 안 좋은 소문이 스카보로 전체에 파다하게 퍼진 거예요. 라이언이 이 건물 나무계단 아래에 서서 펍을 찾아온 손님들에게 전단지를 나눠주었죠. 전단지에 그날 저녁 한나에게 무슨 일이 있었는지 자세히 적혀 있었어요. 라이언이 일방적으로 사건을 재구성한 거예요. 라이언은 내가 한나를 납치 살해했다는 주장을 펴고 있었죠. 그러니 펍을 찾는 손님들이 있을 리 만무였죠."

"라이언이 심했네요."

"어쩔 수 없이 법원을 방문해 라이언의 일방적인 비방행위를 중단하게 해달라고 호소했어요. 라이언은 더 이상 그런 짓을 하지 못하게 되었죠. 이미 영업에 막대한 타격을 입은 후였어요."

출입문이 열리더니 데이비드가 안으로 들어왔다. 케이트를 발견한 그가 밝게 미소 지었다.

"그날 당신이 스카보로 역으로 돌아갔을 때 한나는 이미 사라지고 없던가요?"

"네, 한나는 거기에 없었어요."

"한나를 내려준 때로부터 시간이 얼마나 지나 있던가요?"

"약 15분쯤 지났을 거예요."

"15분 사이에 한나가 사라졌군요. 혹시 한나가 집으로 돌아가기 싫어 어딘가로 훌쩍 떠나버린 건 아닐까요?"

케빈이 고개를 저었다.

"한나는 소심하고 겁이 많은 아이였어요. 라이언의 말이라면 무조건 순종했죠. 한나에게 아버지는 절대로 벗어나지 못할 둥지였죠."

*

남자들은 케이트를 만나면 대부분 노골적으로 지루해했다. 케이트는 나름 재미있는 자리를 만들어보려고 애썼지만 번번이 실패했다. 지금껏 만나본 남자들 중에서 그나마 콜린만이 예외였다. 그는 일방적으로 자기 얘기를 하는 스타일이라 묵묵히 들어줄 사람이 필요했을 수도 있었다. 가끔 '네, 아뇨, 대단하네요!' 같은 말만 해도 충분했다.

데이비드와 함께 하는 자리는 물 흐르듯 자연스러웠다. 그는 이따금 케이트에게 뭔가 묻고 나서 끝까지 말을 진지하게 들어주었다. 그는 항구에서 요트 대여 사업을 하는 사람이었다. 바다로 여행하길 원하는 사람들에게 요트를 대여해주는 일이었다. 그는 유럽 여러 나라 업체들과 긴밀한 협력관계를 형성하고 있다고 했다. 스페인, 프랑스, 이탈리아, 그리스, 터키 등이 그의 사업 영역이었다. 근래에는 스웨덴까지 사업 영역을 확장하기 위해 접촉 중인데 좋은 결과가 기대된다고 했다.

"혹시 요트여행 계획이 있으면 언제든지 말해요. 근사한 코스를 알려줄 테니까요."

"요트를 몰 줄 몰라요."

"요트를 운행할 선장을 구해 여러 사람이 함께 여행을 떠날 수도 있어요. 1인이나 2인 여행도 가능하고, 단체여행도 즐길 수 있죠."

"진지하게 고려해볼게요."

데이비드는 서른여덟 살이었고, 그녀보다 네 살이나 어렸다.

기혼일까? 아니면 여자 친구가 있을까?

케이트는 마음속에서 자꾸 덧없는 희망이 자라고 있어 기분이 싱숭생숭했다. 그녀는 애써 희망의 불씨를 짓눌러 꺼버렸다.

인물도 잘 생기고, 직업도 괜찮은 사람이야. 게다가 나이도 어려. 결국 내 차지가 될 수 없다는 뜻이야.

케이트는 무슨 옷을 입을지 고민하다가 결국 늘 입고 다니던 옷을 걸치고 집을 나섰다. 단 한 번의 저녁식사를 위해 새 옷을 구입했다가는 나중에 크게 후회할 수도 있을 거라는 생각이 들었다. 기대가 크면 실망도 큰 법이니까. 그럼에도 낡은 청바지를 그대로 입고 나온 게 후회되었다. 상의는 'Keep Cool!'이라는 글자가 새겨진 회색 스웨트셔츠를 입고 나왔다. 우스꽝스럽고 촌스러운 옷차림이었다. 데이비드는 옷차림 따위는 관심이 없다는 듯 입가에 부드러운 미소를 머금고 활기찬 대화를 이어갔다.

나에게 호감이 있는 걸까?

차츰 긴장이 풀리며 마음이 누그러졌다.

"프리랜서 기자라고 했죠?"

"네."

"언론사에 기사를 게재하려면 경쟁이 치열하겠네요?"

"그동안 쌓아온 인맥이 있어 버틸 만해요."

문득 지금이 진실을 털어놓을 수 있는 기회라는 생각이 들었다. 나중에 알게 되면 조롱당한 느낌을 받을 테니까.

'난 형사이고, 런던경찰국에서 일해요, 스코틀랜드 야드 소속이죠. 스카보로에서 벌어진 납치사건에 관심이 많아 수사를 하고 있어요. 당신도 용의자 명단에 올라 있죠. 내가 당신 집을 방문한 이유는 수사상 필요했기 때문이에요.'

케이트는 진실을 털어놓으려다가 다시 입안으로 삼켰다. 분위기 좋게 흘러가는 저녁식사 자리를 망치고 싶지 않았다.

앞으로 다시는 만날 일이 없을 테니까 상관없어.

케이트는 집을 온통 쓰레기장으로 만들어버리고 사라진 세입자 이야기로 화제를 돌렸다.

"집을 팔려고 리모델링을 했어요."

"신문에서 집을 엉망으로 만들어버리고 도주한 세입자들을 본 적은 있지만 실제로 그런 일을 겪은 사람은 처음 봐요. 아직 그들이 어디로 도주했는지 행방을 모르나요?"

"경찰이 그들의 행방을 추적하고 있지만 찾기 힘들 것 같아요. 국외로 도주했을 가능성이 크니까. 집수리 비용은 어쩔 수 없이 내가 지불했어요."

"오랜 추억이 깃든 집을 팔아야 하니 마음이 무척 아프겠어요."

다른 사람들 앞에서 그 집에 대한 애착을 드러낸 적이 없었다. 살아온 집에 대해 애착을 보이는 건 인생에서 결핍된 부분이 많기 때문이니까. 고독, 친구의 부재, 연애 실패, 동료들과 어울리지 못하고 겉돌고 있는 건 하나같이 결핍의 증거였다. 그저 하루하루 살아갈 뿐 기쁨이 없는 삶이었다.

케이트는 그 어디에서도 그 집에 있을 때처럼 안전하게 보호받고 있다는 느낌을 받지 못했다.

"오랫동안 사용해온 집기와 가구들이 있는데 모두 폐기처분했어요. 이제 추억이 깃든 물건은 아무것도 남아 있지 않아요."

"지금도 그 집에서 머물고 있는 건 아니죠?"

"그 집에 있어요. 런던으로 돌아가기 전까지 그 집에 머물 거예요."

데이비드가 이상하게 생각할까 봐 걱정스러웠다.

"가구 하나 없이 텅 빈 집일 텐데 불편하지 않아요?"

"캠핑용 접이식 의자도 있고, 고양이도 한 마리 있어요."

"고양이요?"

"세입자들이 버리고 달아난 고양이를 데리고 있죠."

"그 집에 한 번 가보고 싶네요. 어떤 집인데 당신이 그토록 애착을 보이는지 궁금해요."

"얼마 전 그 집에 다시 발을 들여놓을 때만 해도 끝이 아니라 새로운 시작을 의미하길 바랐어요."

"집을 보러오는 사람들은 있어요?"

"젊은 부부가 집을 보러 온 적이 있는데 어찌나 눈꼴사납게 구는지 그냥 내쫓아버렸어요. 그런 사람들에게 집을 팔고 싶지 않았거든요."

"당신은 그 집을 팔고 싶지 않은 거예요."

"그렇게 보여요?"

"집에 대한 애착이 강하잖아요. 집을 팔면 크게 후회할 거예요."

데이비드는 그녀의 마음을 정확하게 꿰뚫고 있었다.

"정말 집을 보고 싶어요?"

"네, 보고 싶어요. 내일 저녁에는 시간이 어때요?"

"이틀 연속 늦게 들어가면 부인이 좋아하지 않을 텐데요?"

케이트는 묻고 나서야 멍청한 질문이라는 생각이 들었다.

"아직 미혼인데요. 마지막으로 연애한 지도 벌써 일 년이 넘었어요. 지금은 만나는 여자 친구가 없어요. 당신은 어때요?"

"나도 없어요."

"놀랍네요. 그럼 우리 내일도 만날까요?"

"네, 좋아요."

데이비드가 주방 쪽을 돌아다보았다.

"후식으로 크럼블 파이가 나올 거예요. 제법 맛이 괜찮아요."

마빈 벤트가 크림을 잔뜩 얹은 애플 크럼블 파이를 만들어 내놓자 종업원이 가져다주었다. 벤트 형제는 얼굴이 닮아 누군지 금세 알 수 있었다. 그들 형제는 8년이라는 시차를 두고 비슷한 상황에 처해 있었다.

과연 우연으로 치부할 수 있을까?

문득 그런 의문이 떠올랐지만 벤트 형제의 편에 서고 싶었다. 오늘 저녁에는 더 이상 납치사건을 생각하고 싶지 않았다. 지금 이 순간 그녀는 형사도 아니고, 기자도 아니었다. 그냥 케이트 린빌이었다.

*

아침 일찍 알라드의 집으로 향한다. 맞은편 길가에 차를 세운 뒤 그 집 현관문을 뚫어져라 지켜본다. 아직 날이 밝지는 않았지만 가로등이 환하게 켜져 있다. 주변의 볼품없는 몇몇 집들에도 전등이 들어온다. 이 정도로 허름한 동네인 줄 미처 몰랐다. 알라드의 집 주소는 전화번호부에서 쉽게 찾아냈다. 스카보로에서 그들 가족 말고 알라드라는 성을 가진 사람은 없다. 도로는 적막에 휩싸여 있다. 맨디가 살았던 이 동네가 그리 놀랍지 않다. 그 아이의 가출도 놀랍지 않다. 예의범절을 모르는 천박한 말투도 놀랍지 않다.

정각 7시가 되자 현관문이 열리더니 젊은 여자가 밖으로 나왔다. 맨디보다 약간 나이가 들어 보인다. 아마도 맨디의 언니일 것이다. 맨디는 언니에 대해 말한 적이 없다. 그 아이는 나에 대한 분노에 휩싸여 적대감을 표출할 뿐 계속 대화를 회피해오고 있다. 맨디가 상스러운 욕설을 내뱉을 때마다 새삼 그 아이를 데려온 건 실수였다는 생각이 든다. 처음에는 아주 잘될 거라 믿었다. 그때만 해도 맨디는 추위에 떨며 길거리를 헤매던 자신을 구해준 것에 대해 고마워했다. 지금 그 아이의 머릿속에는 온통 달아날 생각뿐이고, 나를 볼 때마다 미친 듯이 비명을 질러댄다.

맨디의 언니는 상냥하고 온순해 보인다. 낡은 청바지와 긴 부츠, 검정 재킷 차림이다. 내 취향은 아니다. 머리카락이 남자아이처럼 짧다.

왜 머리카락을 짧게 잘랐을까?

요즘 여자아이들은 남자들을 닮아간다. 입에 담배를 꼬나물고, 코에 피어싱을 하고, 발에 꼴사나운 구두를 신는다. 도무지 여자아이들의 심리를 이해할 수 없다.

맨디의 언니가 나간 이후 알라드의 집에서는 한참동안 아무런 움직임이 없다. 집을 나선 사람들이 차를 타고 떠나고, 일부는 걸어서 사라진다. 알라드의 집에서는 여전히 인기척이 없다. 아침 일찍 출근하는 사람은 맨디의 언니뿐인 듯했다. 나는 회사에 다니지 않는 사람들을 경멸하지는 않는다. 일을 하고 싶은데 자리가 없으니까. 맨디의 말에 따르자면 알라드 가족은 그 경우는 아닌 듯했다.

시간이 갈수록 몸이 얼어붙는다. 어느 순간 이렇게까지 조심할 필요가 있을지 회의감이 든다. 알라드 가족들 중에서 내 얼굴을 알아볼 사람은 없다. 8시 반쯤 현관문이 열리더니 어떤 여자가 밖으로 나온다. 맨디의 엄마가 분명하다. 여자를 꼼꼼하게 살펴본다. 키가 맨디보다 훨씬 작고, 비쩍 마른 여자이다. 머리카락은 염색이 잘못됐는지 푸석푸석하다. 오렌지색 브리지를 넣은 이상한 금발이다. 청바지와 풀오버 차림에 운동화를 신고 있다. 여자는 현관문 앞에서 담배에 불을 붙이고, 한 모금 깊이 빨아들인다. 추위에 아랑곳하지 않고 담배를 피우고 있다. 마치 아침식사 대신 담배로 영양분을 섭취하는 듯 보인다. 어쩌나 말랐는지 몸매 걱정을 할 필요는 없어 보인다. 그 대신 폐를 걱정해야 할 것이다. 육안으로는 폐를 볼 수 없으니까. 거울을 보며 안색이 이상하다고 느꼈을 때는 이미 늦는다.

맨디가 이미 10월 초부터 실종 상태인데 여자는 크게 걱정하거나 절망스러워하는 표정이 아니다. 그렇다고 즐거워 보이지도 않는다. 짐작컨대 인생이 너무 힘들어 맨디의 실종에 대해 신경 쓸 여력이 없어 보인다. 여자는 자기 인생을 한탄할 뿐 단 한 번도 안 좋은 상황을 타개해보려고 애쓴 적이 없어 보인다. 사스키아의 엄마와는 완전히 대비된다. 그 여자를 몇 번 본 적이 있다. 매일이다시피 딸에 대해 걱정하느라 고통과 시름 속에서 살았다. 영혼이 서서히 오그라들다가 말라 죽어가는 느낌이었을 것이다.

맨디의 엄마는 딸이 어떤 상황에 놓여있든 전혀 개의치 않는 듯했다. 그냥 어떤 남자를 따라 달아났으려니 체념한 기색이다. 훗날 맨디가 런던 뒷골목에서 자질구레한 범죄를 저지르며 살아가게 될지도 모르지만 자기와는 상관없는 일로 여기는 듯했다. 대부분의 엄마들은 딸에 대해 절대로 그렇게 생각하지 않겠지만 저 여자는 그런 상상쯤은 대수롭지 않게 할 수 있을 것이다.

여자가 담배를 바닥에 던지더니 발로 비벼 끄고 집안으로 들어가 현관문을 닫는다.

나는 차에 시동을 걸고 히터를 켠다. 맨디에게 가자면 제법 많은 시간이 걸린다. 시간이 지나면서 점점 주변 풍경이 황량해진다. 도로변에 집들이 띄엄띄엄 보인다. 맨디가 집을 마음에 들어하지 않는다는 걸 알고 있다. 앞으로도 계속 지금처럼 굴면 도시로 데려가는 건 불가능하다.

오늘도 여전히 성질 사나운 고양이처럼 분노한 맨디가 나를 맞이한다. 빗질은커녕 머리를 감지도 않았다. 눈동자에 핏발이 서있고, 피부가 창백하다. 얼굴 곳곳에 얼룩덜룩 땟자국이 남아 있다.

"나에게 왜 이러는 거야? 왜 자꾸 이상한 짓을 하는 거야?"

맨디가 보자마자 나를 공격한다.

"앞으로 다시는 그런 식으로 말하지 마. 계속 그러면 우리는 결코 가까워질 수 없어."

내가 싸늘하게 대꾸한다.

맨디가 나를 향해 침을 뱉는다. 다행이 빗나간 침이 뒤쪽 벽 어딘가에 떨어진다. 맨디의 오른쪽 손목을 수갑에 채워 쇠사슬로 연결한 다음 벽에 고정시켜두었다. 맨디가 쇠사슬을 힘껏 잡아당긴다.

"배고파. 목도 마르고!"

나는 미소를 짓는다.

"네가 어린애처럼 구는 한 먹고 마실 걸 주지 않을 거야."

맨디의 눈이 분노로 일그러진다.

"지옥으로 꺼져버려!"

맨디가 고래고래 소리를 지른다.

나는 어깨를 으쓱한다.

"마요네즈를 바른 칠면조 샌드위치, 버터와 복숭아 잼이 들어 있는 스콘, 거기다 레모네이드까지 가져왔지만 얌전하게 굴지 않으면 줄 수 없어."

맨디의 얼굴이 더욱 창백해진다. 목이 타는 갈증에 견디기 힘들 만큼 배가 고프리라는 걸 알고 있다.

"몸을 씻게 해줘. 팔에 새 붕대를 감아야 해."

"씻을 물과 붕대도 가져왔어."

전기와 수도가 모두 끊겼다. 사스키아는 변기통에 남아 있던 물을 전부 다 마셨다. 목숨이 경각에 달하면 사람은 무슨 짓이든

할 수 있는 법이다.

"날 풀어줘. 목이 마르고, 배도 고프고, 붕대도 갈아야 해."

"나도 알지만 가장 중요한 한 단어가 **빠졌어**."

나는 맨디의 기억을 일깨운다.

맨디가 증오에 찬 눈빛으로 나를 노려본다. 맨디는 마지막으로 남은 자존심과 욕구 사이에서 처절한 사투를 벌인다. 이를 악물고 버텨보려 하지만 결국 욕구가 승리한다.

"제발."

맨디가 속삭이듯 웅얼거린다.

나는 차에서 물이 가득 든 양철통 두 개를 가져온다. 끓인 물을 양철통에 담아두었는데 어느새 다 식어버렸다. 맨디가 손가락으로 양철통을 살짝 밀친다.

"빌어먹을! 난 샤워하고 싶어. 양철통에 든 물로 몸을 씻기 싫단 말이야."

제대로 먹지도 씻지도 못한 아이의 입에서 그런 말이 나오다니 기가 막힐 따름이다.

욕실과 냉장고를 갖춘 호텔 스위트룸을 원하는 건가?

"이 집에는 욕실이 없어."

"있잖아?"

"수도가 끊겨 물이 나오지 않아."

"빌어먹을! 얼마나 더러운 집이기에 수돗물이 끊길 정도야."

맨디의 말은 상스럽다. 다른 아이들은 내가 자유롭게 돌아다니는 걸 허용했다. 겁을 잔뜩 집어먹은 탓에 대체로 고분고분했다. 맨디 역시 공포를 느끼겠지만 밖으로 드러내지 않는다. 지금은 공포심보다 분노가 더 큰 편이다. 여차하면 나를 공격할 수도 있는 아이다.

"화장실에 가고 싶어."

맨디는 변기통에 볼일을 보는 걸 모욕적이라 느꼈지만 달리 방법이 없다.

"변기통에다 볼일을 봐. 나중에 비워줄 테니까."

그 순간 맨디가 괴성을 지르고 발버둥 치며 분노를 폭발시킨다. 벽에 박아놓은 쇠사슬이 뜯겨나갈까 봐 겁이 날 지경이다.

"다시는 변기통에다 볼일을 보지 않을 거야. 당신처럼 뒤틀리고 병적인 변태에게 굴복당할 수는 없어."

맨디가 쇠사슬을 잡아당기며 포효한다.

미친 듯이 날뛰고 소리치던 맨디가 지친 듯 발광을 멈췄을 때 내가 말한다.

"우린 어떻게든 서로 잘 지낼 수 있는 방법을 찾아내야 해."

맨디가 눈을 깜박이며 쳐다본다.

"우린 둘 다 쓰레기야."

맨디의 목소리에 처음으로 두려움이 배어 있다는 걸 느낀다. 내 말이 결코 농담이 아니라는 걸 눈치 챈 듯했다. 맨디가 왜 진작 깨닫지 못했는지 모를 일이다. 맨디는 지금껏 반신반의하며 어떻게든 잘 될 거라고 막연한 기대를 품고 있었는데 이제는 달라 보인다.

"내일 다시 올게."

원래는 맨디와 더 많은 시간을 함께 보낼 생각이었지만 좌절 감과 분노가 나를 집어삼킨다. 다른 아이들과 있을 때보다 훨씬 심한 편이다. 앞으로 바뀔 수 있을 거라고 기대하지 않는다. 맨디를 데려온 건 명백한 실수이다. 그동안 여러 아이들을 데려왔지만 하나같이 내 뜻대로 되지 않았다. 처음부터 나와 맞지 않는다는 게 확연히 드러난 경우는 맨디가 처음이다. 맨디는 수준 낮고 원초적인데다 예의범절을 모른다. 언젠가 맨디가 고분고분해지더라도 과연 자연스럽게 대화를 나눌 수 있을지 의문이다. 정도의 차이는 있지만 다들 내게 저항했다. 내가 아이들을 선의로 데려왔고, 우리가 함께하면 행복해질 수 있다는 걸 납득시키는 데 실패했다.

맨디에게 붕대와 화상에 바를 연고가 들어 있는 봉투를 내민다.

"이 연고를 상처에 바르도록 해."

"빌어먹을! 네 똥구멍에나 발라!"

맨디가 죽일 듯이 소리를 지르지만 나는 그냥 어깨만 으쓱한다. 맨디는 결국 연고를 바를 수밖에 없다. 내가 가져온 양철통 두 개 중 하나는 세숫대야로 쓰고, 다른 하나는 변기통으로 쓰듯이.

나를 증오하지만 내가 가져다준 음식물을 먹고 마실 수밖에 없다. 생존에 대한 욕구는 늘 모든 걸 이기니까.

프로판가스 히터가 작동되고 있다. 앞으로 24시간 동안 따스하게 지낼 수 있을 만큼 가스가 들어 있다. 나는 말없이 집을 빠져나온다. 히터가 꺼지면 견디기 쉽지 않다. 밤이 되면 기온이 영하 아래로 떨어지는 곳이니까. 올해는 유난히 추운 겨울이 될 것 같다. 얼어 죽지 않도록 신경을 써주는데 맨디는 전혀 고마워할 줄 모른다. 내가 날마다 먹을 걸 챙겨들고 이 먼 곳까지 운전해오는 걸 알아주지 않는다.

아이들은 항상 집으로 돌려보내달라며 징징거린다. 아이들이 내 사랑을 거부한 것에 대한 실망감이 커지면 더 이상 관계를 지속하기 힘들어진다. 장시간 운전하기도 싫고, 식료품을 사느라 돈을 쓰고 싶지도 않다. 고마움을 모르는 아이들이라 만나러 가기 싫어진다.

맨디도 차츰 그날이 다가오고 있다는 걸 예감하고 있다.

분노에 찬 맨디의 비명소리가 차까지 따라온다.

집으로 돌아가는 동안 지하실에 내려가볼지 말지 고민이다. 아마도 내려가 보게 될 것이다. 확실하지는 않다.

11월 10일, 금요일

1

아멜리는 기분 좋은 날과 나쁜 날이 명확하게 갈렸다. 오늘은 기분이 나쁜 날에 속했다. 헬렌은 갈수록 마음이 초조해졌다. 아멜리를 좋아하고, 얼마나 힘든 일을 겪었는지 잘 알고 있었다. 그럼에도 아멜리가 사건의 진실을 밝히려는 노력을 포기한 건 아닐까 하는 의구심이 들 때마다 마음이 안타까웠다. 아멜리는 차에서 어떻게 도망쳤는지 털어놓은 이후로는 사건과 관련해 아무런 언급이 없었다.

헬렌은 날마다 케일럽에게 아멜리를 만나 대화한 내용을 보고해오고 있었다. 케일럽은 또 다른 피해자가 발생할까봐 온통 신경이 곤두서 있었다.

"아멜리가 한시바삐 입을 열어야 해."

케일럽이 처음으로 그렇게 말했다. 헬렌은 그의 말을 듣고 나서 수사가 절망적일 만큼 답보상태에 머물러있다는 걸 실감했다.

헬렌은 지금 아멜리의 방에 와있었다. 아멜리는 여전히 창가에 놓인 긴 의자에 앉아 있었다. 영원히 그 자리에 붙박이로 앉아있게 되는 건 아닌지 우려될 지경이었다. 오늘따라 아멜리의 표정이 심상찮았다. 무려 3주일 동안 방 안에 틀어박혀 지냈으니 그리 놀랄 일도 아니었다. 바닷가로 산책을 가자고 제안했지만 번번이 거부당했다.

오늘따라 아멜리의 눈이 퉁퉁 부어 있었다. 무슨 일이 있었냐고 물었더니 아무 일도 아니라고 했다.

"도대체 무슨 일이 있겠어요. 이미 내 예전 삶은 완전히 사라져버렸는데요."

"너에게 못된 짓을 저지른 놈들을 반드시 체포해 처벌받게 해야 돼. 네가 범인이나 갇혀 있었던 장소에 대해 말해주면 훨씬 체포하기 수월해져. 범인이 너에게 했던 말이나 행동에 대한 증언도 수사에 큰 도움이 되지."

"기억나는 게 전혀 없어요."

"기억하려는 마음을 포기해서 그래. 수사가 한 발짝도 진척되지 않고 있어. 두터운 장벽에 가로막힌 상황이야. 너의 고통을 충분히 이해하지만 조금만 더 애써주었으면 좋겠어."

"범인의 인상착의에 대해서는 이미 말했잖아요."

"범인의 몽타주를 그리긴 했는데 특징 없이 밋밋해. 그런 얼굴을 가진 사람은 아주 많아. 진술이 구체적이지 않고 두루뭉술해서 그래."

"형사님은 그런 일을 겪어본 적 있어요? 진술이 얼마나 더 구체적이야 하죠?"

"널 비난하려는 게 아니라 범인을 잡으려면 좀 더 구체적인 진술이 필요하다는 뜻이야."

"이미 모든 걸 말했어요. 더 이상은 나도 몰라요."

헬렌이 한숨을 푹 쉬었다.

"아니, 넌 사실 더 많은 걸 알고 있어. 단지 너의 뇌가 기억을 떠올리려고 하지 않을 뿐이지."

아멜리가 어깨를 으쓱였다.

"어쨌든 기억나지 않아요. 머릿속이 온통 캄캄해요. 버니스톤 로드에서 범인의 차에 올랐고, 그곳을 떠났어요. 그 다음은 어떻게 되었는지 정말 모르겠어요. 아무것도 기억나지 않아요."

"그보다 훨씬 나중에 벌어진 일은 기억하고 있잖아. 어떻게 범인을 따돌리고 차에 몰래 올라탈 수 있었지? 정말이지 믿기 힘들 만큼 용감하고 대담한 행동이었어. 너의 결단력은 놀라워. 혹시 그 과정에서 뭔가 더 생각나는 건 없니? 차가 어디에 주차돼 있었지? 차고? 아니면 대문 밖? 넌 언제나 몸이 자유로운 상태였니? 아니면 범인이 실수로 널 잠시 풀어주었던 거야?"

"몰라요."

"차분하게 기억을 더듬어봐!"

아멜리가 갑자기 비명을 질렀다.

"기억하고 싶지 않아요. 이제 날 그만 내버려둬요."

"그래, 진정해. 나는 다만……."

아멜리가 몸을 돌려 헬렌을 바라보았다.

"이 집에서 나가고 싶어요. 이 방도 싫고, 이 집의 모든 게 다 끔찍해요."

"바닷가에 나가 바람이라도 쐬고 오는 게 좋겠어. 집밖에서 보초를 서는 경관들이 널 지켜줄 테니까 아무 일 없을 거야."

"엄마는 바닷가를 산책하길 좋아하지만 난 싫어요. 엄마처럼 되고 싶지 않아요."

"바닷가 말고 다른 곳은 어때?"

"그냥 시내에 나가고 싶어요. 쇼핑이라도 하게."

"그래, 알았어. 케일럽 헤일 반장님과 이야기를 나누어보고 내일 나와 함께 쇼핑하러 가는 거야."

아멜리가 우울한 표정으로 헬렌을 쳐다보았다.

"나 혼자 가고 싶어요."

"너 혼자는 안 돼."

"밖에 있는 경관들이 동행하는 건 상관없어요."

헬렌은 내심 마음이 상했지만 상처받지 않기로 했다. 몇 주 전부터 계속 아멜리의 옆에 앉아 기억을 떠올려보라고 재촉해댔으니 좋은 감정을 갖고 있을 리 없었다.

"그래 알았어. 그 문제는 내가 해결해볼게."

어쩌면 아멜리가 이전 모습으로 되돌아가는 첫걸음이 될 수도 있었다. 헬렌은 이 작은 발걸음이 아멜리의 마음을 단단히 걸어 잠그고 있는 빗장을 푸는 계기가 될 수 있길 바랐다.

2

데보라는 고통스러운 상황이 한시바삐 지나가길 바랐다. 제이슨이 한사코 혼자 가겠다는 걸 같이 가자며 함께 왔다.

"돈을 가져다주는 게 뭐 그리 좋은 일이라고 따라 나서. 같이 갈 필요 없어."

제이슨은 아침 식탁에서 그렇게 말했다. 밤잠을 설친 듯 눈에 핏발이 서 있었다.

"수표를 건네주고 나서 곧장 돌아올 거야. 제발 다시는 그 미친놈 얼굴을 보지 않게 되길 바랄 뿐이야."

3만 파운드를 구하느라 추가 대출을 받았다.

"이미 빚이 많은데 그깟 3만 파운드를 더한다고 뭔 일이야 나겠어?"

제이슨은 이제 어찌 되든 상관없다는 듯 냉소적이었다.

정전됐던 날 밤 침대에 누웠을 때만 해도 제이슨은 켤코 알렉스의 제안을 받아들일 수 없다고 말했다.

"3만 파운드가 뉘 집 개 이름이야? 절대로 줄 수 없어."

"납치범들은 허다하게 그보다 훨씬 큰돈을 요구하잖아. 그냥 속편하게 주고 끝내는 게 어때?"

"우린 금전적인 보상을 약속한 적이 없어."

"어쨌거나 그가 아멜리의 목숨을 구해주었어."

제이슨이 한숨을 내쉬었다.

"아멜리의 목숨 값을 돈으로 환산할 수 있어?"

"아멜리의 목숨 값이 3만 파운드라는 뜻은 아니잖아. 우린 그가 아멜리의 손을 끝까지 잡아준 것에 대해 감사를 표하는 것뿐이야."

제이슨이 자리에서 일어나 전등을 켜더니 침대에 걸터앉았다. 그의 미간에 주름살이 깊게 파였다.

"내가 3만 파운드를 주려는 이유는 딱 하나야. 이번이 마지막이어야만 해. 다시는 놈과 얼굴을 마주하고 싶지 않아."

데보라도 자리에서 일어나 앉았다.

"돈을 줄 거야?"

"주고 끝내자."

제이슨은 다음 날 은행을 방문해 추가 대출을 받았다. 그나마 직업이 의사라 은행에서 배려해준 덕분이었다. 은행 담당자는 이제 대출 한계치를 넘었다는 사실을 알려주었다. 그날 밤 제이슨은 잠을 이루지 못하고 밤새 몸을 뒤척였다. 데보라가 따라가겠다고 나섰다. 제이슨은 계속 만류했지만 고집을 꺾지 않았다.

"나에게도 중요한 일이야. 나도 이제 알렉스에 대한 문제를 매듭짓고 싶어."

알렉스는 집에 있었다. 작고 허름한 집으로 창을 열면 니콜라스 절벽에 있는 공원이 내려다보였다. 집에 딸려 있는 가구 말고는 살림살이가 거의 없었다. 뒷마당이 보이는 창문 앞에 안락의자 두 개가 놓여 있었다. 누가 버린 걸 주워온 듯했다. 한쪽 구석에 접이식 간이침대가 놓여 있었다. 식탁 위에 설거지를 하지 않은 커피 잔 서너 개와 음식찌꺼기가 달라붙은 접시 하나가 놓여 있었다. 환기를 시키지 않아서인지 음식 냄새와 땀 냄새가 진동했다. 알렉스는 아직 젊고 건강한 편이었다. 데보라는 그가 왜 이런 식으로 살고 있는지 이해할 수 없었다.

알렉스는 왜 일자리를 구하려 하지 않고 게으름을 피울까?

알렉스는 집안 꼴을 엉망으로 만들어놓고도 부끄러워하기는커녕 오히려 태연자약하고 오만하기까지 했다.

"직접 여기까지 찾아와줘서 고마워요. 코트를 벗으시겠어요?"

"우린 곧 돌아가 봐야 해요."

제이슨이 퉁명스런 어조로 말했다.

"커피라도 한 잔 드릴까요?"

데보라는 이 집에 있는 컵으로는 커피를 마시고 싶지 않았다.

"고맙지만 됐어요."

제이슨이 봉투를 내밀었다.

"3만 파운드요."

알렉스는 봉투를 건네받았지만 열어보지는 않았다.

"내 제안을 받아들여줘서 고마워요."

"고마워할 건 없어요. 그 대신 이번이 마지막이니까 다시는 우리를 찾아와서는 안돼요."

제이슨이 단호하게 말했다. 그렇지만 그는 과연 지금 이 자리가 마지막이 될지 확신하지 못했다.

알렉스 반즈는 어떤 인물일까? 혹시 범인의 공범이나 친구는 아닐까?

"중고차를 하나 봐뒀는데 당장 사야겠어요. 그리 비싼 차는 아니니까. 드디어 차를 살 수 있게 되었어요. 이제 면접을 볼 때 훨씬 편하게 다닐 수 있겠네요."

"가급적 빨리 일자리를 구할 수 있길 바랄게요. 이 집은 이번 달을 끝으로 계약을 해지할 거예요. 그 돈이면 월세를 지불하고도 남을 테니까 이제 당신이 직접 집을 구해야만 해요."

"여긴 사람이 살 집이 못되죠. 당장 집을 구해야겠어요."

알렉스는 끝내 월세를 내준 것에 대해 감사인사를 하지 않았다.

"가급적 빨리 집을 비워주세요."

제이슨이 서둘러 말했다. 그는 당장 이 집에서 벗어나고 싶었다. 몹시 지저분한데다 악취가 진동하는 것도 싫었지만 알렉스 반즈를 마주하고 있는 게 무엇보다 끔찍했다.

데보라는 마음을 추스르며 알렉스에게 악수를 청했다.

"다시는 만날 일이 없길 바랄게요. 앞으로 모든 일이 잘될 거예요."

알렉스가 의미를 알 수 없는 미소를 흘리며 데보라의 손을 잡고 흔들었다.

"당신도 모든 일이 잘 될 거예요. 부디 아멜리도 정상적인 생활을 찾길 바라요."

"경찰이 범인을 체포해야 안심할 수 있겠죠."

제이슨이 덧붙였다.

"범인이 한시바삐 체포되길 바랄게요."

알렉스가 여전히 의미를 알 수 없는 미소를 담은 얼굴로 말했다.

제이슨과 데보라는 곧장 집 밖으로 나왔다.

"이번이 정말 저 놈과 마지막이 될 수 있을까?"

"만약 뭔가를 다시 요구하면 거절해야지. 이제 더는 그의 요구를 들어줄 수 없으니까."

제이슨은 이번이 마지막이라고 믿고 싶었지만 확신이 서지 않았다.

"알렉스는 일자리를 구할 생각이 없어 보여. 아마 돈이 떨어지면 다시 우리 앞에 나타날 거야. 차도 사고 월세가 비싼 집으로 옮길 경우 돈이 얼마 못 가 바닥날 테니까."

"이제 우리와 상관없는 일이야. 알렉스가 다시 나타나 손을 내밀 경우 그냥 무시하면 돼."

"왠지 자꾸만 불길한 예감이 들어."

데보라는 아무런 대꾸도 하지 않았다. 그녀 또한 이번이 마지막이 될 것 같지 않다는 느낌이 강하게 들었다.

데보라가 제이슨의 팔을 잡았다.

"어디 가서 커피나 한 잔 마실까? 이제 안 좋았던 일들은 모두 잊고 새 출발하는 거야. 예전처럼 서로 아껴주며."

3

7시 반에 데이비드가 방문하기로 되어 있었는데 하필이면 약속시간이 되기 직전에 콜린에게서 전화가 왔다. 피자도우를 만들던 케이트는 몹시 짜증이 일었다.

"무슨 일이죠?"

케이트는 인사도 없이 그렇게 물었다.

"내가 전화하니까 기분 좋죠?"

"천만에요, 요즘은 스트레스가 많아요."

"휴가 중인데 왜 스트레스를 받죠?"

케이트는 휴대폰을 귀에 대고 화장실로 걸어가 반신 거울에 비친 얼굴을 바라보았다. 그녀는 오후에 시내에 나가 새 원피스를 구입했다. 몸에 꼭 끼고, 길이도 짧고, 디자인이 섹

시한 청색 원피스였다. 문득 콜린이 몸매에 대해 칭찬했던 말이 떠올라 용기를 냈다.

괜한 짓을 했다는 생각에 기분이 씁쓸했다.

데이비드가 속으로 비웃을지 몰라.

케이트는 급히 입술에 바른 립스틱을 지웠다. 아무리 생각해도 화장이 너무 진해보였다.

빌어먹을!

"내 제안에 대해 생각해봤어요?"

케이트는 거울에 비친 얼굴을 살피느라 그의 말을 제대로 알아듣지 못했다.

"어떤 제안을 했는데요?"

"지난번에 내가 당신을 만나러 가겠다고 했잖아요. 내일 아침 런던을 출발하면 점심때쯤 스카보로에 도착할 거예요. 그럼 주말을 함께 보낼 수 있어요."

케이트는 다시 거울에 비친 얼굴을 바라보았다. 데이비드에 대한 기대감을 억누르기 위해 마음을 진정시켰다. 자꾸만 그와 데이트를 즐기는 모습이 머릿속에서 아른거렸다.

"스카보로에 온다고요?"

"지난번에 이미 말했잖아요."

콜린이 화난 듯 볼멘소리를 했다.

케이트는 그의 제안을 받아들일 생각이 전혀 없었다. 내일은 주말이었고, 데이비드가 데이트를 제안해올 수도 있었다. 지난 수십 년 동안 단 한 번도 남자의 관심을 받아본 적이 없었다. 한 번쯤은 데이트 약속이 생기길 바라며 수많은 주말을 혼자 쓸쓸하게 보냈다.

과연 두 명의 남자로부터 데이트 신청을 받게 될까?

이미 한 사람은 데이트 신청을 했지만 부득이 거절할 수밖에 없었다. 언젠가 지금 이 순간을 돌아보며 크게 후회할지라도.

"미안해요, 콜린. 안 되겠어요."

"왜 안 되죠? 당신은 빈집에서 집을 살 사람이 나타나길 기다리고 있잖아요. 모처럼 극장에도 가고, 함께 요리도 해 먹으며 즐거운 시간을 보낼 수 있어요. 당신이 말해준 골즈비 가족도 만나보고 싶어요. 딸이 실종되었다가 돌아왔다면서요."

"주말에 혼자 지내면서 생각할 게 많아요."

"이미 혼자 지내고 있잖아요. 주말에는 그냥 맘 편히 쉬는 게 좋아요."

케이트는 손목시계를 들여다보았다. 피자가 아직 오븐에 들어 있었다, 그 사이에 옷을 갈아입을 생각이었다. 아무리 생각해도 새로 산 원피스는 지나치게 야한 느낌이 들었다.

"이제 전화 끊을게요. 급히 처리할 일이 있어요."

케이트가 다급히 말했다

그 순간 현관문에서 초인종이 울렸다.

"아, 손님을 기다리고 있었군요. 진작 말했어야죠."

콜린은 감정이 상한 듯 시큰둥하게 내뱉고 나서 전화를 끊었다.

옷을 갈아입을 시간이 없었다. 그녀는 입가에 번진 립스틱을 재빨리 닦아내고 나서 현관문을 향해 걸어갔다. 쥐구멍으로 들어가고 싶은 심정이었지만 이미 늦었다.

*

데이비드는 집에 오자마자 피자 만드는 걸 도왔다. 오븐에서 피자가 익는 동안 그는 집을 둘러보며 연신 감탄했다.

"정말 아름다운 집이에요. 가구도 없고, 페인트칠을 새로 해 냄새가 심한데도 집에서 포근한 느낌이 들어요."

데이비드는 아까부터 주변을 맴도는 고양이의 등을 쓰다듬어주고 있었다.

케이트는 그가 선물로 가져온 와인 병을 땄다. 그들은 오븐에서 흘러나오는 피자 냄새를 맡으며 벽난로 앞에 앉았다.

케이트가 창문턱에 놓인 초에 불을 붙였다.

내 인생에 뭔가 새로운 변화가 시작되려나?

케이트는 누군가와 인연을 맺었다가 상처 입는 게 세상에서 가장 두려웠다. 그동안 무례한 거부 때문에 많은 상처를 받은 탓이었다.

데이비드는 분명 호감을 갖고 있는 듯했지만 아직 속단하기에는 일렀다. 그는 오늘 별다른 계획이 없어 혼자 집에 있느니 그다지 매력적이지 않은 여기자를 만나 시간을 보내는 게 더 낫다고 판단했을 수도 있었다.

케이트는 일단 최악의 가능성을 염두에 두기로 했다.

"당신은 항상 범죄에 대한 기사를 쓰나요?"

"그런 셈이죠."

적어도 범죄사건에 대해서는 뭔가 이야기를 할 수 있었다. 범죄수사는 그녀의 일상이나 다름없으니까.

"당신이 납치사건에 관심을 갖게 된 이유는 고향에서 벌어진 사건이기 때문인가요?"

"우연히 아멜리 납치사건을 가까이에서 접하게 된 이후 기사를 써야겠다는 생각을 하게 되었죠."

케이트는 골즈비펜션에 머물게 된 사연과 바로 그 다음날 아멜리가 실종되었다는 이야기를 해주었다.

"아주 가까이에서 아멜리 사건을 지켜봤어요. 런던으로 돌아가 있을 때 아멜리가 집으로 돌아왔다는 걸 알게 되었죠. 그때 이 사건이 매우 흥미로운 기삿거리가 될 수 있을 거라고 판단했어요."

"아멜리가 실종되기 직전 다른 여자아이의 시신이 발견됐어요. 언론에서는 동일범의 소행으로 추정하는 기사가 많던데요."

"'고원지대 살인마'를 말하는 거죠? 여러 정황상 그렇게 볼 여지가 있긴 해요."

"아멜리가 바다로 뛰어든 건 매우 위험한 일이었지만 무사히 돌아와 다행이에요."

"당신들이 아멜리가 무사히 돌아올 수 있도록 도왔기 때문이죠."

데이비드가 잠시 생각에 잠겼다가 케이트를 바라보았다.

"아마도 경찰은 여전히 나를 용의자로 생각하고 있을 거예요. 알렉스 반즈도 그렇고요. 악천후가 쏟아지는 날, 그 늦은 시각에 바닷가에 있었다는 건 어느 모로 보나 이상할 테니까요."

케이트가 고개를 끄덕였다.

"경찰은 알렉스 반즈 씨가 왜 그 시간에 하필 거기에 있었는지 의심할 거예요. 당신도 마찬가지죠."

"왜 나를 만나보려고 했죠? 아멜리 사건에 대해 물어보고 싶은 게 있었기 때문인가요?"

데이비드의 말투는 진지하고 솔직했다.

"아무런 선입견 없이 독자적으로 사건에 대해 조사해보고 싶었어요. 당신도 아멜리 사건과 관련된 인물이라 찾아갔죠."

"경찰은 내가 범인이나 공범일 수도 있다는 가능성을 염두에 두고 있는 것 같아요."

"처음에 나는 당신이 아멜리 사건과 연관되었을 가능성을 낮게 봤어요."

"처음 생각이 바뀌던가요?"

"지금은 당신이 관련돼 있을 가능성을 사실상 배제했죠."

"'사실상 배제했다'는 말과 '완전히 배제했다'는 말은 같지 않은데요."

"명백한 증거 없이 완전히 배제할 수는 없잖아요."

데이비드가 희미하게 웃었다.

"훌륭한 기자가 갖추어야 할 바람직한 덕목이네요. 제대로 검증도 하지 않고 개인적인 견해를 함부로 기사에 반영하는 기자들이 더러 있잖아요."

"가급적 그런 오류를 범하지 않으려고 애쓰고 있어요."

"혹시 알렉스 반즈를 만나봤어요?"

케이트가 고개를 저었다.

"아직 못 만나봤어요. 그도 직접 만나보고 싶어요. 당신은 그에게서 어떤 인상을 받았죠?"

"폭우가 쏟아지는 상황에서 거센 파도를 두려워하지 않고 아멜리를 끌어올리려고 애쓴 사람을 부정적으로 평가할 수야 없죠. 아멜리를 구조하기 위해 그와 힘을 합해 사투를 벌이긴 했지만 나도 어떤 인물인지는 잘 몰라요."

"그 이후에도 그를 만나볼 기회가 있지 않았나요? 가령 구급차에서 어깨에 담요를 두르고 나란히 앉아 있었을 텐데요? 그럴 때면 대개 이런저런 이야기를 나누잖아요."

데이비드는 기억을 떠올리느라 눈을 깜박였다.

"분명 구급차에서 나란히 앉아있었는데 딱히 어떤 이야기를 나누었는지 기억나지 않아요. 그는 거의 탈진상태였거든요. 경찰이 구급차로 다가와 사건경위를 묻자 그가 간단히 진술했어요. 구조요청 소리를 듣고 달려가 아멜리를 발견했지만 혼자 힘으로는 방파제 위로 끌어올릴 수 없었다고 하더군요. 손이 곱아들어 제대로 힘을 쓸 수 없었다고요. 난 알렉스 반즈보다 훨씬 짧은 시간 동안 그 자리에 있었는데 손이 꽁꽁 얼어붙더군요. 구급대원이 뜨거운 차를 컵에 따라 주었는데 손이 곱아들어 제대로 들지도 못했어요. 그가 얼마나 손을 떨어대던지 차를 쏟을까봐 걱정될 지경이었죠."

"그가 당신에게 어떤 말을 했는지 기억을 떠올려 봐요."

데이비드가 긴장한 표정으로 기억을 되살리려 애썼다.

"경관과 이야기를 마치고 나서는 아무 말도 안했어요."

"혹시 그가 어떻게든 아멜리와 접촉하려고 시도하지 않던가요?"

"그 당시 현장에 구급차가 두 대 출동했는데, 그중 한 대는 아멜리를 태우고 곧바로 떠났어요. 서로 접촉할 틈이 없었죠."

"그때 당신은 무슨 생각을 했죠?"

"무슨 생각이라면?"

"알렉스 반즈와 그 상황에 대해서요."

"알렉스 반즈에 대해서는 별반 생각하지 않았어요. 구조된 여자아이만 생각했죠. 그때까지 그 아이가 신문에 도배되다시피 했던 아멜리 골즈비인지 몰랐어요. 몸이 흠뻑 젖고 탈진한 상태라 신문에 실린 사진과는 전혀 판판이었거든요. 현장에 출동했던 경관들도 처음에는 그 아이가 아멜리인지 미처 몰랐을 거예요."

"그럼 알렉스 반즈와 아무런 대화도 하지 않았나요? 여자아이를 구조하기 직전 무슨 일이 일어났었는지에 대해서도요?"

"그가 너무 지쳐 있어 말을 걸 수 없었죠." 데이비드가 고개를 저으며 말을 이었다. "좋은 정보를 제공하지 못해 미안해요."

"그런 상황에서는 누구나 그래요."

케이트는 아멜리 사건 말고는 데이비드와 어떤 대화를 나누어야 할지 알 수 없었다.

"피자가 다 익었는지 확인해봐야겠어요."

그 순간 데이비드가 그렇게 말해주어서 다행이었다.

그들은 피자를 종이접시에 담아들고 벽난로 앞에 앉았다. 반죽이 잘못됐는지 피자도우가 돌멩이처럼 딱딱했다.

피자를 한 입 베어 물었던 데이비드가 안타까운 표정으로 케이트를 바라보았다.

"피자를 계속 먹다가는 이빨이 부러질 것 같아요. 어떻게 해야 피자가 이렇게 딱딱해질 수 있죠?"

케이트는 어깨를 으쓱했다.

"난 요리솜씨가 형편없어 늘 망쳐버리기 일쑤죠."

"우리에겐 아직 와인이 있으니까 괜찮아요."

케이트는 피자를 음식물 쓰레기통에 버리고 나서 싱크대에서 먹다 남은 감자 칩을 찾아냈다. 그들은 캠핑용 의자에서 아예 거실 바닥으로 내려앉았다. 아침식사를 하고 난 이후 뼛조각처럼 딱딱한 피자를 두 입 베어 먹은 것 말고는 하루 종일 아무것도 먹지 못했다. 빈속에 와인을 마셔서인지 몹시 독하게 느껴졌다.

케이트는 술이 들어가면 말이 많아지는 편이었다.

"당신은 어린 시절부터 줄곧 이 집에서 자랐나요?"

"성인이 된 이후 집을 떠났지만 늘 다시 돌아오곤 했어요. 어머니는 수년 전 돌아가셨고 아버지는 삼 년 전⋯⋯."

케이트가 말을 삼켰다.

"아버지가 어떻게 되셨는데요?"

"이 집에서 피살됐어요."

그 이야기까지 할 생각은 없었는데 포도주 탓이었다.

데이비드가 깜짝 놀란 눈으로 그녀를 쳐다보았다.

"피살됐다고요?"

"그 이야기를 하려면 오래 전으로 거슬러 올라가야 해요. 아버지는 스카보로경찰서 강력반 반장이었는데 어떤 불미스러운 사건에 연루된 적이 있어요. 그 대가를 목숨과 바꾼 셈이 되었죠."

"끔찍한 일이네요."

케이트는 아버지 이야기를 꺼낸 걸 후회했다.

"아버지가 돌아가시고 나서 이전까지 전혀 모르고 있던 사실들을 알게 되었고, 큰 충격을 받았죠."

"그때 새롭게 알게 된 사실들 때문에 아버지에게 실망했다는 뜻인가요?"

"나에게 아버지는 도덕적으로 완벽한 사람이자 우상이었어요. 이 세상에서 내가 알고 있는 모든 사람들 가운데 가장 훌륭한 분이었죠. 단 한 번도 아버지의 인품을 의심한 적이 없었으니까요."

케이트의 눈에 눈물이 고였다. 그야말로 최악이었다.

안 돼. 울어서는 안 돼.

"누가 당신 아버지를 살해했죠?"

데이비드는 감정이 전혀 실리지 않은 목소리로 물었다.

"아버지는 2월 어느 날 밤 괴한에게 피습을 당했어요."

케이트의 뇌리에 그때의 광경이 떠올랐다. 사건기록에 현장 사진과 함께 상황이 자세히 묘사되어 있었다. 잠옷 차림의 아버지는 머리에 비닐봉지를 뒤집어쓰고 있었고, 의자에 결박되어 있었다. 범인에게 끔찍한 폭행을 당했고, 결국 고통스럽게 질식사했다.

케이트는 그 이야기를 데이비드에게 들려주었다.

"정말이지 끔찍해요."

데이비드가 나지막하게 말했다.

"더없이 끔찍한 일이었죠."

케이트가 작게 웅얼거렸다.

데이비드가 그녀의 팔에 손을 올려놓았다.

"울지 말아요. 그동안 그 일 때문에 많이 슬프고 힘들었겠네요."

케이트는 그의 따스한 손과 위로의 말에 더욱 감정이 북받쳤다. 이제는 전혀 눈물이 멎을 가망이 없었다.

"네, 슬퍼요."

케이트는 도저히 눈물을 멈출 수가 없었다. 그냥 눈물이 저절로 펑펑 쏟아졌다. 이제 제법 많은 세월이 흘렀지만 그녀는 아직도 아버지의 죽음을 뇌리에서 떨쳐버리지 못했다. 아버지를 죽음으로 이끈 비밀도 여전히 그녀를 힘들게 했다.

케이트는 문득 자신이 데이비드의 품에 안겨 울고 있다는 걸 깨달았다.

"당신은 아마 한 번도 맘껏 울어보지 못했나 봐요. 그러니까 지금 맘껏 울어요."

사실 그렇지는 않았다. 케이트는 자주 울었지만 마음의 응어리들이 쉽게 풀리지 않았다. 그녀는 영혼 깊숙이 새겨져 있는 감정들을 떨쳐버리려 안간힘을 썼다. 가슴 밑바닥에서 자꾸만 신경을 건드리는 감정들, 이를테면 단 한 번도 누군가로부터 위로받지 못했다는 절망감이 그녀를 더욱 슬프게 했다.

케이트는 고통 속으로 함몰되고 싶지 않았다. 그냥 내버려둘 경우 다시는 그 감정의 소용돌이에서 벗어나지 못하리라는 생각이 들며 공포를 느꼈다. 그녀는 공포가 일 때마다 애써 눌러 참았다. 그래야 공포가 더 작아지고 약해질 거라고 믿었다. 그래야 언젠가는 완전히 공포를 느끼지 않게 될 거라고 확신했다. 결국 그건 자기기만이라는 걸 깨달았다. 공포는 여전히 뾰족한 이빨을 가진 맹수였고, 그녀를 물 기회를 호시탐탐 노리고 있었다.

데이비드가 그녀를 꼭 껴안아주었다. 그는 저녁식사로 코르크처럼 딱딱한 피자를 먹었고, 이 집에서 일어났던 끔찍한 살인사건에 대한 이야기를 듣게 되었다.

케이트는 갑자기 허탈하게 웃었다. 남자 문제에 관한 한 초장부터 싹을 잘라버리는 재주가 탁월하다는 생각이 들어 터져 나온 웃음이었다. 그 덕분에 눈물을 멈출 수 있었다.

케이트는 자리에서 일어서며 옷소매로 눈물을 훔쳤다.

"미안해요, 구질구질하게 울어서……."

케이트는 자신의 얼굴이 얼마나 꼴불견이 되어있을지 상상할 수 있었다. 두 뺨이 벌겋게 달아오르고, 화장이 지저분하게 번져 있는 얼굴이 떠올랐다. 시커멓게 번져 있을 마스카라가 떠오르자 차라리 어디론가 숨고 싶었다. 가뜩이나 옷에 신경을 썼는데 모두 수포로 돌아갔다.

"내 얼굴이 그야말로 꼴불견이죠?"

"전혀 그렇지 않아요."

데이비드가 몸을 앞으로 기울여 그녀에게 키스했다.

그 순간 케이트는 온몸이 뻣뻣해졌다.

어떻게 이런 일이!

데이비드가 뒤로 한 걸음 물러섰다.

"당신이 원치 않으면……."

케이트는 문득 이 기회를 놓치면 안 된다는 생각이 들었다. 그녀의 본능이 기회를 놓치면 다시는 똑같은 상황이 주어지지 않을 거라고 말했다. 예전에는 이런 경우 뒤로 빼기 일쑤였다.

"난 당신을 원해요."

케이트가 나지막하게 말했다.

데이비드가 다시 그녀에게 키스했다. 그의 입술에 와인 냄새가 살짝 배어 있었다. 따뜻한 입술이었다.

케이트는 그의 키스에 호응해주었다. 제대로 해내고 있는지 알 수 없었다. 어느 책에선가 키스는 누구나 본능적으로 잘 할 수 있다고 되어 있던 글을 읽은 적이 있었다. 그녀의 경우 언제나 이성이 본능을 억눌러 일을 그르치게 만들었다. 다른 여자들에게는 너무 쉬워 보이던데 그녀에게는 늘 어려웠다. 본능에 충실한 감정이 사라져버릴 때까지 이성적으로 분석하려고 애쓴 탓이었다.

깊이 생각하지 말고 본능에 맡기는 거야.

남녀 관계에 무지한 케이트에게는 유일한 해결책이었다.

문득 학창시절에 열렸던 어느 파티가 떠올랐다. 술에 취했고, 어두운 구석에서 어떤 남자아이와 몇 번의 어설픈 포옹과 키스를 했다. 술과 어둠에 기대 난생 처음 그 남자아이와 섹스를 했다. 그는 원래 케이트의 친구를 노렸지만 다른 남자와 함께 사라지자 홧김에 그녀에게 접근한 것이다.

케이트는 그런 사실을 어렴풋이 눈치 채고 있었지만 상관없었다. 남자아이가 타고 온 차 뒷좌석에서 조급하고 어설프게 일을 치렀다.

어느 해 크리스마스파티 때 두 번째 섹스경험을 했다. 사실 그녀는 크리스마스파티를 좋아하지 않았다. 술을 마시고 시간이 흐를수록 사람들의 말투가 천박해지고 음란해지는 게 싫었기 때문이다. 필수적으로 참석해야 하는 건 아니었지만 크리스마스파티에도 불참하면 동료들과의 사이가 더욱 멀어지게 될까 봐 두려웠다.

케이트는 우스꽝스러운 고깔모자를 쓰고 칵테일을 마셨다. 제발 다른 사람들처럼 자연스럽게 분위기에 빠져들길 원했지만 생각대로 되지 않았다. 밤이 깊었을 때 술에 만취한 동료가 옆에 찰싹 달라붙어 치근대기 시작했다. 술에 취하지 않았다면 그런 수작을 벌일 사람이 아니었다.

케이트는 그날 밤 그를 따라갔고, 다음 날 아침 낯선 침대에서 잠을 깼다. 그가 술 냄새를 풍풍 풍기며 옆에서 코를 골며 잠들어 있었다. 한겨울의 창백한 햇살이 창가로 스며들어 엉망이 된 침실을 적나라하게 비추었다. 신발과 스웨터, 양말과 속옷이 사방에 흩어져 있었다.

케이트는 조용히 일어나 옷을 챙겨들고 욕실로 들어갔다. 옷을 다 입은 그녀는 발끝으로 살살 걸어 밖으로 나왔다.

크리스마스 휴가가 끝난 월요일에 그 남자와 스코틀랜드 야드 건물 복도에서 마주쳤지만 서로 힐끗 쳐다본 뒤 재빨리 스쳐 지나갔다. 그날 밤 있었던 일에 대해서는 둘 다 입을 꾹 다물었다. 마흔두 살이나 되었지만 남자 경험이라고는 고작 두 번이 전부였다.

데이비드에게 미숙한 경험을 들키고 싶지 않았다. 그의 키스가 더욱 격렬하고 대담해졌고, 이내 원피스 지퍼가 내려갔다. 케이트는 드디어 불편한 원피스에서 빠져나왔다. 우아한 분위기와는 거리가 멀었지만 두렵지는 않았다. 그가 스웨터를 머리 위로 홀러덩 벗었다.

케이트는 심호흡을 했고, 데이비드는 숨을 참았다. 그녀는 잡지의 연애 카운슬러들이 독자들에게 강조하는 철칙에 대해 알고 있었다. 첫 번째 데이트 때는 스킨십을 하지 말 것. 두 번째 데이트 때도 마찬가지. 세 번째 데이트 때 관계를 맺을 것. 빨리 달아오른 쇠가 빨리 식는 법이니 서두르지 말고 차분하게 임할 것.

모든 일에는 예외가 있는 법이었다. 그녀가 만났던 남자들은 하나같이 다시 만나자는 제안을 하지 않았다. 결국 세 번째 데이트 기회는 끝내 찾아오지 않았다.

기회가 왔을 때 붙잡아야 해.

마음에 들지 않는 남자와는 한번으로 끝내는 게 바람직했다. 크리스마스파티 다음 날 아침 케이트는 혐오감 말고는 아무런 감정도 없는 남자 옆에서 잠을 깼다. 그럴 때의 기분이 얼마나 슬프고 비참한지 잘 알고 있었다.

데이비드는 그런 남자가 아니었다. 매력 있고, 감성적이고, 이해심도 풍부했다. 만날 때마다 좋은 감정이 쌓여가고 있었다. 집과 펍에서 나누었던 대화를 포함하면 벌써 세 번째 데이트였다.

이제 몸에 슬립과 브래지어만 남았다. 데이비드가 청바지를 벗었다. 그들은 무릎을 꿇고 서로를 마주보며 앉았다. 상대의 몸에서 온기가 전해졌다. 그 역시 긴장하고 있다는 걸 알 수 있었다.

"다 잘될 거라 믿어요."

케이트가 속삭였다.

데이비드가 두 팔로 그녀를 감싸 안았다. 그의 품에 안기는 순간 따스한 온기와 안전하게 보호받고 있다는 느낌이 들었다. 힘과 열정으로 이루어진 파도가 온몸을 감싸는 느낌이었다. 남자와 사랑을 나누는 게 무엇인지 새삼 알 수 있을 듯했다.

술에 취하지 않은 남자와는 난생 처음이었다. 데이비드는 지금 자신이 뭘 하고 있는지 잘 알고 있었다.

*

이렇게 추운 가을은 매우 드물다. 이 지역의 11월은 비록 습하지만 대체로 온화한 편이다. 2월이 돼야 코트를 입을 때도 있다.

눈도 지붕을 살짝 덮을 정도로 적게 내린다. 이 지역에서는 눈보다 서리를 더 많이 볼 수 있다.

올해는 많이 다르다. 벌써 한겨울처럼 기온이 뚝 떨어졌을 뿐만 아니라 공기에서 눈 냄새가 난다. 다들 올해는 화이트 크리스마스가 되기를 기원하지만 나는 상관없다.

맨디가 있는 집의 프로판가스는 충분할까?

그 아이가 있는 집은 매우 넓은데다가 타일로 되어 있어 더욱 춥다. 타일은 온기를 제대로 보존하지 못한다. 오늘은 수요일, 나는 혼자였지만 별로 개의치 않는다. 기꺼이 혼자 아침을 먹고, 누군가와 억지로 대화를 나눌 필요가 없어 평온하고 평화롭다.

오후가 될 때까지 계속 맨디에게 갈지 말지 고민 중이다. 별로 가고 싶은 마음이 없다. 지난번에 맨디는 나에게 끔찍한 짓을 했다. 그 아이를 데려온 건 큰 실수였다는 걸 깨달았다. 다른 아이들은 제법 오랫동안 앞으로 모든 게 잘될 거라는 희망을 품었지만 맨디는 벌써부터 싫증난다. 다른 아이들은 좋은 가정에서 자랐고, 고분고분하고 얌전하게 굴었지만 자주 울며 애원하는 데 질렸다. 맨디의 경우에는 분노와 증오, 광포한 발작들을 감당하기 버거웠다.

앞으로 우리의 관계를 어떻게 정립해야 할 것인가?

3시 반쯤 자리에서 일어났다. 추운 날씨가 따뜻한 집을 벗어나 밖으로 나가는 걸 주저하게 만든다. 그냥 벽난로에 불을 붙이고 뜨거운 차를 마시며 편안한 시간을 보내고 싶은 유혹이 느껴진다.

나는 과감하게 유혹을 떨쳐버리고 머플러를 두른다. 맨디가 있는 집의 난로가 아직 작동하고 있는지 확인해야 한다. 지난 주 목요일에 들러 음식과 물을 제공했으니 맨디는 지금쯤 허기와 갈증에 시달리고 있을 게 뻔하다. 너무 오래 기다리게 했다는 생각에 죄책감이 인다. 그럼에도 더 오래 기다리게 만들고 싶다.

솔직히 맨디를 포기하기 일보직전이다. 이미 포기한 적이 몇 번 있지만 이렇게 빠른 적은 없다. 아이가 있는 집까지 갈 마음이 없다는 건 이미 포기 단계에 다다랐다는 뜻이다. 갈수록 가슴이 답답해지고, 어느 순간부터 더 이상 몸을 일으킬 수 없게 된다. 아이에 대한 감정이 전혀 남아 있지 않다는 뜻이다.

냉동고에서 비닐에 싼 체더치즈와 토마토 샌드위치를 하나 꺼낸다. 냉동고에는 아직 샌드위치가 몇 개 더 들어 있다. 도착할 때쯤 샌드위치가 다 녹을 것이다.

막상 집을 나서자 기분이 약간 풀린다. 하루 종일 집에 틀어박혀 있는 건 좋지 않다. 기운이 빠지고 나태해질 뿐만 아니라 부정적인 생각을 많이 하게 된다. 날씨가 우중충한 날은 나름 독특한 분위기가 있다. 차를 타고 북쪽으로 올라갈수록 황량하고 을씨년스러운 풍경이 이어진다. 길 오른편에는 계속 바다가 이어진다. 오늘은 바다도 하늘처럼 회청색이다. 바람에 흔들리는 풀잎들까지 누런색에 회색빛이 섞여 있다. 지평선에서 구름이 피어오른다. 맞은편 도로에서 가끔씩 차가 지나갈 뿐 이 세상에 나 혼자 존재하는 것 같은 기분이 든다. 심리상담사와 그 문제에 관해 자주 이야기를 나누었다. 더 이상 혼자 있고 싶지 않다고 했다. 혼자 있으면 항상 나쁜 일이 생길 것 같아 불안했다.

"가령 무슨 일이 일어날 수 있을까요?"

심리상담사들은 늘 내게 그렇게 물었다.

"그거야 나도 모르죠."

나는 답을 정확히 알고 있었지만 그냥 그렇게 대답하곤 했다.

"혼자 있을 때 실제로 무슨 일이 일어날 수 있을지 한 번 생각을 해봐요. 상상의 나래를 맘껏 펼쳐 봐요."

심리상담사 말에 이렇게 대답했다.

"그럼 아마 나는 죽을 거예요."

혼자 있는 것과 죽음은 똑같다. 그게 내가 내린 결론이다.

언제쯤 나를 지배하며 괴롭히는 이 생각에서 벗어날 수 있을까? 여자아이들과 함께 있으면 가능할까?

아이들과 함께 있어 봤지만 나는 끝내 그 생각에서 벗어나지 못했다. 여자아이들이 나를 받아들이지 않았다. 나는 공포에 시달린다. 결국 혼자서 죽게 될 거라는 생각에서 벗어날 수 없다. 나는 반드시 내 인생의 동반자가 되어줄 여자아이를 찾아내야 한다.

뉴캐슬을 지나면서 바닷가 옆으로 길이 이어진다. 드디어 노섬벌랜드에 도착했다. 2시간 반 동안 쉬지 않고 달려 인적 하나 없는 주차장에 차를 세웠다. 주차장이라고 부르기도 민망한 곳이다. 엉겅퀴와 가시, 잡초들이 바닥을 완전히 뒤덮고 있다. 그나마 내가 이곳에 드나들면서 길이 하나 생겼다. 비록 곳곳이 파여 있긴 했지만 아스팔트가 덮여 있다. 풀뿌리 때문에 아스팔트에 균열이 생겼다.

숨쉬기 힘들 만큼 찬바람이 불어온다. 영국에서 가장 북쪽 지역이라 스카보로보다 훨씬 더 춥다. 목에 두른 머플러를 다시 여미고 나서 샌드위치와 생수병이 들어 있는 작은 바구니를 들고 건물을 향해 걸어갔다. 건물 입구는 산사나무 울타리로 덮여 있다. 여름에는 나뭇가지가 어찌나 무성하게 자라는지 계속 잘라 내야하지만 지금은 겨울이라 그럴 필요가 없다. 산사나무 가지가 쑥쑥 자라는 여름에는 길에서 건물이 보이지 않았고, 바다 쪽에서만 볼 수 있다.

출입문을 여는 순간 건물 안이 바깥보다 오히려 더 춥다는 걸 알아차렸다. 나는 잠시 걸음을 멈추고 주위를 둘러보았다.

맨디가 혹시 쇠사슬을 풀고 달아나지는 않았을까?

말도 안 되는 상상이지만 세상에 불가능한 일은 없다. 만약 그랬다면 그 아이가 숲 어딘가에 몰래 숨어 있을 가능성이 있다. 잠시 후 나는 보폭을 넓혀 성큼성큼 모퉁이를 돌아 작은 방을 엿본다. 여전히 쇠사슬에 묶여 있는 맨디는 내가 덮어준 담요를 머리끝까지 뒤집어쓰고 있다. 배설물의 악취가 코를 찔렀고, 공기는 얼음처럼 차가웠다. 프로판가스 난로는 예상대로 꺼져 있고, 벽에 물방울들이 맺혀 있다. 바다에서 날아온 습기가 건물 틈새마다 스며들어 공기가 눅눅하다. 여름에는 습기가 그리 심하지 않고, 겨울에는 난방으로 제거할 수 있다. 만약 겨울에 난방을 하지 않을 경우 이 집에서 지내기 힘들다.

모직담요가 꿈틀거리더니 맨디의 머리가 드러난다. 온통 엉겨붙은 머리카락에 기름기가 줄줄 흐른다. 눈은 통통 부었고, 바짝 메마른 입술은 거칠게 갈라져 있다.

"목말라 죽겠어. 너무 추워."

담요 한 장으로 추위를 막기에는 역부족이다. 물은 늦어도 금요일쯤에 다 떨어졌을 것이다. 세숫물이 담긴 양철통을 힐끗 쳐다보았다. 텅 비어 있다. 어쩌면 그 물까지 마셨을 것이다.

맨디는 절대로 멍청하지 않다.

"먹을거리랑 물을 가져왔어."

맨디가 굶주린 눈빛으로 쳐다본다.

나는 한 걸음 다가가 맨디에게 물병과 샌드위치를 내밀면서 너무 가까워지지 않도록 조심한다. 맨디는 길거리 싸움꾼이나 다름없다. 어릴 때부터 제대로 보호받지 못한 가정환경에서 자라서인지 싸움에 능하다. 물론 지금은 어림없어 보이지만 맨디가 위험하지 않을 거라는 보장은 없다.

맨디는 병째 물을 꿀꺽꿀꺽 마신다.

"대체 나에게 왜 그러는데?"

마침내 맨디가 작은 목소리로 묻는다. 지난번보다는 확실히 기가 많이 죽어 보인다. 허기와 갈증, 추위는 사람의 자존감을 무너뜨린다. 내가 원하는 건 맨디의 사랑이지만 그 목표에 도달할 수 있는 방법을 모른다.

나는 맨디의 질문에 침묵으로 대응한다. 왜냐하면 맨디는 내 생각을 절대로 이해하지 못할 테니까. 대답 대신 변기로 사용된 양철통을 집어 들고 밖으로 나온 다음 절벽 가까이 다가가 덤불 위에 쏟아버린다. 발밑에서 바닷물이 출렁거리며 암벽에 부딪친다. 파도치는 소리가 천둥소리처럼 시끄럽다. 갈매기들이 허공에서 끼룩끼룩 울면서 아래로 낙하하다가 활모양으로 휘어지며 하늘로 솟아오른다. 아름다운 풍경이다. 돈만 넉넉하다면 집을 리모델링해 살면서 날마다 이 절벽 위에 서서 바다를 내려다보고 싶다.

양철통에서는 여전히 악취가 진동한다. 양철통을 씻으려면 바닷가까지 내려가야 하는데 날씨가 춥고 바위가 미끄럽다. 냄새가 고약하지만 화장실 대용으로 양철통을 쓸 수밖에 없다. 상황이 이 지경이 된 건 맨디의 잘못이 크다. 수도가 끊겨 변기통의 물을 내릴 수는 없었지만 다른 아이들은 화장실을 사용했다. 나중에 내가 2리터짜리 물병을 가져와 화장실에 쌓인 배설물을 씻어 내렸다. 맨디는 화장실 대신 양철통을 이용하고 있다. 자유롭게 움직일 수 있도록 내버려두면 위험하니까. 내 계획이 원래보다 복잡해진 것도 맨디의 책임이다. 살을 에는 추위였지만 내 가슴에서 분노의 불길이 활활 타오른다. 분노는 일정 수준을 넘어서면 제어되지 않는다. 그럼 모든 게 끝장이다. 다른 여자아이들도 그런 식으로 끝났다. 아이들은 울부짖으며 집으로 돌려보내 달라고 애원했다. 아이들은 나와 함께 아름다운 삶을 살아가길 원하지 않았다. 내 가슴속에서 분노의 불길이 활활 타오르는 걸 느꼈을 때 모든 게 끝났다. 아이들이 원하는 대로 되었다. 만약 그 아이들이 집으로 보내달라고 하는 대신 사랑해 달라고 애원했다면 아마 그렇게 하지는 않았을 것이다.

맨디의 경우 이미 그 지점에 이르렀다. 내가 맨디에게 실망한 이유는 저속한 욕설 그리고 교양 없는 말버릇 때문이다. 맨디를 데려온 건 실수이다. 우리는 애초부터 맞지 않았다.

아마도 앞으로는 이 기간이 점점 짧아질 것이다. 날이 갈수록 내 인내심이 줄어들고 있다. 나에게는 시간이 별로 없다. 이런 식으로 인생을 낭비하고 싶지 않다.

다시 집 안으로 들어가 보니 맨디는 어느새 샌드위치를 다 먹어치우고, 물병도 비운 상태이다.

"더 있어?"

나는 안타깝다는 듯 어깨를 으쓱한다.

"미안해. 그게 다야. 물이라도 좀 남겨뒀어야지."

맨디가 절망한 표정으로 나를 쳐다본다.

"정말 이게 다야?"

"큰 병에 물을 담아왔잖아. 샌드위치도 치즈가 듬뿍 들어 두툼했어."

맨디는 어딘가에 숨겨놓고 딴소리를 한다고 생각한 듯 사나운 눈빛으로 방을 이리저리 둘러본다.

"언제 다시 올 거야?"

나는 맨디를 물끄러미 바라본다. 얼굴이 추하고 미개해 보인다.

"몰라."

나는 어물쩍 대답한다.

그 순간 맨디의 표정이 공포로 일그러진다.

"여긴 너무 추워. 배도 고프고, 목도 말라. 게다가 묶여 있어서 움직일 수조차 없어. 이 집에 나밖에 없지? 아니야?"

맨디가 창 쪽으로 고개를 돌린다. 고작 하늘만 보일 뿐인데 맨디는 뭔가 더 알아내려고 기를 쓴다.

이 집에 맨디 말고는 없다. 고원지대, 절벽, 바다, 바람 그리고 갈매기들 말고는 사방 어디를 둘러봐도 사람은 없다.

여긴 아무것도 없다.

맨디가 갑자기 비명을 지르기 시작한다. 빵과 물 덕분에 기운을 차린 맨디가 미친 듯이 쇠사슬을 잡아당긴다. 쇠사슬이 사정없이 맨디의 피부를 파고들어 피가 흐르지만 아랑곳하지 않는다.

"나를 당장 내보내줘. 넌 변태야."

나는 애써 맨디의 말을 한 귀로 흘려듣는다. 거칠 것 없이 상스러운 말과 행동이 터져 나온다. 나는 맨디의 집에 가봤고, 엄마도 봤으니 더 이상 놀랄 게 없다.

내가 바구니를 집어 들자 맨디가 비명을 지른다.

"나를 혼자 내버려두고 가지 마. 제발 나를 풀어줘. 빌어먹을 쇠사슬을 당장 풀어달란 말이야."

나는 들은 척도 하지 않고 문을 향해 걸어간다.

맨디는 끝내 울음을 터뜨리며 간절히 호소한다.

"제발 나 혼자 남겨두지 말아요. 난 잘못한 게 없어요. 아닌가요? 나는 당신이 누군지도 몰라요. 제발 나를 풀어줘요. 나는 당신 이름도 몰라요. 아무에게도 말하지 않을 거예요. 나는 당신이 어디에 사는지도 모르니까 걱정할 필요 없잖아요. 제발 나를 풀어줘요."

나는 문을 열고 밖으로 나가 모퉁이를 돌아간다.

이제 맨디의 모습은 더 이상 보이지 않는다.

맨디가 짐승처럼 악을 쓰며 울부짖는다.

"제발! 제발! 제발! 거기 멈춰! 가지 마! 제발 나를 혼자 남겨두지 마!"

입가에 절로 미소가 떠오른다. 맨디는 나를 변태라고 했고, 다른 욕설도 했다. 그 아이는 그 말이 나를 얼마나 모욕했는지 좀 더 일찍 깨달았어야 한다. 실컷 욕설을 퍼부어놓고 이제 와서 곁에 있어 달라고 애원해본들 소용없는 일이다. 이제 와서 보살펴 달라고 간청해본들 이미 늦었다. 맨디가 원하는 건 여길 떠나는 것이다. 맨디는 나를 떠나고 싶어 한다. 다른 아이들도 그랬다. 아무도 나를 이해하지 못한다.

나는 아직 포기하지 않는다. 언젠가 나를 이해할 아이가 있을 것이다.

맨디의 비명소리가 차에 오른 내 귀에까지 들린다. 맨디는 제 정신이 아니다. 그 아이는 지금 패닉과 공포에 빠져 있다.

차에 열쇠를 꽂고 시동을 건다.

나는 그냥 떠난다.

조만간 다른 아이를 찾아내야 한다.

어쨌든 나는 여전히 지하실에 내려가지 않았다.

11월 13일, 월요일

1

키티 웬트워스 순경은 오늘이 세상에서 가장 기쁜 날이었다. 아멜리가 함께 외출하고 싶다고 했기 때문이었다. 드디어 차를 타고 여기저기 드라이브를 할 수 있게 되었다. 그동안 줄곧 골즈비펜션에 처박혀 지냈는데 이제 다른 곳을 둘러볼 수 있게 되었다. 잭이 근무지 이탈을 했다가 들키는 바람에 함께 경고조치를 받았다. 사실 키티는 다른 업무로 전환시켜주길 기대했지만 케일럽 헤일 반장은 전혀 그럴 생각이 없어보였다.

"자네들도 알다시피 우리는 인력이 부족해!"

케일럽 헤일 반장은 그들이 이 문제를 해결해주길 기대한다는 듯 목소리를 높였다.

"앞으로는 경계근무를 차질 없이 수행하길 바라네."

보초는 지겹고 힘든 업무였기에 키티는 반장 앞에서 하마터면 울음을 터뜨릴 뻔했다.

"만약 한 번만 더 근무수칙을 어기면 자네들의 미래는 지극히 암담해질 거야. 앞으로 잘할 수 있지?"

"네, 반장님."

키티는 임무교대를 한 다음 집에 돌아오고 나서야 맘껏 비명을 지를 수 있었다. 아무리 생각해도 부당한 조치였다. 잭이 잘못했는데 두 사람 다 징계를 받았다. 케일럽 헤일 반장이 적어도 매우 공정한 상관이라고 생각했는데 최근에는 많이 실망했다. 그녀뿐만이 아니라 다들 그렇게 말했다. 케일럽 헤일 반장은 요즘 늘 오만상을 찌푸리고 다녔고, 번번이 사소한 꼬투리를 잡아 부하들을 닦달했다. 수사책임자로서 답보상태를 벗어나지 못하는 수사와 매일 아침 '고원지대 살인마'가 다른 아이를 납치하는 건 시간문제라고 떠들어대는 언론을 대해야 하는 만큼 견디기 쉽지는 않을 것이다.

스카보로경찰서 사람들은 케일럽의 눈치를 살피느라 가급적 고원지대 살인마라는 표현을 쓰지 않았다. 여자실습생이 아무것도 모르고 그 말을 썼다가 박살난 걸 잘 알고 있었기 때문이다. 케일럽은 경찰서 내부에서 그런 표현을 쓸 경우 다른 직업을 찾아봐야 할 거라고 엄포를 놓았다. 여자실습생은 결국 다음 날 사무실에 나타나지 않았고, 다른 사람들 역시 까치발을 하고 살금살금 걸어 다닐 수밖에 없었다. 범인을 체포하지 못할 경우 케일럽이 다른 누군가를 작살낼 게 불을 보듯 뻔했기 때문이다. 다들 케일럽을 슬슬 회피하는 분위기였다.

키티는 그런 상황에서 모처럼 외출을 하게 되었고, 기분전환에 큰 도움이 되었다. 케일럽은 오전부터 초저녁까지 외출을 허락했다. 케일럽 역시 아멜리를 집에서 벗어나지 못하도록 막아봐야 그다지 도움될 게 없다는 사실을 알고 있었다. 아멜리는 한시바삐 정상적인 생활을 찾아야 했지만 아직 등교는 위험했다. 그 문제는 아멜리가 등교를 완강히 거부하고 있기 때문에 저절로 해결되었다. 아멜리의 추가 증언이 절실히 필요한 상황이었다.

아멜리는 헬렌이나 데보라와 동행하길 거부하는 대신 키티와 잭을 택했다. 잭이 운전을 맡았고, 키티는 아멜리와 함께 뒷좌석에 앉았다. 그들은 아멜리가 원하는 대로 시내로 나가 상가 밀집지역을 돌아다녔다. 아멜리는 크리스마스 장식들과 행인들을 신기하다는 듯 둘러보며 걸었다. 월요일 오전이라 거리는 그다지 북적거리지 않았다. 아멜리가 청바지를 사고 싶다고 해서 마크스 & 스펜서 백화점에 갔다. 아멜리는 청바지 여덟 개를 들고 탈의실로 들어갔다.

잭은 한숨을 푹 내쉬며 대기구역 의자에 털썩 주저앉았다.

"여자들은 옷을 살 때 시간이 너무 오래 걸려. 왜 쉽게 결정을 내리지 못할까?"

옷을 둘러보고 있던 키티가 피식 웃었다.

"집 앞에서 죽치고 있는 것보다는 덜 지겹잖아."

"거기서 거기지 뭐."

아멜리는 키티와 잭이 기다리다 지칠 때쯤 탈의실을 나왔다.

"맘에 드는 옷이 없어요."

"그럴 줄 알았어."

잭이 아멜리가 듣지 못하게 작은 소리로 투덜거렸다.

아멜리는 지친 모습으로 의자에 앉았다.

"옷을 고르는 게 너무 피곤해요."

"반드시 오늘 사야하는 건 아니니까 나중에 다시 오는 게 좋겠어."

아멜리는 금방이라도 울음을 터뜨릴 듯 시무룩한 표정을 지었다.

"내가 다시 이전 생활로 돌아갈 수 있을까요?"

"당연하지. 넌 충분히 극복해낼 수 있어. 당장은 힘들겠지만 시간이 지나면 서서히 제자리를 찾게 될 거야."

아멜리는 고개를 저었다.

"내가 지난날 어떻게 살았는지 기억나지 않아요. 이전 일들은 모두 내게서 멀어졌어요. 이제 나는 더 이상 어린애가 아니죠."

아멜리는 얼굴이 몹시 창백한데다 버림받은 아이처럼 슬퍼 보였다. 품에 안아주고 싶었지만 어떻게 받아들일지 알 수 없어 그만두었다.

납치당했던 일주일의 시간은 아멜리에게 단지 악몽의 시작에 불과할 수도 있었다. 충격을 극복할 방법을 찾아내기까지 더 오랜 시간과 과정이 필요해보였다. 세상에서 혼자 동떨어져 나온 아멜리는 현재 자신이 어디에 있는지 알지 못하는 듯했다.

키티가 부드럽게 아멜리의 어깨를 토닥거려주었다.

"여긴 기분전환을 하기에 그다지 좋은 장소가 아닌 것 같아. 크리스마스 장식, 요란한 음악, 밝은 조명이 마음을 더욱 혼란스럽게 할 뿐이야. 우리 다른 곳으로 드라이브나 갈까? 자연 속으로?"

아멜리는 고개를 끄덕이고 나서 자리에서 일어섰다. 차로 돌아가는 길에 아멜리는 키티의 손을 잡았다.

잭은 두 여자 뒤를 터덜터덜 걸으며 뒤따랐다. 그는 사태를 실용적인 관점에서 바라보았다. 아멜리는 충격적인 일을 경험했다. 그나마 운 좋게 악몽 같은 상황에서 탈출하게 되었다. 물론 아멜리의 용기와 단호한 판단이 큰 역할을 했다. 이제 아멜리가 밝은 미래만 바라보면서 납치되었을 당시 이야기를 모두 털어놓으면 모든 문제가 자연스럽게 해결된다. 무슨 일이 있었는지 속 시원히 이야기하면 된다. 범인을 체포하면 아멜리는 더 이상 공포심을 느낄 필요가 없다. 계속 경찰의 보호를 받으며 살 필요도 없다. 하루 종일 방 안에 틀어박혀 있는 대신 다른 아이들처럼 평범한 생활을 찾을 수 있다. 학교에 가서 남자친구도 사귀고, 토요일 밤에는 댄스파티에도 갈 수 있다.

잭은 무척이나 간단한 일인데 왜 이리 복잡하게 꼬이게 되었는지 이해할 수 없었다. 아멜리가 자기 자신을 옴짝달싹못하게 묶어두고 있는 셈이었다.

"어디로 갈까?"

잭이 물었다.

"고원지대로 가는 게 어때요?"

아멜리가 제안했다.

우중충한 날씨라 햇살이 전혀 보이지 않았다. 주변 풍경들 역시 음울하고 을씨년스러웠다. 아멜리의 정신건강에 좋지 않은 풍경이라는 생각이 뇌리를 스쳤다. 아멜리의 지갑이 고원지대에서 발견되었다는 점을 감안할 때 이 근처에 납치범의 은신처가 있을지도 몰랐다.

아멜리의 표정은 아무런 변화가 없었다. 뒷좌석에 앉은 아멜리는 두 사람의 대화에 전혀 흥미를 보이지 않았다. 스마트 폰을 손에 쥐고, 이어폰을 귀에 꽂고 음악을 들으며 창밖만 하염없이 내다보고 있었다.

그들은 고원지대의 펍 앞에 차를 세웠다. 월요일 대낮이라 그런지 펍에는 사람들이 전혀 없었고, 손님이 온 걸 그다지 반기는 기색이 아니었다. 메뉴판에 적혀 있는 음식들 가운데 절반 정도가 주문불가였다. 그들은 야채소스를 곁들인 감자구이와 샐러드를 시켰다. 아멜리는 마치 넋이 나간 듯 멍한 상태였고, 음식에는 거의 손을 대지 않았다. 창밖을 하염없이 내다보고 있었지만 주변 풍경을 감상하는 것 같지도 않았다.

그들은 점심식사를 마치고 나서 정해진 목적지도 없이 고원지대 일대를 둘러보았다. 서서히 어둠이 내리기 시작했고, 잭은 돌아가기 위해 차를 돌렸다.

"우울한 날씨야."

잭이 말했다.

"난 이런 날씨가 좋아요."

아멜리가 몇 시간 만에 처음 입을 열었다.

목소리가 어찌나 슬프게 들리던지 잭은 백미러로 아멜리의 표정을 살폈다. 키티가 보기에도 아멜리는 많이 우울해보였다.

스카보로에 도착했을 때 잭은 곧바로 아멜리의 집으로 가지 않고 주유소로 들어가는 길로 접어들었다.

"주유를 해야겠어."

잭의 말에 깜박 졸고 있던 키티가 기지개를 켜며 하품을 했다.

주유소 앞 공터에 차가 많았다. 잭은 차를 세우고 차례가 돌아올 때까지 기다리는 수밖에 없었다.

"갑자기 전쟁이라도 터졌나? 기름이 떨어진 차들이 왜 이리 많아?"

잭이 투덜거리며 인상을 찌푸렸다.

"조금만 기다리면 돼."

키티가 꾸벅꾸벅 졸다가 겨우 정신을 차리고 말했다.

어느새 가로등에 불이 들어와 있었고, 주유소로 차들이 계속 밀려들었다. 아멜리를 노리는 자들이 이 주유소에 있을 가능성은 희박했다. 잭이 차에 기름을 넣기 위해 주유소에 들를 걸 미리 예상했어야만 하니까. 잭은 겨우 몇 분 전에 주유소에 들르기로 결정했다.

하루 종일 미행했다면 이야기가 달라지겠지만 그럴 가능성은 희박했다. 잭은 운전을 하면서 계속 백미러를 주시했고, 고원지대의 한적한 도로에서 미행을 당했다면 즉각 의심했을 테니까.

"화장실에 가야겠어요."

아멜리가 이어폰을 귀에서 빼며 말했다.

"이제 곧 집에 갈 텐데 조금만 참으면 안 될까?"

잭이 말했다.

아멜리는 급히 주위를 둘러보았다.

"참기에는 너무 급해요. 아직 기름을 넣으려면 한참 동안 기다려야 하잖아요."

"이 주유소에는 공중화장실이 없어."

키티가 그렇게 말했지만 아멜리는 차의 문을 열고 밖으로 나갔다.

"내가 내려서 알아볼게요."

키티가 곧바로 따라 내렸다.

"나도 같이 가."

아멜리는 매점을 향해 곧장 걸어갔다. 음료와 과자, 샌드위치를 파는 곳이었다. 키티는 바짝 뒤따라 걸었다.

공중화장실은 없는 대신 직원용 화장실이 하나 있었다. 계산대 직원이 열쇠를 내주며 화장실 사용을 허락해주었다.

"특별히 이용할 수 있게 해주는 거니까 다른 사람들 눈에 띄지 않도록 신경써주세요."

매점에서 화장실까지 작은 통로가 나 있었고, 그 비좁은 공간에 음료수 캔과 프로판가스통을 쌓아둔 팰릿들이 있었다. 아멜리는 '직원 전용'이라는 팻말이 붙은 화장실을 향해 걸어간 다음 문을 열고 안으로 사라졌다.

키티는 몸을 벽에 기대고 아멜리가 나오길 기다렸다. 아멜리가 그다지 깨끗하지도 않은 화장실에 굳이 가겠다고 고집을 부린 이유를 알 수 없었다. 아이를 기다리는 동안 많은 사람들이 매점을 들락거렸다.

키티는 오늘 집에 돌아가면 저녁식사로 뭘 만들어먹을지 생각했다.

양도 푸짐하고 칼로리도 풍부한 음식이 뭐가 있더라? 오븐 치즈파스타 정도면 괜찮을까?

오늘처럼 힘들고 따분한 날에는 기분전환도 할 겸 맛있는 음식을 먹어줘야 해.

키티는 계속 상상의 나래를 펼치며 아멜리가 나오길 기다렸다.

잭은 기름을 다 넣었을까?

매점 안쪽이라 바깥에 있는 잭이 보이지 않았다.

문득 시간이 너무 지체되고 있다는 느낌이 들었다.

키티는 화장실로 다가가 문을 노크했다.

"아멜리?"

침묵. 이번에는 더 세게 노크했다.

"아멜리, 안에 있니?"

여전히 침묵.

문손잡이를 잡고 흔들었지만 열리지 않았다.

"아멜리!"

키티는 문득 이상한 생각이 들어 매점으로 달려가 점원에게 소리쳤다.

"혹시 화장실 열쇠가 한 개 더 있어요?"

점원이 황당해하는 표정을 지었다.

"여분의 열쇠는 없어요. 그러게 제가 사람들 눈에 띄지 않게 조심해서 다녀오라고 했잖아요."

매점 안에 있던 사람들의 시선이 일제히 키티를 향해 쏟아졌다.

"빌어먹을!"

키티는 다시 화장실로 달려갔다. 거듭 문을 열어보려다가 실패한 그녀는 밖으로 달려 나가 잭을 손짓해 불렀다. 잭은 이제 막 기름을 다 넣은 듯 주유기 노즐을 빼고 있었다.

"잭! 빨리 이리와 봐!"

잭이 주유기 노즐을 걸어두고 재빨리 달려왔다.

"화장실에 들어간 아멜리가 아무런 응답을 하지 않아. 문이 안에서 잠겨 있어 열 수도 없어."

잭이 다시 한 번 문손잡이를 돌려보다가 문짝을 힘껏 걷어찼지만 문은 꿈쩍도 하지 않았다. 사람들이 이상한 낌새를 채고 비좁은 통로로 몰려들었다. 여자 점원이 사람들을 뚫고 다가왔다.

"도대체 무슨 일이죠? 그러다가 문짝이 부서지면 어쩌려고요?"

잭이 신분증을 꺼내보였다.

"경찰인데 혹시 화장실 문을 열 수 있을까요?"

"열쇠가 하나밖에 없어요."

"혹시 화장실 안에 창문이 있나요?"

"뒷마당으로 통하는 창문이 있어요."

잭이 점원을 지나쳐 밖으로 달려 나갔고, 키티는 화장실 문 앞에 그대로 서있었다.

잭이 휴대폰으로 누군가와 통화하며 다시 나타났다. 키티는 그가 병력을 요청하고 있다는 걸 알아차렸다.

"화장실 창문이 열려 있고, 아멜리는 어딘가로 사라지고 없어."

잭이 작은 소리로 키티에게 말했다.

"뒷마당은 높은 울타리에 둘러싸여 있었지만 사람이 못

넘어갈 정도는 아니야. 울타리 너머에는 다른 길로 통하는 길이 하나 있어."

"아멜리는 왜 굳이 창문까지 기어올라 달아났을까?"

"아직 뭐가 뭔지 불확실한 상황이야. 화장실 밖에서 대기하고 있던 누군가가 아멜리를 데려갔을 수도 있어."

도저히 논리적인 설명이 힘든 상황이었다.

도대체 누가 아멜리가 화장실에 있다는 사실을 알고 있었을까? 창문까지 기어 올라가 아멜리에게 밖으로 빠져나오라고 꼬드긴 사람이 누굴까? 누군가 화장실 안으로 들어가 대기하고 있다가 아멜리를 밖으로 끌어냈을까? 화장실 입구를 지키고 있던 나는 왜 아무런 소리도 듣지 못했을까? 혹시 누군가 아멜리의 목에 칼을 들이댔을까?

만약 칼을 들이댔다면 아멜리는 비명을 지를 수 없었을 것이다.

어떻게 그런 일이 벌어질 수 있었을까?

키티의 머릿속에서 온갖 의문들이 꼬리를 물고 이어졌다.

우리를 뒤따라온 누군가가 화장실로 들어가는 아멜리를 보고 뒷마당으로 나갔던 걸까?

키티는 자신이 화장실 앞에서 제법 오래 기다렸다는 생각이 들었다. 뭔가 이상하다고 생각해 화장실 문을 두드렸을 때는 제법 시간이 흐른 뒤였다. 그 결정적인 시간에 저녁식사로 무슨 음식을 만들어먹을지 생각하느라 여념이 없었다.

잭은 다시 밖으로 나갔고, 키티는 매점에서 새로 합류한 정복경찰 두 사람에게 방금 전 벌어진 상황을 설명했다. 경관

하나가 매점에 있던 고객들의 신상정보를 파악하기 시작했고, 키티는 다른 경관을 데리고 화장실을 둘러보러 갔다.

잭이 말한 대로 화장실 안은 텅 비어 있었다. 키티는 재빨리 주위를 둘러보았지만 눈에 띄는 게 아무것도 없었다. 실랑이를 벌인 흔적도 없었다. 아멜리의 가방, 휴대폰, 이어폰도 남아 있지 않다. 창문은 성인이 겨우 빠져나갈 정도 크기였다. 아멜리는 체구가 작고 마른 편이라 수월하게 빠져나갈 수 있어보였다. 다만 창문이 약간 높은 곳에 있어 일단 변기 위로 올라간 다음 창문을 열고 밖으로 뛰어내렸을 공산이 컸다. 자의든 타의든 아멜리는 분명 화장실 창문을 통해 사라졌다. 키티가 브로콜리를 곁들인 오븐치즈파스타 레시피를 생각하고 있는 동안 벌어진 일이었다.

키티의 입에서 신음소리가 흘러나왔다. 불같이 화를 낼 케일럽의 얼굴이 떠올랐다. 승진이 물 건너간 건 둘째 치고 아멜리가 어떻게 되었는지 걱정스러웠다.

도대체 무슨 일이 벌어진 걸까?

키티는 두 경관에게 현장을 인계하고 나서 밖으로 나왔다. 길모퉁이를 돌아 카페 한 곳과 오피스 두 곳을 지났을 때 잭이 눈앞에 나타났다.

"주유소 맞은편에 프라우드풋-슈퍼마켓이 있는데 쇼핑하러 온 사람들이 정말 많아. 누군가 아멜리를 납치했다면 사람들 사이를 비집고 나가 자동차에 올랐을 거야."

"아멜리는 어린아이가 아니라 청소년이야. 사람들이 많이 오가는 장소에서 열네 살짜리 여자아이를 강제로 끌고 가는 건 쉽지 않아."

키티가 강한 어조로 반박했다.

"누군가 아멜리의 옆구리에 칼을 들이대고 있었다면 시키는 대로 따를 수밖에 없었을 거야."

가로등 불빛에 비친 잭의 얼굴이 창백했다. 키티와 잭은 무슨 일이 있어도 아멜리를 지켜냈어야 했다. 납치든 아멜리가 자발적으로 사라졌든 징계를 면할 수 없는 처지였다.

주유소에 들르지 말고 곧장 집으로 갔어야 했다. 적어도 주유소에 고객들이 많다는 걸 알았을 때 차를 돌렸어야 했다. 아멜리가 화장실에 간다고 했을 때 조금만 참으라고 다독였어야 했다. 아멜리를 화장실에 들여보내기 전 창문이 있는지부터 확인했어야 했다. 아멜리에게 화장실 안에서 문을 잠그면 안 된다고 다짐을 받았어야 했다. 아멜리가 화장실에 있는지 좀 더 일찍 확인했어야 했다.

"만약 아멜리가 자발적으로 달아났다면?"

잭이 말했다.

"일단 아멜리가 혼자 집으로 돌아간 건 아닌지 확인해봐야겠어."

골즈비 부부에게 다시 한 번 딸의 실종 소식을 전해야 한다는 뜻이었다.

"차를 타고 갈 수 있는데 혼자 걸어갈 리 없잖아."

잭이 중얼거렸다.

그렇다면 납치되었을 가능성에 비중을 두어야한다는 의미였다.

납치범은 도대체 어떤 인물이기에 사람들이 많이 오가는 주유소에서 대담하게 납치시도를 했을까?

만약 납치되었다면 아멜리는 대단히 위험한 인물에게 잡혀 있다는 뜻이었다.

2

케일럽은 세상에서 이보다 더 끔찍한 사건은 없을 거라는 생각이 들었다. 수사팀은 몇 달 전부터 고원지대 살인마라는 가상의 인물을 추적해왔지만 계속 허탕을 치고 있었는데 설상가상으로 아멜리가 다시 실종되었다. 경찰이 두 명이나 동행했지만 실종을 막지 못했다.

아멜리가 사라진 주유소 화장실에는 아무런 단서도 남아 있지 않았다.

아멜리 스스로 사라졌을까? 아니면 밖에서 누군가 밖으로 나오라고 강요했을까? 아멜리가 그 시간에 화장실에 있다는 걸 어떻게 알았을까?

잭 오도넬 순경은 그들을 미행한 차량은 없었다고 확신했다. 그들은 고원지대의 한적한 도로를 드라이브했고, 운전하는 동안 전후좌우를 살피며 혹시 수상한 차량이 뒤따르는지 확인했다. 잭과 동행한 키티 웬트워스 순경 역시 그 사실을 확인해 주었다.

"우릴 뒤따르는 차량은 없었어요. 고원지대 길에서 들키지 않고 미행한다는 건 불가하다고 봐요."

케일럽은 그들이 손님이 북적거리는 주유소에 들른 것에

대해 질책을 퍼부었다.

"손님들로 북적거리는 주유소에는 왜 간 거야? 아멜리를 집에 내려주고 나서 갔어도 늦지 않잖아?"

"주유소에 사람이 많아 곧장 차를 돌려 나오려고 했는데 아멜리가 용변이 급하다고 해서 어쩔 수 없었어요."

키티가 이의를 제기했다.

잭은 비명이라도 지르고 싶은 심정이었지만 이를 악물고 참았다.

"납치범이 주유소에 있으리라고는 미처 예상하지 못했습니다."

"당연히 만약의 사태에 대비해 긴장을 풀지 말았어야지. 우린 이미 몇 주 전부터 스카보로에서 평범하게 살아가는 주민 가운데 범인이 있을 거라고 추정해왔어. 그 빌어먹을 놈은 어디에서든 나타날 수 있겠지. 해변, 마트, 주차장, 보행자구역, 병원, 주유소를 가리지 않고 그 어디에서든 마주칠 수 있다고 봐야 하는 거야. 범인이 아멜리와 우연히 같은 공간에 있었다는 걸 생각하면 정말이지 끔찍한 악몽이 아닐 수 없어. 우연한 상황에서 발생하는 범죄들이 의외로 많아. 주유소에 고객들이 많았다면 적어도 아멜리가 차에서 내리는 걸 막았어야지."

키티와 잭은 입을 꾹 다물 수밖에 없었다. 케일럽이 잔뜩 화가 치밀어있는 상태라 굳이 변명을 늘어놔봐야 좋을 게 없는 상황이었다.

일단 두 갈래로 일을 진행하기로 했다. 로버트 스튜어트 경사는 골즈비 부부를 찾아가고, 케일럽 헤일 반장은 경관 두

명을 데리고 알렉스 반즈를 찾아가기로 했다.

케일럽은 여전히 알렉스를 의심하고 있었다. 아멜리는 그를 범인으로 지목하지 않았지만 왠지 꺼림칙한 느낌을 지울 수 없었다.

알렉스가 사는 아파트 건물 현관 앞에 도착해 초인종을 눌렀지만 아무런 반응이 없었다. 잠시 후 알렉스의 옆집에 사는 여자가 대신 현관문을 열어주었다.

"그가 몇 시간 전에 차를 타고 나가는 걸 봤어요."

"내가 알기로 알렉스는 차가 없는데요?"

여자가 어깨를 으쓱했다.

"지난주 금요일쯤 차를 타고 있는 그를 봤어요. 그 후로도 몇 번인가 그가 차를 운전하고 다니는 걸 봤죠."

"차를 렌트한 게 아닐까요?"

"그건 모르지만 낡은 소형차였어요. 르노로 기억하는데 정확하지는 않아요. 아무리 중고차라고는 해도 그가 무슨 돈이 있어 차를 샀는지 모르겠어요."

케일럽 역시 놀랐다. 문득 한 가지 생각이 머릿속에 떠올랐다. 만약 알렉스에게 차가 있다면 그가 주유소에 나타났을 가능성을 배제할 수 없었다.

"오늘, 알렉스 혼자 있던가요?"

"그는 늘 혼자 지내요. 이 집에서 살기 시작한 지 그리 오래 되지는 않았지만 볼 때마다 혼자였어요."

케일럽은 이웃집 여자에게 인사하고 나서 밖으로 나왔다. 그는 부하 경관들에게 알렉스가 차를 빌린 렌터카업체가 어던지 확인해보라고 지시했다.

"인근지역은 물론이고 멀리 떨어진 곳까지 알아봐. 그가 최근에 차량등록을 한 적이 있는지도 조사해봐."

알렉스를 수배하려면 차종과 차량번호가 필요했다.

그런 다음 케일럽은 곧장 골즈비 부부를 만나러 갔다.

*

데보라와 제이슨은 마치 정신이 나간 사람들처럼 거실에서 넋을 놓고 앉아 있었다. 아멜리가 또다시 납치될까 봐 한시도 마음을 놓지 못하고 걱정했는데 급기야 우려했던 일이 현실이 되었다.

"범인이 또다시 아멜리를 납치한 거예요. 증언을 못하게 막으려고요."

케일럽이 거실로 들어서는 순간 제이슨이 말했다.

"아직 속단할 수는 없어요. 잭과 키티가 하루 종일 동행했는데 수상한 사람이나 차를 발견하지 못했다고 하더군요. 잭이 즉흥적으로 주유소에 들르기로 결정했기 때문에 사전에 그 사실을 알 수 있는 사람은 없었다고 봐야죠."

제이슨이 두 손으로 얼굴을 쓸어내렸다. 하루 사이에 부쩍 많이 늙어보였다.

"범인이 우연히 주유소에 있다가 아멜리를 발견했을 가능성은 없나요?"

제이슨이 물었다.

"우연을 배제할 수는 없지만 다양한 가능성을 고려해봐야죠."

아멜리가 범인과 우연히 마주칠 수 있는 확률은 지극히 낮았지만 전혀 불가능한 건 아니었다. 아멜리는 아무리 많은 시간이 흘러도 범인의 얼굴을 기억할 것이다. 마음먹기에 따라 언제든지 경찰을 찾아가 인상착의를 증언해 위험에 빠뜨릴 수 있었다. 범인이 우연히 아멜리와 마주칠 경우 위험요소를 제거하려 들 게 뻔했다. 범인의 입장에서 가장 확실한 방법은 아멜리를 살해하는 것뿐이었다.

"충분히 가능한 일 아닌가요?"

제이슨이 거듭 주장했다.

"얼마 전 헬렌 베네트 경사와 이야기를 나누었는데 지난 몇 주 동안 아멜리는 어느 누구에게도 속마음을 털어놓지 않았어요. 심리적으로 여전히 위축되고 혼란스러운 상태에 놓여 있다는 뜻이죠. 아멜리는 그동안 혼자만의 내면세계로 깊숙이 들어가 좀처럼 밖으로 나오려고 하지 않았어요. 오늘 아멜리와 동행한 키티 웬트워스 순경은 심지어 우울증을 앓고 있을 가능성에 대해 말하더군요. 아멜리가 스스로 창문으로 기어올라가 밖으로 뛰어내렸을 가능성을 배제할 수 없어요."

데보라가 처음으로 입을 열었다.

"아멜리가 스스로 달아났다고요? 어디로요?"

목소리에 날이 서있었다.

"아멜리는 몇 주 전부터 집안에 틀어박혀 지내왔어요. 가뜩이나 감당하기 어려울 만큼 충격적인 일을 겪었는데 주변에서는 자꾸 범인에 대한 기억을 떠올려보라고 종용했지요. 아멜리에게는 그 모든 일들이 견디기 힘든 압박으로 느껴졌을 수도 있죠."

"아무리 그렇더라도 아멜리는 갈 곳이 없어요."

제이슨이 말했다.

"내 부하들이 지금 아멜리의 친구들과 지인들에게 연락을 취하고 있어요. 혹시 두 분도 아멜리가 의지할 만한 사람이나 찾아갈 만한 집이 있는지 잘 생각해보세요."

제이슨이 절망적으로 고개를 저었다.

"그런 사람이 있을 리 없잖아요. 아멜리는 우리와 함께 하는 여행 말고는 혼자서 집을 떠나본 적이 없어요. 오죽하면 수학여행조차 가기 싫어했을까요."

"혹시 모르니까 다시 한 번 잘 생각해보세요."

데보라가 갑자기 두 손으로 얼굴을 가렸다.

"정말이지 못 견디겠어요."

제이슨이 그녀의 어깨에 팔을 올려놓았다. 데보라는 마치 질식할 것처럼 숨 가쁘게 흐느끼기 시작했다.

케일럽은 보기에도 안쓰러워 입술을 꽉 깨물었다. 아멜리가 실종된 지 벌써 2시간 반이 지났다.

"방금 전에 알렉스의 집에 다녀왔는데 나가고 없더군요."

제이슨이 놀란 얼굴로 케일럽을 쳐다보았다.

"아직도 알렉스를 용의자로 보세요?"

"알렉스가 어떤 식으로든 이 사건에 연루돼 있다고 봐요. 데이비드 채플랜드도 곧 만나볼 생각입니다. 아멜리와 관계된 사람들은 누구나 예외 없이 조사해봐야 하니까요."

"사실 나는 알렉스에 대해 심한 거부감을 갖고 있지만 그가 납치범일 거라고 생각지는 않는데요."

"무엇이든 섣불리 판단해서는 안 되죠."

케일럽은 그 말을 하면서 내심 자신이 얼마나 자주 잘못된 판단을 했는지 떠올려보았다.

"이웃집여자 말로는 알렉스가 며칠 전부터 차를 끌고 다녔다고 하더군요. 내가 알기로 그는 빈털터리가 분명한데 무슨 돈이 있어 차를 구했을까요. 돈이 하늘에서 뚝 떨어질 리 없잖아요."

"지난주에 우리 부부가 그를 만나 3만 파운드를 전해주었어요. 아마 그 돈으로 차를 구입했겠죠."

"알렉스에게 왜 그런 거금을 주었죠?"

케일럽이 황당하다는 듯 물었다.

데보라가 흐느끼느라 얼굴을 가리고 있던 손을 내리더니 케일럽을 쳐다보았다.

"알렉스가 아멜리의 목숨을 구해준 대가를 요구했어요."

제이슨이 정전이 되던 날 저녁에 무슨 일이 있었는지 털어놓았다. 케일럽은 그 날 저녁에 알렉스가 골즈비펜션에 다녀갔다는 보고를 받긴 했지만 금전적 보상을 요구한 건 전혀 알지 못했다.

"알렉스가 3만 파운드를 주면 다시는 우리 앞에 나타나지 않겠다고 했어요. 우린 그 제안을 받아들일지 말지 고민했죠. 사실 3만 파운드는 재정 형편이 그리 좋지 않은 우리에게도 부담되는 금액이었어요. 하지만 우린……."

데보라가 남편의 말을 이어받았다.

"우린 앞으로 다시는 알렉스를 만나고 싶지 않아 돈을 주기로 결정했어요. 그를 좋아하지는 않지만 아멜리를 구해준 것에 대한 보답 차원이었죠."

"알렉스는 그동안 우리에게 끊임없이 뭔가를 요구했어요. 우린 그의 집 월세도 내주었고, 일자리 면접을 보러 갈 때 차를 태워주기도 하고, 심지어 옷을 사주기도 했죠. 우린 그와의 성가신 인연을 끊고 싶어 큰돈을 건넨 거예요. 다시는 그를 만나고 싶지 않아요."

"돈을 건네기 전에 미리 알려주었더라면 좋았을 텐데요."

"우린 그에게 돈을 주지 않고는 해결할 방법이 없다고 생각했죠. 만약 반장님이 알면 제지할 게 뻔해 일부러 귀띔하지 않았어요."

제이슨이 말했다.

케일럽은 머릿속으로 상황을 정리해보았다. 일주일 전, 알렉스는 골즈비 부부에게 삼만 파운드를 요구했다. 골즈비 부부는 돈을 건넸고, 알렉스는 중고차를 구입했다. 그 직후 아멜리는 집 근처 주유소에서 사라졌다.

"잘은 모르지만 뭔가 연관이 있어 보여."

케일럽이 중얼거렸다.

데보라의 눈이 왕방울 만하게 커졌다.

"우리가 건넨 돈과 아멜리의 실종이 연관돼 있을 거라는 뜻인가요?"

"아직 단정적으로 말씀드릴 수는 없어요."

케일럽이 말했다.

제이슨은 그가 무슨 생각을 하고 있는지 알아차렸다.

"아멜리는 주유소에서 납치됐고, 알렉스는 최근에 차를 구입했죠. 그 두 건이 서로 연관돼 있다고 보는 건가요?"

"맙소사."

데보라가 낮게 중얼거렸다.

케일럽이 안심하라는 듯 손을 내저었다.

"아직 납치인지 자발적인 도피인지 확실하지 않아요. 알렉스가 개입되어 있다고 단정할 근거도 없죠. 알렉스는 이 사건과 전혀 관계없이 차를 타고 어딘가에 가있을지도 모르니까요."

"반장님이 분명 조금 전에 뭔가 연관돼 있을 거라고 했잖습니까?"

제이슨이 물었다.

"다양한 가능성을 열어두어야 한다는 뜻으로 했던 말이니까 염두에 두지 마세요."

알렉스가 관련돼 있다고 주장하려면 증거가 필요했다.

알렉스는 최근 차를 보유하게 되었다. 그는 어딘가에 몸을 숨기고 골즈비펜션을 염탐하다가 키티와 잭이 아멜리와 함께 외출하는 걸 지켜보았다.

알렉스가 발각되지 않고 경찰 차량을 미행할 수 있었을까? 현장경험이 풍부한 잭 오도넬 순경과 상황판단이 빠른 키티 웬트워스 순경이 탄 차를 은밀하게 뒤따르는 게 가능했을까?

전혀 불가능하진 않지만 현실적으로 결코 용이한 일은 아니었다.

"현재 수사는 어떻게 진행되고 있죠?"

데보라가 물었다.

"경찰이 주유소 일대를 샅샅이 수색하고 있어요. 두 분은 아멜리가 나타날 수도 있으니 집에 머물러 계세요. 일단 알렉스의 차량번호를 알아내 그가 지금 어디에 있는지 알아보고 있어요. 그 시간에 주유소에 있었던 사람들도 전부 조사 중이죠. 데이비드도 다시 한 번 찾아가 만나볼 거예요."

케일럽이 말했다.

"그 사람은 왜요?"

제이슨이 물었다.

"그날 바닷가에 있었으니까요."

케일럽은 아무리 생각해도 그날 데이비드가 바닷가에 있게 된 이유를 납득하기 힘들었다.

3

케일럽은 씨 클리프 로드에 있는 데이비드의 집 초인종을 눌렀다. 그의 집은 케일럽의 집보다 약간 아래쪽에 있었다. 케일럽은 이 집이 있는 도로 끝, 즉 바다 위쪽에 있는 그 주차장에 가본 적이 있었다.

데이비드는 그날 저녁 아래쪽 바닷가 길을 따라 귀가하는 중이었다. 그 길을 이용할 경우 마지막 구간에서 경사진 자갈길을 올라와야 한다. 바닷가 길을 이용할 경우 알렉스가 아멜리의 손을 잡고 있던 그 지점을 지나갈 수밖에 없었다. 다만 바닷가 길보다는 가로등이 켜진 도로를 이용하는 게 훨씬 거리도 짧고 안전했다.

"폭우가 퍼붓고, 파도가 심하게 치던 날에 왜 바닷가 길을 걷고 싶었을까?"

케일럽이 혼잣말로 중얼거렸다. 상식적으로 이해하기 힘든 선택이었지만 사람들이 가진 생각을 함부로 예단할 수는 없었다. 세상에 존재하지 않는 미친 짓은 없으니까.

데이비드는 청바지와 티셔츠 차림이었다. 집안에서 맛있는 음식 냄새가 솔솔 풍겼다. 케일럽은 간단한 아침식사를 하고 나서 아무것도 먹지 않아 시장기가 느껴졌지만 지금은 한가하게 음식이나 생각할 입장이 아니었다.

"스카보로경찰서의 케일럽 헤일 반장입니다. 잠시 안으로 들어가도 될까요?"

"네, 물론입니다."

데이비드가 한 걸음 뒤로 물러섰다.

"레인지 위에 음식을 올려놓아서 그러는데 일단 주방으로 가도 될까요?"

"네, 그러죠."

케일럽은 그를 따라 환하게 불을 밝힌 주방으로 들어갔다. 커다란 식탁에 촛불들이 켜져 있었고, 촛농이 아래로 흘러내리고 있었다. 굴을 담아놓은 접시와 커피 잔 몇 개 그리고 케이크 한 조각이 촛불 옆에 놓여 있었다. 레인지 위에서 맛있는 냄새가 나는 음식이 끓고 있었고, 창문에는 반짝이는 별이 하나 붙어 있었다. 집에 있는 동안 그의 일상은 주로 이 주방을 중심으로 이루어지는 듯했다. 그는 식탁 의자에 앉아 신문도 읽고, 선반에 놓인 작은 텔레비전으로 축구경기도 보고, 요리도 하고, 손님도 맞을 것이다. 대체로 안온하고 아기자기한 느낌이 드는 주방이었다. 사람들은 이 주방에만 들어와 봐도 그에 대해 호감을 가질 듯했다.

케일럽은 겉모습과 다른 사람들을 무수히 만나봤기에 섣부른 판단을 경계했다. 레인지 옆에 마개를 딴 화이트와인 병이 놓여 있었다. 비로소 현관문을 여는 순간 맡았던 냄새의 진원을 알게 되었고, 마음을 단단히 먹었다.

술 생각을 떨쳐버리고 정신을 집중해!

알코올중독치료센터 의사의 충고는 정반대였다.

"알코올 생각이 나면 회피하지 마세요. 알코올에 대한 생각이 서서히 사라지게 하려면 우선 몸이 반응하는 대로 받아들여야 합니다. 억지로 떨쳐버리려고 할수록 더욱 집요하게 달라붙으니까요."

케일럽은 의사의 설명을 머리로는 이해했지만 현실에서 실천하지는 못했다. 의사는 알코올중독자들을 많이 만나보았고, 관련 지식을 습득하고 있었지만 그 자신이 중독자는 아니었다. 그가 알고 있는 지식은 단지 이론에 불과했다. 그 반면 케일럽은 경험이 많았다. 술을 대할 때마다 항상 다리가 먼저 뜨거워졌다. 그 다음에는 피부에서 신호가 오는 동시에 머리에서 살짝 현기증이 일었다. 그런 다음 눈앞에서 세상이 멈춰버렸다. 마치 무중력 상태에 있는 듯했고, 주변 풍경과 소음이 모두 사라졌다. 이어서 손이 떨리기 시작하면서 얼굴에 땀이 흥건해졌다.

케일럽은 그런 상태를 무수히 경험했다. 머릿속에서 벌어지는 일들은 그 자신만 알 뿐 다른 사람들은 전혀 눈치 채지 못했다. 손이 떨리는 현상도 감출 수 있었지만 얼굴에 흐르는 땀은 어쩔 수 없었다. 그가 알코올중독자라는 사실을 알고 있는 몇몇 사람들은 땀을 보고 즉시 눈치 챘다. 그런 상태가 되면 최대한 정신을 집중하고 저항했지만 회피할 수 있는 방법이 없었다.

데이비드가 화이트와인 병을 집어 들었다.

"한 잔 하시겠습니까?"

케일럽은 급히 손사래를 치며 거절했다.

"고맙지만 지금은 근무 중이라서요."

"프랑스 남부에서 생산되는 와인인데 맛이 일품이거든요."

케일럽의 얼굴에서 땀이 흥건하게 배어났다. 당장 손수건을 꺼내 땀을 훔치고 싶었지만 데이비드가 눈치 챌까봐 애써 참았다. 급기야 손까지 떨리기 시작했지만 다행히 데이비드가 몸을 돌렸다. 그는 와인 잔을 들고 레인지 앞으로 다가가 토마토소스를 저었다.

"무슨 일 때문에 오셨죠?"

"아멜리 골즈비가 다시 사라졌어요."

케일럽은 그의 표정이 어떻게 변하는지 유심히 지켜보았다. 놀라고 당황한 눈치였지만 뭔가 알고 있는 것 같지는 않았다.

"아멜리가 사라져요?"

"다시 납치됐을 가능성이 커요. 납치범에게는 아멜리가 큰 위협이 되었을 거예요. 그 아이는 그동안 납치범에 대해 구체적인 진술을 하지 않았지만 시간이 지나 트라우마를 극복하게 될 경우 전혀 다른 양상이 펼쳐지게 될 테니까요."

"경찰이 신변보호를 해주고 있었을 텐데, 어떻게 그런 일이 벌어지게 되었죠?"

"경찰이 잠시 아멜리를 시야에서 놓친 순간이 있었어요. 사람들이 북적거리는 장소였죠. 납치범이 아멜리가 그 장소에 있다는 걸 어떻게 알아냈을까요? 여전히 풀릴지 않는 의문이죠."

데이비드가 손가락으로 머리카락을 쓸어내렸다.

"그러게요. 정말이지 불가사의하네요. 아멜리는 물론이고 골즈비 부부가 정말 안됐어요."

"오늘 오후 4시 반에서 6시 사이에 어디에 있었죠?"

데이비드의 얼굴에 당혹감이 일었다. 경찰이 아직 그를 용의선상에 올려두고 있는 셈이었으니까.

"이 집에 있었어요."

"오후 4시 반에요? 항구에 있는 당신 사무실에서는 언제 퇴근했죠?"

"정각 3시 반에 퇴근했어요. 겨울에는 일이 별로 없어 재택근무를 하는 경우도 많죠. 대부분의 거래가 인터넷으로 이루어지니까요."

"사무실을 나와 곧장 집으로 돌아왔나요?"

"식료품을 사러 잠깐 마트에 들렀어요."

데이비드가 레인지를 가리키며 말했다.

"당신을 본 사람이 있나요?"

데이비드는 잠시 망설였다.

"마트에 혼자 갔고, 볼일을 마친 후 차를 운전해 집으로 돌아왔어요. 딱히 마주친 사람은 없는데요."

"당신이 4시 반에 이 집에 있었다는 사실을 증명해줄 사람이 있을까요?"

"제가 증명해줄 수 있어요. 그 시간에 제가 이 집에 있었으니까요."

케일럽의 등 뒤에서 여자 목소리가 들려왔다.

뒤를 돌아본 순간 하마터면 심장이 멎는 줄 알았다.

케이트 린빌이 거기에 있었다. 이 집에서 그녀를 만나게 될 줄은 미처 몰랐다. 옷차림을 보고 한 번 더 놀랐다. 촉촉하게 젖은 머리카락에 푸른색 목욕가운을 걸치고 있었다. 그녀의 몸에는 지나치게 큰 목욕가운이었다.

빌어먹을! 이게 무슨 일이지?

케일럽은 갑자기 가슴이 답답해졌다.

케이트가 왜 이 집에서 데이비드의 목욕가운을 입고 있는 거야?

케일럽은 두 사람을 번갈아 쳐다보았다.

"자네가 도대체 왜 여기에 있지?"

"두 분이 서로 아는 사이인가 봐요?"

데이비드가 깜짝 놀라며 물었다.

"아버지가 피살됐을 때 케일럽 헤일 반장님이 수사를 이끌었어요. 그때 서로 알게 되었죠."

케이트가 말했다.

데이비드가 갑자기 긴장하는 눈치였다.

"아, 그렇군요. 반장님은 안 좋은 소식을 전하려고 오셨어요. 아멜리가 다시 납치되었다는군요."

케이트가 화들짝 놀라며 케일럽을 바라보았다.

"아멜리는 신변보호를 받고 있지 않았나요?"

"아멜리가 사라진 건 맞지만 납치라고 단정하기에는 일러. 아멜리는 오늘 신변보호를 맡은 순경들과 함께 외출을 나갔다가 돌아오는 길에 사라졌어. 차에 기름을 넣으러 주유소에 들렀을 때 아멜리가 용변이 급하다며 혼자 화장실에 들어갔는데 창문을 넘어 사라진 거야."

"말도 안 돼!"

케이트가 말했다.

케일럽은 처음에는 전혀 파악이 안 되었는데 차츰 무슨 상황인지 감이 왔다.

케이티와 데이비드가 데이트를 하고 있는 거야.

케이티는 연애와 담을 쌓고 지내왔고, 앞으로도 달라지지 않으리라 생각했다. 세상은 역시 알다가도 모를 일이 빈번하게 벌어지는 곳이 분명했다. 더욱 놀라운 건 그녀의 상대가 용의자 가운데 한 사람이라는 사실이었다.

"누군가 화장실에서 아멜리를 납치한 건가요?"

케이트가 물었다.

"아멜리가 화장실에 들어가 있는 동안 키티 순경이 밖에서 지키고 있었어. 나중에 안으로 잠긴 문을 따보고 나서야 사람이 빠져나가기에 충분한 창문이 있다는 걸 알게 되었지."

"어디로 통하는 창문인데요?"

"주유소 뒷마당으로 통하는데 다른 건물들에 둘러싸여 있는 곳이야. 인근 주민들을 탐문해봐야겠지만 아직은 목격자가 없어. 날이 어두워 눈에 띄지 않았을 수도 있겠지."

"가로등이 켜져 있었을 텐데요? 게다가 아멜리가 저항을 했다면 제법 큰소리가 났을 테고요."

"만약 범인이 무기를 들고 아멜리를 위협했다면 고분고분 따를 수밖에 없었겠지."

"주유소 뒷마당에서 밖으로 빠져나가는 출구가 있나요?"

"판자울타리로 둘러싸여 있는데 넘어가기 불가능할 정도로 높진 않아. 주유소에서 잭이 주유를 하고 있었으니까 울타리를 넘어 다른 길로 도망쳤다고 봐야지. 그 너머에 샛길이 하나 있어. 범인은 그 주변이나 주유소 맞은편에 있는 마트 주차장에 차를 세워두고 있었을 거야. 그 시간에 마트 주차장은 사람들로 북새통을 이루고 있었으니까."

"아멜리가 제발 무사해야 할 텐데요."

데이비드가 미소를 머금고 케이트를 바라보았다.

"범죄사건을 다루는 기자라서 그런지 안목이 대단하네요. 안 그런가요, 반장님?"

케일럽은 순간적으로 케이트를 쳐다보았다. 그녀의 표정은 아무런 변화가 없었다. 데이비드의 말에 대꾸하지 않았지만 케일럽은 몇 가지 사실을 유추할 수 있었다.

케이트는 진작부터 형사라는 신분을 숨기고 여기자 행세를 하며 정보를 입수해온 거야. 그 과정에서 데이비드를 만나게 되었고, 연인관계로 발전하게 되었지. 이제 와서 신분을 밝힐 수도 없으니 난감한 입장인 거야.

케이트의 사생활에는 관여할 생각이 없었지만 수사 개입에 대해서는 언젠가 이야기를 나누어볼 필요가 있었다.

"아멜리가 무사히 돌아와야 할 텐데 도움을 줄 수 없어 유감이네요. 저는 그 시각에 케이트와 함께 이 집에 있었으니까요."

데이비드가 말했다.

"데이비드의 말이 맞아요."

케이트의 머리카락에서 떨어진 물방울이 목욕가운 속으로 스며들었다. 그녀의 표정이 이전보다 훨씬 편안해 보였다. 케이트는 적어도 남자를 위해 거짓말할 사람은 아니었다. 설령 남자에게 푹 빠져 있다고 해도. 그녀가 데이비드와 함께 있었다고 하는 이상 의심할 여지가 없었다. 케이트의 증언보다 더 믿을 만한 알리바이는 없으니까.

케일럽의 휴대폰이 울렸다.

"알렉스가 차량을 구입한 사실을 확인했습니다. 지난 금요일에 차량등록을 마쳤더군요. 차량번호와 차종도 확보했습니다. 중고 르노이고, 그는 아직 집에 나타나지 않았습니다."

몹시 흥분한 듯 로버트의 목소리 톤이 높았다.

"알렉스를 수배해."

케일럽이 말했다.

11월 14일, 화요일

더는 견디기 힘들 만큼 춥고 배가 고팠다. 맨디는 담요로 몸을 꽁꽁 싸맸지만 좀처럼 추위가 가시지 않았다. 오른팔이 벽에 부착된 쇠사슬에 연결되어 있어 어깨가 자꾸 담요 밖으로 삐져나와 한기를 차단할 수 없었다. 오른팔은 이미 피가 통하지 않을 만큼 마비됐고, 손가락은 감각을 잃었다. 화상을 입은 왼팔 역시 통증이 심했다. 화농이 심해지는 상처를 소독하고 연고를 발라준 다음 깨끗한 붕대를 감아주지 않을 경우 패혈증이 진행될 수도 있었다.

밤낮없이 울었더니 이제는 눈물조차 다 말라버렸다. 더 이상 울 힘조차 남아 있지 않았지만 누군가 마음속에서 계속 말을 걸어왔다.

일어나 맨디! 일어나야 해!

맨디는 신음을 발하며 가까스로 자리에서 몸을 일으켜 세웠다. 창문 너머로 먹구름이 잔뜩 낀 하늘이 보였다. 주변사물들의 윤곽이 뚜렷한 걸 보면 아직 낮이라는 뜻이었다. 이집의 구조에 대해서는 훤히 꿰고 있었다. 바닥에 깔린 카펫, 쇠창살이 달린 창문, 모퉁이를 돌면 복도가 나오고, 그 끝에 현관문이 있었다. 창문 아래에 안락의자 두 개가 서로 마주보며 놓여 있었고, 작은 책장에는 종이가 너덜너덜해진 책이 몇 권 꽂혀 있었다.

세숫물이 들어 있던 양철통에는 물이 한 방울도 남아 있지 않았다. 그 물까지 전부 마셔버린 지 제법 오래 되었다. 그 옆에 있는 양철통에는 원래 생수가 들어 있었지만 역시 물이 한 방울도 남아 있지 않았다.

구석에 있는 프로판가스 난로는 며칠 전에 가스가 떨어져 저절로 꺼졌다. 적어도 가스폭발로 통구이가 될 걱정은 없었다. 맨디는 선택권이 주어질 경우 불에 타죽기보다는 패혈증에 걸려 죽는 편이 나을 거라 생각했다. 불에 타죽는 건 싫었다. 아니, 죽고 싶은 마음은 추호도 없었다. 아무도 없는 집에 갇혀 서서히 죽어가고 있다는 생각이 들면 끔찍한 공포와 함께 분노가 밀려들었다.

맨디는 담요가 어깨에서 미끄러지자 잠시 숨을 멈췄다. 모직담요 하나로 추위를 막는 건 불가능했다. 손을 뻗어 연고를 집어 들고 살갗에 밀착되어 있는 붕대를 조심스럽게 떼어냈다. 붕대가 피부에 달라붙어 있어 떼어내기 쉽지 않았다.

방에서 한 발짝도 벗어날 수 없는데 왜 쇠사슬에 묶어 놓았을까?

혹시 근처를 지나가는 사람들이 있을지도 모른다고 생각해 소리를 크게 질러봤지만 대답 없는 넋두리일 뿐이었다. 이 집은 고원지대에 위치해 있었고, 동쪽은 가파른 절벽과 맞닿아 있었다. 그 아래에 바다가 있었다. 이 근처 어딘가에 트래킹 코스가 있더라도 이 추운 겨울에 찾아오는 사람들이 있을 리 없었다.

이토록 황량한 고원지대에 무슨 용도로 집을 지었는지 알 수 없었다. 아마도 과거에는 트래킹을 하는 사람들이 이용하던 휴게소였을 가능성이 컸다. 간단한 음식과 음료수를 팔던 곳.

가까스로 붕대를 벗겨냈다. 상처에서 흘러나온 고름이 붕대에 잔뜩 묻어 있었다.

"상처를 이대로 두면 얼마 못 가 패혈증이 진행될 거야."

맨디는 혼잣말로 중얼거렸다.

연고를 상처에 발랐지만 염증이 번지는 걸 막을 수 있을지 의문이었다. 상처가 덧나지 않게 하려면 항생제가 필요했다. 제때에 의사를 찾아가 치료받았다면 이 정도로 악화되지는 않았을 것이다.

그나마 브랜든의 집에서 지낼 때가 좋았다. 언제든지 따스한 물로 샤워를 할 수 있었고, 하루에도 몇 번씩 연고를 바르고, 새 붕대를 감아줄 수 있었으니까. 차라리 도망치지 말고 그 집에 남아있다가 경찰에 붙잡혀가는 게 나았을 수도 있었다.

"집에 돌아가고 싶어."

가출한 이후 한 번도 집으로 돌아가고 싶다는 생각을 해본 적이 없었다. 그 어떤 상황에서도 엄마의 보살핌을 바라지 않았다. 엄마는 그런 걸 기대해서는 안 되는 사람이었다. 아무리 그렇더라도 지금은 목숨이 위태로운 상황이었다. 엄마가 이 사실을 안다면 가만있지 않을 것이다. 아무리 매정한 엄마라고 해도 이 끔찍한 상황 속에 딸을 방치하지는 않을 것이다.

맨디는 화상을 입은 상처 부위에 고름이 덕지덕지 묻은 붕대를 다시 감아주었다. 한 손으로 붕대를 감으려니 속도가 더딜 뿐만 아니라 제대로 힘을 가하지 못해 자꾸 풀어졌지만 끝까지 포기하지 않고 해냈다.

하루가 다르게 체력이 떨어지고 있었다. 입 안으로 음식을 넘긴 지 서른여섯 시간이 넘었다. 얼었다 녹은 샌드위치가 마지막 음식이었다. 어찌나 목이 마르던지 구덩이에 고여 있는 빗물을 혓바닥으로 핥아먹기도 했다.

물 한 방울 마시지 않고 과연 얼마나 버틸 수 있을까?

맨디는 그 기간이 짧을까봐 두려웠다. 갈증에 비하자면 허기는 아무것도 아니었다. 허기를 참아내는 것도 큰 고통이었지만 갈증보다는 덜했다. 갈증이 심할 경우 패닉 상태에 빠지게 된다는 걸 알게 되었다.

맨디는 빈 플라스틱 병을 집어 들고 열심히 핥았지만 물이 단 한 방울도 남아 있지 않았다. 병을 집어던지려다가 마지막 순간에 뇌리를 스치는 생각이 있어 자세히 들여다보았다.

나를 집안에서 한 발짝도 움직일 수 없게 묶어놓은 이유가 뭘까?

만약 자유롭게 풀어놓을 경우 달아날 우려가 있기 때문이었다. 결국 이 집은 완벽한 감옥은 아니라는 뜻이었다.

쇠사슬에 묶여있는 팔을 풀고 빠져나갈 방법을 찾아내야 해.

몇 년 전에 읽은 스티븐 킹의 소설이 떠올랐다. 그 소설의 여주인공도 외딴 집 침대에 묶여 있었다. 납치된 게 아니라 격정적인 주말을 보내기 위해 주말별장을 찾아온 것이다. 여주인공의 남편은 수갑을 채우고 하는 섹스를 좋아했다. 여주인공은 남편의 집요한 요구에 마지못해 따랐을 뿐이었다. 섹스에 도취했던 남편은 심장마비로 목숨을 잃었다. 여자는 옷을 홀딱 벗은 상태로 침대에 연결해놓은 수갑을 차고 있었고, 한 발짝도 움직일 수 없는 위기에 처했다.

그 여자보다 나을 게 없어.

여주인공은 유리잔을 깨뜨렸고, 유리조각으로 손목 부위에 상처를 내기 위해 애썼다. 상처에서 미끈거리는 피가 흘러나왔고, 마침내 수갑에서 손목을 빼내는 데 성공했다. 여주인공은 그렇게 탈출에 성공했다.

사방 어디를 둘러봐도 유리조각이 없었지만 어쩌면 플라스틱 병으로도 상처를 낼 수 있을 듯했다. 수갑에서 손을 빼내는 데 성공하더라도 문제가 해결되는 건 아니었다. 밖에서 문을 잠가버렸기 때문에 빠져나갈 방법을 찾아내지 못할 경우 과다출혈로 목숨이 위태로워질 수도 있었다.

이제 음식과 물을 가져다줄 사람은 없어. 가만히 앉아 있다가 죽을 바에는 차라리 수갑을 풀고 밖으로 빠져나갈 수 있는 방법을 찾아보는 게 좋아.

맨디는 수갑을 유심히 살펴보았다. 몇 번이나 수갑에서 손목을 빼내려고 해봤지만 번번이 실패했다. 겨우 몇 밀리 차이로 손이 빠지지 않았다. 손목에 피를 내면 충분히 빼낼 수 있을 듯했다.

맨디는 플라스틱 병을 부수며 말했다.

"서둘러, 아직 힘이 남아 있는 동안에!"

11월 15일, 수요일

1

케이트는 지금 데이비드의 집 주방에서 모직스웨터를 입고 커피를 내리는 중이었다. 창밖은 아직 어둠에 휩싸여 있었다. 이 집의 정원은 도로 위쪽의 다른 집들 뒤편으로 이어져 있었다. 몇몇 집 창문에 불이 들어와 있었다. 메씨가 케이트의 다리에 몸을 비벼대며 야옹거렸다. 고양이 혼자 집에 내버려둘 수 없어 데리고 왔다. 접시에 먹이를 쏟아주자 메씨가 게걸스럽게 먹어치웠다.

케이트는 팔을 들어 스웨터의 부드러운 털 속에 코를 파묻었다. 옷에서 데이비드 냄새가 났다. 커피를 침대로 가져가 데이비드와 함께 마실 생각이었다. 간밤에는 그와 밤새도록 사랑을 나누었다.

케이트는 지금껏 남자와 깊이 사귀어본 적이 없었다. 지금은 맨발로 남자의 집 주방에서 커피를 내리고 있었다. 불과 일주일 전과는 인생이 확연히 달라졌다. 세상은 평소와 다름없이 흘러가고 있었지만 그녀는 인생이 크게 변했다는 걸 실감했다.

메씨가 다시 야옹거렸고, 케이트는 접시에 먹이를 좀 더 쏟아주었다. 행복한 기운이 온몸을 감쌌다. 이제 모두를 행복하게 해주고 싶었다. 작은 고양이까지도.

그들은 서로를 너무나 잘 이해했다. 감성이나 생각도 비슷했고, 아무런 조건 없이 서로를 좋아했다. 그들의 연애는 아무런 장애물 없이 순항하고 있었다.

케이트는 지금껏 상대를 믿지 못해 쉽게 다가가지 못하고 머뭇거리기 일쑤였다. 언제나 상대에 대해 의구심을 떨쳐버리지 못했는데 데이비드와는 어느 순간부터 감정이 흐르는 대로 몸을 맡겼다.

직업을 속인 게 마음에 걸렸다. 그동안 진실을 털어놓을 기회가 몇 번 있었지만 좋은 분위기를 깨고 싶지 않았다.

할 말이 있어요. 난 기자가 아니라 런던경찰국 소속 형사예요. 비밀리에 아멜리 사건을 수사하고 있어요. 당신이 용의자 가운데 한 사람이라 만나보려고 한 거예요.

하루에도 수백 번쯤 그 말이 입안에서 맴돌았다. 데이비드를 납득시킬 자신이 있었다. 관할구역이 아니라 신분을 밝힐 수 없었다고 하면 그도 충분히 이해해줄 수 있을 테니까. 데이비드가 왜 자기를 용의자로 생각했는지 물어볼 경우에도 답변해줄 말을 준비해두었다.

형사는 모든 선입견을 버리고 사건에 연루된 사람들을 모두 만나 봐야 해요.

케이트는 이제야 왜 비밀을 털어놓기 힘든지 이유를 알 수 있을 듯했다. 진실을 말할 경우 순조롭게 이어지고 있는 관계에 약간의 이상 기류가 발생할지도 모른다는 우려 때문이었다.

만약 심하게 화를 내면 어쩌지?

자그마한 구멍 하나가 방파제를 허물어뜨리는 법이었다. 별것도 아닌 작은 균열이 그들 사이를 갈라놓을 시발점이 될 수도 있었다.

케이트는 이틀 전 케일럽이 이 집에 나타났을 때 몹시 당황했다. 그날 케일럽이 이름 대신 경사라는 직위로 불렀더라면 분위기가 이상하게 돌아갔을 수도 있었다. 케일럽은 제삼자가 있는 자리에서는 이름 대신 계급을 부르는 경우가 많았다. 데이비드가 다른 사람의 입을 통해 정체를 알게 될 경우 일이 복잡해질 수도 있었다.

데이비드는 인터넷에서 이름을 검색해보면 금세 그녀의 정체를 알 수 있을 텐데 그런 수고를 하지 않았다. 그녀 입장에서 보자면 정말이지 운이 좋은 셈이었다. 인터넷에서는 아직 도처에 리처드 린빌 반장 살해사건에 대한 기사가 돌아다니고 있었다. 런던경찰국 소속 케이트 린빌 형사가 리처드 린빌 반장의 딸이고, 사건을 해결하는 데 혁혁한 공을 세웠다는 내용이 덧붙여져 있었다.

데이비드가 새 여자 친구의 신상을 인터넷에서 즉시 검색해보는 스타일이 아니라서 살짝 빗겨가긴 했지만 마냥 안심할 수는 없었다. 일주일만 지나면 런던으로 다시 돌아가야 하는데 이제 데이비드가 없는 인생은 상상조차 할 수 없었다. 스카보로경찰서 강력반에서 함께 일하자고 했던 케일럽의 제안이 갑자기 중요한 의미를 갖게 되었다.

케이트는 그의 제안에 대해 진지하게 고민했다. 정작 데이비드와 그 문제를 터놓고 논의할 수 없다는 게 아쉬웠다.

데이비드에게 어서 진실을 털어놓아야 해.

"케이트, 어디 있어요?"

케이트는 움찔하며 뒤돌아섰다. 데이비드가 주방 앞에 서 있었다. 마구 엉클어진 머리에 속옷 차림이었다. 그는 환한 전등 불빛 탓에 눈을 찡그리며 만면에 미소를 머금고 있었다.

"어디 갔나 했는데 커피를 내리러 왔군요."

케이트는 환한 미소로 화답하며 크게 심호흡을 했다.

이제 말할 기회가 왔고, 더는 미룰 수 없다고 생각했다.

"데이비드, 당신에게 해야 할 말이 있어요."

그때 식탁에 놓아둔 휴대폰 벨이 울렸다.

힘겹게 짜낸 용기가 순식간에 사라져버렸다.

콜린이었다. 그가 보낸 왓츠앱 메시지를 무시한 것 때문에 기분이 상한 듯했다.

"내 메시지 못 봤어요? 아니면 내가 뭘 잘못했나요?"

그는 새벽에 전화한 것에 대해 양해를 구하기는커녕 목소리가 대단히 퉁명스러웠다.

케이트는 오늘 아침에만 벌써 두 번째 심호흡을 했다. 콜린과 연인 사이는 아니었다고 해도 데이트사이트의 주선으로 만났기에 사생활에 중대한 변수가 생겼다는 사실을 분명하게 알려줄 의무가 있었다. 콜린은 요즘 부쩍 그녀에게 관심을 보이고 있었다. 그에게 데이비드의 존재를 숨기는 건 옳지 않은 일이었다.

"콜린, 내 말 잘 들어요. 당신에게 꼭 해야 할 말이 있어요."

케이트는 일분 사이에 똑같은 말을 두 번이나 했다.

정말 특별한 아침이네. 완전 미쳤어.

2

퀸즈 퍼레이드를 따라 허름한 집들이 길게 이어져 있었다. 그 집들은 근사한 전망을 얻는 대신 벽에 해풍에 실려온 습기를 잔뜩 머금어야 했다.

오늘은 처음 방문했던 날보다 풍경이 훨씬 을씨년스러웠다. 겨우 일주일 전인데 마치 일 년쯤 흐른 느낌이 들었다. 그녀의 인생에 많은 변화가 있었기 때문이다.

햇살을 받아 부식된 건물들이 눈에 띄었다. 집 안에 가구하나 없는 빈집들이 많았다. 건물 전면에 부착된 장식물들이 모두 떨어져나갔고, 도로와 면해 있는 정원에는 나무나 화초가 전혀 없었다.

라이언의 집 마당에는 잎이 다 떨어진 화초 몇 그루만이 남아 있었다. 4월에는 그 나무들에 수선화가 피었을 것이다.

오늘 아침에 케이트는 침실로 돌아와 커피를 마시며 콜린과 통화했다. 데이비드는 그녀가 통화를 시작하자 자리를 피해 주었다. 상대가 누군지 몹시 궁금해 하는 눈치였다.

케이트는 통화를 마치고 나서 콜린에 대해 이야기해주었다. 데이트사이트의 주선으로 그를 만났다는 건 부득이 감출수밖에 없었다. 그냥 취재하다가 우연히 알게 된 사이라고 둘러댔다.

내면의 목소리가 그녀에게 경고했다.

케이트, 거짓말이 잦아서는 안 돼.

어쨌든 데이비드와 콜린이 서로 얼굴을 부딪칠 일은 없었다. 콜린은 감정이 많이 상한 듯 통화 중에 전화를 끊어버렸다. 그녀 역시 콜린을 다시는 보고 싶지 않았다.

데이비드는 항구의 사무실로 출근했다. 낮에 사무실에 가서 그와 함께 항구 근처 식당에서 점심을 먹기로 했다. 저녁에는 스카보로에서 가장 근사한 식당으로 알려진 〈야니스〉에서 식사를 하기로 했다.

케이트는 저녁식사 자리에서 신분을 털어놓을 생각이었다.

이번에는 반드시 말해야 돼!

케이트는 스카보로경찰서 수사팀이 전체 그림에서 한나 캐스웰 사건을 제외시킨 건 명백한 실수라고 확신했다. 수사의 매듭을 풀 수 있는 실마리가 한나 캐스웰 사건에 있다고 믿었다. 다시 한 번 라이언을 찾아온 이유였다.

케이트는 계단을 올라가 라이언의 집 현관문 앞에 섰다. 아파트 벽면의 페인트칠이 군데군데 벗겨진데다 습기가 잔뜩 배어 있어 곰팡이 냄새가 심하게 났다. 갈매기 울음소리가 가까이에서 들려왔다.

초인종을 누르고 얼마 안 있어 라이언이 문을 열었다. 그는 케이트를 금세 기억해냈다.

"런던에서 온 기자님이 아직 볼일이 남았나요?"

"잠깐 시간 좀 내주시겠어요?"

라이언의 무뚝뚝한 얼굴에 고통의 흔적이 역력했다. 세상에서 가장 외로운 사람 같았다.

"시간이야 있지만 난 더 이상 말해줄 게 없는데요."

라이언은 말은 그렇게 했지만 케이트를 거실로 맞아들였다. 창문 너머로 바다가 보였다. 하늘과 바다가 똑같은 잿빛이었다.

"아직도 예전과 같은 일을 하고 있나요?"

라이언은 그리 젊지는 않았지만 아직 은퇴할 나이는 아닌 듯했다.

"한 15년쯤 여러 기관에서 건물관리인으로 일했는데 관절통이 심해지는 바람에 그만둘 수밖에 없었죠. 조기 은퇴한 이후에는 스테인턴데일의 집을 팔아 마련한 돈으로 근근이 살아가고 있어요. 가진 돈이 많지는 않아도 그럭저럭 버티고 있죠."

그 후로는 세상과 단절하고 살아가고 있군요.

케이트는 그 말을 입 밖으로 내뱉지는 않았다.

그들은 외풍이 심한 창문 앞에 마주서서 이야기를 나누었다.

"한 가지 궁금한 게 있어요."

라이언이 입을 씰룩거렸다.

"뭔데요?"

"한나가 실종되기 직전에 헐에 사는 할머니 집에 갔었다고 했잖아요. 혹시 그 할머니가 당신의 어머니인가요, 아니면 장모인가요?"

"내 어머니인데요."

"아직 생존해 계신가요?"

"네, 살아있어요."

"그 당시 당신 어머니도 경찰 조사를 받았나요?"

"어머니는 한나가 스카보로 행 기차를 타기 위해 집에서 저녁 5시쯤 나간 사실을 확인해 주었어요."

"그날 이후 당신 어머니는 한나를 다시는 못 봤겠군요."

"한나가 실종된 직후 어머니가 집에 숨겨두었을지도 모른다고 의심했어요."

"왜 그런 의심을 했죠?"

"한나는 주말마다 할머니 집에 보내달라고 졸랐어요. 금요일 저녁부터 일요일까지 할머니 집에서 보내길 원했는데 내가 허락해주지 않았죠."

"손녀 사이가 무척이나 좋았나 봐요?"

"어머니는 혼자 외롭게 살고 있었기 때문에 한나가 집에 오는 걸 무척이나 반겼죠."

"당신 어머니를 만나볼 수 있을까요?"

라이언은 조금 놀란 듯했다.

"어머니가 무슨 도움을 줄 수 있을까요?"

"한나가 실종되던 날 벌어진 일들을 시간대별로 정리해 전체적인 그림을 그려보려고요."

"현재 어머니는 헐에 있는 요양원에서 지내고 있어요. 알츠하이머를 앓고 있어 정신이 혼미하지만 가끔 멀쩡할 때도 있긴 하죠. 그 순간을 잘 포착하면 대화를 나눌 수 있을 거예요."

"요양원 주소를 알려주세요."

라이언이 수납장 서랍에서 요양원 안내문을 꺼냈다.

"안내문에 주소와 연락처가 나와 있어요."

킹스턴어펀헐에 위치한 〈트레스코트홀 노인요양원〉이었다. 안내문에 전화번호와 이메일주소, 홈페이지 등의 정보가 나와 있었다.

케이트는 안내문을 가방에 집어넣었다.

라이언은 현관까지 케이트를 배웅한 뒤 작별인사도 하지 않고 문을 쾅 닫아버렸다. 나쁜 사람 같지는 않았지만 함께 있으면 달아나고 싶은 생각이 들게 할 남자였다. 한나는 아버지와 살면서 사사건건 통제와 구속을 받았다. 얼마나 답답하고 숨이 막혔을지 감이 왔다. 한나는 아무리 힘들어도 스스로 집을 나갈 아이는 아니었다. 순진하고 소심해 아버지의 말을 한 번도 거스른 적이 없는 아이였으니까. 비록 통화가 되지는 않았지만 한나가 그날 밤 라이언의 휴대폰과 집으로 전화했던 통화기록이 남아 있었다.

케빈은 함께 차를 타고 오는 동안 한나를 친구의 펍 개업식 파티에 초대했다. 한나는 설레고 기쁜 마음을 숨기지 못하고 친구에게 전화해 자랑삼아 그 이야기를 들려주었다.

한나의 친구를 만나봐야겠어.

케이트는 발길을 돌려 다시 한 번 라이언의 집 초인종을 눌렀다.

"무슨 일이죠? 아직 할 얘기가 남았나요?"

라이언이 퉁명스레 물었다.

"그날 한나와 통화했던 친구가 있었죠? 그 친구의 이름과 주소를 알 수 있을까요?"

"이름이 쉴라 루이스인데 전화번호부에 연락처가 나와 있어요."

라이언은 그 말을 남기고 문을 닫았다.

3

초저녁에 로버트 스튜어트 경사는 맨체스터경찰서에서 걸려온 전화를 받았다.

"맨체스터 시내에서 수배 차량을 발견하고 추적했어요. 탑승자들은 현재 링웨이 로드에 있는 모텔 주차장에 차를 세웠어요."

"탑승자들이라고요? 한 사람이 아니던가요?"

로버트가 반문했다.

"남녀가 각각 한 사람씩 차에 탑승하고 있던데요."

"혹시 10대 여자아이던가요?"

"거리가 멀리 떨어져 있어 나이를 알아볼 수는 없었어요."

링웨이 로드는 렌터카회사들과 모텔들이 밀집해 있는 공항 인근 지역이었다. 대부분의 렌터카회사들이 그곳에서 셔틀버스를 이용해 손님들을 공항까지 태워주는 서비스를 제공했다.

"그들이 모텔로 들어갔나요?"

"차에서 내리자마자 모텔로 들어갔어요."

"일단 대기하면서 차를 주시하세요. 그들을 결코 놓쳐서는 안 돼요."

로버트는 통화를 마치고 나서 즉시 케일럽에게 보고했다.

케일럽은 즉시 맨체스터경찰서 반장과 연락을 취했다.

"위험인물이니까 조심해서 다루어야 해. 아마 열네 살짜리 여자아이와 동행했을 거야. 인질로 쓸 작정으로 데려갔겠지."

알렉스는 왜 아멜리와 함께 맨체스터에 갔을까?

경찰이 눈에 불을 켜고 주시하는 상황에서 아멜리를 데려간 건 시한폭탄을 차에 싣고 달리는 격이었다.

"놈이 무기를 휴대하고 있을까?"

맨체스터경찰서 반장이 물었다.

"그럴 가능성을 배제할 수 없어."

"놈이 들어간 방은 상자 같은 구조로 되어 있어. 방에 소파가 놓여 있고, 욕실이 하나 있는데 커튼을 닫으면 안이 보이지 않아. 무기를 소지하고 있고, 열네 살짜리 여자아이를 인질로 삼고 있다면 체포하기 쉽지 않아."

맨체스터경찰서 반장은 자신의 관할구역에서 성가신 사건이 벌어지게 되어 영 못마땅한 듯했다.

케일럽이 보기에도 신중하게 접근할 필요가 있었다.

알렉스는 모텔 객실에서 아멜리에게 무슨 짓을 하려는 걸까?

어쩌면 다급히 아멜리를 구해내야 하는 상황일 수도 있었다. 다만 그 과정에서 인질극이 벌어지게 되면 더 큰 위험을 초래할 수도 있었다. 가장 안전한 방법은 그들이 밖으로 나오길 기다렸다가 체포하는 것이었다. 그 경우 언제까지 기다려야 할지 알 수 없다는 게 문제였다.

알렉스가 만약 아멜리를 살해한다면?

만약 그런 일이 발생할 경우 경찰은 책임을 면할 수 없었다.

케일럽의 이마에서 진땀이 솟았다.

알렉스는 얼마나 폭력적인 인물일까? 그가 사스키아 모리스를 납치하고 굶어죽게 방치했을까?

사스키아 모리스를 굶어죽게 한 건 대개의 살인마들과는 달리 매우 수동적인 방식이었다. 베개로 눌러 질식시키거나 칼이나 총을 사용하거나 침대에 묶어두고 무자비한 폭력을 가해 살해하는 행위는 사스키아 모리스를 죽인 방식과는 거리가 멀었다.

"어떻게 하면 좋을지 자네가 결정을 내려주게."

맨체스터경찰서 반장이 말했다.

"특수팀을 모텔 객실 안으로 투입할 수 있겠나?"

케일럽이 물었다.

맨체스터경찰서는 최근에 특수기동대를 건물 안으로 투입시켜 성공적으로 작전을 수행한 경험이 있었다.

"특수팀을 투입시킬 경우 인질이 위험할 수도 있어."

"그 상황을 방치했다가는 놈이 인질을 살해할 수도 있어. 특수팀을 즉시 투입시키게."

"좋아, 자네 말대로 하지. 그 대신 자네가 이 결정을 내렸다는 걸 명심하게."

맨체스터경찰서 반장이 말했다.

"특수팀을 투입시키게요?"

옆에 있던 로버트가 물었다.

케일럽은 자신의 판단이 옳았는지 확신할 수 없었다. 그는 본능적으로 그런 결정을 내렸다. 알코올중독자가 된 이후 중

대한 결정을 내려야 할 때마다 확신이 서지 않았다. 그는 제발 아멜리가 무사히 구출되길 바랐다.

"맨체스터에 가봐야겠어."

케일럽이 말했다. 그의 서랍에는 아직 위스키가 남아 있었다. 그는 지금 술 한 모금이 절실히 필요했다.

4

케이트는 〈야니스〉 레스토랑에 몇 번 가본 적이 있어 어떤 분위기인지 알고 있었다. 데이비드와 식사를 하는 동안 기자가 아니라 형사라는 사실을 털어놓을 생각이었다. 이미 늦은 감이 있었지만 그가 불같이 화를 내는 상황이 빚어지지 않길 바랐다.

빅토리아 로드에 위치한 레스토랑 건물에는 벌써 화려한 크리스마스 장식이 설치돼 있었다. 케이트와 데이비드는 촛불을 환하게 밝힌 2층 홀에 자리를 잡았다. 파스타 냄새가 후각을 자극하는 가운데 그들은 프로세코 와인을 마셨다. 옆테이블에 앉은 중년부인들이 즐거운 얼굴로 선물꾸러미를 주고받고 있었다.

데이비드는 옆 테이블을 힐끗 쳐다보고 나서 케이트를 향해 미소를 지었다.

"크리스마스 때는 무얼 하며 지낼 거예요? 크리스마스가 되려면 아직 멀었지만 왠지 궁금해서요."

케이트는 와인을 한 모금 마셨다.

"당신은 어떤 계획이 있는데요?"

"내가 먼저 물었잖아요."

"아버지가 돌아가신 후로는 줄곧 혼자 지냈어요. 이번에도 딱히 계획이 없어요."

"나도 주로 혼자 지냈어요."

"혼자 지내는 게 싫었어요?"

데이비드가 어깨를 으쓱했다.

"비록 혼자였지만 맛있는 요리도 해먹고, 바다로 산책도 나가고 그랬어요. 그리 나쁘진 않던데요."

"런던에서는 바닷가 산책을 할 수 없어요."

데이비드가 와인 잔을 흔들었다.

"이번 크리스마스에는 스카보로에 와서 나와 함께 지내는 게 어때요? 런던에서 혼자 외롭게 지내지 말고요."

케이트는 그에게 매달리는 것 같은 인상을 주고 싶지 않았다.

"그때까지 집이 팔리지 않으면……."

"그러지 말고 내가 사는 집으로 와요."

"아직 시간이 많이 있으니까 좀 더 생각해볼게요."

데이비드가 와인을 한 모금 마시고 나서 미소를 머금었다.

케이트는 그의 미소에서 느껴지는 온기가 좋았다. 사실 데이비드의 모든 게 마음에 들었다.

조심해, 너무 깊이 빠져드는 건 위험해!

누군가 내면에서 경고를 보냈다.

"어제 보니까 스카보로경찰서 강력반 반장을 잘 아는 것 같더군요. 친구로 지내는 사이인가요?"

"어제도 말했다시피 아버지 사건 수사를 맡았던 분이라

잘 알고 있죠. 그때는 정말 힘들었는데 케일럽 헤일 반장님이 여러 모로 신경써준 덕분에 이겨낼 수 있었어요."

"그가 좋은 기삿거리를 많이 제공해 주겠군요. 강력반 수사책임자라 다양한 사건을 접할 기회가 있을 테니까요."

케이트가 희미하게 웃었다.

"물론 그렇긴 하지만 수사 정보를 함부로 발설해서는 안 되죠."

"아무리 그렇더라도 친분이 있으니까 유용한 정보를 얻을 수 있겠네요. 아멜리 납치사건의 경우 유력한 용의자가 알렉스 반즈인가요?"

"그건 나도 몰라요."

"사실 난 강력반 반장이 날 찾아왔을 때 몹시 놀랐어요. 내가 범인으로 의심받고 있다는 느낌이 들었거든요."

"조금이라도 사건과 연관이 있는 사람은 다 만나봐야 해요. 언제 어디서 단서가 튀어나올지 모르니까 사건 관련자들을 만나보는 건 필수 사항이죠."

"범죄기사를 쓰는 기자라서 그런지 경찰 업무에 대해 역시 해박하군요."

케이트, 지금이야. 어서 말해.

"데이비드, 사실 나는……."

"난 당신이 형사가 아니라 범죄기사를 다루는 기자라서 좋아요."

케이트의 심장이 갑자기 덜컥 내려앉았다.

"형사를 싫어하는 이유가 뭔데요?"

데이비드는 와인을 한 모금 마셨다.

"딱히 이유는 없어요. 예전에 시위를 할 때 경찰과 맞서 싸운 기억 때문인가 봐요."

케이트는 긴장한 티를 내지 않으려고 애썼다.

"무슨 시위였는데요?"

데이비드가 빙그레 웃었다.

"노조 일을 할 때 종종 시위를 하곤 했어요."

지금이 진실을 털어놓기에 적절한 타이밍이었다. 이럴 때는 유머감각과 반어법을 사용해 자연스럽게 이야기를 꺼내야 하는데 매사에 진지하고 조심스러운 성격이라 잘 될 것 같지 않았다. 갑자기 조바심이 일면서 심장이 터질 듯했다.

데이비드가 화를 내며 관계를 끊자고 하면 어쩌지?

"경찰의 음주단속에 걸려 면허가 몇 달 동안 취소된 적도 있어요. 그 덕분에 차 없이 지내는 게 얼마나 불편한지 알게 되었죠."

"음주운전은 하지 말아야죠."

"정말이지 멍청한 짓이었죠. 분명 내 잘못인데 면허가 취소되자 괜히 경찰이 야속하더군요."

데이비드가 팔을 뻗어 케이트의 손을 잡았다.

"손이 차요, 추워요?"

레스토랑 안은 더운 편인데 케이트는 자꾸만 으슬으슬 몸이 떨렸다.

"감기 기운이 있나 봐요."

"경찰 이야기는 재미없으니까 그만하고, 오늘 찾아갔던

여자 이야기나 해봐요. 이름이 뭐였더라?"

'경찰 이야기는 재미없으니까.' 라는 말이 계속 케이트의 뇌리에서 떠돌았다.

"쉴라 루이스."

"실종된 여자 아이의 친구라고 했죠?"

"한나 캐스웰의 친구죠. 한나와 마지막으로 통화한 친구. 쉴라와 통화한 직후 한나는 실종되었어요."

케이트는 전화번호부에서 쉴라 루이스라는 이름을 찾아냈다. 쉴라는 아직 부모와 함께 살고 있었다. 열여섯 살에 학교를 그만두고 미용사 교육을 받았고, 지금은 미용실에서 일하고 있었다. 오늘은 감기가 심해 미용실에 출근하지 않았다. 쉴라가 사는 집은 스카보로 역에서 그리 멀지 않은 곳에 있었다.

범죄사건과 밀접하게 연관되었던 사람들은 트라우마를 극복하지 못해 어려움을 겪는 경우가 많았다. 쉴라는 떡진 머리에 초췌한 얼굴이었고, 발에 털 슬리퍼를 신고 있었다.

쉴라의 엄마가 차를 타주었다.

"한나가 실종된 이후 라이언이 쉴라를 얼마나 비난했는지 몰라요. 한나와 통화하고 나서 쉴라가 아무런 조치를 취하지 않아 딸이 실종됐다며 난리법석을 떨었죠. 마치 쉴라에게 모든 책임이 있다는 식이었어요. 우리는 결국 법에 호소할 수밖에 없었죠. 라이언이 쉴라를 더는 괴롭히지 못하도록 법원에서 접근금지신청을 받아냈어요. 라이언은 아직도 쉴라에게 말을 걸어서도 안 되고, 전화하거나 가까이 접근해서도 안 되죠."

케빈도 법적인 조치를 취했다고 들었다. 이제 보니 라이언은 여러 사람에게 고발당한 듯했다.

"한나가 실종된 이후 쉴라는 큰 충격을 받았고, 한동안 극심한 자책감에 시달렸다고 하더군요. 라이언이 쉴라를 특히 신랄하게 매도하는 바람에 더욱 고통스러웠나 봐요. 사실 한나는 스카보로 역에 도착했을 당시만 해도 딱히 이상한 점이 없었다고 하더군요. 케빈이 스카보로 역에 내려주고 떠났을 때 한나가 쉴라에게 전화했나 봐요."

쉴라의 자책감은 한나와 통화한 직후 느꼈던 질투심에서 비롯되었다.

"솔직히 한나를 질투했어요. 케빈이 펍 개업식 파티에 한나를 초대했다고 자랑하는 바람에 속이 많이 상했거든요. 내심 케빈과 데이트를 약속한 한나가 부러웠어요. 케빈은 정말이지 잘생긴 남자니까."

케이트도 그가 매력적인 남자라는 건 부인할 수 없었다.

"누구나 케빈과 데이트하길 원했는데 한나가 기회를 잡았으니 부러울 수밖에요. 한나와 통화하고 나서 몹쓸 생각을 했어요."

쉴라가 그 말을 하고 나서 눈물을 흘렸다.

"무슨 생각을 했는데요?"

"한나에게 나쁜 일이 생기길 바랐어요, 질투가 나서 그랬는데 실제로 한나가 실종된 거예요."

"누구나 질투할 수 있어요. 당신이 그런 생각을 하는 바람에 한나에게 불행한 일이 생긴 건 아니니까 자책하지 말아요."

쉴라는 더 이상 대화를 이어가기 힘들만큼 눈물을 흘렸다.

그 사이 쉴라의 어머니가 식탁에 음식을 차렸다. 케이트는
몇 번 음식을 떠먹었지만 제대로 삼키기 힘들었다.

"쉴라를 만나보고 나서 새롭게 알게 된 사실이 있나요?"

"새로운 정보를 얻지는 못했지만 한나에 대해 품고 있던
전체적인 이미지와 쉴라의 생각이 겹쳐지는 부분을 발견했
어요. 한나는 아버지의 구속과 통제 때문에 힘들어하긴 했지
만 성격이 소심해 스스로 가출할 아이는 아니었죠. 쉴라 역
시 그 부분에서 나와 생각이 일치하더군요."

데이비드는 신중하게 고개를 끄덕였다.

"한나가 살아 있길 기대했는데 이제 희망을 접어야겠네요.
한나가 스스로 가출하지 않았다면 납치됐다는 뜻이잖아요. 이
미 오래 전에 납치되었다면 살아있을 가능성이 없으니까요."

"쉴라와 내 생각이 일치하는 부분이 하나 더 있어요. 라이
언은 줄곧 케빈이 범인이라고 주장해왔지만 쉴라와 나는 동
의하지 않아요. 케빈은 적어도 그런 사람은 아니니까,"

"나도 그렇게 생각해요."

데이비드가 동의를 표했다.

케이트가 놀란 얼굴로 쳐다보자 데이비드가 말을 덧붙였다.

"지난 몇 년 동안 벤트 형제가 운영하는 펍에 자주 갔어요.
케빈은 홀 서빙을 맡고, 마빈은 주방을 책임지는 식으로 서로
역할 분담을 하고 있더군요. 케빈은 친절하고 공손한……."

케이트가 무슨 말을 꺼내려고 하자 데이비드가 손사래를

치며 막았다.

"사람을 겉모습만으로 판단해서는 안 된다는 걸 알지만 내가 그동안 봐온 케빈은 분명 선한 사람이었어요. 케빈을 좋아하는 여자들이 줄을 설 정도로 많은데 굳이 그런 짓을 저지를 리 없잖아요."

"케빈이 다시 역으로 돌아왔을 때 한나가 차에 올랐을 가능성은 여전히 남아 있어요. 그런 경우 흔히 잠자리로 이어지게 되죠. 그 당시 한나는 열네 살이었고, 만약 잠자리를 한 사실이 알려질 경우 케빈은 처벌을 면할 수 없었을 거예요. 나 역시 케빈을 범인으로 보진 않지만 그런 일이 살인으로 이어지는 경우가 더러 있죠."

데이비드가 잠시 생각에 잠겼다가 케이트를 물끄러미 쳐다보았다.

"케빈은 예기치 않게 미성년자와 자게 됐어요. 법을 어겼으니 잘못을 저지른 건 분명하지만 그런 경우 처벌 수위에 대해서는 고려해볼 여지가 있다고 봐요. 일반적으로 법정에서는 법리를 그대로 적용해 형을 내리죠. 그 경우 남자는 전혀 의도하지 않은 행위로 사회에서 매장당하는 한편 범죄자로 전락하게 되는 거예요. 무리한 법 적용이 억울한 피해자를 양산한 셈이죠."

"나는 생각이 다르지만 지금 그 문제로 논쟁을 벌이고 싶지는 않아요. 누구든지 그렇게 생각할 수 있으니까."

케이트는 그렇게 말하고 나서 음식접시를 옆으로 밀어놓았다.

"음식에는 손도 안댔어요. 그만 드시게요?"

"식욕이 없어요."

데이비드는 걱정스러운 표정으로 케이트를 바라보았다.

"그럼 우리 집에 가요. 차도 끓여주고, 발도 따스하게 해줄게요. 취재를 다니느라 무리했나 봐요. 다양한 사람들을 만나 이야기를 나누다보니 지친 거예요. 당신은 사람들을 만날 때 적당히 거리를 유지하는 방법을 몰라요. 물론 당신의 진실한 태도를 좋아하지만 그러다보면 몸과 마음이 지치게 되니까 문제죠."

데이비드의 말이 과연 옳은지 자문자답해보았다. 그의 말대로 다양한 사람들을 만나다보니 많이 지친 건 사실이었다. 무엇보다 데이비드를 속인 게 마음에 걸렸다. 꼬인 실타래를 어떻게 풀어야할지 알 수 없었다. 그를 잃고 싶지 않았다. 촛불 너머에서 미소를 짓고 있는 이 남자와 계속 좋은 관계를 유지하고 싶었다.

케이트는 지금껏 타인의 보살핌을 받아보지 못했다. 엄마가 너무 일찍 세상을 떠난 탓일 수도 있었다. 아버지는 그녀를 사랑해주었지만 매사에 엄격한 사람이었다. 데이비드를 만난 이후 비로소 인생의 기쁨을 제대로 알아가고 있다는 느낌이 들었다.

"당신 말대로 이제 좀 쉬어야겠어요."

지금은 오로지 휴식이 그리웠다.

11월 16일, 목요일

1

케일럽은 자정이 10분이나 지났지만 아직 잠을 이루지 못했다. 모든 감각이 예민하게 살아 있었고, 정신이 지나치게 말똥말똥했다. 그는 지금 모텔 객실에 앉아 있었다. 맨체스터경찰서 특수팀은 한 시간 전에 알렉스를 습격해 아멜리를 구출했다. 알렉스는 예상과 달리 무장하지 않은 상태였다. 완전무장한 특수팀 요원들이 들이닥치자 그는 아무런 저항도 하지 않고 손을 들어 항복했다.

알렉스와 아멜리는 침대에 누워 평화롭게 잠들어 있었다. 특수팀 요원들이 들이닥치자 아멜리는 깜짝 놀라 비명을 지르며 알렉스를 끌어안았다. 그 이후에도 납득하기 힘든 일이 연속적으로 벌어졌다. 아멜리가 비명을 지른 건 충분히 이해할 수 있었지만 경찰이 모든 상황을 장악하고 알렉스로부터 떼어놓았을 때조차 그의 이름을 소리쳐 부르며 울음을 터뜨린 건 그 무엇으로도 설명이 되지 않았다.

"알렉스에게 가고 싶어요. 제발 그에게 데려다줘요."

아멜리는 흐느껴 울며 그렇게 말했다. 그 아이는 지금 이 작은 방에서 케일럽과 마주앉아 있었다. 맨체스터경찰서 특수팀이 처음 방에 진입했을 때만 해도 아멜리는 옷을 홀딱 벗고 잠들어 있었다고 했다.

얼굴이 창백하고 몸이 비쩍 마른 아멜리가 안락의자에 웅크리고 앉아 몸을 부들부들 떨고 있었다. 난방을 최대한 올려놓아 마치 작열하는 태양 아래에 있는 듯 실내온도가 높았지만 아멜리는 계속해서 몸을 떨었다. 의사가 진정제 주사를 놓아주었음에도 전혀 효과가 없었다.

"부모님과 헬렌이 곧 도착할 거야."

계속 입을 꾹 다물고 있던 아멜리가 처음으로 고개를 들고 케일럽을 물끄러미 바라보았다.

"엄마 아빠와 만나고 싶지 않아요."

"왜 그런지 이유를 말해줄 수 있니?"

아멜리가 마치 풀오버 속으로 숨기라도 하듯 몸을 움츠렸다.

"그냥 만나고 싶지 않아요. 제발 오지 말라고 해줘요."

"알렉스와 무슨 일이 있었는지 말해줄래?"

"알렉스가 있는 곳에 데려다줘요."

"그가 널 납치한 게 아니었어?"

"내가 스스로 화장실 창문을 통해 밖으로 빠져나와 울타리를 넘어 도망쳤어요. 그런 다음 그에게 전화했죠."

"네가 알렉스에게 전화해 오라고 한 거야?"

"그에게 주유소로 빨리 와달라고 했죠."

아멜리가 안타까운 목소리로 알렉스를 찾을 때부터 뭔가 심상찮은 느낌을 받았다.

"알렉스와는 언제부터 알고 지냈니? 오래 되었어?"

아멜리는 천천히 고개를 끄덕이고 나서 케일럽을 쳐다보았다.

"알렉스를 사랑해요."

"알렉스는 서른한 살이고, 넌 열네 살이야."

"나이는 상관없어요."

알렉스가 아직 미성년자인 아멜리를 유혹한 게 분명했다. 아멜리는 정신적으로 그에게 종속되어 있다는 느낌이 들었다. 모든 정황으로 미루어볼 때 알렉스는 납치범이 아니었다. 아멜리 사건은 사스키아 모리스 사건과 전혀 상관이 없었다.

"지난 10월에도 납치된 게 아니었어?"

아멜리는 인정한다는 듯 고개를 끄덕였다.

케일럽은 한숨을 푹 내쉬었다.

"엄마 아빠에게 오지 말라고 해줘요."

아멜리가 작은 소리로 말했다.

"넌 부모를 꼭 만나봐야 해."

케일럽은 분노를 참기 힘들었고, 자기도 모르게 퉁명스러운 목소리가 흘러나왔다. 겨우 열네 살이지만 아멜리가 가담해 저지른 게임은 여러 사람을 고통에 빠뜨렸다. 부모와 경찰을 속였고, 엉터리 진술로 사스키아 모리스 사건 수사를 엉뚱한 방향으로 유도했다.

"우린 너의 진술에 근거해 범인의 몽타주를 그렸어. 전적으로 네가 머릿속으로 상상해낸 인물이었니?"

아멜리가 다시 고개를 끄덕였다.

"알렉스와 넌 매우 심각한 잘못을 저질렀어. 알렉스는 미성년자를 유혹해 성관계를 했으니 엄한 처벌을 받아야 하겠지."

아멜리의 눈에 공포가 드리워졌다.

"그가 교도소에 가게 되나요?"

케일럽이 고개를 끄덕였다.

"당연하지."

알렉스가 저지른 짓이 생각할수록 파렴치했다.

"언제부터 알렉스를 알게 되었니?"

"지난 1월에 처음 만났으니까 일 년쯤 되었어요."

"어디서 만났지?"

"주말에 씨 라이프 생추어리에서 아르바이트를 했었는데 알렉스도 거기서 일하고 있었어요."

"1월에 처음 만나자마자 곧바로 사귄 거야?"

"2월부터요."

케일럽의 입에서 다시 한숨이 새어나왔다.

그때 출입문이 활짝 열리더니 골즈비 부부가 방으로 들어왔다. 헬렌이 그 뒤를 따랐다. 헬렌은 자다가 호출을 받았는지 초록색 바지에 노란색 풀오버를 입고 있었다. 전혀 어울리지 않는 색상이었다. 게다가 머리카락이 사방팔방으로 뻗쳐있었다.

데보라와 제이슨은 밤을 꼬박 새운 듯 얼굴이 잿빛에 가까웠다. 무분별하고 철없는 아멜리는 안락의자에 몸을 웅크리고 앉아 부모의 얼굴을 쳐다보지도 않았다.

"아멜리!"

데보라가 큰 소리로 부르며 달려가 안으려 했지만 아멜리
는 더욱 의자 깊숙이 몸을 웅크리며 포옹을 거부했다.

데보라가 당황한 표정으로 케일럽을 쳐다보았다.

"아멜리는 괜찮은 거죠?"

"건강은 전혀 문제가 없어요."

제이슨은 마치 알렉스가 방 어딘가에 있기라도 하듯 눈을
부라리며 주변을 둘러보았다.

"알렉스가 저지른 짓이죠? 그놈이 아멜리를 납치해 이 방
에 숨어 있었나요?"

"아멜리가 알렉스와 이 방에 함께 있었던 건 분명하지만
당신이 생각하듯 그런 문제는 아니었어요."

"그게 무슨 말이죠?"

"우선 아멜리의 말을 잘 들어보세요. 변호사를 불러줄까
요?"

제이슨이 어리둥절한 표정을 지었다

"변호사는 왜요?"

"지금부터 아멜리가 모든 진실을 털어놓을 거예요. 변호
사가 있는 가운데 진술하길 원한다면 그렇게 해도 됩니다."

"변호사는 필요 없어요. 도대체 무슨 일이 있었는데요?

2

언제나 느긋하고 뻔뻔한 태도를 고수하던 알렉스도 이번
에는 기가 많이 죽은 듯 몸을 잔뜩 움츠리고 있었다. 스카보
로경찰서에 잡혀온 그는 지금 케일럽 헤일 반장의 맞은편에

앉아 있었다. 이번만큼은 빠져나갈 구멍이 없다는 걸 분명하게 인지하고 있는 눈치였다.

"아멜리가 원한 일이었어요."

알렉스는 벌써 몇 번이나 그렇게 말했다.

"오래 전부터 관계를 끊으려고 했는데 아멜리가 놓아주려하지 않았어요. 심지어 연락을 끊으려고 휴대폰번호를 바꾸었는데 어떻게 알아냈는지 계속 전화를 해왔죠. 더 이상 만나서는 안 된다고 입이 아프도록 설득했지만 말을 듣지 않더군요. 내가 만나주지 않자 매일이다시피 왓츠앱과 휴대폰으로 융단폭격을 가하듯 메시지를 보내왔어요. 집 앞에 나타나미친 듯이 비명을 지르기도 했죠. 심지어 만나주지 않으면자살하겠다는 협박까지 하더군요."

"열네 살밖에 안된 미성년자를 농락해놓고 피해자를 자처하는 거야? 넌 원하지 않았는데 제어할 수 없는 상황이었다는 말이지? 지금 그걸 말이라고 하는 거야?"

"실제로 아멜리를 제어할 방법이 없었어요. 그 아이는 이번에도 주유소 화장실 창문으로 빠져나온 직후 나에게 전화했죠. 히스테리가 극에 달해 제정신이 아니더군요. 당장 차를 몰고 아멜리가 있는 곳으로 달려갈 수밖에 없었죠."

"넌 아멜리를 데리고 곧장 경찰서로 왔어야 했어. 작년 2월에 그 아이를 처음 만났을 때 넌 성관계를 하지 말았어야해. 아멜리는 그때 겨우 열세 살이었어. 넌 미성년자와 성관계를 했고, 최소한 징역 2년을 받게 될 거야."

알렉스는 당장이라도 눈물을 쏟을 것처럼 보였다.

"아멜리가 미성년자인 줄 몰랐어요. 제 입으로 열여섯 살이라고 했고, 화장을 짙게 해 그 말을 믿을 수밖에 없었죠. 반장님도 아멜리가 화장한 얼굴을 보았다면 틀림없이 제 말을 믿을 거예요. 7월에 그 아이 생일이 되어서야 열네 살이라는 걸 처음 알게 되었죠. 그때도 헤어지려고 했지만 한사코 매달리는 바람에 따돌릴 수 없었어요."

"비열한 자식!"

케일럽이 욕설을 내뱉었다.

알렉스가 크게 한숨을 내쉬었다.

"만나주지 않으면 자살하겠다는데 어쩌겠어요. 솔직히 정말로 자살할까봐 두렵더군요."

"넌 여전히 잘못을 뉘우치기는커녕 억울한 희생자 행세를 하고 있어. 대단한 희생자 나셨네."

케일럽이 비꼬듯 말했다.

알렉스는 아무 말도 하지 못하고 입술을 꽉 깨물었다.

어젯밤 아멜리는 부모가 지켜보는 자리에서 모든 사실을 털어놓았다. 아멜리가 두 번째로 실종됐을 때 골즈비 부부는 하늘이 무너진 것처럼 큰 충격을 받았다. 아멜리의 말을 듣고 그들 부부는 딸이 실종된 것보다 더 곤혹스러운 일이 벌어질 수도 있다는 사실을 깨달았다.

"아멜리는 10월 14일에 너에게 전화했어. 테스코마트 주차장에 세워져 있던 차에서 나온 그 아이는 버니스톤 로드를 따라 한 블록쯤 걸어 내려갔어. 아멜리가 너에게 전화해 뭐라고 하던가?"

"그냥 평소와 비슷한 내용이었어요. '당신을 만나고 싶어요. 제발 빨리 와줘요. 안 그러면 죽어버릴 거예요.' 라고 하더군요. 클리블랜드 웨이를 따라 아멜리를 만나러 갔죠. 우린 북쪽 만과 남쪽 만의 중간 지점에서 만났어요. 아멜리는 수학여행 때문에 히스테리가 심한 상태였죠. 집을 나와 저와 함께 살고 싶다고 하더군요."

"아멜리를 집으로 데려갔나?"

"그 상황에서 아멜리를 혼자 내버려둘 수는 없었어요."

"왜 집으로 돌아가야 한다고 설득하지 않았지?"

"나름 열심히 설득했지만 아멜리가 받아들이지 않았어요."

"그럼 아멜리의 부모에게라도 연락했어야지. 아멜리가 사라지면 골즈비 부부가 얼마나 걱정할지 몰랐어?"

알렉스는 어깨를 으쓱하고 나서 가느다란 목소리로 뭐라고 중얼거렸지만 케일럽은 무슨 말인지 알아듣지 못했다.

"아멜리 부모에게 연락하자니 겁이 났겠지. 미성년자와 잠을 잤고, 그 사실이 알려질 경우 처벌을 받을 수밖에 없었으니까. 넌 단지 그 이유 때문에 아멜리를 집으로 돌려보내지 않은 거야. 아멜리는 너에게 푹 빠져 몸과 마음이 종속되다시피 했어. 그 아이가 집으로 돌아가 부모에게 모든 사실을 털어놓으면 넌 꼼짝없이 교도소로 직행할 수밖에 없다는 걸 알고 있었지. 아멜리는 실제로 부모에게 다 털어놓겠다고 협박을 가하기도 했어. 넌 아멜리에게서 벗어나고 싶었지만 그 아이는 받아들이지 않았지. 궁지에서 벗어날 수 있는 작전이 필요했던 이유야. 어차피 망쳐버린 인생인데 돈이라도 뜯어내야겠다는 생각에 작전을 세웠겠지."

알렉스가 반박했다.

"천만에요. 그 작전은 아멜리가 처음 생각해낸 거예요."

"끝까지 책임을 회피하겠다는 건가? 넌 지금 뭐든지 아멜리에게 떠넘기고 있어."

"아멜리가 테스코마트에 있다가 사라진 날 사스키아 모리스의 시신이 발견됐어요. 언론에서는 그 사건을 저지른 범인을 '고원지대 살인마'라고 명명하고 대대적으로 보도했죠. 아멜리가 그 사건에 대한 보도를 지켜보다가 의미심장한 말을 하더군요. '엄마 아빠는 내가 사스키아 모리스처럼 고원지대 살인마에게 납치돼 희생되었을 거라 생각할 거예요.'라고요. 그 이후로 정말 일이 아멜리의 말대로 흘러가더군요. 언론이 두 사건의 연관성을 거론하기 시작했으니까요."

"넌 물론 좋은 기회라고 생각했지?"

케일럽이 비아냥거렸다.

"그때 저는 언론이 고원지대 살인마의 두 번째 희생자가 될 공산이 크다고 보도한 아멜리와 함께 지내고 있었죠. 정말이지 어떡해야 좋을지 판단할 수 없었어요. 아멜리와 계속 함께 지내다가 발각될 경우 중형을 선고받고 교도소에 끌려갈 수밖에 없는 형편이었으니까요. 게다가 아멜리의 사진이 신문을 도배하고 있던 때라 집밖으로 단 한 발짝도 나갈 수 없었죠. 초인종이 울릴 때마다 심장이 떨어질 만큼 놀라곤 했어요. 하루하루가 피 말리는 날들이었죠."

"넌 아멜리를 집으로 돌려보낼 방법을 궁리하다가 잘만 하면 아멜리의 부모에게서 거금을 뜯어낼 수도 있겠다는 생각이 들었겠지. 어떻게 하면 돈을 뜯어낼 수 있을지 머리를 굴리던 너는 마침내 기발한 작전을 생각해냈어. 바로 거짓 구조 계획을 세운 거야. 아멜리가 범인의 은신처를 빠져나와 차량에 몰래 숨어 있다고 도주했고, 추격자를 피해 바다로 뛰어들었고, 우연히 방파제 부근을 지나던 네가 구조해낸다는 시나리오였지. 결국 작전대로 되었고, 넌 아멜리의 목숨을 구한 시민영웅이 되었어. 골즈비 부부는 딸의 목숨을 구해준 너에 대해 부채의식을 갖고 있었고, 넌 적절한 시점에 돈을 뜯어낼 생각이었지. 처음에는 자잘한 도움을 요청해 골즈비 부부를 성가시게 하다가 결국 목돈을 뜯어냈어."

알렉스는 입을 꾹 다물고 있었다.

"우린 너와 아멜리의 작전에 속아 넘어가 엉뚱한 방향으로 수사를 전개했어. 여론의 압박을 받아가며 사스키아 모리스를 잔인하게 살해한 고원지대 살인마를 찾느라 밤낮으로 수사에 매진했지. 이제 보니 아멜리의 증언으로 만든 몽타주, 도주 경로, 차에 몰래 숨어 있다가 도주했다는 증언까지 죄다 거짓이었어. 납치범의 나이, 범행수법, 차로 이동한 시간도 전부 조작이었던 거야. 넌 사사건건 거짓 증언을 해 수사를 혼란에 빠뜨렸지."

"아멜리만 아니었으면 그런 일은 결코 벌어지지 않았을 거예요."

"닥치지 못해. 넌 지금 열네 살짜리 미성년자에게 책임을 전가하고 있어. 아멜리는 아직 어려서 그런 짓들이 얼마나 심각한 잘못인지 미처 깨닫지 못했을 수도 있지만 넌 변명의 여지가 없다는 걸 명심해."

알렉스는 바닥으로 시선을 떨어뜨렸다.

"그 무렵 넌 친구의 이사를 도우려고 차를 빌렸다고 했지?"

"그 일이 일어나기 몇 주 전에 이미 이사를 도와주겠다고 약속했어요. 확인해보시면 알겠지만 분명한 사실이죠."

케일럽이 손사래를 쳤다.

"너희들이 이삿짐을 나르는 걸 본 목격자들이 있으니까 그 말에 대해서는 추호도 의심하지 않아. 다만 넌 그때 빌린 차를 이삿짐을 나르는 용도로 국한해 사용한 건 아니었어. 고원지대 주차장 근처에서 아멜리의 신분증과 화장품 파우치가 들어 있는 가방이 발견되었지. 그날 넌 고원지대로 차를 몰고 가 아멜리의 소지품을 버리고 돌아왔어. 왜 그런 짓을 했을까? 넌 사스키아 모리스의 시신이 고원지대 산책로 근처에서 발견되었다는 걸 알고 있었어. 넌 두 사건이 마치 서로 연관돼 있는 것처럼 꾸미기 위해 그런 짓을 벌였지. 경찰 수사에 혼선을 주려고 가짜 단서를 남긴 거야."

알렉스는 다시 입을 꾹 다물었다.

"넌 아멜리의 휴대폰도 버렸어. 아마 10월 14일에 바다에 던져버렸거나 고원지대 늪에 빠뜨렸겠지. 아멜리와 주고받은 메시지들이 잔뜩 들어있는 휴대폰이 경찰의 수중에 들어갈 경우 치명적인 증거가 될 테니까. 넌 아멜리를 구조할 때 손이 곱아들어 휴대폰을 바다에 떨어뜨렸다고 진술했지만 증거인멸을 위해 일부러 바다에 던져버렸을 거라고 봐. 넌 아멜리와 메일을 주고받지 않은 걸 다행으로 알아야 해. 아멜리의 컴퓨터를 확인해봤는데 너와 주고받은 메일이 전혀 없더군. 단서가 될 수 있으니 아멜리에게 메일을 사용해서는 안 된다고 경고했을 수도 있겠지. 아멜리가 학교에 가있을 때 부모들이 컴퓨터를 확인해보는 경우도 종종 있으니까 이래저래 발각될까 봐 두려웠을 거야."

알렉스는 여전히 침묵을 고수하고 있었다.

"자, 이제 아멜리를 어떻게 구워삶았는지 말해 봐. 그 작전의 핵심은 아멜리를 집으로 돌려보내는 것이었는데 정작 당사자는 돌아가길 원하지 않고 있어."

알렉스는 어떻게 말해야 할지 고심하는 눈치였다.

"변호사를 불러주세요."

케일럽이 고개를 끄덕였다.

"변호사를 부르는 건 너의 권리니까 들어주지. 유감이지만 아무리 뛰어난 변호사라도 네가 저지른 죄를 다 덮어줄 수는 없을 거야."

알렉스는 증오에 찬 눈빛으로 케일럽을 쳐다볼 뿐 아무런 반박을 하지 못했다.

"사실 난 네가 아멜리의 협조를 받아내기 위해 어떤 약속을 했는지 알아. 아멜리가 어제 부모에게 모두 털어놓았으니까. 돈이 마련되면 외국으로 달아나자고 했다면서? 넌 그리스의 아름다운 섬으로 떠나 햇살 좋은 바닷가마을에서 올리브나무를 키우고 살아가자며 아멜리를 꼬드겼어. 사실 넌 단

한 번도 아멜리와 함께 외국으로 떠날 생각을 해본 적이 없을 거야. 너에게 푹 빠진 아멜리는 그 제안을 받아들였지. 넌 치밀한 계획을 세우고 작전을 성공적으로 추진했고, 아멜리를 무사히 집으로 돌려보낼 수 있게 되었지. 그 다음 단계가 바로 아멜리의 부모에게 돈을 뜯어내는 거였어. 골즈비펜션이 크고 아름다우니까 넌 그들이 경제적으로 매우 풍족하리라 생각했을 거야. 사실은 그 집을 살 때 빌린 대출금을 갚아나가느라 매우 힘든 상황이었어. 아멜리는 경제사정이 얼마나 어려운지 전혀 몰랐어. 부모들은 자식이 불안해 할까봐 웬만해서는 경제사정이 어렵다는 말을 해주지 않으니까. 골즈비 부부는 딸의 생명을 구해준 너에게 어떤 식으로든 사례를 하려고 했지. 데보라는 네가 일자리를 구하러 다니는 동안 여러모로 편의를 제공하기도 했어. 넌 사실 일자리에는 전혀 관심이 없었는데 데보라는 전혀 몰랐지. 기회를 엿보던 넌 골즈비 부부에게 3만 파운드를 요구하기에 이르렀지. 그들에게도 큰 부담이 되는 액수였어. 그들은 너에게 신물이 나도록 질려 있었기 때문에 밤새 고민하다가 대출을 얻어 돈을 주기로 결정했지. 어쨌든 딸의 목숨을 구해준 사람이니까 은혜를 갚아야 한다는 부채의식이 있었기 때문이야."

"변호사를 불러주세요."

"조금 있다 불러줄 테니 너무 걱정하지 마."

케일럽은 볼펜을 빙빙 돌렸다. 지난 몇 주 동안 알렉스의 농간에 놀아났다고 생각하니 부아가 치밀었다. 사스키아 모리스 사건은 전혀 진척이 없었다. 그가 분노를 가라앉히며 말을 이었다.

"일이 계획대로 잘 진행되었지만 아직 중요한 문제가 남아 있었어. 아멜리는 함께 떠나자는 연락이오길 눈이 빠지게 기다리고 있었지. 네가 아멜리를 시한폭탄이나 다름없는 존재로 여긴다는 걸 전혀 몰랐으니까. 심리상담전문 형사인 헬렌의 말에 따르자면 아멜리가 바다에 뛰어들었을 때 하마터면 죽을 뻔했다고 말했다더군. 너 혼자서 아멜리를 방파제 위로 끌어올리기에는 힘이 부족했다는 거야. 계획한 대로라면 아멜리가 물에 빠지자마자 즉시 끌어올렸어야 하는데 차질을 빚게 된 셈이지. 아멜리는 방파제에 매달려 어쩌면 죽을지도 모른다는 공포에 시달렸어. 그 아이는 집으로 돌아오고 나서도 강박적으로 바닷물에 빠졌을 때의 상황에 대해서만 줄곧 이야기했지. 결과적으로 진술의 신빙성을 높여주었어. 아무도 아멜리의 진술을 의심할 수 없었으니까."

알렉스는 조금이나마 심리적인 안정을 되찾은 듯했다.

"반장님도 정말 순진하시네요."

케일럽은 볼펜을 꽉 움켜쥐며 분노를 다독였다.

"아멜리는 주유소에서 도망치자마자 너에게 전화했어. 부모가 주고받는 말을 엿듣고 네가 큰돈을 뜯어낸 사실을 알게 된 거야. 그 아이는 드디어 외국으로 떠날 수 있게 되었다고 생각했지. 네 마음이 이미 오래 전에 떠났다는 걸 몰랐던 거야. 넌 혼자서 외국으로 떠날 생각이었으면서 왜 아멜리를 데려갔지?"

알렉스는 여전히 침묵했다.

"난 왜 그랬는지 알고 있어. 만약 아멜리가 다시 실종될 경우 경찰이 가장 먼저 널 주시하리라는 걸 알고 있었던 거야. 넌 일단 조금만 더 기다려달라고 아멜리를 설득할 생각이었지. 그 아이만 잠자코 있어주면 너 혼자 홀가분하게 외국으로 떠날 수 있을 테니까. 결국 넌 아멜리를 설득하는데 실패했어. 그 아이는 더 이상 기다릴 수 없다며 고집을 부렸지. 게다가 다시는 집으로 돌아가지 않겠다며 너에게 매달렸어. 넌 더 이상 시간을 지체할 수 없었지. 경찰이 곧 집으로 들이닥칠 텐데 아멜리와 함께 있다가 발각될 경우 모든 계획이 수포로 돌아갈 테니까."

"아멜리는 진드기 같은 아이죠."

"넌 어쩔 수 없이 아멜리를 데리고 달아났어. 우리는 네가 최근에 차를 구입했다는 사실을 알고 있었지. 차량번호를 확보해 너를 체포하는 건 일도 아니었어."

알렉스는 아무런 말도 하지 않았다.

"넌 마지막으로 주어진 기회를 스스로 차버렸어. 경찰서를 찾아와 모든 사실을 있는 그대로 털어놓았더라면 정상참작이 되었을 텐데 넌 용기가 없었지. 차라리 아멜리를 인질삼아 달아나는 편이 낫겠다고 생각한 거야. 아멜리를 어떻게 할 작정이었는지 말해 봐. 때가 되면 살해할 생각이었나?"

"난 한 번도 사람을 살해한 적이 없어요."

케일럽이 알고 있다는 듯 고개를 끄덕였다.

"파도가 높게 일었던 그날 저녁에 넌 아마도 아멜리의 손을 놓을지 말지 고민했을 거야. 손을 놓더라도 아멜리가 용케 살아 육지로 헤엄쳐올 수도 있겠지만 그런 경우는 희박하니까."

"아멜리를 만난 건 내게 악몽의 시작이었죠. 제발 악마에게로 꺼져주길 바라긴 했어도 죽이고 싶다는 생각을 해본 적은 없어요."

케일럽은 무표정한 얼굴로 알렉스를 쳐다보았다. 그는 상습적인 거짓말쟁이에다 사기꾼이었지만 적어도 방금 전에 했던 말은 거짓이 아닌 듯했다. 알렉스는 아무렇지도 않게 살인이나 폭력을 저지르고 다니는 범죄자 타입은 아니었다. 그는 게으르고, 교활하고, 거짓말이 능하고, 자기 잇속만 챙기는 사람일 뿐이었다. 다른 사람의 감정이나 기분은 전혀 고려대상이 아니었다. 매사에 계산적이고 음흉한 인물이었지만 살인자와는 거리가 멀었다.

"내가 살인자는 아니라는 사실이 법정에서 재판을 받을 때 유리하게 작용할 거예요."

케일럽이 자리에서 일어섰다.

"살인을 저지르지 않았다고 법정에서 결코 유리하게 작용하지는 않아. 만약 내가 판사라면 법정 최고형을 선고할 거야. 미리 말해두지만 만약 너의 재판 때 내가 증인으로 출석하게 될 경우 판사에게 엄중한 처벌을 내려달라고 할 거야."

알렉스가 입가에 비웃음을 머금고 케일럽을 바라보았다.

"화가 많이 나셨군요. 그동안 진행한 수사가 무위로 돌아가게 생겼으니 분통이 터질 만도 하겠네요. 애초부터 전혀 별개인 사스키아 모리스 사건과 연계시켜 수사를 진행했으니 실패할 수밖에요. 골즈비펜션에 몇 주 동안 경찰을 배치해 아멜리를 감시한 것 역시 과잉조치 아닌가요? 허구한 날 순찰차 안에 죽치고 앉아있는 순경들을 보자니 웃음밖에 안 나오더군요. 내가 보기에는 아멜리의 목숨을 노리는 사람이 아무도 없는데 경찰은 미련하게 시간을 허비하고 있더군요. 한 마디로 바보짓이죠. 경찰이 쓸데없는 일에 매달려 시간을 허비하는 동안 범인은 유유히 시내를 활보하며 다음 희생자를 고르고 다녔겠죠. 어쩌면 이미 누군가를 납치했을 수도 있을 거예요. 정작 범인은 활개치고 다니게 놔두고 나처럼 힘없는 사람만 줄기차게 따라다녔으니 실패할 수밖에요. 반장님은 완벽하게 범인을 헛짚었어요. 만약 내가 당신이라면 당장 술을 한잔 따라 마실 거예요. 당신은 술을 마셔야 기적을 일으킨다는 소문이 파다하던데요. 수사력을 단숨에 끌어올릴 수 있는 아이디어가 술에서 모두 나온다고요."

3

헐 외곽 지역에 자리한 〈트레스코트홀 노인요양원〉은 튜더왕조 시대에 지은 저택으로 시커먼 돌담에 둘러싸여 있었고, 아치형 창문들이 많은 건물이었다. 가을 햇살이 건물의 유리창에 반사되었다. 바다는 저 멀리에 있었고, 나지막한 언덕이 굴곡을 이루며 널리 퍼져 있었다. 헐 시내에서 멀찍이 떨어져 있었고, 이제 살아갈 날이 얼마 남지 않은 노인들이 마지막으로 머물다 가는 곳이었다.

케이트는 노인들이 창밖을 내다볼 때마다 지금처럼 을씨년스러운 풍경보다는 마음을 평화롭게 해주는 희망을 볼 수 있기를 바랐다. 노랗게 물든 단풍잎 몇 개만 매달려 있는 나무들과 제멋대로 자란 덤불숲 말고는 황량하고 쓸쓸한 풍경이 멀리까지 이어져 있었다.

케이트는 주차장에 차를 세웠다. 멀찍이 떨어져서 볼 때는 미처 발견하지 못했는데 건물 벽 여기저기에 균열이 가있었고, 빗물이 새는 듯 창문 아래쪽에 물에 젖은 얼룩이 보였다. 건물의 서쪽 벽은 담쟁이넝쿨로 뒤덮여있었고, 갈라진 벽의 틈새를 뚫고 안으로 들어간 넝쿨도 있었다.

떡갈나무로 짠 현관문 앞에 서서 초인종을 눌렀다. 이내 문이 열렸고, 로비로 들어섰다. 난방을 가동시키지 않은 듯 실내공기가 지나치게 싸늘했고, 방부제 스프레이 냄새가 코를 찔렀다.

케이트는 높은 천장을 우러르고 나서 짧게 기도를 올렸다.

나이가 들더라도 제발 이 요양원에 들어오지 않게 해주소서!

어두컴컴한 로비에서 젊은 여자가 빠른 걸음으로 다가왔다.

"무슨 일 때문에 오셨죠?"

이번에는 기자를 사칭하지 않을 생각이었다. 기자라고 하면 알츠하이머를 앓는 노인을 만나게 해주지 않을 게 뻔했다.

케이트는 경찰신분증을 제시했다.

"런던경찰국에서 온 케이트 린빌 형사입니다."

스카보로경찰서에서 한나 캐스웰 사건을 수사했지만 끝내 아무런 단서도 찾아내지 못했다. 케일럽이 그 사건을 재수사한다고 해도 요양원에 있는 캐스웰 부인을 만나러오지는 않을 듯했다.

런던경찰국 형사라고 하자 즉각 효과가 나타났다. 젊은 여자가 호기심 가득한 눈빛으로 케이트를 쳐다보았다.

"어느 분을 찾아오셨죠?"

"캐스웰 부인을 만나러 왔어요."

"일단 면회가 가능한지 여부부터 확인해봐야 할 것 같아요."

"간단한 질문 몇 가지만 하고 돌아갈 거예요."

"한나 캐스웰 사건 때문에 찾아오신 건가요?"

"그 사건에 대해 알아요?"

"캐스웰 부인은 그 사건이 벌어지고 난 이후 요양원에 들어왔죠. 여기에 오기 전에는 헐에 있는 집에서 줄곧 혼자 살았어요. 건강이 좋은 편이었는데 그 사건 이후 급격히 나빠졌죠. 캐스웰 부인이 처음 요양원에 들어오던 날에는 아들과 동행했어요."

"라이언 캐스웰 씨는 요양원에 자주 들르던가요?"

젊은 여자의 얼굴에 쓴웃음이 묻어났다.

"지난 3년 동안 딱 한 번 다녀갔어요."

"캐스웰 부인에게 물어볼 말이 있어요. 잠깐만 시간을 내주길 바라요."

젊은 여자가 잠시 생각에 잠겼다.

"원래는 정식으로 면회 절차를 밟아야 하지만 형사님에게는 특별히 시간을 내드릴게요. 캐스웰 부인은 정신이 혼미할 때가 많아요. 한 가지 당부드릴 게 있는데 혹시 대화가 어렵더라도 절대로 다그치거나 자극하면 안돼요."

"명심할게요."

한나 이야기는 그 자체로 예민한 자극이 될 수도 있었다.

젊은 여자는 길고 어두운 복도를 따라 걸었다. 음울한 느낌을 풍기는 복도 양옆으로 노인들이 머무는 방들이 있었다.

앞서 걷던 젊은 여자가 어느 방문 앞에서 걸음을 멈추었다. 노크를 했지만 기척이 없자 문을 열고 안으로 들어갔다.

"캐스웰 부인, 손님이 오셨어요."

*

"너무 추워요."

캐스웰 부인은 계속 그 말만 반복했다. 모직담요로 무릎을 감싼 노부인은 창가에 놓인 팔걸이의자에 몸을 웅크리고 앉아 있었다. 어깨에도 담요를 두르고 있었지만 끊임없이 몸을 떨었다. 젊은 여자는 노부인이 몸을 덜덜 떠는 모습을 지켜보기 민망한 듯 밖으로 나가더니 잠시 후 담요를 두 장 더 가져왔다.

케이트도 몸이 저절로 으슬으슬해질 만큼 방에 냉기가 돌았다. 천장이 까마득히 높은 건물에서 따스한 난방을 기대한다는 건 애초부터 무리일 듯했다. 캐스웰 부인의 방에는 침대와 옷장, 탁자 그리고 의자 두 개가 놓여있었다. 돌로 된 바닥에는 카펫이 깔려 있지 않았다. 벽에는 그림 한 장 걸려 있지 않았다. 마치 규율이 엄격한 수도원에 와있는 기분이었다. 창밖으로 정원이 보였다. 그 너머에 창문들이 많은 건물한 동이 더 있었다. 캐스웰 부인은 하루 종일 창가에 앉아 정원을 내다볼 것이다. 정신이 멀쩡한 사람도 이런 곳에 살았다가는 금세 미쳐버릴 듯했다.

라이언은 어머니를 이처럼 형편없는 시설에 방치해두고 만나러오지 않았다. 병든 노인을 이처럼 얼어 죽을 정도로 추운 방에서 지내게 하는 건 비난받아 마땅했다. 3년 동안 딱한 번 찾아왔다니 요양원의 실상을 제대로 알지도 못할 것이다. 요양원에서 누군가의 보살핌을 받고 있을 테니 신경 쓰지 않겠다는 태도로 보였다.

캐스웰 부인과 대화를 나누는 건 역시 힘들었다. 노부인은여전히 춥다는 말만 반복했다. 젊은 여자가 보다 못해 뜨거운 차를 가져오겠다며 밖으로 나갔다.

"캐스웰 부인, 한나에 대해 물어볼 게 있어요. 한나가 누군지 기억하죠?"

정원을 내다보던 노부인이 고개를 돌렸다.

"한나?"

"한나가 누군지 아시겠어요?"

"내 손녀야."

"한나가 보고 싶지 않으세요?"

캐스웰 부인은 다시 고개를 돌리고 창밖을 내다보았다. 말을 알아듣지 못한 듯했다.

"한나가 실종된 건 아시죠?"

"한나는 실종됐어."

"한나가 실종되기 직전에 머물렀던 집이 어딘지 기억나세요? 바로 헐에 있는 노부인의 집이었어요."

"한나는 실종됐어."

캐스웰 부인은 요양원에서 강력한 항우울제와 심리안정제를 처방해서인지 정신이 몽롱해보였다.

"라이언의 집에도 다녀왔어요."

"라이언은 착해."

케이트는 노부인과 생각이 달랐지만 가만히 있었다.

캐스웰 부인은 그나마 조금 정신이 돌아온 듯 눈빛이 명료하고 또렷해졌다. 짐작컨대 정신을 차리기까지 준비 시간이 필요한 듯했다. 날마다 팔걸이의자에 앉아 듣는 소리라고는 '안녕히 주무셨어요?' 혹은 '안녕히 주무세요.' 라는 인사말밖에 없을 테니까.

"라이언은 한나를 사랑했어."

"한나를 사사건건 통제하고 간섭했다고 하던데요?"

"라이언은 한나를 사랑했어."

"혹시 한나가 아버지의 간섭이 싫어 스스로 집을 나간 건 아니죠?"

캐스웰 부인은 한참동안 생각에 잠겼다.

"한나는 가출한 게 아니야."

"무슨 일이 있었는데요?"

"나는 몰라."

"그날 한나와 함께 있었잖아요. 한나의 기분이 어떻던가요?"

"한나는 언제나 그랬듯이 다정했어."

"한나는 아버지를 무서워했죠?"

캐스웰 부인이 고개를 저었다.

"아니."

"그럼 혹시 한나가 다른 누군가를 무서워했나요?"

"한나가 무서워 한 사람은 없었어."

"케빈 벤트를 아세요?"

캐스웰 부인이 미간을 찌푸렸다. 한나의 실종과 관련해 어디선가 그 이름을 들어본 눈치였다.

"난 누군지 몰라."

"혹시 그날 한나가 이상한 말을 하지는 않던가요? 가령 남자 친구나 여자 친구에 대해서요?"

"난 못 들었어."

지금껏 유용한 정보는 전혀 알아내지 못했다. 캐스웰 부인이 정말 아무것도 모르기 때문일 수도 있었고, 한나를 잃은 트라우마 때문에 많은 기억들을 억지로 지워버렸을 수도 있었다.

진실은 과연 어느 쪽일까?

"라이언은 나쁜 짓을 하지 않았어."

캐스웰 부인이 불쑥 그렇게 말했다.

"단 한 번도 나쁜 짓을 한 적이 없지."

"누군가 라이언이 나쁜 짓을 했다고 하던가요?"

캐스웰 부인의 시선이 먼 곳을 향했다.

"챔버필드."

"챔버필드라면 사람 이름인가요? 아니면 지명인가요?"

"라이언은 나쁜 짓을 안 했어."

케이트는 핸드백에서 수첩과 연필을 꺼내 챔버필드라고 적었다. 분명 어디선가 들어본 적이 있는 명칭이었다. 휴대폰을 꺼내 이름을 검색해봤지만 아무것도 찾아내지 못했다.

"챔버필드가 누구죠?"

"라이언은 거기 있었어."

"라이언이 챔버필드에 있었다고요? 언제요?"

캐스웰 부인의 눈이 다시 명료해졌다.

"아주 오래 전이야. 한나가 세상에 태어나기 전."

"라이언은 거기서 뭘 했죠?"

"라이언은 나쁜 사람이 아니야."

"저도 라이언이 나쁜 사람이 아니라는 건 알아요. 라이언은 챔버필드에서 뭘 했는데요?"

캐스웰 부인은 깊은 한숨을 내쉬었을 뿐 아무런 대답이 없었다.

"라이언이 챔버필드에서 무슨 일을 했죠?

여전히 대답이 없었다.

캐스웰 부인의 눈빛이 다시 흐려졌다. 그녀는 이제 삶의 고통과 애환이 없는 곳에 가있었다.

젊은 여자가 찻잔이 놓인 쟁반을 들고 나타났다. 쟁반에 바삭바삭한 쿠키가 담긴 접시가 놓여 있었다.

"차와 과자를 가져왔어요."

젊은 여자가 미소를 지으며 말했다.

케이트는 뜨거운 찻잔을 감싸 쥐었다. 손바닥으로 온기가 스며들었다. 캐스웰 부인은 찻잔이 앞에 놓여 있다는 걸 인지하지 못했고, 창밖만 하염없이 내다보고 있었다. 멀리 허공의 한 지점을 응시하면서.

"혹시 챔버필드가 어딘지 알아요? 캐스웰 부인이 방금 전에 아들이 거기에 있었다고 했는데 도무지 어딘지 알 수가 없네요."

"라이언 캐스웰이 챔버필드에 있었다고요?"

"네, 분명 그랬어요. 대체 거긴 어디죠?"

"챔버필드는 정신병원인데 악명 높은 곳이죠."

그제야 케이트도 그 병원에 대해 들었던 기억이 떠올렸다. 챔버필드는 증세가 심한 정신병자들을 수용하는 병원이었다.

"이제 기억나요. 뉴캐슬에 있는 정신병원이죠?"

"라이언 캐스웰 씨가 그 병원에 있었다니, 맙소사!"

"아직은 그가 왜 챔버필드병원에 있었는지 몰라요. 심각한 우울증을 앓았을 수도 있고, 자살을 시도했을 수도 있겠죠. 라이언이 위험한 존재였다는 증거는 없어요."

케이트의 머릿속에서 여러 가지 생각이 떠올랐다. 라이언이 왜 한때 정신병원에 머물렀는지 알아내야 했다. 라이언은 성격이 거칠고 괴팍해 주변사람들을 힘들게 했다.

한나가 실종된 그 시각에 라이언은 어디에 있었을까?

라이언은 알리바이가 전혀 없었다.

케일럽이 한나 캐스웰 실종사건을 수사할 당시 왜 라이언의 정신 병력을 알아내지 못했을까?

만약 알고 있었다면 라이언에게 수사의 초점이 맞춰졌을 수도 있었다.

라이언의 정신병력에 대해 알아보고 나서 문제없다고 판단했을까?

캐스웰 부인은 몇 번이나 '라이언은 나쁜 짓을 하지 않았어.'라고 말했다. 아들을 보호하기 위해 라이언이 좋은 사람이라고 강변하고 있는 듯했다.

케이트는 당장 케일럽에게 전화해 라이언이 정신병원에 입원했던 사실을 알고 있었는지 묻고 싶었다. 만약 몰랐다고 하면 왜 그처럼 중대한 사실을 놓쳤는지 따져 묻고 싶었다. 만약 그랬다가는 케일럽의 분노가 폭발할 수도 있었다. 기자 신분을 사칭해가며 아멜리 사건과 연관된 사람들을 두루 만나보고 다닌 것만으로도 그의 분노를 사기에 충분했다.

챔버필드병원에 직접 가보는 수밖에 없었다. 라이언의 지난날 행적을 따라가 볼 필요가 있었다. 일단 집으로 가야 했다. 부동산중개인이 정각 4시에 집을 사려는 사람을 데리고 들르기로 했다. 챔버필드병원에는 내일 갈 수밖에 없었다.

캐스웰 부인에게 작별인사를 하고 나서 젊은 여자를 따라 현관문으로 향했다. 케이트는 밖으로 나오자마자 크게 심호흡부터 했다. 시설이 낙후된 요양원에서 오래도록 지내게 될 경우 건강한 사람도 우울증에 걸릴 듯했다. 노부인이 추위에 떨던 모습이 눈에 선했다.

나는 노년에 어떤 모습을 하고 있을까?

요양원을 생각하다보니 기분이 우울했다. 일단 시내 쪽으로 달리다가 길 옆 주차장에 차를 세웠다.

휴대폰 화면에 데이비드가 보낸 왓츠앱 메시지가 떠있었다.

'당신과 함께 할 저녁식사 시간을 기대하고 있어요!'

행복감이 온몸으로 번져가며 절로 미소가 피어올랐다.

콜린이 보낸 메시지도 있었는데 분노한 표정으로 찍은 셀카가 첨부돼 있었다.

'당신이 왜 우리 관계를 끝내려하는지 이해할 수 없어요. 다른 남자가 생겼다니 헛웃음밖에 안 나오네요. 대체 어디서 그렇게 빨리 남자를 만났죠? 처음부터 양다리를 걸친 건가요? 그 남자는 분명 나보다 돈이 더 많겠군요. 여자들은 결국 돈 많은 남자를 선택하니까. 돈이라면 나도 제법 버는데 당신은 분명 더 많이 버는 남자를 만나야 한다고 자신을 세뇌시켰을 거예요. 여자들이 경제력을 보고 상대를 고르는 건 정말이지 끔찍해요. 오로지 돈과 직업을 따지죠. 그 남자 직업이 뭐죠? 정말이지 화가 나요.'

케이트는 메시지를 다 읽고 나서 즉시 삭제해버렸다. 콜린이 계속 이런 식으로 나오면 단호하게 대응할 수밖에 없었다. 그에게 단 한 번도 호감을 느낀 적이 없었다. 좋아한다는 신호를 보낸 적도 없었다.

데이비드가 보낸 메시지에 답장을 썼다.

'부동산중개인과 약속이 잡혀 있어 만나러가는 길이에요. 그 일이 끝나면 곧바로 갈게요. 당신을 만날 생각만 해도 벌써부터 마음이 설레요.'

메시지 끝에 빨간색 하트까지 첨부했다. 데이비드를 떠올리자 입가에 절로 미소가 떠올랐다. 남자에게 유치한 감정표현을 한 건 난생처음이었다. 정말이지 놀라운 변화였다.

4

오른손목의 살갗이 벗겨져 피가 흘렀다. 플라스틱 조각을 날카롭게 벼리는 건 그리 쉬운 일이 아니었다. 스스로 몸에 상처를 내어야 한다는 게 끔찍했다. 이미 화농으로 변한 상처 때문에 점점 심신이 지쳐 가고 있었다. 요즘은 겨우 잠들었다가 상처에서 비롯된 통증과 감당 못할 추위에 몸을 떨며 깨어나길 반복했다. 그럴 때마다 현재 어떤 상황에 놓여있는지 실감했다. 잠시나마 비참한 기분에서 벗어날 수 있는 기회는 꿈속에 있을 때뿐이었다. 꿈에서 깨어날 때마다 암울한 고통이 더해졌다. 화상 부위가 계속 쑤시고 화끈거렸다. 맨디는 이제 상처를 보지 않기로 했다. 화농이 된 상처를 보면 너무 끔찍해 그나마 조금 남아 있던 생의 욕구마저 모두 사라졌다.

창문 너머로 어둠이 내리기 시작했다. 반나절 넘게 잠들었다가 깨어났다. 맹렬한 추위, 상처 부위의 통증, 허기와 갈증이 전혀 해소되지 않았다는 걸 자각하는 순간 이내 실망감이 밀려들었다. 여전히 손목에 수갑이 채워져 있었고, 벽에 고정시켜둔 쇠사슬에 묶여 있었다. 살갗을 벗겨 피를 내는 작업이 어디까지 진척됐는지 확인해보려고 손목을 살펴보았다. 어둠이 내리면 아무것도 볼 수 없기 때문이었다. 깜빡 잠든 사이에 흘러내린 피가 말라붙는 바람에 딱지가 앉아 있었다.

플라스틱 조각으로 계속 손목의 살갗을 긁어내자 다시 몇

었던 피가 흐르기 시작했다. 손목을 쓱 문지르고 나서 수갑이 채워진 손을 확 잡아당겼다. 눈물이 쑥 빠질 만큼 통증이 일었지만 이를 악물고 참아냈다. 이제 주어진 시간이 그리 많지 않았다. 오늘밤이 지나면 기력이 고갈될 테고, 운명에 굴복할 수밖에 없었다.

맨디는 다시 한 번 있는 힘껏 손목을 잡아당겼다. 놀랍게도 손이 수갑에서 쑥 빠져나왔다. 늦은 오후의 희미한 빛 속에서 자유로워진 손을 물끄러미 쳐다봤다. 벗겨진 살갗에서 계속 피가 흘러내리고 있었다. 정신을 집중해 서서히 몸을 일으킨 다음 비틀거리는 걸음으로 잠자리로 사용했던 매트를 향해 걸어갔다. 눕거나 앉거나 웅크린 자세로 일주일을 보냈다. 어쩌면 더 오래 됐을 수도 있었다. 정신이 혼미해 정확한 날짜를 기억할 수 없었다. 눈앞에서 벽이 빙빙 돌고 다리가 후들거렸다. 당장이라도 바닥이 푹 꺼질 듯 위태로워 보였다.

맨디는 다시 한 번 정신을 집중한 다음 창문 쪽으로 다가가 밖을 내다보았다. 창밖 풍경을 살펴보니 예상대로였다. 완전히 고립되어 있는 집이었다. 눈앞에 담황색 풀들로 뒤덮인 초원이 펼쳐져 있었고, 해가 두터운 구름들 너머로 사라지고 있었다. 그 어디에도 집은 보이지 않았고, 오두막도 없었다. 아예 사람이 살고 있다는 흔적조차 없는 곳이었다.

현관문 쪽으로 다가가 문을 흔들어봤지만 꿈쩍도 하지 않았다. 복도를 지나 다른 두 개의 방을 살펴보았다. 시험삼아 전등스위치를 눌러봤지만 역시 불이 들어오지 않았다. 누군가 오래 전에 버리고 떠난 집이 분명했고, 전기가 끊겨 있었다. 주방으로 들어가 수도꼭지를 틀어보았지만 역시 물이 나오지 않았다.

벽에 수납장이 몇 개 있었고, 그 밑으로 개수대와 레인지가 있었다. 의자도 한 개 남아 있었고, 음료수 병이 담긴 상자들이 차곡차곡 쌓여 있었다. 맨디는 상자를 차례로 들어 올려 병 속을 꼼꼼하게 살펴보았지만 단 한 방울의 액체도 남아 있지 않았다.

"빌어먹을! 이 집에는 남아있는 게 아무것도 없어!"

맨디는 몹시 분해하며 큰 소리로 외쳤다.

창밖으로 내다보이는 바다에서 하얀 거품이 이는 파도가 밀려오고 있었다. 이 집은 만의 높은 곳에 위치해있었다. 원래는 트래킹을 하는 사람들이 이용하던 휴게소였을 듯했다. 사람들은 이 집에서 바다를 내려다보며 뭔가를 먹고 마셨을 것이다. 여름이었다면 해안가를 오가는 사람들이 제법 있었 겠지만 지금은 늦가을이었다. 해가 일찍 저무는 늦가을. 이런 계절에 사람들이 오가길 기대하는 건 무리였다.

주방 창문 역시 쇠창살로 막혀 있었다. 트래킹을 하다가 길을 잃고 근처를 지나는 사람이 있다면 소리를 질러 불러볼 텐데 전혀 가망 없는 생각이었다. 두 번째 방에는 변기와 세면대, 간이 샤워장이 있었지만 역시 물이 나오지 않았다. 혹시 변기에 물이 남아있을지도 모른다고 기대했지만 바짝 말라붙어 있었다.

이럴 수가? 내가 이곳에 잡혀왔던 첫 번째 사람이 아닌 게 분명해.

처음으로 그 생각이 맨디의 뇌리를 스쳤다.

다른 사람들은 전부 어떻게 되었을까?

5

"집을 매각할지 말지 여부를 월요일까지 알려주시기 바랍니다."

부동산중개인이 케이트에게 말했다.

케이트가 결정을 내리지 못하고 미적거리자 집을 팔 의사가 없는 것으로 받아들인 눈치였다.

"연락드릴게요."

케이트가 약속했다.

"그 사람들은 이 집에 홀딱 반했던데요."

방금 전 집을 둘러보고 간 사람들은 러시아에서 세 살짜리 여자아이를 입양한 레즈비언 커플이었다. 그들은 두 번째 입양 절차를 밟는 동안 아이들을 위해 정원이 있는 집을 구하고 있었다. 그들은 집을 둘러보는 동안 연신 감탄을 금치 못했다. 그들이 머릿속으로 그려보았던 집과 완벽하게 일치한 듯했다. 그들은 벌써 텃밭에 뭘 심어야 할지 아이들이 탈 그네를 어디에 설치해야할지 고민했다.

케이트는 부동산중개인이 돌아가고 나서 주방문에 기대 정원을 내다보았다. 어느새 어둠이 내려 어슴푸레한 윤곽만 알아볼 수 있었다. 집 매각 문제를 데이비드와 의논해볼 생각이었다. 직업에 대한 진실도 어서 털어놓아야 한다는 생각에 조바심이 일었다. 스카보로경찰서로 옮길 경우 당장 거주할 집이 필요했다. 물론 다른 집을 사거나 셋집을 구할 수도 있었다. 데이비드와 좋은 관계가 계속 유지된다면 집을 팔지 않고 스카보로경찰서로 옮기는 게 바람직해보였다.

케이트의 입에서 가느다란 한숨이 새어나왔다. 마음에 걸리는 일이 있었다. 의구심을 떨쳐보려고 했지만 잘 되지 않았다. 데이비드는 그녀가 집을 부동산중개소에 내놓았다는 사실을 잘 알고 있었다. 오늘도 집을 보러오겠다는 사람이 있었고, 언제라도 팔릴 수 있다는 걸 모르지 않았다. 집을 팔고 나면 그녀가 즉시 런던으로 돌아가야 한다는 것도 알고 있었다. 그럼에도 그가 두 사람의 미래에 대해 아무런 상의도 하지 않는 게 의아했다.

주말에 한 번씩 만나 연애를 하자는 뜻인가?

그 경우 두 사람 모두 시간과 에너지를 빼앗길 수밖에 없었다. 물론 멀리 떨어져 있어도 잘 지내는 커플들이 있었지만 적어도 그런 문제들에 대해 진지하게 상의 절차를 거쳐야 마땅했다.

데이비드는 마치 현재의 삶이 이대로 줄곧 지속되리라는 듯이 무심코 지내고 있었다. 케이트는 매우 중요하고 심각한 문제라 계속해서 속을 끓이고 있는데 데이비드는 그런 문제에 대해 전혀 고려하지 않았다.

나랑 관계를 지속할 마음이 없어서일까? 나랑 성격이 전혀 다른 사람이기 때문일까? 느긋하고 태평스러운 성격이라 그냥 내버려두면 자연스럽게 해결될 거라 믿기 때문일까?

이 세상에서 저절로 해결되는 문제는 없어.

케이트의 내면에서 누군가 그렇게 경고했다. 데이비드는 적어도 두 사람의 미래에 대한 문제에 대해서만큼은 분명하게 의사를 밝혀야 할 책임이 있었다. 그냥 아무것도 모르는 척하며 어물쩍 넘겨버리기에는 너무나 중차대한 문제이니까.

케이트는 이마를 차가운 유리창에 댔다. 그녀는 오늘 저녁에는 무슨 일이 있더라도 데이비드와 그 문제를 상의해야겠다고 마음먹었다.

갑자기 현관문에서 초인종 소리가 울렸다. 화들짝 놀라 손목시계를 보니 5시였다.

이 시간에 누가 나를 찾아왔지?

현관문으로 다가가 문을 열었다.

문 앞에 케일럽이 서 있었다.

"잠시 안으로 들어가도 될까?"

지금은 케일럽과 대화를 나눌 시간이 없었다. 그가 무슨 이야기를 할지 뻔히 알고 있었다.

"잠시 후 나가봐야 해요."

"10분이면 충분해."

케이트는 그를 거실로 안내한 다음 벽난로 앞에 놓인 캠핑용의자를 가리켰다.

"지금 이 집에는 캠핑용 의자밖에 없어요."

케일럽은 그냥 선 자세 그대로 주위를 둘러보았다.

"정말 이 집을 팔 생각이야?"

"팔아야죠." 아직 백퍼센트 확실하지는 않았지만 일단 그렇게 대답했다. "집을 사겠다는 사람들이 있어요. 그들에게 팔 가능성이 높아요."

케일럽은 천천히 고개를 끄덕였다.

"한 발을 스카보로에 걸치고 있어야 할 이유가 생긴 줄 알았는데, 아니었어?"

"한 발 걸치기 위해 집을 갖고 있을 수는 없잖아요."

케일럽이 고개를 끄덕였다.

"자네는 데이비드 채플랜드를 우연히 만났다고 했지?"

"네, 우연히."

"내가 보기에는 절대로 그럴 리 없어. 게다가 그는 자네를 기자로 알고 있던데?"

케이트는 아무런 대답도 하지 않았다.

"아멜리 사건을 모른 척 외면할 수 없었던 거야?"

케이트는 여전히 침묵을 고수했다. 지금은 너무 피곤하고 기분이 우울해 케일럽과 언쟁을 벌이고 싶지 않았다. 그의 관할 지역 수사에 관여한 것에 대해서도 변명하거나 사과하고 싶지 않았다.

"사실은 자네에게 좋은 소식을 전해주려고 왔어. 혹시 데이비드 채플랜드가 아멜리 사건에 연루됐을까봐 걱정했다면 이제부터 마음을 놓아도 돼. 아멜리 사건은 아예 존재하지 않았으니까."

케이트는 그 말에 귀가 번쩍 뜨였다.

"무슨 뜻이죠?"

"아멜리 골즈비는 납치된 적이 없었어. 나도 어젯밤에야 그 사실을 알게 되었지."

"아멜리를 다시 찾아냈어요?"

"그 아이는 어젯밤에 다시 집으로 돌아왔고, 사건의 전모가 밝혀졌어."

"다행이네요."

케이트가 기쁜 표정으로 말했다.

케일럽은 그제야 캠핑용 의자에 앉았다.

"혹시 집에 위스키 있나?"

"술을 마시면 안 되잖아요?"

"한 잔 정도는 마셔도 괜찮아."

케이트는 주방으로 걸어가 위스키 병과 잔 두 개를 들고 돌아왔다. 그녀는 케일럽에게 위스키를 한 잔 따라준 다음 맞은편 의자에 앉았다. 케일럽은 술잔을 받아들자마자 단숨에 비워버렸다.

케일럽 덕분에 아멜리 사건의 전모를 알게 되었다. 알렉스와 바닷가에서 벌인 쇼에 대해서도.

"말도 안 돼! 어떻게 그런 짓을 할 수 있죠? 데보라와 제이슨이 불쌍해요."

"그들은 큰 충격을 받았어. 아무리 어린 딸이라지만 부모에게 그런 고통을 줄 수 있을까?"

"알렉스에게 푹 빠져 눈에 뵈는 게 없었나 봐요."

"알렉스는 그런 짓을 저지르고도 골즈비 부부에게 거액의 돈까지 뜯어냈어. 사실은 그놈도 아멜리에게서 벗어나고 싶었는데 죽자 사자 매달리는 바람에 뿌리칠 수 없었다고 하더군. 알렉스는 외국으로 도주하려다가 큰 수렁에 빠지게 되었어. 아마 제법 오랫동안 교도소 신세를 져야 할 거야."

"아멜리 역시 무사하지 못하겠네요."

"아멜리는 거짓 진술로 수사를 방해했어. 납치사건을 조작하고, 가공의 범인을 만들어내기도 했지. 우린 지난 몇 주 동안 아멜리의 진술을 확실한 단서라고 믿고 수사에 매달려왔지." 케일럽이 잠시 말을 멈추었다가 지친 표정으로 덧붙였다. "사기꾼 녀석과 아이에게 농락당한 우리도 한심하긴 마찬가지야. 그들이 장난치고 있다는 걸 끝까지 간파하지 못했으니까."

"나이 어린 아멜리가 그토록 천연덕스럽게 거짓말을 할 줄 누가 알았겠어요. 그 아이를 매일이다시피 찾아가 만났던 심리상담 전문 형사도 몰랐잖아요."

"아멜리가 바다에 빠져 방파제에 매달려 있을 때 알렉스가 쉽게 끌어올리지 못하는 바람에 그 아이는 실제로 죽음의 공포를 느꼈다고 하더군. 하마터면 목숨을 잃을 뻔했던 상황이었는데 가까스로 구조된 거야. 아멜리의 진술 가운데 그 부분만큼은 거짓이 아니었어. 아멜리는 폭우가 쏟아지고, 파도가 산더미처럼 이는 바다에서 죽음의 공포에 시달린 거야. 헬렌을 만나 대화할 때 아멜리가 내면 깊이 느꼈던 공포를 실감나게 묘사했기 때문에 진술의 신빙성을 확보하게 되었던 거야. 아멜리가 사건 전반에 대해 자세히 언급했더라면 아마 우리도 그 아이의 진술에 허점이 많다는 걸 발견할 수 있었겠지."

"그런 점에서 볼 때 아멜리는 대단히 영악한 아이네요."

"놀라울 정도로 영악한 아이야."

케일럽이 동의했다.

케이트는 그가 간절한 눈빛으로 위스키 병을 곁눈질하고 있다는 걸 알면서도 모른 체했다. 그가 스스로 이겨내야하는 싸움이었다.

"결국 수사는 다시 원점으로 돌아왔어. 사스키아 모리스를 납치한 범인은 아직도 오리무중이야. 사스키아 모리스는 우연히 납치된 게 아니라 치밀한 사전계획을 토대로 진행됐을 가능성이 커. 그 아이의 주변 인물들을 다시 한 번 면밀히 조사해봐야겠어." 케일럽이 잠시 말을 멈췄다가 우울한 어조로 덧붙였다. "물론 그 아이가 처음 실종됐을 당시에도 주변 인물들을 샅샅이 조사했지만 그럴싸한 단서를 찾아내지 못했지."

"실종된 아이들 중에는 한나 캐스웰도 있어요. 그 아이 말고도 또 다른 피해자가 있을 가능성을 배제할 수 없죠."

"자네는 아직 모르고 있겠지만 최근에 맨디 알라드라는 아이가 실종되었어. 앞서 벌어진 사건들과는 전개 과정이 많이 달랐어. 맨디는 엄마가 폭력을 행사하자 제 발로 집을 나왔지. 내가 생각하기에 맨디의 실종과 사스키아 모리스 사건은 전혀 연관성이 없어 보여."

"맨디 알라드 사건에서 각별히 시선을 끄는 부분이 뭐죠?"

"자네는 더 이상 알려고 하지 마. 비록 수사가 답보상태를 면치 못하고 있지만 내 관할 구역이니까."

"당연하죠."

케이트는 문득 라이언이 정신병원에 있었다는 사실을 알고 있는지 묻고 싶었지만 애써 참았다. 케일럽에게 그 이야기를 할 경우 펄쩍 뛰며 화를 낼 게 뻔했으니까.

케일럽은 여전히 위스키를 곁눈질하며 자리에서 일어섰다.

"아멜리 사건이 어떻게 마무리되었는지 전해주려고 들렀어. 혹시 시간되면 골즈비 부부를 찾아가 위로해줘."

"아무도 아멜리의 속임수를 알아차리지 못했어요. 그나마 반장님이 알렉스를 의심해 집요하게 추적한 덕분에 수사가 잘 마무리된 거예요. 알렉스에게 뭔가 구린 구석이 있다는 걸 간파한 반장님이 결과적으로 옳았잖아요. 뛰어난 직관의 힘이죠. 그러니까 너무 자책할 필요 없어요."

"자네가 해준 위로의 말을 발판삼아 수렁에서 벗어나도록 애써 볼게."

케이트는 그가 현관문을 나가 차를 향해 걸어가는 모습을 지켜보았다. 보이지 않는 짐이 그의 어깨에 놓여 있기라도 한 듯 발걸음이 무거워보였다. 사스키아 모리스 사건은 여전히 지지부진한 가운데 미궁에 빠져 있었고, 맨디 알라드 사건이 다시 그의 어깨를 축 처지게 만들고 있었다.

케이트는 문을 닫고 주방으로 걸어가 창문턱에 놓아둔 수첩에서 종이를 한 장 찢어 최근에 실종된 아이의 이름을 메모했다.

맨디 알라드.

*

맨디 때문에 마음이 아프지는 않다. 맨디는 지금 어떻게 됐을까? 아마 허기와 갈증에 시달리며 죽어가고 있을 것이다. 추위에 몸을 덜덜 떨며.

불쌍한 맨디.

죄책감이 느껴지긴 하지만 맨디가 그런 상황에 처하게 된 건 전적으로 그 아이 탓이다. 거칠고 모욕적인 언사로 나를 거부한 탓이다. 맨디가 퍼부었던 그 욕설들을 생각하면 아직도 화가 치민다.

나는 맨디에게 근사한 장밋빛 미래를 제시했지만 면전에서 거부당했다. 그 아이와의 인연을 끊기로 했다. 나는 이해심과 인내심이 많은 사람이지만 감정의 동물이다. 계속되는 모욕을 묵묵히 감내할 수는 없다.

맨디는 아마도 지금쯤 견디기 힘든 절망에 빠져 있을 것이다. 나는 조금이나마 고통의 시간을 단축시켜줄 방법이 뭔지 고민했다. 나는 사디스트가 아니고, 아이가 굶어죽는 걸 좋아하지 않는다. 흉기를 사용해 사람을 죽이는 것 역시 내 취향이 아니다.

맨디는 현재 기력이 다 떨어져 무기력한 상태에 놓여 있을 것이다. 저항할 힘이 없을 테니 간단히 죽일 수 있다.

나는 서성거리다가 주방으로 들어간다. 레인지 옆에 날을 예리하게 벼린 칼이 있다. 그 칼로 맨디의 목을 그으면 간단하게 끝날 것이다.

나는 거실에 갔다가 다시 주방으로 돌아간다. 칼을 사용하는 건 멍청한 짓이다. 내 방식이 아니다. 거실로 다시 돌아가 무기가 될 만한 게 뭐가 있을지 주위를 둘러본다. 아직 방법을 결정하지 못했지만 맨디는 죽어야 한다. 내 마음속에 맨디에 대한 분노가 크게 자리하고 있다. 맨디는 온갖 사악한 말로 내게 모욕을 가했다.

맨디를 찾아가면 어떤 일이 벌어질지 상상해본다. 내가 현관문을 열고 들어가면 맨디는 뭔가 기대하며 자리에서 일어나 앉을 것이다. 맨디의 머릿속은 온통 허기와 갈증을 해소하고 싶은 욕구로 가득 차 있을 것이다. 맨디는 내가 평소처럼 음식과 물을 가져왔을 거라고 기대할 것이다. 맨디는 벽에 박아놓은 쇠사슬에 팔이 묶인 가운데 나를 간절히 주시할 것이다.

나는 맨디를 죽일 것이다. 내 눈빛을 본 맨디는 금세 내가 뭘 하려는지 알아차리고 비명을 지를 것이다. 맨디는 살려달라고 간청하다가 벽 쪽으로 뒷걸음질 칠 것이다. 쇠사슬을 힘껏 잡아당기면서. 맨디는 결국 저항할 기력이 없는 무방비 상태에 놓일 것이다.

맨디는 끝내 그 사실을 깨닫지 못하겠지만 나는 좋은 일을 하는 것이다. 그 아이는 내게 절대로 고마워하지 않겠지만 분명한 사실이다. 그러니까 죄책감을 느낄 필요는 없다.

창밖을 내다보니 벌써 어둠이 깔리기 시작한다. 바깥에는 불빛도 없고, 전기도 들어오지 않는다.

일단 내일까지 기다려야 한다.

맨디에게 다녀온 이후 나는 지하실에 내려갈 것이다.

11월 17일, 금요일

1

케이트의 얼굴에서 줄곧 미소가 사라지지 않았다. 만약 지금 누군가 그녀의 얼굴을 본다면 미쳤다고 할 수도 있었다. 나이가 마흔이나 된 여자가 아직 동이 트지도 않은 꼭두새벽에 북쪽으로 차를 몰아가면서 귀에 걸릴 정도로 입 꼬리를 올리고 히죽히죽 웃고 있으니 누구나 그렇게 생각할 수 있었다.

케이트는 좀처럼 웃음을 멈출 수 없었다. 엊저녁부터 밤까지 벌어졌던 일이 떠오를 때마다 만면에 미소가 지어졌다. 놀랍도록 멋지고 열정적인 경험이었다. 그동안 영혼을 무겁게 짓누르고 있던 온갖 근심과 공포가 눈 녹듯 사라져버린 순간이었다.

"집을 적극적으로 사고 싶어 하는 사람들이 다녀갔어요. 이제 결정을 내려야 할 시점이 되었죠. 그들은 내가 제시한 가격을 수용하기로 했고, 월요일에 최종 결론을 내리기로 했어요."

데이비드가 깜짝 놀란 표정으로 그녀를 쳐다보았다.

"일이 잘 되어가고 있는데 뭐가 걱정이죠? 당신 표정이 그다지 밝지 않아요."

케이트는 그간 속앓이를 하던 문제를 털어놓기에 좋은 시점이라고 판단했다.

"당신도 알다시피 난 집과 근무처가 런던에 있어요. 집을 팔면 이제부터 머물 곳이 없어지게 되죠."

"이 집에서 나와 함께 지내면 되잖아요. 당연한 거 아닌가요?"

"우린 아직 그런 이야기를 진지하게 나누어본 적이 없잖아요."

데이비드가 그녀의 손을 살며시 잡았다.

"집을 팔기로 했으면 그대로 밀어붙여요. 모든 일이 잘 될 거라고 믿어 봐요."

식탁을 돌아 케이트에게 다가온 데이비드가 뜨겁게 키스하고 나서 그녀를 침실로 이끌었다. 그 이후로는 더 이상 말이 필요 없었다. 다만 여전히 밝히지 않은 비밀이 남아있어 마음이 찜찜했다.

케이트는 스카보로경찰서 강력반에 지원하기로 결심했다.

케일럽과 함께라면 잘할 수 있을 거야.

스카보로경찰서로 자리를 옮기면 관할 문제로 빚어진 케일럽과의 갈등이 저절로 해결된다는 생각을 하자 절로 웃음이 흘러나왔다. 새로운 인생이 시작되고 있었다.

케이트는 백미러를 통해 활짝 웃고 있는 자신의 얼굴을 바라보았다.

"케이트, 이런 날이 올 줄 알았어? 이런 일이 가능할 거라고 생각해본 적 있어?"

뉴캐슬을 지나 황량한 언덕길로 진입한 지 제법 오래 되었다. 맞은편에서 달려오는 차들이 점차 줄어들고 있었고, 헐벗은 산과 단조로운 풍경들이 계속 이어졌다.

라이언이 머물렀던 정신병원을 찾아가는 길이었다. 케일럽이 맡고 있는 사건인데 양해를 구하지도 않고 깊숙이 개입하게 된 셈이었다. 조만간 스카보로경찰서로 자리를 옮겨 케일럽 수사팀에 합류할 생각을 하면서 굳이 독자적인 수사를 하는 게 과연 타당한 일인지 의문이 들었다. 처음 수사에 뛰어든 이유는 아멜리 사건 때문이었다. 그 사건은 이미 마무리되었다. 한나 캐스웰 사건은 너무 오래 되어서 해결 가능성이 희박했다. 사스키아 모리스를 살해한 범인은 여전히 꼬리를 밟히지 않고 있었다. 케일럽은 범인을 체포하기 위해 팀원들을 독려하고 있었지만 그녀에게 도움을 요청한 적은 없었다.

차를 돌릴까 고민하던 중에 '챔버필드병원, 3마일'이라고 적힌 표지판이 시야에 들어왔다. 목적지가 바로 눈앞에 있었다.

〈트레스코트홀 요양원〉처럼 챔버필드병원 역시 외진 곳에 위치해 있었고, 오로지 기능에 주안점을 둔 단순하고 실용적인 건물이었다. 외벽은 새로 회반죽을 발라 깨끗해보였다. 커다란 창문들은 〈트레스코트홀 요양원〉과 달리 틈새 없이 잘 닫혀 있었다. 높다란 울타리에 둘러싸인 정원이 보였다. 챔버필드병원에 입원한 환자들은 대부분 심각한 정신질환을 앓고 있었고, 강제보호조치 대상자들이었다. 라이언이 이 병원에 입원해 있었을 가능성은 희박했다. 만약 그랬다면 케일럽이 한나 캐스웰 사건을 수사할 때 이미 알아냈을 테고, 언론에서도 보도했을 테니까.

살을 에는 바람이 온몸을 파고들었다. 케이트는 몸을 부르르 떨며 코트를 단단히 여몄다. 휴대폰이 진동해 화면을 쳐다보았더니 콜린에게서 온 왓츠앱 메시지가 들어와 있었다.

'메시지를 보냈는데 답장을 해주지 않는 건 옳지 않아요. 대답을 회피하는 건 매우 편협한 해결책이죠. 우리 사이에 있었던 모든······.'

케이트는 한숨을 내쉬고 나서 메시지를 삭제했다.

"빌어먹을! 도대체 우리 사이에 무슨 일이 있었기에 이러는 거야?"

케이트는 화가 나서 혼잣말을 중얼거렸다.

통유리 현관문을 열려다가 초인종을 눌렀다. 1분쯤 지났을 때 남자 목소리가 들려왔다.

"누구시죠?"

"런던경찰국의 케이트 린빌 형사입니다."

"런던경찰국이라면 스코틀랜드 야드 말씀인가요?"

"네, 문 좀 열어주시겠어요?"

"무슨 일로 찾아오셨는데요?"

"일단 문부터 열어줘요."

몇 초 뒤 문이 열렸고, 케이트는 로비로 들어섰다. 천장과 벽에 덧댄 널빤지들, 공 모양 전구들, 바닥에 깔린 초록색 리놀륨을 보니 1970년대에 지은 건물답다는 생각이 들었다. 건물 안 공기는 따스했고, 소독약과 방향제 냄새가 배어 있었다.

얼굴에 피곤이 잔뜩 묻어 있는 남자가 다가왔다. 해결 불가한 난제들에 시달리느라 삶이 몹시 고통스러운 사람처럼 보였다. 재킷에 '닥터 스티븐 알스코트'라고 적힌 이름표가 붙어 있었다. 허구한 날 정신질환자들과 씨름해야 하는 인생이니 즐거울 까닭이 없었다.

케이트가 신분증을 들어보이자 힐끗 쳐다보고 나서 관심 없다는 듯 시큰둥한 표정을 지었다.

"스티븐 알스코트입니다. 뭘 도와드릴까요?"

의사는 사무실로 안내할 마음이 없다는 듯 그 자리에 서서 용건을 물었다.

"이 병원에 입원했던 환자에 대해 알아보려고 찾아왔어요. 이름이 라이언 캐스웰입니다."

스티븐 알스코트가 가볍게 고개를 저었다.

"이 병원에서는 환자에 대한 개인정보를 제공하지 않습니다."

"수사상 필요한 정보입니다."

"법원에서 발부한 영장 없이는 알려줄 수 없어요."

케이트는 한나 캐스웰 사건의 수사담당자가 아니어서 법원에서 영장을 받아낼 방법이 없었다.

"몇 가지 사소한 사실관계를 확인하고 돌아갈게요. 라이언 캐스웰이 왜 이 병원에 있었고, 머문 기간은 얼마나 되는지 알려주세요."

스티븐 알스코트의 표정이 일그러졌다.

"법원 영장 없이는 개인정보를 제공할 수 없다니까요."

"여자아이 납치사건과 관련된 일입니다. 라이언 캐스웰이 왜 이 병원에 입원했었는지 반드시 알아야 해요."

의사는 곰곰이 생각하다가 이맛살을 잔뜩 찌푸렸다.

"라이언 캐스웰은 환자가 아니라 이 병원의 건물관리인이었어요."

케이트는 몹시 당황했다.

왜 라이언이 직원이었을 수도 있다는 사실을 간과했을까?

"아주 오래 전 일이죠. 아마 이십 년쯤 되었겠네요."

"라이언은 왜 병원을 그만두게 되었죠?"

스티븐이 잠시 기억을 더듬었다.

"저는 그 사람이 해고될 당시 이 병원에 왔기 때문에 무엇때문에 그만두게 되었는지 잘 알지는 못합니다. 아마도 어떤 여성 환자와 불미스런 일이 있었던 것으로 기억합니다."

케이트의 심장이 쿵쾅거리며 뛰기 시작했다. 라이언을 처음 만났을 때부터 뭔가 수상한 느낌을 받았다. 그 이후로도 줄곧 찜찜한 느낌이 가시지 않았다. 퉁명스러운 태도 이면에 뭔가 꺼림칙한 구석이 있어보였다.

라이언이 여성 환자와 연애한 건가? 그 여성이 미성년자였다면? 가령 실종 당시의 한나와 사스키아보다 더 어렸다면?

"닥터 매너링이라면 아마 자세히 알고 있을 겁니다. 이 병원에서 가장 오래 근무한 분이니까요."

스티븐이 몇 분 후 다른 남자를 데리고 돌아왔다.

"닥터 매너링입니다. 런던경찰국에서 나오셨다고요? 뭘 도와드릴까요?"

"이 여형사 분이 라이언 캐스웰에 대해 알고 싶어 합니다."

스티븐이 대신 말했다.

"라이언이 이 병원에서 근무할 때 어떤 사건이 있었죠?"

"갑자기 그 사람에 대해 여러 사람이 관심을 보이는군요. 지난 수십 년 동안 아무도 관심을 보이지 않던 사람인데 며칠 사이에 두 분이나 물어보니 말입니다."

닥터 매너링이 말했다.

케일럽이 다녀갔나?

"대체 나 말고 누가 라이언에 대해 묻던가요?"

"라이언 캐스웰을 이 병원에서 쫓겨나게 만든 여성 환자의 친척이라고 하더군요. 제법 젊은 남자였어요."

"그 남자가 라이언에 대해 뭘 묻던가요?"

"라이언이 아니라 그 여성 환자가 어떤 질환을 앓고 있었는지 물었어요. 그 여성의 친척이라면서요. 우린 병원 규정을 내세워 아무런 정보도 제공하지 않았죠."

케이트는 드디어 복잡하게 뒤얽힌 실타래를 풀 실마리를 찾아낸 느낌이 들었다.

"라이언이 이 병원에서 쫓겨난 이유는 여성 환자와 불미스런 일을 저질렀기 때문이죠?"

"그 당시 여성 환자의 나이가 겨우 열일곱 살이었어요. 심각한 우울증을 앓고 있었죠. 병원에서는 환자와의 연애가 엄격히 금지되어 있었는데 라이언이 규정을 어긴 거예요. 그 사실이 발각되고 나서 라이언은 해고 조치를 당해 병원을 떠났죠. 병원에서는 그의 앞날을 생각해 고소하지는 않았어요."

"그 여성 환자의 이름을 알 수 있을까요?"

"병원 규정상 그 여성 환자가 누군지 알려줄 수는 없습니다."

"그 당시 열일곱 살이었다고 했죠? 이 병원에는 나이가 어린 환자들이 많나요?"

"대부분 나이가 많은 환자들인데 더러 예외가 있죠. 그 여성 환자는 원래 어느 심리치료사의 환자였는데, 그가 이 병원에 채용되면서 데려왔어요."

"그 여성 환자는 이 병원에 얼마나 오래 입원해 있었죠?"

"아마 2년쯤 있었을 겁니다."

"서로 합의한 연애였나요? 아니면 라이언의 강요로 이루어진 관계였나요?"

매너링은 잠시 망설이다가 입을 열었다.

"그 여성 환자는 우울증이 심해 약물에 의존해 살다시피 했죠. 그런 경우 반드시 강요로 이루어진 관계가 아니라고 하더라도 환자의 순수한 자유의지에 따라 결정을 내렸다고 보긴 어렵습니다. 이미 이성적이고 합리적인 판단능력을 상실한 환자니까요."

"혹시 그 여성 환자를 처음 이 병원에 데려온 심리치료사를 만나볼 수 있을까요?"

"이미 오래 전에 은퇴했는데 병원 규정상 그의 이름과 주소를 알려줄 수는 있습니다. 아마 뉴캐슬에 살고 있을 겁니다."

"정말 친절하시네요. 고맙습니다. 라이언이……."

케이트는 적절한 표현이 뭔지 생각하느라 잠시 말을 멈추었다.

"라이언은 이 병원에 입원했던 환자가 아니라 건물관리인 이었으니 굳이 개인정보를 보호해줄 의무가 없을 텐데요?"

"아, 라이언의 경우는 그렇죠."

스티븐이 말했다.

"라이언은 어떤 사람이었죠? 여성 환자와 금지된 연애 말고 혹시 다른 문제는 없었나요?"

닥터 매너링과 스티븐이 잠시 생각에 잠겼다.

"라이언과 사적인 대화를 나누어본 기억이 없네요. 다만 그가 매우 유능한 건물관리인이었다는 건 알고 있습니다. 병원 건물에서 뭔가 문제가 있거나 고장 나면 즉시 달려가 고쳐주었죠. 병원에서 사용하는 온갖 의료기기들이 늘 있어야 할 자리에 가지런히 정리되어 있기도 했어요. 그가 어떤 사람이었는지는 몰라도 일 하나만큼은 똑 부러지게 잘했던 것으로 기억합니다."

"혹시 뭔가 이상한 점이 눈에 띄지는 않던가요? 나이 어린 여자아이들에게 집착하거나 치근거린다는 느낌을 받지는 않았나요?"

"라이언이 그러는 걸 본 적이 없습니다."

닥터 매너링이 말했다.

"라이언이 혹시 그 여성 환자 말고 다른 여성과 연애한 적은 없었나요?"

닥터 매너링이 어깨를 으쓱했다.

"적어도 이 병원에서 다른 여성과 어울리는 건 본 적이 없습니다. 그가 여자 이야기를 하는 걸 들어본 적도 없고요. 오히려 그가 여성들과 소원하게 지내는 게 이상해보이더군요. 그는 늘 혼자여서 몹시 외로웠을 텐데요. 그의 개인사정에 대해 일일이 물어본 적도 없었지만 스스로 털어놓는 경우도 없었죠. 그러다보니 그에 대해 아는 게 거의 없었어요. 그 여성 환자와의 연애사건이 불거지면서 처음으로 그를 주목해서 보게 되었죠."

"그 일은 어떻게 알려지게 되었나요?"

"그 여성 환자가 심리치료사에게 그 이야기를 털어놓았어요."

케이트는 고개를 끄덕였다.

"심리치료사의 이름과 주소를 알려주시겠어요?

*

케이트는 약 한 시간 뒤 닥터 벤 러셀과 마주앉았다. 그는 아직 챔버필드병원에서 알려준 주소지에 살고 있었다. 키가 작고 몸이 비쩍 마른데다 눈빛이 형형한 사람으로 지적인 인상을 풍기는 인물이었다. 그와 마주 앉아있으면 말을 하지 않아도 금세 내면을 간파당할 것 같은 느낌이 들었다.

거실에는 천장 높이까지 책장이 들어차 있었다. 차를 집에서 멀리 떨어진 곳에 세워두고 한참 동안 걸어오는 동안 몸이 반쯤 얼어붙는 듯했다. 그가 만들어준 차를 마시자 금세 몸이 따스하게 풀렸다. 몸을 따스하게 해주는 효과가 있다는 카밀레 차를 마신 덕분이었다.

케이트가 경찰신분증을 제시하자 그가 곧장 집안으로 안내했다.

"라이언 캐스웰이 누군지 기억하시죠? 챔버필드병원에서 건물관리인으로 일한 사람인데 여성 환자와 연애사건을 저질러 해고되었다고 하더군요."

"오래 전 일이지만 기억합니다. 챔버필드병원에서는 좀처럼 일어나기 힘든 사건이었죠."

"라이언이 먼저 여성 환자를 유혹했나요?"

벤 러셀이 잠시 생각에 잠겼다.

"라이언이 먼저 유혹했다기보다는 그 여성 환자에게 푹 빠져들었다고 하는 편이 맞겠네요. 그에게 드러내놓고 거부의사를 표하지 않는 여성을 처음 만났으니까. 라이언은 처음 맞이한 절호의 기회를 놓칠 수 없었을 겁니다."

"라이언은 여성들과의 관계에 어떤 문제가 있었는데요?"

"라이언은 무뚝뚝하고 과묵한데다 자기만의 세계에 푹 빠져 사는 사람이었죠. 외모도 그다지 출중하지 않았으니 여자들이 좋아할 리 없었죠."

"그 사건이 벌어지기 전 라이언에게 다른 여자는 없었나요?"

벤 러셀이 고개를 저었다.

"내가 알기로는 전혀 없었어요. 언젠가 저녁 늦게 퇴근하다가 라이언을 본 적이 있었죠. 병원 로비에서 고장 난 전등을 고치고 있었는데 퇴근할 생각이 없어 보이더군요. 얼굴을 보니 무척이나 쓸쓸해 보였어요. 내가 '집에서 기다리는 사람이 있을 텐데 어서 퇴근하지 그러나?' 라고 했지요. 그러자 라이언이 쓸쓸한 표정을 지으며 '기다리는 사람이 없어요.' 라고 하더군요. 그냥 지나가는 말로 물었을 뿐인데 즉시 답변이 돌아와 놀랐던 기억이 나네요. 라이언의 목소리에서 상처와 절망감이 묻어나더군요. 라이언은 성격이 무뚝뚝해 여자들과 원활하게 지내지 못했을 뿐 혼자 고독을 즐기는 사람은 아니었죠. 그럼에도 끝내 무뚝뚝한 성격을 바꾸지 못했어요. 사람은 타고난 성격대로 산다는 말이 실감나더군요."

케이트는 고개를 끄덕였다. 그녀도 동의하는 말이었다.

"라이언도 마침내 한 여성을 사귀게 되었지만 하루아침에 성격이 밝아지지는 않았어요. 생의 활력을 찾은 듯 보이긴 하더군요. 병원 관계자들 대부분이 라이언을 비난했지만 나는 그가 불쌍해 동정심을 느꼈어요. 그의 마음을 이해할 수 있었거든요. 그는 결코 심한 우울증을 앓는 여자의 절망감을 이용해 성적인 욕구를 채운 파렴치한은 아니었으니까요. 그는 진심으로 그 여성을 사랑했어요. 라이언에게 제대로 연애할 능력이 있었는지는 잘 모르겠어요. 그 사건 이후 그 두 사람을 본 적이 없으니까요."

"두 사람이라면?"

"라이언은 그 즉시 해고되었고. 약 4주 후 그 여성 환자도 병원을 떠났죠. 라이언을 찾아가겠다면서요."

"여성 환자 마음대로 병원을 떠날 권한이 있었나요?"

"그 여성 환자는 연애사건 이후 곧 열여덟 살이 되었어요.

법적으로 성인이 된 거죠. 그때부터는 아무도 간섭할 수 없습니다. 원래는 우울증이 심해 내 조언을 듣고 병원에 입원한 환자였는데 나조차도 이래라저래라 강요할 수 없었죠."

"정말 라이언을 찾아갔을까요?"

케이트가 머릿속으로 퍼즐을 꿰맞추며 물었다.

"그 이후로는 한 번도 연락을 주고받지 않았지만 라이언을 찾아갔을 거라고 믿습니다."

"라이언이 그 여성 환자와 결혼했을까요?"

"내가 보기에는 그럴 가능성이 매우 높아요."

케이트는 기억을 더듬어보았다. 한나 캐스웰 사건을 다룬 신문기사들, 그녀를 조사한 자료들, 그녀가 사람들과 나누었던 대화들⋯⋯.

"혹시 그 여성 환자 이름이 린다 아닌가요?"

벤 러셀이 깜짝 놀라며 고개를 끄덕였다.

"린다가 맞아요."

"라이언과 린다는 결혼했어요." 케이트는 그 말을 하고 나서 계속 기억을 더듬어보았다. "스카보로에서 실종된 한나 캐스웰 사건에 대해 혹시 알고 계세요? 한나는 4년 전 어느 날 저녁에 흔적도 없이 사라졌죠."

벤 러셀이 눈을 휘둥그레 뜨며 케이트를 쳐다보았다.

"이제 보니 그 여자아이 성이 캐스웰이군요. 그럼 그 아이가 바로 라이언 캐스웰의 딸이라는 건가요?"

"한나는 라이언과 린다의 딸이죠."

"맙소사!"

"한나가 네 살 때 린다는 집을 나갔어요. 남편과 어린 딸을 내버려두고 몰래 도망친 거예요. 라이언 혼자 한나를 키웠는데 열네 살이 되던 해에 그 아이마저 실종되었죠."

"매우 이상한 일이네요."

벤 러셀이 당황한 목소리로 말했다.

"다들 라이언에 대해 이상한 사람이라고 하더군요. 혹시 라이언에게 정신적인 결함이 있지는 않았나요?"

"전혀 그렇지 않습니다. 그렇게 따지자면 세상 사람들 누구나 한두 가지 결함은 있기 마련이죠."

"결함에도 나름 종류가 있잖아요. 일상생활이 조금 힘든 정도의 결함도 있고, 타인을 위험에 빠뜨리는 결함도 있으니까요."

"라이언과 그리 친하게 지내지는 않았지만 성격에 문제가 있긴 했어요. 여성들을 상대할 때뿐만 아니라 대인관계가 서툴러 사람들과 잘 어울리지 못했죠. 퉁명스런 말투나 무뚝뚝한 행동이 사람들에게 의도와 상관없이 상처를 입히기도 했으니까요. 다만 내가 알기로 라이언은 우호적인 대인관계를 원했고, 따스한 온기를 그리워했죠. 유별난 성격 때문에 외롭게 살았지만 그가 사람들을 위험에 빠뜨린 적은 없어요."

"라이언의 이웃에 살던 여자를 만난 적이 있어요. 그 여자가 말하길 린다가 라이언의 성격을 견디지 못해 떠났다고 하더군요."

"라이언과 린다가 잘 어울리는 커플이라고 생각해본 적은 없어요. 라이언은 완고한 성격이라 주변사람을 편안하게 내버려두지 못하죠. 건물관리인으로 일할 때에도 동료들을 통제하고 간섭하려고 들어 다들 고개를 절레절레 저었으니까."

"린다는 어떤 성격이죠? 그녀는 왜 네 살밖에 안된 딸을 두고 집을 나갔을까요?"

"결과적으로 그렇게 되긴 했지만 린다가 바란 일은 아니었겠죠."

"린다가 당신 환자였으니까 어느 누구보다 성격을 잘 알고 있었을 텐데요."

"린다는 우울증이 심했어요. 라이언이 일을 하러나가면 혼자 아이를 돌봐야 했을 텐데 감당하기 힘들었을 거예요."

"아무리 힘들어도 딸을 내버려두고 집을 나간 건 이해하기 힘들어요."

"안타까운 일이지만 라이언이 딸을 잘 보살펴주었으리라 믿어요."

"라이언은 과연 좋은 아빠였을까요?"

벤 러셀이 의아한 눈으로 케이트를 바라보았다.

"질문의 의도를 모르겠군요."

"전체적인 그림을 그려보려는 거예요. 귀한 시간 내주셔서 고마워요. 혹시 라이언과 린다에 대해 더 생각나는 게 있으면 알려주세요."

케이트가 자리에서 일어서며 명함을 건넸다.

"네, 그러죠."

그들은 현관문 앞에서 헤어졌다.

케이트는 뉴캐슬 구시가지에 있는 좁은 골목길로 나섰다.

어찌나 흥분이 되는지 바람이 세게 불었지만 미처 알아차리지 못했다.

왜 아무도 린다에게 주목하지 않았을까?

린다는 어느 날 갑자기 사라졌다. 다들 라이언의 별난 성격을 견디지 못해 달아났을 거라고 넘겨짚었을 뿐 달리 의문을 품지 않았다.

린다가 정말 그런 이유로 집을 떠났을까? 린다의 입증 불가한 가출 동기를 제하고 나면 무엇이 남을까?

린다는 아무런 흔적도 남기지 않고 실종됐어.

케이트는 다시 사건의 출발 지점으로 돌아갔다. 이제 보니 한나가 아니라 린다가 출발 지점이었다.

이틀 전 한 남자가 챔버필드병원에 나타나 린다에 대해 물었다.

챔버필드병원에 다시 들러 남자가 무얼 캐고 다녔는지 알아볼 필요가 있어.

남자는 왜 하필 이 시점에 린다에 대해 관심을 갖게 되었을까?

라이언은 단지 폐쇄적이고, 무뚝뚝하고, 완고한 남자가 아닐 수도 있었다.

린다는 그에게 마음을 연 첫 번째 여자였다. 그런 린다가 그의 곁을 떠나려고 했다면 과연 가만히 내버려둘 수 있었을까? 세월이 흘러 이번에는 10대가 된 한나가 곁을 떠나려고 했다.

라이언은 과연 그 상황을 묵묵히 받아들일 수 있었을까?

2

"알렉스에게 가고 싶어."

일일이 세어보지는 않았지만 아멜리는 그 말을 백 번쯤 반복했다. 부모와는 더 이상 살고 싶지 않다는 뜻이었다.

"너도 그럴 수 없다는 걸 알잖아."

제이슨이 퉁명스러운 말투로 반박했다.

"그놈은 경찰서에 구금돼 있어. 재판을 받고 교도소에 들어가면 족히 몇 년은 썩어야 할 거야."

"제이슨! 이제 그만해."

데보라가 작은 목소리로 경고했다.

"내가 못할 말을 했어? 아멜리는 철저하게 이용당했어. 그 빌어먹을 놈이 아멜리를 잠시·데리고 놀다 차버릴 속셈이었는데 우리 돈을 갈취하려고 끝까지 붙잡고 있었던 거야. 아멜리는 생명이 위태로웠던 순간을 겪고도 아직 정신을 못 차렸어."

"알렉스에게 가고 싶어."

아멜리가 다시 똑같은 말을 반복했다.

데보라는 신음소리를 발하며 두 손으로 얼굴을 가렸다. 아멜리는 무사히 돌아왔지만 점점 상황이 이상해지고 있었다. 사기꾼을 도와 부모를 속이고 돈을 뜯어낸 것에 대해 일말의 반성도 하지 않았다. 아예 무슨 잘못을 저질렀는지 모르는 눈치였다. 아멜리는 초점이 잡히지 않는 공허한 눈빛으로 알렉스에게 가고 싶다는 말만 반복하고 있었다.

아멜리가 혹시 미쳐버린 건 아닌가하는 생각이 드는 순간 데보라는 공포에 휩싸였다.

"알렉스는 몹쓸 사기꾼이야. 그가 저지른 짓은……."

"그가 혼자 저지른 짓이 아니라 아멜리도 옆에서 도왔어."

잔뜩 화가 난 제이슨이 옆에서 불쑥 끼어들었다. 데보라는 화라도 마음대로 낼 수 있는 제이슨이 부러웠다.

우리 가족은 끝났어. 이제 다시는 행복했던 시절로 돌아갈 수 없어,

데보라의 머릿속에서 자꾸 불길한 생각이 떠올랐다.

아멜리는 정서적으로 알렉스에게 종속되어버린 듯했다. 근래들어 아멜리가 반항적인 태도를 취할 때마다 사춘기라서 그러려니 생각했다. 그 나이 때는 누구나 그러니까. 시간이 지나면 저절로 이전의 착한 딸로 돌아올 거라 믿었다.

"네가 사라진 날 엄마는 생지옥을 경험했어. 네가 집에 돌아오지 않은 며칠 동안 아빠 엄마가 얼마나 고통스러운 시간을 보냈는지 알아?"

아멜리는 무표정한 눈길로 데보라를 바라보았다.

"알렉스에게 가고 싶어."

"절대로 불가한 일이니까 포기해."

제이슨이 옆에서 말했다.

헬렌은 골즈비 부부에게 가능하면 아멜리를 혼자 내버려두지 말라고 조언했다.

"한시바삐 알렉스로부터 벗어나야 하는데 쉽지 않을 거예요. 일종의 중독 상태라고 할 수 있죠. 금단현상이랄까?"

아멜리를 청소년정신요양원에 입원시키기로 했다. 일반적

으로 몇 달 대기해야 순번이 돌아오는데 헬렌이 신경써준 덕분에 빨리 들어갈 수 있게 되었다. 아멜리는 소년부 재판정에도 나가야 한다. 아마도 판사는 심리치료를 받으라는 판결을 내릴 것이다.

아멜리가 청소년정신요양원에 입원해야 한다는 말을 들었을 때 데보라는 눈앞이 캄캄했다.

"아멜리가 정신병원에 들어가야 한다고?"

"그나마 다행이라고 생각해야지. 집에 있으면 상태가 점점 더 악화될 거야."

제이슨은 그렇게 말했다.

데보라도 인정할 수밖에 없었다. 아멜리는 정상적인 삶의 궤도에서 완전히 벗어났다. 아무 일도 없었던 것처럼 다시 예전의 삶을 찾는다는 건 도저히 불가능해보였다. 지금 이대로 학교에 다시 나간다는 건 상상조차 할 수 없는 일이었다.

"아멜리, 점심에 뭘 해줄까? 먹고 싶은 음식 있어?"

아멜리는 어깨를 으쓱했다. 눈이 퀭하고 안색이 창백했다.

"치즈마카로니 어때?"

"아무거나 상관없어."

제이슨이 끼어들었다.

"아멜리는 음식 따위는 관심 없다니까 그냥 내버려둬."

"아멜리가 좋아하는 음식을 해주고 싶어."

"당신은 늘 우리 가족이 평화롭게 살아가길 바랐어. 아멜리가 좋아하는 음식을 만들어주고, 방에 핑크색 벽지를 발라주고, 예쁜 옷을 사주며 기쁨을 느꼈지. 남편과 큰소리를 내며 싸우는 일이 없길 바랐고, 웬만해서는 화를 내거나 과민 반응을 보이지 않기 위해 애썼어. 평소 그토록 가족의 평화를 바라며 애써온 당신이 딸이 저 지경이 되도록 아무것도 몰랐다는 게 이해가 안 돼."

"도대체 내가 아멜리에 대해 뭘 몰랐다는 거야?"

데보라의 목소리에 날이 섰다.

"아멜리가 화장을 하고 다닐 때 진작 알아봤어야지. 당신은 무작정 아멜리가 착한 딸이 되어주길 바랐어. 함께 쇼핑하러 가고, 카페에서 코코아도 마시고, 어머닌날 아침에 침대로 식사를 차려 가져다주는 딸이 되어주길 원했지. 아멜리가 당신의 바람과는 거리가 먼 아이라는 걸 알아차리지 못한 거야. 아이가 우리에게서 점점 멀어지고 있는데 전혀 몰랐지."

"지금 나를 비난하는 거야? 당신도 별반 잘한 게 없잖아?"

데보라가 눈물을 글썽이며 반박했다.

"당신은 하루 종일 집에 있었고, 난 주로 밖에서 지냈잖아."

데보라는 급기야 울음을 터뜨렸다. 골즈비 가족은 깊은 수렁에 빠졌고, 앞으로도 가끔 소모적인 언쟁을 벌일 수밖에 없었다.

"미안해."

제이슨이 당황한 목소리로 사과했다.

"괜찮아."

데보라가 눈물을 훔치며 말했다. 사실은 전혀 괜찮지 않았다.

"알렉스에게 가고 싶어."

아멜리가 다시 말했다.

데보라가 손수건을 꺼내 코를 풀고 나서 아멜리를 쳐다보았다.

"아멜리, 힘들겠지만 한 가지만 말해줄래? 내가 테스코마트 주차장에 차를 세우고 장을 보고 돌아온 사이에 넌 사라졌어. 이 모든 악몽이 시작된 그날 넌 도대체 왜 그런 선택을 하게 되었니? 이유가 뭐야? 네가 사라지면 엄마 아빠가 얼마나 걱정할지 알았을 텐데 아무렇지도 않았어?"

아멜리는 전혀 감정이 담기지 않은 공허한 눈빛으로 다시 어깨를 으쓱했다.

"왜 그랬는지 말해봐!"

데보라가 악을 쓰듯 비명을 질렀다. 분노가 아니라 절망의 표현이었다. 생각할수록 앞날이 암담해 절로 터져 나온 비명이었다.

아멜리는 여전히 공허한 눈빛으로 데보라를 물끄러미 쳐다보았다.

"수학여행을 가기 싫다고 몇 번이나 말했는데 엄마가 들어주지 않았잖아."

아멜리는 그 말을 하고 나서 다시 창밖을 바라보았다. 아주 멀리 어느 한 지점에 눈길이 가 있었다.

"알렉스에게 가고 싶어."

3

맨디가 간밤에 죽지 않고 버틸 수 있었던 건 천장에 생긴 작은 틈새 덕분이었다. 그 틈새를 발견하지 못했더라면 이미 기력이 쇠해 담요 안에서 몸을 웅크리고 죽음을 맞이했을 것이다. 어제 집안에 남아 있던 마지막 빛이 사라졌을 때 맨디는 주방에서 작은 틈새 하나를 발견했다. 틈새 주변이 축축하게 젖어있었다.

맨디는 의자를 끌어다놓고 위로 올라갔다. 자칫 잘못했다가는 균형을 잃고 쓰러질지도 몰라 겁이 났다. 바닥으로 떨어져 관절이라도 부러지면 그야말로 끝장이었다. 그나마 천장이 낮아 다행이었다. 맨디는 축축하게 젖은 벽에 부르트고 갈라진 입술을 가져다댔다. 혓바닥을 벽에 밀착시키고 습기를 핥는 순간 석회 맛이 진하게 났다. 최근에는 비가 내린 적이 없었다. 지붕에 응결된 습기가 천장의 갈라진 틈새로 배어나온 듯했다. 집 안 공기가 차긴 했지만 얼마 전까지 프로판가스 난로가 켜져 있었던 덕분에 바깥 공기보다는 그나마 따스했다. 실내외 온도 차이 때문에 지붕에 수분이 응결되어 있다가 틈새로 스며든 게 분명했다.

맨디는 끈질기게 수분을 핥았다. 세상에서 가장 고귀한 수분이었다. 그 덕분에 탈진해가던 몸의 기운이 조금 살아났다. 사실 수분을 핥아먹은 덕분에 기력이 회복되었다는 건 억지였다. 다만 그 행위에 열중하느라 흐리멍덩해져 가던 정신이 또렷해진 건 사실이었다.

맨디는 한참 동안 수분을 핥다가 아래로 내려왔다. 밤새 어둠속에서 일정한 간격을 두고 주방을 오갔다. 모직담요를 뒤집어쓰고 의자에 올라가 수분을 핥으면 조금이나마 기력이 회복되었다. 조만간 수분이 고갈될 경우 몸이 얼마나 더 버텨줄 수 있을지 가늠할 수 없었다. 화상을 입은 상처가 심하게 곪아가고 있었고, 며칠 동안 아무것도 먹지 못했다. 그리 오래 버틸 수 있을 것 같지 않았다.

맨디는 이 집에서 빠져나갈 방법을 찾느라 현관문, 창문, 벽, 바닥, 천장을 꼼꼼하게 살펴보았다. 지하실도 둘러보고, 혹시 창문틀이 헐겁게 끼워져 있거나 경첩이 풀린 곳은 없는지 자세히 확인했다. 창살이 단단하게 고정돼 있는지 일일이 만져보며 살펴보았다. 혹시 연장으로 쓸 만한 물건이 있는지 찾아보았지만 전혀 발견할 수 없었다. 집에서 빠져나갈 수 있는 구멍을 낼 수 있을 만큼 허술한 부분이 있는지 찾아보았지만 역시 없었다. 그러다가 문 옆에서 피가 떨어져 말라붙은 흔적을 발견했다. 여기저기 벽을 할퀸 자국도 있었다. 누군가 이 집에서 벗어나기 위해 사투를 벌인 흔적이었다. 누군지는 몰라도 그가 화장실 변기에 남아 있는 물을 다 마셨을 것이다. 생각만으로도 소름끼치는 일이었다.

맨디는 주변을 꼼꼼히 둘러보다가 의자로 창문을 부수기로 했다. 창문을 깨고 집 근처를 지나는 사람이 있으면 구조요청을 할 생각이었지만 과연 그런 사람이 있을지 의문이었다.

맨디는 청바지 주머니에서 성냥갑을 꺼냈다. 정원 오두막에 숨어 살 때 쓰던 성냥이었다. 성냥으로 무얼 할 수 있을지 생각해보았다.

불을 붙여 창밖으로 던질까?

그러다가 까딱 잘못하면 집에 불이 나 타죽을 위험이 있었다.

"정신을 집중하고 잘 생각해봐. 갈증을 해결할 방법이 없다고 생각했지만 수분을 발견했잖아. 포기하지 말고 방법을 생각해보란 말이야. 전혀 생각지 못했던 방법을 찾게 될 수도 있어."

그나마 수분을 찾아낸 건 행운이었다. 행운은 반복되지 않는다는 걸 알고 있었다. 이제 이 집에서 아직 둘러보지 않은 방은 없었다.

"이제 곧 죽게 되겠지?"

맨디는 왠지 자신의 목소리가 매우 편안하게 들렸다.

다시 의자 위로 기어 올라가 수분을 몇 방울 핥아 먹었다. 오전처럼 기력은 돌아오지 않고 혀와 입술이 약간 축축해진 느낌이 들 뿐이었다.

맨디는 다시 의자에서 내려와 발을 질질 끌며 거실로 돌아갔다. 담요를 몸에 둘둘 말았다. 화상 부위에서 악취가 나며 열이 펄펄 끓었다. 재킷과 풀오버, 러닝셔츠를 차례로 벗었다. 몸이 얼어붙는 느낌이 들었다. 추위 속에서 몇 분 정도 더 견디다가 다시 풀오버와 재킷을 입었다. 다시 열이 펄펄 끓으며 얼굴이 벌겋게 달아올랐다. 러닝셔츠를 찢어 상처부위를 감싼 다음 몸을 최대한 둥글게 말았다. 열이 전신으로 번져나가 차라리 다행이라는 생각이 들었다. 그 덕분에 추위는 덜했으니까. 빠르게 뛰는 심장박동에 맞춰 상처부위가 계속 움찔거렸지만 통증이 더 심해지지는 않았다.

죽는 것도 그리 나쁘지 않으리라는 생각이 들었다. 그냥 잠들 듯 편안하게 죽을 수 있다면 지금보다는 차라리 나을 듯했다.

그 순간 자동차 소리가 들려왔다. 열이 펄펄 끓는데다 기력이 다 빠진 상태였지만 맨디는 자리에서 벌떡 일어나 앉았다. 혹시 잘못 들은 건 아닌지 의심하는 사이 다시 자동차 소리가 들려왔다. 차가 집 가까이 다가오는 소리였다.

일순 머리가 놀랍도록 명료하게 돌아가기 시작했다.

이제 곧 현관문이 열리겠지?

어쩌면 마지막으로 주어진 절호의 기회일 수도 있다는 생각이 들었다.

맨디는 재빨리 담요를 빠져나왔다. 아드레날린이 전신으로 퍼져나가며 갑자기 힘이 솟았다. 일단 담요를 뭉쳐 사람이 누워 있는 것처럼 보이게 만들었다. 상대는 맨디의 팔이 벽에 달린 쇠사슬에 묶여 있지 않다는 걸 금세 발견하겠지만 잠시나마 담요로 눈속임을 할 필요가 있었다.

맨디는 주방으로 자리를 옮겨 어떻게 할지 계획을 세웠다. 어차피 계획을 세울 시간이 많지 않은 만큼 머리에서 가장 먼저 떠오르는 생각을 실행에 옮기기로 했다. 인생에서 가장 결정적인 순간은 언제나 예기치 않게 찾아온다는 생각이 들었다.

맨디는 상자에서 빈병을 하나 꺼내 개수대에 내리쳐 깨뜨렸다.

이제 내게는 무기가 있어. 사람의 목을 찌르면 죽을 수도 있는 무기야.

맨디는 마음을 단단히 먹었다. 마지막 기회였기에 결코 놓칠 수 없었다. 사냥감을 노리는 짐승처럼 숨을 죽이고 상대가 나타나길 기다렸다. 마침내 현관문에서 열쇠가 돌아가는 소리가 들려왔다.

4

케이트는 빅토리아 로드의 아파트 앞에 차를 세우고 데이비드에게 전화했다. 그가 전화를 받지 않아 음성메시지를 남겼다.

"스카보로에 왔어요. 아직 인터뷰 건이 남아 있어요. 인터뷰가 끝나는 대로 집에 들러 고양이를 데리고 갈게요. 이따 봐요."

케이트는 백미러로 얼굴을 살펴보았다. 눈빛이 초롱초롱했고, 어딘지 모르게 얼굴이 더 우아해진 느낌이 들었다. 갑자기 미인이 된 건 아니었지만 온화한 얼굴에 생기가 돌았다. 폐쇄적이고도 딱딱한 표정이 사라지자 부드럽고 개방적인 인상이 그 자리를 대신했다.

케이트는 미소를 지어보았다. 지금껏 단 한 번도 해본 적 없는 행위였다. 차에서 내리려 할 때 휴대폰이 진동했다. 데이비드가 답신을 보냈으려니 생각하며 곧바로 휴대폰 화면을 확인했다. 콜린이 보낸 메시지였다. 한숨이 절로 나왔다.

'나를 이런 식으로 취급하는 건 부당해요. 나랑 인연을 끊을 작정인가요? 그렇다면 받아들일게요. 그 대신 예의를 갖춰 내게 말해야 해요. 이런 식으로 관계를 끊을 수는 없어요. 지금 스카보로에 가고 있으니까 오후 늦게 도착할 거예요. 당신 집 주소를 알고 있어요. 우린 반드시 만나서 대화를 나

뭐야 하니까 제발 피하지 말아요. 당신이 나를 멀리하는 이유를 알 권리가 있으니까.'

콜린에게 이미 데이비드에 대해 말했다. 그가 마음을 다치지 않도록 조심스럽게. 그럼에도 콜린은 집으로 찾아오겠다고 했다. 그때쯤이면 데이비드의 집에 가있을 시간이었다. 콜린도 현실을 직시하게 되면 순순히 물러날 것이다. 길게 설명할 필요도 없이 그를 원치 않는다는 걸 깨닫게 해주는 수밖에 없었다.

케이트는 차에서 내려 아파트 건물을 올려다보았다. 1950년대식 건물로 낡고 단조로웠다. 벽에 회색 모르타르가 칠해져 있었고, 창틀의 페인트가 군데군데 벗겨져 있었지만 견고해 보이는 건물이었다.

케이트는 아파트 건물을 보는 순간 왠지 자신과 닮았다는 생각을 했다가 이내 수정했다.

데이비드를 만나기 전 내 모습을 닮았을 뿐이야.

닥터 매너링을 만나 린다에 대해 물어보고 간 남자의 이름을 알아낸 다음 전화번호부에서 확인한 주소였다. 그 남자는 닥터 매너링에게 스카보로에 산다고 말했고, 다행히 거짓이 아니었다.

"브랜든 손더스 씨?"

케이트는 미소를 머금고 물었다. 다시 기자 신분을 사칭하기로 했다. 왜 그래야하는지 이유를 설명할 수는 없었지만 본능적으로 그러는 편이 낫겠다는 생각이 들었다. 신분을 밝힐 경우 브랜든이 입을 다물어버릴 수도 있으니까.

"누구시죠?"

브랜든이 의심스런 눈으로 되물었다. 평소 찾아오는 사람이 없는지 매우 놀란 눈치였다.

"케이트 린빌 기자입니다."

"무슨 일로 오셨죠?"

브랜든이 왼쪽 눈을 움찔하며 다시 물었다.

"잠시 이야기를 나눌 수 있을까요?"

남자는 그녀를 안으로 들어오게 할 생각이 없어 보였다.

"무슨 일인데요?"

형사 신분을 밝힐 걸 그랬다는 후회가 일었지만 이미 늦었다. 이제 와서 형사라고 하면 남자는 크게 당황해 전혀 협조하지 않을 테니까.

"브랜든 손더스 씨, 챔버필드병원의 닥터 매너링을 만나고 오는 길인데 당신이 찾아왔었다고 하더군요."

"그런데요?"

"난 이 지역에서 발생한 여러 실종사건들을 취재해 기사를 쓸 계획이에요. 챔버필드병원에 들렀다가 우연히 당신이 다녀갔다는 말을 들었는데 몇 가지 물어볼 게 있어 찾아왔어요."

그제야 브랜든은 그녀의 말에 집중했다.

"실종사건과 내가 무슨 관련이 있죠?"

"사실 난 라이언과 린다에 대해 알아보려고 챔버필드병원을 방문했어요. 거기서 우연히 당신이 며칠 전에 들러 린다가 앓았던 정신질환에 대해 묻고 갔다는 말을 들었죠. 물론 병원에서는 개인정보 보호 차원에서 아무런 말도 해주지 않앗다고 하더군요. 병원에 입원했던 환자들에 대한 비밀 준수 의무가 있으니까요."

"내가 린다의 병에 대해 물은 게 잘못인가요?"

케이트는 애써 미소를 지었다.

"잠시 안으로 들어가도 될까요? 린다와 라이언에 대해 몇 가지 물어볼 게 있어요."

브랜든은 그럴 마음이 눈곱만큼도 없었지만 둘러댈 말을 찾지 못한 눈치였다. 그가 마지못해 한 걸음 뒤로 물러섰다.

"일을 하던 중이라 길게 이야기를 나눌 수는 없어요."

"무슨 일을 하는데요?"

"글을 쓰고 있어요. 작가거든요."

케이트는 책을 제법 많이 읽는 편이었지만 작가들 중에서 브랜든 손더스라는 이름을 들어본 기억이 없었다.

"어떤 글을 쓰는데요?"

"현재는 브렉시트에 대한 장편소설을 쓰고 있어요."

"브렉시트가 요즘 핫한 주제이긴 하죠."

브랜든이 그녀를 거실로 안내하더니 재빨리 안락의자 위에 놓여 있던 신문더미를 치웠다.

"이리 앉으세요."

브랜든이 자리를 권하고 나서 맞은편 작은 의자에 앉았다. 그는 계속 손을 깍지 끼고 있었고, 어딘가 모르게 좀 불안해 보였다. 하긴 작가들이란 대부분 이상한 존재들이니까.

"뭘 도와주면 될까요?"

브랜든은 이제야 정신이 제대로 돌아온 듯했다.

"이미 말했다시피 이 지역에서 발생한 여러 실종사건에 대한 기사를 쓰고 있어요. 최대한 많은 정보와 자료를 수집하고 있죠. 일단 최초의 실종사건이 벌어진 시점으로 돌아가 취재를 해보고 싶었어요. 처음 실종된 여자아이가 한나 캐스웰이었죠. 그 아이에 대해 취재하다가 놀라운 사실을 발견했어요. 여러 해 전 한나 캐스웰의 엄마인 린다 캐스웰도 갑자기 사라졌더군요."

"린다는 실종된 게 아니라 가족들을 버리고 떠났어요."

"공식적으로는 그렇게 되어 있지만 린다가 아직 살아 있다는 증거는 그 어디에도 없어요. 혹시 린다가 어딘가에 살아있다는 말을 들어본 적 있나요?"

브랜든이 어깨를 움찔했다.

"나 또한 린다가 생존해 있다는 말을 들어본 적 없어요."

"당신은 린다와 어떤 사이죠?"

브랜든은 잠시 생각에 잠겼다.

"5촌이나 6촌쯤 되는 친척인데 린다가 우울증을 앓고 있어 관심을 갖게 됐어요."

"우울증에 특별히 관심을 갖게 된 이유가 있나요?"

"나 역시 우울증을 앓고 있다 보니 관심이 많았죠."

"린다는 어린 한나를 남겨두고 집을 나갔더군요. 사는 게 고통스럽다보면 그럴 수도 있다고 생각해요. 아이 때문에 불행한 결혼생활을 이어갈 의무는 없으니까. 다만 그 이후 단 한 번도 딸을 찾아오지 않았다는 건 납득하기 힘들어요. 게다가 딸이 실종되었다는 소식을 들었다면 한번쯤 찾아왔어야 정상일 텐데요. 수많은 언론들이 한나가 납치됐을 가능성을 언급했고, 살해됐을 수도 있다고 추정했음에도 린다는 한 번도 나타나지 않았죠. 정말이지 이상한 일 아닌가요?"

"외국에 살고 있어 소식을 모를 수도 있지 않을까요?"

"린다의 친척이 호주에 살고 있다는 말을 들었지만 전혀 다른 세상은 아니잖아요. 아무리 먼 곳에 있더라도 엄마라면 적어도 딸이 어떻게 살아가고 있는지 궁금했을 텐데요."

"도대체 무슨 이야기를 하고 싶은 거죠?"

"린다가 아직 살아 있긴 한 건가요?"

브랜든이 눈을 가늘게 뜨고 케이트를 쳐다보았다.

"무슨 뜻이죠?"

"그 당시 린다가 가출한 건 맞나요?"

"다들 그렇게 알고 있어요."

"린다는 어느 날 밤 어린 딸을 내버려두고 집을 나갔어요. 그 후로는 아무도 본 사람이 없죠. 마치 연기처럼 사라진 거예요."

"그런 일은 제법 많아요."

"이웃집사람들은 다들 라이언의 성격이 괴팍해 우울증을 앓던 린다가 견디기 힘들었을 거라고 하더군요. 아마도 라이언은 린다가 앓던 우울증이 어떤 고통을 수반하는지 몰랐을 거예요."

"내 생각도 같아요."

"라이언을 만난 적 있어요?"

"친척들이 모이는 자리에서 딱 한 번 봤어요. 우린 그저 악수만 짧게 나누었을 뿐 말을 주고받지는 않았죠."

"당신이 보기에 라이언의 인상이 어떻던가요?"

"무뚝뚝한 성격에 폐쇄적인 사람이라는 생각이 들었어요."

"폐쇄적인 사람이라면?"

"사람들과 자연스럽게 소통하지 못했어요. 마치 자폐증환자나 다름없더군요. 시종 오만상을 찌푸리고 있었고, 감정을 제어하지 못했어요. 린다가 왜 그런 사람과 결혼했는지 이해하기 힘들더군요."

"린다는 왜 그와 결혼했을까요?"

브랜든이 고개를 저었다.

"린다는 챔버필드병원에서 라이언을 처음 만났어요. 열여섯 살 때 그 병원에 입원했죠. 또래 아이들이 화장도 하고, 예쁜 옷도 사 입고, 남자친구도 만나며 즐거운 시간을 보내고 있을 때 린다는 정신병원에 입원해 허구한 날 항우울제를 한 움큼씩 먹어야 했죠. 린다는 그가 인생의 탈출구이자 정류장이 되어줄 거라고 기대했나 봐요. 미성년자 딱지를 떼자마자 병원을 나온 린다는 곧장 라이언을 찾아갔죠. 그와 함께 가정을 이루면 안정적인 삶을 찾을 수 있을 거라 생각했나 봐요. 막상 그와 결혼해 살다보니 성격적으로 문제가 많은 사람이란 걸 알게 되었죠."

"혹시 린다가 집을 나갈 당시의 상황을 알고 있어요?"

"전혀 몰라요."

"친척들 사이에서 소문이 나돌았을 텐데요. 린다가 아무리 먼 친척이었다고 해도 저절로 귀에 들려온 말이 있지 않나요?"

브랜든의 이마에 땀이 송골송골 맺혔다.

"내가 들은 대로 이야기하자면 라이언이 어느 날 집에 돌아와 보니 린다가 어디론가 사라지고 없었어요. 한나는 거실 텔레비전 앞에 앉아 있었고. 애니메이션영화가 반복적으로 재생되도록 설정해놓은 DVD플레이어가 켜져 있었죠. 한나의 주변에는 온갖 헝겊인형들이 널려 있었고요. 여행용 트렁크도 사라지고, 옷장에 들어있던 린다의 옷들도 보이지 않았다고 하더군요."

"범죄 가능성은 없었나요?"

"범죄라면?"

"린다가 아무런 말도 남기지 않고 사라졌다면 일단 범죄 가능성을 의심해볼 수도 있잖아요."

"라이언은 범죄 가능성을 의심하지는 않았다고 하더군요. 누군가 집안에 잠입해 린다를 납치했다면 저항한 흔적이라도 남아있어야 하는데 전혀 이상이 없었다더군요. 그 당시 한나는 겨우 네 살밖에 안 된 때였지만 집에서 납치사건이 벌어졌다면 나중에 뭔가 말을 했어야 하겠죠."

"라이언에 대해서는 어떻게 생각해요?"

"무슨 뜻이죠?"

"라이언이 린다의 실종과 관련되어 있을 가능성은 전혀 없었나요?"

브랜든이 여전히 손가락을 깍지 낀 상태로 케이트를 쳐다봤다.

"그러니까 당신 말은……."

"나는 모든 가능성을 열어두고 있어요. 린다가 흔적도 없이 사라졌고, 수 년 후 한나에게도 비슷한 일이 벌어졌어요. 이상한 일 아닌가요?"

"당신은 왜 나에게 그런 질문을 하죠? 내가 며칠 전 병원을 찾아가 린다가 앓은 정신질환에 대해 물어봤기 때문인가요?"

"당신은 왜 하필 이 시점에 병원을 찾아갔죠? 린다가 앓았던 정신질환이 궁금했으면 진작 찾아갔어야죠."

"요즘 들어 부쩍 우울증이 심해졌어요. 문득 우울증이 우리 가문의 유전질환일지도 모른다는 생각이 들어 린다를 담당했던 의사를 찾아가 물어본 거예요."

"단지 유전질환인지 여부가 궁금했다면 인터넷을 뒤져도 얼마든지 관련 자료를 찾아낼 수 있었을 텐데요?"

"글을 쓸 수 없을 정도로 우울증이 심해 의사를 만나 이야기를 나누어보고 싶었죠."

"의사와 이야기를 나눈들 무슨 도움이 되죠? 게다가 당신이 만났던 사람은 린다를 담당했던 의사도 아니었잖아요."

"병원에서 린다를 치료한 의사의 이름과 주소를 알려주더군요."

"벤 러셀 말이군요."

"당신은 그를 만나봤군요? 나는 그를 찾아갔지만 만나지도 못하고 돌아왔어요."

"벤 러셀을 만났더라도 도움이 되지 않았을 거예요. 당신이 앓고 있는 우울증이 가문의 유전질환이라는 말을 들었다고 한들 무슨 도움이 되죠?"

"적어도 내가 잘못 살아와 얻게 된 병은 아니라는 걸 알게 되었겠죠."

그제야 브랜든이 의사를 찾아간 이유를 조금은 이해할 수 있을 듯했다. 브랜든은 우울증 때문에 위기를 맞을 때마다 자신을 책망했을 것이다.

내가 인생을 잘못 살아와 우울증을 앓게 된 거야.

의사를 만나 우울증이 누구의 잘못도 아닌 유전질환이었다는 걸 알게 된다면 그동안 자신을 괴롭혔던 마음의 짐을 덜 수 있을 테니까.

그럼에도 왜 하필 지금 이 시점에 의사를 찾아갔는지 여전히 이해할 수 없었다. 깊게 파인 주름과 고통에 찌든 얼굴을 보니 그가 얼마나 우울증과 힘겹게 싸워왔는지 알 수 있을 듯했다.

우울증 때문에 그토록 괴로웠으면 왜 좀 더 일찍 의사를 찾아가지 않았을까? 그의 말대로 요즘 부쩍 우울증이 심해졌기 때문일까?

닥터 매너링은 끝내 브랜든과 무슨 대화를 나누었는지 말해주지 않았다.

"당신이 직접 그를 만나 이야기를 들어보는 게 좋겠네요."

닥터 매너링은 그렇게 말했고, 더는 캐물을 수 없었다.

잔뜩 신경이 곤두선 표정, 식은땀이 축축하게 배어있는 이마, 깍지를 낀 손을 보자니 브랜든의 심리가 얼마나 불안한 상태인지 알 수 있었다. 항우울제를 다량 복용해 나타나는 부작용일 수도 있었다. 그럼에도 형사의 직감으로 볼 때 여전히 뭔가 의심스러웠다. 그가 뭔가 숨기고 있다는 인상을 지울 수 없었다. 그게 뭔지 알 수는 없었지만 무시하고 넘어가자니 찜찜했다. 브랜든이 한 말 중에서 분명 앞뒤가 맞지 않는 부분이 있었다는 생각이 들었다. 다만 어느 부분인지 알 수 없었다.

케이트가 자리에서 몸을 일으키자 브랜든이 재빨리 따라 일어섰다.

"이제 그만 가볼게요. 아직 취재할 게 많이 남았어요. 이 지역에서 발생한 실종사건들이 서로 어떻게 연관되어 있는지 알아보려고 해요. 린다, 한나 그리고 다른 아이들까지 전부."

브랜든이 갑자기 헛기침을 했다.

"사실 나는 우울증이 가문의 유전질환인지 알아보기 위해 챔버필드병원에 갔던 게 아니었어요."

케이트가 현관문을 향해 걸어가다가 멈춰 섰다.

"그럼 무슨 일로 갔는데요?"

"나도 당신과 똑같은 의문을 가지고 있었죠. 라이언 캐스웰에 대해."

"당신은 정작 라이언이 아니라 린다에 대해 물었어요."

"닥터 매너링이 린다에 대해 어떻게 생각하는지 알고 싶었어요. 린다가 어린 딸을 남겨두고 사라진 이유가 우울증 때문인지 확인해보고 싶었죠. 닥터 매너링은 환자에 대한 개인정보를 알려줄 수 없다고 하더군요. 비밀 준수 의무를 지켜야 한다면서요. 그가 미안했던지 벤 러셀의 이름과 주소를 알려주며 찾아가보라고 하더군요."

케이트의 심장이 가파르게 뛰기 시작했다.

"당신도 나처럼 라이언이 린다의 실종과 관련 있다고 생각하세요?"

브랜든이 고개를 끄덕였다. 그가 어찌나 세게 깍지를 끼던지 손가락이 부러지지는 않았는지 우려스러웠다.

"나도 라이언이 의심스러웠어요."

"왜 지금껏 가만히 있다가 갑자기 라이언을 의심하게 되었죠?"

"사실은 린다가 사라진 이후 줄곧 라이언을 의심해왔지만 단서를 찾아내지 못했죠."

"라이언이 왜 의심스러웠는데요?"

"얼마 전 시내에서 우연히 라이언을 봤어요. 그는 나를 못 봤죠. 세상에 대한 적개심에 불타는 사람처럼 보이더군요. 문득 린다가 그와 살고 있을 때 해주었던 말이 떠올랐어요."

"뭔데요?"

"라이언은 통제강박증이 있는 사람이라고 했어요. 린다는 그의 허락 없이는 단 한 발자국도 자유롭게 움직일 수 없었다고 하더군요. 어디에 가는지, 언제 돌아오는지 사전에 반드시 알려주어야 했나 봐요. 만약 약속시간보다 조금이라도 늦을 경우 이유가 뭔지 밝혀야 했다더군요. 그는 린다를 미성년자처럼 취급하며 반드시 통제를 따라야 한다고 주장했나 봐요. 린다는 마치 그의 애완동물이 된 것 같은 느낌이 들었대요."

"그 말이 사실이라면 린다가 집을 나간 건 전혀 이상한 일이 아니네요."

"린다에게 그런 말을 들은 적이 있어 막연히 라이언을 의심하며 지내왔어요. 그러다가 갑자기 한나가 사라진 거예요. 이어서 사스키아 모리스도 사라졌죠. 그 다음에는 맨디 알라드도 사라졌어요."

맨디 알라드.

케이트는 그 이름을 듣는 순간 깜짝 놀랐다. 언젠가 케일럽아 맨디 알라드에 대해 말한 적은 있지만 언론에서 다룬적은 없었다.

브랜든은 어떻게 맨디 알라드라는 이름을 알게 되었을까?

"맨디 알라드라는 이름은 처음 들어보는데 그 아이도 실종됐나요?"

케이트가 의아하다는 듯 묻자 브랜든이 고개를 끄덕였다.

브랜든이 절대로 알 수 없는 일인데 어떻게 된 거지?

"당신은 라이언이 맨디 알라드 실종사건에도 관련되어 있다고 생각하세요?"

브랜든이 잠시 생각에 잠긴 얼굴로 케이트를 쳐다봤다. 어떤 대답을 해야 의심을 받지 않을지 고민하는 듯했다.

"난 알고 있어요." 브랜든이 잠시 주춤했다가 말을 이었다. "맨디가 지금 어디에 있는지."

5

케이트의 차 운전석에 브랜든이 앉았다. 그가 한사코 운전을 하겠다고 고집을 부렸다.

"내가 운전할게요. 옆에서 일일이 길을 안내하는 것보다는 내가 직접 운전하는 게 좋겠어요. 운전하기 쉽지 않은 길이거든요."

브랜든은 어느새 전혀 다른 사람이 되어 있었다. 잔뜩 신경이 곤두선 표정, 손가락이 부러질 정도로 깍지 낀 손, 식은땀을 흘리며 안절부절못하던 남자는 어디론가 사라지고 없었다. 그는 더 이상 우울한 남자가 아니라 목표지향적인 모습을 보이고 있었다. 그는 확실한 계획이 있어 보였다. 더 이상 여기자의 말에 휘둘리지 않겠다는 의지가 엿보였다.

브랜든에게 운전대를 맡긴 건 실수였다. 라이언을 의심했는데 브랜든이 더 이상했다. 그는 맨디가 어디에 있는지 알고 있다고 했다.

왜 경찰에 알리지 않았을까?

"라이언이 범인이라는 증거가 있고, 맨디가 어디에 있는지 알고 있었으면서 왜 경찰에 신고하지 않았죠?"

케이트가 그렇게 말하며 휴대폰을 꺼내들었다.

"당신이 만약 경찰에 신고할 경우 난 지금부터 입을 다물고 아무 말도 하지 않겠어요."

케이트는 지금 그가 무슨 생각을 하고 있을지 가늠해보았다. 경찰에 신고할 경우 그가 어떤 태도를 취할지 예측하기 힘들었다.

"맨디를 구하려면 빨리 그곳에 가야 해요."

브랜든이 마치 그녀의 생각을 읽기라도 한 듯 말했다.

"맨디가 위험한 상황에 처해 있다면 경찰과 구급차를 현장에 먼저 보내는 게 낫지 않을까요?"

브랜든이 얼굴에 맺힌 땀을 훔치며 말했다.

"경찰에 신고할지 나랑 현장에 갈지 선택해요."

"범죄사실을 인지하고도 신고하지 않은 사실이 발각되면 나중에 처벌받을 수도 있어요."

브랜든이 손가락을 튕겼다.

케이트는 지금 그의 눈앞에 경찰신분증을 들이밀어야 하는 건 아닌지 고민했다. 그를 제압하는데 도움이 되겠지만 그가 입을 다물어버릴 우려가 컸다. 시간이 더 지체될 경우 맨디의 목숨이 더욱 위태로워질 수도 있었다.

가장 좋은 방법은 브랜든이 모르게 케일럽에게 지금 이 상황을 전달하고 도움을 청하는 것일 텐데 좀처럼 기회를 잡을 수 없었다.

어쩌면 현장으로 가는 길에 기회가 생길 수도 있어.

오히려 그런 점에서는 브랜든에게 운전대를 맡긴 게 유리할 수도 있었다. 두 손을 자유롭게 쓸 수 있으니까.

케이트는 위험을 자초하고 있다는 생각이 들었다. 경찰근무수칙 위반이 분명했지만 눈 딱 감고 모험에 뛰어들 경우 이 지역에서 연쇄적으로 발생한 실종사건을 일거에 해결할 수 있는 전기를 마련할 수도 있었다.

케이트는 모험을 택했다.

"당장 맨디가 있는 곳으로 가요."

이럴 때 특종에 목을 매는 기자, 실종된 아이를 구해 독점 인터뷰를 따내려는 기자 행세를 하는 게 그리 나쁘지는 않았다.

어느새 브랜든의 아파트를 출발한 지 두 시간이나 지났다. 차창 밖에서 강한 바람이 은회색 바다를 출렁이게 하는 가운데 한동안 단조롭고 적막한 풍경이 이어졌다.

브랜든은 아파트에서처럼 잔뜩 긴장해있지도 않았고, 오히려 자신감 있게 이 상황을 주도하고 있었다. 그 반면 케이트는 이제 주도권을 상실한 상태였다. 애써 태연한 척하며 창밖을 내다보고 있었지만 머릿속에서는 온갖 불길한 생각들이 꼬리를 물고 이어졌다.

스카보로 지역에서 연쇄적으로 발생한 실종사건들에는 과연 어떤 비밀이 숨겨져 있을까? 브랜든은 어떤 역할을 했을까?

"맨디를 어떻게 알게 되었죠?"

"맨디는 가출한 이후 한동안 내 아파트에서 지냈어요. 그 아이 엄마가 펄펄 끓는 물이 들어있는 주전자를 집어던져 팔에 심각한 화상을 입고 있었죠. 내가 화상에 잘 듣는 연고도 발라주고, 붕대도 감아주었어요."

지난번에 이미 케일럽으로부터 맨디가 엄마에게 폭행을 당하고 가출했다는 말을 들은 적이 있었다. 케일럽은 그때 맨디의 경우 제 발로 집을 나왔기 때문에 연쇄실종사건의 피해자 유형에 맞지 않는다고 했다. 브랜든이 그 아이에 대한 구체적인 정보를 알고 있는 걸 보면 거짓말을 하는 것 같지는 않았다.

"맨디가 스스로 당신을 찾아간 건가요?"

브랜든이 고개를 저었다.

"집을 나와 길에서 떠도는 맨디를 집으로 데려왔어요. 거처가 없어 노숙을 하고 있는 형편이었죠. 추운 날씨에 노숙자로 지내다보니 몸도 많이 쇠약해지고, 제대로 씻지도 못해 거지 행색이 되어 있더군요.”

“맨디는 당신을 처음 봤을 텐데 망설이지 않고 따라오던 가요?”

“거리를 헤매며 지내느라 제대로 씻지도 먹지도 못해 기력이 없던 때라 따라올 수밖에 없었을 거예요.”

“맨디가 당신 아파트에서 며칠이나 있었죠?”

브랜든의 얼굴에 비릿한 웃음이 떠올랐다.

“일주일 동안 함께 지냈어요. 넉살이 좋은 아이라 마치 제 집처럼 편안해 보이더군요. 나는 그 아이에게 침대를 내주고 소파에서 잠을 잤어요. 화상도 수시로 치료해주고, 음식도 만들어주었죠. 그 아이와 많은 대화를 나누었어요. 맨디는 주로 가족 이야기를 했죠. 왜 집을 나왔고, 앞으로 어떻게 살아갈지 계획을 이야기했어요. 나는 그 아이의 이야기를 묵묵히 들어주었죠.”

브랜든은 왠지 맨디에게 섭섭한 점이 있어 보였다.

케이트는 그의 이야기를 들으면서 차가 어디로 가고 있는지 살폈다. 한참 전에 뉴캐슬을 지났고, 계속 북쪽을 향해 달려가고 있었다.

“아직 멀었어요?”

“이제 얼마 안 남았어요.”

“그럼 당신이 맨디를 현재 있는 곳에 데려다준 거예요?”

브랜든의 입가에 다시 희미한 미소가 떠올랐다.

“맨디는 그 전에 이미 내 아파트에서 달아났어요.”

"달아나다니요?"

"말 그대로 달아났어요. 달아났다는 말이 무슨 뜻인지 몰라요?"

브랜든의 신경이 갑자기 날카로워졌다.

"왜 달아났는데요? 당신이 맨디를 그토록 친절하게 보살펴주었으니 달아날 이유가 없잖아요."

케이트는 내심 맨디가 왜 달아났는지 짐작되었다. 오히려 일주일이나 버틴 게 신기했다. 브랜든은 지나치게 우울해 보였고, 집착성이 강해 보였다.

"맨디는 내가 누군가와 통화하고 있을 때 뭔가 오해해 달아난 거예요. 아마도 내가 경찰에 신고했다고 오인한 듯해요."

당신은 그때 경찰에 신고했어야 마땅해. 집을 나온 미성년자 아이를 일주일씩이나 데리고 있는 건 명백한 불법이니까.

"당신은 실제로 누구랑 통화하고 있었는데요?"

브랜든이 고개를 돌려 그녀를 쳐다보았다.

"당신이 굳이 알 필요 없는 일이잖아요."

"아, 그러네요. 내가 멍청한 질문을 했어요."

"멍청한 질문 맞아요."

브랜든이 퉁명스럽게 말했다.

케이트는 기분이 나빠 한 마디 해주려다가 참아내며 손목시계를 보았다. 이제 막 4시가 지난 시간이었다. 이제 차는 북부 고원지대로 들어서고 있었다.

브랜든이 뭐라고 했더라? 그 아이를 풀어주기 위해서라고 했다.

브랜든의 말대로 맨디를 풀어주는 게 그 집을 찾아가는 목적일까?

브랜든이 만약 이 모든 의문의 실종사건에 연루되어 있다면 목적이 다를 수도 있었다. 그는 어떤 식으로든 맨디의 실종과 깊이 관련되어 있는 게 분명했다. 그 경우가 아니라면 맨디가 있는 곳을 알고 있을 리 없으니까.

케이트는 갑자기 한기를 느꼈다. 차가 고원지대로 깊숙이 들어갈수록 점점 위험해진다고 봐야했다.

구불구불한 길에서 차가 속력을 늦출 때 밖으로 뛰어내릴까?

현재 달리는 길은 A1 고속도로였고, 속도가 너무 빨랐다. 이런 길에서 뛰어내리는 건 자살행위였다.

케이트는 브랜든의 아파트에서 나누었던 대화를 되짚어보았다. 대화를 나누던 중에 갑자기 그의 말투가 달라진 지점이 있었다. 그가 기존 전략을 바꾸고 새로운 작전을 들고 나왔던 지점. 처음에 브랜든은 주로 자신의 우울증에 대해 이야기했다. 우울증이 유전질환인지 알아보기 위해 챔버필드 병원을 방문했다고 말하기도 했다.

내가 라이언을 의심하고 있다는 말을 하자 브랜든의 태도가 갑자기 바뀌었어.

브랜든은 우울증이 유전질환인지 알아보기 위해 챔버필드 병원에 갔다는 말을 뒤집고, 라이언에 대해 알아보기 위해 갔다고 주장했다. 그러다가 느닷없이 맨디 이야기를 꺼내들었다.

브랜든이 갑자기 맨디가 있는 곳에 가야 한다며 서두르는 바람에 미처 아무에게도 알리지 못하고 미지의 목적지를 향해 출발하게 되었다. 케일럽에게 전화하는 게 불가능한 상황은 아니었는데 결과적으로 기회를 놓쳐버렸다.

케이트는 얼굴을 차창에 댔다. 실종사건을 조사하는 과정에서 만났던 다양한 인물들이 서로 어떤 식으로 연관되어 있는지 종잡을 수 없었다. 라이언을 유력한 용의자로 보았는데 잘못 짚은 듯했다. 오히려 브랜든이 실종사건들과 깊숙이 연관되어 보였다. 그가 범인이라면 그녀는 지금 고원지대 살인마와 동승하는 위험을 자초한 셈이었다. 브랜든의 입장에서 보자면 그녀는 매우 위험한 인물이었다. 기자 신분이긴 하지만 연쇄실종사건을 집요하게 추적하고 있고, 이미 매우 중요한 정보들을 다수 확보하고 있으니까. 더구나 브랜든이 챔버필드병원을 방문해 린다에 대해 이것저것 물어본 사실을 알고 있으니까.

브랜든의 말이 모두 사실이라면 린다는 그의 친척 동생이었다. 그가 라이언이 린다를 심하게 통제한 사실을 잘 알고 있는 걸 보면 친척이 맞는 듯했다.

린다가 친척 오빠인 브랜든을 믿고 자발적으로 따라나서지 않았을까? 한나 역시 그렇게 사라지지 않았을까? 그럼 사스키아와 맨디는?

"맨디는 당신 집에서 달아난 이후 어떻게 되었죠?"

케이트는 심장이 두근거렸지만 차분한 목소리로 물었다.

브랜든이 그녀를 힐끔 쳐다보았다.

"곤경에 빠졌죠."

"맨디가 라이언을 만났나요?"

"그건 아니지만 맨디는 너무 멍청한 짓을 했어요."

차가 A1 고속도로를 벗어나 국도로 접어들었다. 케이트는 마음속으로 제발 차가 거북이걸음을 하는 도심을 통과하게 해달라고 빌었다. 차가 신호등에 걸려 멈춰 서면 문을 열고 달아날 수 있을 테니까.

차는 어느새 노섬벌랜드 지역으로 들어섰다. 노섬벌랜드에는 한 번도 와본 적이 없었다. 사람들이 전혀 살지 않는 곳이라고 들었는데 역시 수십 킬로미터를 달리는 동안 사람 그림자조차 보지 못했다.

빌어먹을! 일이 점점 꼬여가고 있어.

맨디는 살아있을 가능성이 없다고 봐야 했다. 브랜든이 그녀를 유인하기 위해 맨디를 미끼로 활용했을 공산이 컸다.

브랜든에게 속아 미끼를 덥석 물어버린 거야.

브랜든은 온갖 위험한 정보를 많이 알고 있는 그녀를 제거하기 위해 노섬벌랜드로 온 게 분명했다.

지금이라도 경찰신분증을 내밀어볼까? 내가 경찰이라는 걸 알게 되면 브랜든이 겁을 집어먹고 뒤로 물러설까? 경찰신분증이 그 정도로 위력을 발휘할까? 오히려 브랜든을 자극해 당장 나를 제거하려 들 수도 있어. 내가 사라진 사실을 누가 가장 먼저 알아차릴 수 있을까?

데이비드가 가능성이 가장 높았다. 정각 5시에 그의 집에서 만나기로 약속했으니 6시쯤 되면 문득 이상하다는 생각이 들 테니까.

데이비드는 일단 내 휴대폰으로 전화하겠지? 브랜든은 내가 자유롭게 통화하도록 내버려두지 않을 거야.

그 다음은 콜린일 가능성이 컸다.

지금쯤 콜린은 이미 스카보로 집에 도착했을 거야. 내가 집에 없다는 걸 알게 되면 그는 어떤 조치를 취할까? 몹시 실망해 곧장 런던으로 돌아가지 않을까?

아무리 생각해봐도 현재 상황을 전복시킬 방법이 떠오르지 않았다.

"여긴 노섬벌랜드죠?"

현재 위치가 어딘지 알아내야 해.

"네, 맞아요."

"오늘 저녁 5시에 중요한 약속이 있어요. 목적지까지 시간이 얼마나 걸리죠? 약속을 지키려면 돌아올 때 소요되는 시간을 계산해봐야 해요."

케이트는 내심 냉소적인 답변이 돌아올 거라 확신했다.

당신이 스카보로로 되돌아올 일은 없어.

"앞으로 20분만 더 가면 돼요."

케이트는 휴대폰을 찾기 위해 핸드백 안으로 손을 집어넣었다. 열쇠꾸러미나 동전을 건드려 괜한 의심을 사지 않게 각별히 조심했다. 마침내 휴대폰이 손에 닿았다. 잠금장치를 풀려면 잠깐이라도 화면을 들여다볼 수밖에 없었다.

내가 휴대폰 화면을 들여다보면 브랜든이 가만있지 않겠지?

케이트는 코를 훌쩍이다가 손수건을 찾는 척하며 핸드백 안을 들여다보며 휴대폰의 잠금장치를 풀었다.

"핸드백 안을 뭘 그리 오래 들여다봐요?"

브랜든이 고개를 돌려 힐끔 쳐다보고 나서 다시 시선을 돌렸다. 도로가 좁고 커브가 심해 계속 한눈을 팔 입장이 아니었다.

케이트는 재빨리 왓츠앱 버튼을 눌렀다.

"그만둬요." 브랜든이 신경질적으로 말했다. "핸드백을 옆으로 치워요."

이제 쇼는 끝났다. 브랜든은 이제 노골적으로 압박을 가했다.

케이트는 그를 자극하지 않기 위해 핸드백을 옆에 내려놓았다. 브랜든은 다시 전방을 주시하고 있었다. 옆에 내려놓은 휴대폰이 깜빡거렸다. 왓츠앱 메시지가 도착했다는 신호였다. 발신자가 누군지 알 수 없었다. 케일럽이거나 런던의 동료들 가운데 하나였으면 좋겠지만 데이비드가 보낸 메시지일 가능성이 높았다. 그가 뭔가 이상하다는 눈치를 채고 경찰서에 연락하길 기대하는 수밖에 없었다.

케이트는 음성메시지 버튼을 누르고 다시 앞을 바라보았다.

제발 내 목소리가 잘 들려야 할 텐데.

"노섬벌랜드." 케이트가 큰 소리로 말했다. "여긴 한 번도 와본 적이 없어요. 정말이지 듣던 대로 황량한 곳이군요. 지금 해안도로를 따라가고 있는 건가요?"

"바다는 이 도로에서 반마일쯤 떨어져 있어요."

"오가는 차들이 전혀 없군요."

"여긴 오지라서 찾아오는 사람들이 드물어요. 요즘은 날씨가 추워 더욱 사람들의 발길이 뜸한 편이죠. 영국은 날씨가 너무 추워요. 이탈리아처럼 따뜻한 나라에서 살고 싶어요."

"이탈리아에 가서 살면 되잖아요. 당신은 작가니까 어디든 구애받지 않고 살 수 있지 않나요?"

"그게 어디 말처럼 쉬워야 말이죠."

브랜든이 퉁명스럽게 대꾸했다.

"혹시 케일럽 헤일 반장을 알아요? 실종사건 수사를 책임지고 있는 스카보로경찰서 강력반 반장 말이에요."

누군가 이 음성메시지를 듣고 케일럽에게 달려가면 좋을 텐데⋯⋯.

브랜든이 코웃음을 쳤다.

"케일럽 헤일은 쓰레기예요."

"그를 만나본 적 있어요?"

"그는 나를 의심했지만 결국 아무것도 입증하지 못했죠."

케이트는 침을 꿀꺽 삼켰다.

케일럽은 왜 브랜든을 계속 추적하지 않았을까?

"우리가 맨디 알라드를 데려올 수 있을까요?"

케이트는 일부러 '맨디 알라드'라는 이름을 큰소리로 발음했다.

"내가 청각장애인도 아닌데 왜 자꾸 큰소리로 말하죠?"

"차 소리 때문에 잘 안 들릴까봐 그랬어요."

"아주 잘 들리니까 걱정 말아요. 맨디에게 가족은 아무런 의미도 없어요. 그래서 나는 그 아이가⋯⋯."

브랜든은 더 이상 말을 잇지 못했다.

"그 아이가?"

"맨디는 완벽한 조건을 갖추었다고 생각했어요."

"완벽한 조건이라니요?"

브랜든은 아무런 대답도 하지 않고 앞을 노려보고 있었다.

2주 전, 어느 날 케이트는 콜린이 항변하는 음성메시지를 받은 적이 있었다. 약 15분쯤 콜린의 항변이 이어졌다. 그때 메시지 전송시간이 대략 어느 정도 걸리는지 알게 되었다. 적어도 아직은 음성메시지가 잘 전송되고 있다고 봐야 했다.

이제 브랜든의 의도는 명확해보였다.

이제 범인이 누군지 밝혀진 셈이었다. 브랜든은 조금 전 맨디는 완벽한 조건을 갖춘 아이라고 말했다. 그가 어떤 식으로든 실종사건에 깊숙이 개입되어 있다는 증거였다.

브랜든과 함께 차에 오른 건 명백한 실수였지만 이제는 자책해봐야 소용없었다. 그는 맨디를 어딘가에 가둬두고 있는 게 분명했다.

"이제 거의 다 왔어요. 조금만 더 가면 돼요."

브랜든이 느긋하게 말했다.

좁은 국도를 따라 달리던 차가 갑자기 방향지시등을 켜고 속도를 한껏 늦추더니 자갈길로 접어들었다. 길 양편으로 초원이 펼쳐져있었다. 자갈길 초입에 글자가 흐려져 잘 보이지 않는 표지판이 서있었다.

"시걸스 클리프!"

케이트는 큰소리로 표지판에 적힌 글자를 읽었다. 이번에도 일부러 목소리를 크게 냈다. 음성메시지를 수신자에게 제대로 전달하기 위해서였다.

"시걸스 클리프는 한 번도 들어본 적 없는 지명이에요."

"제발 소리 좀 지르지 말아요."

브랜든이 신경질적으로 말했다.

"우리가 실종된 아이를 찾아내 구해준다고 생각하니 너무 흥분되어서 그래요."

브랜든이 과연 순진한 척하는 말을 믿어줄지 의문이었다. 그는 말없이 울퉁불퉁한 비포장도로 쪽으로 방향을 틀었다. 케이트는 슬쩍 핸드백 안을 들여다보았다. 화면이 켜져 있지 않았다. 손가락을 대자 화면이 다시 떠올랐다. 배터리 절약 모드로 되어 있었을 뿐 여전히 음성메시지 앱이 작동되고 있었다. 제발 음성메시지를 듣는 사람이 지혜로운 선택을 해주기를 바랐다.

길이 침엽수가 빽빽하게 자란 숲속으로 이어지다가 이내 너른 고원지대가 나타났다. 그 아래로 광활한 바다가 펼쳐져 있었고, 적막한 고원지대 한 가운데에 작은 집이 한 채 있었다. 지붕이 온통 이끼로 덮여 있었고, 울타리는 다 쓰러져 가는 중이었다. 정원에 둘러싸인 본채 뒤쪽에 창고로 보이는 작은 건물이 한 채 더 있었다. 정원에는 잡초가 무성했다.

케이트는 마른침을 삼켰다.

"다 왔어요."

브랜든이 말했다.

6

콜린은 세 번째로 초인종을 눌렀지만 인기척이 없었다. 현관문에서 물러나 집을 올려다보았다. 겨우 오후 4시 반인데 벌써 날이 어둑어둑했다.

누군가 집안에 있다면 불이 켜져 있어야 해.

정원 담장에 달아놓은 문패에 '린빌'이라는 이름이 적혀 있었다. 콜린은 집을 끼고 돌아 뒷마당 쪽으로 갔다. 다양한 종류의 수목들과 꽃나무들이 눈에 들어왔다. 여름에는 천국이 따로 없을 만큼 환상적인 풍경을 자아낼 듯했지만 지금은 잎이 다 떨어진 앙상한 가지만이 남아 쓸쓸하고 황량한 느낌을 풍겼다. 집 뒤에서 살펴봐도 불빛이 전혀 보이지 않았다. 케이트가 집에 있다면 어딘가에 차가 있어야 마땅한데 집 앞은 물론이고, 그 어디에도 없었다. 오는 길에 스카보로에 가고 있다는 메시지를 보냈고, 수신자가 읽었다는 표시가 되어 있었다.

한 마디 말도 없이 바람을 맞히다니?

콜린은 주방 창문을 향해 다가가 안쪽을 들여다봤다. 주방의 희미한 자취가 시야에 들어왔다. 개수대, 가스레인지, 냉장고, 싱크대. 그때 느닷없이 그림자 하나가 불쑥 나타나더니 문을 향해 다가왔다. 콜린은 화들짝 놀라 뒤로 물러섰다가 이내 고양이라는 걸 알아차렸다.

메씨?

케이트와 만났을 때 사진으로 메씨를 본 기억이 있었다. 메씨가 앞발을 창에 갖다 대고 야옹거렸다.

케이트는 도대체 어디에 간 거야? 애인 집에 갔다면 고양이를 혼자 남겨둘 리 없잖아.

콜린은 잠시 생각에 잠겼다. 갑자기 둘 사이에 불쑥 끼어든 남자를 생각하자 입맛이 썼다. 처음에는 케이트가 거짓말을 한다고 생각했다. 그 남자가 느닷없이 등장했기 때문이다. 그가 알기로 케이트는 남자에게 쉽게 다가가는 타입이 아니었다. 남자들이 쉽게 말을 붙일 수 있는 타입도 아니었다. 오랜 시간 옆에서 지켜본 사람만이 그녀의 내면세계가 얼마나 아름다운지 알아볼 수 있을 것이다. 케이트는 똑똑하고 현명한데다 겉으로 잘 드러나지 않아서 그렇지 위트 있는 여자였다. 깊이 신뢰할 수 있고, 뭐든 예측 가능한 여자였다. 그녀의 진가를 알아차리지 못하는 사람의 눈에는 전혀 매력 없게 보일 수도 있었다.

콜린은 왜 자신이 케이트의 매력에 빠지게 되었는지 돌이켜보았다. 처음에 그의 관심을 촉발시킨 건 그녀의 직업이었다. 그는 런던경찰국에서 일하는 여형사를 만나본 적이 없었다. 그러다가 차츰 그녀의 매력이 보이기 시작했다.

남자친구가 생겼다고 한 건 나를 떼어내기 위해 지어낸 거짓말일 거야.

케이트는 외로운 여자였다. 남달리 자존심이 센 그녀가 데이트사이트에 가입한 것만 봐도 알 수 있었다. 점점 그녀와 사이가 좋아지고 있다고 생각했는데 갑자기 일이 꼬이기 시작했다. 그녀는 말 한 마디 없이 훌쩍 스카보로로 떠나버렸다. 부동산중개인에게 맡겨두어도 충분한데 굳이 직접 가봐야 한다며 사라졌다. 그러더니 갑자기 남자친구가 생겼다며 그를 따돌렸다.

케이트에게 새로운 남자친구가 생겼을까? 그럴 리 없어. 그럼 왜 그런 거짓말을 했을까? 우리 사이가 점점 가까워지니까 두려움을 느낀 거야. 오랫동안 혼자 살아온 여자가 누군가와 인생을 공유해야 한다고 생각하면 부담스럽기도 하겠지.

콜린은 집을 돌아 다시 앞마당으로 갔다. 스카보로까지 제법 먼 길을 달려왔다. 교통체증이 심해 얼마나 고생을 했는지 오늘은 너무 피곤해서 런던으로 돌아가고 싶지 않았다.

케이트가 계속 나타나지 않으면 호텔을 찾아봐야겠어. 이런 계절에 문을 연 호텔이 있을까?

일단은 더 기다려보기로 했다. 애인이 있다고 말한 게 거짓이라면 늦어도 오늘밤 안에는 나타날 테니까.

차에 오른 콜린은 조수석에 놓아두었던 휴대폰을 집어 들었다. 케이트가 보낸 음성메시지가 들어와 있었다. 냉랭한 말투로 제발 자기 인생에서 꺼져달라는 메시지를 남겼을까봐 두려웠다.

음성메시지를 열자 처음에는 차 엔진소리만이 들려왔다. 달리는 차 안에서 음성메시지를 보낸 듯했다. 운전에 집중하느라 핸즈프리를 이용한 듯했다.

마침내 케이트의 목소리가 흘러나왔지만 잡음이 많이 섞여 있어 도대체 무슨 말인지 알아들을 수 없었다.

"노섬벌랜드…… 나는…… 황량한 곳……."

콜린은 처음으로 다시 돌아가 음성메시지를 듣기 시작했다. 여전히 잡음이 너무 컸다. 휴대폰이 멀리 떨어져 있는 상태에서 녹음한 듯했다.

휴대폰을 글러브박스 안에 넣어둔 건가? 아니면 핸드백에? 왜 그랬을까?

그 순간 생경한 남자 목소리가 흘러나왔다.

"바다는… 이 도로에서… 반마일쯤… 떨어져… 있어요."

다시 잡음이 심하게 났다.

케이트가 말한 그 남자친구인가?

"영국은… 날씨가… 너무 추워요. …이탈리아처럼… 나라에서……."

남자가 한 말이었다.

"작가는… 어디에서든… 않나요?"

케이트의 말에 이어서 남자의 알아들을 수 없는 말이 계속 흘러나왔다.

"…케일럽 헤일 반장……."

케이트가 악을 쓰듯 크게 소리치는 바람에 '케일럽 헤일 반장'이라는 발언만큼은 뚜렷이 알아들었다.

"그는 나를……."

이번에는 다시 남자의 목소리가 이어졌다.

"맨디 알라드……."

다시 케이트의 목소리가 뚜렷하게 들렸다.

"……악을 쓰듯……."

다시 남자 목소리였다. 이후 알아들을 수 없는 말이 계속 이어졌다.

"노섬벌랜드의 시걸스 클리프……."

다시 케이트가 크게 소리쳤다.

"소리 좀… 지르지… 말아요."

다시 잡소리가 많이 들어간 남자 목소리가 흘러나왔다.

아마도 남자가 케이트에게 큰 소리로 말하지 말라고 주의를 준 듯했다.

정각 4시 23분에 보낸 메시지였다. 약 10분 전이었다.

콜린은 휴대폰을 바라보았다.

빌어먹을! 도대체 무슨 일이지?

콜린은 메시지를 다시 한 번 들어봤지만 새롭게 알아들은 내용은 없었다. 처음 들을 때는 알아듣지 못한 단어 가운데 '가족'이라는 말이 있었다.

아무리 생각해도 이상했다.

케이트가 실수로 음성메시지를 전송했을까?

휴대폰이 뭔가에 눌려 잘못 연결되는 경우는 있지만 왓츠앱이 음성메시지를 실수로 보냈다는 말은 들어본 적이 없었다.

콜린은 채팅창을 열고 케이트에게 문자메시지를 보냈다.

'이상한 메시지가 들어왔네요. 띄엄띄엄 몇 마디만 알아들을 수 있을 뿐 도무지 무슨 내용인지 알아들을 수가 없어요. 지금 어디 있어요? 노섬벌랜드에 간 거예요? 난 지금 당신 집 앞에서 기다리고 있어요.'

차에서 내려선 콜린은 휴대폰 카메라로 케이트의 집을 찍은 다음 메시지에 첨부해 보냈다. 메시지가 정상적으로 전송됐지만 아직 읽지 않았다는 표시가 나와 있었다.

콜린은 다시 생각에 잠겼다.

케이트가 음성메시지를 보낸 이유가 뭘까? 다른 남자가 나타났다는 사실을 분명하게 알려주기 위해? 지금 그 남자와 주말여행을 가고 있는 걸까? 노섬벌랜드는 지금 황량하고 을씨년스럽기 그지없을 텐데? 그렇다면 왜 휴대폰을 입 가까이 대고 말하지 않았을까? 애인이 옆에 있어서? 그렇다면 왜 무슨 뜻인지 전혀 알아듣지 못하도록 휴대폰을 멀리 떨어뜨리고 말했을까?

아무리 생각해봐도 왜 그랬는지 이해하기 쉽지 않았다. 케이트는 여전히 방금 전 보낸 메시지를 읽지 않았다.

케이트는 분명 어떤 사람의 이름을 크고 분명하게 말했다.

케일럽 헤일 반장.

런던경찰국 동료일까?

가만 생각해보니 분명 어디선가 들어본 적 있는 이름이었다. 신문에서 보았거나.

그 순간 번쩍 기억이 떠올랐다. 언젠가 케이트의 아버지인 리처드 린빌 피살사건 기사를 검색해본 적이 있었다. 거의 모든 신문기사에 케일럽 헤일 반장이라는 이름이 등장했던 기억이 났다. 스카보로경찰서 강력반을 이끄는 케일럽 헤일 반장.

콜린은 다시 한 번 음성메시지를 주의 깊게 들어보았다. 새롭게 알아들은 말은 없었다. 여전히 케이트는 그가 보낸 메시지를 읽지 않고 있었다.

케이트가 구조요청을 보낸 것일 수도 있어.

콜린은 휴대폰으로 맨디 알라드라는 이름을 검색해봤지만 아무런 정보도 나와 있지 않았다.

빌어먹을! 맨디 알라드가 도대체 누구야?

아무리 생각해봐도 케이트는 한 번도 그 이름을 말한 적이 없었다. 지난 2주 동안은 케이트와 거의 연락을 주고받지 않았다.

어쩌면 스카보로에 사는 친구 이름일지도 몰라.

케이트는 어떤 남자와 노섬벌랜드에 있는 게 확실했다. 노섬벌랜드 시걸스 클리프는 지명일 가능성이 컸다. 사람 이름이 두 번 언급되었다. 맨디 알라드와 스카보로경찰서 강력반의 케일럽 헤일 반장이었다. 리처드 린빌 살해사건 수사를 책임졌던 사람이 케일럽 헤일 반장이니 케이트와 안면이 있을 것이다. 케이트는 시끄러운 잡음 속에서 '케일럽 헤일 반장'이라는 이름을 유독 크고 또박또박 발음했다.

콜린은 그런 점들에 유념해 음성메시지를 다시 한 번 들었다. 케일럽 헤일 반장, 맨디 알라드, 노섬벌랜드, 시걸스 클리프……

케이트는 마치 그 단어들만큼은 꼭 알아듣기를 바란 듯했다. 마치 지금 어디에 있는지 알려주기 위해.

케이티가 실수로 음성메시지를 전송했을 리 없었다. 무슨 이유 때문인지는 몰라도 그녀는 휴대폰을 마음대로 사용할 수 없는 처지에 놓인 듯했다. 차에 동승한 남자가 눈치 채지 못하도록 하는 가운데 그들이 나누는 대화가 음성메시지로 누군가에게 전송되길 바란 게 틀림없었다.

혹시 케이트가 사랑에 빠진 남자가 범죄자였나?

콜린은 온몸에 전율이 흘렀다. 케이트가 위험에 처해 있을 가능성이 컸다.

케이트는 나에게 음성메시지를 보내 도움을 요청한 거야. 내가 그녀의 뜻을 받아들이지 않는다면 비열한 짓이지. 설령 새로운 남자가 생겼더라도 케이트가 위험에 처해 있는데 나 몰라라 외면할 수는 없어. 내가 케이트를 도우면 최후의 승자가 될 수도 있어. 내가 베푼 도움을 외면할 수 없을 테니까. 내가 케이트를 구해주지 않으면 질투에 눈이 멀어 비열한 복수를 저지른 남자로 낙인찍혀 평생 조롱거리가 될 거야.

콜린은 인터넷에서 스카보로경찰서 전화번호를 검색한 다음 서둘러 번호를 눌렀다.

7

허물어져가는 울타리 안쪽에 잡초가 무성한 주차장이 있었고, 거기에 암청색 차 한 대가 세워져 있었다. 나무딸기넝쿨에 뒤덮여 주차장 바닥이 보이지도 않았다.

브랜든은 문득 걸음을 멈추었다.

"젠장맞을!"

"라이언의 차인가요?"

"나를 따라 와요. 우린……."

브랜든은 질문에 답하지 않고 현관문을 향해 걸어갔다.

케이트는 그의 눈에서 잠시 벗어난 틈을 이용해 핸드백 안에 들어있는 휴대폰을 찾았다. 브랜든이 뒤에도 눈이 달렸는지 갑자기 홱 돌아서더니 핸드백을 낚아챘다. 속수무책으로 당할 수밖에 없을 만큼 빠른 동작이었다.

"어차피 여긴 휴대폰이 안 터져요. 잠시 내가 갖고 있을게요."

"어서 핸드백을 돌려줘요."

케이트는 현관문 앞에 다다른 브랜든을 뒤따랐다. 이제 그녀는 누군가 제발 구조요청 메시지를 듣고 경찰에 연락해주길 바랐다.

브랜든이 현관문을 열고 안으로 들어갔다. 복도를 지나자 큰 방이 나왔고, 창살에 가로막힌 창문이 있었다. 창문을 통해 석양빛이 비쳐들었다.

케이티는 어스름 속에서 충격적인 광경을 목도했다.

두 여자가 바닥에 웅크리고 앉아 있었다. 창문 맞은편에 앉아 있는 여자아이는 나이가 겨우 열네 살 정도로 보였다. 그 아이는 왼손에 병 조각을 들고 상대 여자를 위협하고 있었다.

저 아이가 바로 맨디 알라드일 거야.

비쩍 마른 몸, 움푹 들어간 뺨, 떡진 머리카락, 핏발이 선 눈, 누렇게 뜬 얼굴색을 보는 순간 마치 사람이 아니라 허깨비를 본 느낌이 들었다. 기력을 모두 소진한 아이는 금방이라도 쓰러질 듯 위태로운 자세로 겨우 쓰러지지 않고 앉아 있었다. 패배를 직감하고도 목숨이 끊어질 때까지 처절하게 저항하는 한 마리 야수처럼 보이기도 했다.

아이의 손에 들려 있는 날카로운 병조각은 여전히 매우 위협적인 무기였다. 그 아이 맞은편 여자는 무릎을 꿇고 앉아 있었다. 피가 흐르는 손을 머플러로 감싼 여자는 몹시 고통스러운 표정을 짓고 있었다. 그 여자가 숙이고 있던 고개를 들었다. 얼굴에도 핏자국이 선연하게 나 있었다.

집안에서 코를 찌르는 악취가 진동했다. 배설물, 피, 땀, 뭔지 모르지만 썩어가는 냄새.

"맙소사!"

케이트의 입에서 자기도 모르게 탄식이 흘러나왔다.

브랜든이 피 칠갑을 하고 있는 여자에게로 다가갔다.

"린다, 무슨 일이야?"

케이트는 그 이름을 듣는 순간 자기도 모르게 화들짝 놀랐다.

저 여자가 바로 린다 캐스웰?

"맨디한테 차 열쇠를 빼앗겼어."

단조로우면서도 어눌한 말투였다.

"여긴 왜왔어?"

브랜든이 물었다.

"맨디를 끝장내려고 왔어. 저 아이의 목숨을 운명의 손에 맡겨두는 건 너무 끔찍하잖아."

"얼굴은 어쩌다 피투성이가 된 거야?"

브랜든의 눈에 눈물이 고였다.

"맨디가 휘두르는 병조각에 찔렸어."

"맨디를 빨리 의사에게 데려가야 해요."

케이트가 끼어들었다.

그 순간 린다의 눈길이 케이트를 향했다.

"저 여자는 누구야?"

린다가 브랜든 쪽으로 눈길을 옮기며 물었다.

"런던에서 온 기자인데 연쇄실종사건에 대한 기사를 쓰고 있나 봐. 저 여자가 오늘 낮에 느닷없이 내 아파트로 찾아왔는데 우리의 비밀을 너무 많이 알고 있다는 생각이 들더군."

"저 여자를 여기서 처리해야겠네."

린다가 그렇게 말하고 나서 자리에서 일어섰다. 왼쪽 관자놀이부터 뺨까지 병조각에 베인 상처가 나있었고, 입술도 반쯤 찢어져 있었다.

"맨디는 수갑을 풀고 문 뒤쪽에 숨어 있다가 병조각을 들고 나를 공격했어. 원래는 수갑과 쇠사슬에 묶여 있었는데 어떻게 풀었지?"

"미친년!"

맨디의 입에서 마치 짐승이 울부짖듯 거친 욕설이 튀어나왔다.

"맨디와 몸싸움을 벌이다가 차 열쇠를 떨어뜨렸어."

케이트는 왜 린다의 말투가 이상한지 깨달았다. 병조각에 찔린 입술이 찢어진 탓이었다. 그녀는 입 안에 계속 피가 고이는 듯 말을 하는 동안 연신 침을 퉤퉤 내뱉었다.

"맨디가 차 열쇠를 깔고 앉아 있는 바람에 돌아갈 수 없었어."

두 여자는 몇 시간째 결투를 벌였다. 서로 상대방이 먼저 쓰러지기를 기대했지만 결국 승부를 내지 못했다.

맨디는 이제 탈진 직전이었다.

"저 여자 차를 타고 돌아가면 돼"

그가 케이트를 가리키며 말했다.

"저 여자를 여기 남겨놓을 거야?"

"다른 방법이 없잖아. 저 여자가 우리의 비밀을 너무 많이 알고 있어. 어차피 여기서 처리하려고 데려온 거야."

"멍청한 짓이었어. 저 여자가 알아낸 게 그리 많지는 않았을 거야."

린다가 모직코트 소매로 얼굴에 흐르는 피를 훔쳤다. 코트에서 떨어져 나간 털이 얼굴 상처에 그대로 들러붙었다. 피와 털로 범벅이 된 린다의 얼굴이 더욱 그로테스크하게 보였다. 머플러로 감싸고 있는 손에도 피가 흥건했다. 맨디가 야수처럼 병조각을 휘둘러 여자를 제대로 혼내준 셈이었다.

"저 여자가 알고 있는 비밀이 만만치 않아." 브랜든이 눈물이 그렁그렁한 눈으로 변명삼아 말했다. "이 집에 데려오는 게 최선이었어."

"그래, 알았어. 저 여자를 이 집에 남겨두고 떠나면 저절로 해결될 거야."

케이트는 아직 연쇄적으로 발생한 실종사건에서 린다가 맡았던 역할이 무엇인지 확실하게 파악하지는 못했지만 한 가지는 분명했다. 실종된 아이들이 대부분 이 집에서 목숨을 잃었다는 것이었다. 한나 캐스웰, 사스키아 모리스는 이 집에서 죽은 게 확실했다. 사스키아의 사체를 부검한 의사는 범인이 장시간 아이에게 먹을거리를 주지 않고 방치해 굶어 죽었다는 소견을 냈다.

린다와 브랜든이 아이들을 죽이는 방법은 간단했다. 그냥 문을 잠그고 떠나면 그만이었다. 몇 주 후 찾아와보면 저절로 다 마무리되었다.

그들이 왜 이토록 끔찍한 짓을 저질렀는지 알아보는 건 나중에 해도 충분했다. 일단은 저들이 이 집을 떠나지 못하도록 막아야 했다.

지금이라도 형사신분증을 저들의 눈앞에 들이미는 게 유리할까?

브랜든은 잔뜩 겁을 집어먹겠지만 린다는 어떻게 나올지 예측할 수 없었다. 두 사람은 매우 친밀해보였고, 위계질서가 분명했다. 린다가 주도권을 쥐고 있었고, 브랜든은 그녀에게 종속된 시종이나 다름없었다. 린다는 웬만해서는 주눅들거나 위축되는 타입이 아니었다. 그녀의 눈빛을 대하는 순간 정신질환자라는 걸 금세 알 수 있었다. 그녀는 케이트가 기자가 아니라 형사라는 사실을 알게 될 경우 더욱 미쳐 날뛸 가능성이 있었다. 아예 후환을 없애기 위해 최후의 수단을 쓸 수도 있었다. 만약 집안에 가두고 떠났다가 살아서 탈출할 경우 큰 낭패를 보게 될 테니까. 경찰신분증은 핸드백 안에 들어 있었다.

"우리를 이 집에 가두고 떠날 경우 당신들은 엄중한 처벌을 받게 될 거야. 맨디는 당장 병원에 데려가 치료를 받게 하지 않으면 목숨이 위태로운 상황이야."

"맨디는 어리지만 이미 자신의 운명에 대해 알고 있어. 내가 왜 자기를 포기했는지 알 거야. 맨디 책임이야. 내 탓이 아니야."

"이 집에 우리를 가두고 떠나는 건 살인행위야."

케이트의 말에 린다는 어깨를 으쓱했다. 그녀는 지금 자신이 무슨 짓을 저지르고 있는지조차 모르는 듯했다.

"어서 출발해."

린다가 말했다.

"내 핸드백은 돌려주고 가."

케이트가 말했다.

린다가 고개를 저었다.

"저 여자 휴대폰은 전원을 꺼버린 다음 바다에 던져버려. 누군가 휴대폰 위치 추적 장치를 통해 여길 찾아올 수도 있으니까."

브랜든이 곧장 핸드백에서 휴대폰을 찾아냈다. 그나마 경찰신분증이 발각되지 않아 다행이었다.

브랜든이 휴대폰 전원을 끈 다음 밖으로 나가더니 바다를 향해 던져버렸다. 휴대폰이 포물선을 그리며 바다를 향해 날아갔다. 그가 집안으로 다시 돌아왔다.

린다가 입 안에 고인 피를 바닥에 내뱉었다.

그들은 포로들에게서 눈을 떼지 않으며 뒷걸음질을 쳤다.

케이트는 공격을 시도해볼까 하다가 단념했다. 린다는 제압할 수 있을지 몰라도 브랜든은 무리였다.

현관문을 잠그는 소리가 들려왔다.

"빌어먹을!"

맨디가 욕설을 내뱉고 나서 죽을힘을 다해 움켜쥐고 있던 유리조각을 던져버렸다.

케이트는 웅크리고 앉은 맨디의 머리를 쓰다듬어주었다.

"네가 바로 맨디 알라드지? 빠져나갈 방법이 있을 거야. 아직 포기하기에는 일러."

맨디가 고개를 저었다.

"이 집을 빠져나갈 방법을 수없이 연구했지만 끝내 찾을 수 없었어요."

"넌 정말 용감하구나. 유리병을 깨 무기로 쓴 건 탁월한 발상이었어."

"결과적으로 소용없는 일이 되었어요."

"그 덕분에 차 열쇠를 확보했잖아. 차라리 브랜든과 내가 여기에 오지 않았더라면 더 좋았을 수도 있어."

"운전을 못하는데 차 열쇠만 있으면 뭐해요." 맨디가 그 말을 하면서 팔을 들어올렸다. "부상이 심해요."

맨디의 손목관절 부위에서 피가 줄줄 흘러내렸다.

"팔목은 어쩌다 그렇게 된 거야?"

맨디가 고갯짓으로 벽에 걸어둔 쇠사슬과 수갑을 가리켰다.

"손목에 수갑이 채워져 있었는데 피를 내서 빼냈어요."

보기에도 끔찍한 상처에서 악취가 심하게 났다. 그나마 아직 패혈증이 진행되진 않은 듯했다.

"이제 곧 죽겠죠?" 맨디가 기운 없는 목소리로 말했다. 말하기조차 힘들어 보였다. "팔에 입은 화상도 덧났고, 며칠째 아무것도 먹고 마시지 못해 기력이 다 떨어졌어요."

그들이 이제 떠나는 듯 밖에서 타이어 마찰음이 들려왔다.

"우린 여길 빠져나갈 수 있어. 브랜든은 나를 기자로 알고 있지만 사실은 경찰이야. 조금만 더 버티면 경찰이 올 거야. 그때까지 절대로 포기해선 안 돼."

맨디의 희고 투명한 눈꺼풀이 바르르 떨렸다.

"아무리 경찰이라도 여긴 찾아내기 쉽지 않아요."

"경찰은 반드시 찾아낼 거야. 내가 위치를 정확하게 설명해주었으니까."

사실은 구조요청이 되었는지조차 불분명했지만 맨디에게는 무엇보다 살아야 한다는 의지가 중요했다. 조금이라도 더 버틸 수 있도록 힘을 끌어 모아야 했다.

"우린 반드시 살아 나갈 거야. 내 말을 믿어도 좋아."

"린다는 미친 여자가 분명해요. 그 여자 차에 타지 말았어야 해요. 하지만……."

맨디는 차마 말을 잇지 못했다.

케이트는 무슨 말을 하려고 했는지 짐작되었다.

린다가 여자라서 아이들은 경계심을 누그러뜨렸을 것이다.

친딸인 한나에게는 어떤 짓을 했을까?

얼마 전 라이언을 만나러 스테인턴데일에 갔던 기억이 떠올랐다. 그날 버스정류장에서 처음 보는 부인을 차에 태웠다. 그녀는 타라고 하자 일말의 의심도 없이 차에 올랐다.

그 부인도 아마 내가 여자라서 전혀 의심을 품지 않았을 거야. 내가 남자였다면 상황이 달랐겠지

어느새 방이 어두워졌고, 날이 너무 추웠다. 케이트는 모직 담요를 끌어와 맨디와 함께 덮었지만 여전히 추위가 가시지 않았다. 그 반면 맨디는 몸에 열이 펄펄 끓어 전혀 추위를 느

끼지 못했다.

"누군가 분명 음성메시지를 들었을 거야."

케이트는 소리 없이 중얼거렸다.

8

"시걸스 클리프라는 이름만으로는 위치가 어딘지 특정하기 힘들어요. 건물, 호텔, 펜션, 레스토랑, 펍, 도로 중에도 시걸스 클리프라는 이름이 제법 많거든요. 인터넷으로 검색해봤는데 노섬벌랜드도 의외로 많더군요."

로버트가 답답하다는 듯 말했다.

케일럽은 두 팔로 책상을 누르고 서 있었다.

"음성메시지를 다시 한 번 들어봐야겠어."

"과학수사팀이 메시지를 분석하고 있어요. 일단 잡음을 제거하는 작업을 하고 있는데 결과가 나오면 좀 더 확실하게 알 수 있을 거예요."

케일럽은 음성메시지에서 확인한 주요 단어들을 적어둔 메모지를 뚫어지게 노려보았다.

"'해안가 황량한 곳'은 너무 막연해. '시걸스 클리프'는 똑같은 이름이 너무 많아."

케일럽은 계속 단어들을 들여다보았다.

"'이탈리아'는 왜 언급했을까?"

"케이트가 위험인물과 함께 있는 자리라서 몰래 음성메시지를 전송한 것 같아요."

"'작가'는 또 뭐야?"

케일럽이 미간을 잔뜩 찌푸렸다.

"그 와중에 두 사람이 문학 이야기를 나누었을 리 없잖아."

케일럽은 그렇게 말하면서도 작가라는 단어가 왠지 신경 쓰였다.

콜린 블레어라는 남자가 느닷없이 케이트가 보내온 음성메 시지를 들려주려고 경찰서를 방문했다.

"케이트와는 어떤 사이죠?"

케일럽이 물었다.

"그냥 예전 남자친구라고 해야겠네요. 케이트가 최근에 는 다른 남자를 만나고 있으니까요. 제 생각인데 혹시 새로 운 남자친구가 케이트에게 위협을 가하고 있는 상황이 아닐 까요?"

케일럽은 그야말로 놀라자빠질 지경이었다.

케이트가 언제부터 남자들에게 이렇게 인기가 많았지?

데이비드를 찾아갔다가 그 집에 함께 있는 케이트를 보았 다. 그들이 연인 사이라고 확신하지 않았는데 이제는 믿을 수밖에 없었다.

콜린이 제기한 문제를 확인해보는 방법은 간단했다.

데이비드에게 전화해 케이트가 보낸 음성메시지에 대해 이 야기하자 몹시 놀란 눈치였다.

"케이트는 무슨 일로 노섬벌랜드에 갔죠?"

"혹시 짐작되는 일은 없나요?"

데이비드가 생각에 잠긴 듯 말이 없었다.

"케이트는 이 지역에서 벌어진 실종사건을 취재하고 있는데 자세한 이야기는 해주지 않더군요. 프로다운 태도라고 할 수 있죠. 사건의 진실이 밝혀지기 전까지 섣불리 이야기할 수 없다면서요."

케이트의 입이 얼마나 무거운지 알고 있었다. 케일럽은 내심 두 가지 결론을 내렸다. 첫째, 데이비드는 케이트를 여전히 기자로 믿고 있다. 둘째, 케이트는 여전히 실종사건을 취재하고 있다. 케이트가 런던경찰국 형사라는 신분을 속이고 수사에 열중하고 있다는 뜻이었다.

"혹시 케이트가 스케줄에 대해 이야기하지 않던가요?"

케일럽이 큰 기대 없이 물었다.

"오늘 아침에 뉴캐슬에 다녀올 일이 있다고 했어요. 오후 2시쯤에는 휴대폰에 음성메시지를 남겼더군요. 그때 저는 누군가와 통화를 하고 있던 중이라 미처 전화를 받지 못했죠. 뉴캐슬에서 돌아왔는데 인터뷰 한 건을 처리하고 나서 집에 들러 고양이를 데리고 내 집으로 오겠다고 했어요."

"혹시 케이트가 남긴 음성메시지에 '시걸스 클리프'라는 말은 들어있지 않았나요?"

"전혀요."

"혹시 케이트가 그 음성메시지를 차 안에서 보냈던가요?"

"아니요, 그런 것 같지는 않았어요."

"유감이지만 우리가 그 음성메시지를 직접 들어봐야 할 것 같군요. 경관을 보낼 테니 휴대폰을 넘겨주세요. 케이트가 보낸 음성메시지를 분석해볼 필요가 있을 것 같아요."

"케이트에게 무슨 일이 생겼습니까?"

"혹시 케이트의 음성메시지를 받고 나서 답신을 보냈나요?"

"아뇨, 오늘 저녁에 케이트를 만나기로 되어 있어 굳이 보낼 필요가 없다고 생각했습니다. 도대체 케이트에게 무슨 일이 일어난 겁니까?"

"아직은 섣불리 단정할 수 없어요. 당신 사무실로 사람을 보낼 테니 일단 휴대폰을 넘겨주세요."

케일럽은 통화를 끝냈다.

"케이트가 중요한 단서를 찾아낸 거야. 노섬벌랜드에서."

케일럽은 고개를 갸웃거리며 혼잣말을 했다. 그는 뉴캐슬이라는 단어에서 아무것도 유추해낼 수 없었다. 그것보다는 작가라는 단어가 자꾸만 신경에 거슬렸다.

"작가라는 말이 왜 자꾸 신경 쓰였는지 이제야 떠올랐어. 브랜든 손더스가 스스로 작가라고 주장했던 기억이 나."

로버트가 물끄러미 쳐다보았다.

"맨디 알라드에게 일주일간 숙식을 제공한 사람 말인가요?"

"음성메시지에 케일럽 헤일 반장, 맨디 알라드 그리고 작가라는 말이 들어 있어. 그 이유가 뭔지 잘 생각해 봐."

"케이트와 동승한 남자가 이렇게 말했어요. '그는 나를 의심했어요.' 라고요." 로버트가 갑자기 크게 소리쳤다. "케이트는 브랜든과 함께 노섬벌랜드 어딘가로 가고 있는 게 분명해요. 시걸스 클리프라는 곳으로. 케이트가 음성메시지를 보낸 건 매우 위험한 상황에 처해 있다는 뜻이에요."

"케이트는 왜 음성메시지를 나에게 직접 보내지 않고, 콜린이라는 남자에게 보냈을까? 이미 헤어진 사이 같던데?"

"휴대폰을 자유롭게 사용할 수 있는 상황이 아니었겠죠. 여러 가지 잡음도 섞여 있고, 목소리도 자꾸 분절되어 들리는 걸 보면 휴대폰이 아마도 핸드백 안에 들어 있었던 것 같아요. 수신자가 누군지 확인할 수 있는 상황이 아니었겠죠. 그냥 우리에게 전달되길 바라며 무작정 보낸 듯해요."

케일럽이 코트를 집어 들었다.

"당장 브랜든 손더스의 아파트에 가봐야겠어."

"그는 지금 케이트와 노섬벌랜드에 있을 텐데요."

"일단 이웃집여자라도 만나봐야지. 헬렌은 사무실에 남아 케이트가 말한 시걸스 클리프가 어디인지 계속 범위를 좁혀 봐."

헬렌은 짚더미 속에서 바늘을 찾는 격이라고 생각했지만 고개를 끄덕였다.

케일럽과 로버트는 서둘러 사무실을 나갔다.

*

우린 어둠을 뚫고 차를 달린다. 운전대를 잡은 브랜든의 얼굴을 힐끗 쳐다보니 입을 꽉 다물고 있다. 그는 내 기분을 망친 것에 대해 자책하고 있다. 불쌍한 브랜든. 그는 늘 내가 시키는 대로 하고, 칭찬을 기대하는 강아지 같은 눈빛으로 나를 쳐다본다.

항상 칭찬할 수는 없다. 정말이지 오늘처럼 가끔 멍청한 짓을 하니까.

시걸스 클리프에 와서 맨디와 대치하고 있던 나를 구해준 건 아주 잘한 일이지만 꼬리를 달고 온 건 변명의 여지없는 실수다.

그 여자가 우리 뒤를 캐본들 뭘 알아낼 수 있을까?

그 여자가 알아낼 단서는 없다.

멍청이. 생각할수록 화가 치민다.

그마나 차가 생긴 건 다행이다. 맨디가 가져간 차 열쇠를 빼앗을지 잠시 고민했지만 그 아이의 손에 들려있는 병조각 때문에 포기했다. 병조각이 면도날처럼 날카로워 내 얼굴에 상처를 냈다. 까딱 잘못했다가는 브랜든의 얼굴도 무사하지 못했을 것이다. 지금은 내 얼굴 상태가 어떤지 보고 싶지 않다. 브랜든의 당혹스러워하는 눈빛만 봐도 능히 짐작할 수 있다. 거울을 보려면 마음의 준비가 필요하다. 집에 돌아가 따뜻하고 안전한 내 욕실에서 보면 된다. 상처부위를 소독하고 나서 연고를 발라야 할 것이다. 아주 큰 흉터가 남을지도 모른다. 그 중에서도 입술이 가장 크게 걱정된다. 아직도 계속 피가 나고 있으니까. 만약 찢어진 부위를 제대로 봉합하지 못할 경우 평생 삐뚤어진 입으로 살아가야 할지도 모른다.

차에 있는 구급상자에서 거즈를 꺼내 상처에 대고 누른다. 거즈가 금세 젖어든다. 새 거즈를 꺼내 상처에 댄다. 그나마 이번에는 제법 오래 버틴다. 출혈이 서서히 멎고 있다는 의미다.

맨디를 용서할 수 없다.

"당장 의사에게 가봐야겠어."

브랜든이 말한다. 그의 얼굴이 백짓장처럼 창백하다. 바깥은 어느새 칠흑처럼 어두워져 있다. 이제 곧 A1고속도로에 오르면 좀 더 빨리 달릴 수 있겠지만 아직은 구불구불한 국도에 있다.

"의사에게 뭐라고 말할 건데? 누군가 휘두른 흉기에 찔렸다고 할까? 의사가 경찰에 신고할 수도 있어. 만약 경찰이 찾아와 꼬치꼬치 캐물으면 뭐라고 대답하지?"

"상처를 치료하지 않고 내버려두면 덧날 수도 있어."

"내가 그걸 몰라서 그래?"

나는 버럭 화를 낸다. 이럴 때 브랜든은 정말 싫다. 제대로 된 해결책을 제시하지도 못하면서 끊임없이 징징댄다. 집에 가면 직접 응급처치를 할 것이고, 상처에 대해서는 더 이상 거론할 필요가 없다.

맨디와 얽히게 된 건 브랜든 때문이다. 그는 맨디를 길에서 줍다시피 데려온다. 차량정비소에 맡겨둔 내 차를 찾아오던 바로 그날, 브랜든은 거리를 떠돌던 맨디를 발견해 집에 데려간다. 맨디는 일주일 동안 그의 집에 머문다. 그는 일주일이 지나서야 나에게 전화해 완벽한 여자아이를 발견했다는 말을 전한다. 나에게 딱 어울리는 아이. 더 이상적인 아이는 없을 거란다. 브랜든이 나랑 통화할 때 맨디는 이상한 낌새를 차리고 재빨리 달아난다. 브랜든이 경찰이나 청소년복지센터에 신고한 것으로 오해한 탓이다. 성매매 업소에 넘기려는 것으로 오해했을 수도 있다. 브랜든은 경찰서에 불려갔을 때 어머니와 통화했다고 둘러댄다. 브랜든의 어머니는 당연히 아들을 두둔한다.

며칠 뒤 내가 길에서 맨디를 발견한 건 정말이지 우연이다. 어찌된 일인지 맨디를 발견하는 순간 브랜든이 말한 바로 그 아이라는 느낌이 든다. 브랜든이 이야기한 옷차림과 풍기는 분위기가 비슷하다. 맨디는 멀리 떠나지 않고 그 동네를 떠돌다가 급기야 내 시야에 포착된 것이다. 집에서 가출했고, 돌아갈 생각이 없는 아이.

맨디는 행색이 지나치게 초라하고 남루하다. 브랜든이 적극 추천하지 않았더라면 맨디를 데려오지 않았을 것이다. 게다가 한나와 닮은 구석이 없어보인다.

브랜든의 말대로 맨디는 다른 아이들과 달리 집으로 돌려보내 달라고 하지 않는다. 내 곁에 머물고 싶어 하지도 않는다. 한나와 사스키아처럼 울면서 애원하지도 않는다. 맨디는 우리에 갇힌 한 마리 야수처럼 난폭하게 군다. 날이 갈수록 맨디의 분노 게이지가 상승한다. 맨디가 지쳐 잠든 사이 수갑을 채워 쇠사슬에 연결한다. 본능적으로 조심해야 한다는 느낌이 강하게 든다. 그때부터 지옥이 시작된다. 맨디의 마음이 진정되면 수갑을 풀어줄 생각이었는데 상황은 갈수록 악화된다.

"맨디한테는 왜 간 거야?"

브랜든이 힐난조로 묻는다.

맨디에게 간다는 말을 미리 해주지 않았다고 따지는 건가?

"기다리는 게 지루해 시간을 단축하고 싶었어."

브랜든이 침을 꿀꺽 삼킨다.

오늘 내가 시걸스 클리프에 간 건 무엇 때문일까? 맨디를 죽이고 싶었는지 구원하고 싶었는지 나조차 헷갈린다.

집을 떠나면서 지금 팔의 상처에 두르고 있는 머플러로 그 아이의 목을 조르면 기분이 어떨지 상상했지만 내가 정말 그럴 생각이었을까?

맨디를 다시 한 번 보고 싶었다. 지금쯤 맨디의 기력이 다 떨어졌을 거라고 생각했고, 일단 조용히 대화를 나눠볼 작정이었다. 다른 아이들에게서는 그런 감정을 느껴본 적이 없다. 다른 아이들의 경우 마음이 돌아서면 간단히 일을 마무리해버렸다. 울고불고 매달리는 아이들과 대화를 나누는 건 성가시고 무의미했으니까.

맨디는 다른 아이들과 달리 나를 매혹시켰다. 그 애가 휘두른 병조각에 얼굴이 온통 피투성이가 되고, 여전히 피를 줄줄 흘리고 있지만 여전히 밉지 않다. 맨디가 휘두른 병조각을 막다가 손에서 살점이 듬뿍 떨어져 나갔다. 맨디가 내게 상처를 입힌 생각을 하면 분노가 치밀어 오르다가도 그 아이의 길들여지지 않은 야성미가 나를 매혹시킨다. 브랜든에게는 내 마음속에서 치열한 다툼을 벌이는 감정들에 대해 이야기할 필요 없다. 아마도 그는 내 복잡한 심리를 이해하지 못할 테니까.

"오늘 내가 먼저 들른 걸 다행으로 생각해. 너랑 그 여기자가 먼저 갔으면 맨디의 공격을 당해내지 못했을 거야. 모르긴 해도 지금쯤 얼굴이 온통 피투성이가 되어 있겠지."

맨디는 겁이 없어서 세 사람이든 네 사람이든 상관하지 않고 달려들 아이다.

그 집에 들어서는 순간 나는 맨디가 담요를 뒤집어쓰고 누워 있을 거라고 생각했다. 너무 추워 담요 밖으로 한 발짝도 나가지 않았을 거라고. 일순 신경이 거슬렸다. 문득 이게 아닌데, 라는 느낌이 머리를 스쳤다. 벽에 늘어져 있는 쇠사슬이 눈에 들어왔고, 뒤쪽에서 수상한 움직임이 느껴졌다. 미처 몸을 피하기도 전에 병조각이 얼굴을 스치고 지나갔다. 끔찍한 통증이 일어 악을 쓰며 비명을 질렀다. 얼굴에서 피가 흘러내렸고, 입안에서 비릿한 피 맛이 느껴졌다. 다시 한 번 공격이 가해졌고, 이번에는 손에서 극심한 통증을 느끼며 차 열쇠를 놓쳐버렸다. 나를 덮친 짐승이 날카로운 앞발과 이빨로 내 등을 찍어 누르는 느낌이 들었다. 이를 악물고 돌아서보니 맨디가 눈앞에 있었다. 몸이 비쩍 마른데다 얼굴이 누렇게 뜬 그 아이의 손에 날카로운 병조각이 들려있었다.

병조각을 어디서 구했을까?

맨디는 재차 공격을 시도했고, 가까스로 피했다. 다행히 맨디는 곧 기력이 다 떨어졌다. 며칠 동안 아무것도 먹지 못한데다 심한 화상까지 당했으니 그럴 만도 했다. 맨디가 몸을 지탱하지 못하고 비틀거렸다. 애써 버티려고 했지만 무릎이 저절로 꺾였다. 그 와중에도 맨디는 재빨리 차 열쇠가 굴러 떨어진 곳으로 굴러가 위협하듯 병조각을 앞으로 쭉 내밀었다.

차 열쇠를 차지한 맨디가 내 발목을 잡았다. 차 없이는 고원지대를 벗어날 수 없다. 피가 철철 흐르는 몸으로는 더욱 불가능하다.

우린 서로 마주보며 앉는다. 상대가 먼저 무너지기를 바라며 몇 시간 동안 대치한다. 만약 그 상황이 계속 이어졌다면 맨디가 먼저 무너졌을 공산이 크다. 그 아이는 아무것도 먹지 못해 기력이 거의 남아 있지 않았으니까.

그 상황에서 브랜든이 여기자를 달고 도착한다. 그로테스크한 상황이 연출되고 있는 장소로 여기자를 데려온 건 정말이지 멍청하다. 브랜든에게 미리 노섬벌랜드에 갈 거라고 말해두지 않은 게 잘못이다.

"넌 그 여기자를 맨디와 함께 가둬놓을 생각이었지? 거기서 죽음을 맞도록."

브랜든이 고개를 끄덕인다.

"그 여기자가 우리의 정체를 알아내기 직전이었어. 물론 그 여자는 모든 사건의 배후에 라이언이 있다고 믿는 눈치였어. 너를 라이언의 첫 번째 희생자로 여기고 있더군."

흥미로운 관점이다.

"그 여기자가 계속 그렇게 믿도록 내버려두는 게 낫지 않았을까? 라이언이 곤경에 빠지게 되겠지만 그래서 안 될 이유는 없잖아? 라이언은 좀 당해도 괜찮아."

"사실은 그 여기자가 챔버필드병원에 다녀왔다고 하는 바람에 겁이 났어."

챔버필드병원은 내가 증오해 마지않는 이름이다. 그 병원 의사들이나 환자들이 모두 싫다.

"나는 그 여기자가 사건의 전모를 알고 있지는 않았을 거라고 생각해. 그 여자 이름이 뭐였지?"

"케이트 린빌."

"그 여기자도 곧 비참한 죽음을 맞게 되겠지. 시신은 네가 알아서 처리해. 그럼 다 끝나는 거야."

브랜든이 고개를 끄덕인다. 언제나 그랬듯이 고분고분하다. 그가 한나와 사스키아의 시신을 처리했다. 맨디와 케이트의 시신도 그런 식으로 처리하면 그만이다. 그 집은 다시 이전처럼 깨끗해진다.

"이젠 중단하는 게 좋아. 꼬리가 길면 잡혀."

브랜든이 기어코 그 말을 내뱉는다.

"맨디를 데려가자고 부추긴 건 너였어."

나는 그의 기억을 상기시킨다.

"그냥 맨디를 데려갈지 고려해보라고 추천했을 뿐이야."

브랜든이 자신 없는 목소리로 이의를 제기한다.

제발 브랜든이 한 번만이라도 생각이란 걸 해봤으면 좋겠다.

지독한 피로가 밀려온다. 하품이 나왔지만 애써 참을 수밖에 없다. 입술이 찢어져 입을 크게 벌릴 수 없으니까. 무료한 시간을 채우기 위해 내 무릎에 놓여 있는 케이트 린빌의 핸드백을 연다. 상처 입지 않은 손으로 핸드백 안을 뒤적거리며 물건을 하나씩 끄집어낸다. 입술보호제와 카드 지갑에 든 신용카드가 눈에 띈다. 신용카드에 적힌 이름을 읽는다.

케이트 린빌.

그 여자는 브랜든에게 진짜 이름을 말했다.

나는 사실 케이트라는 여자에게 거의 신경 쓰지 않는다. 그 여자는 사람들의 시선을 끌 수 있는 타입이 아니다. 이제는 그녀의 얼굴 생김새조차 기억나지 않는다. 사람들의 시선을 끄는 외모가 아니다. 그 어떤 남자로부터 관심을 받지 못할 여자. 그 여자는 이제 맨디와 함께 죽을 것이다.

케이트 린빌의 핸드백에는 여자들이 흔히 갖고 다니는 소지품들이 전혀 들어있지 않다. 립스틱도 없고, 콤팩트도 없고, 눈썹연필도 없고, 마스카라도 없다. 얼굴을 생기 있게 만들어줄 그

어떤 도구도 없다. 핸드백 안에 탐폰 두 개가 굴러다녔다. 여자
라는 사실을 알려주는 유일한 물건이다.

지갑이 하나 더 들어있고, 왼쪽에 신분증이 꽂혀 있다.

신분증에 그녀의 얼굴사진이 붙어 있다.

이름 : 케이트 린빌

소속 : 런던경찰국

직위 : 경사

케이트 린빌이 경찰이었어?

나는 뚫어지게 신분증을 노려보며 거기에 적힌 글자를 거듭
읽는다.

케이트 린빌은 기자가 아니라 영국에서 가장 명성이 높은 스
코틀랜드 야드 형사이다. 기자나부랭이가 운 좋게 냄새를 맡고
우리를 추적한 게 아니라 런던경찰국이 내 사건을 수사하고 있
다. 런던경찰국 소속 형사가 챔버필드병원을 찾아가 나에 대해
물었고, 브랜든을 찾아왔다. 런던경찰국은 라이언을 유력한 용
의자라고 생각했지만 나는 이미 케이트라는 여자를 만났다. 생
각할수록 어처구니가 없다. 그녀는 라이언을 의심했고, 실체적
사실에 근접했다. 런던경찰국 형사들은 완벽한 지식과 풍부한
경험을 가진 사람들이다. 게다가 뛰어난 동료들이 있다. 케이트
린빌 혼자 수사에 착수하지는 않았을 것이다. 지금 그녀가 무엇
을 하고 있고, 어떤 계획을 추진 중이고, 다음 행선지는 어딘지
알고 있는 사람이 있을 것이다. 어쩌면 누군가에게 노섬벌랜드

로 가고 있다는 정보를 미리 알렸을 수도 있다.

빌어먹을! 케이트 린빌의 휴대폰을 버린 건 실수다. 지금 그 여자의 휴대폰을 갖고 있다면 어느 누구와 통화했고, 무엇을 알고 있는지 알아낼 수 있었을 테니까.

"빌어먹을!"

내 목소리가 별안간 커진다.

"왜 그래? 무슨 일 있어?"

브랜든의 코앞에서 케이트 린빌의 신분증을 흔든다. 그는 전혀 알아볼 수 없다.

"그 여자 직업이 기자라고? 그 여자가 분명 그렇게 말했어?"

"기자가 아니었어? 그럼 뭔데?"

"케이트 린빌은 런던경찰국 소속 형사야. 넌 런던경찰국 형사를 데려온 거야. 네가 무슨 짓을 저질렀는지 분명하게 보란 말이야."

브랜든의 얼굴이 다시 백짓장처럼 창백해진다.

"그 여자 말로는……."

"기자라고 했을 때 신분증을 보여 달라고 했어야지. 왜 그 여자가 형사일 수도 있다는 생각을 안 해봤지?"

나라면 신분증을 보여 달라고 말할 수 있었을까? 여기자라고 하면 그냥 믿을 수밖에 없지 않았을까? 그 여자가 기자를 사칭하는지 어떻게 알 수 있을까?

지금은 그런 걸 따지고 있을 계제가 아니다. 나는 멍청한 브랜든을 증오한다.

케이트 린빌의 신분증을 핸드백에 다시 집어넣고 곰곰이 생각한다. 온몸을 휘감았던 피로가 단번에 사라진다.

"당장 차를 돌려."

"왜?"

"상황이 달라졌으니까. 케이트 린빌은 형사야. 분명 동료들에게 행선지를 말해두었을 거야."

"그저 짐작일 뿐이잖아."

"그 여자가 어느 누구에게도 행선지를 말하지 않았을 거라고 확신할 수 있어?"

내 목소리가 더욱 커진다.

브랜든은 침묵한다.

"경찰이 그 집으로 몰려올 테고, 이내 우리의 정체가 백일하에 드러나겠지. 내 이름이 경찰의 귀에 들어가게 해서는 안 돼. 우린 최대한 빨리 시걸스 클리프로 돌아가야 해."

브랜든은 얼굴이 어찌나 창백한지 유령처럼 보인다.

"우리가 그 집으로 돌아가서 뭘 할 수 있지?"

"케이트 린빌을 없애야지. 경찰이 들이닥치기 전에. 절대로 살려둘 수 없어. 당장 차를 돌리고, 가능한 한 최대속도로 달려!"

9

로버트는 아무리 생각해도 케일럽의 수사방식이 마음에 들지 않았지만 사사건건 반대하고 나설 수는 없었다. 브랜든의 집에 도착해 초인종을 여러 번 눌렀지만 인기척이 없었다. 케일럽은 곧장 이웃집 초인종을 눌렀다. 브랜든을 경찰에 신고했던 바로 그 여자 집이었다. 여자가 곧 문을 열었고 케일럽은 즉시 경찰신분증을 제시했다.

"혹시 누군가 브랜든 손더스 씨의 집 열쇠를 추가로 갖고 있나요?"

마침 이웃집여자가 브랜든의 집 열쇠를 가지고 있었다. 그가 여행을 떠나 있는 동안 그 집 화초를 돌봐주기로 하고 받아둔 열쇠였다.

케일럽이 현관문을 열고 안으로 들어가 전등스위치를 올렸다.

"이 집을 뒤져 시걸스 클리프에 대한 자료를 찾아내야 해."

"일전에도 이 집을 수색했어요."

"그때만 해도 아멜리 골즈비와 관련된 흔적을 찾으려고 애썼어. 그 당시 우린 아무도 시걸스 클리프를 주목하지 않았지. 당장 시걸스 클리프에 대해 찾아봐."

수색영장을 제시하지 않고 가택수색을 하는 건 불법이었다. 케이트가 보낸 음성메시지를 구조요청으로 받아들일 수도 있지만 전혀 다른 의미일 수도 있었다. 로버트는 어쩔 수 없이 케일럽의 지시를 따르면서도 내심 불만이 많았다.

브랜든 손더스의 집은 작았다. 지붕이 경사면이라 공간이 좁았고, 가구 배치도 엉망이었다. 집은 좁은데 쓸데없는 가구들이 너무 많았다. 창가, 선반, 주방바닥에 화분들이 놓여 있었다. 브랜든은 화초 애호가이자 문학도인 듯했다. 집에 온갖 종류의 책들이 가득했다. 바닥에도 책이 널려 있어 움직일 때마다 발에 걸렸다.

케일럽은 서랍을 일일이 빼내 안을 확인했고, 옷장 문도 모두 열어보았다. 낡은 달력도 한 장씩 전부 들춰보았다. 화분 밑바닥도 들여다봤고, 책 더미들도 옆으로 치우며 바닥을 확인했다. 서랍장과 옷장도 살폈다. 책상 위에 놓인 노트북을 켰지만 암호가 걸려 있어 화면을 볼 수 없었다.

케일럽은 수색을 하는 동안 간간이 경찰서와 연락을 취했다. 추가로 음성메시지를 분석했지만 주목할 만한 내용은 나오지 않았다. 데이비드의 휴대폰에도 중요한 단서는 없었다. 헬렌은 노섬벌랜드에 있는 시걸스 클리프들을 열심히 검색했다. 케이트는 정각 2시에 스카보로에 있었고, 노섬벌랜드에서 온 메시지는 4시 30분에 전송됐다. 만약 케이트가 2시에서 2시 반 사이에 스카보로를 출발했다면 시걸스 클리프는 대략 두 시간 정도 걸리는 곳이라고 봐야 했다.

브랜든의 집을 수색한 지 한 시간이 지났을 때 로버트가 결정적인 단서를 찾아냈다. 그는 브랜든의 침대 머리맡 선반에 쌓여있는 책들을 차례로 펼쳐봤다. 책에 먼지가 수북이 쌓여있었다. 오랫동안 읽지 않은 책이 분명했다. 책을 들고 흔들어대자 종이가 한 장 떨어졌다. 그는 무심코 종이를 집어 들었다.

안내문이었다.

'시걸스 클리프'

"반장님!"

로버트가 크게 소리치며 주방으로 달려왔다.

케일럽은 주방 선반에서 요리책을 꺼내 뒷면을 살펴보고

있는 중이었다.

"마침내 찾아냈어요."

케일럽이 안내문을 들여다봤다.

"그래, 바로 이거야."

안내문 앞쪽에 빨간색 글씨로 '시걸스 클리프'라는 이름이 적혀 있었고, 거기에 사람 이름이 하나 있었다. 조셉 메이도우. 그 이름을 보는 순간 케일럽의 마음속에서 빨간 경고등이 켜졌다.

"브랜든이 정비소에서 지인의 차를 찾아다주었다고 진술했잖아. 그 차 주인이 바로 조셉 메이도우였어. 그때 조셉 메이도우를 찾아갔는데 마침 집에 없어 그냥 돌아왔지."

그때 케일럽이 브랜든을 용의선상에서 제외하는 바람에 조셉 메이도우에 대한 추적은 더 이상 이루어지지 않았다. 그때는 조셉 메이도우가 실종사건들과 전혀 관련이 없을 거라고 생각했으니까.

안내문을 펼치자 해안가 풍경을 재현한 그림이 나왔다. 그림 아래에 '영국의 바닷가 트래킹 길'이라고 적혀 있었다. 그 옆에 오두막 같은 집이 있었고, 거기서 먹을 수 있는 음식 메뉴가 적혀 있었다.

각종 음료수, 샐러드, 피시 앤 칩스, 버거.

뒷면에는 근사한 해변이 나오는 화보가 있었다. 노섬벌랜드의 바닷가에 있는 또 다른 장소도 언급되어 있었다. 남쪽으로 약간 떨어져있는 지점에 위치한 앨른위크 유원지.

"바닷가 산책로에 있는 일종의 간이휴게소 같아. 오래 전

안내문이니까 아직까지 영업을 하는지는 확실치 않아."

"조셉 메이도우가 휴게소 주인이겠죠?"

"지금은 아닐 수도 있어. 그 사람은 현재 스카보로에 살고 있으니까. 노섬벌랜드는 여기서 너무 먼 곳이야." 케일럽이 생각에 잠겼다가 말을 이었다. "노섬벌랜드경찰서에 연락해서 즉시 출동을 요청해."

"그들이 무슨 이유로 출동해야 하는지 물으면 뭐라고 답해줄까요?"

"런던경찰국의 케이트 린빌 형사와 얼마 전 실종된 맨디 알라드가 그 집에 있다고 해. 브랜든 손더스와 조셉 메이도우도 있을지 모르니까 완전무장한 특수팀을 출동시켜야 할 거야."

"실제상황은 다를 수도 있을 텐데요."

"케이트와 맨디가 위험해. 더 이상 시간을 지체해서는 안돼. 우리는 현장으로 출발하기 전에 일단 조셉 메이도우의 집을 조사해봐야 해."

10

맨디는 온몸이 펄펄 끓어 계속 담요를 밀어냈다. 그럴 때마다 케이트는 인내심을 갖고 맨디의 몸을 담요로 감싸주었다. 맨디는 눈을 감고 이따금 알아들을 수 없는 말을 중얼거렸다. 맨디를 도울 수 있는 방법이 없었다. 붕대도 없고, 소독약도 없었다. 맨디는 이제 목숨이 경각에 달해있었다. 당장 치료를 받지 않으면 위험했다.

케이트는 눈이 어둠에 익숙해져 어렴풋한 윤곽만으로도 주변 사물들을 알아볼 수 있었다. 가능성이 희박했지만 그녀는 이 집에서 벗어날 수 있는 방법이 무엇인지 다시 한 번 곰곰이 생각해 보았다. 그녀는 벽에 기대 두 팔로 몸을 감싸 안았다. 그나마 두꺼운 코트와 부츠를 신고 있어 다행이었다. 허기와 갈증이 심했지만 아직은 버틸 만했다. 아무리 궁리해 봐도 빠져나갈 수 있는 방법이 없었다.

린다 캐스웰을 피해자로 생각했는데 범인이었다. 가출 후 분명 전입신고를 했을 텐데 어떻게 지금껏 신분을 노출하지 않고 살 수 있었는지 의문이었다. 한나가 실종되었을 당시 경찰은 린다에게 연락을 취하려고 했지만 실패했다. 정말이지 수수께끼 같은 일이 아닐 수 없었다. 그렇다고 오지에 있는 이 작은 집에 숨어살지는 않았을 것이다. 전기와 수도가 끊긴 집에서 산다는 건 불가능할 테니까. 린다는 어느 정도 재력을 갖추고 있었던 게 분명했다. 제법 값나가는 차를 몰고 다니는 걸 보면 뭔가 불법적인 일을 저질렀을 가능성을 배제할 수 없었다. 집을 임대하자면 소득을 입증해야 한다. 린다에게 일자리를 제공해준 사람이 있다고 하더라도 집까지 빌려주었을 가능성은 희박했다.

혹시 브랜든 손더스의 집에서 함께 살았을까?

먼 친척 사이라고는 하지만 얼핏 봐도 두 사람은 수상한 관계였다. 한나를 납치한 건 분명 린다였을 것이다.

한나를 데려와 그동안 소홀히 한 엄마 역할을 해보려고 그랬을까? 오랜 정신병원 병력 때문에 양육권 다툼을 벌여봐야

승산이 없을 테니까.

가출한 린다는 오랫동안 한나를 몰래 지켜보았을 것이다. 그러다가 비가 추적추적 내리던 11월의 어느 저녁에 스카보로 역에서 서성거리던 한나 앞에 처음으로 모습을 드러냈으리라. 한나는 엄마에 대한 기억이 어렴풋이 남아있는데다 사진을 통해 얼굴을 본 적이 있어 주저하지 않고 차에 올랐을 것이다. 한나는 몹시 놀라고 당황했지만 위험하다고 여기지는 않았을 것이다. 무뚝뚝하고 강압적인 아버지와 함께 사는 동안 엄마를 무척이나 그리워했기에 오히려 기뻤을 수도 있었다.

한나는 이 집에서 지내는 동안 린다가 자신을 돌려보내지 않으리란 걸 깨달았다. 아무리 엄격하고 무뚝뚝해도 라이언은 아버지였고, 집으로 돌아가고 싶었을 것이다. 한나가 평범한 여학생 생활을 찾기 위해 집으로 돌아가겠다고 하자 린다는 몹시 실망해 이 집에 감금했을 것이다. 한나는 어느 순간 엄마가 정신질환자라는 사실을 인지했을 수도 있었다.

한나는 얼마나 절망적이고 당혹스러웠을까?

케이트는 어두컴컴한 방을 둘러보았다. 벽에 매달린 슬픔들이 그녀가 들이마시는 공기에 짙게 배어 있었다.

그 다음에 한나는 어떻게 됐을까?

한나의 시신은 발견되지 않았지만 사스키아 모리스처럼 굶어죽었을 공산이 컸다. 언제부턴가 린다는 이 집에 혼자 남아있는 한나를 찾지 않았을 것이다. 물과 음식도 더 이상 가져다주지 않고, 외롭고 고통스럽게 죽어가도록 내버려두었을 것이다.

한나가 말을 듣지 않아서? 린다가 기대했던 딸의 모습이 아니라서?

케이트는 챔버필드병원 의사들과 나누었던 대화를 떠올려 보았다. 그들은 비밀 준수 의무를 내세워 린다의 정신질환 증세를 밝히길 거부했다. 극심한 우울증으로 고독한 날들을 보낸 린다는 병적인 집착을 가지고 있었을 공산이 컸다. 짐작컨대 라이언과의 관계 역시 린다가 주도적으로 이끌었을 것이다.

린다는 집으로 돌려보내 달라는 한나의 간청을 견딜 수 없었을 것이다. 한나가 함께 살자는 요구를 거부하자 린다는 심한 모욕감과 좌절감을 느꼈을 테니까. 린다는 딸을 소유하는 걸 정당한 권리라고 믿었을 것이다. 한나를 세상에 태어나게 한 엄마니까 소유할 권리가 있다고.

린다의 기대는 한순간에 커다란 좌절로 이어졌다. 린다는 딸에 대해 병적인 집착을 갖고 있었고, 한나를 대신할 누군가가 필요했다. 결국 사스키아 모리스를 납치했지만 다시 한번 큰 좌절을 경험하게 되었다. 사스키아 역시 가족들에게 돌아가고 싶다고 애원하며 허구한 날 눈물을 흘렸다. 린다를 엄마로 받아들일 수는 없었을 테니까.

케이트는 숨쉬기조차 버거운 듯 숨을 헐떡이는 맨디를 물끄러미 바라보았다. 한나는 아버지로부터 과도한 보호를 받으며 자란 아이였다. 사스키아 역시 부모의 보살핌을 받으며 온실 속의 화초처럼 자랐다. 맨디는 전혀 달랐다. 맨디는 집을 나와 거리를 떠돌면서도 전혀 기죽지 않는 강단과 용기를 가진 아이였다. 린다에게 집으로 보내달라고 눈물을 흘리며 매달리지도 않은 아이였다. 린다는 그런 맨디를 좋아했지만 끝내 마음을 얻는 데 실패했다. 맨디는 절대 고분고분하게 갇혀 있을 아이가 아니었기에 린다가 바라는 이상적인 딸로 바꿀 수 없었다.

만약 끝까지 발각되지 않는다면 린다의 집착은 어디까지 이어질까?

린다의 집착은 앞으로도 멈추지 않고 계속 이어질 거라고 추측되었다. 린다는 전형적인 연쇄살인범, 정상적인 인간관계가 불가능한 소시오패스이니까. 그런 병적인 인간들은 좌절을 겪을수록 관계에 대한 집착이 커지게 마련이었다.

린다의 눈빛이 떠올랐다. 아무런 감정이 담겨 있지 않은 무심한 눈동자. 케이트는 이전에도 감정이 부재한 범죄자를 체포한 적이 있었다. 인간에 대한 애정과 공감능력이 부재해 타인과의 소통이 전혀 불가능한 존재. 그는 타인의 슬픔이나 고통에 무감했다.

린다 역시 그런 부류였다. 설득이 가능한 인물이 아니었다. 그런 사람을 병원 밖으로 내보내면 결코 안 되지만 그 모든 걸 법과 제도로 막기에는 한계가 명확했다. 끔찍한 사건이 벌어지고 난 뒤에야 사람들은 법과 제도에 허점이 있다고 지적한다. 린다는 이미 두 아이를 살해했다. 맨디도 죽음이 임박해 있었다.

누군가 우리를 찾아낼 거야. 내가 약속시간에 나타나지 않을 경우 데이비드는 분명 뭔가 이상하다는 걸 깨달을 거야. 분명 누군가에게 내가 보낸 음성메시지가 전달됐을 거야.

설령 누군가 음성메시지를 받았다고 해도 제대로 이해하지 못했을 가능성이 있었다. 케이트는 손으로 머리를 감싸 쥐고 바닥을 응시했다. 현재 상황은 재앙 그 자체였다. 그나마 린다와 브랜든이 하늘의 처분에 맡겨두고 떠나서 다행이었다. 만약 음성메시지를 듣고 도와주러 올 사람만 있다면 살 수 있을 테니까.

과연 케일럽이 이런 오지에 있는 집을 찾아낼 수 있을까?

그 순간 밤의 정적을 뚫고 차 소리가 들려왔다. 차가 집을 향해 다가오고 있었다. 케이트는 자리에서 벌떡 일어섰다. 이 늦은 시각에 우연히 오지를 찾아올 사람은 없었다.

데이비드일까? 아니면 케일럽 헤일 반장?

엔진소리가 가까이에서 들려왔다. 너무나 귀에 익숙한 소리였다. 바로 그녀의 차였다.

"빌어먹을!"

린다와 브랜든이 다시 돌아왔다.

11

케일럽은 노섬벌랜드경찰서 동료에게 시걸스 클리프에 대한 안내문을 통해 알아낸 모든 정보를 동원해 위치를 설명했다. 전화를 받은 노섬벌랜드경찰서 동료는 출동요청이 그리 달갑지 않은 눈치였다. 이 깊은 심야에 황량하고 외진 지역에 있는 집을 찾아낸다는 건 힘들고 성가신 일일 테니까.

"시걸스 클리프에 위험천만한 납치범들이 있어요. 그들에게 잡혀간 아이와 런던경찰국 소속 여형사의 목숨이 위태로운 상황입니다." 상대로부터 망설이는 기색을 감지한 케일럽이 호통 치듯 말했다. "동료경찰이 생명의 위협을 받는 상황인데 왜 자꾸 머뭇거리는 태도를 보이는 거요? 만약 당신들이 능장을 부려 일이 잘못되기라도 하면 내가 감찰부에 보고 조치할 테니 그리 알아요."

"이 한밤중에 고원지대 오지에서 시걸스 클리프를 찾아낸다는 건 결코 쉬운 일이 아닙니다." 상대의 목소리에 짜증이 잔뜩 묻어 있었다. "아무튼 일단 특수대 병력을 출동시키겠습니다. 해안가 트래킹로 근처에 있는 휴게소라고 했죠?"

"서둘러 출동해야 합니다."

케일럽이 노섬벌랜드경찰서 동료와 통화하는 사이 로버트가 조셉 메이도우의 주소를 확보했다.

"조셉 메이도우가 집에 있을 경우 우리는 그 빌어먹을 시걸스 클리프의 정확한 위치를 알아낼 수 있을 거야."

"그가 우리 일에 순순히 협조할까요?"

"협조하게 만들어야지."

케일럽이 단호하게 말했다.

조셉 메이도우의 집은 북쪽 만 근처에 있었다. 골즈비펜션에서 그리 멀지 않은 집이었다. 다른 경관이 조셉 메이도우의 집을 찾아갔다가 허탕을 치고 돌아온 적이 있었다. 집에 불이 켜있지 않았다.

케일럽이 초인종을 눌렀지만 인기척이 없었다. 로버트가

차고 안을 들여다봤더니 텅 비어 있었다.

"집에 사람이 없나 봐요."

로버트가 낙담하며 말했다.

케일럽은 옆집으로 가서 초인종을 눌렀다. 젊은 남자가 얼굴을 잔뜩 찌푸리며 현관문을 열었다. 집안에서 아이들이 악을 쓰며 우는 소리가 들려왔다.

"누구시죠?"

케일럽이 신분증을 제시했다.

"스카보로경찰서 강력반의 케일럽 헤일 반장입니다. 조셉 메이도우 씨를 만나러왔는데 집이 비어 있어서요."

젊은 남자가 케일럽을 응시했다.

"조셉 메이도우 씨요?"

"옆집에 사는 사람 이름이 조셉 메이도우 씨 아닌가요?"

"조셉 메이도우 씨가 맞지만 그와 대화를 나누는 건 불가능해요. 치매에 걸린 지 오래됐거든요. 아마 자기 이름조차 기억하지 못할 거예요."

"아직 그가 옆집에 살고 있나요?"

"네, 부인과 함께요."

"집에 아무도 없던데 부인이 환자를 혼자 남겨두고 외출한 걸까요?"

남자가 한숨을 푹 쉬었다.

"그 여자가 가끔 외출하는 걸 봤어요. 그럴 때마다 중증 환자를 집에 혼자 내버려두고 외출해도 되는지 걱정이 되더군요. 혹시 다량의 수면제를 먹여 잠을 재우고 나가는 건 아닌지 의심되기도 했어요. 조셉 메이도우 씨는 혼자서는 거동할 수 없는 상태거든요."

"그의 부인과는 서로 교류하며 지내나요?"

"전혀 교류하지 않았어요. 여자가 좀 이상해요. 가끔 길에서 우연히 마주쳐도 절대 인사를 안 해요. 그들 부부는 5년 전에 이 동네로 이사왔어요. 조셉 메이도우 씨는 그때부터 이미 치매가 심해 혼자 나다니질 못했죠. 그들이 이사 오고 나서 얼마 안 되었을 때 우리 부부가 집에 초대한 적이 있는데 우편함에 거절의사를 적은 카드를 넣어두었더군요. 그럴싸한 거절 이유를 밝히지도 않고요. 그 이후로는 교류를 포기했어요. 그 여자가 원치 않았으니까요."

"조셉 메이도우 씨를 마지막으로 본 게 언제였죠?"

이웃집 남자가 잠시 기억을 더듬었다.

"아마 반년쯤 됐을 거예요. 그때는 여름이었는데 그날 따라 여자가 남편을 데리고 밖으로 나왔어요. 그날 딱 한 번 그들 부부가 함께 산책하는 모습을 봤죠. 조셉 메이도우 씨는 그때도 이미 중증이라 주변상황을 제대로 인지하지 못했어요."

"혹시 조셉 메이도우 씨가 예전에 간이휴게소를 운영했다는 말을 들어본 적이 있나요? 노섬벌랜드에서요?"

"간이휴게소를 운영했는지는 모르지만 그들 부부가 노섬벌랜드에서 온 건 맞아요. 그들이 이 동네에 이사 온 직후 그 여자에게 어디서 왔는지 물었더니 노섬벌랜드에서 왔다고 하더군요. 더 이상 다른 말은 하지 않았어요."

"협조해주셔서 감사합니다."

케일럽이 인사를 하고 돌아서자 남자가 현관문을 닫았다.

"우린 무슨 수를 쓰든 이 집 안으로 들어가 봐야 해."

케일럽이 어둠에 휩싸인 집을 둘러보며 말했다.

"조셉 메이도우가 집에 있다고 해도 치매 환자잖아요. 그런 사람이 시걸스 클리프에 가는 방법을 알려줄 리 없어요. 아마 시걸스 클리프라는 이름조차 기억하지 못할 거예요. 이만 돌아가는 게 좋겠어요."

케일럽이 고개를 가로저었다.

"뭔지 모르지만 내 직관이 반드시 이 집에 들어가야 한다고 주장하고 있어."

"게다가 가택수색영장도 없이 집안으로 들어가면 안 되잖아요."

케일럽은 그 말을 무시하고 건물 뒤쪽으로 돌아갔다. 로버트가 한숨을 푹 내쉬며 뒤따랐다.

건물 뒤쪽 창문 앞에 선 케일럽이 재킷을 벗어 오른손에 둘둘 감더니 유리창을 힘껏 내리쳤다. 그런 다음 손을 집어넣어 손잡이를 돌려 문을 열었다. 그들은 어두컴컴한 집 안으로 들어갔다.

케일럽이 전등스위치를 눌렀다. 그들이 들어간 곳은 식당으로 기다란 식탁과 의자들, 목재장식장, 통나무로 만든 가구들이 있었다. 식당을 나와 복도로 들어섰다. 수많은 신발들이 벽을 따라 늘어서 있었다. 의자 위에 재킷과 코트, 모자, 목도리가 아무렇게나 쌓여 있었다.

"청소상태가 몹시 불량한 집이네요."

로버트가 말했다.

"아마 침실은 2층에 있을 거야. 거기에 조셉 메이도우가 누워 있을지도 몰라."

2층에 침실이 세 개나 있었지만 방 하나는 가구가 전혀 없이 비어 있었고, 다른 두 개의 방에는 침대가 놓여 있었다. 사람이 사용한 흔적이 있는 침실은 하나밖에 없었다. 침대 위에 구겨진 빨랫감들이 잔뜩 널려 있었고, 방 안 여기저기에 옷들이 떨어져 있었다. 전부 여자 옷이었다. 다른 방에도 침대가 있었지만 최근에는 사용한 흔적이 없어보였다.

케일럽이 그 방 옷장 문을 열었다.

"이 옷장에는 남자 옷들이 많아. 도대체 조셉 메이도우는 어디에 간 거야? 근래에 이 방을 사용한 흔적이 없어."

"이미 오래 전에 요양원에 보낸 게 아닐까요? 그 여자가 가끔 집을 비운다고 했잖아요."

"그럼 왜 조셉 메이도우의 옷이 전부 이 옷장에 들어있을까? 속옷, 풀오버, 바지까지 전부 들어있어."

"요양원에서는 외출복이 필요 없잖아요."

케일럽이 미간을 찌푸렸다.

"이 집 지하실을 확인해봐야겠어."

"반장님, 우린 지금 여기에서 머뭇거릴 시간이 없어요."

케일럽은 들은 체도 하지 않고 다시 1층으로 내려갔다. 로버트는 내심 욕설을 내뱉으며 그를 뒤따랐다.

현관에 주방과 거실 그리고 식당으로 통하는 문들이 있었다. 케일럽이 지하로 내려가는 문을 열었다. 전등스위치를 누르자 천장에 매달린 전구가 깜빡거리며 지하로 내려가는 돌계단을 비추었다. 갑자기 곰팡내와 악취가 밀려들었다.

"이상한 냄새가 나요. 뭔가 썩는 냄새 같아요."

케일럽은 왠지 기분이 오싹했다. 가파른 계단을 내려갈수록 악취가 더욱 심해졌다. 케일럽과 로버트는 단 한 마디도 하지 않았고, 두 사람 사이에 팽팽한 긴장감이 감돌았다.

지하에는 방이 두 개 있었다. 케일럽이 전등스위치를 올렸다. 방 하나에는 세탁기와 건조기, 빨랫감이 가득 쌓인 세탁 바구니가 비치돼 있었다. 다른 방에는 나무선반에 콘플레이크 봉지와 통조림 몇 개, 과일주스 병 몇 개가 놓여 있었다. 조셉 메이도우 부부는 식사를 제대로 챙겨먹지 않는 사람들이 분명했다.

구석에 방이 하나 더 있었고, 숨을 쉴 수 없을 만큼 지독한 악취가 났다. 그 방은 문이 잠겨 있었지만 열쇠가 꽂혀 있었다.

케일럽이 열쇠를 돌려 문을 열었다. 두 사람 모두 코로 훅 끼쳐온 악취에 다리가 휘청했다.

로버트가 입과 코를 손바닥으로 틀어막았고, 케일럽이 전등스위치를 눌렀다.

그 방 역시 다른 방들과 마찬가지로 창문이 없었다. 바닥과 벽, 천장이 온통 석재로 되어 있었다. 그야말로 지하 감옥이나 다름없었다.

방 한가운데에 침대가 놓여 있었고, 그 위에 사람이 누워 있었다. 가까이 다가가 보니 이미 죽은 지 오래 된 시신으로 부패가 진행되고 있었다. 시신의 팔다리가 침대에 묶여 있는 게 보였다.

"조셉 메이도우야."

케일럽이 말했다.

*

"나를 좀 도와줘."

집에 도착한 나는 브랜든에게 말한다. 그가 눈을 휘둥그레 뜨고 쳐다본다.

"어쩌려고?"

브랜든이 두려움과 공포에 떨며 묻는다. 그는 이번에도 일이 저절로 해결될 거라고 믿었지만 종종 뜻대로 되지 않는 법이다. 브랜든은 런던경찰국 소속 형사를 끌어들일 정도로 멍청하다.

"창고 안에 석유가 들어 있는 통이 몇 개 있으니까 당장 꺼내와. 지렛대나 도끼가 있는지도 찾아봐. 창문을 깨고 석유를 들이부운 다음 불을 지를 거야."

브랜든이 화들짝 놀란다.

"집 안에 여자들이 있는데 그냥 불을 지르겠다는 거야?"

"당연하지! 그럼 그 여자들을 살려주겠다는 거야?"

브랜든은 어쩌면 이리 멍청할까?

역정이 난다.

"내 말이 무슨 뜻인지 알겠지?"

"모르겠어."

브랜든은 내 말을 듣고도 이해하지 못하겠다는 듯 뚱한 표정을 짓는다. 그는 늘 그러다가도 결국 내 말을 수용한다. 지금껏 단 한 번도 내 말을 거역해본 적이 없다. 노예처럼 고분고분 말을 들으면 언젠가는 내가 사랑을 받아줄 거라고 믿고 있다. 그가 노예처럼 나를 추종하거나 따른다고 사랑해줄 마음은 추호도 없다. 단지 그를 이용할 뿐이다. 브랜든은 대책 없는 바보는 아니라서 내가 그를 얼마나 경멸하는지 잘 안다. 그럼에도 나를 떠나지 못한다. 그는 언젠가 나와 잘될 거라는 망상에 사로잡혀 있다. 내가 시키면 뭐든지 다 하는 이유다. 그는 나를 사랑하니까.

브랜든이 손전등을 들고 창고로 들어간다. 창고가 너무 어두워 자꾸 물건들에 걸려 쓰러진다. 온갖 잡동사니들이 널려 있어 무질서한 공간이다. 어딘가에 조셉이 타던 요트의 연료로 쓰던 석유가 남아 있다. 조셉은 이제 요트를 탈 수 없다.

브랜든이 석유통 두 개를 들고 나와 내 발 앞에 내려놓고 나서 창고로 다시 들어간다. 나는 주머니에서 담배와 라이터를 꺼낸다. 담배를 피우면 긴장이 풀릴 텐데 찢어진 입술의 상처가 너무 따가워 엄두가 나지 않는다. 겨우 살짝 붙은 입술이 다시 찢어져 피가 흐르면 낭패가 아닐 수 없다.

어둠 속에서 어두컴컴한 집을 바라본다. 집안에서는 아무런 소리도 들리지 않는다. 아마도 맨디는 이미 의식을 잃었을지도 모른다. 케이트는 자동차 엔진소리를 들었을 테니 우리가 돌아온 걸 알고 있을 것이다. 우리는 그들을 풀어주거나 다정한 대화를 나누기 위해 돌아온 게 아니다. 케이트도 그걸 모를 만큼 멍청하지 않을 테니 나름 방어할 준비를 할 것이다.

런던경찰국 형사라면 무기를 소지하고 있지 않을까?

몸을 수색해보지 않아 알 수는 없지만 일단 없다고 봐야 한다. 만약 무기를 소지했다면 우리가 떠나기 전에 이미 꺼내들고 위협하거나 공격을 가했을 테니까.

케이트는 방어를 위해 어떤 방법을 찾아냈을까?

나는 위험을 감수할 필요 없이 밖에서 불을 지를 생각이다. 브랜든이 지렛대를 들고 다시 나타난다. 제법 쓸모가 있는 사람이다.

나는 지렛대를 받아든다.

"옷이나 헝겊조각이 있는지 찾아봐. 내가 창문을 깨고 석유를 들이부을 테니까 넌 헝겊에 불을 붙여 집 안으로 던져 넣어."

"린다!"

브랜든이 애처롭게 내 이름을 부른다.

"시키는 대로 해."

나는 싸늘하게 대꾸하고 나서 집 뒤로 돌아간다. 주방 창문을 깨뜨릴 생각이다. 쇠창살이 있어 창문을 깨뜨려도 안에 있는 사람이 밖으로 빠져나올 수는 없다.

지렛대로 힘껏 쳤지만 유리창은 깨지지 않는다. 어찌나 두꺼운지 몇 번이나 내리치고 나서야 겨우 깨진다. 유리창 깨지는 소리가 너무 크게 나서 신경이 곤두선다. 소리가 멀리까지 퍼져나갔지만 들을 사람은 없다.

브랜든이 석유통과 헝겊조각을 들고 나타난다. 그 순간 집 안쪽에서 어떤 움직임이 포착된다. 집안에서 사람 그림자가 움직이고 있다. 나는 석유통 마개를 열고 창문 안으로 석유를 들이붓는다.

내 계획을 알아차린 케이트가 어둠 속에서 묻는다.

"내가 뭘 갖고 있는지 안보여?"

당연히 안 보인다. 너무 어두우니까.

"뭘 갖고 있는데?"

케이트가 뭔가를 흔들어댄다.

"당신 차는 어떻게 가져가려고?"

일순 내 얼굴이 굳어진다.

빌어먹을!

내 차는 이 집에서 조금 떨어져 있는 주차장에 세워두었다. 차를 절벽으로 밀고가 바다로 밀어 넣으려면 반드시 차 열쇠가 있어야 한다. 차가 저절로 굴러가 바다에 빠질 리 없다. 차 열쇠가 없는 이상 차를 계속 주차장에 세워둘 수밖에 없다. 경찰이 출동해 내 차를 발견하게 되면 곧장 조셉을 찾아갈 테고, 내 정체가 드러날 수밖에 없다.

"차 열쇠를 이리 내."

바보가 아닌 이상 순순히 돌려줄 리 없다.

"난 런던경찰국 형사야. 내 핸드백 안에 신분증이 들어 있으니까 확인해 봐. 내 동료들이 수사상황을 알고 있어. 그들이 곧 이곳에 도착할 거야."

"네가 형사라는 건 알고 있어."

머릿속에서 온갖 생각들이 떠오른다. 책이나 영화에서 보면 경찰은 상관의 지시나 사전 허락을 받지 않고는 절대 혼자 움직이지 않는다. 따라서 케이트의 말은 사실일 가능성이 크다.

"넌 우릴 죽일 경우 두 건의 살인이 추가되는 거야. 그 경우 형량이 얼마나 늘어나게 될지 생각해봤어? 아마 죽을 때까지 교도소에서 썩게 될 거야."

차의 번호판을 제거하면 되지 않을까?

부질없는 생각이다. 번호판을 제거하더라도 차대번호를 조회하면 금세 차주가 누군지 알 수 있다. 차를 불에 태워도 차체는 그대로 남는다. 차대번호 역시 확인 가능하다. 스카보로에 가서 스페어 열쇠를 가져오는 방법이 있지만 왕복 여섯 시간이 걸린다. 게다가 열쇠를 어디에 놓아두었는지 기억나지 않는다.

"열쇠를 이리 내놔."

내가 다시 한 번 위협적으로 말한다.

케이트는 대답이 없다.

갑자기 비명이라도 지르고 싶다. 미처 생각지 못했는데 차를 어떻게 처리해야 할지 좋은 방법이 떠오르지 않는다.

차는 조셉의 명의로 되어 있다. 이웃사람들은 나를 그의 부인으로 알고 있을 뿐 린다 캐스웰에 대해서는 전혀 모른다. 나는 조셉과 결혼하지 않았고, 라이언과 이혼하지도 않았다.

내 신분이 들통 나면 집을 빼앗길 수밖에 없다. 조셉의 재산이나 돈을 전혀 이용할 수 없게 된다. 브랜든 역시 내 옆에 남아 있지 못하고 달아나야 한다.

케이트는 브랜든을 알고 있다. 어쩌면 이미 케이트의 동료들도 그의 이름을 알고 있을지 모른다. 우린 당장 영국을 떠나야 한다. 그 전에 케이트와 맨디를 죽여야 한다.

머릿속에서 온갖 생각들이 뒤엉키는 바람에 현기증이 난다. 어떤 계획이든 결론이 개운하지 않다.

나는 뒤에서 기다리고 있는 브랜든에게 다가간다.

"당장 안으로 들어가서 차 열쇠를 빼앗아와. 차를 놓아두고 가면 곧 우리의 정체가 발각될 테니까."

브랜든이 당혹스러운 표정으로 바라본다.

"여형사가 무기를 휴대하고 있으면 어쩌게?"

"권총이 있었다면 진작 사용했겠지. 저 여자는 총을 휴대하고 있지 않으니까 걱정할 필요 없어."

"날카로운 병조각을 들고 있다가 공격할 수도 있어."

브랜든은 겁쟁이다.

"내가 당한 건 맨디가 몸을 숨기고 있다가 급습했기 때문이야. 지금은 상황이 다르잖아. 넌 남자니까 케이트를 제압해 차 열쇠를 빼앗는 것쯤은 일도 아닐 거야."

"상대가 둘이나 되잖아."

"맨디는 탈진상태라서 힘을 못 써. 비쩍 마른 케이트만 상대하면 돼."

브랜든은 여전히 결정을 내리지 못하고 주저한다. 더는 브랜든을 설득하느라 머뭇거릴 시간이 없다.

그럼 내가 들어갈게."

"안 돼, 넌 이미 많이 다쳤잖아."

아마도 찢어진 입술이 부풀어올라 고통스럽지 않았다면 웃음을 참지 못했을 것이다. 아무튼 우리 둘 중 한 사람은 안으로 들어가야 하는데 브랜든은 용기가 없다.

12

결정적인 단서를 남겨두지 않으려면 둘 중 한 사람은 안으로 들어와 자동차 열쇠를 빼앗아가야 한다. 현관문이 열리는 소리에 이어 조심스러운 발자국 소리가 들려왔다. 걸음소리가 주방쯤에서 딱 멎더니 더 이상 아무런 움직임이 포착되지 않았다. 둘 중 한 사람만 안으로 들어온 게 분명했다. 발걸음 소리가 가벼운 것으로 보아 덩치가 큰 브랜든이 아니라 린다일 가능성이 컸다.

린다와 브랜든 중에서 누굴 상대하는 게 쉬울까?

린다는 키가 작고 몸이 연약하지만 냉철했고, 브랜든은 키가 크고 힘이 세지만 우유부단해보였다.

맨디는 여전히 방에서 담요를 감고 누워 있었다. 그 아이는 이미 산 사람이 아니라 송장처럼 보였다.

발자국 소리가 점점 더 가까워지고 있었다.

"케이트, 어디야?"

케이트는 대답하지 않았다.

"주방에 있어?"

케이트는 이번에도 대답하지 않았다.

복도에서 손전등 불빛이 어른거리다가 바닥을 훑고 지나갔다. 이번에는 벽과 천장을 훑었다. 린다의 발걸음은 도둑고양이처럼 조심스럽기 그지없었다.

불빛이 주방 문 앞에서 어른거렸다. 다음 순간, 린다의 얼굴이 불쑥 나타났다. 찢어진 입술 탓인지 얼굴이 몹시 일그러져 있었다. 관자놀이에서부터 입술까지 병조각에 베여 찢어지고, 여기저기 핏자국이 말라붙어 있었지만 여전히 예쁜 얼굴이었다. 남자들의 보호본능을 불러일으키는 얼굴. 린다는 그런 남자들을 철저하게 이용했다. 남자들은 린다를 도우면서 연약한 여자를 보호해주고 있다고 믿었다. 그녀는 그런 그들을 뜻대로 조종하며 도구로 삼았다.

"열쇠 이리 내."

케이트가 고개를 저었다.

"왜 그래야 하지?"

"순순히 내놓지 않으면 큰 고통을 겪게 될 거야."

"브랜든 없이 나를 상대할 수 있겠어?"

"브랜든은 내가 부르면 당장 달려오지."

"아무리 불러도 브랜든은 오지 않아. 이미 빠져나갈 구멍이 없다는 걸 깨달았을 테니까. 이미 오래 전부터 그는 절망에 빠져 있었지. 그가 챔버필드병원을 찾아간 이유가 뭔지 알아? 너의 정신질환이 얼마나 심각한지 알아보려고 간 거야. 넌 브랜든이 챔버필드병원에 다녀온 걸 전혀 몰랐지?"

린다의 눈빛이 흔들렸다.

"헛소리야."

"브랜든이 챔버필드병원에 간 이유는 너의 미친 짓을 막을 방법을 찾기 위해서야."

"난 미치지 않았어."

린다의 입술에서 흘러나온 피가 턱을 타고 흘러내렸다.

"브랜든은 내가 시키면 뭐든지 해. 너를 여기까지 데려온 걸 보면 알 수 있잖아."

"내가 사건의 전모를 파악하고 있자 그는 공황상태에 빠졌지. 결국 이 집에서 너와 함께 저지른 짓들이 그를 절망에 빠뜨린 거야."

"이 집에서 벌어진 일들이 너랑 무슨 상관이 있지?"

"넌 살인을 저질렀어."

"난 그런 적 없어."

"한나를 굶어죽게 방치한 건 살인이야."

"한나가 나를 배신했어."

"한나는 이 황량한 집에 갇혀 있고 싶지 않았을 뿐이야. 너의 한풀이를 위해 자신의 삶을 희생할 수 없었지. 넌 미치광이 짓을 한 거야. 어느 누구도 아이들을 납치해 사랑해달라고 강요할 권리는 없어. 사람은 누군가를 억지로 사랑할 수는 없는 거야. 브랜든은 이미 오래 전부터 살인을 멈추어야 한다는 걸 알고 있었어."

"차 열쇠를 내놔."

"난 싫으니까 원하면 빼앗아가."

린다가 한 걸음 앞으로 다가섰다. 케이트는 그녀의 눈빛을 보는 순간 섬뜩한 느낌을 받았다. 공허하고 무표정한 눈빛, 마음이 병든 사람의 눈빛이었다.

케이트는 한 걸음 뒤로 물러서다가 깨진 유리조각을 밟아 몸을 움찔했다. 린다가 그 틈을 놓치지 않고 얼굴을 향해 주먹을 날렸다. 그와 동시에 무릎으로 배를 힘껏 올려 찼다. 기습적인 공격을 받은 케이트가 짧은 비명을 지르며 몸을 웅크렸다. 린다가 목덜미에 일격을 가했다.

케이트가 비명을 지르며 쓰러졌다. 린다가 몸을 날려 케이트가 손에 쥐고 있는 차 열쇠를 빼앗으려고 손을 뻗었다. 케이트가 가까스로 몸을 굴려 옆으로 피하며 린다의 다리를 가격했다. 린다가 들고 있던 휴대폰이 바닥에 떨어졌다. 휴대폰 손전등이 꺼지면서 사방이 암흑세계로 변했다.

케이트는 지금 자신이 유리조각 위에 누워 있다는 걸 알 수 있었다. 석유가 웅덩이를 이루고 있었다. 린다가 몸 위에 올라타 주먹을 날렸다. 몸이 가녀린데도 주먹이 매서웠다. 케이트는 경찰학교 시절 다양한 무술을 익혔음에도 린다의 공격에 속수무책이었다. 린다의 주먹질에 몸이 마비되고 구역질이 났지만 케이트는 자동차 열쇠를 끝까지 움켜쥐고 있었다.

갑자기 린다가 크게 소리쳤다.

"브랜든, 도와줘!"

브랜든이 합세하면 열쇠를 빼앗길 수밖에 없는 상황이었다.

"브랜든!"

린다가 다시 브랜든을 소리쳐 불렀다.

누군가 주방 안으로 들어섰다.

여기서 내 인생이 끝나는 건가? 마침내 인생의 대반전을 일으킬 기회를 잡았는데 이렇게 허망하게 마무리되는 건가?

그 순간 성냥불이 환하게 켜졌다. 불빛 속에서 서있는 사람의 얼굴이 보였다. 브랜든이 아니라 맨디가 단호한 표정을 짓고 서있었다.

"맨디, 성냥불을 꺼!"

그 순간 린다가 뒤를 돌아보았고, 케이트는 그 틈을 놓치지 않고 그녀의 얼굴을 향해 주먹을 날렸다. 린다가 비명을 지르며 석유가 흥건하게 고인 웅덩이에 쓰러졌다.

"맨디, 어서 성냥불을 끄라니까!"

케이트가 악을 쓰며 소리쳤다.

맨디가 손에 들고 있던 성냥불을 석유 웅덩이에 던졌다. 순식간에 강력한 불길이 치솟았다. 바닥에 쓰러져 있는 린다의 얼굴이 보였다.

"넌 마녀야, 어서 죽어!"

맨디가 숨을 헐떡이며 소리쳤다.

"맨디, 밖으로 나가!"

맨디가 비틀거리며 출입문 쪽으로 걸어갔다. 불길이 빠른 속도로 번져가고 있었다.

케이트는 설령 범죄자라고 해도 린다가 불길에 타죽게 내버려둘 수는 없었다.

"일어나, 린다!"

얼굴이 피범벅이 된 린다가 비틀거리며 몸을 일으켜 세웠다.

"어서 밖으로 나가!"

"싫어!"

린다가 비명을 질렀다.

"빨리 나가라니까!"

자칫하다가는 둘 다 목숨이 위태로워질 수 있는 상황이었다.

"난 안 나갈 거야."

린다가 다시 바닥에 주저앉았다. 피범벅이 된 얼굴과 헝클어진 머리카락, 휘둥그레 뜬 눈 때문에 얼굴이 그로테스크해 보였다.

린다는 남은 인생을 교도소에서 썩느니 불에 타죽길 바라는 듯했다. 케이트는 있는 힘을 다해 린다를 문 쪽으로 잡아당겼다. 갑자기 커다란 불길이 위로 치솟았다. 케이트는 가까스로 린다를 주방에서 복도로 밀어내는 데 성공했다. 복도에도 매캐한 연기가 자욱하게 끼어 있었다. 공기가 어찌나 뜨거운지 숨을 쉴 때마다 폐가 타들어가는 듯했다. 숨을 들이쉴 때마다 연기를 같이 들이마실 수밖에 없었다.

린다는 생명이 모두 빠져 나간 짐승처럼 몸이 축 늘어져 있었다. 움직이는 건 다리뿐이었다. 케이트는 안간힘을 다해 린다를 부축하고 앞으로 걸어갔다. 매캐한 연기 때문에 눈이 따갑고, 숨이 막혔다. 더는 걸어갈 힘이 없다는 생각이 드는 순간 신선한 공기가 코와 입으로 스며들었다. 케이트는 마침내 린다를 부축해 집밖으로 나오는 데 성공했다. 강력한 불길이 하늘로 솟구치며 케이트의 얼굴을 신비의 베일처럼 부드럽게 감쌌다. 케이트는 그 자리에 풀썩 주저앉았다.

높이 솟아오른 불길이 주변을 환하게 밝히고 있었다. 맨디는 나무에 기대 앉아 있었고, 브랜든은 눈앞의 광경이 도무지 믿기지 않는다는 듯 망연자실한 표정을 짓고 서 있었다.

린다가 눈을 뜨고 케이트를 쳐다보며 중얼거렸다.

"죽고 싶어."

11월 18일, 토요일

케이트는 새벽녘이 되어서야 집에 도착했다. 로버트가 그녀를 집에 태워다주었다. 불이 난 이후 벌어진 일들은 마치 꿈을 꾼 듯 기억이 희미했다. 비현실적이고 혼란스러운 장면들이 머릿속을 가득 채웠다. 체력이 고갈된 데다 연기를 들이마신 탓에 정신이 혼미해진 탓이었다.

풀밭에 주저앉아 불길을 쳐다보고 있을 때 경찰이 구급차를 앞세우고 나타났다. 린다와 맨디는 구급차에 실려 갔고, 브랜든은 현장에서 체포되어 순찰차에 실렸다. 누군가 미니버스에 오른 케이트의 어깨에 담요를 둘러주었다. 의사가 그녀를 진찰하고 나서 무슨 말인가 해주었지만 제대로 알아들을 수 없었다. 누군가 뜨거운 홍차를 가져다주었지만 연신 기침이 터져 나와 제대로 마실 수 없었다. 의사는 당장 병원에 가봐야 한다고 했지만 케이트는 집으로 돌아가고 싶었다. 데이비드가 기다리는 곳.

케일럽이 그녀 앞에 나타났다. 그가 콜린이 난해한 음성메시지를 풀기 위해 경찰서를 방문했다고 말해주었다.

"자넨 도대체 여기서 뭘 하고 있는 거야?"

케일럽이 물었다. 그의 목소리에는 분노보다 안도의 감정이 실려 있었다.

"린다 캐스웰이 여자아이들을 납치해 살해한 범인이에요."

케이트가 말했다.

케일럽이 당황한 얼굴로 그녀를 쳐다보았다.

"린다 캐스웰? 한나의 엄마?"

"린다는 오래 전 헤어진 한나를 되찾고 싶었나 봐요. 한나가 그녀의 뜻대로 따라와 주지 않자 고원지대의 빈집에 방치해 굶어죽게 했어요. 그 다음에는 한나를 대신해 사스키아를 납치했죠. 최근에는 맨디를 납치했어요. 린다의 시도는 모두 실패로 돌아갔죠. 잘 될 리가 없잖아요."

"몸은 좀 어때? 자네가 그동안 수사한 사건에 대해 보고할 수 있겠어?"

케이트는 고개를 끄덕였다.

사건 보고를 하는 동안 어젯밤 벌어진 장면들이 하나의 커다란 그림으로 뭉뚱그려져 제대로 해냈는지 알 수 없었다. 다들 의문을 제기하지 않고 수긍한 걸 보면 별 문제없이 논리적으로 설명했다는 뜻이었다.

케이트는 사건 보고를 끝내고 케일럽에게 집으로 돌아가겠다고 말했다.

"집에 가고 싶어요."

"일단 병원에 가서 검사부터 받아야지. 연기를 너무 많이 맡았어. 팔에 화상도 입었잖아."

케이트는 그 말을 듣기 전까지 화상을 입었다는 걸 미처 알지 못했다. 그제야 팔을 내려다보았더니 붕대가 감겨 있었다. 정신이 혼미해있을 때 의사가 연고를 바르고 붕대를 감아주었다고 했다.

"일단 집에 갔다가 병원에 들를게요."

다들 케이트의 고집을 꺾을 수 없었다. 로버트가 차를 운전해 케이트를 집까지 태워다주었다. 의사가 차를 직접 운전하는 건 위험하니까 누군가 대신해줘야 한다고 주장한 탓이었다. 케일럽이 내일 시간을 내 차를 집으로 가져다주겠다고 했다.

케이트가 스카보로에 도착한 시간은 새벽 4시였다. 중간에 로버트의 휴대폰을 빌려 데이비드에게 문자메시지를 남겼다.

지금 스카보로를 향해 가는 중이에요.

케이트는 내심 데이비드가 집 앞에서 기다리고 있기를 간절히 바랐지만 아무도 없었다. 도로 양편 모두 고요 속에 잠긴 집들뿐이었다.

"혼자 있어도 괜찮겠어요?"

로버트가 걱정스런 표정으로 물었다.

케이트가 고개를 끄덕였다.

"난 괜찮아요."

상처가 욱신거렸지만 상관없었다. 몸은 손가락 하나 까딱하지 못할 만큼 지쳤는데 정신은 오히려 수정처럼 맑았다. 케일럽이 적절한 시간에 나타나 팽팽한 긴장감을 풀어주어서 다행이라고 생각했다. 이제 단독수사는 끝났다. 그녀는 맨디와 린다의 목숨을 구했다. 이제부터 린다와 브랜든은 케일럽이 맡기로 했다.

케이트는 핸드백을 다시 돌려받았다. 열쇠로 현관문을 열자 메씨가 달려와 애처롭게 울었다. 케이트는 몸을 숙여 메씨를 품에 안았다.

"혼자 너무 오래 있었지? 먹이를 줄 사람도 없이."

케이트는 전등을 켜고 주방으로 가 메씨를 내려놓았다. 접시에 사료를 가득 쏟아준 다음 신선한 우유도 따라주었다. 메씨가 정신없이 사료를 흡입했다.

케이트는 배는 전혀 고프지 않았지만 갈증이 심해 생수를 반병이나 들이켰다.

"자, 이제부터 뭘 할까?"

당장 데이비드의 집으로 달려가 주방의 커다란 식탁에 앉아 차를 마시며 오늘 하루 겪은 일들에 대해 자세히 이야기하고 싶었다. 휴대폰이 없어 콜택시를 부를 수 없었다. 어서 날이 밝기를 기다릴 수밖에.

케이트는 붕대를 감은 팔을 비닐로 감싸고 느긋하게 샤워를 하며 머리카락과 피부에 밴 석유냄새와 연기냄새를 씻어 냈다. 세탁기가 없어 하루 종일 입고 있던 옷을 빨래바구니에 넣어두었다.

샤워를 마치고 메씨와 함께 침낭 속으로 들어가 잠을 청했지만 정신이 갈수록 말똥말똥해지며 잠이 오지 않았다. 누군가 망치로 두드리기라도 하듯 심장이 격하게 뛰었고, 아드레날린이 몸 전체로 퍼져나갔다. 밤새 잠을 설치다가 5시 반에일어나 커피를 끓이고 토스트를 만들었다. 주방 유리창에 얼굴이 비쳤다. 캠핑의자에 앉아 커다란 찻잔을 감싸 쥐고 있는 여자.

"나는 외롭지 않아. 몇 시간만 더 기다리면 데이비드를 만나러 갈 테니까."

왜 자꾸 혼자라는 생각이 들까? 왜 자꾸 데이비드에 대해 의구심이 들까? 왜 자꾸 불안감이 커질까?

데이비드는 어젯밤 여기에 나타났어야 해. 문자를 보냈잖아. 그는 내가 집에 돌아온다는 걸 알고도 보러오지 않았어. 문자메시지를 못 봤을 수도 있어. 한밤중에 보냈으니까.

설령 그렇더라도 내가 약속시간에 나타나지도 않고 종적이 묘연한데 아무런 걱정도 하지 않고 태연하게 지낸다는 건 말이 안 돼.

아니야, 저녁 내내 나를 찾아다니다가 지쳐 곯아떨어진 거야. 아마 내 휴대폰에 그가 애타게 나를 찾으면서 보낸 메시지가 수없이 많이 들어있을 거야.

케이트는 집게손가락으로 관자놀이를 누르며 자꾸만 서운해지는 생각들을 떨쳐버리려 애썼다.

의심이나 근거도 없는 추측은 백해무익해. 모든 게 다 잘 될 거야.

케이트는 자꾸만 불편해지는 마음을 다독거렸다. 간밤에 사건의 전모를 밝혀내고 범인을 체포했음에도 그다지 기쁘지 않았다. 납치된 여자아이들이 겪었던 고통이 너무나 참혹했기 때문이다. 린다 캐스웰은 몇 년 동안 미친 짓을 계속했다. 브랜든이 그녀의 미친 짓을 옆에서 도왔다.

린다는 10대 때부터 자신을 절대적으로 지지해주고 제 마음대로 움직일 수 있는 사람을 가까이 두고자 했다. 사람을 소유하려는 욕망은 결코 바람직한 결과로 이어질 수 없다는 걸 알지 못했다. 그녀가 처음 선택한 라이언은 타인과의 소통에 심각한 문제가 있었다. 린다는 그와 지내는 동안 정신적 허기를 느낄 수밖에 없었다. 한나가 구원이 되어주길 바라며 납치했지만 원하는 대로 따라주지 않았다. 고원지대 외딴 집에 감금해두고 사랑을 구한다는 건 미친 짓이었다. 린다는 정신병원에 남았어야 했다. 의사들은 린다의 퇴원을 허락하지 말았어야 했다.

케이트는 커피를 한 잔 더 따랐다. 관할 구역이 아닌 스카보로경찰서의 수사에 개입한 건 잘못이지만 미궁에 빠진 사건을 명쾌하게 해결했다. 케일럽에게는 미안한 일이었지만 후회는 없었다.

케일럽이 스카보로경찰서 강력반에서 함께 일해보자고 했던 제안은 여전히 유효할까?

케이트는 메씨를 무릎 위에 올려두고 등을 쓰다듬어주었다. 나직하고 부드러운 고양이 울음소리가 마음을 차분하게 달래주었다. 어두운 창밖을 내다보고 있는 동안 서서히 날이 밝아오기 시작했다. 어둠 속에서는 보이지 않던 수목들과 정원의 울타리 그리고 원예용품들을 보관하는 창고가 윤곽을 드러냈다.

*

케이트는 너무 서두른다는 인상을 주고 싶지 않았다. 오전 10시가 임박해서야 그녀는 데이비드의 집으로 향했다. 메씨는 집에 두고 왔다. 고양이를 데려갈 경우 주말 내내 그의 집에서 머물고 싶어 하는 속내를 들킬 것 같아서였다.

케이트는 이웃집여자의 휴대폰을 빌려 콜택시를 불렀다. 이웃집여자가 차는 어디에 있는지, 휴대폰은 왜 잃어버렸는지, 팔은 왜 다쳤는지 연이어 물었지만 다음에 이야기해주겠다고 둘러대고 겨우 따돌렸다.

케이트는 데이비드 집 현관문 초인종을 눌렀다. 안에서는 아무런 인기척이 없었다. 데이비드의 차도 보이지 않았다.

먹을거리를 준비하러 장을 보러 간 건가? 문자메시지를 봤다면 내가 돌아왔다는 걸 알고 있을 텐데 왜 집에 진득하게 붙어있지 않고 외출했을까? 혹시 나에게 가느라 길이 엇갈린 건가?

케이트는 자꾸만 불안해지는 마음을 애써 다독거렸다.

날씨도 추운데 차도 없고, 택시를 부를 휴대폰도 없었다. 케이트는 데이비드가 집 열쇠를 현관문 옆 빗물받이 통 아래에 놓아두고 다닌다는 걸 알고 있었다. 데이비드가 거기에 열쇠를 놓아두고 다닌다고 말해준 적이 있었다. 다만 열쇠로 문을 따고 집 안으로 들어가 기다리라고 명시적으로 말한 적은 없었다. 그가 여분의 열쇠를 만들어주지 않은 건 사전 약속을 하지 않은 이상 혼자 빈집에 들어가 있는 걸 바라지 않는다는 뜻이었다.

케이트는 여러 번 차분히 생각한 끝에 집안에 들어가서 기다리기로 했다. 날씨가 너무 추워 밖에서 기다리는 건 무리였다.

데이비드도 이해해줄 거야.

데이비드가 말한 대로 빗물받이 통 아래에 열쇠가 놓여있었다. 케이트는 현관문을 열고 2층으로 올라갔다. 따뜻한 온기를 머금은 그의 집이 친숙한 느낌으로 다가왔다.

케이트는 코트를 옷걸이에 걸어두고 주방으로 갔다. 식탁 위에 마시다가 만 커피 잔과 토스트 조각, 잼이 묻은 빵 칼이 놓여 있었다. 식탁을 치우는 동안 조금이나마 긴장이 풀렸다. 이 집에서 데이비드와 제법 많은 시간을 함께 하며 요리도 만들고, 와인도 마시며 즐거운 대화를 나누었다. 촛불을 켜놓은 침실에서 함께 잠자리에 들었고, 아침 일찍 잠이 깨 모닝커피를 마시며 서로의 손을 잡아주었다. 그녀가 집이 팔리면 어디서 머물러야 할지 고민하자 데이비드는 쾌히 이 집에서 지내라고 했다.

케이트는 그의 말을 진심으로 믿었는데 왠지 마음 깊은 곳에서 자꾸만 불안감이 피어올랐다. 그가 주말에 일찍 집을 비운 것도 마음에 걸렸다.

이 시간에 어디에 갔을까?

데이비드는 결코 부지런한 사람이 아니었다. 오히려 성품이 지나치게 느긋했다.

케이트는 문득 술을 한 잔 마시고 싶었다. 아침부터 술을 마시는 건 결코 바람직한 일이 아니었지만 알코올에 기대서라도 긴장을 풀고 싶었다. 어제는 많은 일들이 있었다. 집으로 돌아오는 길에 데이비드가 기다리고 있길 간절히 바랐다. 그녀를 보자마자 달려와 따스하게 안아주며 무슨 일이 있었는지 다정하게 물어주길 바랐다. 그녀가 털어놓는 이야기를 진지하게 들어주고 위로의 말을 해주길 바랐다.

케이트, 자기연민에 빠지면 안 돼.

거실 장식장에 진, 위스키, 럼주, 과일 브랜디 등 온갖 종류의 술이 들어있었다. 케이트는 '맥켈란'이라고 써놓은 상자에서 위스키 병을 꺼내 뚜껑을 열었다. 그때 상자에 들어 있던 엽서만한 크기의 사진 한 장이 발밑으로 툭 떨어졌다. 케이트는 허리를 숙여 사진을 집어 들었다. 사진 아래쪽에 글씨가 적혀 있었다.

'스코틀랜드 여행을 기념하며, 2014년 8월.'

스코틀랜드의 어느 강변에서 풀이 무성하게 자란 산을 배경으로 찍은 사진이었다. 티셔츠 차림에 며칠 동안 면도를 하지 않은 듯 수염이 덥수룩하게 자란 두 남자가 사진의 주인공이었다. 그 중 한 사람은 데이비드였고, 나머지 한 사람은 알렉스 반즈였다.

아니야, 절대로 있을 수 없는 일이야.

데이비드는 폭우가 쏟아지던 10월의 어느 날 밤, 아멜리를 바다에서 끌어낼 때 알렉스를 처음 봤다고 했다. 그 이전에는 한 번도 만난 적이 없다고 했다.

서로 모르는 사람들끼리 함께 스코틀랜드로 여행을 다녀올 리 없잖아?

케이트는 온몸이 부들부들 떨려오며 분노가 치밀었다.

데이비드는 분명 거짓말을 했다. 데이비드와 알렉스는 안면이 있는 정도가 아니라 친구 사이가 분명했다. 그렇다면 데이비드는 그날 저녁에 우연히 바닷가 길을 따라 집으로 돌아오던 길이 아니었다. 항구 계류장에 정박해둔 요트들이 안전한지 확인하고 나서 그날따라 이상하게 바닷가 길을 걷고 싶었다고 했던 말은 거짓이 분명했다. 알렉스의 요청을 받고 방파제 근처로 갔거나 처음부터 그와 함께 일을 도모했을 가능성이 컸다. 그들은 어린 아멜리를 유혹해 비열하고 기만적인 사기극을 저질렀다.

"말도 안 돼."

케이트는 위스키 병과 사진을 다시 박스에 집어넣었다. 방금 전 알게 된 사실들을 머릿속에서 지워버리고 싶었지만 불가능했다. 거짓말을 한 사람과 관계를 유지할 수는 없었다. 아직 희망의 불씨를 완전히 꺼버리지는 않았다. 부디 그가 납득할 수 있는 해명을 해주길 바랐다.

사실은 나도 거짓말을 했어. 우린 둘 다 솔직하지 못했던 거야.

케이트는 신분을 속였고, 데이비드는 경찰서에서 조사를 받을 당시 거짓 진술을 했다. 혼자만 알고 넘길 문제가 아니었다. 여차하면 그를 신고해야 하는 중대 사안이었다.

케이트는 놀라고 당황하고 절망했다.

이제 어떻게 해야 하지?

케이트는 생각에 집중하느라 차가 다가오는 소리를 듣지 못했다. 계단을 올라오는 발자국 소리가 들려왔다.

케이트는 마치 몸이 마비되기라도 한 듯 그 자리에서 꼼짝도 할 수 없었다. 그녀는 술병과 사진을 손에 들고 장식장 앞에 그대로 서있었다. 아직 어떻게 해야 할지 결정하지 못했다.

데이비드가 그녀를 보고 흠칫 놀랐다가 이내 평온한 얼굴을 되찾았다.

"도대체 어떻게 된 거예요?"

데이비드가 가까이 다가오다가 케이트의 얼굴 표정을 보고 뭔가 낌새를 차린 듯 우뚝 멈춰 섰다.

"팔을 다친 거예요?"

케이트가 고개를 끄덕였다.

"왜 아무런 연락도 안 했어요?"

"어제 문자를 보냈잖아요."

데이비드가 유감이라는 듯 어깨를 으쓱했다.

"사실은 휴대폰이 수중에 없어요. 케일럽 헤일 반장이 당신과 통화한 내역을 분석해야 한다면서 가져갔거든요. 도대체 무슨 일이 있었던 거예요? 이제 보니 얼굴이……."

데이비드가 말을 더듬었다. 아마도 많이 피곤해 보인다고 말하려 했을 것이다. 간밤에 잠을 설쳐서인지 몸이 피곤한데다 얼굴이 많이 창백했다. 게다가 연기를 많이 마시는 바람에 눈에 시뻘건 핏발이 서있었다.

"많이 피곤해 보여요."

드디어 그가 할 말을 찾았다.

데이비드는 그녀가 어제 집으로 돌아올 때 보낸 문자메시지를 받지 못했다. 그가 집에 오지 않은 이유가 밝혀진 셈이었다. 그는 어제 그녀에게 무슨 일이 있었고, 어디에 있었는지 전혀 모르는 듯했다.

그 사이 상황이 달라졌다. 단지 그의 무심한 태도와 성의가 부족한 게 문제였다면 여차저차 사정을 고려해 가볍게 넘길 수도 있겠지만 분명 대수롭지 않게 넘길 사안이 아니었다.

"장보러 갔다 오는 길이에요." 데이비드가 눈치를 살피며 말을 이었다. "일단 음식을 만들어야겠어요. 이야기는 그 다음에……."

케이트가 그의 말을 끊었다.

"물어볼 게 있어요."

데이비드가 그녀를 물끄러미 쳐다봤다.

"뭔데요?"

케이트가 사진을 흔들었다.

"이 사진에 대해서요."

데이비드가 사진을 건네받아 자세히 들여다봤다.

"이 사진, 어디서 났어요?"

"위스키를 한잔 마실 생각이었는데 박스 안에 들어있던 이 사진이 바닥에 떨어졌어요." 케이트는 조심스럽게 말을 이었다. "이 남자, 알렉스 반즈 맞죠?"

데이비드가 사진을 탁자에 내려놓고 고개를 끄덕였다.

"맞아요."

"3년 전, 둘이서 함께 스코틀랜드로 휴가를 다녀왔군요."

"함께 휴가를 떠난 게 아니라 스코틀랜드에서 알렉스를 만났어요. 그때 나는 칼레도니아 운하를 관광하는 패키지투어를 하고 있었죠. 그 당시만 해도 알렉스는 번듯한 직장에 다니고 있었고, 돈도 제법 잘 벌 때여서 스코틀랜드로 휴가를 왔던 거예요. 그와 함께 이야기를 나누다가 스카보로 출신이란 걸 알게 되어서 금세 가까워졌죠. 그 전에는 한 번도 만난 적이 없어요."

"알렉스가 위스키를 선물한 걸 보면 패키지투어가 마음에 들었나 봐요."

"알렉스가 패키지투어를 마음에 들어 한 건 맞지만 다른 고객들도 다들 나에게 선물을 주었어요. 일종의 관례였죠."

"물론 그럴 수도 있지만 핵심은 그게 아니죠." 케이트가 그를 쳐다보았다. 그녀는 자신이 지금 얼마나 절망적인 눈빛으로 그를 쳐다보고 있는지 알고 있었다. "그동안 당신은 줄곧 알렉스를 처음 봤다고 주장했어요. 아멜리를 바다에서 끌어올린 그날 저녁 이전에는 일면식도 없었다고요. 경찰조사를 받을 때……."

데이비드가 다급하게 말을 끊었다.

"네, 알아요. 그래서 뭐가 잘못됐다는 건데요?"

"당신은 중대한 거짓말을 했어요."

"뭐가 그리 중대하죠? 나는 단지 성가신 문제에 휩쓸려들고 싶지 않았을 뿐이에요."

"그날 저녁 알렉스가 전화했나요? 아멜리를 바다에서 끌어올릴 때 옆에서 도울 사람이 필요하다고?"

데이비드는 대답을 회피했다.

"당신은 그날 알렉스와 바닷가 방파제에서 만나기로 사전

에 약속했던 거예요. 혹시 예기치 않은 문제가 발생할 우려
가 있으니 대비 차원에서 조력자가 한 사람 더 필요했겠죠.
폭우가 퍼붓는 날이라 생각지 못했던 문제가 생길 경우 계획
에 차질을 빚게 될 테니까요. 누군가 옆에 있다가 구조를 도
와야 했겠죠."

　데이비드는 여전히 대답을 회피했다.

　"당신은 한사코 아니라고 하지만 알렉스와 매우 가까운
사이였던 게 분명해요. 스코틀랜드에서의 패키지투어 이후
알렉스는 당신에게 사정을 털어놓았겠죠. 당신은 집을 나온
아멜리가 알렉스와 함께 지내고 있다는 걸 알고 있었을 거예
요. 아니, 당신과 알렉스는 머리를 맞대고 아멜리 문제를 어
떻게 처리할지 함께 계획을 세웠을 수도 있겠죠. 결론은 아
멜리의 부모에게서 돈을 뜯어내기로 한 거예요."

　데이비드의 표정이 일그러졌다.

　"마치 내가 엄청난 음모를 꾸민 사람처럼 말하는군요. 우
연한 기회에 알렉스가 아멜리와 만난다는 사실을 알게 되었
고, 그 즉시 경고했어요. 미성년자를 만나는 건 미친 짓이라
고요. 알렉스는 그 아이가 화장을 진하게 하고 다녀서 미성
년자인줄 몰랐다고 하더군요. 올여름에야 아멜리가 열네 살
이라는 걸 알게 되었다고요. 나는 사실 알렉스가 불쌍해 보
였어요. 아멜리가 거머리처럼 알렉스에게 달라붙어 떨어지려
하지 않으니까요. 알렉스는 그 아이에게서 한시도 벗어나
지 못하고 꽉 잡혀 지내는 신세였죠."

　"당신 말을 듣고 보니 알렉스가 세상에서 제일 불쌍한 남

자였네요."

케이트가 빈정거리듯 말했다.

데이비드가 차가운 눈빛으로 그녀를 바라보았다.

"당신은 이해하지 못하겠지만 내가 보기에 알렉스는 큰 곤경에 빠져 있었어요. 알렉스가 관계를 정리하려는 기미가 보이면 아멜리는 끔찍한 히스테리를 부리거나 자살하겠다고 협박을 가했어요. 만약 아멜리 부모가 눈치를 채고 경찰에 신고할 경우 알렉스는 꼼짝없이 교도소에 갈 수밖에 없는 처지였죠."

"당신이 알렉스를 돕기 위해 아이디어를 냈군요. 납치사건을 조작해 문제를 일거에 해결하기로요."

"알렉스의 아이디어였어요. 가출한 아멜리는 집으로 돌아갈 생각이 전혀 없었죠. 알렉스는 납치사건을 조작해 그 아이 부모로부터 돈을 받아내 외국으로 도주할 계획이었어요."

"아멜리와 함께 외국으로 도주할 생각은 없었다는 건가요?"

"알렉스 혼자 떠날 생각이었어요. 외국으로 떠나면 한동안 영국에 돌아오지 못하리란 걸 알고 있었죠."

문득 한 가지 의문이 케이트의 뇌리를 스쳤다.

"당신은 그 모든 계획을 사전에 알고 있었죠?"

"아멜리가 실종됐다는 신문기사를 보고 알렉스에게 전화했더니 그 아이가 자기 집에 와있다고 하는 거예요. 미친 짓이라며 당장 돌려보내라고 했더니 그가 문제를 일거에 해결할 방법이 있다고 하더군요. 곤경에 빠진 친구를 경찰에 신고할 수도 없어 조용히 입을 다물기로 했죠. 그저 문제없이 일이 잘 마무리되기만 바랐어요."

"당신은 입을 다문 정도가 아니라 직접 그 일에 뛰어들었어요."

"그날 알렉스가 피자 레스토랑으로 출근하기 전에 전화해 계획을 털어놓았어요. 그러면서 내게 정해진 시간에 우연을 가장해 바닷가 길로 와달라고 했죠. 우리가 친구 사이라는 게 밝혀지면 곤란하니까 서로 모르는 척해야 한다면서요. 알렉스가 말한 대로 11시에서 12시 사이에 폭우를 뚫고 바닷가 길로 내려갔죠. 마지막까지 결정을 내리지 못하고 망설이다가 약속시간이 조금 지나 그 장소에 도착했어요. 아멜리는 그때 이미 오랫동안 방파제에 매달려 있었기 때문에 기력이 소진된 상태였죠. 알렉스는 혼자서 충분히 아멜리를 끌어올릴 수 있을 거라 판단했는데 역부족이었던 거예요. 그야말로 예기치 않은 상황이 발생한 셈이죠. 사실 알렉스가 나를 끌어들인 이유는 구조를 도울 조력자가 필요해서가 아니라 경찰조사를 받을 때 증인이 필요했기 때문이었어요. 알렉스는 경찰의 의심을 받게 되리라는 걸 예상했을 테니까요. 결국 알렉스와 나는 힘을 합해 아멜리를 바다에서 끌어올렸죠. 그런 다음 경찰에 신고했어요. 알렉스와 나는 계속 서로 모르는 사이인 척하기로 했죠. 경찰이 물으면 우연히 그 길을 지나다가 도움을 주게 되었다고 하기로 사전에 입을 맞추었어요. 아멜리도 우리가 이전부터 알고 지낸 사이라는 걸 전혀 몰랐죠. 지금까지 한 얘기가 그날의 전모라고 할 수 있어요."

"알렉스와 친한 사이라고는 해도 비열한 사기극이란 걸 알았을 텐데 왜 가담했죠?"

데이비드는 그녀의 어깨 너머로 창밖을 응시했다.

"협조해주면 돈을 주겠다고 하던가요?"

데이비드가 낮은 한숨을 내쉬었다.

"솔직히 요즘 많이 고전하고 있어요. 브렉시트가 시행되면 내 사업은 더욱 큰 타격을 받게 되겠죠. 유럽 여러 나라들과 네트워킹이 원활하게 이루어져야 하는 사업인데 브렉시트가 시행될 경우 많은 제약을 받을 수밖에 없으니까요."

"돈을 받고 협조하기로 했군요."

"알렉스가 내 몫으로 1만 파운드를 주겠다고 하더군요. 당분간 숨통을 틀 수 있는 액수였죠."

"아무리 사정이 어려워도 어떻게 그런 짓을 할 수 있죠?"

데이비드의 눈에서 냉기가 뿜어져 나왔다. 처음 대하는 서늘한 눈빛이었다.

"당신이 비밀을 지켜줄 거라 믿어요. 만약 경찰에 알리더라도 난 모든 혐의를 부인할 거예요."

"당신이 알렉스와 친구 사이라는 걸 입증할 증거가 있어요. 알렉스는 당신이 사람들을 끌어모아 떠난 요트여행에 참가했고, 그 서류가 분명 어딘가에 존재할 테니까요."

데이비드의 눈빛이 더욱 싸늘해졌다.

"제발 내 말 좀 들어봐요. 당신은 내가 사업적으로 얼마나 힘든지 모를 거예요. 기자들이야 불러주는 데가 많으니까 경제사정이 극도로 악화되는 경우는 없겠죠. 만약 수입이 급격히 줄어들 경우 당신은 무엇부터 바꾸게 될까요? 우선 사치스러운 취미생활을 중단하겠죠. 가령 요트여행 같은 거요. 내 처지는 당신과 달라요. 스카보로와 런던은 또 다르죠. 시간 있으면 이 지역 사람들이 어떻게 살아가는지 한 번 둘러봐요. 많은 사람들이 일자리를 잃고 허구한 날 술에 찌들어 살고 있어요. 다들 그 지경인데 누가 요트여행을 떠나겠어요."

데이비드는 여전히 그녀를 기자라고 믿고 있었다. 그가 조금만 노력하면 기자가 아니라 형사라는 걸 쉽게 알아낼 수 있었을 텐데 왜 그러지 않았는지 이상하다는 생각이 들었다. 그를 처음 만났을 때 스카보로경찰서 강력반 반장을 지낸 아버지가 피살되었다는 이야기를 들려주었다. 그 사건에 대해 알고자 할 경우 인터넷을 잠깐만 뒤져보면 금세 알 수 있는데 그러지 않았다.

케이트는 그 이유가 뭔지 생각해보았다. 결국 관심이 없었기 때문이다. 어제 하루 종일 그녀의 행방이 묘연했음에도 그는 어떻게 된 사연인지 알아보려고 하지 않았다. 오후 5시에 집으로 가겠다고 한 그녀가 연기처럼 사라졌고, 경찰이 통화내역을 확인하겠다며 휴대폰 제출을 요구했음에도 그는 별일 아니라는 듯이 태평하게 지냈다. 매우 심각한 일이 발생했을 수도 있다는 경고음이 울렸음에도 전혀 관심을 기울이지 않았다. 그런 상황이라면 당장 경찰서로 달려가 그녀의 생사여부를 확인했어야 마땅했다. 그녀의 집에도 찾아가보고, 이웃집여자에게 행방을 물었어야 했다.

그런 와중에도 데이비드는 느긋하게 장을 보고 돌아왔다.

내가 이 집에 나타나지 않았다면 그는 무얼 했을까? 혼자 맛있는 음식을 만들어 먹으며 집안에서 노닥거리지 않았을까?

데이비드의 눈은 여전히 싸늘한 한기를 발산하고 있었다. 그녀가 모든 사실을 알아낸 것에 대해 분노한 듯했다. 지금이 순간, 그녀를 경악하게 만든 건 그의 무관심이었다. 이제야 그를 만날 때마다 왠지 마음이 불안해지고 무서웠던 이유를 알게 되었다.

케이트의 감정은 지금 가파른 절벽 위에 다다라 있었다. 한 걸음만 더 앞으로 내디디면 추락이었다. 아니, 한 걸음 더 내딛지 않더라도 그녀의 영혼은 이미 나락을 향해 추락하고 있었다.

"나와의 관계……." 케이트는 힘겹게 입을 뗐다. 두려움과 공포가 밀려와 숨을 못 쉴 지경이었다. "나와의 관계는…… 진심이었어요?"

데이비드는 입을 꾹 다물고 그녀를 물끄러미 바라보았다.

케이트는 그 와중에도 너무 피곤해 핏발 선 눈과 창백한 안색, 푸석푸석해진 피부가 신경 쓰였다.

데이비드가 입 꼬리를 올리며 비죽 웃었다. 이전에는 한 번도 대한 적 없는 웃음이었다. 케이트는 이제야 비로소 그가 어떤 사람인지 제대로 알게 되었다. 겉으로는 친절하고 이해심 많아 보이지만 대단히 이기적인 사람이었다. 그가 알렉스가 꾸민 사기극에 적극적으로 가담한 건 친구 사이라서가 아니라 돈 때문이었을 것이다.

왜 여태껏 그가 어떤 사람인지 깨닫지 못했을까?

"당신 자신을 돌아봐요."

데이비드가 말했다.

그녀의 귓속에서 피가 거칠게 돌기 시작했다.

"당신이 원한 건……."

"난 따끈따끈한 정보를 얻고 싶었어요." 데이비드가 태연자약한 표정으로 말했다. "당신은 끈질기게 실종사건을 조사하고 다니더군요. 알렉스와 나는 수사가 어떻게 전개될지 몰라 몹시 불안한 상태였죠. 문득 당신과 가깝게 지내면 수사 정보를 얻는데 큰 도움이 될 수 있겠다는 생각이 들었어요. 당신이 스카보로경찰서 강력반 케일럽 헤일 반장과 매우 각별한 사이라는 걸 알게 되었거든요."

케이트는 심장이 찢어지는 것 같은 고통을 느꼈다.

"그 정도로는 설명이 충분하지 않아요." 케이트는 말을 잇기조차 힘들었다. 그동안 혼자 꿈꾸었던 미래가 고통과 굴욕의 바다로 깊숙이 가라앉는 순간이었다. "그런 목적이었다면 그냥 서로 알고 지내는 것만으로도 충분했을 텐데, 굳이 왜?"

"단순히 알고 지내는 것보다는 그게 훨씬 더 재미있잖아요."

데이비드가 잔인하게 내뱉었다.

케이트의 마음속에 남아 있던 한 조각 연민마저 산산이 부서져버린 순간이었다.

"당신이 나에게 바란 건 오로지 정보와 재미였나요?"

데이비드가 미소를 머금고 그녀의 전신을 훑어내렸다.

"침실은 어두우니까요."

그들은 침묵하며 서로를 마주보았다. 케이트는 그 짧은 시간이 영원처럼 길게 느껴졌다. 몸에서 힘이 모두 빠져 달아난 느낌이었다. 그의 표정을 읽으려고 애썼다. 일말의 후회가 엿보였다. 그는 궁지에 몰리자 냉정을 잃고 굳이 하지 않았어도 되는 말을 남발했다. 비밀이 발각되고, 해명을 요구받자 본능적으로 방어기제가 작동하며 본색을 드러낸 것이다. 그는 이전에 야비하고 거친 말을 사용한 적이 없었다. 아무리 감추려고 해도 끝내 숨길 수 없는 게 사람의 본심이라는 걸 새삼 깨닫게 되었다.

데이비드는 범행에 대한 수사정보를 알아내기 위해 그녀에게 의도적으로 접근했다. 그가 다정하고 친절한 태도를 보인 건 오로지 목적을 이루기 위한 방편이었다. 그 와중에도 은연중 본색을 드러내기도 했다. 오후 5시에 만나기로 했던 그녀가 실종 상태인데도 전혀 신경 쓰지 않았다. 그녀의 아버지 리처드 린빌 반장이 살해되었다는 말을 듣고도 전혀 관심을 갖지 않았다. 런던에서 기자로 일하고 있고 집이 팔리는 즉시 돌아가야 한다는 걸 몇 번이나 밝혔음에도 그는 두 사람의 미래에 대해 전혀 상의하려 들지 않았다. 그녀가 스카보로경찰서로 자리를 옮길지 고민한 이유들 중에는 그와의 미래도 포함돼 있었다. 그 반면 그의 미래에 그녀의 자리는 없었다. 알렉스가 체포된 이후 그는 관계를 정리할 생각이었던 게 분명했다. 지난 며칠 동안 마음이 불안했던 이유는 본능적으로 그런 변화를 감지했기 때문이었다.

이제 한 가지는 분명했다. 데이비드와는 끝이라는 것. 어쩌면 그와 연애를 시작한 적조차 없었다.

데이비드가 침묵을 깨고 입을 열었다.

"이런 말까지 하고 싶지는 않았는데, 당신은 우리가 진지한 사이라고 믿었어요?"

된통 뺨을 얻어맞은 느낌이었다.

빌어먹을!

도대체 그럼 뭘 믿어야 했다는 건가? 그는 매력 있는 남자고 나는 매력 없는 여자니까 내가 주제를 알았어야 한다는 건가? 내가 사랑에 눈이 멀어 어리석은 망상에 빠졌던 건가? 그는 도대체 뭘 믿었을까? 우리가 처음부터 진지한 사이가 될 수 없다는 걸 알고 있었어야 한다고? 우리가 연인 사이로 발전할 가능성이 눈곱만큼도 없다는 걸 알고 있었어야 한다고? 내가 그런 걸 다 알고 있었으면서 달콤한 섹스에 눈이 멀어 어둠 속에서만 나를 견딜 수 있는 남자에게 환장했던 거라고? 내가 집을 팔고 런던에 올라갈 경우 우리의 미래가 어떻게 될지 물은 건 마땅한 화젯거리가 없어 심심풀이로 꺼낸 말이라고 생각했을까?

데이비드는 내가 얼마나 그에게 깊이 빠졌는지 잘 알고 있었으면서 끝까지 기만적인 태도를 유지했다. 설령 수사정보와 잠자리를 제공해줄 상대가 필요했을지라도 넘어서는 안 될 선이 있는 법이었다.

"내가 태워줘야 하나요? 밖에 차가 안 보이던데."

데이비드가 시큰둥한 표정으로 물었다. 한시바삐 이 어색한 상황에서 벗어나고 싶어 하는 눈치였다. 그는 알렉스와 찍은 사진을 다시 위스키 박스 안에 집어넣었다. 아예 그녀의 존재 자체를 염두에 두지 않는 것 같은 태도였다. 그는 사실 처음부터 그런 사람이었는데 미처 보지 못했을 뿐이었다. 진지한 걸 싫어하는 남자, 곤란한 문제가 생기면 회피하거나 하는 척하는 남자, 필요에 따라 타인을 이용하고 함부로 버리는 남자였다. 일이든 연애 문제든 깊이 고민하길 거부했다. 살아가는 동안 누구나 힘든 일을 겪는다. 그럴 때마다 대부분의 사람들은 문제를 직시하고 올바른 방향으로 해결될 수 있도록 최선을 다하기 마련이었다. 그는 아예 그런 시도조차 하지 않는 사람이었다.

케이트는 방금 전 한동안 혼자 가슴 설레며 꿈꾸었던 장밋빛 미래가 산산조각 났다는 걸 확인했다. 앞으로 얼마나 많은 시간이 흘러야 밝은 미래를 되찾을 수 있을지 가늠할 수 없었다. 비록 굴욕감으로 만신창이가 됐지만 아직 그녀의 일부는 살아 있었다. 앞에 서있는 비열하고 파렴치한 남자가 함부로 깔보는 여자 말고, 매우 치밀하고 지혜로운 여자. 다는 아니더라도 일부는.

케이트는 핸드백에서 경찰신분증을 꺼내 데이비드의 눈앞에 들이밀었다.

"런던경찰국의 케이트 린빌 형사입니다. 범죄행위에 가담하고 경찰에 출두해 거짓 진술을 한 혐의로 당신을 체포하겠습니다."

데이비드가 망연자실한 표정으로 경찰신분증을 주시했다.

"당신은 변호인의 도움을 요청할 권리가 있습니다."

"당신 직업이……."

케이트는 경찰신분증을 다시 한 번 그의 눈앞에 가져다댔다. 그는 비로소 사태를 파악한 듯 얼굴빛이 사색이 되었다.

"기자 아니었어요?"

"난 기자가 아니라 케이트 린빌 형사입니다."

"빌어먹을!"

데이비드의 입에서 욕설이 튀어나왔다. 그는 형사 앞에서 일체의 범행사실을 자백했다.

"이야기를 좀 더 나눌 수 있을까요? 제발 우리……."

케이트는 들은 척도 하지 않고 전화기를 향해 걸어간 다음 스카보로경찰서의 전화번호를 눌렀다. 데이비드는 넋이 나간 표정으로 거실 한가운데에 우두커니 서있었다.

케이트는 씨 클리프 로드로 순찰차를 보내달라고 요청한 뒤 수화기를 내려놓았다. 그런 다음 창가로 걸어가 조용한 거리를 내다보았다.

"케이트!" 데이비드가 애절하게 그녀의 이름을 불렀다. "내 말은 그런 뜻이 아니었어요. 제발 내 말 좀 들어봐요. 당신은… 그 모든 걸……."

케이트는 아무런 대꾸도 하지 않았다.

11월 21일, 화요일

케이트가 현관문을 열어줄까?

케이트는 슬프거나 상처를 받으면 몸을 움츠렸다. 케이트는 한때 데이비드 채플랜드와 함께하는 미래를 꿈꾸었지만 지금 그녀의 주변에는 온통 깨지고 부서진 파편만이 수북이 쌓여 있을 뿐이었다.

케이트의 차가 집 앞에 주차되어 있었다. 케일럽의 부하가 주말에 노섬벌랜드에서 차를 가져왔다. 초인종을 누르자 안에서 발자국 소리가 들려왔다. 이내 현관문이 열렸고, 그녀가 서 있었다. 평소보다 많이 지쳐 보이긴 했지만 생각보다 평온해 보이는 얼굴이었다. 더 이상 잃을 게 없다는 듯 단호한 눈빛을 보니 오히려 이전보다 더욱 단단해진 느낌이 들었다.

케일럽은 그녀를 따라 캠핑의자 두 개만 달랑 놓여 있는 거실로 들어갔다. 전기벽난로가 켜져 있어 실내공기가 따스했다.

"차를 끓여올 테니 잠시 앉아 계세요."

케이트가 그 말을 남기고 주방으로 사라졌다. 케일럽은 그냥 그 자리에 서있었다. 어디선가 고양이 한 마리가 불쑥 튀어나와 그의 다리를 만지작거렸다.

케일럽은 고양이의 등을 쓰다듬어주며 생각했다.

케이트에게는 이제 이 고양이만 남은 건가?

케일럽은 그녀와 데이비드 사이에 무슨 일이 있었는지 알지 못했다. 다만 케이트가 그를 경찰에 넘겼을 때 두 사람의 관계가 모두 끝났다는 걸 알 수 있었다. 힘든 일이었겠지만 올바른 선택을 해준 그녀가 고마웠다. 하긴 그녀는 예전부터 언제나 옳은 사람이었다.

케이트가 찻잔이 놓인 쟁반을 바닥에 내려놓았다.

"이전 세입자에 대한 소식은 없어?"

케이트가 고개를 저었다.

"어디로 사라졌는지 흔적조차 없어요. 이제는 아예 그들을 잡을 수 있을 거라는 희망을 버렸죠. 설령 잡는다고 하더라도 돈 한 푼 없는 빈털터리일 거예요."

"결국 이 집을 팔 생각이야?"

"아직 결정하지 못했어요. 일단 다음 주 초까지 휴가를 연장했으니까 그때까지 여기에 머물 예정이에요. 일주일 동안 쉬면서 앞으로 어떻게 할지 생각해봐야죠."

"콜린 블레어라는 친구는 잘 지내?"

케이트가 입 꼬리를 올렸다.

"콜린은 자기가 내 목숨을 구해주었다고 믿고 있어요."

"자네는 어느 누구의 도움도 받지 않고 단독수사로 사건을 해결했어."

"노섬벌랜드경찰서 사람들이 때맞춰 나타나주었어요. 콜린의 제보도 큰 도움이 되었죠. 그에게 큰 빚을 지긴 했지만 런던으로 돌려보냈어요. 그와 함께하고 싶은 미래는 없으니까요."

"무슨 말인지 알겠어."

그들은 잠시 침묵하며 차를 마셨다.

"몇 가지 새로운 소식을 가져왔어. 자네야말로 이번 사건을 해결한 일등공신이니까 반드시 알아야 할 소식이야."

케이트가 그를 물끄러미 바라보았다.

"린다 캐스웰은 2003년에 실제로 영국을 떠났어. 라이언 캐스웰은 그녀가 호주에 갔을 거라고 추정했지만 사실은 몇 년 동안 유럽지역을 여기저기 떠돌며 살았더군. 주로 스페인과 이탈리아의 휴양지에서 식당 종업원으로 일하며 어렵게 생계를 유지했어. 특이한 건 그 어디에서도 전입신고를 하지 않은 거야. 2008년에 스페인의 어느 휴양지에서 지낼 당시 요트여행을 하다가 잠시 정박하고 휴식을 취하던 조셉 메이도우를 만났어. 두 사람은 급격히 가까워졌고, 조셉 메이도우는 그녀를 영국으로 데려왔지. 영국의 항구에는 매일이다시피 수많은 요트들이 들락거려. 심지어 요트가 등록된 항구에 들어올 때는 검문검색을 하지 않는 경우도 허다해. 그러다보니 린다가 영국으로 돌아온 사실을 아무도 알지 못한 거야. 2003년에 린다의 가출에 대해 수사를 했던 우리조차도 그녀가 여전히 호주의 친척 집에서 살고 있다고 믿었고, 아무도 의문을 품지 않았어. 연쇄적으로 실종사건이 발생했을 때 우리는 수없이 많은 가상시나리오를 그려봤지만 린다가 등장한 경우는 없었지."

"린다는 오래 전 이곳에서 사라진 인물이었으니까요."

"우리는 왜 라이언이 그녀를 어디서 만났는지 확인해볼

생각을 하지 않았을까? 린다가 정신병원에 입원한 전력이 있다는 걸 알았더라면 아마 우리도 분명 의문을 품었을 거야. 챔버필드병원에서 라이언을 고소하지 않았기 때문에 우린 그가 린다와 문제를 일으켜 해고됐다는 사실을 전혀 알지 못했어. 부끄럽게도 결국 수사가 치밀하지 못했다는 반증이기도 하지."

"만약 알았더라도 린다가 딸을 납치했을 거라고 가정하긴 쉽지 않았죠."

"이혼한 부부들 가운데 어느 한쪽에서 아이를 납치하는 경우는 종종 있었어."

케이트가 고개를 저었다.

"그런 경우에는 조짐이 보이잖아요. 이혼할 당시 서로 아이를 맡아 키우겠다며 양육원 분쟁을 벌였거나 경제적 능력이 부족해 어쩔 수 없이 배우자에게 양육권을 빼앗긴 경우 그런 일이 빚어지기도 하죠. 린다는 제 발로 걸어서 집을 나갔고, 양육권 문제로 다툰 적도 없잖아요. 오히려 엄마로서 지나치게 무심해 보였죠. 단 한 번도 한나를 찾아온 적이 없었으니까요."

"아무튼 다시 영국에 온 린다는 조셉 메이도우와 노섬벌랜드 고원지대 근처 바닷가에서 시걸스 클리프라는 간이휴게소를 운영하게 되었어. 조셉은 조선소에서 오랫동안 일하다가 퇴직한 사람이라 제법 연금을 많이 받고 있었지. 그러다가 조셉이 치매에 걸리게 되었고, 시걸스 클리프는 일할 사람이 없어 문을 닫게 되었지. 그들은 노섬벌랜드를 떠나 스카보로에 집을 얻었어. 짐작컨대 린다가 스카보로 행을 주도했을 거야. 한나가 있는 라이언의 집 근처에서 살고 싶었을 테니까.”

“집을 나간 이후 줄곧 무심하게 지내다가 왜 갑자기 한나를 찾게 되었을까요?”

“조셉이 치매를 앓게 된 것과 무관하지 않다고 봐. 린다는 항상 누군가 옆에 있어줘야 하는 여자였어. 배우자 혹은 그녀에게 완벽하게 속한 사람. 조셉이 그런 사람이었는데 치매를 앓게 되자 상황이 달라진 거야. 린다는 오히려 짐만 되는 조셉 대신 옆에 있어줄 사람이 필요했고, 한나를 떠올리게 된 거야.”

“시걸스 클리프는 은신처로 쓰기 위해 일부러 남겨두었을까요?”

케일럽이 고개를 끄덕였다.

“그 집은 조셉의 소유였어. 린다는 그 집의 전기와 수도가 끊겼지만 그냥 내버려두었어. 전기나 수도를 사용하면 요금고지서가 발부될 테고, 은신처로 사용할 수 없게 될 테니까. 11월의 그날 저녁에 린다는 헐에서 한나를 납치할 계획이었는데 예기치 않게 케빈 벤트가 등장한 거야. 린다는 스카보로까지 케빈 벤트의 차를 뒤따라갔고, 비로소 역에서 기회를 포착하게 되었지. 한나에게 접근한 린다는 집에 데려다주겠다고 제안했어. 한나는 그녀가 집을 나간 엄마라는 사실을 한눈에 알아봤지. 사진으로 수없이 보았으니까. 한나는 몹시 당황했지만 아무런 의심도 하지 않고 린다의 차에 올랐어.”

케이트는 전율을 느끼며 어깨를 으쓱했다.

"한나는 시걸스 클리프에 갇히는 신세가 되었을 때 린다가 정신병자라는 사실을 알게 되었겠군요."

"린다를 볼 때마다 한나는 집으로 보내달라고 애원했어. 시걸스 클리프에서 갇혀 지내다보니 아버지와 살던 집이 차라리 낙원처럼 여겨졌을 테니까. 한나의 눈물과 애원이 오히려 그 아이의 운명을 끔찍한 비극으로 이끌었어. 린다는 거절당하는 걸 참지 못했으니까."

"린다는 왜 그토록 분노했을까요?"

"린다는 오지의 외딴집에 한나를 가두고도 그녀 자신은 오히려 그걸 사랑이라고 믿었어. 한나가 집으로 보내달라고 애원하는 건 린다의 시각에서 보자면 사랑을 거부하는 태도로 보였겠지. 아무튼 린다는 크게 실망했고, 한나를 보러 가는 날이 점점 뜸해졌어. 그러다가 어느 날부터 아예 발길을 뚝 끊게 되었지. 결국 한나는 아무것도 먹지 못하고 굶어죽었어."

"사체는 어떻게 처리했죠?"

"브랜든이 사체 처리를 맡았어. 린다의 지시로 한나의 시신을 시걸스 클리프에서 그리 멀지 않은 황무지에 묻었어. 현재 경찰이 그 일대에서 한나의 시신을 찾고 있는 중이야."

"브랜든은 어쩌다가 린다의 공범이 되었을까요?"

"린다의 먼 친척인데 어렸을 때부터 그녀를 사랑했어. 린다에게 완전히 종속된 존재나 다름없었지. 그는 린다의 요구를 거절하지 못하고 범죄행위에 가담하긴 했지만 갈수록 겁이 나서 챔버필드병원을 찾아간 거야. 린다가 앓고 있는 정신질환이 정확하게 뭔지 알게 되면 혹시 치료할 수 있는 방법이 있지 않을까 해서였지."

"그는 린다가 옆에 있어주길 간절히 바라는 사람은 아니었군요."

"린다의 입장에서 보자면 브랜든은 목적을 이루기 위한 수단에 불과했어."

"맨디 알라드는……."

"린다는 브랜든의 말을 듣고 맨디를 알게 되었어. 브랜든이 생각하기에 맨디는 제 발로 가출했고, 집으로 돌아가고 싶어 하지 않았기에 린다의 요구를 충족시켜주기에 적합한 아이라고 판단한 거야. 맨디가 그의 집에 머물고 있을 때 브랜든은 린다에게 전화했어. 맨디는 그가 경찰에 전화하는 거라고 오해해 집을 나와 도망쳤지. 린다는 그 근처에서 노숙자생활을 하는 맨디를 찾아내 시걸스 클리프로 데려갔어."

"린다는 지금 어때요?"

"챔버필드병원에 있을 때보다 증세가 훨씬 더 위험하고 심각한가 봐. 린다는 딸에게 집착하다가 실패하자 다른 여자아이들을 납치했어. 한나와 사스키아 사건 사이에 시간차가 있는 건 자신이 소유할 대상이 딸이 아니어도 된다는 생각에 익숙해지기까지 시간이 필요했던 거야. 나는 두 사건 사이의 시간차가 너무 많이 나서 연관성을 부정했지만 자네는 정확하게 짚어냈지."

케이트는 처음부터 두 사건이 서로 연관되어 있을 거라고 확신했다. 물론 직관적인 판단이었기 때문에 틀릴 수도 있었다.

"린다는 강박적으로 한나를 대체할 아이를 찾아내는데 혈안이 되었어. 아, 그리고……."

케일럽이 말을 더듬었다.

"뭔데요?"

"조셉의 시신을 그의 집 지하실에서 발견했어. 침대에 몸이 묶인 상태로 굶어죽었더군. 아이들과 똑같은 방식으로 처리한 거야."

"끔찍해요."

케이트가 작게 속삭였다.

"이웃사람들의 증언에 따르자면 조셉은 약 반 년 동안 한 번도 집 밖으로 나오지 않았어. 다들 그가 치매를 앓고 있어 밖으로 나올 수 없는 형편이겠거니 생각했지. 린다는 이웃사람들과 전혀 교류하지 않았기에 어느 누구도 조셉의 안부를 물어볼 수 없었어. 이웃사람들은 다들 린다를 조셉의 부인으로 알고 있었지. 조셉이 사망한 이후에도 린다는 그의 계좌로 들어오는 연금을 수령해왔어. 연금 덕분에 경제적인 어려움은 없었기에 조셉의 차를 끌고 다니며 미치광이 짓을 저지를 수 있었던 거야."

케일럽이 미소를 짓고 나서 덧붙였다.

"런던경찰국의 유능한 여형사가 아니었으면 린다의 범죄행각은 당분간 밝혀지지 않았을 거야."

케일럽은 짐짓 농담 삼아 말했지만 패배를 자인한다는 표정이었다. 수사를 미궁에 빠뜨린 수사책임자였으니까.

"케일럽……."

케이트가 뭔가 말을 하려고 했지만 케일럽이 손을 내저었다.

"자네가 나보다 더 훌륭한 형사야. 진심으로 인정해." 케이트가 미처 뭐라고 반박하기도 전에 케일럽이 말을 이었다. "그래서 말인데 난 자네처럼 유능한 형사와 함께 일하길 원해. 스카보로경찰서에서 나와 함께 일해 볼 생각이 있나?"

케이트는 어깨를 으쓱했다.

"당장은 확답을 드릴 수 없는 점 널리 양해해주세요. 앞으로 어디에 살아야 할지, 무엇을 하며 지낼지 아직 결정하지 못했으니까. 나는……."

케이트는 감정이 북받쳐 제대로 말을 잇지 못했다.

케일럽은 그녀의 기분이 왜 그런지 짐작이 갔다.

"크리스마스가 되려면 앞으로 4주 정도 남았어." 케일럽의 입에서 자기도 모르게 그 말이 불쑥 튀어나왔다. 케일럽은 혀를 깨물고 싶을 만큼 자신이 한심하게 느껴졌다. "크리스마스 때 혹시 특별한 계획이라도 있나?"

"크리스마스휴가 때까지 이 집을 처분하지 못할 경우 당연히 여기서 보낼 거예요."

"솔직히 자네 혼자서 이 집에서 쓸쓸하게 크리스마스휴가를 보낸다고 생각하면 나까지 기분이 우울해져. 그날 아침에 우리 집에 와서 나랑 함께 시간을 보내는 건 어떤가? 함께 해변을 산책하고 나서 아침식사도 하고, 선물도 교환하고. 이야기도 나누고……."

"동정할 필요 없어요."

"말도 안 되는 소리. 솔직히 나도 혼자 있으면 적적해서 그래. 내가 무슨 말을 하고 싶은지 알지?"

물론 잘 안다.

아마도 몸을 제대로 가누지도 못할 만큼 진탕 술을 퍼마시겠지?

"아직 시간이 좀 남았으니까 차분히 생각해볼게요. 아무튼 초대해줘서 고마워요."

케일럽은 찻잔을 내려놓고 자리에서 일어섰다.

"이제 그만 가볼게. 아직 처리해야 할 일이 많아."

"맨디는 어때요?"

케이트가 현관문까지 함께 걸어가며 물었다.

"병원에 입원했는데 잘 적응하고 있어. 청소년복지센터 담당자가 자주 병원을 찾아와 그 아이와 함께 지내고 있지. 조만간 맨디를 집으로 돌려보낼지 위탁가정을 찾아봐야 할지 결정해야 하나 봐."

"맨디가 불쌍해요."

"맨디는 자그마한 아이지만 강해." 그런 다음 작은 목소리로 덧붙였다. "자네도 강해. 게다가 현명하고 단호하지. 자신감을 가져도 돼."

11월 25일, 토요일

토요일 오전에 데보라는 해변을 산책하면서 제발 아는 사람과 마주치지 않기를 바랐다. 공기 중에 안개비가 섞여 있었다. 모래는 축축하게 젖어 있었고, 구름은 수면 가까이 낮게 드리워져 있었다.

멀리서 누군가 걸어오고 있었고, 가까이 다가왔을 때 보니 회색코트에 몸을 완전히 파묻다시피 한 케이트였다. 그동안 얼마나 힘들게 지냈는지 가뜩이나 말랐던 몸이 아예 반쪽이 되어 있었다. 창백한 얼굴, 움푹 파인 빰, 더욱 커지고 깊어진 눈에는 이유를 알 수 없는 슬픔이 깃들어 있었다.

케이트가 그녀를 알아보고 걸음을 멈춰 섰다.

"아직 스카보로에 계시네요."

"네, 여전히 집이 팔리지 않았어요."

"아, 네."

그동안 많은 일들이 벌어졌지만 두 사람은 무슨 이야기를 나누어야 할지 알 수 없었다.

"어떻게 지내세요?"

데보라는 반사적으로 '잘 지내요!' 라고 대답할 뻔했다.

"힘든 시간을 보내고 있어요." 데보라는 코트주머니 속에 들어있는 주먹을 움켜쥐었다. "솔직히 이번 일을 겪고 나서 가장 가까운 사람에 대한 심리적 유대감을 잃었어요. 내 딸이지만 도저히 이해할 수 없어요. 아멜리는 소통의 문을 아예 닫아버렸죠. 대화 자체가 불가해요."

"아멜리는 심리치료사의 도움이 필요해요."

"청소년정신병원에 입원했는데 아직 기한은 정하지 않았어요. 병원에 여러 번 갔지만 아멜리와 정작 한 번도 정상적인 대화를 나누어보지 못했죠. 이따금 알렉스에게 가고 싶다는 말만 할 뿐 내가 뭘 물으면 입을 꾹 다물어버려요."

"알렉스는 한동안 교도소 신세를 져야 할 거예요."

"알렉스가 교도소에 가게 된 책임을 내게 묻고 있다는 인상을 받았어요." 데보라의 눈에 눈물이 그렁그렁했다. "나를 마치 딸의 행복을 파괴한 사람처럼 쳐다봐요. 알렉스와 함께 외국으로 떠나 행복하게 살고 싶었는데 내가 방해하는 바람에 물거품이 되었다는 듯이. 알렉스는 정작 아멜리로부터 벗어나고 싶었다고 해요. 경찰서에서 조사를 받을 때 그렇게 진술했죠. 알렉스와 관계를 정리해야 한다고 수없이 말했지만 아멜리는 번번이 들으려하지 않더군요."

"진실이 너무 아파 들을 수 없었을 거예요."

"언젠가는 반드시 직시해야 할 진실이잖아요. 아멜리는 자신이 저지른 잘못에 대해서도 언젠가 반드시 책임을 져야 한다고 생각해요."

"의사들이 도와줄 테니까 너무 절망적으로 생각하지 말아요."

"그래야겠죠." 데보라가 자신 없는 목소리로 말했다. "우린 해가 바뀌면 스카보로를 떠나기로 했어요. 제이슨은 이미 런던과 리버풀에 있는 병원에 이력서를 보냈죠. 어디든 지 상관없어요. 스카보로만 아니면 되니까."

"이해해요. 스카보로에서 힘든 일이 너무 많았으니까."

"바깥에 나오면 사람들이 쳐다본다는 느낌에 뒷덜미가 근질 근질해요. 우린 불량가족으로 낙인 찍혔죠. 집을 나서기 무서 울 정도예요. 오늘은 모처럼 용기를 내 산책을 나온 거예요."

"산책이 기분 좋은 전환점이 될 수도 있겠네요."

두 사람은 안개비를 맞으며 마주 서 있었다.

"어렵겠지만 반드시 힘을 내야 해요."

케이트가 작별인사를 하고 돌아섰다.

데보라가 잠시 망설이다가 입을 뗐다.

"크리스마스 때 어떤 계획이 있는지 모르지만 만약 스카보 로에 있으면 우리 집에 와서 함께 시간을 보내는 건 어때요?"

케이트는 잠시 생각했다.

케이트의 눈빛을 본 데보라는 무슨 생각을 하는지 알아차 렸다.

케이트, 절대로 동정하는 게 아니에요!

"당신이 우리 집에 오면 정말 좋겠어요." 데보라가 재빨리 덧붙였다. "아멜리 없이 보내는 크리스마스는 처음이거든요. 솔직히 우리 부부는 슬픔의 늪에 빠져 허우적대고 있어요. 우 리 가족이 어떤 고통과 슬픔을 겪었는지 모르는 사람들과는 함께 어울리기 힘들 것 같아요. 더러 큰 고통을 겪은 우리를 보며 우월감을 느끼는 사람들이 있죠. 당신은 처음부터 우릴 봐왔으니까 지금 우리가 어떤 처지인지 잘 알잖아요."

"초대해줘서 고마워요. 아직 시간이 좀 남아 있으니까 함께 할지 여부는 나중에 알려드릴게요."

그들은 헤어져 반대 방향으로 걸어갔다. 데보라가 생각하기에 케이트는 외로워 보이는 한편 매우 자유로워 보이기도 했다. 고개를 들어 하늘을 올려다보는 데보라의 얼굴에서 눈물과 빗물이 섞였다.

케이트는 벌써 두 번이나 크리스마스 초대를 받았다. 고마운 마음이 들었지만 설레거나 기쁘지는 않았다. 원래는 데이비드와 함께 크리스마스휴가를 보낼 생각이었다. 사랑하는 남자와 보내는 크리스마스, 그 무엇도 그걸 대신할 수는 없었다. 끝없는 상실감 너머에는 제어할 수 없는 슬픔만이 존재했다.

케이트는 해변 길을 걸어 집으로 돌아왔다. 한 시간쯤 걸었지만 전혀 힘들지 않았다. 집에 가만히 앉아 있는 것보다 밖에 나가 걸어 다니는 게 훨씬 나았다. 집 앞에 차 한 대가 서 있는 게 보였다.

안 돼!

콜린이 차에서 내려 그녀를 향해 다가왔다.

"잘 지냈어요?"

콜린이 잔뜩 긴장한 목소리로 인사를 건넸다.

케이트는 가느다란 한숨을 쉬었다.

"런던으로 돌아간 줄 알았어요."

케이트가 인사 대신 그렇게 말했다.

콜린이 고개를 끄덕였다.

"돌아가려고 했는데 문득 이런 생각이 들었어요." 그가 숨을 깊이 들이마시고 나서 말을 이었다. "주말을 혼자 보내고 싶지 않다는 생각."

케이트는 슬픔의 바다에 빠져 허우적거리고 있었지만 방금 전 매우 특별한 장면을 보았다. 콜린에게서 그런 모습을 본 건 처음이었다. 독선적이고, 심하게 자기 자랑을 늘어놓고, 과장되게 너스레를 떨고, 뭐든 자신 있다는 듯 큰소리를 치던 사람이었다.

'런던으로 돌아가려다가 당신을 위로해주려고 눌러앉았어요. 노섬벌랜드에서 험악한 일을 겪은 당신을 버려두고 떠날 수는 없잖아요.'

지난날의 콜린이었다면 그녀를 돕기 위해 남은 천사를 자처했을 것이다. 그런 그가 겸연쩍은 표정을 지으며 속마음을 털어놓았다. 가식과 허풍 뒤에 가려져 있던 그의 속마음이 살짝 드러난 순간이었다. 그동안 콜린을 볼 때마다 자기애가 지나쳐 언제나 제 멋에 겨워 살아가는 사람이라고 생각했다. 이제 보니 그 역시 외롭고 힘든 생을 살아가는 남자인 듯했다. 콜린이 그녀에게 느낀 감정과 그녀가 데이비드에게 느낀 감정은 분명 색깔이 달랐다. 아직 그들 사이에서는 불꽃이 일지 않았다. 그렇더라도 가끔 만나 함께 대화를 나누며 시간을 보내는 건 그리 나쁘지 않을 듯했다.

"일단 집으로 들어가요."

콜린은 그녀가 크리스마스 때 선택할 수 있는 세 번째 옵션이 될 가능성이 크다는 예감이 들었다. '인생은 절망적인 순간에도 계속된다.' 라는 격언이 있지만 너무 진부하다는 생각이 들었다. 사람들이 절망적인 일을 겪은 타인을 위로하고 싶을 때 자주 쓰는 말이다.

과연 그 말이 절망적인 슬픔에 빠진 사람에게 위로가 될 수 있을까? 오히려 온전히 슬픔을 느낄 수 있도록 해주는 게 진정한 위로가 아닐까?

콜린과 케일럽 그리고 데보라는 변화된 삶을 향해 조심스러운 첫걸음을 내디뎠다. 그들은 모두 인생은 절망적인 순간에도 계속된다는 격언이 얼마나 진부한지 말해주는 증인들이었다. 세상 그 무엇도 계속 한 자리에 머물지 않는다. 설령 절망에 빠져 온몸이 얼어붙는다고 해도 세상은 변화한다.

케이트가 현관문을 여는 순간 메씨가 폴짝 뛰어올라 품에 안겼다.

이런 게 인생이다.

〈끝〉

옮긴이의 말

샤를로테 링크의 최신작 《수사》로 다시 독자들을 만나게 되어 기쁘다. 이미 국내에 소개된 《폭스 밸리》, 《죄의 메아리》, 《다른 아이》, 《속임수》 등을 통해 샤를로테 링크 소설의 특징을 알고 있는 독자들이 많을 것이다. 심리스릴러 범죄소설 장르에서 최고의 기량을 발휘하는 세계적인 베스트셀러 작가의 작품답게 《수사》 역시 정교하고 짜임새 있는 구성, 설득력 있는 인물들에 대한 세밀한 심리 묘사, 끝까지 팽팽한 긴장감을 놓치지 않는 흡인력 있는 진행 등 샤를로테 링크 특유의 장점을 고루 갖추고 있다. 그녀의 작품은 독일에서만 3천만 부 이상 판매되었다고 하는데, 《수사》 역시 출간되자마자 독일 최고 권위의 시사주간지 《슈피겔》의 베스트셀러 목록에 올랐다.

샤를로테 링크는 독일 작가이면서 특이하게도 주로 영국을 무대로 하는 작품을 많이 쓰는데, 《수사》 역시 영국을 배경으로 이야기가 전개된다. 영국의 해안도시 스카보로에서 소녀들이 연달아 실종되는 사건이 발생하면서 이야기가 시작된다. 2013년 11월, 집에 가는 기차를 놓친 뒤 실종된 어느 여자

아이의 이야기가 서두에 소개되고, 그로부터 4년이 흐른 2017년 시점에서 본격적인 이야기가 시작된다. 1년 전쯤 실종된 열네 살의 여자아이 시신이 고원지대에서 발견되던 날 동갑내기 여자아이가 또 한 명 실종된다. 엄마가 마트에 들어가 잠시 장을 보고 나온 사이 주차장에 세워놓은 자동차 안에서 기다리던 짧은 시간 동안에. 여자아이는 가출한 걸까, 누군가에게 납치된 걸까? 시신으로 발견된 여자아이 사건과 주차장에서 실종된 여자아이의 사건은 별개의 사건일까, 동일범에 의한 연쇄살인사건일까? 서두에 등장하는 실종 사건은 몇 년 뒤 발생한 사건들과 어떤 연관이 있을까? 경찰이 다급하게 수색에 나서보지만 사건은 오리무중에 빠지고 '고원지대 살인'이라는 말이 돌면서 스카보로 전역에 공포가 번져나간다.

스카보로경찰서 강력반의 케일럽 헤일 반장이 수사를 맡는다. 그리고 개인적인 이유로 스카보로에 머물던 런던경찰국 소속 형사 케이트 린빌이 새로 실종된 여자아이 부모의 요청으로 비공식적으로 사건을 조사하게 된다. 케일럽 헤일과 케이트 린빌, 아마 이 이름들을 들어본 독자도 있을 것이다. 맞다, 바로 《속임수》에서 처음 등장했던 형사 콤비이다. 여주인공 케이트 린빌은 공식적인 수사팀과 다른 시각과 다른 방향에서 사건을 조사해 나가지만 그녀는 수사에 개입할 권한이 없다. 그런데 뜻밖에도 실종됐던 여자아이가 돌아오고, 사건은 쉽게 해결될 것처럼 보인다. 하지만 실종됐다 돌아온 여자아이는 단기기억상실에라도 걸렸는지 사건의 핵심적인 단서들을 기억하지 못하고 사건은 다시 미궁에 빠진다. 공식적인 수사 책임자 케일럽 헤일과 개인적인 관심에서 비공식적으로 수사를 진행하는 케이트 린빌은 때로는 협력하고 때로는 견제하면서 사건의 해결을 위해 힘을 쏟는다.

샤를로테 링크의 다른 소설들과 마찬가지로 《수사》 역시 분량이 상당하다. 하지만 일단 책을 손에 들면 흥미진진한 전개에 끝까지 손에서 책을 내려놓을 수 없게 된다. 정통 스릴러가 보여주는 범죄 수사 중심의 긴박한 스토리보다 작중 인물들의 내면심리에 보다 천착하는 작가의 깊이 있고 섬세한 묘사는 독자로 하여금 쉽게 작중인물들의 심리에 감정이입할 수 있도록 도와준다. 또한 다양한 인간 군상들의 감정선을 따라가다 보면 불안과 공포, 의심과 시기, 절망과 분노 등 그들이 느끼는 다양한 감정들을 추체험함으로써 심리스릴러 소설의 진수를 맛볼 수 있다. 그리고 엎치락뒤치락하며 전개되는 스토리의 끝에서 우리는 전혀 예상치 못했던 놀라운 반전을 접하며 감정의 카타르시스를 느낀다.

《수사》를 읽는 또 다른 재미는 앞에서도 언급한 것처럼 《속임수》에 이어 다시 등장한 케이트 린빌과 케일럽 헤일, 두 형사 콤비가 보여주는 케미다. 물론 전작을 안 읽었다 해도 작품을 이해하는 데에는 아무런 문제가 없다. 하지만 그들의 개인사와 배경을 알고 있다면 수사방식을 놓고 벌어지는 갈등과 공조, 보다 입체적인 인물로 발전하고 있는 두 캐릭터의 모습이 한층 흥미롭게 다가올 것이다. 샤를로테 링크가 전례 없이 두 형사를 작품에 다시 등장시킨 것을 보면 앞으로 두 형사가 콤비로 나오는 속편이 나오지 않을까 하는 일말의 기대도 품어 본다. 《수사》를 통해 독자들이 심리스릴러의 대가가 치밀하고 꼼꼼하게 배치해놓은 단서들과 두뇌싸움을 벌이며 독서의 재미를 마음껏 누려보기 바란다.

강명순